U0899447

ULYSSES

尤利西斯

〔爱尔兰〕詹姆斯·乔伊斯——著

萧乾 文洁若——译

江西人民出版社
Jiangxi People's Publishing House

果麦文化 出品

第十三章

夏日的黄昏开始把世界拢在神秘的怀抱中。在遥远的西边，太阳沉落了。这一天转瞬即逝，晚霞将最后一抹余晖含情脉脉地投射在海洋和岸滩上，投射在一如往日那样厮守着湾水傲然屹立的亲爱的老霍斯岬角以及沙丘海岸那杂草蔓生的岸石上；最后的但并非微不足道的，也投射在肃穆的教堂上。从这里，时而划破寂静，倾泻出向圣母玛利亚祷告的声音。她，海洋之星[1]，发出清纯的光辉，永远像灯塔般照耀着人们那被暴风颠簸的心灵。

三个少女结伴坐在岩石上，饱览着傍晚的风景，享受着那清新而还不太凉的微风。她们曾多次到自己所喜爱的这个地方来，在闪亮的波浪旁亲切畅快地谈论女人的家常。西茜·卡弗里和伊迪·博德曼将娃娃放在婴儿车里，还带着两个鬈发的小男孩汤米和杰基·卡弗里。他们身穿水手服，头戴水手帽，衣帽上均印染着H. M. S.[2]美岛号字样。汤米和杰基·卡弗里是双胞胎，不满四岁，有时吵闹得厉害，被宠坏了。尽管那样，两张活泼快乐的小脸蛋儿和惹人喜爱的动作使他们依然是人人疼爱的小宝宝。他们手执铲子和桶，弄得浑身是沙子，像一般孩童那样筑城堡，或者玩他们的大彩球，快快乐乐地打发着光阴。伊迪·博德曼一前一后地摇着婴儿车里的胖嘟嘟的娃娃。那位小绅士高兴得咯咯直笑。他才十一个月零九天。尽管刚趔趔趄趄地学步，却已开始咿呀学语了。西茜·卡弗里朝他弯下身去，逗弄他那胖嘟嘟的小脸蛋儿和腮帮上那个可爱的小酒窝儿。

1　海洋之星，圣母玛利亚的称号之一。

2　H. M. S. 是“国王陛下之船”的首字。

——喏，小娃娃，西茜·卡弗里说。大、大声说吧。我要喝口水。

娃娃跟着她学舌：

——荷、荷、咳、随。

西茜·卡弗里紧紧地搂抱住小不点儿，因为她非常喜欢孩子，对小病人极有耐性。除非是由西茜·卡弗里捏着汤米·卡弗里的鼻子并且答应给他一截面包尖儿，或涂满金色糖浆的黑面包，他是绝不肯服蓖麻油的。这个姑娘的说服力多么大啊！当然，娃娃博德曼也确实很乖，他围着崭新的涎布，是个再可爱不过的小家伙。西茜·卡弗里完全不是像弗洛拉·麦克弗利姆西[1]那种被宠坏了的美人儿。她是位世上罕见的心地纯正的少女：一双吉卜赛人式的眼睛总是笑吟吟的，熟樱桃般的红唇，随口说着逗人的话，真是再可爱不过了。伊迪·博德曼听了小弟弟的妙语，不禁也笑起来。

但就在这当儿，汤米和杰基哥儿俩之间发生了一场小小的争执。男孩儿毕竟是男孩儿，我们这对双胞胎也越不出这颠扑不破的道理。争端缘于杰基公子所筑的一座沙堡，汤米公子非要从建筑上对它加以改进，装上一扇圆形炮塔般的正门。然而倘若汤米公子刚愎自用，杰基公子也同样固执己见。俗话说得好：再渺小的爱尔兰人在自己家中也是一座城堡之主。于是，杰基公子便扑向他那誓不两立的劲敌。到头来，不但把他所攻击的对手打得一败涂地（说起来令人伤心！），连他所垂涎的那座城堡，也变成了一片废墟。不用说，败下阵来的汤米公子的哭声惊动了女伴们。

——汤米，到这儿来，他姐姐用刻不容缓的语气嚷道。马上来！还有你，杰基，把可怜的汤米推到脏沙子里，你害不害羞！等着瞧吧，我得给你点儿厉害尝尝。

汤米公子噙着满眶热泪，视线模糊起来。他立即应命走来，因为这对双胞胎向来是把姐姐的话当作金科玉律的。败北了的他，可真是

1　弗洛拉·麦克弗利姆西是美国律师兼诗人威廉·艾伦·巴特勒（1825—1902）的《无衣可穿》（1857）一诗中的女主人公。

一副惨相。小小的水手帽和裤子上沾满沙子。然而西茜·卡弗里少年老成，是纾解生活中小烦扰的能手。转眼之间，他那身漂亮衣服上就连一粒沙子也看不见了，可是那双蓝眼睛里依然热泪盈眶。于是她就用一阵亲吻抹去了他心头的创伤，用拳头朝罪魁祸首杰基公子比画比画，滴溜溜地转着两眼训诫道，要是她在旁边，可轻饶不了他。

——杰基这个讨厌鬼真不讲理！她大声说。

她用一只胳膊搂住小水手，讨好地哄着他：

——你叫什么名字呀？叫黄油和奶油吧？

——告诉我们，谁是你的心上人？伊迪·博德曼说。西茜是你的心上人吗？

——不呜，泪汪汪的汤米说。

——伊迪·博德曼是你的心上人吗？西茜问。

——不呜，汤米说。

——我知道，伊迪·博德曼那双近视眼诡秘地一闪，略微带点刺儿地说。我知道谁是汤米的心上人喽。格蒂是汤米的心上人。

——不呜，汤米险些儿掉了眼泪。

西茜以她那母性的机警，立即有所察觉。她跟伊迪·博德曼打耳喳说，把他领到那位绅士瞧不见的婴儿车后面去，还得留意不要让他弄湿那双崭新的棕黄色皮鞋。

然而，格蒂是谁呢？

格蒂·麦克道维尔坐在离伙伴不远处。她凝望远方，沉湎在默想中。她在富于魅力的爱尔兰姑娘中间，确实是位不经见的美少女典范。凡是认识她的人都一口称道她的美貌。人们常说，她长得与其说是像父方麦克道维尔家的，倒不如说是更像母方吉尔特拉普家的人。她身材苗条优美，甚至有些纤弱，然而她近日服用的铁片，比寡妇韦尔奇的妇女丸药对她更加滋补。过去常有的白带什么的少了，疲劳感也减轻了不少。她那蜡一般白皙的脸，纯净如象牙，真是天仙一般。她那玫瑰花蕾般的嘴唇，确实是爱神之弓，有着匀称的希腊美。她那双有着细微血管的手像是雪花膏做成的，纤纤手指如烛心，只有柠檬汁和高级软膏才能使它们这般白嫩。然而关于她睡觉时戴羔羊皮手套和用牛奶泡脚之说，则纯属捏造。有一次伯莎·萨波尔被格蒂气昏了头，大有剑拔弩张之势（彼此要好的少女们自然也像其他凡人一样，不时地会闹些小别扭），她便故意对伊迪·博德曼撒了这么个谎。伯莎还告诉伊迪，千万不要对人说这话是从她那儿听来的，不然的话，她就再也不跟伊迪说话了。她当然没有说出去。但是荣誉归于该享受它的人。格蒂天生优雅，有着楚楚动人、女王般的非凡气宇[1]。她那双秀丽的手和高高拱起的脚背确凿无疑地证明了这一点。倘若福星高照，让她投生上流社会家庭，并受到良好的教育，格蒂·麦克道维尔就会成为与本国任何贵妇相比也毫不逊色的淑女。她额上就会戴起宝石，穿着讲究，跟前必然围满了竞相向她献殷勤的贵公子们。也许是这种本来有可能尝到的爱情，使她那柔和俊秀的脸上有时露出自我克制的紧张神色。于是她那双美丽的眼睛就掠过一抹不可思议的渴望的影子。这样的魅力是几乎没有人不倾倒的。女人的眼睛为什么如此富于魅力？格蒂那双爱尔兰蓝眼睛是再蓝不过的，并且有带光泽的睫毛和富于表情的深色眉毛相衬托。她的眉毛原本并不像这样丝绒一般地迷人。还是主编《公主中篇小说》美容栏的维拉·维利蒂太太最早劝她试着描描眉毛。这样就为她的眼睛平添了一种诱人神情，而这是十分合乎社交界名流趋向的。她从未因之而后悔过。还有用科学方法治愈脸红的毛病啦，怎样用身高促进法来使你身材颀长啦，再就是你有张漂亮脸蛋儿，可是鼻子呢？对迪格纳穆太太挺合式，因为她长的是个蒜头鼻子。然而格蒂最值得夸耀的还是她那一头丰茂的秀发：是深褐色的，而且天生卷曲。为了图个新月上升的吉利，当天早晨她曾把头发剪了剪，浓密的鬈发蓬蓬松松地环绕在她那俊秀的头上。她还修剪了指甲。星期四剪，招财进宝。此刻经伊迪这么一说，泄露隐情的红色就像最娇嫩的玫瑰花一般柔和地爬上了她的双颊。甜蜜而少女气的羞涩使她看上去如此姣好。确实踏遍天主的绮丽国土爱尔兰，也找

1　原文为法语。

不到能同她媲美的。

她带着些许忧郁，双目低垂，沉默了一会儿。她刚要抢白两句，可是话到嘴边又咽了回去。若按她的脾气，是想回嘴的，可是自尊心告诫她，还是保持缄默为好。她只噘了一下芳唇，接着就抬头望一下，快活地笑了，声音里充满了五月早晨的青春气息。她比任何人都清楚，斜眼伊迪为什么这么说。她认为他的感情冷漠了，其实那只不过是恋人之间闹闹别扭而已。由于那个拥有一辆自行车的男孩子总是在她窗前骑来骑去，伊迪觉得可不是滋味啦。不过眼下正当取得奖学金资格的期中考试，他父亲把他关在家里，要他拼命用功。念完高中后，他将进入三一学院去学医，就像他那位在三一学院参加自行车赛的哥哥W. E. 怀利那样。她心里时而像剜了个洞一般隐隐作痛，一直刺到内心深处，他对此似乎无动于衷。然而他还年轻，到一定的时候说不定就学会爱起她来。他家里是新教徒，而格蒂呢，当然晓得哪一位最重要。其次是圣母玛利亚，然后是圣约瑟。然而他确实是个英俊少年，鼻子长得很美，浑身处处都不折不扣的是位上等人。没戴帽子的时候，从背后望去，她就能认得出来。因为他就是有点儿与众不同。他在街灯那儿撒开车把转弯的那副样子也罢，还有他吸的那种上等纸烟好闻的香味也罢，都非同凡响。而且他和她个头也那么般配。由于他没有骑着车在格蒂家的小院子前面荡来荡去，伊迪·博德曼自以为聪明透顶，说到了点子上。

格蒂穿戴朴素，却又具有一个时髦少女出于本能对社交界流行习尚的敏感。因为她感到，他有可能出门来了。整洁的电光蓝色宽胸罩衫是她亲手染的（因为据《夫人画报》，这是即将时新的颜色），V字形的领口潇潇洒洒地开到胸部和手帕兜那儿（手帕会使兜儿变形，所以她一向总在里面放一片脱脂棉，上面洒了她心爱的香水），再加上一条剪裁适度的海军蓝短裙，把她那优美苗条的身材衬托得更加仪态万方。她戴的那顶俏丽可人的小帽是用褐黑色麦秆粗粗编成的，与镶在帽檐底下的蛋青色绳绒形成鲜明对照。边上系着同一色调的丝质蝴蝶结。上星期二整个儿下午，她到处物色配色的绳绒，终于在克勒利的夏季大甩卖上寻觅到中意的了。她要的正是它，尽管多少摆旧了点儿，然而谁也觉察不出来。一共七中指长[1]，花了两先令一便士。她亲手把它镶上。试戴时，她朝着映在镜中的倩影嫣然一笑，自是心满意足！当她为了怕帽子走形而把它放在水罐上的时候，她才意识到这样做会使某些熟人黯然失色。她的鞋是当前最时髦的。伊迪·博德曼引为得意的是她的鞋号码很小[2]，然而她从未长过格蒂·麦克道维尔那样一双仅仅五号的脚，永远也不会的。鞋尖是漆皮的，高高拱起的脚背上有着精致的饰扣。她那露在裙子底下的漂亮的脚脖子生得极其匀称，线条优美的小腿也合乎体统地略微露出一截，上面套着几乎透明的长袜。脚后跟的部位是特别编织的，上面还系着宽袜带。最使格蒂操心的要算是内衣了。凡是晓得甜蜜的十七岁（格蒂已经同十七岁永远告别了）那种怔忪的热望和恐惧的人，难道忍心去责备她吗？她有四套绣得非常精致的出门穿的衣服，三件家常穿的，另外还有几件睡衣。每套出门穿的衣服都分别缀着各色缎带：有玫瑰色、淡蓝色、紫红色和豆青色的。每穿一次，她总是亲自晾晒。从洗衣坊里送回来后，又亲手上蓝、并给烫平。她还有一块垫熨斗用的砖片，因为她怕洗衣妇会把衣服烫煳，简直信不过她们。她穿蓝色是图个吉祥，希望交好运。这是她自己的颜色，新娘子身上要是带一点蓝色总会吉利的。上星期那一天她穿的是豆青色的，就带来了忧伤，因为他父亲把他关在家里让他用功，好参加取得奖学金资格的期中考试。她原寻思，他兴许会出门的，因为今儿早晨换衣服的时候，她差点儿把旧裤衩儿反着穿。除非是赶在星期五，反过来穿是会走运的，有利于情人幽会。要么，如果裤衩儿松开来了，那就说明他在想念你哩。

可是——可是！瞧她脸上那副紧张的神色！总是显得那么忧心忡忡。灵魂通过她那双眼睛透露出来，她渴望能够独自待在住惯了的房间里，好好哭上一场，用泪水减轻她心头的郁闷。可又不能哭得太厉

1　一中指约四英寸半长。
2　原文为法语。

害。她对着镜子掌握分寸，要哭得恰到好处。镜子说：格蒂，你长得真美。黄昏时分那苍白的余晖投射到一张悲伤、愁闷之至的脸庞上。格蒂·麦克道维尔这种缱绻的情思是徒然的。她从一开始就知道，关于举行一场婚礼的幻想啦，为雷吉·怀利·T. C. D. 太太（因为嫁给他哥哥的那一位才能做怀利太太）敲响的喜钟啦，以及据社交栏的报道，格楚德·怀利太太穿了一身用昂贵的青狐皮镶边的豪华灰服，都是不可能的。他太年轻了，还不懂事。他不会相信恋爱，而那是女人生来的权利。很久以前，在斯托尔家举行的晚宴上（他还穿着短裤呢），只有他们两个人在一起时，他悄悄地用一只胳膊搂了她的腰；她呢，连嘴唇都吓白了。他古里古怪地嗄着嗓儿叫着她小不点儿，冷不防还接了半个吻（第一遭儿！），然而他碰着的仅仅是她的鼻尖儿。随后，他赶忙走出房间，念叨着吃茶点的话。好个鲁莽的小伙子！雷吉·怀利从来不曾以性格鲜明见长，而向格蒂·麦克道维尔求婚并赢得她的爱情者，必须是个杰出人物。然而她只能等待，总是等待人家来求婚。这又是个闰年，很快就会过去的。她的意中人并不是将珍贵、神奇的爱情献在她脚前的风流倜傥的王子，他毋宁是个刚毅的男子汉；神情安详的脸上蕴含着坚强的意志，却还没有找到理想的女子。他的头发也许或多或少已经斑白了，他会理解她，伸出胳膊来保护她，凭着他那深沉多情的天性紧紧搂住她，并用长长的亲吻安慰她。那就像是天堂一般。在这馨香的夏日傍晚，她企盼着的就是这么一位。她衷心渴望委身于他，做他信誓旦旦的妻子：贫富共当，不论患病或健康，直到死亡使我们分手，自今日以至将来。

于是，当伊迪·博德曼带着小汤米待在婴儿车后面的时候，她正在思忖，能够称自己为他的幼妻的那一天是否会到来。那样，大家就会议论她，直到脸上发青。伯莎·萨波尔也不例外；还有小炮竹伊迪，因为十一月她就满二十二岁了。她也会照顾他，使他衣食上舒适。格蒂凭着她那份妇道人家的智慧，晓得但凡是个男人，都喜欢那种家庭气氛。她那烤成金褐色的薄饼和放有大量美味奶油的安妮女王布丁曾赢得过众人的好评。因为她有一双灵巧的手，不论点火，还是撒上一层加了发酵粉的精白面，不断地朝一个方向搅和，然后掺上牛奶白糖，调成奶油，或是将蛋清搅匀，她样样擅长。不过，她可不喜欢当着人面吃什么，怪害臊的。她常常纳闷为什么不能吃一些像紫罗兰或玫瑰花那样富于诗情的东西！他们还会有一间布置优雅的客厅，装饰着绘画、雕刻以及外祖父吉尔特拉普那只可爱的狗加里欧文的照片。它是那样通人性，几乎能说话了。椅子套着光滑的印花棉布罩子，还有来自克莱利的夏季旧杂货义卖展上的银质烤面包架，就像阔人家拥有的那样。他身材高大，肩膀宽阔（她一向欣赏高个子，丈夫就得要这样的），在仔细修剪过的弯弯的口髭下面，闪烁着一口雪白牙齿。他们将到大陆上去度蜜月（多么美妙的三个星期！），然后就安顿在精致、整洁、舒适而又亲切的安乐窝里。每天早晨他们两人共进早餐，吃得虽然简单，却都是精心烹制的。他去治公之前，总先热烈地紧紧拥抱一下亲爱的小妻子，并且垂下头去深深凝视一会儿她的眼睛。

伊迪·博德曼问汤米·卡弗里好了吗，他说嗯，于是她就替他扣上小小短裤的纽扣，叫他跑去跟杰基玩耍，要乖乖的，可别打架。但是汤米说他要那只球，而伊迪告诉他说，不行，娃娃在玩球呢；要是他把球拿了去，又该吵架了。然而汤米说，这是他的球，他要自己的球。瞧，他竟然在地上跺起脚来了。好大的脾气！哦，他已经成人了，小汤米·卡弗里成人啦，因为已经摘掉围嘴儿了嘛。伊迪对他说，不行，不行，马上走开吧，她还告诉西茜·卡弗里，对他可不能让步。

——你不是我姐姐，淘气包汤米说。这是我的球。

但是西茜·卡弗里对小娃子博德曼说，高高地望上看，看她的指头！这时，她飞快地把球抢到手，沿着沙地丢过去，汤米胜利了，就一溜烟儿拼命在后面追。

——为了图清静，怎么着都行，西丝[1]笑道。

于是，她就轻搔了一下小娃子的脸蛋儿，好让他分神，哄着他玩

1 西丝和西茜都是瑟西莉亚的昵称。

什么市长大人出门啦，这里是他的两匹马啦，这里是他的花哨马车。瞧，他进来了，咕喽喽，咕喽喽，咕喽喽，咕。然而伊迪对他非常气恼，都怪大家总是溺爱他，把他惯得这么任性。

——我恨不得揍他一顿，她说，至于揍哪儿，我就不说啦。

——屁依股呜上呗，西茜快活地笑道。

格蒂·麦克道维尔低下头去，单是想到她自己一辈子也说不出口的、不像是大家闺秀的话，西茜居然会这么大声说了出来，就弄得格蒂羞红了脸，浮泛出一片深玫瑰色。伊迪·博德曼估计对面那位先生准听见了她那句话。然而西茜丝毫也不在乎。

——随他听去吧！她挑衅地把头一抬，尖刻地翘起鼻子说。恨不得迅雷不及掩耳地也朝他那部位来一下子。

鲁莽的西茜，长着一头古怪的黑面木偶般的鬈发，有时会惹你发笑。例如，当她问你要不要再喝点中国茶和碧玉浆果酒以及把水罐拽过去时，她那指甲上用红墨水画的男人的脸，会叫你笑破肚皮；她想去方便一下的话，就说什么要跑去拜访怀特小姐。这就是西茜一贯的做法。哦，你永远也不会忘记那个傍晚：她穿戴上父亲的衣帽，用软木炭画上口髭，边抽雪茄烟边沿着特里顿维尔走去。逗起乐来，谁都赛不过她。然而她真是诚恳到家了，是上天创造的最勇敢、最真诚的一位，绝不是通常那种表里不一的家伙。甜言蜜语是不可能由衷诚恳的。

接着，合唱声和风琴奏出的嘹亮圣歌声从空中传来。这是耶稣会传教士约翰·休斯所主持的成人戒酒活动，他们在那里静修，诵《玫瑰经》倾听布道并接受圣体降福。大家聚集在那里，彼此间没有社会阶层的畛域（那是最为感人的情景）。饱经令人厌倦的现世风暴后，在浪涛旁边这座简陋的教堂里，跪在无染原罪圣母的脚下，口诵洛雷托圣母的启应祷文。用自古以来说惯了的圣母玛利亚、童贞中之圣童贞等称呼，恳请她代他们祈求。可怜的格蒂听了，心中何等悲戚！倘若她父亲发誓戒酒或服用《皮尔逊周刊》上所载的那些根除酒瘾的粉剂，摆脱了酒的魔爪，而今她蛮能乘着马车到处兜风，绝不逊于任何人。由于她讨厌室内有两个亮光，就连灯也不点。忧思重重，守着炉火的余烬出神，一遍又一遍地对自己这么说着。有时她又一连几个钟头恍恍惚惚地凝视着窗外那打在生锈的铁桶上的雨水，沉思默想。然而那个曾经破坏过多少家庭的罪孽深重的杯中物，给她的童年也投下了阴影。岂止是这样，她甚至在家里目击到酗酒引起的暴行，看到她的亲爹撒酒疯，完全失了常态。格蒂比什么都知道得清楚的是：凡是并非为了帮助女人而对女人动手的男子，理应都被打上最卑鄙者的烙印。

向最有权能的童贞，最大慈大悲的童贞祈求的诵歌声继续传来。格蒂陷入沉思，对于女伴们和正在稚气地嬉戏着的双胞胎以及从沙丘草地那边走来的先生，她几乎都视而不见，听而不闻。西茜·卡弗里说那位沿着岸滩做短途散步的先生像煞格蒂她爹。不过西茜从来没见过喝得醉醺醺的他。不管怎样，她才不想要这么个爹呢。也许因为他太苍老，要么就是由于他那张脸的缘故（活脱儿像是费尔博士），或是他那长满酒刺的红鼻子和鼻下那银丝斑斑的沙色口髭。可怜的爹！他缺点纵多，她依然爱他。当他唱《告诉我玛丽，怎样向你求爱》和“我的意中人及其茅舍在罗切尔附近”，一家人作为晚饭吃炖乌蛤和拌上拉曾拜的生菜调味料的莴苣，以及他和迪格纳穆（那位先生因患脑溢血突然逝世，已被埋葬了，天主对他发慈悲吧）合唱《月亮升起来了》的时候。那是她妈妈的生日，查理在家休假，还有汤姆、迪格纳穆夫妇、帕齐和弗雷迪·迪格纳穆，要是人家合影留念就好了。谁也不曾料到他这么快就会死去。如今他已长眠了。她妈妈对她爹说，让他终身把这引以为戒吧。由于患痛风症，他连葬礼都没能去参加。她只好进城到他的办公室去替他取来凯茨比公司关于软木亚麻油毡的函件和样品：富于艺术性，标准图案，适于装饰豪华宅邸，耐久力极强，能使府上永远明亮而愉快。

在家里，格蒂是个真正的好女儿，恰似第二个母亲，还是个护守天使。她那颗小小的心，贵重如黄金。当她妈妈头痛欲裂的时候，替她在前额上擦锥形薄荷锭的不是别人，正是格蒂。不过，她讨厌妈妈吸鼻烟的嗜好，母女之间也仅仅就吸鼻烟一事拌过嘴。大家都认为对人体贴入微的她是个乖妞儿。每天晚上扭紧煤气总开关的是她。她从来也没忘记过每两周在那个地方撒盐酸石灰。把过圣诞节时食品杂货商滕尼先生送的日历贴在那面墙上的，也是她。那是一幅以哈尔西昂时期[1]为题材的画：一个青年绅士身着当时流行的衣服，头戴三角帽，隔着格子窗以往昔的骑士气概向他所爱慕的姑娘献上一束鲜花。可以看出，个中必有一段故事。色调十分优美。她穿的是柔和而剪裁得体的白衫，举止端庄稳重。男子则是一身巧克力色服装，显出地地道道的贵族派头。每逢她去方便一下时，就心荡神移地望着他们，挽起袖子，抚摩着自己那双像她那样白皙柔嫩的膀子，并驰想着那个时代的往事。因为她在外祖父吉尔特拉普所收藏的《沃尔克发音辞典》中查到了哈尔西昂一词的含意。

现在这对双生兄弟无比和睦地玩耍着，接着，鲁莽到了家的杰基公子故意使出吃奶的力气把球猛地朝着覆满海藻的岩石踢去。不消说，可怜的汤米立即沮丧地叫了起来。幸而独自坐在那儿的一位穿黑衣的绅士仗义帮了忙，把球截住了。我们这对小选手使劲地喊叫，要求把球还给他们。为了避免惹麻烦，西茜·卡弗里就大声招呼那位绅士，请他把球扔给她。绅士用球瞄了瞄，就从岸滩朝上扔给西茜·卡弗里。但是球沿坡滚下，刚好停在格蒂的裙子下面，离岩石旁的小小水洼子不远。双胞胎又吵吵闹闹地要球，西茜叫格蒂把球踢开，任他们两个去争夺。于是，格蒂将一只脚向后一抬，暗想：要是这只笨球没滚到她这儿多好。她踢了一脚，却没踢中，招得伊迪和西茜大声笑了起来。

——失败了，就再试它一回，伊迪·博德曼说。

格蒂笑一笑，表示同意，并且咬了咬嘴唇。淡淡的粉红色爬上她俊美的两颊，然而她打定主意要让他们看个究竟。于是就把裙子稍微撩起，免得碍事，对准了目标，使劲踢了一脚。球滚得老远，那对双胞胎就跟在后面跑向满是沙砾的海滩。当然，伊迪纯粹是出于嫉妒

1 据《希腊神话》，风神之女阿久娥涅（哈尔西昂）因新婚的丈夫溺死，伤心而投海自尽。众神遂把这对夫妇变成翠鸟。冬至前后两周，风神使海上风平浪静，以便于翠鸟筑窝。因此，冬至前后的两周即通称哈尔西昂时期。

才这么说的。唯有这样才能引起对面望着的那位绅士的注意。她感到一阵热辣辣的红晕高涨着，燃烧着她的双颊。对格蒂·麦克道维尔来说，这一向是个危险信号。在这之前，他们两人仅只极其漫不经心地交换过一下视线。而今，她大胆地从新帽子的帽檐底下瞥了他一眼。迎着她的视线的那张浮泛在暮色苍茫中的脸，憔悴而奇怪地扭歪着，她好像从未见过那么悲戚的面色。

从教堂那敞着的窗口里飘溢出阵阵馨香，同时还传来无染原罪始胎之母那些芬香的名字：妙神之器，为我等祈；可崇之器，为我等祈；圣情大器，为我等祈；玄义玫瑰。那些饱经忧患的心灵，为每天的面包操劳的，众多误入歧途，到处流浪的。他们的眼睛被悔恨之泪打湿，却又放出希望的光辉，因为可敬的休神父曾经把伟大的圣伯尔纳在他那篇歌颂玛利亚的著名祷文中所说的话告诉过他们：任何时代也不曾记载过，那些恳求最虔诚的童贞玛利亚为之祈祷、有力地保护他们的人，曾被她所遗弃。

这对双胞胎如今又十分快活地玩起来了，因为儿时的烦恼犹如夏日的骤雨一般短暂。西茜·卡弗里哄着娃娃博德曼玩耍。他一会儿就快活地咯咯笑了起来，望空中拍着娃娃手。她躲在婴儿车的篷子后面喊了声不在，伊迪就问西茜哪儿去啦？于是，西茜抽冷子伸出脑袋来叫了一声啊！瞧，小家伙甭提有多么高兴啦！接着她又教他说爸爸。

——说爸爸，娃娃。说爸爸爸爸爸爸爸。

娃娃就使出吃奶的力气来说。因为他才十一个月，大家都说他非常聪明，个子也比一般娃娃要大，简直是健康的化身，是爱情完美的小结晶。大家都说，他将成为一个了不起的人物。

——哈加、加、加、哈加。

西茜用围嘴替他揩了揩小嘴儿，要他坐直了，说爸爸爸；但是当她解开皮带时却大声嚷道，哎呀呀，这娃娃都湿透啦，得把垫在下面的小毛毯翻过来重新叠一叠。当然喽，娃娃陛下对这种方便安排极为抵触，并且让人人都知晓：

——哈吧啊、吧啊哈吧啊、吧啊啊。

于是，两大行晶莹的泪水沿着他的面颊滚滚淌下。用那套乖乖乖，娃娃乖来哄他，给他讲叽叽的故事，告诉他噗噗在哪儿都是白搭，然而一向能随机应变的西茜把奶瓶嘴往他的嘴里一塞，这下子小异教徒立即被安抚了。

格蒂衷心巴望他们能把叽哇乱叫的娃娃打这儿领回家去，免得再刺激她的神经。现在已不适宜待在外面了，对那孪生的调皮鬼来说也是一样。她放眼凝望着海洋远处。那景色宛如画匠用彩色粉笔在马路上作的画。多么可惜，那一幅幅的画就全留在那儿等人给抹掉。暮色渐深，云雾弥漫，霍斯岬角的贝利灯台的光，乐声萦回耳际。还吹来教堂里所焚的馨香气味。她一边眺望着，一边心里怦怦直跳。可不是嘛，他瞧的正是她呢，而且他的目光是意味深长的。他的眼神犹如烈火，烧进她的内心，仿佛要把她搜索个透，要对她的灵魂了如指掌。那是一双神采奕奕的眼睛，表情丰富，可是信得过吗？人们就是这样古怪。从他那双黑眼睛和苍白而富于理智的脸来看，他是个外国人，长得跟她所收藏的那帧红极一时的小生马丁·哈维的照片一模一样。只不过多了两撇小胡子。然而她更喜欢有胡子，因为她不像温妮·里平哈姆那样一心一意想当演员，看了一出戏后就说咱们老是穿同样的衣服吧。但是她看不出坐在那边的他，长的是鹰钩鼻呢，还是不明显的狮子鼻[1]。她看得出，他身穿纯黑的丧服，戚容满面，为了了解个中原因，她不惜任何代价。他纹丝不动，专心致志地仰望着。当她踢球的时候，他瞅见了她怎样趾尖朝下，把脚摆动得很细心，也许他还看到了她鞋上那锃亮的钢质饰扣哩。她很高兴由于某种预感而穿上了这双透明的袜子。原来想的是兴许雷吉·怀利会出门，然而那已经过去了。她一向梦寐以求的，就在眼前。重要的是他，她喜形于色，因为她要他；因为她直觉地感到，他跟任何人都不一样。这个稚气未脱的女人的整个儿一颗心，扑向他——她幻梦中的丈夫，因为她一眼就看出他就是她的意中人。倘若他受过苦，没有犯多大罪，却受了很大

1　原文为法语。

冤屈；不，哪怕他本人就是个罪人，一个坏人，她也满不在乎。即使他是个新教徒或循道公会教徒，倘若他真心爱她，她还是不难把他改变过来的。有些创伤只能用爱情的香膏来医治。她是个温柔的女性，不像他所认识的那种没有女人气的轻浮丫头，那些骑上自行车到处炫耀自己所并不具备的品质的人们。她渴望他能把什么都告诉自己，她什么都能宽恕；倘若她能使他爱上自己，她就能使他忘掉过去的回忆[1]。那样一来，他或许就会像个真正的男子汉那样温存地拥抱她，把她那绵软的身子紧紧地搂住，爱她——唯一属于他的姑娘，他只爱她一个人。

罪人之避难所，苦恼者之安慰。**为我等祈**[2]。这话说得对：凡是怀着信仰持续不断地向她祷告者，永远不会迷失方向或遭到遗弃。说圣母是受苦受难者的避难港也是贴切的，因为她自己的心脏就被七苦[3]刺穿了。格蒂能够想象得出教堂里的一切情景：被灯光照亮的彩色玻璃，蜡烛，鲜花，圣母玛利亚教友会的蓝色旗帜。康罗伊神父在祭坛上协助教堂蒙席奥汉龙，他双目低垂，把一些圣器搬出搬进。他看上去几乎是一位圣徒。他那间忏悔阁子是那么宁静、清洁、幽暗，他那双手白得像蜡一般。倘若有朝一日她当上了多明我会的修女，身着白袍，说不定他会到女修道院来主持圣多明我的九日敬礼哩。她在忏悔的当儿告诉他那档子事后，生怕他看得见，连头发根儿都羞红了。他却说，不要苦恼，因为那不过是自然的声音，而我们生在现世，都要服从自然的规律。那不是什么过错，因为它来自天主所制定的妇女天性。他还说，我们的圣母玛利亚本人就曾对大天使加百列说过，愿你的话应验在我身上。他是那样的和蔼、圣洁，她多次想做一只带褶饰的绣花茶壶保温罩送给他。要么就是一只座钟。只是那一天她为了四十小时朝拜用的鲜花而去那里时，曾注意到他们的壁炉台上摆着一

---

1 “过去的回忆”一语出自《玛丽塔娜》（参看第123页注释4）第2幕第2场的歌曲《有一朵盛开的花》。

2 原文为拉丁文。

3 圣母七苦指耶稣被钉十字架（第5苦）、被埋葬（第7苦）等。

只白、金两色的座钟，一只金丝雀从一个小屋里踱出报时。想知道送什么礼物合适可真难哪。干脆送一本都柏林或什么地方的彩色风景画册吧。

令人发急的双生小家伙们又吵起来了。杰基把球朝大海丢去，两个人一道跟在后面追。这样的小猴儿就像沟里的水似的，到处乱窜。除非什么人把他们双双逮住，狠狠地揍上一顿，他们是不会消停下来的。西茜和伊迪大声喊他们回来，生怕会涨潮，把他们淹死。

——杰基！汤米！

他们才不回来呢！多么任性的娃娃们呀！西茜说，她再也不带他们出门啦。她跳起来，喊叫他们，从他身边擦过去，跑下了坡，头发披散在背后。头发的颜色倒还过得去，只是不够浓密，尽管她不断地擦着什么药，由于不对路子，总也不见长。所以她对那药的怨气可大啦。她像雄鹅一般迈着大步跑，裙子箍得那么紧，令人惊异的是居然没裂开。西茜·卡弗里颇像个假小子，只要认为有个一显身手的机会，就不放弃。她有双飞毛腿，跑起来她那皮包骨的腿肚子抬得高高的，能够让他看到她的衬裙下摆。为了使身材显得高一些，她特意穿上了弓形的法国式高跟鞋。要是不巧绊倒在什么东西上头，摔了个屁股蹲儿，那才活该呢。**看哪**[1]！满可以让像那样一位绅士赏心悦目的了。

他们向诸天神之王后，诸圣祖之王后，诸先知之王后，诸圣人之王后，至圣玫瑰之王后祷告。然后，康罗伊神父把香炉递给教堂蒙席奥汉龙。他添上香料，把圣心熏香。西茜·卡弗里逮住了双胞胎，她恨不得掴他们几个大耳刮子，但是想到他也许在瞧着，所以她没这么做。然而西茜一辈子也没有过更大的误会，因为格蒂即使不看也能知道，他始终目不转睛地看着的是她。然后，教堂蒙席奥汉龙将香炉递还给康罗伊神父，跪下来瞻仰圣心。唱诗班开始吟唱**堂堂圣体**。她随着堂堂圣体奥——妙至极[2]的悠扬乐声，用一只脚一前一后地踩着拍

1　原文为法语。

2　“堂堂圣体，奥妙至极，吾叩首行敬礼”是圣托马斯·阿奎那所作的圣歌最后两段的首句。格蒂不谙拉丁文，故把音节断错了。

子。她在乔治街的斯帕罗商店花三先令十一便士买下了这双长袜。那是星期二，不——是复活节前的星期一。他定睛望着的正是这双连一根线也没绽的透明袜子，而不是西茜那双毫无可取、一点样儿也没有的袜子（真是丢人现眼！）。他有眼光，辨别得出其间的差别。

西茜领着一对双胞胎带着他们的球，沿着沙滩走来了。由于跑了一阵，帽子歪到一边去了，勉强扣在脑袋上。两个星期前才买的便宜衬衫像抹布似的耷拉在背后，还邋里邋遢地拖出一截衬裙下摆，那副样子简直像是拖着两个娃娃的荡妇。为了整理一下头发，格蒂摘了一会儿帽子。还没见过一个少女肩上披散着这么漂亮、优美的一头深栗色鬈发呢。看上去如此娇艳可爱，说实在的，妖娆得几乎令人发狂。你得走上多少英里漫长的道路才能遇上这么一头美发。她几乎可以看到他对此蓦地做出的反应：两眼闪过一丝赞赏的目光，她的每一根神经都为之震颤。她戴上帽子，好从帽檐底下窥伺。当她瞥见他眼睛里的神情时，不禁紧张起来，就赶快甩开那只有着饰扣的鞋。他就像是蛇盯住猎物般地盯着她。女人的本能告诉她，她唤醒了他心中的魔鬼。这么一想，一片火红色就从喉咙唰地掠到眉宇间，最后，她那鲜活的面庞变成一朵容光焕发的玫瑰。

伊迪·博德曼也发觉了这一点，因为她一面斜起眼睛望着格蒂，一面像个老处女似的戴着眼镜，半笑不笑的，假装在哄娃娃。她动不动就生气，像一只蚋似的，永远也改不了，因此谁都跟她处不好。与她毫无关系的事，她也会横加干涉。于是，她就对格蒂说：

——你呆呆地在想什么呢?

——什么？格蒂回答说，皓齿使她的微笑格外迷人。我只是纳闷着天色是不是太晚了。

因为她巴不得她们早些把这对净流鼻涕的双胞胎和那个娃娃领回家去，省得他们老在这里淘气，所以才委婉地暗示天色已晚的话。当西茜走上来时，伊迪问她几点了。爱耍贫嘴的西茜小姐说，接吻时间已过了半小时，到了再接吻一次的时刻啦。然而伊迪还是想知道时间，因为家里要他们早点儿回去。

——等一等，西茜说，我跑去问问那边的我那位彼得伯伯，他那只大破表几点钟啦。

于是，她走过去了。当他瞧见她走过来时，格蒂看到他把手从兜里掏出来，紧张地边抬头望望教堂边摆弄着表链。格蒂看得出，尽管他是个多情的人，自我抑制力却极强。刚才他还被一位倩女弄得神魂颠倒，目不转睛地盯着她看；转瞬之间他又成为举止安详、神态端庄的绅士了，堂堂仪表的每个线条都显示出他的自制力。

西茜对他说，劳驾，能不能麻烦他告诉她一下准确的时间。格蒂看见他掏出表，听了听，仰起脸来，清了清喉咙，说他非常抱歉，他的表停了。然而，他估计八点过了，因为太阳已经落下。从他的声音听得出是有教养的，语调虽平稳，圆润的嗓音却带点颤巍。西茜道了谢，走回来伸伸舌头说，那位伯伯说他的水道堵塞啦。

接着，他们唱起跪拜赞颂[1]第二段。教堂蒙席奥汉龙又站起来，向圣体献香，重新跪下。他告诉康罗伊神父，有一支蜡几乎把鲜花点着了，康罗伊神父便起身去侍弄好。格蒂瞧见那位绅士正在给表上弦。听到那咔嗒咔嗒声，她越发使劲一前一后地甩腿打着拍子。天色越来越黑下来了，但是他还看得见，而且不论正给表上弦还是摆弄它的当儿，他都一直在看着。随后，他把表塞回去，双手揣在兜里。她感到一股激情涌遍全身，凭着头皮的感觉和触碰胸衣时引起的焦躁感，告诉她那个想必快来了。因为上次她为了新月而铰头发时，就有过这样的感觉。他那双黑黑眸子又盯住她了，陶醉在她的整个轮廓里，朴朴实实地参拜着她的神龛。倘若男人那热情洋溢的注视中含有不加掩饰的爱慕的话，那就在此人脸上表露得再清楚不过了。都是为了你呀，格楚德·麦克道维尔，而且你是知道的。

伊迪开始准备回去，而且也到了该回去的时刻。格蒂留意到，她所给的小小暗示已产生了预期的效果，因为沿着岸滩走上一大段路才能够抵达把婴儿车推上大道的地方。西茜摘掉双胞胎的便帽，替他

1　原文为拉丁文。

们拢了拢头发，当然，这是为了使她自己富于魅力。身穿领口打着褶子的祭袍的教堂蒙席奥汉龙站了起来，康罗伊神父递给他一张卡片来读。于是，他诵读起你**赐予他们神粮**[1]。伊迪和西茜一直在谈论时间，还向格蒂打听。格蒂倒也善于以其人之道还治其人之身，口气辛辣而彬彬有礼地做了答复。这时伊迪又问格蒂，她莫非是由于遭到男朋友的遗弃而心碎。一阵剧烈的痉挛穿过格蒂的全身。刹那间，她的眼睛里闪出冰冷的火焰，显示出无限轻蔑。她受到了创伤——对，深重的创伤。伊迪活像是一只可恶的小猫，偏偏用一种独特的安详口吻说这类明知道会伤害对方的话。格蒂旋即张开嘴要说什么，但是她竭力抑制住涌到嗓子眼里的哽咽——她喉咙的造型细溜、完美而俊秀，像是艺术家所梦寐以求的。她对那个青年爱得比他所知道的还要强烈。他跟所有其他男性一样，是个轻浮的负心人，见异思迁，永远也不会理解他在她心目中是何等重要。她那双蓝眼睛倏地热泪盈眶。她们两个人的眼睛冷酷无情地盯着她望。但是她却英勇地以同情的目光瞟了她新征服的那个男子一眼，让她们瞧瞧。

——哦，格蒂迅如闪电地回应，笑着，傲然扬起头。这是个闰年嘛，我喜欢谁，就追求谁。

她的话清澈如水晶，比斑尾林鸽咕咕的叫声还要悦耳；然而却像冰块似的划破了寂静。她那年轻的声音宣告说：她可不是能够随随便便地被人摆布的。至于凭着几个钱就那么神气活现的雷吉先生，她蛮可以当作垃圾一样地把他抛掉，再也不会想到他，并把他寄来的那张无聊的明信片撕个粉碎。倘若今后他胆敢放肆，她就会从容冷静地对他投以轻蔑的一瞥，使他当场蜷缩作一团。寒酸小姐小伊迪的神情颇为沮丧。格蒂看到她脸色非常阴沉，便知道这个鲁莽自负的丫头简直气得厉害，尽管她还在掩饰。因为格蒂那句锋利的话刺穿了她那小气的嫉妒心。她们两人都知道，格蒂孑然一身，与众不同，属于另一个星球。她不是她们当中的一个，永远也不会是。另外一位先生也晓得

---

1 原文为拉丁文，是紧接着“跪拜赞颂”而诵的经。

这一点，并且亲眼看到了。让她们扪心自问去吧。

伊迪把娃娃博德曼的衣服整理停当，准备动身了。西茜将皮球、铲子和桶一股脑儿塞进去。而且确实也该回去了，因为睡魔已经来接小少爷博德曼了。西茜也告诉他说，伙伴眨巴眼儿快来了，娃娃该睡啦。娃娃看上去简直太可爱了，他抬起一双喜气洋洋的眼睛笑着。西茜为了逗乐儿戳了一下他那胖胖的小肚皮，娃娃连声对不起也没说，却把他的答谢一股脑儿送到他那崭新的围嘴上了。

——啊唷！布丁和馅饼！西茜大叫了一声。他把围嘴儿糟蹋啦。

这一小小**事故**[1]给她添了麻烦，然而转眼她就把这档子小事料理好了。

格蒂将冒到嗓子眼儿的喊叫抑制住了，神经质地咳嗽了一下。伊迪问她怎么啦。她差点儿对伊迪说，谁有工夫回答你这种过了时的问题！然而她是向来不忘记上流妇女的举止的，所以就十分机敏地说了句正在降福呢，就给敷衍过去了。刚好这当儿，宁静的海滨传来教堂的钟声，教堂蒙席[2]奥汉龙围着康罗伊神父替他披上去的肩衣，登上祭坛，双手捧圣体，举行降福仪式。

暮色苍茫，这片景色是多么的动人啊。爱琳那最后一抹姿容，晚钟那扣人心弦的合奏；同时从爬满常春藤的钟楼里飞出一只蝙蝠，穿过黄昏，东飞西飞，发出微弱的哀鸣。她能看见远处灯塔的光，美丽如画。她巴不得自己带着一匣颜料，因为写生比画人物素描要容易。灯夫很快就会沿路点起街灯了。他将走过长老会教堂场地，沿着特里顿维尔大树的树荫下踱来。人们成双成对地在这里漫步。他还点燃她那扇窗户附近的一盏灯，雷吉·怀利常在这里骑车表演空轮，就像卡明女士那本《点灯夫》中所描述的那样。她也是《梅布尔·沃恩》和其他一些故事的作者[3]。格蒂有着无人知晓的梦想。她喜爱读诗。伯

1 原文为法语。

2 原文作canon，大教堂参事会（教士会）成员。蒙席是天主教对这一职称的习惯用语。

3 十九世纪美国女作家玛丽亚·卡明所著《点灯夫》的扉页上记载着表演空轮的故事。《梅布尔·沃恩》（1857）的女主人公与格蒂同名，后为点灯夫所收养。

莎·萨波尔送给她一本珊瑚色封面的漂亮忏悔簿，以便她把随感记下来。她就将它放到梳妆台抽屉里了。这张桌子虽不豪华，却整洁干净得纤尘不染。这是姑娘的宝库，收藏着玳瑁梳子、“玛利亚的孩子”徽章、白玫瑰香水、描眉膏、雪花石膏香盒、替换着钉在洗衣房刚送回来的衣服上用的丝带等。忏悔簿上记载着她用紫罗兰色墨水（是从戴姆街希利的店里买来的）写下的一些隽永的思想。因为她感到，只要她能够像如此深深地感染了她的这首诗那样表达自己，她就也能够写诗。那还是一天傍晚，她从包蔬菜的报纸上找到并抄下来的。以《我理想的人儿，你是凡人吗？》为题的此诗作者是玛赫拉非尔特的路易斯·J. 沃尔什。后面还有什么“**薄暮中，你会到来吗**”之句。诗是那样可爱，其中所描绘的无常之美是那样令人悲伤，以致她的眼睛曾多次被沉默的泪水模糊了。因为她感到时光年复一年地逝去，倘非有那唯一的缺陷，她原是不用怕跟任何人竞争的。那次事故是她下多基山时发生的，她总是试图掩盖它。但是她感到，应该了结啦。倘若她看到了他眼中那种着了魔般的诱惑，那就什么力量也阻止不住她了。爱情嘲笑锁匠。她会付出巨大的牺牲，尽一切力量和他心心相印。她将会比整个世界对他更为亲密，并使他的生活由于幸福而熠熠生辉。有个最重要的问题：她渴望知道他究竟是个有妇之夫，抑或是个丧偶的鳏夫呢，要么就像那位来自歌之国[1]有着外国名字的贵族，他只好把妻子关进疯人医院——为了仁慈，不得不采取残忍手段。真是悲剧！然而即便如此——那又怎么样？难道会有多大分别吗？她禀性高尚，对任何稍微有点粗俗的东西，都会本能地回避开。她讨厌那种在多德尔河畔的客栈附近跟大兵以及粗俗的男人鬼混的浪荡女人。她们毫不爱惜少女的贞操，丢尽女人的脸，给抓到警察局去。不，不，那种事我可不干。他们仅仅是好朋友而已，就像是大哥哥和小妹妹，完全没有那方面的事，尽管并不符合一般社交界的惯例。也许他在哀悼已淡忘了的往昔岁月的情人呢。她认为她是理解的。她要试图理解他，

1　歌之国，指意大利。

因为男人们是那样的不同。老情人等待着，伸出白皙的小手等待着，还有那双动人的蓝眼睛。我的意中人！她会跟随她的梦中之恋，服从她心灵的指挥。它告诉她，他是她一切的一切。整个世界上，他是她唯一的男人，因为爱情才是最有权威的向导。其他都无所谓。不管怎样，她就是要无拘无束，自由奔放。

教堂蒙席奥汉龙将圣体放回圣龛，屈膝跪拜。接着，唱诗班唱起：**列国啊，你们要颂赞上主！**[1]然后，他锁上圣龛，因为降福仪式已结束。康罗伊神父递给他帽子让他戴上。刁猫伊迪问格蒂走不走，可是杰基·卡弗里嚷道：

——啊，看哪，西茜！

于是，他们都看了。原以为那是一道闪电，然而汤米也看见了：在教堂旁边的树林上空，起初是蓝的，继而是绿的和紫的。

——放焰火哪！西茜·卡弗里说。

于是，为了观赏屋舍和教堂上空的焰火，她们全都慌慌张张地沿着岸滩跑去。伊迪推着娃娃博德曼所坐的那辆婴儿车，西茜拉着汤米和杰基的手，免得他们栽跟头。

——来呀，格蒂，西茜喊叫道。是义卖会的焰火哩。

然而格蒂态度坚决，无意听任她们摆布。倘若她们能够像荡妇那样野跑，她蛮可以这么原地坐着；所以她说，她从自己坐的地方也瞧得见。那双紧盯着她的眼睛，使她的心怦怦直跳。她瞥了他一眼，视线同他相遇。那道光穿透了她全身。那张脸上有着炽热的激情，像坟墓般寂静的激情。她遂成为他的了。终于只剩下他们两个了，再也没有人刺探并叽叽喳喳。而且她晓得他是至死不渝的，坚定不移，牢固可靠，通身刚正不阿。他的双手和五官都在活动，于是，她浑身颤栗起来。她尽量仰着身子，用目光寻觅那焰火，双手抱膝，免得栽倒。除了他和她以外，没有一个人在看着，所以她把她那双俊秀而形态优美、娇嫩柔韧而细溜丰腴的小腿整个儿裸露出来。她似乎听到他

1　原文为拉丁文。

那颗心的悸跳，粗声粗气的喘息，因为她也晓得像他那样血气方刚的男人，会有着怎样的情欲。还因为一次伯莎·萨波尔告诉过她一桩绝对的秘密，并要她发誓永远不说出去。她家的一位在人口密集地区调查局工作的房客，从报纸上剪下那些表演短裙舞和跷腿舞的舞女的照片。她说，他不时地在床上做些不大文雅的勾当，这，你也想象得到吧。不过，眼下这档子事可跟那个大不相同，情况完全两样。她几乎觉得他使她的脸贴近他自己的脸，并用他那俊俏的嘴唇飞快地给了她一个热烈的初吻。再说，只要你在婚前不做那另一档子事，罪行就能得到赦免。应该设个女忏悔师，即便你不说出口，她们也能领会得一清二楚。西茜·卡弗里的两眼有时也露出梦幻般的恍惚神情，唷，她准也是那样的。还有温妮·里平哈姆，对一些男演员的照片简直入了迷，而且是由于那个快来了，才会有这种感觉。

这时，杰基·卡弗里大声嚷道，瞧，又来了一个。格蒂把上半身往后仰，露出的蓝袜带刚好同透明的长袜子般配。他们都瞅见了，并且都嚷着，瞧，瞧，就在那儿。她一个劲儿地往后仰着看那焰火。这时，有个软软的古怪玩意儿腾空飞来飞去，黑黑的。她瞧见一支长长的罗马蜡烛高高地蹿到树木上空，高高地，高高地。大家紧张地沉默着。待它越升越高时，大家兴奋得大气儿不出。为了追踪着瞧，她只好越发往后仰。焰火越升越高。几乎望不到了。由于拼命往后仰，她脸上洋溢出一片神圣而迷人的红晕。他还能看到她旁的什么，抚摩皮肤的印度薄棉布裤衩，因为是白色的，比四先令十一便士的那条绿色佩蒂怀斯牌的看得更清楚。那袒露给他，并意识到了他的视线，焰火升得那么高，刹那间望不到了，她往后仰得太厉害，以致四肢发颤，膝盖以上高高的，整个儿映入他的眼帘。就连打秋千或蹚水时，她也不曾让人这么看过，她固然不知羞耻，而他像那样放肆地盯着看，倒也不觉得害臊，他情不自禁地凝望着一半是送上来的这令人惊异的袒露，看啊，看个不停，就像着短裙的舞女们当着绅士们的面那么没羞没臊。她恨不得抽抽搭搭地对他喊叫，朝他伸出那双雪白、细溜的双臂，让他过来，并将他的嘴唇触到她那白皙的前额上。这是一个年轻姑娘的爱之呼声，从她的胸脯里绞出来的、被抑制住的小声叫唤，古往今来这叫喊一直响彻着。这当儿一支火箭蹿了上去，嘣的一声射向黑暗的夜空。哦，紧接着，罗马蜡烛爆开来，恰似哦的一声叹息。每一个人都兴高采烈地哦哦直叫。这当儿，喷出一股金发丝，像雨一般倾泻下来。啊！全都是绿色的、露水般的星群，滔滔不绝地散发着金光，哦，多么可爱，哦，多么柔和，甜蜜，柔和！

然后，一切都宛若露水一般融化到灰色的氛围里。万籁俱寂。啊！当她敏捷地向前弯过身去的时候，瞥了他一眼。这是感伤的短短一瞥，带有可怜巴巴的抗议和羞怯的嗔怪，弄得他像个少女一般飞红了脸。他正倚着背后的岩石。在那双年轻天真的眼睛面前，利奥波德·布卢姆（因为这正是他）耷拉着脑袋，默默地站着。他是何等的残忍啊！又干了吗？一个纯洁美丽的灵魂向他呼唤，而他这个卑鄙的家伙竟做出了什么样的回应呢？他简直下流透顶！偏偏是他！然而她那双眼睛里却蕴蓄着无穷无尽的慈祥，连对他也有一句宽恕的话，尽管他做错了事，犯了罪，误入歧途。一个姑娘家应该倾吐出来吗？不，一千个不。这是他们的秘密，仅属于他们两个人之间的秘密。他们两个人独自藏身在薄暮中，没有人知晓，他们也不会泄露。除了那只穿过薄暮轻盈地飞来飞去的小蝙蝠，而小蝙蝠们是不会泄露隐情的。

西茜·卡弗里学着足球场上的少年们那么吹口哨，以便显示她多么了不起。接着，她喊道：

——格蒂！格蒂！我们走啦。来吧。从那边高处也瞧得见。

格蒂想起了主意，一个小小的爱情策略。她把一只手伸进手绢兜里，掏出那块洒了香水的棉布，挥动几下作为回答。当然不让他知道用意，然后又把它悄悄地放了回去。不晓得他是不是离得太远了。她站了起来。分别了吗？她非走不可啦，然而他们还会在那儿见面的。直到那时，直到明天，她都会重温今晚这个好梦的。她站直了身子。他们的灵魂在依依不舍的最后一瞥中相遇。射到她心坎儿上的他那视线，充满了奇异的光辉，如醉如痴地死死盯着她那美丽如花的脸。她对他露出苍白的微笑，表示宽恕的温柔的微笑，热泪盈眶的微笑。接着，两个人就分手了。

她连头都没回，慢慢地沿着坑坑洼洼的岸滩走向西茜、伊迪，走向杰基与汤米·卡弗里，走向小娃娃博德曼。暮色更浓了，岸滩上有着石头、碎木片儿以及容易让人滑倒的海藻。她以特有的安详和威严款款而行，小心翼翼，而且走得非常慢，因为——因为格蒂·麦克道维尔是……

靴子太紧了吗？不。她是个瘸子！哦！

布卢姆先生守望着她一瘸一拐地离去。可怜的姑娘！所以旁人才撇下她，一溜烟儿跑掉了。一直觉得她的动作有点儿别扭来着。被遗弃的美人儿。女人要是落了残疾，得倒霉十倍。可这会使她们变得文雅。幸而她袒露的时候我还不曾知道这一点。不论怎样，她毕竟是个风流的小妞儿。我倒不在乎。犹如对修女、黑女人或戴眼镜的姑娘所抱的那种好奇心。那个斜眼儿姑娘倒也挺爱挑剔的。我估计她的经期快到了，所以才那么烦躁。今天我的头疼得厉害。我把信放在哪儿啦？嗯，不要紧。各种古怪的欲望。舔舔一便士的硬币什么的。那个修女说，特兰奎拉女修道院有个姑娘爱闻石油气味。估计处女们到头来会发疯的。修女吗？如今都柏林有多少修女呢？玛莎，她。能够有所觉察。都是月亮的关系。既然这样，为什么所有的女人不在同一个月亮升上来的时候一齐来月经呢？我推测这要看她们是什么时候生的。兴许开头一致，后来就错开了，有时摩莉和米莉赶在同一个时候。反正我沾了光，亏得今天上午在澡堂里我没为她那封我可要惩罚你啦的傻信干上一通。今儿早晨电车司机那档子事，这下子也得到了补偿。那个骗子麦科伊拦住了我，说了一通废话。什么他老婆要到乡间去巡回演出啦，手提箱啦，那嗓门就像是鹤嘴锄。为点小恩小惠就很感激。而且要价不高，有求必应。因为她们自己也想搞。这是她们生来的欲望。每天傍晚，她们成群结伙地从办公室里往外涌。你不如做出一副冷漠的样子。你不要，她们就会送上门来。那么就捉活蹦乱跳的吧。噢，可惜她们看不到自己。关于胀得鼓鼓的紧身裤的那场梦。是在哪儿看的来着？啊，对啦。卡佩尔街上的活动幻灯器：仅许成年男子观看。《从钥匙孔里偷看的汤姆》。《姑娘们拿威利的帽子做了什么？》里那些姑娘的镜头究竟是抓拍的呢，还是故意做戏呢？**棉布汗衫**[1]给以刺激。抚摩她那**曲线**[2]。那样一来，也会使她们兴奋的。我是十分干净的，来把我弄脏了吧。在做出牺牲之前，她们还爱相互打扮。米莉可喜欢摩莉的新衬衫了。起初，统统穿上去，无非是为了再脱个精光。摩莉。所以我才给她买了一副紫罗兰色的袜带。我们也一样。他系的领带，他那漂亮的短袜和裤脚翻边儿的长裤。我们初次见面的那个晚上，他穿了双高帮松紧靴。他那件华丽衬衫闪闪发光，外面罩了件什么呢？黑玉色的。女人每摘掉一根饰针，就失去一份魅力。靠饰针拢在一起。哦，玛丽亚丢了衬裤的饰针。为某人打扮得尽善尽美。赶时髦是女性魅力的一部分。你一旦探出女人的秘密，她的态度就起变化。东方的可不同。玛丽亚，玛莎。从前是如此，现在还是如此。不会拒绝任何正正经经提出来的要求。她也并不着急。去会男人时，女人总是急匆匆的。她们从来不爽约。也许是出于一种投机心理。她们相信机缘，因为她们本身就像是机缘。另外那两个动辄就对她说上一句莫名其妙的挖苦话。学校里的女伴儿们相互搂着脖子或彼此把十指勾在一起。在女修道院的庭园里又是接吻，又是叽叽喳喳说些莫须有的秘密。修女们那一张张白得像石灰水般的脸，素净的头巾以及举上举下的念珠。对她们自己得不到的东西说着尖刻的话语。铁蒺藜。喏，一定要给我写信啊。我也会给你写的。一定的，好吗？摩莉和乔西·鲍威尔。以后白马王子来了，就轻易见不着面了。**看哪**[3]！哦，天哪，瞧，那是谁呀！你好吗？你都干什么来着？（亲吻）真高兴，（再吻一下）能够见到你。相互挑剔对方的衣装。你这身打扮真漂亮。姊妹般的感情。相互龇着牙齿。你还剩几个孩子呀？

1　原文为法语。

2　“抚摩她那曲线”（“曲线”，原文为法语），参看第348页注释2及有关正文，引用时省略了“丰满的”一词。

3　原文为法语。

彼此连一撮盐也不肯借给对方。

啊！

身上那玩意儿一来，女人就成了魔鬼。神色阴沉可怕。摩莉常常告诉我，只觉得什么都有一英吨重。替我搔搔脚底板儿。哦，就这样！哦，舒服极啦！连我都会有那么一种感觉。偶尔休息一下是有好处的。身上来了的时候搞，也不晓得好不好。从某一方面来说是安全的。会把牛奶变酸，使提琴啪的一声断了弦。有点像我在什么书上读到过的关于花园里的树都会枯了的事。他们还说，要是哪个女人佩戴的花儿枯了，她就是个卖弄风情者。她们都是。我敢说她对我有所觉察。当你有那种感觉的时候，常常会遇见跟你有同样感觉的人。她对我有好感吗？她们总先注意服装打扮。一眼就能知道谁在献着殷勤。硬领和袖口。喏。公鸡和狮子也这么样吗？还有雄鹿。同时，她们兴许喜欢松开来的领带或是什么的。长裤？那时候我该不至于……吧？不，要轻轻地搞。莽莽撞撞会招对方讨厌。摸着黑儿接吻，永远莫说出口。她看中了我的什么地方。不知道是哪一点。她宁可要保持真正面目的我，也不要个所谓诗人，那种头发上涂满胶泥般的熊油，右边的眼镜片上耷拉着一绺爱发[1]。协助一位先生从事文字工作。到了我这年纪，就该注意一下仪表了。我没让她瞧见我的侧脸。可也难说。漂亮姑娘会嫁给丑男人。美女与野兽。而且我不能那样做，倘若摩莉……她摘下帽子来显示头发。宽檐的。买来遮掩她的脸。要是遇见了可能认识她的人，就低下头去，或是捧起一束鲜花来闻。动情的时候，头发的气味很强烈。当我们住在霍利斯街日子过得很紧的时候，我曾把摩莉脱落的头发卖了十先令。那有什么关系呢？只要他给她钱，为什么不可以呢？这全都是偏见。她值十先令，十五先令，也许还不止——值一镑哩。什么？我是这么想的。一个钱也不要。笔力遒劲：玛莉恩太太。我忘没忘记在那封信上写地址呢，就像我寄给弗林

1　爱发是男子用丝带扎起来、垂在耳边的一绺头发，伊丽莎白一世女王及詹姆斯一世在位期间曾流行于英国上层社会。

的那张明信片那样？再就是那一天我连领带都没系就到德里米公司去了。和摩莉拌了嘴，弄得我心烦意乱。不，我想起来了。是在里奇·古尔丁家。他的景况也一样，心思很重。奇怪，我的表四点半钟就停了，准是灰尘闹的。他们曾经用鲨鱼肝油来擦油垢。我自己都干得了。节约嘛。时间是不是刚好他和她？

哦，他搞了。进入了她。她搞了。搞完了。

啊！

布卢姆先生小心翼翼地动手整理他那湿了的衬衫。哦，天哪，那个瘸腿小鬼。开始感到凉冰冰黏糊糊的。事后的滋味并不好受。反正你也得想办法把它抹掉。她们才不在乎呢。也许还觉得受到恭维了呢。回到家，吃上一顿美味的面包牛奶，跟娃娃们一道做晚间祷告。喏，她们不就是这样的吗？要是看穿了女人的本色，就大失风趣了。无论如何也得有舞台装置、胭脂、衣装、身份、音乐。还有名字。女演员们的*恋爱*[1]。内尔·格温、布雷斯格德尔夫人、莫德·布兰斯科姆。启幕。灿烂的银色月光。胸中充满忧郁的少女出现。小情人儿，来吻我吧。我依然感觉得出。它给予男人的力量。这就是其中的奥妙。从迪格纳穆家一出来，我就在墙后痛痛快快地干了一场。都是由于喝了苹果酒的关系。不然的话，我是不会的。事后你就想唱唱歌。*事业是神圣的。嗒啦。嗒啦*[2]。假若我跟她说话呢。说些什么？不过，你要是不晓得怎样结束这谈话，可就糟啦。向她们提一个问题，她们也会问你一句，倘若谈不下去了，这么问也是个办法。可以争取时间。可是那么一来，你就走入困境啦。当然，如果你打招呼说：晚上好，对方也有意，就会回答说：晚上好，那就太妙啦。哦，可那个黑夜在阿皮安路上，我差点儿跟克林奇太太那么打招呼，噢，以为她是那个。哎呀！那天晚上在米思街遇到的那个姑娘。我叫她把所有的脏话都说遍了。当然，说得驴唇不对马嘴。说什么我的方舟。想找个像

1　原文为法语。

2　原文为意大利语。参看第241页注释1。

样的有多么难哪。喂喂！要是她们来拉客而你却不理睬，她们一定会难堪吧。后来也就铁了心。当我多付给她两先令时，她吻了我的手。鹦鹉。一按电钮，鸟儿就会叽叽叫唤。她要是没称我作先生就好了。哦，黑暗中，她那张嘴啊！哦，你这个有家室的人跟这个黄花姑娘！女人就喜欢这么样。把另外一个女人的男人夺过来。或者，哪怕就这么说说。我可不然。我愿意离旁人的老婆远远的。凭什么吃旁人的残羹剩饭！今天在巴顿饭馆里，那家伙把齿龈嚼过的软骨吐了出去。法国信[1]还在我的皮夹子里哪。一半祸端就是它引起来的。但是有时可能会发生哩，我想不至于吧。进来吧，什么都准备好啦。我做了个梦。梦见什么？最坏的开始发生了。女人一不顺心就转换话题。问你喜不喜欢蘑菇，因为她曾经认识一位喜欢蘑菇的先生。如果什么人说了半截话，念头一转住了口，她就问你那人究竟想说什么来着？不过我要是一不做二不休的话，就会说：我想搞什么的。因为我真是想搞嘛。她也想。先冒犯她，再向她讨好。先假装非常想要一样东西，随后又为她的缘故把它放弃。拼命夸她。她很可能一直都在想着旁的什么男人。那又有什么关系呢？她从懂事以来想的就是男人，这个男人和那个男人。头一回的接吻就使她开了窍。那是幸福的一刹那。在她们内部有个什么突然萌动起来。痴情，眼神里含着痴情，偷偷摸摸的。最早的情愫是最美好的。直到死去的那一天都会铭记心头。摩莉，马尔维中尉在花园旁边的摩尔墙角下吻了她。她告诉我，当时她才十五岁。然而奶头已经丰满了。那一次她睡着了。发生在格伦克里的宴会结束之后，我们驱车回家去，翻过羽毛山。她在睡梦中咬着牙。市长大人也用两眼盯着她。维尔·狄龙。患有中风。

她正在下边等着看焰火呢。我的焰火啊。蹿上去时像火箭，下来时像棍子。那两个孩子想必是双胞胎，等着瞧热闹。巴不得长大成人，穿上妈妈的衣服。时间充裕得很，逐渐懂得了一切人情世故。还有那个皮肤黑黑的丫头，头发乱蓬蓬的，嘴巴像黑人。我晓得她会吹

1　法国信（letter）是避孕套的隐语。此字又可作“文学”解。

口哨，天生的一张吹口哨的嘴。就像摩莉。说起来，詹米特旅馆里的高级妓女把围巾只围到鼻子那儿。对不起，能不能告诉我一下几点啦？咱们到一条黑咕隆咚的小巷去，我就告诉你准确的时间。每天早晨说四十遍梅干和棱镜，就能治好肥嘴唇。她还在亲热地抚摩小男孩们哪。旁观的人一眼就看穿。当然喽，她们了解鸟儿、动物和娃娃。这是她们的本行。

她沿着岸滩往下走时，并没有回头看。才不那么让人称心呢。那些姑娘，那些姑娘，海滨那些俏丽的姑娘。她长着一双好看的眼睛，清澈如洗。这双眼睛格外引人注目的毋宁说是眼白，而不是瞳孔。她知道我是什么样的？当然喽，就像一只猫坐在狗所蹿不到的地方。女人们可从来没见过像威尔金斯那样的：他一面在中学画维纳斯像，一面把自己的物儿一股脑儿袒露出来。难道这叫作天真吗？可怜的白痴！他的老婆真够呛的。从来没看到过女人坐在标明**油漆未干**字样的长凳上。她们浑身都是眼睛。床底下什么都没有，她们也要探头去瞧一瞧。渴望着在生活中遇上骇人的事。她们敏感得像针似的。当我对摩莉说，卡夫街拐角那儿的男子长得英俊，她想必喜欢这样的，她却马上发现他有一只胳膊是假的。果不其然是那样。她们究竟是打哪儿得到的线索呢？女打字员一步两蹬地跨上罗杰·格林的楼梯，以显示她对男人的理解。由父亲传下来，我的意思是说，由母亲传给女儿。血统里带来的。比方说，米莉把手绢贴在镜面上晾干，就省得用熨斗烫了。把广告贴在镜面上最能吸引女人的眼目了。有一次我派米莉到普雷斯科特去取摩莉那条佩斯利披肩。对了，我还得安排一下那档子广告。她竟把找给她的零钱塞在袜筒里捎回来了！好聪明的小顽皮妞儿。我可从来也没教过她。她挟着大包小包的，动作总是那么麻利。像这样的小地方，却能吸引男人。当手涨红了的时候，就举起来，挥动着，让血淌回去。这你倒是跟谁学的呢？没跟任何人学。是护士教的。噢，她们知道得可多啦！我们从西伦巴德街搬走之前不久，三岁的她居然就坐在摩莉的梳妆台前面。**我的脸儿漂亮吧**。穆林加尔。谁知道呢？人之常情。年轻的学生。不管怎样，两条腿直直溜溜，不像另外那个。不过，那妞儿还是蛮够意思的。唉呀，我湿了。你这个鬼丫头。小腿肚子鼓鼓的。透明的袜子，绷得都快裂了。跟今天那个穿得邋里邋遢的女人可不一样。A. E. 皱巴巴的长筒袜子。或是格拉夫顿街上的那个。白的。喔！胖到脚后跟。

智利松型火箭爆开了，噼噼啪啪地四下里迸溅。吱啦、吱啦、吱啦、吱啦。西茜、汤米和杰基赶紧跑出去看，伊迪推着娃娃车跟在后面，接着就是从岩石拐角绕过去的格蒂。她会……吗？瞧！瞧！看哪！回头啦。她闻见了一股葱头气味。亲爱的，我看见了，你的。我统统看见了。

啊呀！

不管怎样，我总算得了济。基尔南啦，迪格纳穆啦，弄得我灰溜溜的。你来替换，多谢啦[1]。这是《哈姆莱特》里的。啊呀！各种感情搅在一起。兴奋啊。当她朝后仰的时候，我感到舌头尖儿一阵疼痛。简直弄得你晕头转向。他说得对。我原是有可能闹出更大的笑话的，而不是仅只说些无聊的话。那么我就什么都告诉你吧。然而，那只能是我们两人能理解的话。该不是？不，她们叫她作格蒂来着。不过，也可能是个假名字哩，就像我的名字似的。海豚仓这个地址也不清楚。

布朗是杰迈玛娘家的姓氏，
她跟母亲住在爱尔兰区[2]。

估计我是由于地点的关系才想到那个的。这些姑娘都一模一样。把钢笔尖儿往袜筒上擦。然而那只球好像会意地朝着她滚了去。每颗子弹都得有个归宿。当然喽，在学校的时候我从来没有笔直地扔过什么，总是弯弯曲曲。像公羊犄角。然而可悲的是，青春只有短暂的几

1　这原是弗兰西斯科对接他班的勃那多所说的话（见《哈姆莱特》第1幕第1场）。这里，布卢姆用来指格蒂取代了迪格纳穆等人，给他带来慰藉。

2　这首俚谣的爱尔兰版本已佚，美国艺人哈利·克利夫顿却写过一首题名《杰迈玛·布朗》的俗谣。

年。然后她们就围着锅台转。不久，威利穿起爸爸的裤子就合身了。或是嘘嘘地给娃娃把尿时，还得用上漂白土。家务可不轻。这倒也保全了她们，免得她们走入歧途。这是天性。给娃娃洗澡，为尸体净身。迪格纳穆。总是被孩子们缠着。头盖骨像椰子，像猴子。起初甚至没有长结实，襁褓里那馊奶和变了质、肮里肮脏的凝乳。不该给那个孩子空橡皮奶头去咂。得灌满空气才行。博福伊太太，普里福伊。得到医院去探望一下。不知道卡伦护士是不是还在那里。当摩莉在咖啡宫的时候，她来照看过几个晚上。我注意到，她为年轻的奥黑尔大夫刷上衣。布林太太和迪格纳穆太太也曾这么做过。到了结婚年龄。在市徽饭店，达根太太告诉我，最糟糕的是在晚上。丈夫醉醺醺地滚进来，浑身散发着酒吧气味，像只臭猫似的。你在黑暗中闻一闻试试，一股子馊酒味儿。到了早晨却来问：昨天夜里我醉了吗？然而，责备丈夫并不是上策。小雏儿们是回窝来歇一歇的。他们彼此摽在一块儿。也许女人也有责任。在这一点上，她们都得甘拜摩莉的下风。这是由于她那南国的血液吧。摩尔人的。还有她那体态，身材。伸手抚摩她那丰满的……譬如说，把她跟旁的女人比比看。关在家里的老婆，家丑不可外扬。请允许我介绍我的。然后他们让人见一位不起眼的妇女，也不晓得该怎样称呼她。总是能在一个人的妻子身上看到他的弱点，然而他们是命中注定爱上的。他们之间有独自的隐秘。这些男人要是得不到女人的照顾，就准会堕落下去。再就是把总共值一先令的铜币摞在一起那么高的小不点儿丫头，带上她那小矮子丈夫。天主造了他们，并使他们结缡。有时候娃娃们长得不赖。零乘零得一。要么就是七旬老富翁娶上一位羞答答的新娘。五月结的婚，十二月就懊悔了。湿漉漉的，真不舒服。黏糊糊的。咦，原来是包皮还沾着哪。不如把它拽开。

啊呀！

另一方面，六英尺高的大汉娶个只有他的表兜高的小娘子。长短搭配。大男子和小女人。我的表可真怪。手表总是出毛病。莫非人与人之间也会发生磁力作用不成。因为就在这个时刻，他即将。对，我估计是这样，分秒不差。猫儿不在，老鼠翻天。记得我曾在皮尔小巷看过一次。眼下这也是磁力的力量。什么东西背后都有磁力。比方说，地球一方面产生磁力，同时又被磁力所吸引。这就是运动的起源。至于时间呢，喏，时间就是运动所需要的东西。那么，如果一样东西停止了，整体就会一点点地停下来。这一切都是安排好了的。磁针告诉你，太阳和星体正发生着什么事。小小的钢铁片。当你把叉子靠上时，它就会颤啊，颤啊，轻轻地碰一下。这就是男人和女人。叉子与钢铁。摩莉，他。梳妆打扮，以目传情并且暗示。让你看，再多看一些。还将你一军：倘若你是个男子汉，就瞧吧。仿佛要打喷嚏似的，瞧啊，瞧这两条腿。有种的，你就。轻轻地碰一下。只有放纵下去了。

她那个部位究竟有什么感觉呢？在第三者面前才装出一副害臊的样子。长袜上要是有个洞，就更尴尬了。那次在马匹展示会上摩莉看到脚蹬马靴、上了踢马刺的农场主就不禁将下颌往前一伸，扬起了头。我们住在西伦巴德街的时候，画家们曾经来过。那家伙的嗓门真好，就像是刚走上歌坛时的吉乌利尼[1]。我闻了闻，宛若鲜花儿似的。可不是嘛。紫罗兰。那大概是颜料中的松节油气味吧。不论什么东西，女人们都自有用途。正搞着的时候，用拖鞋在地板上蹭来蹭去，免得让别人听见。但是我认为，很多女人达不到高潮。一连能搞几个钟头。仿佛浸透我整个身子，直到脊背。

且慢。哼。哼。我是她那香水。所以她才挥手来着。我把这留给你，当我在远处睡下时，你好思念我。那是什么？天芥菜花吗？不是。风信子吗？哦，我想是玫瑰吧。这倒像是她喜爱的那种气味。芳香而便宜。很快就会发馊的。喏，摩莉喜欢苦树脂。这对她合适，还掺上点茉莉花。她的高音和低音。在晚间的舞会上，她遇见了他，《时间之舞》。热气把香味发散开来。她穿的是件黑衫，上面还留有上一次的香气。黑色是良导体吧？抑或是不良导体呢？还有光。假定

1　安东尼·吉乌利尼（1827—1865），意大利男高音歌手，一八五七年以后在都柏林走红。

它和光有什么联系。比方说，你要是走进黑黝黝的地窨子。还挺神秘的哩。我怎么现在才闻出来呢？起反应需要时间，就像她自己似的，来得缓慢却确凿。假若有几百万微粒子被刮过来。对，就是粒子。因为那些香料群岛，今天早晨发自锡兰岛的香气，多少海里以外都闻得见。告诉你那是什么吧。那就像是整个儿罩在皮肤上的极薄的一层纱巾或蛛网，细微得宛若游丝。它总是从女人体内释放出来，无比纤细，犹如肉眼辨认不出的彩虹色。它巴在她脱下来的一切东西上面。长筒袜面。焐热了的鞋。紧身褡。衬裤。轻轻地踢上一脚，脱了下来。下次再见。猫儿也喜欢闻她床上的衬衣。在一千个人当中，它也嗅得出她的气味来。她泡过澡的水也是这样。使我联想到草莓与奶油。究竟是哪儿来的气味呢？是那个部位还是腋窝或脖颈底下。因为只要有孔眼和关节，就有气味。风信子香水的原料是油、乙醚或什么东西。麝鼠。尾巴底下有个兜儿。一个颗粒就能散发出几年的香气。两只狗互相绕到对方的后部。晚上好。晚上好。你闻起来如何？哼，哼。非常好，谢谢你。动物们就靠这么闻。是啊，想想看，咱们也是一样。比方说，有些女人来月经的时候，发出警告信号。你挨近一下试试。准能嗅到一股令人掩鼻的气味。像什么？腐烂了的罐头曹白鱼什么的。唔。勿踏草地。

说不定她们也闻得出我们所发出的男人气味。然而，那是什么样的气味呢？那一天，高个儿约翰在桌子上摆了双雪茄烟气味的手套。口臭？就看你吃什么喝什么啦。不，我指的是男人的气味。想必是与那个有关，因为被认为是童贞的神父们，气味就大不一样。女人们就像苍蝇跟踪糖蜜似的嗡嗡嗡地包围着。不顾祭坛周围的栏杆，千方百计想凑过去。树上的禁神父[1]。哦，神父，求求您啦，让我头一个来尝吧。那气味四处弥漫、渗透全身。生命的源泉。那气味奇妙之至。芹菜汁吧。让我闻闻。

1 这里把伊甸园中“树上的禁果”这一典故中的“果”，改为“神父”。

布卢姆先生伸了伸鼻子。哼。伸进。哼。背心襟口。是杏仁或者。不。是柠檬。啊，不，是肥皂哩。

啊，对啦，还有化妆水呢。我就觉得自己在记挂什么事来着。一直没回去，肥皂也没付钱。我不愿意像今天早晨那个老太婆那样提着瓶子走路。按说海因斯该还我那三先令了。可以向他提一下马尔商店的事，也许他就会记起来的。然而，倘若他把那一段写好了。两先令九便士。不然的话，他对我的印象就坏了。明天再去吧。我欠你多少？三先令九便士吗？不，两先令九便士，先生。啊。兴许下回他就不肯再赊账了。可也有由于那样就失掉主顾的。酒吧就是这样。有些家伙由于账房石板上的账赊多了，就溜到后巷另外一家去了。

刚才走过去的老爷又来了，是一阵风把他从海湾刮来的。走去多远，照样又走回来。午餐时总是在家。浑身狼狈不堪。美美地饱餐上一顿。眼下正在欣赏自然风光。饭后念祝文。晚饭之后再去散步一英里。他准在某家银行略有存款。有份闲职。就像今天报童尾随着我那样。现在跟在他后面走会使他难堪，不过，你还是学到了点乖。用旁人的眼光反过来看自己。只要不遭到女人的嘲笑，又有什么关系？只有那样才能弄清楚。你自问一下他如今是何许人。《珍闻》悬赏小说《海滩上的神秘人物》，利奥波德·布卢姆著。稿酬：每栏一畿尼。还有今天在墓边的那个身穿棕色胶布雨衣的家伙。不过，他脚上长了鸡眼。对健康倒是有好处，因为什么都吸收了。据说吹口哨能唤雨。总有地方在下雨。奥蒙德饭店的盐就会发潮。身体能感觉出周围的气氛。老贝蒂就闹着关节痛。希普顿妈妈预言说，将会有一种一眨眼的工夫就绕世界一周的船。不，关节痛是下雨的预兆。皇家读本[1]。远山好像靠近了。

霍斯。贝利灯台的光。二、四、六、八、九。瞧啊。非这么旋转

1　希普顿妈妈（1486？—1561？），英国女预言家，《希普顿妈妈的预言》（1641）一书记载了她的事迹。皇家读本共六卷。一八七〇年出版于伦敦，是《皇家学校丛书》的一部分。她解读并预告皇室命运，故云。

不可，不然的话，会以为它是一幢房子。营救船。格蕾斯·达令[1]。人们害怕黑暗。也怕萤火虫。骑自行车的人：点灯时间。宝石、金刚钻更亮一些。女人。光使人心里踏实。不会伤害你。如今当然比早年好多了。乡间的道路。无端地就刺穿你的小肚子。可是还得同两种人打交道：绷着脸的或笑眯眯的。对不起。没关系。日落之后，最适宜在阴凉地儿给花喷水。稍微还有点儿阳光。射线就数红色的长。是罗伊格比夫·万斯教给我们的：红、橙、黄、绿、蓝、靛青、紫罗兰。我望到了一颗星。是金星吗？还弄不清。两颗。倘若有了三颗，就是晚上了。夜云老是浮在那儿吗？看上去宛如一艘幽灵船。不。等一等。它们是树吧？视力的错觉。海市蜃楼。这是落日之国。自治的太阳在东南方向下沉。我的祖国啊，晚安。

降露了。亲爱的。坐在那块石头上会伤身体的。患白带下。除非娃娃又大又壮，能靠自己的力量生下来，否则就连娃娃也养不成。我本人说不定还会患痔疮哩。就像夏天患感冒似的，且好不了呢。伤口辣辣作痛。被草叶或纸张割破的最糟糕。摩擦伤口。我恨不得充当她坐着的那块岩石。哦，甜蜜的小妞儿，你简直不知道你看上去有多么俊美！我喜欢上这个年龄的姑娘了。绿苹果。既然送到嘴边，就饱餐一顿。只有在这个年龄才会跷起二郎腿坐着呢。还有今天在图书馆看到的那些女毕业生。她们坐的那一把把椅子，多么幸福啊。然而那是黄昏的影响。她们也都感觉到。知道什么时候该像花儿那么怒放。宛如向日葵啦，北美菊芋啦。在舞厅，在枝形吊灯下，在林荫路的街灯下。马特·狄龙家的花园里开着紫茉莉花。在那儿，我吻了她的肩膀。我要是有一幅她当时的全身油画肖像该有多好！我求婚，也是在六月。年复一年。岁月周而复始。巉岩和山峰啊，我又回到你们这儿来了[2]。人生，恋爱，环绕着你自己的小小世界航行。而今呢？当然，

1　格蕾斯·达令（1815—1842），英国朗斯顿灯塔看守员之女，一八三八年协助其父曾两次出船搭救一艘遇难船上的乘客。

2　“巉……来了”一语出自戏剧家詹姆斯·谢里登·诺尔斯（1784—1862）的悲剧《威廉·退尔》（1825）第1幕第2场。

你为她瘸腿一事感到悲哀，但是提防着点儿，不要过于动恻隐之心。会被人钻空子的。

眼下，霍斯笼罩在一片寂静中。远山好像。我们在那儿。杜鹃花。也许我是个傻子。他得到的是李子，我得到的是核儿。这就是我扮演的角色。那座古老的小山把一切都看在眼里。演员的名字换了，仅此而已。一对情侣。真好吃。真好吃。

现在我觉得累了。站起来吗？小妖精，把我身上的精力都吸净了。她吻了我。我的青春一去不复返了。它只来一次。她的青春也一样。明天乘火车到那儿去吧。不，回去就全不一样了。像孩子似的重新回到一座房子。我要的是新的。太阳底下一件新事都没有。海豚仓邮局转。难道你在自己家里不幸福吗？亲爱的淘气鬼。在海豚仓的卢克·多伊尔家里玩哑剧字谜游戏。马特·狄龙和他那一大群闺女：蒂尼、阿蒂、弗洛伊、梅米、卢伊、赫蒂。摩莉也在场。那是八七年。我们结婚的头一年。还有老鼓手长，喜欢一点点地呷着酒的那个。真妙，她是个独生女，我也是个独生子。下一代也是这样。以为可以逃脱，结果自己还是撞上了。以为绕了最远的路，原来是回自己家的最近的路。就在这当儿，他和她。马戏团的马兜着圈子走。我们玩瑞普·凡·温克尔来着。瑞普：亨尼·多伊尔的大衣裂缝。凡：运货车。温克尔：海扇壳和海螺[1]。接着，我扮演重返家园的瑞普·凡·温克尔。她倚着餐具柜，观看着。摩尔人般的眼睛。在睡谷里睡了二十年。一切都变了。被遗忘了。原来的年轻人变老了。他的猎枪由于沾上露水生了锈。

身魂[2]。是什么在飞来飞去？燕子吗？大概是蝙蝠吧。只当我是一棵树哩，简直是个瞎子。难道鸟儿没有嗅觉吗？轮回转世。人们曾

---

1 这是根据美国作家华盛顿·欧文（1783—1859）所著《见闻札记》中的短篇小说《瑞普·凡·温克尔》主人公的名字编成的哑剧字谜游戏。Rip（瑞普）含有“扯裂”意。Van（凡）含有“运货车”意。Winkle（温克尔）一词包含在periwinkle（海螺）里。这个人物在山谷里一睡二十载。

2 身魂是古埃及宗教教义中灵魂的一个片面，形如鸟，象征人死后其灵魂的活动。

经相信，悲伤可以使人变成一棵树。泣柳。身魂。又飞来了。可笑的小叫花子。我倒想知道它住在哪儿。那边高处的钟楼上。很可能。在一片圣洁的馨香中，用脚后跟倒吊着。我想它们必是被钟声惊吓得飞出来的。弥撒好像已完毕。可以听到会众的声音。为我等祈。为我等祈。为我等祈。一遍遍地重复，是个好主意。广告也是这样。请在本店购买。请在本店购买。对，那是神父住宅的灯光。他们吃着简朴的饭菜。记得我在汤姆那爿店的时候，曾做过错误的估计。是二十八。他们有两所房子。加布里埃尔·康罗伊的兄弟是位教区神父。身魂。又来啦。它们为什么一到晚间就像小耗子似的跑出来呢？是杂种。鸟儿就像是跳跳窜窜的耗子。是什么吓住了它们呢？灯光还是喧嚣声？还不如静静地坐着呢。这全都是出于本能，犹如干旱时的鸟儿，往水罐里丢石头子儿，好让水从罐嘴儿淌出来。它仿佛是个穿大衣的矮子，有着一双小手。纤细的骨架。几乎能看到它们发出微光，一种发蓝的白色。颜色要看你在什么光线下看了。比方说，要是照老鹰那样朝太阳逼视，再瞧瞧鞋，发黄的小斑点便映入眼帘。太阳总想在一切东西上盖上自己的标记。例如，今天早晨待在楼梯上的那只猫。毛色如褐色草皮。你说是从来没见过三色毛的猫。才不是那么回事呢。市徽饭店那只前额上有着M字形花纹的猫，毛皮就是玳瑁色的，夹着白斑纹。人身上有五十种不同的颜色。刚才霍斯还是紫晶色的。那是玻璃照的。因此，脑袋瓜儿挺灵的某人就利用凸透镜来点火。石楠丛生的荒野也会起火。决不会是旅人的火柴引起的。是什么呢？兴许是枯干的茎与茎被风刮得互相摩擦燃起来的。要么就是荆豆丛中的玻璃瓶碎片在阳光下起到凸透镜的作用。阿基米德[1]！我发现啦！我的记性还不是那么坏。

身魂。谁知道它们为什么老是那样飞。昆虫吗？上星期钻到屋里的那只蜜蜂，跟映在天花板上的自己的影子嬉戏来着。说不定就是蜇

1　据说阿基米德（参看第316页注释4）曾利用镜子凝聚日照，焚烧罗马舰艇，从而推迟了罗马名将马塞卢斯攻克叙拉古的日期。

过我的那一只呢，又回来看一看。鸟儿也是一样。它们究竟在说些什么，永远也无从知晓。就像我们聊天儿似的。她一句，他一句。它们挺有勇气，从海面上飞过来飞过去。死在风暴中或触着电线的，想必很多。水手们也过着可怕的生活。巨兽般的越洋轮船在一团漆黑中踉跄前进，像海洋似的吼叫着。前进无阻[1]！滚开，混账！另外一些人坐的是小船，一旦狂风大作，就会像守灵夜的鼻烟那样被扔来扔去。他们还是结了婚的。有时候一连几年漂泊在地球尽头。其实也并非尽头，因为地球是圆的。他们说，在每个港口都有个老婆。让做老婆的在家里规规矩矩地一直等到约翰尼阔步返回家园[2]，倒也不容易。一旦回来了，浑身散发着个个港口的里巷气味。

他们怎么会爱那海洋呢？然而他们就是爱哩。起锚了。为了图个吉利，他披上肩衣或佩戴徽章[3]，乘船而去。就是这样。还有那个护符——不，他们叫它作什么来着。可怜的爹的父亲曾把它挂在门上让大家摸[4]。它把我们领出埃及的土地，进入为奴之家。任何迷信都是有些名堂的，因为你一旦外出，就无从知道会有什么危险。拼死拼活地抓住一块板子，或跨在一根桁条上，身上缠着救生带，嘴里灌进海水。这是他最后的挣扎了，直到被鲨鱼捉住。鱼儿在海里也会发晕吗？

接着就是美丽的平静，海面光滑明净，万里无云。船员和货物，一片残骸碎片。水手的坟墓。月亮安详地俯瞰着。这怪不得我。自命不凡的小家伙。

为默塞尔医院募款而举办的麦拉斯义卖会上，最后一支孤寂的蜡烛飘上天空，绽开来，一面落下去，一面撒出一簇紫罗兰色的星星，其中只有一颗是白的。它们飘浮着，往下落，逐渐消失了。牧羊人的时辰，把羊群关进栏内的时辰，幽会的时辰。晚上九点那趟的邮递员，从一家到另一家，敲两下门，永远受到欢迎。他腰带上的那盏

1　原文为爱尔兰语，是皇家爱尔兰明火枪团的呐喊声。
2　《直到约翰尼阔步返回家园》是美国南北战争期间联邦军的进行曲。
3　根据天主教传统，水手们披肩衣、戴徽章以求得圣徒的保护。
4　这里，布卢姆指的是门柱圣卷，即犹太家庭挂在门柱上的小羊皮纸圣经卷。

荧光灯一闪一闪的，在月桂树篱间穿行。在五棵小树之间，一根火绳杆伸了出去，点燃了莱希家阳台上的灯。沿着那一连串灯光明亮的窗户，沿着那排一模一样的庭园，一路用尖嗓门嚷着：“《电讯晚报》，最后一版！金杯赛马的结果！”有个男孩儿从迪格纳穆的房子里跑出来，呼喊了一声。蝙蝠唧唧叫着，飞这儿飞那儿。远远地在沙滩上，碎浪爬了过来，灰灰的。漫长的时日，真好吃，真好吃。杜鹃花丛，使霍斯山丘感到疲惫了（它老了）。夜风习习，拨弄着羊齿茸毛，给他以快感。他卧在那里，却睁开一只未入睡的眼睛，深深地、缓慢地呼吸着，虽困盹却是醒着的。远远地在基什的防波堤那儿，抛锚的灯台船上，灯光闪烁着，向布卢姆先生眨巴着眼儿。

那艘船上的人们过的日子真够受的，成天总是待在一个地方，动弹不得。爱尔兰灯塔管理处。为了他们所犯的罪愆而受到的惩罚。沿岸警备队也是如此。火箭和救生裤，浮圈和救生艇。发生在我们乘爱琳王号去游览的那一天。曾丢给他们一袋旧报纸。简直成了动物园里的熊。那可是一次肮脏的旅行。醉汉跑到甲板上来倾倒他们胃里的东西。吐到船外，好喂曹白鱼。晕船。妇女们满脸惧怕天主的神色。米莉可毫无害怕的苗头。她笑着，淡蓝色头巾系得松松的。她那个年龄还不懂什么叫作死呢。而且胃里也干净。她们就是害怕迷路。在克鲁姆林，当我和玛莉恩藏到树后时（我原是不愿意这么藏的），她就嚷：妈妈！妈妈！树林里的娃娃们。戴上假面具，吓唬她们一下。把她们抛到半空，然后再去接住。说什么我要杀你。难道仅仅是半开玩笑吗？孩子们打仗玩，也是一本正经。怎么能够相互拿枪口瞄准对方呢。有时会走火的呀。可怜的孩子们！只有丹毒和荨麻疹这两种病最麻烦。为了这，我给她买了甘汞泻剂。病好了一点，她就和摩莉睡在一起了。她那口牙长得和妈妈的一样。女人多么疼爱孩子！当作自己的化身吗？但是一天早晨，她拿着雨伞去追那孩子来着。大概不至于伤害她。我号了号她的脉。怦怦跳着。那手多小啊。如今大了。最亲爱的爹爹。当你抚摩那只手的时候，它像是有那么多话要说。她喜欢数我背心上的纽扣。我记得她头一回系的胸衣，可把我逗乐了。奶头起初挺小。我想，左边的那只更敏感一些。我的也是如此。因为离心脏更近一些吧？流行大奶的时候，就填上点儿什么。晚上疼得厉害了，就叫嚷，把我喊醒。头一回来月经那次，可把她吓坏了。可怜的孩子！对妈妈来说，那也是个奇怪的时刻。把她带回到少女时代了。直布罗陀。从布埃纳维斯塔俯瞰。奥哈拉之塔[1]。海鸟尖声叫着。把家族统统吞食掉的老叟猴。日暮时分，通知士兵返回要塞的号炮。那是像这样的一个傍晚，但是晴朗无云。她一边眺望海洋，一边对我说，我一直以为我会嫁给一个拥有私人游艇的贵族或绅士。**晚上好，小姐。男人爱美丽的年轻姑娘**[2]。为什么嫁了我呢？因为你和别人那么不同。

最好不要像帽贝似的整个晚上粘在这儿。这样的气候，令人感到沉闷。从天光看，想必快到九点了。来不及去看《丽亚》了。《基拉尼的百合》。不，也许还没演完呢。到医院去探望一下吧。但愿她已经完事了。这可是漫长的一天：玛莎、洗澡、葬礼、钥匙议院、女神像所在的博物馆，迪达勒斯之歌。还有在巴尼·基尔南酒馆里那个骂骂咧咧的家伙。我也顶撞了他。那帮吹牛皮的醉鬼，我说的那句关于他的天主的话，使他不敢回嘴了。难道不该反击他吗？不。他们应该回家去嘲笑自己。总想聚在一起狂饮一通。就像两岁的娃娃似的，害怕孤独。倘若他揍了我一顿。从他的立场来看，倒也不赖。兴许他也无意伤害我。为以色列三呼万岁。为他到处带着走的小姨子三呼万岁，她嘴里长着三颗犬齿哩。同一类的美人儿吧。特别适宜一道喝杯茶。勃尼奥的野人妻子刚进城。想想看，一清早旁边有了这么一个人。莫里斯边吻母牛边说，人嘛，总是各有所好。然而迪格纳穆那档子事把什么都弄得一团糟。办丧事的家，大家总是愁眉不展的，因为你永远不知道下文。总之，那位寡妇缺钱。得去找找苏格兰遗孀，照我答应过的。古怪的名字。认为丈夫先一命呜呼乃是理所当然的事。就在星

1　布埃纳维斯塔（意译是：南糖卷山）是直布罗陀最高的一座山。奥哈拉之塔离该山不远，在狼崖上。

2　原文为西班牙语。

期一，那个寡妇在克拉默那家店外面瞧我来着。把可怜的丈夫埋葬了，然而靠保险金过得也蛮不错。她那寡妇的铜板。那又怎么样？你还指望她做什么？她得花言巧语，好歹活下去。我讨厌瞧见鳏夫。看上去那么孤独无助。奥康纳这个人好可怜哪，老婆和五个孩子在这儿都吃蛤贝中毒死了。污水。真没办法。得由一位戴卷边平顶毡帽的、主妇般的善心女人来对他尽尽母道。大浅盘脸的大妈，系上一条大围裙，照料着他。灰法兰绒布卢默女裤，三先令一条，便宜得惊人。人家说，被爱上的丑女人将永远被爱上。丑陋：没有女人认为自己长得丑。恋爱吧，扯谎吧，保持得漂漂亮亮，因为明天我们总将死去。不时地碰见他走来走去，试图找到那个捉弄他的人。万事休矣：完蛋。这是命中注定的。轮到他头上了，而不是我。店铺也常常被人贴上一张警告。就像是被灾祸紧紧缠住了似的。昨天夜里做梦了吗？且慢。有些弄混了。她趿拉着红拖鞋：土耳其式的。穿着紧身裤。倘若她真穿上了呢？我会不会更喜欢她穿宽松的睡衣裤呢？这就很难说啦。南尼蒂也走啦。乘的是邮船，这会子快到霍利黑德啦。得把凯斯那则广告敲定了。做做海因斯和克劳福德的工作。替摩莉买条衬裙。她倒是有一副好身材。那是什么呀？说不定是钞票哩。

布卢姆先生弯下身去，从沙滩上掀起一片纸。把它凑到眼前，迎着暮色看。是信吗？不。没法辨认。不如走吧。那要好一些。我累得不想动了。这是一本旧练习簿的一页。有这么多的窟窿和小石头子儿。谁数得过来呢？永远也不知道你能找到什么。轮船遇难时，把财宝的下落写在一张纸上，塞进瓶子里。邮包。孩子们总爱往海里扔东西。是信仰“将你的粮食撒在水面”这话吗？这是什么？一截木棍。

哦！那个女人把我弄得筋疲力尽。如今已经不那么年轻了。明天她还到这儿来吗？在什么地方永永远远地等待她。准会再来一次。杀人犯都是这样的。我怎么样呢？

布卢姆先生用那截木棍轻轻地搅和脚下的厚沙。为她写下一句话吧。兴许能留下来。写什么呢？

我。

明天早晨就会有个拖着脚步走路的人把它踏平。白费力。会被波浪冲掉。涨潮的时候到这儿来，看见她脚跟前有个水洼子。弯下身去，照照我的脸，黑糊糊的镜子，朝它哈口气，弄得一片朦胧。所有的岩石上都净是道道、斑痕和字迹。噢，那双透明的袜子！而且她们也不了解。

另一个世界意味着什么。我曾称你作淘气鬼，因为我不喜欢。

是。阿[1]。

写不下。算了吧。

布卢姆先生用靴子慢慢地把字涂掉了。沙子这玩意儿毫无用处。什么也不生长。一切都会消失。用不着担心大船会驶到这儿来。除非是吉尼斯公司的驳船。八十天环游基什[2]。一半是出于天意。

他扔掉了水笔。那截木棍戳到沉积的泥沙里，竖立不动了。可你要是有意让它竖着不动，一连试上一个星期，也办不到。机缘。咱们再也见不着了。然而那是何等的快乐啊。再见吧，亲爱的。谢谢。那曾使我感到那么年轻。

这会子我倒是想打个盹儿。大概将近九点钟了。驶往利物浦的船早就开走了。连烟都不见了。她也可以搞嘛。已经搞完了。然后前往贝尔法斯特。我不想去。匆匆赶去，再匆匆赶回恩尼斯。随它去吧。闭会儿眼睛。不过，不会入睡的。半睡半醒。往事不会重演了。又是蝙蝠。没有害处。不过几只。

哦　心肝儿　你那小小的白皙少女　尽里边我统统瞧见了　肮脏的吊裤带使我做了爱　黏糊糊　我们这两个淘气鬼　格蕾斯·达令　她他越过床的一半　遇见了他尖头胶皮管　为了拉乌尔的褶边　香水　你太太　黑头发　一起一伏的丰腴魅力　小姐　年轻的眼睛　马尔维　胖小子们　我　面包·凡·温克尔[3]　红拖鞋　她生锈的　睡觉

1　布卢姆原来打算写“我是阿尔法，就是开始”。阿尔法是希腊字母中的首字。

2　这里把法国科幻小说家儒勒·凡尔纳（1828—1905）所著《八十天环游地球》（1873）一书的“地球”改为“基什”。

3　这是文字游戏。荷兰人姓名瑞普·凡·温克尔中的“凡”，表示出生地。这里把“瑞普”改成“面包”，意译就是“温克尔的面包”。

流浪 多年的岁月　回来　下端　阿根达斯　神魂颠倒　可爱的　给我看她那　第二年　抽屉里　返回　下一个　她的下一个　她的下一个

蝙蝠翩翔着。这儿。那儿。这儿。远远地在一片灰暗中，钟声响了。布卢姆先生张着嘴 将左脚上的靴子斜插在沙子里，倚着它，呼吸着。仅仅一会儿工夫。

咕咕
咕咕
咕咕

神父住宅的壁炉台上的座钟咕的一声响了，教堂蒙席奥汉龙、康罗伊神父和耶稣会士约翰·休斯神父边喝茶，吃着涂了黄油的苏打面包、浇了番茄酱的炸羊肉片，边谈着

傻话
傻话
傻话

从一间小屋中出来报时的是一只小金丝雀。格蒂·麦克道维尔那次来这儿，立即注意到了，因为关于这类事情，她比谁都敏感。格蒂·麦克道维尔就是这样的。她还顿时发觉，那位坐在岩石上朝这边望着的外国绅士，是个

王八
王八
王八[1]。

1　此处的“王八”与前文的“咕咕”“傻话”原文均为Cuckoo，该词既可作“杜鹃”解，指其鸣叫声，还含有“傻”的意思，并隐指老婆与人私通的丈夫。参看第315页注释1。

第十四章

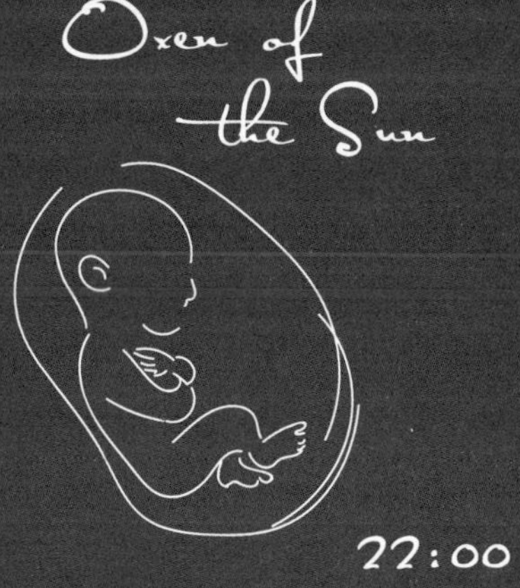

22:00

朝右走向霍利斯街[1]。朝右走向霍利斯街。朝右走向霍利斯街。

光神啊，日神啊，霍霍恩[2]啊，将那经过胎动期、孕育于子宫之果实赐予我等。光神啊，日神啊，霍霍恩啊，将那经过胎动期、孕育于子宫之果实赐予我等。光神啊，日神啊，霍霍恩啊，将那经过胎动期、孕育于子宫之果实赐予我等。

呼啦，男娃啊男娃，呼啦！呼啦，男娃啊男娃，呼啦！呼啦，男娃啊男娃，呼啦！

最精通教义故最能赢得众人尊重，精神崇高且值得骄傲之人士所经常倡导，并得到社会公认之见解乃是：只要其他情况未起变化，一个民族之繁荣兴盛并非取决于其表面之光辉，乃取决于该民族对繁衍子孙所寄予之考虑及改进之程度。缺乎此，即构成罪恶之根源。今幸有此寄予，则能确保获得万能大自然之纯洁恩泽。倘有人于此主张毫无所知，彼对诸事之认识（即有识之士视为裨益良多之研究）必极为肤浅，绝非贤人也。此乃一般世人之观点。盖凡能认识重要事物者，必知表面之光辉无非掩盖其内在之虚弱而已。且不论何等蠢人亦应省悟：大自然赐予之所有恩惠，均无法与繁殖之恩惠相比拟。故一切正直之市民皆须对同胞劝诫忠告，并为之焦虑，唯恐本民族过去所开创

1　本章中，作者用英国散文发展史来象征婴儿从胚胎到分娩的发育过程。文中使用了古盖尔文、古拉丁文、古英文等多种语言，并模拟了班扬、笛福、斯特恩、谢里丹、古本、德·昆西、狄更斯、卡莱尔等英国文学史上二十余位散文大家的写作风格，以及二十世纪初的新闻体，传教士的说教体和科学论文体。越到后面，文体越通俗，最后一种文体还掺杂了不少方言、俚语。这些在中译文中实难以表达。译者仅在前半部使用了半文半白的文体，逐渐恢复到白话。第一段的原文就是由古拉丁文和古盖尔文组成的。

2　霍霍恩指霍利斯街妇产医院院长安德鲁·霍恩爵士。

之辉煌业绩，日后不能发扬光大也。倘因风俗之愚昧，对世代相传之光荣习惯加以轻视，否定其深远意义，从而对有关分娩作用之崇高要义等闲视之，岂不令人深恶痛绝哉！盖此要义系天主所做繁殖之预言及对减少繁衍之警告，并命令全人类遵照行事，使之做出承诺。

因此，据杰出之史家所云，在本质上毫无值得珍视之物，亦从未珍视过何物之凯尔特人中，唯医术受到极高推崇，亦不足为奇。举凡医院、麻风病人收容所、蒸汽浴室、瘟疫患者埋葬所自不待言，彼等之名医奥希尔家族、奥希基家族、奥利家族，亦均孜孜不倦制定了能够使病人及旧病复发者康复之种种疗法，不论彼等所患为乳毒病、痨病抑或痢疾。凡属有意义之社会保健事业，咸须慎重进行筹备。彼等遂采取一项方案（不知为深思熟虑之结果，抑或出自积年累月之经验，尚难断言。因后世研究者意见纷纭，迄今尚无定论）。分娩乃女性所面临之最大苦难。当此之际，只需交纳微不足道之费用，不论其家道殷实，抑或仅能勉强糊口，乃至一贫如洗，产院一律施以必要之医疗，俾使孕妇免遭任何可能发生之意外。

就孕妇而言，产前产后均应无任何忧虑，因全体市民皆知，倘无伊等多产之母，任何繁荣皆无从实现。彼等深知只因有母性，彼等方能享有永恒与神明、死亡与出生。临盆用车辆将孕妇送到产院，其他妇女受此启发，亦纷纷渴望由该院收容。众人在产妇身上见到一位未来的母亲，产妇则感到自己开始受到爱护。伟哉，此乃彼稳健国民之功绩！不仅目睹而已，更应赞许传颂。

婴儿尚未诞生，即蒙祝福。尚在胎中，便受礼赞。举凡此种场合应做之事，均已做到。分娩之前，众人即凭借明智之预见，将助产妇所守护之卧榻，有益于健康之食品以及舒适而洁净之襁褓一一备齐，一如婴儿已呱呱坠地。另有药品以及临盆孕妇所需之外科器械，一应俱全。此外，尤匠心独运，于室内悬挂寰球各地绮丽风光，并配以神明及凡人之画像。孕妇身怀六甲，产期临近时，即为分娩而至此浴满阳光、构造牢固之广厦。此乃清洁华美的母亲之家，四周景物赏心悦目，促使腹部蠕动，从而得以顺产。

夜幕即将降临之际，流浪男子伫立于产院门口。此人属以色列族，出于恻隐之心，踽踽独行，远途跋涉而至此产院。

安·霍恩乃本院院主。彼在此院设有床位七十张，孕妇卧于床上，强忍阵痛，生下健壮婴儿，即如天主派遣之天使对玛利亚所言者。两白衣护士彻夜不眠，在产房中巡视，为产妇止痛治病，每年达三百次。二人兢兢业业为霍恩看守病房，确属无限忠诚之护士。

正当护士恪尽职守之际，一名护士忽闻一心地温良者至。伊遂裹上头巾，趋前将门启开。俄尔但见一道令人炫目之闪电，蹿遍爱尔兰西部上空。护士不禁畏惧，疑为怒神降临，欲以倾盆之雨将人类毁灭殆尽，以惩其所犯罪愆。护士忙在胸前画十字，并邀来者速进陋室。男子接受其盛情，遂步入霍恩产院。

来访者深恐冒失，乃执帽伫立于霍恩产院之门厅内。盖彼曾偕爱妻娇女与此护士住于同一屋顶之下。兹后海陆漂泊长达九年之久。某日于本市码头与护士邂逅。护士向彼致意，彼未摘帽还礼。今特来恳请护士宽恕，并解释曰：上次擦身走过，因觉汝极其年少，未敢贸然相认。护士闻言，双目遽然生辉。面庞倏地绽开红花。

此时护士乃将目光转向来者身着之黑色丧服，并满怀忧戚，讯及彼有何伤心之事。后又消除疑虑。彼问及奥黑尔大夫可曾从遥远之彼岸捎信来？护士不胜悲伤，乃叹曰：奥黑尔大夫已升天堂矣。男子闻讫，哀痛万分，肠断魂销。此刻护士方倾诉全部情况，对英年早逝之友深表哀悼，然又谓此乃出于天主正当之旨意，不敢妄加评议。护士云：蒙上主恩宠，彼临终已向主持弥撒之神父忏悔，并领圣体。病体被涂以圣油，获得清清白白之善终。男子诚心诚意讯问护士，死者因患何疾而终？护士答曰，彼在莫纳岛死于肠癌。不日到来之圣婴孩殉教节为其三周年忌辰。护士向大慈大悲之天主祷告，俾使彼亲爱之灵魂获得永生。该男子闻护士所陈可悲之经过，持帽瞠目凄然而视。二人伫立片刻，均沉浸于阴郁哀思之中。

故人生在世，俱应预想其最终之归宿。举凡母胎所生者，终必面临死亡，并化为尘埃。我等赤条条来自母胎，亦终必仍赤条条而去。

该男子问护士曰，彼待产之妇女情况如何。护士答曰，妇人之阵痛已持续三昼夜，诚属无法忍受之难产，然而即将产矣。伊复曰，余曾目睹多少妇女之分娩，从无难产至此者。伊遂将经过情况向曾在此间居住之男子和盘托出。男子聆听其言，洞悉妇女为分娩所受之痛苦，颇感惊异。彼端详伊在任何男人眼中均不失为俊秀之脸庞，并纳闷伊为何多年来停留于用人身份。九年来，每年十二次月经，责怪伊何以仍不受孕，而使血潮徒然流失。

当彼等谈话时，城堡之门开启，众多就餐者之喧嚣声在近旁响起。名叫迪克森之年轻学生骑士，步向彼等站立之处。旅人利奥波德与彼相识。盖该学生骑士因故服务于仁慈圣母医院之际，旅人利奥波德曾被一可怕丑陋之龙用标枪刺穿胸膛，负重伤，前往就医。骑士曾于伤口上涂以大量挥发性油及圣油，予以妥善处置。此时对利奥波德云："欲入城堡与众人喝酒作乐欤？"旅人利奥波德为人谨慎机智，答以另有去处。妇人深知利奥波德乃是出于慎重而说谎，但因对彼抱有同感，遂嗔怪学生骑士不该如此建议。然而学生骑士既不容旅人说一否字，不允许旅人违背己意，对妇人之谴责更充耳不闻，乃曰，那是座何等神奇之城堡。旅人利奥波德周游列国，长途跋涉，时而纵欲，四肢酸痛，遂入堡歇息片刻。

城堡中央设芬兰桦木桌一座，系由该国四名侏儒所支撑。彼等被妖术蛊惑，动弹不得。桌上摆有大小刀剑若干，寒气逼人；此刀剑均于冶炼魔王之巨大洞穴中，以白色火焰铸成，再套以群栖于当地的水牛与牡鹿之角。此外还有凭着玛罕德[1]之魔法以海沙与空气制成，并由魔术师以丹田之气吹制的许多容器。桌上珍膳佳馔样样俱全，无人能做出如此丰盛美味之菜肴。尚有银缸一只，其盖须用特殊技巧方能开启。内横卧无头怪鱼。此情此景，心存疑窦者非亲眼所见绝难相信。诸鱼浸于运自葡萄牙的油液中；此液脂肪甚丰，酷似榨自橄榄之油。堡内，凭借魔术从迦勒底所产丰腴的小麦胚胎中制成之混合物，又以

1　玛罕德是中世纪对穆罕默德的通称。

烈性醑剂使之奇妙膨胀为状如大山之物。彼等并还将长竿插于地中，令蛇缠于竿上，并在蛇鳞中酿出蜂蜜酒般之饮料。

学生骑士嘱为贵胄利奥波德斟酒，劝彼畅饮，一似座中众人。贵胄利奥波德为了讨好，乃掀起面甲，略加品尝以示亲睦。然而彼素无饮蜂蜜酒之习惯，遂将酒杯置于一旁，少顷潜将大半杯倾入邻人杯中，邻人则浑然不觉。彼在堡内与众人同座片刻，以便歇息。感谢全能之主。

此刻，善良之护士伫立门口，恳请众人出于对我等祭坛主耶稣之敬畏，中止欢宴，因楼上一位有身孕之贵妇即将分娩。利奥波德爵士闻楼上尖叫声，正疑此声发自何人，子欤？母欤？“怪哉，”爵士曰，“迄未生而今方生乎，何其太久。”唯见桌子对面坐一年长乡绅，名利内翰，二人同为享有崇高荣誉之骑士。利奥波德稍长几岁，遂文雅恳切地启口云：“承蒙天主恩宠，伊即将安产，喜得婴孩，伊已等候甚久矣。”酩酊大醉之乡绅乃曰：“此子便是时刻所盼企者。”不待人请或劝，彼即举起眼前之杯，曰：“曷不痛饮。”乃畅饮一通，祝母子健康。盖彼素以擅长寻欢作乐著称。利奥波德爵士为曾莅临学生食堂之最佳宾客，彼乃将手伸到母鸡下腹之最温顺和蔼的丈夫，亦为世上最忠实地向贵族小姐奉献爱情之骑士，遂殷勤地干了杯。彼思忖妇女之苦难，不胜惊奇。

话题转至众人肆饮大醉上。桌子两侧就坐者为：仁慈圣母玛利亚医院三年级学生迪克森，其伙伴医科学生林奇和马登，乡绅利内翰、阿尔巴·隆加出身之克罗瑟斯[1]，以及青年斯蒂芬。斯蒂芬面庞酷似修士，坐于上座，另有不久前因表现出豪饮之勇而获得潘趣·科斯特洛之雅号的科斯特洛（座中除了青年斯蒂芬而外，彼乃最烂醉如泥者，越醉越讨蜂蜜酒喝），再有即是谦和的利奥波德爵士。此刻众人在等候青年玛拉基，彼曾允诺前来。心感不悦者责彼何以爽约。利奥波德爵

1　阿尔巴·隆加为意大利古代城市，约公元前一一五二年建立。约公元前六〇〇年为罗马人所毁。爱尔兰语中，阿尔巴指苏格兰。

士留于席间，盖彼与西蒙爵士及其公子、青年斯蒂芬亲密无间。彼长途跋涉后，备受殷勤款待，倦意渐消。恋情驱使彼到处漂泊，此刻却满怀友情，不忍遽然离去。

彼等均为聪颖学生，乃就分娩与正义展开辩论。青年马登强调，在此种情况[1]下，听任产妇死去未免过于残忍（数载前，如今已谢世的一名艾布拉那妇女即于霍恩产院面临此问题。伊逝世前，全体医师及药剂师曾为伊会诊）。众人又云，创世之初，曾谓妇女须经历生产的阵痛，因而应让伊活下去。持同样见解者断言，青年马登所云听任产妇死去有昧良心之语，乃是真话。尽管心术不良者并不相信，但不少人，其中包括青年林奇在内，均认为现世正被空前的邪恶所支配，而法律及法官均矫正乏术。乃祷告曰："天主啊，乞予匡正。"话音甫落，众口齐声叫道："不，童贞圣母玛利亚在上，妻子应活下去，让婴儿死掉。"争论与饮酒，使彼等面泛红晕，乡绅利内翰唯恐席间缺乏欢乐，频频为众人斟上浓啤酒。青年马登遂原原本本告以实情，并云产妇如何一命呜呼，其夫凭借虔诚之信仰，遵从托钵修士与祈祷僧的劝诫，并根据彼对阿尔布拉坎的圣乌尔坦[2]所发之誓，曾如何祈愿勿让伊死去。众人听罢，哀痛不已。青年斯蒂芬曰："诸君，俗众间亦频频窃窃私议。而今，婴孩及其母，一在混混沌沌的地狱外缘[3]，一在炼狱火焰中，偕崇敬造物主。然而，按照天主之旨意，本应生存之灵魂，我等则逐夜消灭之，岂非对圣神，天主本身，上主以及生命之赐予者犯下罪孽？因为诸君，"彼又云："我等之情欲犹如过眼浮云。对我等内部之小生命而言，我等仅一媒介而已。大自然冥冥之中另有用意。"青年迪克森旋即对潘趣·科斯特洛云："汝解其目的乎？"然而彼烂醉如泥，仅曰："为了发泄郁积之情欲，只要有机会，则不拘他人之妻、处女，抑或情妇，一概奸污之。"此刻，阿尔巴·隆加的克罗瑟斯吟咏了青年玛拉基为每千年长一次角的独角兽所作之赞歌。众人竖耳聆听，

1　指难产时，究竟是保产妇还是保婴儿。

2　阿尔布拉坎的圣乌尔坦是爱尔兰派往荷兰的传教士，被爱尔兰奉为保护病儿孤儿之圣徒。

3　地狱外缘指善良的非基督徒或未受洗礼者的灵魂之归宿。

皆笑且讥之，曰："以圣福蒂努斯[1]之名发誓，众所周知，凡是男子所能做到者，其器官均能做到。"在座者嘻嘻哈哈大笑一通，唯有青年斯蒂芬与利奥波德爵士则毫无笑意。利奥波德虽不言，想法却与众不同。不论是谁，在何处分娩，彼均抱有恻隐之心。青年斯蒂芬傲然谈及母亲教会[2]欲将彼推出其怀抱，谈及教规以及堕胎之守护神夜妖利利斯。并谈及妊娠之种种原因：或由风播下光辉的种子，或通过吸血鬼之魔力嘴对嘴地怀上了孕；或如维吉尔所云，借西风之力[3]，或借月光花之腥臭[4]，或与一名刚跟丈夫睡过觉的女人刻不容缓地去睡觉。据阿威罗伊与摩西·迈蒙尼德之见解，或入浴时亦能怀孕[5]。彼又云："次月底，胎儿被注入一具人类的灵魂，我等神圣之母[6]为了天主更大之光荣，永远庇护所有灵魂。而地上之母仅只是一头下仔的母兽而已，依照教规理应死去。掌握渔夫印玺之圣彼得亦如是说。神圣的教会永远建立在磐石彼得之上。"众单身汉问利奥波德爵士曰："在类似情况下，汝为拯救一条命，不惜让产妇冒丧命之危险乎？"彼为人谨慎，为了做出迎合众人心意之答复，手托下颌，乃按习惯诡称："吾虽外行，却挚爱医术，目睹如此罕见之事件，吾以为母亲教会如能同时拿到诞生与死亡之献金，确为一举两得之好事。"遂用此言岔开彼等之质疑。"此话确实不假，"迪克森曰，"倘使吾未听错，亦堪称意义深长之语。"青年斯蒂芬闻讫，喜出望外，并断言："偷自贫穷的，就是借给耶和华。"每当酒醉，彼即狂态毕露，今又故态复萌矣。

1　圣福蒂努斯，即圣福丁，三世纪时法国里昂的主教，被当地居民尊为保佑男性生殖力之圣徒。

2　母亲教会是教会的拟人化，亲爱的教会之意。下文中的夜妖利利斯是犹太民间传说中的女妖，她司情欲，伤害儿童。但只要佩戴有天使名字的护身符就可以消灾。

3　据维吉尔的长诗《农事诗》第3卷，母马面对西风，站在巉岩上，吸进微风，不经交配，便能怀孕。

4　"月光花之腥臭"，指"月经期的女人"。古罗马作家普林尼（23—79）在他所著的《博物志》（77）中提到月经期间的妇女能够医治其他妇女的不孕症。

5　阿威罗伊在《医学通则》（1169）中举例说，有个妇女与男子同浴，男子排到水中之精子遂使之怀孕。十七世纪的托马斯·布朗爵士在一六四六年的著作中提出这种事是绝对不可能的。

6　神圣之母，指教会。

然而利奥波德爵士嘴上虽如是云，却忧心如焚。盖彼仍怜悯因产前阵痛而发出骇人尖声喊叫之产妇也。彼亦念及曾为彼产独子之贤夫人玛莉恩，因医疗乏术，命途乖舛，该婴生后十一日即夭折矣。伊为此横祸痛心疾首。时值隆冬，伊唯恐亡儿冻僵，尸骨无存，遂以通称为羊群之花的小羊羔毛制一精致胸衣，裹于儿身。利奥波德爵士失却嗣子后，每当目睹友人之子，即怀念往日之幸福，遂沉浸于凄楚之中。悲的固然是与心地如此善良之子嗣永别（众人皆对彼之前途寄予厚望焉），亦同样为青年斯蒂芬哀伤，盖彼与诸荡儿为伍，饮酒狂闹，将财产糟蹋在娼妓身上。

此刻青年斯蒂芬将空杯斟满，倘非较彼谨慎者出面拦阻，则所余即无几矣。斯蒂芬继续忙于劝酒，既祈愿获得教皇之祝福，又提出为基督之代理干杯，并曰，教皇堪称布雷教区代理主教[1]。斯蒂芬曰："干杯，诸君，且饮蜂蜜酒。虽非属吾肉身，此亦吾魂魄之象征。对仅靠面包而生存者，赐之以面包。勿愁酒将匮乏。面包使人沮丧，酒则带来慰藉。且看！"言罢，遂亮出贡品，闪闪发光之硬币及金饰师所制钞票，共计二镑十九先令。谓此乃彼所作歌曲之报酬。在座者均知彼素来拮据，故见此巨款，均惊异不止。此时，彼陈辞如下："诸君，且听吾言，于时间之废墟上筑造永恒之宫殿。此话何解？情欲之风摧残荆棘丛，随后荆棘丛在时间之小园中萌芽，绽开玫瑰。聆听吾言：在女子的子宫内，道成了肉身，然而在造物主心中，所有必将消亡之肉身，一概变成不会消亡之道。此乃第二创造也。**凡有血气者，均来归顺**。我等强有力的母亲，可敬之母，孕育了为凡人赎罪者，即救世主、牧人之贵体，其名何其有力。伯尔纳此言不谬矣。**圣母玛利亚拥有向天主恳求的全能之术**[2]。吾辈凭借连绵不绝之脐带与之保持血缘的

1　布雷是爱尔兰威克洛郡的一座滨海城镇。《布雷教区代理主教》是一首歌的题目，描写一个随风转舵的代理主教。教皇庇护十世一方面推行前任的方针批评意大利政府将罗马并入意大利王国；另一方面又与意大利政府保持友好关系，所以把他比作布雷教区代理主教。基督的代理则指教皇。

2　原文为拉丁文。

远祖，为了一只便宜苹果竟将我等子孙、种族，祖祖辈辈悉数出卖，而玛利亚作为第二个夏娃，正如奥古斯丁所云，拯救了芸芸众生。问题在于：第二个夏娃知晓基督乃是神之子，伊身为**童贞之母，汝子之女**[1]，仅只是造物主所造之物；抑或不知基督乃神之子，与住在杰克所盖之房[2]中之渔夫彼得以及木匠约瑟（彼乃使一切不幸婚姻获得圆满之主保圣人）一道不认耶稣或对耶稣不予理睬。**因利奥·塔克西尔告诸吾曹，使伊沦至此步尴尬田地者，圣鸽也。天主可怜我等**[3]**！非**变体论即同体论，然而绝非实体下[4]。”众人闻讫，大叫曰：“此言可鄙矣。”“受孕无愉悦，”彼曰，“分娩无阵痛，肉身无疤痕，腹部未鼓起。好色之徒自可虔诚、热烈礼赞之。吾曹断然予以抵制，抗拒。”

此时，潘趣·科斯特洛砰然以拳击桌，唱起淫猥小调《斯塔布·斯塔贝拉》，谓醉汉使阿尔马尼[5]一少女有了身孕云，并径自吆喝道：**头三个月她身上不舒服，斯塔布**。护士奎格利遂从门口怒吼曰：“不害臊吗！安静点儿。”盖伊一心一意欲在安德鲁君到来之前，将一切整顿就绪。唯恐无聊之喧嚣，有损于伊值勤之声誉，理应敦促彼等切记之。老护士面带戚色，神情安详，步伐稳重，身着暗褐长袍，与其布满皱纹之阴郁面庞颇为相称。此番劝诫当即见效，潘趣·科斯特洛遂成为众矢之的。彼等或软硬兼施，给以教诲，或郑重严肃训斥此村夫。齐声谴责曰：“遭瘟之白痴！”“冒失鬼！”“乡巴佬！”“侏儒！”“私生子！”“废物！”“猪小肠！”“乱臣贼子！”“生在阴沟里的！”“不足月份的！”“闭上汝那为神诅咒之猴嘴，少说酒后之胡言乱语！”以举止温和镇静为特征之贤明绅士利奥波德亦建议曰：“当前乃最神圣之时刻，亦为最不可侵犯之时刻。霍恩产院应为静谧氛围所笼罩。”

1　原文为意大利语，出自《神曲·天堂》第33篇第1行，均指圣母玛利亚。

2　杰克是约翰的别称。《杰克所盖之房》系一首摇篮曲的题目。

3　原文为法语。鸽子与利奥·塔克西尔，参看第61页注释6。

4　“非”和“即”，原文为德语。变体论是天主教会和基督教某些教派所使用的神学名词，谓圣餐礼所用的饼和酒经过祝福立即在实体上变成基督的肉与血。同体论是基督教神学名词，与变体论有根本性区别，认为基督的肉和血在实体上与圣餐礼上经过祝福的饼和酒同在。“实体下”是作者杜撰的名词，暗指饼与肉变了质。

5　阿尔马尼是德国古称。

长话短说。随后，埃克尔斯街仁慈圣母玛利亚医院之迪克森君乃会心一笑，问青年斯蒂芬曰："汝为何未立誓出家当修士。"彼答曰："在胎中必顺从，入墓后自贞节。余毕生受穷，实非出自本意也。"利内翰君立即驳斥曰："吾风闻汝之恶行。"遂将所闻一一道来，谓彼曾玷污信任彼之女子那百合般之贞操，此乃未成年者之堕落行为也。举座咸证明确属事实，乃欢声大作，为彼做人之父而干杯。然而斯蒂芬曰："与汝等所想大相径庭。吾乃永恒之子，至今仍为童贞。"闻讫，众人愈益欢呼，对彼曰："汝之婚礼犹如祭司于马达加斯加岛上所举行之稀奇仪式，剥掉新娘衣裳，使其失去贞操。新娘身裹素白与橘黄嫁衣，新郎着洁白与胭脂色衣，点燃甘松油脂及小蜡烛，双双躺在新婚床上。众教士齐唱**'主啊'**[1]及赞歌**'为了通晓性交之全部奥秘'**[2]，直至新娘当场被破瓜为止。"斯蒂芬遂将敏感之诗人约翰·弗莱彻君与弗朗西斯·博蒙特君所作《处女之悲剧》中旨在开导情侣之精彩结婚小调教给众人。在维金纳琴和谐伴奏下，反复唱叠句："上床！上床[3]！"此首绝妙而优美动听之喜歌，给予年轻情侣莫大慰藉及信念。彼等在男女傧相所持馥郁华丽之花烛照耀下，来到颠鸾倒凤所用之四脚舞台跟前。"彼等二人幸得相会矣，"迪克森君喜曰，"然而，年轻的先生，且听吾言，彼等毋宁改称博·蒙特与莱彻[4]。这一结合，成果必甚丰。"青年斯蒂芬曰，彼记得一清二楚，彼等二人共享有一名情妇，伊实为娼妇是也。彼时生活中充满了欣喜欢乐，伊周旋于二人之间。家乡风俗对此甚为宽容。"一个人让妻子与友同寝，"彼曰，"人间之爱莫此为甚[5]。'汝去，照样为之[6]。'此言，或其他有类似含意之言语，

1　原文为希腊文，参看第190页注释6。

2　原文为拉丁文。这是对赞歌的戏谑性模仿。

3　"上床！上床！"是约翰·弗莱彻（1579—1625）与弗朗西斯·博蒙特（约1584—1616）合写的戏剧《处女的悲剧》（约1610）中的小调的叠句。

4　Beau（博）含有"花花公子"意，lecher（莱彻）含有"淫棍"意。

5　这里戏谑地改动了耶稣对门徒讲的话。原话是："一个人为朋友牺牲自己的性命，人间的爱没有比这更伟大的了。"

6　"汝去，照样为之。"这里戏谑地套用了耶稣对法律教师说的话，耶稣的原意是叫这个法律教师像善良的撒马利亚人那样以仁慈待自己的邻人。

系出自曾在牛尾大学开法国文学钦定讲座之查拉图斯特拉教授。此人赐予人类之恩惠，无人企及。带陌生人入汝之圆形炮塔，汝必睡次好之床，否则大难必然临头。**弟兄们，为吾本人祈祷**[1]。众人遂曰：'阿门。'让爱琳记住历代之年，上古之日[2]。汝何以不尊重吾人及吾言，擅将陌生人引进吾门，于吾眼前行邪淫，如耶书仑，渐渐肥胖，踢踢踹踹[3]。因此，汝背叛光犯下罪行，致使汝主沦为众仆之奴。归来兮，归来兮，米利族：勿忘吾，噫，米列西亚族[4]。汝为何在余眼前作恶，为一名药喇叭商贾踢开余[5]？汝女为何不认余，并与罗马人及不通语言之印度人共寝于豪华床榻[6]？看哪，吾民，自何列布、尼波与比斯迦[7]以及哈顿角峰[8]，俯瞰那流淌奶与钱之地方。然而，汝供余饮者，苦奶也。余之太阴与太阳，则被汝永远消灭之。汝将余永远撇在苦难黑暗之路途上。汝吻吾唇时，有股湿灰气味。此乃内心之黑暗也。"彼续曰："以《七十子希腊文本圣经》[9]之睿智，亦未能使其豁然开朗，甚至只字未提。来自苍穹之黎明已破地狱之门，并造访极偏远之黑暗。对暴虐习以为常，遂麻木不仁矣（正如塔尔[10]关于亲爱的斯多葛派所云）。哈姆莱特之父即不曾将燎浆泡之疤痕[11]出示王子。出现于人生白昼之不透明，犹如埃及之灾害，唯有生前与死后之黑暗，方为最适当之**场所与途径**[12]。然而万物之目的及终局多少均与发端及起源相一致：即诞生后逐渐发育成长，随后则依自然法则，朝终局缩小、退步，以

1　原文为拉丁文。

2　"让……之日"一语，系将托马斯·穆尔的《让爱琳记住古老的岁月》和《申命记》第32章第7节"你当追想上古之日，思念历代之年"合并而成，参看第68页注释4。

3　"如耶……踹踹"一语出自《申命记》。耶书仑是对上主的子民以色列的诗意称呼。

4　米利是米列西亚的爱尔兰语称谓。

5　指穆利根与海恩斯（其父经售用药喇叭根做成的泻药，参看第8页注释2）站在一道，排斥斯蒂芬。

6　以色列人对东方各王和罗马人的屈从，被视为乃是对上帝的背叛。

7　何列布（西奈）、尼波与比斯迦这三座山均象征着摩西对以色列子民的领导地位。

8　哈顿角峰，又名希亭角峰，加利利海以南的山区。

9　据传，公元前三世纪左右，从以色列十二支派中各选六人共七十二人，根据希伯来文译出。

10　塔尔是图利乌斯的简称。马库斯·图利乌斯·西塞罗，参看第178页注释2。

11　在《哈姆莱特》第1幕第5场中，父亲的鬼魂对王子说他"白昼忍受火焰的烧灼……我不能违犯禁令，泄漏我在地狱中的秘密……"

12　埃及之灾害，指蝇灾、雹灾、黑暗之灾等。"场所"与"途径"，原文为拉丁文。

后退之变化告终。吾曹在天日下之生存，亦同于上述众多相对关系。三名老姊妹[1]为吾曹接生：吾曹涕哭、长胖、嬉戏、接吻、拥抱、别离、衰老、死亡。伊等则屈身俯视我等遗容。初卧于老尼罗河之畔芦苇丛中用枝条所编之床上，得到拯救[2]。最后，伴以山猫与鹗鸟之齐声哀鸣，埋葬于隐蔽之墓中。该墓之所在无人知晓，吾曹将受何判决：赴陀斐特[3]抑或伊甸城，亦全然不知。回顾后方，欲知吾曹存在之意义，起源于何等遥远地域，亦不可得矣。”

此刻，潘趣·科斯特洛高声引唱《斯蒂芬，唱啊》[4]。彼大叫曰：“看，智慧为自己盖起一座殿堂，乃造物主之水晶宫，宽敞、巍峨、永恒之苍穹，井然有序，找到豌豆者即奖给一便士。”

——瞧，巧匠杰克盖起了大房，
看，满溢的麦芽存了多少囊，
在杰克约翰露营的漂亮马戏场[5]。

呜呼！阴沉沉之器物破碎声响彻街头，发出回音。托尔[6]在左边轰鸣。掷锤者之愤怒可畏。暴风雨袭来，使科斯特洛之心得以沉静。林奇君嘱彼曰，力戒对人出口不逊，肆意谩骂，盖其应下地狱之饶舌与亵渎神明之言辞，使神震怒也。彼原先肆意寻衅，而今则面色倏地发白，引人注目，并缩成一团。其始气势汹汹，俄而闻言丧胆，雷声隆隆之时，心在胸膛内狂跳不已。有人挖苦，有人嘲笑。潘趣·科斯特洛复狂饮啤酒，利内翰君发誓曰：“吾亦效之。”此言既轻浮且具挑衅性，不值得理睬。然彼吹牛大王则叫嚣曰：“即便神老爹藏于吾杯中，与吾何干？吾决不

1　指希腊神话中的命运三女神：老三织生命之线，老二规定线的长度，老大将线割断。

2　用枝条所编之床指婴儿摩西躺在里面的篮子，参看第204页注释3。

3　在这里，陀斐特是地狱的代名词。

4　原文为法语。法国名字Étienne相当于Stephen。

5　这是乔治·谢泼德·伯利所作游戏诗《杰克盖起了大房》（1857）的头三行。第3行的杰克约翰，原诗作“伊凡”。

6　托尔是北欧神话中的雷神，他的锤子是雷霆的象征，每次掷出后，又自动回到他手里。

落人后。”然彼乃蜷缩于霍恩大厅之内而出此言，愈益显示其懦弱之至也。为鼓起勇气，彼遂将杯中物一饮而尽。此时雷声经久不息，遍及苍穹。马登君耳闻世界末日之霹雳信号，一时满腔敬畏，捶胸不已。布卢姆君则趋近吹牛者，以缓和其巨大恐惧，并安慰曰：“吾仅略闻噪声。看，雷神头部降雨矣，此皆正常之自然现象耳。”

然而青年吹牛大王所怀恐惧，因安抚者之语而消失欤？否。盖彼胸中插有尖钉，名曰苦恼，非语言所能消除者也。彼能安详若布卢姆，虔诚若马登乎？彼虽愿如此，却未能如愿。但彼能否努力重新觅到少年时代赖以为生之纯洁瓶欤？诚然，彼缺圣恩，无从寻觅该瓶，奈何。彼是否在轰鸣中闻得生育神之声，或安抚者所云现象之噪声乎？闻欤？若非塞住理解之管（彼并未塞），彼必闻之。通过该管，彼始领悟自己位于现象之国，迟早必死。盖彼一如他人，在进行一场即将消逝之演出也。彼肯于接受死亡，如他人一般消逝乎？彼绝不欲接受。现象根据《法则》一书，命令彼从事男人与妻子所行之举，彼亦断然拒绝。盖彼不欲从事更多之演出也。然彼对被称作信吾者之另一国土，欢喜王之福地，无死、无生、不娶不嫁、无母性、凡信仰者悉能进入之永恒之地，一无所知乎？然。虔诚告彼以该国之事，节操指示彼以通往该国之路。但途中，彼遇一形貌艳丽之妓，自称一鸟在手，曰：呔，汝美男子，跟吾来，带汝赴一极佳之所。一片甜言蜜语，将彼从正路诱入歧途！凭借甜嘴蜜舌，将彼引入名双鸟在林之洞穴，学者或称之为肉欲。

此乃在母性之舍中围桌而坐之众人所渴求者也。倘彼等遇该妓一鸟在手（伊栖于一切瘟疫、怪物及一个恶魔中），势必竭尽全力接近之，并与之交媾。彼等曰：信吾者系一观念而已，无从领会。首先，伊诱彼等前去之双鸟在林，乃天下第一洞，内设置四枕，附四标签，印有骑角、颠倒、赧颜、狎昵字样。其次，预防法给彼等以牛肠制成之坚固盾牌，对恶疫全身梅毒及其他妖怪，亦无须惧怕。第三，凭借称作杀婴之盾牌，恶鬼子孙亦无从加害于彼等。彼等遂沉湎于盲目幻想。挑剔氏、时或虔诚氏、狂饮猴氏、伪自由民氏、臭美迪克森氏、青年吹牛大王以及谨慎安抚者氏。呜呼，尔等不幸之徒，皆受骗矣。盖该轰鸣巨响乃上主无比悲愤之声，因彼等违背上主繁衍生息之令，肆意滥用浪费，上主遂伸臂扬弃彼等之灵魂。

于是，六月十六日（星期四）帕特里克·迪格纳穆卒于脑溢血。葬于地下。久旱之后，天降喜雨。一名运泥炭约航行五十英里水路之船夫曰："种子无从萌芽，田野涸竭，色极暗淡，恶臭冲天，沼地与小丘亦如是矣。"无人记得旱魃为虐始自何时，嫩芽尽皆枯萎，呼吸亦复艰难。玫瑰花蕾均化为褐色，锈迹斑斑，丘陵上唯有干涸之菖蒲与枝条而已。星星之火，即可燎原。举世皆云，与此旱情相比，去岁二月间风暴之灾亦小巫见大巫矣。如前所述，日暮时，风起西空，夜幕降临后，出现大朵乌云，翻滚膨胀。喜观天象者咸望之：唯见一道道闪电，十时许，一声巨雷，伴以悠长轰鸣，骤雨若烟雾，众人仓皇遁往家中。暴雨乍下，男子即以布片或手帕遮草帽，女子则撩起裙裾，跳蹿而去。自伊利广场、巴戈特街与杜克草坪，穿过梅里翁草地，直至霍尔街。当初干涸龟裂，而今猛水奔流，轿子、公共马车、出租小马车，一概不见踪影。然而最初之霹雳后，即不再闻雷声。在法官菲茨吉本阁下（彼乃于大学境内与律师希利平起平坐之人物）住宅之对门，绅士中之绅士玛拉基·穆利根适从作家穆尔先生（原为教皇派，人谓而今乃虔诚之威廉派）家中步出，路遇亚历克·班农。班农留短发（身着肯达尔绿色粗呢舞衣者近来时兴此种发式），正乘驿马车从穆林加尔进城来。彼曰，彼堂弟与玛拉基·穆利根之弟在该处逗留一月，直至圣斯维辛节[1]。相互讯问欲往何处？班农曰："返家途中。"穆利根曰："吾应邀赴安德烈·霍恩产院，饮上一盅。"并要班农告以身高超过同龄人、胖到脚后跟之轻佻妞儿事，因大雨滂沱，二人同赴霍恩产院。《克劳福德日报》之利奥波德·布卢姆与一帮喜诙谐、看似好争论之徒于此宽坐。计有：仁慈圣母医院三年级学生迪克森、文·林奇、一苏格兰人、威尔·马登、为亲自下赌注之马伤心不已之

1　圣斯维辛（死于862）是英国温切斯特地方的主教，每年七月十五为其节日。

托·利内翰和斯蒂芬·迪。利奥波德·布卢姆原为解乏而来，现略恢复元气。今晚彼曾做一奇梦：其妻摩莉足蹬红拖鞋，身着土耳其式紧身裤，博闻多识者谓此乃进入一个新阶段之征兆。普里福伊太太系住院待产妇，惜预产期已过二日，仍卧于产褥上，助产士焦急万分，不见分娩。灌以可充作上好收敛剂之米汤一碗，亦呕吐之，且呼吸无比困难。众人云：据胎动，必得一顽皮小子，企盼天主使其平安产下。吾闻此胎儿乃第九名生存者。报喜节日[1]，普里福伊太太曾为满周岁之小儿剪指甲。然该儿已尾随其三个曾哺以母乳之兄姊夭折，仅在君王《圣经》上用秀丽字迹留下芳名而已。夫君普里福伊业已五十开外，虽系循道公会教徒，仍照领圣体不误。每逢主日，倘天气晴朗，彼即携二儿至阉牛港外，以装有牢固鱼轮之竿垂钓，或乘自备方头平底船，用拖网捕比目鱼与绿鳕，满载而归。如是我闻。简言之，大雨无尽，万物复苏，丰收在望。然而见多识广者云：据玛拉基之历书，风雨之后预测将有火灾（吾闻拉塞尔先生本着源于印度的同一要旨，为其"农民报"撰写预见性咒文），三者不可缺一。此乃无稽之谈，仅能迷惑老妪小儿而已，但偶尔立论亦能恰当中肯，实为奇妙。

此刻利内翰趋至桌边，曰："当日晚报上刊一函"，遂浑身翻找（彼赌咒云，该函使彼牵肠挂肚）。经斯蒂芬劝解，彼方作罢，并嘱迅速在近旁落座。彼放荡成性，自谓生性滑稽诙谐、调皮而不怀恶意。平素玩弄女人、赛马、传播淫秽艳闻为其拿手好戏。实言之，彼身无长物，与人贩子、马夫、赌注经纪人、二流子、走私者、徒弟、暗娼、妓女以及其他无赖为伍，多在咖啡店及小酒馆中盘桓。或经常与萍水相逢之法警及巡警狂饮蛋糖白葡萄酒，自午夜至天明，探听众多黄色丑闻。彼通常就餐于简易食堂，只凭囊中仅有之一枚六便士银币，即可吃上一碗残羹剩饭或一盘下水。随即鼓起舌簧，满口皆逗自娼妓之流的淫乱秽语，致使每个母胎所生之子莫不捧腹。另一男子科斯特洛闻言，问该函文系诗乎？或故事乎？利内翰曰："皆非也，弗兰

1　报喜节是纪念天使加百列告知圣母玛利亚她将生下耶稣的节日，每年三月二十五日举行。

克（此乃科斯特洛之名），该函涉及因瘟疫而即将悉数被屠杀之凯里母牛。让其连同罐头牛肉一道见鬼去！（彼眨眼云）遭瘟的！锡器中盛有无比美味之鱼，请品尝之。”遂殷勤劝弗兰克进食旁边所置腌西鲱鱼。其间，利内翰贪婪注视之，终于得手。彼饿矣，食鱼实乃此行之主要目的。弗兰克遂用法语云：“**让母牛死光**。”彼曾受雇于一名在波尔多[1]拥有酒窖之白兰地出口商，操上流人士之文雅法语。弗兰克生性怠惰，其父（一小警官）煞费苦心，送彼学习文理并掌握地球仪；注册升入大学，专攻机械学。然而彼任性放肆若未驯之野驹，对法官与教区差役比对书本更亲。彼一度志愿做演员，继而欲当随军酒食小贩，时赖赌账，时又耽于斗熊与斗鸡。忽而立志乘船远航，忽而又与吉卜赛人结伙，浪迹天涯；借月光绑架乡绅之嗣子，或偷女佣之内衣，或藏身于柴垣之后，勒死雏鸡。彼离家出走之次数与猫儿转生不相上下。每逢囊空如洗，彼即返回家中。其父任小警官，每次见彼即洒下一品脱泪水。利奥波德先生诚心欲知晓缘由，乃抱臂曰：“彼等欲将牛屠杀殆尽乎？今朝吾确曾见到牛群，将用船载往利物浦。吾不相信事情竟至如此糟糕。”数载前，彼曾在约瑟夫·卡夫先生手下任雇员。卡夫乃一可敬之生意人，在普鲁西亚街加文·洛先生的牧场附近从事畜牧业，在草地上拍卖牲畜。因此，布卢姆对传种牲畜、产前之母牛、满两岁之肥公猪以及阉羊，均十分熟悉。“吾对汝言持有疑问，”彼曰，“牛所患之疾病听来更似支气管炎或牛舌炎。”斯蒂芬先生略为动容，但仍文质彬彬地答曰：“并非如此。奥地利皇帝之御马主事已发来快函表示谢意。彼将派遣全莫斯科维首屈一指之名兽医牛瘟博士，凭借一两粒大药丸，即能抓住公牛角[2]。”“呔，呔，”文森特先生曰，“坦率言之，倘该博士对爱尔兰公牛动手，必将被牛角钩住，进退维谷。”“名称与产地均为爱尔兰，”斯蒂芬先生曰，并依次为众人斟浓

1　波尔多是法国西南部吉伦特省省会，城郊有悠久的酿酒历史。
2　“抓住公牛角”，意指处理难题。

啤酒，一如闯入英国瓷器店中之一头爱尔兰公牛[1]。“吾理解汝意，”迪克森先生曰，“此即农场主尼古拉斯送往本岛之同一公牛[2]耳。彼为最优秀之家畜饲养员，鼻孔上穿着一枚绿宝石[3]环。”“诚然诚然，”文森特先生隔桌曰，“一语道破，如此膘肥体壮之公牛，从未在三叶苜蓿[4]上拉过屎。彼生有巨角，毛色金黄，鼻孔散发芳香，若袅袅轻烟。本岛妇女遂撇下生面团与擀面杖，与公牛殿下戴上串串雏菊花环，随彼而去。”“何以至此？”迪克森先生曰，“公牛动身之前，宦官兼农场主尼古拉斯嘱一帮同为阉人之医生，将其彻底阉割之。尼古拉斯云：‘去！吾表弟哈利陛下之命令，汝必言听计从。现接受农场主之祝福！’话音未落，啪地击其臀部。”“表示祝福之一击，裨益良多。”文森特先生曰，“作为补偿，彼将力量相当于两头公牛之秘诀传授下来。处女、妻子、女修道院院长与寡妇至今断言，伊等与其跟爱尔兰四片绿野上最英俊、强壮、专门勾引女人之年轻小伙子睡觉，不如随时都于幽暗牛棚中，对着牛耳嗫嚅，并希望彼用神圣的长舌舔自己的脖颈。”此刻另一男子曰：“伊等给彼穿上刺绣花边衣裙，配以坎肩及腰带，袖口缀以褶边，将额发剪短，浑身涂以鲸脑油。于每一街角为其筑一座黄金牛槽，装满市上最上等干草，供其尽情伏卧拉屎。此时教友们之神父（彼等对公牛之别称）因过于肥胖，难以步行至牧场。为了不使其受累，工于心计之妇人及姑娘乃将饲料兜在围裙中为彼送去。饱餐后，彼用后腿立起，供太太小姐一窥奥秘，并以公牛之语既吼且叫，伊等齐声效之。”“哎，”另一人曰，“彼益愈纵容自己，除了供自己食用之绿草（彼头脑中唯有绿色），不容国土上生长任何植物。岛屿中央之小山丘，竖有一牌，上云：‘奉哈利王[5]御旨，地上生绿

1　瓷器店里的公牛是个成语，指动辄闯祸的莽汉，此处喻斯蒂芬毛手毛脚。Bull（公牛）一词，又含有“教皇训谕”意（见下注）。

2　尼古拉斯指历史上唯一的英格兰籍教皇阿德里安四世（1154—1159在位），他曾授予英国坎特伯雷总主教秘书、索尔兹伯里的约翰一份训谕，将爱尔兰赠予英格兰国王亨利二世。

3　据索尔兹伯里记载，阿德里安四世（1154—1189在位）于一一五五年赠予亨利二世一颗嵌于金戒指上之绿宝石（爱尔兰岛别名绿宝石岛）。

4　三叶苜蓿是爱尔兰国花。

5　原文作Lord Harry。哈利是亨利的昵称。Lord Harry（或Old Harry）亦指魔鬼。

草。’”“因此，”迪克森先生曰，“只要风闻罗斯康芒或康尼马拉原野上有盗牲畜者，抑或斯莱戈农夫播种一把芥籽或一袋菜籽，彼即奉哈利王御旨，跑遍半壁乡村，用犄角将所种之物连根掘起。”“起初二人之间发生争执，”文森特先生曰，“哈利王称农场主尼古拉斯为‘天下老尼克[1]之大杂烩’，家中蓄七名私娼之老鸨。吾欲惩戒之。尼古拉斯曰：‘用先父遗下之牛阴茎快鞭，使此畜生一尝地狱味道。’”“然某日傍晚，”迪克森先生曰，“哈利王于划船比赛中获得冠军（彼使用锹型桨了，唯依比赛规章第一条，其他选手均用草耙划船），为了赴晚宴，彼正修整高贵之皮肤时，发现自己酷似公牛。遂翻阅藏于餐具室、手垢斑斑之小册子，查明自己确系罗马人通称为**牛中之牛**[2]的那头著名斗牛旁系之后裔。其名字确为蹩脚拉丁语，意即：展览主持者。”“此后，”文森特先生曰，“哈利王当众廷臣之面，将头扎进牛之饮水槽，及至从水中伸出头后，告以自己之新名。彼听任水哗哗流淌，身着祖母所遗旧罩衫及裙子，并购一册公牛语语法书习之。然而只学会人称代名词，遂用大字抄录，默记之，每当外出散步，衣袋中辄装满粉笔，在岩石边沿、茶馆桌子、棉花包或软木浮子上胡乱涂写。简言之，彼与爱尔兰牛旋即成为莫逆，犹如臀部与衬衫然。”“此语不差，”斯蒂芬先生曰，“其结果，本岛男子发现负情女子异口同声，无可救药。遂建造舟筏，携家财登船，桅杆尽皆竖起，举行登舷礼，转船首向风，顶风停泊，扬起三面帆，在风与水之间挺起船首，起锚，转舵向左，海盗旗迎风飘扬，三呼万岁，每次三遍，开动舱底污水泵，离开兜售杂物之小舟，驶至海面上，航往美洲大陆。”“彼时，”文森特先生曰，“一水手长谱一首滑稽歌曲：

教皇彼得虽尿床，

1　尼克是尼古拉斯的昵称，老尼克指魔鬼。
2　原文为不规范的拉丁文。

仍不失为男子汉[1]。”

学生们之寓言行将结束时，吾等畏友玛拉基·穆利根先生偕初邂逅之友出现于门口，系一青年绅士，名亚历克·班农也。彼新近进城，报名参军，欲在国防军中购一旗手或骑兵旗手之位置。适才谈论之治病方案，与穆利根先生之方针不谋而合，因此彼欣然表示兴趣。乃递予众人各一组名片，系当日出自昆内尔先生之印刷厂承印者。上以秀丽之斜体字印着**兰贝岛受精媒介业与人工授精业玛拉基·穆利根先生**。彼阐述曰：在城里，福普林·波平杰伊爵士与米尔克索普·奎德南克爵士游手好闲，专事寻欢作乐。彼拟远离此圈子，献身于赋予吾曹肉体机能之最高尚事业。“好友请道来，吾等当洗耳恭听，”迪克森先生曰，“个中想必有猥亵气味。二位且移身坐下。坐与站都一样便宜。”穆利根先生遂接受邀请，对听众详述其计划。此计划系根据对不妊之原因进行考察而得，原因包括抑制与禁欲。抑制乃夫妇不和或互不协调所致，禁欲则由于天生缺陷或后天之习癖。彼曰：目睹新婚燕尔之床最宝贵之担保被剥夺，痛何如哉。众多可人之富孀被恶贯满盈之僧侣所霸占，禁锢于格格不入之女修道院中，使光艳藏诸木斗之下；另有如花似玉之女子，在市井粗鄙之徒怀中凋零，而伊等本应倍享幸福。如上诸多冰清玉洁之女性成为牺牲品，而附近本有百名英俊男子欲爱之不能。穆利根云，每念及此，心如刀割。为了免除祸患（彼已下结论，认为此乃潜热受到压抑之故），彼乃与有识之士共商对策，决心向兰贝岛主塔尔博特·德马拉海德爵士购买该岛土地之绝对所有权及自由保有权。此爵士系著名之托利党成员，对蒸蒸日上之吾党颇加赞许。乃提议在此建造国立受精场，取名**中心**，并竖一方尖碑[2]，乃据埃及式样凿成。不论何等身份之女子，凡欲满足其天然官

1　“虽尿床”一语出自作者不明的一首俚谣。“仍……子汉”一语出自罗伯特·彭斯的诗《尽管这样又那样》（1795）。

2　“中心”原文为希腊文。方尖碑是成对地耸立在古埃及神庙前的锥形石碑，以整块石料凿成，常用以向太阳神作奉献，祈祝丰饶多产。

能者一旦来此，彼必为之忠心效劳，俾使之受孕。彼曰，吾所图并非金钱，劳务费不取分文。最穷之厨娘乃至社交界阔夫人，只要渴望在身心方面得到尽情满足，均能在彼处找到理想之男性。彼曰，为了取得营养，食谱限于馥郁之球根、鱼及野兔——尤其后者乃多产啮齿动物，极适宜达到彼之目的。不论烤或炖，只需添上一片肉豆蔻叶，一二颗辣椒即可。热切而坚定地发表完此冗长演说之后，穆利根先生立即取下遮帽手帕。二人似均受雨淋。虽已加快步伐，通身仍均湿透，见于彼所着灰色手织灰呢短裤上之斑纹。众人闻其计划，莫不欣喜，并衷心颂扬之。唯独玛利亚医院之迪克森先生则故意责难。谓：彼欲运煤至纽卡斯尔乎？穆利根先生则对该学者报以脑中所记一段恰如其分之古典引文，根据既充分，又能雍容大方地支持其论点：**噫，诸市民，当代道义之颓废，江河日下。吾辈家中妇女，偏爱被温柔男子以手指作淫荡之搔痒，而弃罗马百人队长之沉重睾丸及异常勃起于不顾**[1]。彼并为不够机智者举出更合乎彼等胃口之动物界实例——诸如树林间空地上之公鹿母鹿，农家场院中之公鸭母鸭等，以此类推，阐述要点。

彼饶舌家着实仪表堂堂，并素以风度翩翩自豪。现将话题转至本人服装上，对天气之乍变，愤然予以谴责。众人则大赞此公所提方案。其友，一年轻绅士，对新近之艳遇喜不自胜，不禁告知邻座。此刻，穆利根先生扫视桌面，问饼与鱼系供何人食用？及至瞥见异邦人，乃彬彬有礼地深打一躬，问曰："敢问足下需要吾曹在专业方面提供协助欤？"异邦人闻言，衷心表示谢意，却依然保持适当之距离。答曰：彼乃为霍恩产院一名女病友而来。不幸伊属难产（言至此，深叹一声），欲知是否已安然分娩。迪克森先生嘲笑穆利根先生之初期腹部肥大症以转换气氛，曰："此乃前列腺囊内部或男性子宫内部卵子怀胎之征兆乎？抑或如名医奥斯汀·梅尔顿先生所云，乃胃中之狼所致

1　原文为拉丁文，系穆利根所杜撰。百人队为古代罗马的步兵组织，每队一百人，六十队为一军团。

乎？”穆利根先生从腰部发出一阵哄笑作答，毅然拍打横隔膜下部，并很精彩且滑稽地模仿葛罗甘老婆婆（惜伊系一妓女，但仍不失为最杰出之女性），同时扬言：“妾腹从未养过私孩子也。”彼演技高超奇巧，哄笑屡屡爆发，使满室无不振奋喜悦。倘非前厅发出警报声，此场轻快喧嚣之模拟闹剧仍将续演。

闻者非他人，乃一苏格兰学生也。此公性易激动，金发宛如亚麻，以无比热烈之语气向该年轻绅士深表祝贺。绅士谈兴正浓时，彼予以打断，以谦恭之神态向对面所坐人士招手，恳请递与一瓶甘露酒。同时，将头一歪，似有所迟疑（即使整整一世纪之良好教养，亦未必能训练出如此优雅之举止）。然后将瓶子朝相反方向倾之，以清楚之口齿询问该讲述者：“饮一杯如何？”“**拜受**，贵客，”彼欣然曰，“**万谢**[1]，此举正合时宜。有此杯酒，吾之幸福方能完满。然而，上天保佑，即使吾行囊中仅有些许饼屑，以及一杯井水，吾亦深感满足，并甘愿跪于地下，为万宝之赐予者所确保之幸福，向上苍之神力致谢。”言讫，彼将杯凑至唇边，以心满意足之神态，饮甘露酒少许，抚发袒胸，拽出丝带所系之小匣。匣内嵌有女友亲笔题字之相片。彼接后，甚为珍爱。彼含情脉脉审视该面影，并曰：“噫，先生，倘汝若吾然，于激动人心之刹那间，目睹伊人身着雅致披肩，头戴俏丽新软帽（伊以悦耳声调，告以此乃生日礼物也），淳朴洒脱，温存妖冶；足下必慨然向之五体投地，或永远逃离战场。吾断言，此生从未如此动心。主啊，感谢尔为吾创造日日夜夜。备受该倩女青睐者，诚为三生有幸。”无限温存之叹息愈益使此番话语感人至深。彼将小匣揣入怀中，并再度拭泪叹息。“大慈大悲之天主，尔所创造之物，普获尔之祝福。尔之治下最美妙者乃人之恋情也。恋情如此深广伟大，足以使自由人与奴隶，蠢乡巴佬与文雅纨绔子弟，风华正茂、热情奔放之情人与中年丈夫，均顿然堕入五里雾中。然而先生，吾走题矣。吾曹现世之欢乐是何等杂以悲哀，何等不完美。命运不济！”彼痛苦呼叫

1　此处的“万谢”和前文的“拜受”原文均为法语。

曰，“倘若主上赋吾以先见之明，提醒吾携带雨衣，当不至此！”遂不禁落泪。“纵下七场骤雨，对吾曹亦毫无害处。吾过于大意矣！”彼手击前额，大声曰，“明日将迎来新的一天，雷鸣千遍。吾识一**外衣商人**[1]波因茨先生，可售与法式舒适外衣，每件一**里弗尔**[2]，确保不致湿及女方。”“呔呔！”**授精业者**大声插嘴曰，“吾友穆尔先生乃一非凡之旅人（适才**吾与彼**曾共饮酒半瓶，座中有市内博学之士），彼据可靠消息告知，霍恩岬角，雨势**猛烈**，致使所有外衣（无论何等结实），均已湿透。”彼曰：“**诚然**，大雨倾盆，罹难者无一不当即匆匆告别人世。”“呸！**一里弗尔**[3]！”林奇先生大声曰，“货色粗陋至此，不值一苏[4]耳。伞[5]之大小纵然仅及仙女蘑菇，然亦顶得过十件如此搪孔之物。任何稍有机智之女子，决不会用此等外衣。吾之情妇基蒂今日相告，伊情愿舞于洪水中，亦不愿在救命方舟中挨饿。何耶？伊对予倾诉云（此时，尽管除翩翩起舞之蝴蝶，绝无偷听者，伊依然脸色红涨，附耳低语）：‘吾曹生就无垢之肌肤，换个情况必将导致破坏礼仪，然而**在二种场合下**[6]，会成为唯一之可身衣裳。’蒙自然女神赐予神圣祝福后，吾曹心中铭刻该语之意，而今已家喻户晓。吾搀扶该姣好哲学家坐上双轮马车后，伊用舌尖轻触吾外耳廓以引起吾之注意，告曰：‘头一种场合，乃是入浴……’”彼时，前厅铃响，今番足以丰富吾曹知识宝库之议论遂被打断矣。

正当举座说笑寻欢作乐之际，铃声大作，众人遂纷纷猜测。须臾，卡伦小姐步入，对青年迪克森先生嗫嚅数言讫，向与座者深打一躬，然后退去。一贤淑端庄、容貌标致之淑女一时出现于荡子群中，彼等淫荡之徒便即刻收敛其轻佻猥亵。然而俟伊退出后，秽言秽语刹那间

1　原文为法语。Capote（外衣）为避孕套的隐语。

2　原文为法语。里弗尔原为法国金币，以后又发行银币与铜币。一七九四年废止，为法郎所代替。

3　此处的“里弗尔”与前文的“授精液者”“吾与彼”“猛烈”“诚然”原文均为法语。

4　苏是法国旧铜币，一苏为五生丁，二十苏为一法郎。

5　“伞”为子宫帽的隐语。

6　原文为法语。

重新爆发。“吾甚觉荒唐矣，”酩酊大醉之痞子科斯特洛曰，“极美味之母牛肉！伊想必邀汝幽会。狗杂种作如何想？汝精于此道矣。”“确然如此，”林奇先生曰，“圣母济贫院同人擅长床上技巧。孽种奥加格大夫不曾搔诸护士下颌欤？七个月以来，吾基蒂在该院病房任护士，此系伊所告，当属确凿。”“大夫，祈天主可怜奴家！”身着淡黄色背心之后生仿妇人腔调狂呼傻笑，并扭动身躯作淫荡态早曰，“汝勿戏弄奴家！讨厌鬼！呜呼，妾浑身颤悠发晕矣。汝之轻薄，确与可爱之小神父坎特基塞姆不相上下！”“倘若伊未身怀六甲，”科斯特洛大叫曰，“吾将被此啤酒呛得半死矣！大凡由于有喜而膨胀之妇女，吾只消瞟一眼即可看出。”此时青年外科医生起身，乞求众人准其退席，盖护士顷通知彼需立即赶赴病房也。彼曰：“该怀孕妇女曾以可钦之刚毅忍受阵痛，而上苍大发慈悲，已结束其苦难，使之生下一名强壮男婴。吾无法容忍某些人士。彼等既无足以使人开心之机智又乏指导他人之学识，竟对护士这一高贵天职肆意辱骂，而除却应予以敬畏之神明外，护士乃最造福人间者。伊所从事之高尚职业，非但不应成为笑柄，且可激励人心，使之向上。吾敢断言，倘有必要，吾能推出多如云彩之证人，以阐述该项职业如何不比寻常。吾实难宽恕彼等。何以竟中伤和蔼可亲之卡伦小姐这等人！伊乃女性之光辉，实令男性叹服不已。护士所接生者乃用尘土造出之小娃，当此最关键之时刻加以诽谤，该念头实属可恶至极！竟播下如此邪恶之种子，以致产妇与接生婆在霍恩产院得不到应有之尊重。每念及民族之未来，辄不寒而栗。”谴责完毕，彼乃向与座众人点头示意，走向门外。举座发出一片赞同之低语声，有人扬言应立即将该下流醉汉逐之门外。此计划几近付诸实践，将给彼以应有之惩罚。然而彼可鄙地赌咒发誓（而且发得八面玲珑），谓彼乃天下最善良之人子也，从而减轻其罪责。“谨以吾之生命发誓，”彼曰，“诚实的弗兰克·科斯特洛自幼被教以格外孝敬父母。家母擅长做果酱布丁卷与麦片糊，吾一向对她怀有敬爱之心。”

却说布卢姆先生乍一进来，留意到那片肆无忌惮之冷嘲热讽，认为此系年少通常不懂怜悯所致，故容忍之。彼等荡儿实似狂妄自大之顽童，喜议论喧嚣，用语费解，且口出不逊。每闻其暴躁与寡廉鲜耻之话语[1]，顿感愤慨。虽能以血气方刚勉强为之开脱，但如此无礼实难以忍受。尤使人不快者为科斯特洛先生言辞之粗野。据观察，此令人作呕之流氓乃私生子耳。彼呱呱坠地即畸形缺耳，身躯伛偻，满口生牙。分娩时属逆产，足先露，且驼背。外科医用钳子在彼头盖上留下了明显痕迹。布卢姆遂联想到，彼即已故富于独创性之达尔文先生毕生探求不已之进化论中所谈之过渡生物[2]也。布卢姆已过人生之半途，历尽沧桑，系一谨慎民族之后裔，生就稀有的先见之明，遂抑制心中所冒怒气，最迅速慎重地克制住感情，告诫自己胸中要怀一忍字。心地卑鄙者对此加以嘲笑，性急之判断者藐视之，然而众人咸认为此乃稳妥之举。妙语连珠以损害女性之优雅，乃精神上一大恶习，彼坚不赞成；彼不认为此种人堪称才子，更弗言继承良好教养之传统。布卢姆对彼等实忍无可忍，根据往日经验，只得采取激烈之手段，以迫使此傲慢之徒丢尽颜面，及时退却。盖年轻气盛之徒，向来无视年老昏愦者之皱眉与道学家之抱怨，一味欲食（据圣书著者凭借纯洁想象所写）树上禁果；布卢姆与彼等未尝不抱有同感。唯当一淑女分娩产子之际，无论如何亦不得对人性等闲视之。最后，据护士所云，布卢姆曾预料产妇迅将分娩，经此长时间之阵痛后，果然瓜熟蒂落，此事再度证明天主之恩惠与慈悲，使布卢姆顿感释然。

布卢姆遂与邻座坦诚相见，曰："吾对此事之看法（不妨将己见发表）为：彼妇并非由于本人之过错而受尽痛苦，闻其安产而不知喜悦者，想必生性淡漠或心肠冷酷也。"该衣着入时之浮华青年曰："使伊陷入如此困境者，其夫也；理应是其夫，除非伊乃另一名以弗所女子[3]。"此时，克罗瑟斯击桌以使众人倾听其嗓音洪亮之话语："吾有话

1　原文为法语。

2　指英国进化论的奠基人查理·达尔文（1809—1882）在《人类起源及性的选择》（1871）中所提人类与类人猿之间存在一种过渡生物的设想。

3　以弗所系希腊城市名。古罗马作家佩特罗尼乌斯（？—66）所著小说《萨蒂利孔》写一个以弗所寡妇，丈夫尸骨未寒，便另觅新欢。

告汝等。蓄邓德利尔里式胡子之老叟——年迈之格洛里·阿列路朱拉姆[1]今日又来矣。彼用鼻音央告曰：‘吾欲对吾之生命（此即彼对伊之称呼）威廉明娜进一言。’吾嘱彼心中宜有数，盖婴儿即将呱呱坠地矣。见鬼！容吾坦率道来。吾不禁叹服该老汉之生殖力，竟足以令伊再生一胎。”众人异口同声赞誉老叟，唯独该风流后生坚持己见曰：“否。把关者非其夫也，乃修道院之教士、夜间向导（有勇气者）或家庭用品之行商。”客人闻讫，暗自思量：彼等具有之神奇的轮回力实无与伦比、不同凡响。产院与解剖室均已变为轻佻话语之操练厅。然而一旦获得学位，彼等轻浮荡子摇身一变即成为被杰出人士誉为最高尚技艺之典范实践者。然而，彼继续思索，或许彼等平时个个心中郁愤，欲寻解脱。因吾曾屡次目睹同一色羽毛之鸟齐声大笑也。

彼异邦人系承蒙仁慈之陛下核准而取得市民权，然而吾曹欲询问彼之保护者总督阁下，彼凭何资格而取得我国内政之最高权力欤？发自满腔忠诚之感激，如今安在哉？在近日之战争[2]中，只要敌人凭借手榴弹暂时取得优势，该叛徒即一面唯恐其四分利公债暴跌而浑身颤抖，一面则抓紧机会向根据其本人意愿而臣服之帝国开火！彼是否已忘却此事，一如忘却其所承受之一切恩泽？倘传闻无谬，彼则为只顾个人享乐之利己主义者，诚属欺世盗名。闯入贞节妇女（一名勇敢少校之女）之寝室，或对其妇德妄加谴责，此决非君子所为。若彼欲引人注意（其实，此举对彼甚为不利），亦无可奈何也。该妇命途多舛，其合法特权屡遭践踏，时间既久，对方态度复顽强，致使伊每闻彼之斥责，辄报以由绝望而导致之嘲笑。彼身为社会风纪监察官，虔诚俨若鹈鹕[3]，竟将自然之羁绊抛诸脑后，肆无忌惮，试图与出身于社会最下层之女仆发生暧昧关系！倘非该女仆以擦地所用之毛刷为护守

1　格洛里·阿列路朱拉姆（指普里福伊）与拉丁文“天上的荣光·哈利路亚”发音相近，哈利路亚为犹太教与基督教的欢呼语，意为“赞美神”。

2　指一九〇二年结束的布尔战争，参看第301页注释6。

3　中世纪的动物寓言中，把鹈鹕与耶稣联系在一起，母鹈鹕将自己的肋旁戳破，把鲜血浇在幼雏的尸体上，使之复活。

天神，进行自卫，则必身遭不幸，有如埃及女夏甲[1]然！关于牧场问题，彼之乖戾粗暴已臭名远扬。某次，当着卡夫先生之面，触怒一牧场主，以致遭到该乡人以刻薄言辞之反击。彼不适宜宣扬福音。家旁岂不有片耕地，只因无人播种，遂闲置下来。青春期之恶习，人届中年遂成为第二天性，带来耻辱。倘若彼一定要将基列香油[2]这一效验可疑之秘方与金科玉律，分发给一代乳臭未干之荡子，以促使彼等康复，则应使彼之行为与正全力奉行之教义相一致。身为丈夫，彼之内心乃诸多秘密之贮藏库。为了体面，而轻易不肯泄露，色衰之美女或以淫言猥语挑逗之，代替因被冷遇以致堕落之妻，给彼以慰藉。然而人伦之新倡导者以及恶行之矫正者，充其量仅为异邦之树。其扎根于东方本土时，则茁壮繁茂，香脂丰腴，迨移植于他处暖土，根即失去原有之勃勃生机，香脂亦变为混浊发酸，失去灵效。

嗣子诞生消息之通告极其慎重，令人联想及土耳其朝廷仪式之惯例：由第二女护士转告值勤之下级医务官，彼再向代表团传达。彼遂赴产室，以便在内务大臣与枢密顾问官（彼等由于争先称赞已精疲力竭，沉默不语）亲临下，协助完成规定之产后仪式。漫长肃穆之值勤使代表团焦躁不安。彼等认为既逢喜事，放纵一番亦应获得宽容。于是，护士与医务官走后，立即展开舌战。只闻兜揽员布卢姆先生竭力劝解之，平息之，抑制之，均属徒然。此乃最适宜高谈阔论之良机，亦为将彼等性格迥异者联结起来之唯一纽带。分娩问题依次从各个方面加以剖析：异父兄弟之间先天的敌对，剖腹产，遗腹子，以及稀有的例子：产妇死后之分娩。蔡尔兹谋杀胞兄案，由于律师布希先生之激烈辩护，被诬告者已被宣判无罪。此事至今仍被人们广为铭记在心；长子继承权，国王赐予双胞胎与三胞胎赏金；流产及溺婴，加以

1　亚伯兰罕的妻子莎莱不能生育，便提议收埃及女夏甲为妾，夏甲怀孕后，瞧不起莎莱，莎莱遂虐待夏甲。夏甲逃走，路遇天使，在其劝说下，回到莎莱跟前，从此顺从她，并生下以实玛利。

2　基列是约旦河以东古代巴勒斯坦地区，即今约旦西北部，盛产草药。

伪装或掩饰；缺乏心脏的**胎儿内胎儿**[1]以及充血导致的缺脸。某缺下巴中国佬（候补者穆利根先生语）之男系亲属，先天性缺颚乃系沿中线颚骨突起接合不全之结果，（据彼曰）一只耳朵能听见另一只所云。麻醉或昏睡分娩法之长处。高年妊娠的情况下，因受血管压迫，阵痛延长。早期破水（眼下即一实例）导致的子宫败血症之危险。用注射器进行人工受精。闭经后之子宫收缩。因被强奸而妊娠的情况下，人种之延续问题。勃兰登堡人称之为**坠生**[2]的可怕分娩。医学记载中之月经期间怀孕或近亲结婚导致之一产多胎、阴阳儿、畸形儿等。一言以蔽之，亚里士多德在其《杰作》[3]中附上彩色石印插图加以分类的人类出生之各种情形。对产科学与法医学上至关重要之问题，以及关于妊娠最普遍的信念（诸如唯恐母体之活动将导致脐带勒死胎儿，遂禁止孕妇迈田舍栅栏；或强烈情欲得不到有效满足时，辄将手放诸身上由于经年使用而作为惩戒场所被神圣化之部位），均予以热烈研讨。有人断言，兔唇、胸痣、冗指、黑痣、赤痣、紫痣等畸形，均足以对时而诞生之猪头儿（人们并没有淡忘格莉塞尔·斯蒂文斯夫人[4]的例子）或狗毛婴儿做出**确凿**[5]而自然之说明。喀里多尼亚[6]使节所提出之原生质记忆假定，无愧于彼所代表的具有形而上学传统之国土。预见到此等例子乃胎儿发育达到人类这一阶段前被抑制之表征。某异国使节则驳斥上述意见，以热切而坚信不疑之口吻曰："此乃女子与雄兽交媾所生者。"其根据则为优雅拉丁诗人凭其才华在《变形记》中所传至今之弥诺陶洛斯之类神话[7]。彼之话语立即引起轰动，然而为时短暂。因候补者穆利根先生比任何人均了解开玩笑所能引起之效果，乃面谕曰：

1　原文为拉丁文。

2　原文为德语。也叫坠胎，指坠落分娩。

3　《杰作》，参看第347页注释2。

4　格莉塞尔·斯蒂文斯夫人（1653—1746）是都柏林名医理查德之妹，她把哥哥的遗产捐献出来修建一座医院。她外出时总是蒙着面纱，以致人们疑她长着猪头。

5　原文为拉丁文。

6　喀里多尼亚是英伦三岛北部一地区的古称，大致相当于现在的苏格兰。

7　古罗马诗人奥维德（前43—18）在《变形记》第8卷中，描写克里特王弥诺斯之妻帕西淮与一头白毛公牛通奸，生下半人半牛之怪物弥诺陶洛斯，它被关在迪达勒斯修建的迷宫里。

“如要发泄淫欲，宜寻一干净可爱之老叟。”遂使方才那番感动顿然消失。同时，使节马登先生与候补者林奇先生之间就连体双胞胎中之一名先逝世之际，在法学及神学上之矛盾，展开激烈争论。经双方同意，将此难题委托兜揽员布卢姆先生立即交由副主祭助手迪达勒斯先生处理。不知彼是否欲以超自然之庄重，显示其衣着之奇妙威严，抑或服从内心之声音，迄今保持缄默。此刻亦仅简短地（有人认为敷衍塞责地）陈述《福音书》之教导曰：“天主所配合的，人不可拆开。”

然而玛拉基之故事则使彼等不寒而栗。彼一念咒，如下情景即出现在彼等面前：壁炉旁的暗门吱呀一声开启，海恩斯从中出现！我等无不毛骨悚然！彼一手持装满凯尔特文学之公事包，另一只手则持写有毒品字样之小瓶。当彼面泛鬼笑扫视众人时，个个脸上露出惊讶、恐怖、厌恶之神色。“如此之接待原在吾预料之中，”彼遂发出阴森之笑声并谓，“看来这要怪历史。吾乃杀害塞缪尔·蔡尔兹之凶手，千真万确。吾已遭到何等惩罚！吾对地狱毫无畏惧。可惧者幽灵附体也。耶稣之眼泪伤口[1]！究竟如何吾方能得到安息乎？”彼嗓音模糊，“吾携自己所整理之民谣，在都柏林长期流浪，而幽灵宛如淫梦魔或牛魔般跟踪不止。吾之地狱以及爱尔兰之地狱，皆在现世。为了忘却所犯罪恶，吾曾多方设法：消愁解闷，射击白嘴鸦，学习埃尔斯语[2]（遂诵数句），服鸦片酊（彼将小瓶举至唇边），扎营露宿。一切均归徒然！彼之亡灵与吾形影不离。吞服鸦片乃吾唯一希望……呜呼！毁灭矣！黑豹！”彼大叫一声，须臾间消失矣，暗门滑动着，闭紧。少顷，彼在对面门口露头，曰：“十一时十分，到韦斯特兰横街车站与吾碰头。”彼去矣。众放荡之徒涕泗滂沱。占卜者[3]举手向天，嗫嚅曰：“马南南之报复[4]！”哲人反复曰：“同态复仇法。伤感主义者乃只顾享受而对所做之事不深觉歉疚之人。”玛拉基激动之至，闭口不言。谜底遂揭开矣。

1 原文为英语化了的爱尔兰语，一句轻微的咒诅。
2 埃尔斯语即苏格兰盖尔语。
3 占卜者，指穆利根。
4 指马南南（参看第56页注释11）对在海洋上肆意劫掠的巨人（福尔莫利安族）进行报复。

海恩斯为三弟，真名蔡尔兹，黑豹为彼父之鬼魂也。彼吞服鸦片，以忘却此事，使予得到解脱，不胜感谢。坟场旁之房屋无人居住。谁都不肯居于彼处。蜘蛛在孤寂中张网。夜鼠自洞穴中窥伺。该屋受咒诅。闹鬼。为一座凶宅。

人之灵魂，寿命有多长？灵魂禀有变色龙之特性，每接近一样新物即改变颜色，与欢乐者接近即愉快，与悲哀者相处则沮丧，年龄亦随情绪而改变。利奥波德坐在那里，反刍并咀嚼往事之回忆时，彼已不再是沉着踏实之广告经纪人，亦非一小笔公债之所有者。念载光阴顿然消失，彼已成为少年利奥波德矣。仿佛是通过回顾性之安排，镜中镜（刹那间）照出本人。彼目睹自家当年之英姿，早熟而老气横秋，于刺骨寒晨，将书包（内装有母亲精心制作之美味大面包）当作子弹带般挎着，从克兰布拉西尔街之老宅踱向高中。一两年后，同一身姿初戴硬毡帽（啊，何等神气！），已开始跑外勤。彼乃家族公司之正式推销员，备有订货簿，洒了香水的手帕（不仅是为了充当样品），皮箱里装满锃亮之小装饰品。（噫！可惜均属于往昔岁月！）彼到处对犹豫不决而用指尖掐算之主妇或妙龄女郎，满脸掬以殷勤温顺之笑容。后者对彼佯装出之礼仪[1]，亦羞涩地点头会意。（然而其内心如何，则天晓得矣！）香水气息，微笑，尤其乌黑眸子及圆滑周到之谈吐应对，使彼于傍晚为公司老板携回大量订货单。老板做完同样工作，口衔雅各烟斗，坐在祖传的炉边（上面必煮着面条），透过角质圆框眼镜，阅读一个月前之欧洲大陆报纸。然而，刹那间镜面模糊了，少年游侠骑士后退，干瘪，缩成雾中极细微之一点。而今自己做了父亲，周围兴许是儿辈。谁知晓欤！聪明的父亲方知自己之子。彼思及哈奇街关栈附近蒙蒙细雨之夜。彼与伊在一道（可怜，伊无家可归，系私生女，只付一先令与一便士吉利钱，便属于汝，属于吾，属于众人），当两名夜警头戴雨帽之阴影路过新修建的皇家大学时，彼等一道倾听其沉重脚步声。布赖迪！布赖迪·凯利！彼决不会忘记此名，将永远

1 原文为法语。

铭记该夜：初夜，新婚之夜。彼等（求者与被求者）于黑暗之底层缠扭在一起。转瞬之间。（要有！[1]）光就浴满世界。心与心可曾悸动在一起！否，敬爱的读者，一霎时事即毕，然而——“且慢，撒开！不许如此！”可怜的姑娘摸着黑，逃之夭夭。伊乃黑暗之新娘，夜之新娘。伊不敢生下白昼那金太阳之子。不，利奥波德。名字与记忆无从给汝慰藉。青年时期汝对精力所抱幻想，已被剥夺——一切归于徒然。汝之腰力已生不出子嗣，无能为力矣。鲁道尔夫[2]生利奥波德，而今利奥波德却不再能有子嗣矣。

众声纷杂，融入阴暗之寂静中。寂静乃无限之空间也。灵魂迅疾而沉默地飘浮于世世代代生息不已之空间。灰色薄暮弥漫于此，却从不落到暗绿色之辽阔牧场上。仅降下苍茫暮色，抛洒星宿的永恒之露。伊步履蹒跚，跟随乃母，犹如由母马带引之小母马驹。伊等乃一片朦胧中之幻影，然而婀娜多姿，腰肢纤细优美，脖颈柔韧多腱，面容温顺，头脑聪慧。阴郁之幻象逐渐模糊，以至消失殆尽。阿根达斯乃荒原也，向为仑枭与半盲戴胜鸟栖息之所。鼎盛之内泰穆已不复存在。彼等群兽亡灵发出反叛之雷鸣，沿着云彩大道拥来。呼！哈喀！呼[3]！视差从背后阔步逼向彼等，用刺棒戳之，射自其眉眼之光锐利如蝎。大角鹿与牦牛，巴珊与巴比伦之公牛，猛犸象与柱牙象，均成群结队涌向下陷之海——死海[4]。那一大群黄道十二宫不祥而伺机报复之兽类！彼等呻吟，越云而来，犄角或长或短，有长鼻者，獠牙者，或鬃毛若狮，或有多叉巨角，用鼻拱者，爬行者，啮齿动物，反刍动物，厚皮动物，彼等大群地移动，吼叫。太阳之屠杀者。

彼等踏着大地朝死海挺进，以便贪婪而不知餍足地狂饮那沉滞呆倦、永不枯涸之咸湖水。此刻，马状怪物于寂寥之空中复长大矣，大得犹如天空本身，漫无边际，朦朦胧胧出现于室女座之上端。看哪，

1 原文为拉丁文，其后省略了“光”字。

2 鲁道尔夫是布卢姆之父。

3 “呼！哈喀！呼！”与英语中的“谁！听哪！谁！”谐音。

4 原文为拉丁文。

轮回之奇迹，伊乃永恒之新娘，晨星之信使，新娘——永恒之处女。伊乃玛尔塔，失去了的你，年轻，可爱、光艳照人之米莉森特。稍早于黎明前之最后时刻，伊足蹬灿烂之金色凉鞋，身披汝所称之薄纱巾。伊乃昴星团女王，此刻正冉冉升起，何等安详。面纱在伊那星宿所生之肌肤周围飘扬，融为鲜绿、天蓝、紫红与淡紫色，任凭穿过星际刮来之阵阵冷风摆布，翻腾、卷曲、回旋，在天空中蜿蜒移动，写出神秘字迹。其表象经过轮回之千变万化，成为金牛座额上之一颗红宝石，三角形标记阿尔法[1]，熠熠发光。

弗朗西斯正在提醒斯蒂芬，多年前康米神父任校长时，他们二人曾同过学的事。他问起格劳康、亚西比德[2]和皮西斯特拉图斯[3]。“他们如今在哪儿？”两个人都不晓得。“你所谈的是过去和它的幽灵，”斯蒂芬说，“何必去想那些呢？要是我隔着忘川把它们唤回到现世来，那些可怜的幽灵会不会应声而至呢？有谁知道呢？我，斯蒂芬的公牛精神，阉牛之友派‘大诗人’乃是它们的主人，又是赋予它们生命的人。”他把葡萄叶编个环儿戴在蓬乱的头发上，并朝文森特微笑着。“当你能够凭着远比两三首轻飘飘的诗更为伟大的作品向你天才的父亲呼唤时，”文森特对他说，“这句答复和那些叶子就能成为更适合于你的装饰了。凡是为你着想的人，都盼望这样。大家都巴不得你完成你所构思的这部作品，并称赞你是戴花冠者。我衷心祝愿你不要让他们失望。”“哦，不，文森特，”利内翰把一只手放在挨近他的文森特的肩膀上说，“不用担心。他才不会让他母亲做孤儿呢。”那个年轻人的脸色阴郁了。大家都看得出，在他来说，被人提醒对前途的指望和新近丧母一事是何等难以忍受。倘非喧嚣声减轻了痛苦，他会退出宴席的。马登只因为一时看上了骑手的名字，便心血来潮地把赌注下在“权杖”身上，结果输了五德拉克马。利内翰的损失也那么

1　金牛座为黄道十二宫之第二宫。座中最亮之恒星毕宿五（金牛座阿尔法）为一等星。

2　格劳康是柏拉图的《理想国》中一个耿直人物。亚西比德（约前450—前404），雅典政治家、将军，是苏格拉底的朋友。

3　三者均为古希腊人名。

大。他对大家讲述赛马情况。旗子往下一挥，呼啦！母马驮着奥马登，一个箭步蹿出去，精神饱满地奔跑起来，它领先。每一颗心都怦怦悸动。连菲莉斯都克制不住自己了。她挥舞头巾喊着："好哇！'权杖'赢啦！"然而在快要到终点的直线跑道上，"丢掉"追近、拉平并超过了它。全都完啦。菲莉斯一声不响：她的两眼像是悲哀的银莲花。"朱诺，"她大声说，"我输定啦。"然而她的情侣安慰她，给她带来一只闪亮的小金匣，里面装着几块椭圆形小糖果。她吃了。她落了泪，仅只一滴。"W. 莱恩可是个顶出色的骑手，"利内翰说，"昨天赢了四场，今天三场。哪里有比得上他的骑手呢？骆驼也罢，狂暴的野牛也罢，他都骑得稳稳当当。可是咱们也像古人那样忍耐吧。对不走运者发发慈悲吧！可怜的'权杖'！"说到这里，他轻轻叹了口气，"它再也不是从前那匹精神抖擞的小母马啦。我敢发誓，咱们永远也看不到那样一匹马了。老兄，我对天主发誓，它是马中女王，你还记得它吗，文森特？""我倒是巴不得你今天能见到我的女王哩，"文森特说，"她有多么年轻，容光焕发（拉拉吉跟她站在一起也会黯然失色），穿着淡黄色的鞋和好像是平纹细布做的连衣裙。遮蔽我们的栗子树花儿正盛开。诱人的花香与飘浮在我们周围的花粉使空气浓郁得往下垂。在浴满阳光的小块儿地面的石头上，似乎毫不费力地就能烤出一炉科林斯水果馅小圆面包——就是佩利普里波米涅斯在桥头摆摊卖的那种。然而，除了我那只搂住她的胳膊，她没得可咬的。于是，每逢我搂紧了，她就顽皮地咬我一口。一星期前她卧病四天，然而今天她神态自在，快快活活，还拿病危开着玩笑。这当儿，她就更富于魅力了。还有她那花束！她可真是个疯疯癫癫的野丫头。我们相互偎倚着的时候，她采够了花。这话只能悄悄地告诉你，我的朋友。我们离开田野的时候，你简直想不到我们竟碰见了谁。不是别人，正是康米呀！他沿着篱笆踱来，正在读着什么，好像是《圣教日课》。我相信他当作书签夹在里面的准是葛莉色拉或奇洛伊写来的一封俏皮的信。我那甜姐儿狼狈得飞红了脸，假装整理稍微弄乱了的衣裳。矮树丛的一截小树枝巴在上面了，因为连树棵子都爱慕她。当康米走过去后，她就用随身携带的小镜子照自己的芳容。然而他挺慈祥，走过去的时候，还祝福了我们呢。”“神明也从来都是仁慈的，”利内翰说，“虽然我在巴思那匹母马身上吃了亏，也许他这酒倒更合胃口哩。”他把手放在酒瓶上。玛拉基瞅见了，就制止他这一动作，并指了指那个异邦人和鲜红色商标。“小心点儿，”玛拉基悄悄地说，“像德鲁伊特那样保持沉默吧。他的灵魂飘到远处去了。从幻梦中醒过来，也许跟出生同样痛苦。任何东西，只要认真逼视，兴许都可以进入诸神不朽的永恒世界之门。你不这么认为吗，斯蒂芬？”“西奥索弗斯对我这么说过，”斯蒂芬说，“在前世，埃及司祭曾向他传授过因果报应法则的奥秘。西奥索弗斯对我说，月亮上的君主乃是太阳系游星阿尔法用船送来的橘黄色火焰。不凭灵气来再现自己，以第二星座之红玉色的自我为化身。”

然而，说实在的，关于他处于某种郁闷状态或被施行了催眠术之类的荒谬臆测，纯属最浅薄之误解，有悖于事实。正在发生这些事的当儿，此公两眼开始显露勃勃生机。即使不比别人更敏锐，至少也跟他同样敏锐。任何曾经做过相反推测的人，都会立即发现自己搞错了。他朝特伦特河畔伯顿的巴思公司所产瓶装一级啤酒凝望了足足四分钟。它夹在好多瓶酒当中，刚好摆在他对面，其鲜红色商标，无疑是为了引起所有人的注意。在方才那番关于少年时代和赛马的谈话后，由于只有他自己才知道得最透彻的理由（这一点，后来才弄清楚），周围发生的事被涂上了迥异的色彩。于是，他就沉浸在两三档子私事的回忆里。对此，另两个人犹如尚未出生的婴儿一般，丝毫也不了解。不过，他们二人的视线终于相遇。他一旦明白对方迫不及待地想要喝上一盅，便不由自主地决定为他斟上。因此，他攥着那装有对方所渴求的液体之中型玻璃容器颈部，足倒一气，以致它都快空了，然而又相当小心翼翼地，不让一滴啤酒溅到外面。

随后进行的辩论，其范围与进度均是人生旅途的缩影。会场也罢，讨论也罢，都气派十足。论头脑之敏锐，参加辩论者乃属海内第一流的，所论的主题则无比崇高重要。霍恩产院那高顶棚的大厅，从未见过如此有代表性而且富于变化的集会。这座建筑的古老椽子，也从未听到过如此博大精深的言辞。那确实是一派雄伟景象。克罗瑟斯身穿醒目的高地服装，坐在末席上。加洛韦岬角[1]那含有潮水气味的风，使他容光焕发。坐在对面的是林奇，少年时代行为放荡以及早慧，都已在他脸上留下烙印。挨着苏格兰人的座位是留给怪人科斯特洛的；马登蹲坐在科斯特洛旁边，呆头呆脑地纹丝不动。壁炉前主席的那把椅子是空着的，两边分别为身穿探险家派头的花呢短裤、脚蹬生牛皮翻毛靴子的班农，还有与他形成鲜明对照的玛拉基·罗兰·圣约翰·穆利根那淡黄色的优美服装和一派城市的举止教养。最后，桌子上首坐着位年轻诗人，他逃脱了教师这个行当和形而上学的审问，在苏格拉底式讨论的快活氛围中找到了避难所。右边是刚从赛马场来的油嘴滑舌的预言家，左边是那位谨慎的流浪者。他被旅途与厮打扬起的尘埃弄脏，又沾上了难以洗刷的不名誉的污点。然而他那坚定不移、忠贞不渝的心中却怀着妖娆的倩女面影，那是拉斐特[2]在灵感触发下用那支画笔描绘下来的传世之作。任何诱惑、危险、威胁、屈辱，都无法消除。

开头最好先说明一下：斯·迪达勒斯先生（**神性怀疑论者**[3]）的议论似乎证明他所沉溺并被歪曲的先验论，与一般人所接受的科学方法是截然相反的。重复多少遍也不为过分的是：科学乃处理有实质的现象的。科学家正如一般人一样，必须面对硬邦邦的现实，不容躲闪，并须做出详尽的说明。目前确实可能还有一些科学所不能解答的问题，例如利·布卢姆先生（广告经纪人）所提的头一个问题：即将诞生者的性别是如何决定的。我们究竟应该接受特利纳克利亚的恩培多克勒的说法，即认为男子的诞生决定于右卵巢（另外一些人则主张是在月经后的时期），还是应该认为被放置过久的精子或精虫乃是决定性别的重要因素？抑或像众多胚胎学家（卡尔佩珀、斯帕兰札尼、布

1　加洛韦岬角是苏格兰西南部一地区，饲养黑色无角的加洛韦奶牛。

2　詹姆斯·拉斐特是维多利亚女王及皇家的御用摄影师。

3　原文为拉丁文。

鲁门巴赫、勒斯克、赫特维希、利奥波德和瓦伦丁）所设想的那样，是二者的混合物呢？这个论点也许意味着：一方面是精虫的生殖本能[1]；另一方面是被动因素那巧妙地选择的体位——即卧在下面受胎[2]之间的协力（大自然喜用的方法之一）。同一位问讯者所提出的另一问题，其重要性不亚于此：婴儿死亡率。这个问题很有意思，因为他中肯恰当地提出：尽管我们诞生的方式相同，死法却各异。玛·穆利根先生（卫生学兼优生学博士）谴责本地的卫生状况道，我们这些肺部发灰的市民吸进了飘浮在尘埃中的细菌，以致患上腺样增殖症和肺结核等症。他声称，民族素质的衰退应统统归咎于这些因素以及我们街头上那些令人厌恶的景象：触目惊心的海报，各种支派的教士，陆海军的残疾军人，风里雨里赶马车的坏血症患者，悬吊着的兽骸，患偏执狂的单身汉以及不能生育的护理妇。他预言审美学将普遍地为人们所接受，生活中所有的优美事物，纯正的好音乐，令人赏心悦目的文学，轻松愉快的哲学，饶有教育意义的绘画，维纳斯与阿波罗等古典雕刻的石膏复制像，优良婴儿的艺术彩照——只要在这些方面略加注意，就能使孕妇在无比愉快中度过分娩前的那几个月。J. 克罗瑟斯先生（议论学学士）将婴儿夭折的一部分原因归咎于女工在工厂内从事重劳动引起的腹腔部外伤，以及婚后夫妻生活中的节制问题，但绝大多数还是由于在公私两方面的疏忽。这种疏忽达到极点，便会造成遗弃新生婴儿、堕胎犯罪或残忍的杀婴罪。尽管前者（我们指的是疏忽）毫无疑问是确凿的，但他所举的那个关于护士忘记点清填入腹腔的海绵数目之事例，太不经见了，不足为训。其实，当我们仔细调查这个问题时就会发现，尽管有上述种种人为的缺陷，往往会妨碍大自然的意图，但是妊娠与分娩却依然在大量地顺利地进行着，诚然令人惊奇。文·林奇先生（算术学士）提出了富于独创性的建议：出生与死亡，与所有其他进化现象（潮汐的涨落、月亮的盈亏、体温的高

1　原文为希腊文。
2　原文为拉丁文。

低、一般疾病）一样。总而言之，大自然之巨大作坊中的万物，远方一颗恒星之消失乃至点缀公园的无数鲜花之绽开，均应受计数法则的支配，而这一法则迄今尚未确定下来。但是这里也有个简单而直截了当的问题：为什么一对正常、健康的父母所生下的看上去健康并得到适当照顾的娃娃，竟会莫名其妙地夭折，而同一婚姻中所生的其他孩子并不这样呢？用诗人的话来说，这确实不能不使我们踌躇顾虑[1]。我们确信，大自然不论做什么，都自有充分而中肯的理由。这样的死亡很可能是某种预测的法则所导致的，据此法则，病原菌所栖息的生物（现代科学毫无争论余地地显示：只有原生质的实体可以是不朽的）越是在发育初期，死亡率越高。这种安排纵然给我们的某种感情（尤其是母性）以痛苦，然而有些人认为从长远来看是有益于一般人类的，因为它保证了适者生存。斯·迪达勒斯先生（神学怀疑论者）发表意见（或者应该说是插话）道，患黄疸症的政治家和害萎黄病的尼姑自不用说，由于分娩而衰弱的女癌症患者和从事专门职业的胖绅士总是咀嚼形形色色的食品，下咽，消化，并以绝对的沉着使其经过通常的导管。当这些杂食动物吃小牛崽肉这样好消化的食品时，大概会减轻肠胃的负担吧。这番话从极其不利的角度无比透彻地揭示了上述倾向。这位有着病态精神的审美学兼胚胎哲学家，尽管连酸与碱都分不清，在科学知识上却摆出一副傲慢自负的架子。为了启发那些对市立屠宰场的细节没他那么熟悉的人们，也许应该在此说明一下：我们那些拥有卖酒执照的低级饮食店的俚语小牛崽肉，指的就是打着趔趄的牛崽子那可供烹调食用的肉。在霍利斯街第二十九、三十、三十一号国立妇产医院的公共食堂里，能干而有名望的院长安·霍恩博士（领有产科医生执照、曾为爱尔兰女王医学院成员）最近与利·布卢姆先生（广告经纪人）之间举行了一场公开辩论。据目击者说，该院长曾指出，一个女人一旦把猫放进口袋里（这大概是对大自然之最复

1　诗人指莎士比亚。“不能不使我们踌躇顾虑”出自《哈姆莱特》第3幕第1场中哈姆莱特王子的独白。

杂而奇妙的作用——交媾的雅喻），她就非把它再送出去不可；或赐予它生命（用他的话来说），以便保全自己的命。他的论敌富于说服力地驳斥说：这可是冒着自己丧失生命的危险！尽管说话的语调温和而有分寸，仍然击中了要害。

这当儿，医生的本领与耐心导致了一次可喜的**分娩**[1]。不论对产妇还是医生来说，那都是令人厌倦、疲劳的一段时间。凡是外科技术所能做的，都做到了。这位产妇也极为勇敢，她用坚忍不拔的精神加以配合。她确实这么做了。打了一场漂亮仗，而今她非常、非常快乐。那些过来人，比她先经历过这一过程的，也高高兴兴地面带微笑俯视着这一动人情景。她们虔诚地望着她。她目含母性之光，横卧在那里，对全人类的丈夫——天主，默诵感谢经。新的母性之花初放，殷切地渴望摸到婴儿的指头（多么可爱的情景）。当她用那双无限柔情的眼睛望着婴儿时，她只盼望着再有一种福气：让她亲爱的大肥在她身边分享她的快乐，把天主的这一小片尘土——他们的合法拥抱之果实，放在他怀抱里。而今他上了些岁数（这是你我之间的悄悄话），双肩稍见弯曲。但是随着岁月的流逝，厄尔斯特银行学院草地分行的这位认真负责的副会计师已具有了一种庄重的威严。“哦，大肥，往昔的恋人，如今的忠实生活伴侣，遥远的过去那玫瑰花一般的岁月再也不会回来了！”她像从前那样摇摇俊美的头，回顾着那些日子。天哪！而今透过岁月之雾望去，那是何等美丽呀！在她的想象中，他们——他和她——的孩子们聚拢在床畔：查理、玛丽·艾丽斯、弗雷德里克·艾伯特（倘若他不曾夭折）、玛米、布吉（维多利亚·弗朗西丝）、汤姆、维奥莱特·康斯坦斯·路易莎、亲爱的小鲍勃西（是根据南非战争中我们的著名英雄——沃特福德与坎大哈的鲍勃斯勋爵[2]而命名的）。现在又生下了他们二人结合的最后的象征，一个地地道道

1　原文为法语。

2　沃特福德是爱尔兰东南部主要城镇，坎大哈在南阿富汗。弗雷德里克·斯莱·罗伯茨（1832—1914）是英国陆军元帅，第二次阿富汗战争（1878—1880）及南非战争（1899—1902）中的指挥官。鲍勃西和鲍勃斯都是罗伯茨的昵称。

的普里福伊，长着真正的普里福伊家的鼻子。这个前途无量的婴儿，将以普里福伊先生那个在都柏林堡财务厅工作的有声望的远房堂弟莫蒂默·爱德华而命名。光阴荏苒。然而时间老爹轻而易举地就把事情了结啦。不，亲爱的、温柔的米娜，不要从你胸中叹气。还有大肥，把你烟斗里的灰磕打掉吧。通知熄灯的晚钟已敲（但愿那是遥远的未来的事！），你却还在摆弄着使惯了的这只欧石南根烟斗。用以读《圣经》的灯也给熄灭了吧，因为油已剩得不多了，所以还是心情平稳地上床休息吧。天主无所不知，到时候就会来召唤你。你曾打了一场漂亮仗，忠实地履行了男人的职责。先生，请握住我的手。干得出色，你这善良而忠实的仆人！

有一种罪或者（照世人的叫法就是）恶的记忆，隐蔽在人们心中最黑暗处，埋伏在那里，等待时机。一个人尽可以听任记忆淡漠下去，将其撂开，仿佛不存在一般，并竭力说服自己，好像那些记忆并不存在或至少是以另一种形式存在。然而抽冷子一句话会勾起这些记忆：会在各种各样的场合——幻想或梦境里，或者当铃鼓与竖琴抚慰他的感觉之际，或在傍晚那凉爽的银色寂静中，或像当前这样深夜在宴席上畅饮时——浮现在他面前。这个幻象并非为了侮辱他而至，像对待那些屈服于她的愤怒的人们那样，也并非为了使他与生者离别，对他进行报复，而是裹以过去那可怜的尸衣，沉默，冷漠，嗔怪着。

异邦人继续望着自己眼前这个人脸上那故意做出的冷静神情慢慢地消失。出于习惯或乖巧心计的这种不自然的冷静似乎也包含在他的辛辣话语之中，好像在谴责说话人对人生粗野方面的不健康的偏爱[1]。听者的记忆里，宛若被一句朴实自然的话所唤醒了一般，浮现出一副光景。仿佛是往昔的岁月伴随着当前的种种喜悦真的存在于现实中似的（就像某些人所想的那样）。平静的五月傍晚那修剪过的草坪。他们对朗德镇或紫或白的丁香花丛记忆犹新。小球缓缓地沿着草地向前滚去，要么就相互碰撞，短暂机警地震颤一下，挨在一起停了下来。香

1 原文为法语。

气袭人的苗条淑女们兴致勃勃地观看着。那边，每逢灰色水池里的灌溉用水徐徐流淌，水面便泛起涟漪。水池周围，你可以瞥见同样香气袭人的姐妹们：弗洛伊、阿蒂、蒂尼以及她们那位身姿不知怎的分外引人注目的肤色稍黑的朋友——樱桃王后。她一只耳朵上佩戴着玲珑的樱桃耳坠子：冰凉火红的果实衬着异国情调的温暖肌肤，相得益彰。（正是开花时节。及至将滚球聚拢起来收进箱子，大家就围坐在温暖的炉边，其乐融融。）一名身穿亚麻羊毛混纺衣服的四五岁幼童正站在池边，姑娘们用爱怜的手围成一圈，保护着他。现在男童略微皱起眉来。也许他像这个青年似的过于意识到自身处境危险的快感，但是又只得不时地朝他母亲瞥上一眼。她正从面对花坛的游廊[1]守望着，喜悦之中却又含着一抹漠然或嗔怪之色（**凡事都是无常的**[2]）。

注意下述事件并且铭记在心头吧，结局来得很突然。走进学生们聚集的产房外面的前厅，留意他们的神色吧。那里仿佛丝毫也没有鲁莽或强暴的痕迹。一片守护者的宁静，这倒很合乎他们在产院中的地位。恰似昔日在犹太的伯利恒，牧羊人和天使曾通宵达旦守护在马槽周围一样。然而闪电之前，密集的雨云因含湿气过多变得沉甸甸的，膨胀起来。大团大团地蔓延，围住天与地，使其处于深沉的酣睡状态；并低垂在干涸的原野、困倦的牛和枯萎的灌木丛与新绿的嫩叶上。接着，刹那间闪光将它们一劈两半，随着雷声轰鸣，大雨倾盆而下。话音刚落，立即发生了急剧的变化。

到伯克去！爵爷斯蒂芬喊罢，一个箭步向前窜去。那群帮腔的也一起跟在后面：有血气方刚的，顽劣的，赖债的，庸医，还有一本正经的布卢姆。大家分别攥着帽子、梣木手杖、比尔博剑、巴拿马帽和剑鞘、采尔马特登山杖等等。这儿有各式各样的壮小伙子，一个个气宇轩昂的学生。卡伦护士在门厅里给吓了一跳，她拦也拦不住。正笑嘻嘻地走下楼梯的外科医生也阻止不了——他是来告诉大家胎盘已处

1　原文为意大利语。
2　原文为德语，出自歌德的《浮士德》第2部（1832）最后的合唱。

置完毕，足足有一磅重。他们催促着他。大门！敞着吗？好极啦！他们喧嚣地冲出去，雄赳赳地参加一分钟的赛跑，最终目的地乃是登齐尔和霍利斯这两条街交叉处的伯克。迪克森对他们说了些尖酸话语，并咒诅了一句，也跟了来。布卢姆想托护士给楼上那位欣喜的母亲和她的宝宝捎句问候，所以就在她身边停下脚步。最好的治疗就是营养和静养。她的脸色不是正表露出这一点吗？憔悴苍白，说明霍恩产院里那些日以继夜的护理多么辛苦。大家既然都已走光，他就仗着天生的智慧，临告辞时凑近她，悄悄地说：太太，鹳鸟啥时候来找你呢[1]？

户外的空气饱含着雨露的润湿，来自天上的生命之精髓，在星光闪烁的**苍穹下**，在都柏林之石上闪闪发光。天主的大气，全能的天父之大气，光芒四射的柔和的大气，深深地吸进去吧。老天在上，西奥多·普里福伊，你漂漂亮亮地做出一桩壮举！我敢起誓，在包罗万象最为庞杂的烦冗记录中，你是无比出众的繁殖者。真令人吃惊啊！她身上有着天主所赐予的、按照天主形象而造人的可能性，你作为男子汉，不费吹灰之力便使她结了果实。跟她紧密结合吧！侍奉吧！操劳吧！完全像一只看门狗那样忠于职守，把学者和所有的马尔萨斯人口论者统统绞死吧。西奥多，你是他们所有人的老爹。在家里，你为肉铺的账单；在账房里，则为金锭银块（都不是你的！）辛辛苦苦操持，莫非不堪重负而意气消沉了吗？昂起头来！每新生一个娃娃，你便会收获一俟马[2]熟小麦。瞧，你的毛都湿透了。你羡慕达比·达尔曼和他的琼[3]吗？他们的子孙只是些鸣声凄婉的松鸡和烂眼儿的杂种狗。呸！告诉你吧！他是一头骡子，一个死了的软体动物：既无精力，又无体力，连一枚有裂纹的克娄泽[4]都不值。没有生殖的性交！不，我说！婴儿屠杀者希律才是他更真实的名字。真的，光吃蔬菜，夫妇同

1　西方人哄骗孩子说，婴儿是鹳鸟送来的。下文中的“苍穹下”，原文为拉丁文。

2　俟马是古时希伯来人的重量名称，一俟马相当于二百二十五升。

3　达比·达尔曼和琼是亨利·桑普森·伍德福尔（1739—1805）所作歌谣《快乐的老夫妇》中的一对白头偕老的夫妇。

4　克娄泽是十三世纪至十九世纪中叶德国和奥地利通行的一种小铜币。

床可不怀孕！给她吃牛排吧：红殷殷，生的，带着血的！她是各种疾病盘踞的白发魔窟：瘰疬、流行性腮腺炎、扁桃体周脓肿、拇趾囊肿胀、枯草热、褥疮、金钱癣、浮游肾、甲状腺肿、瘊子、胆汁病、胆结石、冷血症和静脉瘤。诵悼歌，连续举行三十天的弥撒，《耶利米哀歌》，以及所有这类哀悼的歌。一概谢绝吧！不要后悔那二十年的婚姻生活。你不同于许许多多曾经企盼、愿望、等待过而一直也不曾实现的。你瞧见了你的美国，你毕生的事业，像大洋彼岸的野牛那样，为了交配而猛冲过。琐罗亚斯德是怎么说的呢？**你从悲哀这头母牛身上挤奶。现在你喝着它的乳房里那甜美的奶**[1]。瞧！它为了你而充裕地流淌。喝吧，老兄，满满一乳房！母亲的乳汁，普里福伊，人类的乳汁，也是在上空化为稀薄的水蒸气，灼灼生辉，扩展开来的银河的乳汁，放荡者在酒店里咕嘟咕嘟狂饮的潘趣奶，疯狂的乳汁，迦南乐土的奶与蜜，母牛的奶头挺坚硬，是吗？对，然而她的奶水又浓又甜，最能滋补。那是不会发硬、然而黏稠浓厚的酸凝乳。老族长，到她那儿去吧！奶头！**凭着女神帕图拉和珀滕达，让我们干杯**[2]！

为了纵酒豪饮，大家相互挽着臂，沿街大喊大叫地冲去。**真正的**[3]。昨晚你是在哪儿睡的？打扁了的碎嘴子蒂莫西[4]那儿。加油儿，快点儿。家里有雨伞或长筒胶靴吗？给亨利·内维尔瞧过病的穿旧衣的外科医生在哪儿？对不起，谁都不知道。喂，迪克斯！往前走到缎带柜台那儿。潘趣在哪儿？百事顺利。天哪，瞧瞧那个从产院走出来的醉醺醺的牧师！**伏唯全能至仁天主圣父，及圣子……降福保全我众**[5]。一个冤大头，先生。登齐尔巷的小伙子们。见鬼，活该！快去。对，以撒，把他们从明亮的地方赶走。亲爱的先生，你要跟我们一道

1　原文为德语。

2　原文为拉丁文。帕图拉和珀滕达均为罗马女神，前者司生育，后者司丧失贞操。“让我们干杯！”是贺拉斯的《颂歌》第37首的首句。

3　原文为拉丁文，指真正的旅客。在英国，星期日酒店不开业，只供应酒给那些能“证明”自己是未能在途中吃喝的旅客。

4　蒂莫西·奥布赖恩爵士在都柏林开了一家酒店，他的绰号叫“打扁了的碎嘴子骑士”。店里的酒杯是打扁了的，故供应的酒量不足。

5　原文为拉丁文。这是神父做完弥撒后念的经文。圣子后面省略了“及圣神”。

去吗？一点儿也不碍事。你是个好人，咱们彼此不必见外。**去吧，我的孩子们**[1]！第一炮手，开火。到伯克去！到伯克去！他们从那里挺进了五帕拉桑[2]。斯莱特里那骑马的步兵[3]。该死的丑东西在哪儿？背弃教义的斯蒂芬牧师！不，不，是穆利根！在后面哪！朝前推进。要盯着钟。打烊的时间。穆丽！你怎么啦？**我妈叫我出嫁啦**[4]。英国人的至福[5]！**擂鼓吧，咚咚，嘭嘭**[6]，赞成者占多数。由德鲁伊特德鲁姆印刷厂印刷装订，并经两位女装帧家设计。犊皮封面，那绿色就像是小便沤过的。色彩深浅有致，精美绝伦，是当代爱尔兰所出版的最漂亮的书。**肃静**[7]！最后冲刺。立正。向最近的饭馆前进，占领它的酒窖。前进！沙沙、沙沙、沙沙，小伙子们（拉开架子！）干渴。啤酒、牛肉、生意、《圣经》、猛犬、战船、鸡奸与主教[8]。哪怕上高高的断头台。啤酒，牛肉，践踏《圣经》。只要是为了亲爱的爱尔兰[9]。践踏那剥夺自由者。晴天霹雳！一个劲儿地往前冲。我们倒下去了。香甜葡萄酒的酒吧。站住！顶风停下来。橄榄球。并列争球。踢球时可不要踢着人。哎呀，我的脚噢！你受伤了吗？实在为你难过！

打听一下，今儿晚上谁请客？老子口袋里可空空如也。实在可怜。打赌输了个精光。我没有钱。一星期来，一个便士也没进过。你喝啥？来杯超人[10]喝的世代相传的蜂蜜酒。我也照样。来五杯一号的[11]。你呢，先生？姜汁甜露酒。嘿，是车把式喝的蛋酒汁。刺激得浑

1　原文为法语。

2　帕拉桑为古波斯的长度名，一帕拉桑约合五公里半。“他们……桑”一语出自希腊历史学家色诺芬的《远征记》。

3　《斯……兵》是珀西·弗伦奇的一首滑稽歌曲的题目。

4　原文为法语，是法国一首黄色小调的首句。

5　指下文中所开列的“啤酒……主教”，参看本页注释8。

6　原文为法语，是“我……啦”（参看本页注释4）后面的句子。

7　原文为拉丁文。

8　这是模仿亚历山大·蒲柏（1688—1744）的长篇讽刺诗《夺发记》（1714）中的词句。原词为“粉扑、香粉、美人斑、《圣经》、情书”，这里改为八项，每项均以b字起头，号称“英国八福”，“八福”是耶稣在山上宝训中所提到的八种有福之人（虚心的人、温柔的人等）。

9　“哪怕……断头台”和“只要……爱尔兰。”均见第233页注释8。

10　原文为德语，参看第30页注释1。

11　指一号巴思啤酒。

身热腾腾的。给钟上弦。突然停摆，再也不走了。当老[1]……我要苦艾酒，知道了吗？哎呀[2]！要一份蛋酒或加了调料的生蛋。几点钟啦？我的表进当铺啦。差十分。费心啦。不用客气。是胸部外伤吗，呃，迪克斯？千真万确。只要睡在他那小院儿里，随时都会挨蜜蜂蜇的。家就住在圣母医院附近。这位仁兄有妻室。认识他太太吗？嗯，当然认识喽。她身材可丰腴哩。瞧瞧她脱掉衣服时的样子吧，那裸体真能饱人眼福。漂亮的母牛可跟你们那瘦母牛不一样，一点儿也不。拉下百叶窗，宝宝[3]。两杯阿迪劳恩[4]。我也一样。麻利点儿，要是倒下，就马上爬起来：五，七，九。好极啦！她有着一双顶好看的眼睛，一点不含糊。还有她那奶头和丰满的臀部。只有亲眼看了才能相信。你那双饥饿的眼睛和石膏的脖颈，把我的心偷去了。噢，排精的气味。先生，土豆？又是风湿病吗[5]？真是荒唐，请原谅我这么说。大家都这么认为。我看你可能是个大傻瓜。呃，大夫？刚从拉普兰[6]回来吗？您还是这么富态，贵体安康吧？老婆娃娃都好吗？尊夫人快生养了吧？站住，交出来。口令。瞧那头发。苍白的死亡和殷红的诞生。嘿！唾沫溅到你眼睛里去啦，老板！打给戏子的电报。从梅瑞狄斯那儿剽窃来的。以耶稣自居的那个患了睾丸炎、满是臭虫跳蚤的耶稣会会士！我姨妈给金赤他爹去了信，说坏透了的斯蒂芬把好极了的玛拉基带上邪路啦。

嗨，小伙子，抓住球！把那啤酒递过来。为了勇敢的苏格兰高地小伙子，干上一杯麦芽酒！祝你的烟囱长久冒烟，你的汤锅长久沸腾[7]。我的烈酒。谢谢。祝咱们大家健康。怎么样？犯了规。别把我

1　这是美国诗人亨利·C. 沃克所作《我爷爷的钟》(1876）一歌的末句。这里只引用了开头“当老”二字，而略去了下面的“人死去的时候”。

2　原文为西班牙语。

3　“拉……宝”为查尔斯·麦卡锡所作歌曲的题目，也是歌中再三重复的句子。指一个姑娘与情人幽会时叫他拉下百叶窗。

4　指吉尼斯公司出产的烈性黑啤酒。因该公司老板之一阿迪劳恩勋爵而得名。

5　布卢姆随身携带土豆（参看第81页注释2），据传这样就可以避免患风湿病。

6　拉普兰是北欧一地区，大部分在北极圈内。这里则泛指世界尽头。

7　“祝……腾”，苏格兰祝酒词。

这条新裤子弄脏了。喂，给我撒上点儿那边的胡椒粉。喏，接着。带上茳茴香籽儿。你明白吗？沉默的喊叫。每个汉子都去找自己的漂亮姑娘。肉欲维纳斯[1]。**小妇人们**。来自穆林加尔镇的厚脸皮的坏姑娘[2]。告诉她，我打听她来着。搂着萨拉的腰肢。通往马拉海德的路上。我吗？勾引我的那个女人，哪怕留下名字也好[3]。你花九便士要买什么？我的心，我的小坛子[4]。跟放荡的窑姐儿搞一通。一块儿摇桨。**退场**[5]！

你在等着吗，头儿？就那么一回，可不是嘛。瞧你那副发愣的神儿，好像亮闪闪的金钱不见了似的。明白了吗？他身上有的是钱。刚才我瞅见他差不多有三镑哩，说是他自己的。我们都是你请来的客人，晓得吧？你掏腰包，老弟。拿出钱来呀。才两先令一便士呀。这手法你是从法国骗子那儿学来的吧？你那一套在这儿可行不通。小伙子，对不起。这一带就数我的脑袋瓜子灵。千真万确。你呀，我们没喝醉，我们一点儿也没醉[6]。**再见，先生**[7]。谢谢你。

对，可不是嘛。你说啥？这是在非法的秘密酒店。完全喝醉啦。老弟。班塔姆，你已经有两天滴酒未沾了。除了红葡萄酒，啥也不喝。给我滚！瞧一眼吧，务必瞧瞧。天哪，不会吧！他刚去过理发馆。喝得太多，连话都说不出来啦。跟车站上的一个家伙在一块儿。你怎么知道的？他爱听歌剧吗？《卡斯蒂利亚的玫瑰》。并排的铸。叫警察来呀！给这位晕过去的先生拿点儿水来。瞧瞧班塔姆有多么年轻。哎呀，他哼起来啦。金发少女。我的金发少女。喂，停下吧！用手使劲捂住他那肮脏的嘴巴。本来他是蛮有把握的，只因为我跟他暗

1　音译为维纳斯·潘狄莫斯，维纳斯是古代意大利女神，司肉欲。潘狄莫斯的意思是“在一切人当中”。

2　美国歌曲《无赖》中有“一个狂放的坏家伙”一语。这里把“家伙”改为“姑娘”，用以指布卢姆的女儿米莉。

3　这里把托马斯·穆尔所作歌曲《赞美你的他》中的词句做了改动。原词作“赞美你的他，哪怕留下名字……”

4　原文为爱尔兰语。参看第436页注释2。

5　原文为拉丁文。“一……桨”模仿约翰逊和德拉蒙德所作《伊顿划船歌》“退场！”

6　“我……醉”，出自《威利酿造了大量麦芽酒》。

7　此处的“再见，先生”和上文的“谢谢”“小妇人们”，原文均为法语。

通消息，告诉了他绝对可靠的事，这才砸了锅。就欠让魔鬼掰掉脑袋[1]的斯蒂芬·汉德这个家伙塞给了我一匹劣马。他遇见一个从练马场替巴思老板往仓库送电报的人。他给了那人四便士，借着蒸汽私拆了那封电报。母马竞技状态良好。好比是花金币买醋栗。这是一种骗局。《福音书》中的真理。莫非是恶劣的消遣吗？我想是这样的。没错儿。要是被警察当作猎物逮住了，就得去坐牢。马登把赌注下在马登骑的那匹马上了，发疯地下赌注。啊，肉欲，我们的避难所和力量[2]。开溜啦。你非走不可吗？回到妈妈那儿去。付账。可别让人瞧出我的脸盘儿发红。要是给他发现了，就完蛋啦。回家去吧，班塔姆。再见，老伙计。别忘记给老婆捎立金花[3]去。老老实实告诉我，是谁把小公马的事儿透露给你的？这只是你我之间的悄悄话。不瞒你说，凭着圣托马斯[4]发誓，是她的丈夫。不骗你，是利奥那个老家伙。我发誓，真格的。要是我撒了谎，就让我粉身碎骨。我对着神圣的大托钵修士发誓。你为啥没有告诉我？哼，倘若不是那个犹太人的奸计，就让我暴死。凭着上主阴茎发誓，阿门。

你要提议吗？斯蒂夫老弟，你再破费点儿也成吧？妈的，还喝得下去吧？你这个出手无比大方的东道主，肯让这开始得如此豪华的酒宴散席吗？要知道，你请来的客人个个都是极度贫困、渴得厉害的啊。总得喘口气。老板，老板，你有好酒吗，斯塔布？喂，老板，让咱们开开斋。请大家尽情地喝吧。好的，老板！给每人斟杯苦艾酒。咱们个个**喝绿毒，谁来迟了就倒霉**[5]。打烊了，先生们，呃？给那神气活现的布卢姆来杯朗姆酒，我听你说过葱头？布卢？那个兜揽广告的？那个照相姑娘的爹，可让我吃了一惊。小声点儿，伙计。悄悄地

1 “魔鬼掰掉脑袋”一语出自理查·黑德的《乞丐的咒诅》(《隐语学会》，伦敦，1673)。
2 这里把弥撒经文中的“啊，天主……”改为“啊，肉欲……”。
3 立金花是轻浮的象征。
4 圣托马斯是阴茎的隐语。
5 原文为拉丁文，绿毒指苦艾酒。

溜掉吧。各位，晚安[1]。卫我于梅毒魔鬼[2]。那个花花公子和女模女样的家伙哪儿去啦？上当了吧？逃走了。啊，好的，你们爱到哪儿就到哪儿去吧。将军。王移到象的位置。善良的基督徒，请你帮助这个被朋友夺走住处钥匙的小伙子找个今晚睡觉的地方。唷，我快要酩酊大醉啦。妈的，我敢说这是最好的、最开心的假日。喂。伙计，给这孩子几块点心。扯淡，我才不吃那白兰地夹心糖呢！那是哄女人孩子的，我才不吃呢！把梅毒丢到地狱里去吧。连同那领了执照的烈性酒[3]。时间到了，先生们！祝人家健康！祝你[4]！

天哪！那边穿胶布雨衣的家伙究竟是谁呀？达斯蒂·罗兹[5]，瞧他那身打扮。可真神气。他在吃啥？六十周年纪念羊肉[6]。对着詹姆斯发誓，像是喝牛肉汁。真想吃上点儿。你认识那个穿旧短袜的吗？里奇蒙那个下流讨厌的怪家伙吗？痛苦得很哪！他认定自己的阴茎里有颗子弹。胡言乱语的疯子。我们称他作“面包巴特尔”。先生，他曾经是个家道兴旺的市民。穿破衣服的男人娶了个孤女[7]。可是姑娘逃之夭夭。瞧，就是那个被遗弃的男人。穿着件胶布雨衣在寂寞的峡谷里徜徉。喝完酒就去睡吧，规定的时间到了，盯着点儿警察。对不起，你今天在葬礼上瞧见他了吗？是你那个翘了辫子的伙伴吗？天主啊，对他发发慈悲吧！可怜的孩子们！波德老兄，千万别说下去啦！莫非因为朋友帕德尼被装在黑口袋里运走了，你们就泪如雨下吗？在所有的黑人当中，帕特是最好的一个。我平生没见过这么好的一个人。别说

1　原文为法语。霍加特与沃辛顿在《詹姆斯·乔伊斯的作品中所引用之歌曲》（纽约，1959）一书中指出，这是莫德所作一首歌的题目。

2　这里仿照弥撒后所诵经文中的“卫我于邪神恶计”，参看第118页有关正文。

3　“把梅毒……烈性酒”这段话的原文，与弥撒后所诵经文中的“今魔魁恶鬼，遍散普世，仗主权能，麾入地狱”发音相近。

4　原文为法语。“祝你”后面省略了“健康”二字。

5　达斯蒂·罗兹是一九〇〇年开始问世的一部美国连环图画中的流浪汉。达斯蒂是通常给姓罗兹的人取的绰号，意思是“满身灰尘”。

6　一八九七年英国庆祝女王维多利亚即位六十周年时，曾施舍给都柏林贫民一些羊肉；但因数量太少，“六十周年纪念羊肉”遂成为“供不应求”的代语。

7　“穿……女”，出自《杰克所盖之房》，参看第556页注释2。

了，别说了[1]，然而这是个非常可悲的故事，千真万确。唉呀，滚！在九分之一坡度的地方翻了车。活动车轴碎得一塌糊涂。杰纳齐准定会彻底打败他的[2]。日本佬吗？朝高角度开炮，是吗？据战时号外，给击沉了。他说，形势对俄国有利，而不是日本。到时间了。十一点啦，走吧。前进，醉得脚步蹒跚的人们！晚安。晚安。但愿至尊的真主今晚大力保护你的灵魂。

喂，留点神！我们一点儿也没醉[3]。是利斯的警察把我们撵走的[4]。一点儿也不宽容。小心，那家伙要呕吐啦。他觉得恶心。哇！晚安。蒙娜，我真诚的宝贝。哇！蒙娜，我的心肝儿宝贝[5]。噢！

听哪！别吵吵闹闹的啦，呼啦！呼啦！着火哪。瞧，去啦。消防队！改变方向。沿着蒙特街走去。招摇过市！呼啦！喃喃。你不来吗？跑吧，冲啊，赛跑。呼啦！

林奇！什么？跟我往这边走。这是登齐尔小巷。从这儿拐弯，到窑子去。她说，咱们俩去找那见不得人的玛丽所在的窑子[6]。好的，自古以来就是如此。愿他们在床上欢呼[7]。你不一道来吗？小声告诉我，那个穿黑衣的家伙究竟是谁呀？对光犯下了罪，他用火来审判世界的日子即将到来。呜呜呜！这正应验了《圣经》上所说的[8]。唱一支歌谣。于是，医科学生迪克对他的医科同学戴维说了。梅里恩会堂张贴的这个卑鄙的臭屎蛋布道家是谁呀？以利亚来啦。用羔羊的血洗涤。来吧，你们这些喝葡萄酒，呷杜松子酒，狂饮一气的家伙们！来

1 原文为法语。

2 杰纳齐是比利时选手，预定于一九〇四年六月十七日代表德国参加在德国举行的戈登·贝纳特国际汽车大赛。《电讯晚报》记者原估计他会打败另一德国选手德卡特尔斯男爵，结果却输给了法国选手特利。“他”即指男爵。

3 “我……醉”，出自《威利酿造了大量麦芽酒》，参看第591页注释6。

4 “是利……的”是一首摇篮曲的首句。在原文中很绕嘴，利斯是苏格兰城市爱丁堡的港口。乔伊斯在致德译者的信中说，警察叫酒徒一遍遍地重复此语，以便弄清他是否喝醉了。

5 “蒙娜……贝”这两句均出自韦瑟利和亚当斯所作歌曲《我的心肝儿宝贝》。

6 “咱们俩……子”，这里把英国诗人丹特·加布里埃尔·罗塞蒂（1828—1882）的诗《神女》（1850）首句做了改动，原诗是：“她说‘咱们俩要去找玛丽小姐所在的树丛’。”

7 原文为拉丁文，出自《诗篇》，上半句是：“愿圣民因所得的荣耀高兴。”

8 原文为拉丁文。

吧，你这个丧家之犬，牛脖子、甲虫额、猪下巴、花生脑袋、鼬鼠眼睛的牛皮大王，昙花一现的家伙们，以及过时货！来吧，你们这些声名狼藉的双料碴子。我的名字叫作亚历山大·约·克赖斯特·道维。从旧金山海滨到海参崴，我名扬大半个星球。神明可不是花上一枚镍币就能观赏的杂耍表演。我告诉你们，神明是公正的，是无与伦比的存在。你们可别忘记，他又是最伟大的。向主耶稣大声祈求，俾能得救。你们这些罪人哪，倘欲欺骗全能的天主，就得起个大早。呜呜呜呜！岂止如此。我的朋友，天主在后兜里还为你准备了掺潘趣酒的止咳药水哩。你不妨试试看。

第十五章

（通向红灯区的马博特街口。路面未铺卵石，骨骼般的电车岔道伸向远方，沿线是像鬼火似的红绿信号灯和危险信号机。一排排简陋的房屋半敞着门。偶有灯火朦朦胧胧地映出彩虹般的扇形光环。一群矮小的男男女女围着停在这里的拉白奥蒂的平底船型冰淇淋车，争争吵吵。他们抓取夹有煤炭色和紫铜色冰淇淋的薄脆饼。这些孩子们边嘬着，边缓缓地散去。平底车高高抬起鸡冠形天鹅头，穿过灯台下的黑暗前进，依稀浮现出蓝白两色。回荡着口哨的相互呼应声。）

呼声

等一等，亲爱的。我跟你一道去。

应答

到马棚后面来。

（一个又聋又哑的白痴鼓着金鱼眼，松弛的嘴巴淌着口水，因患舞蹈病浑身发颤，趔趔趄趄地走过。孩子们手拉着手，把他圈在中间。）

孩子们

左撇子！敬礼！

白痴

（举起麻痹的左臂，发出咯咯声）金立！

孩子们

老爷儿哪儿去啦？

白痴

（结结巴巴地）施边儿。

（他们放开了他。他打着趔趄往前走。一个侏儒女子在两道栏杆之间吊根绳子，坐在上面打秋千，口中数着数。一个男子趴在垃圾箱上，用胳膊和帽子掩着脸，移动一下，呻吟，咯吱咯吱地磨牙齿，接着又打起呼噜。台阶上，一个到处掏垃圾的侏儒，蹲下身去，把一袋破布烂骨扛到肩上。一个老妪手执一盏满是油烟的煤油灯站在一旁，将她那最后一只瓶子塞进他的口袋。男子扛起猎物，将鸭舌帽拽歪，一声不响地蹒跚而去。老妪摇晃着灯，也回到自己的窝。一个罗圈腿娃娃手里拿着纸做的羽毛球，蹲在门口，跟在她后面使劲地横爬着，并抓住她的裙子往上攀。一个喝得醉醺醺的壮工双手握住地窖子前的栅栏，东倒西歪，踉踉跄跄地踱着。拐角处，两个披着短斗篷的夜班巡警，手按着装警棍的皮套，朦朦胧胧中身影显得高大无比。一只盘子打碎了，一个女人尖声嚷叫，接着是娃娃的啼哭声。男人厉声咒骂，嘟嘟囔囔，随后沉默下来。几个人影晃来晃去，忽而潜藏起来，忽而又从破房子里窥伺。一间点燃着嵌在瓶口里的蜡烛的屋中，一个邋里邋遢的女人正替一个长着瘰疬的娃娃梳理着其乱如麻的头发。从一条巷子里传出西茜·卡弗里那依然很年轻的高亢歌声。）

西茜·卡弗里

我把它给了摩莉，
因为她无忧无虑，
把鸭腿儿给了她，
把鸭腿儿给了她。

（士兵卡尔和士兵康普顿，腋下紧紧夹着短棍，摇摇晃晃地走着，向右转，一起放屁。从巷子里传出男人们的一阵朗笑声。一个悍妇嗄声恶言还击。）

悍妇

天打雷劈的，毛屁股蛋儿。卡文妞儿，加油儿。

西茜·卡弗里

我运气好着呢。卡文、库特黑尔和贝尔土尔贝特[1]。

（唱）

我把它给了内莉，

让她戳到肚皮里，

把鸭腿儿给了她，

把鸭腿儿给了她。

（士兵卡尔和士兵康普顿转过身来反唇相讥。他们的军服在灯光映照下鲜艳如血色，凹陷的黑军帽扣在剪得短短的金黄色头发上。斯蒂芬·迪达勒斯和林奇穿过人群，同英国兵擦身而过。）

士兵康普顿

（晃动手指）给牧师让路。

士兵卡尔

（转过身来招呼）哦，牧师！

西茜·卡弗里

（嗓音越来越高）

1　卡文为旧北爱尔兰省的三个郡之一，现为爱尔兰共和国的一部分。库特黑尔和贝尔土尔贝特均为卡文郡小镇。

她拿到了鸭腿儿。

不知放在哪儿啦，

把鸭腿儿给了她。

（斯蒂芬左手抡着梣木手杖，快活地唱着复活节“将祭文”。林奇陪伴着他，将骑手帽低低地拉到额下，皱起眉头，面上泛着不悦的冷笑。）

斯蒂芬

我瞧见殿堂右手喷出一股水。哈利路亚。

（一个上了年纪的妓院老鸨从门口龇出饥饿的龅牙。）

老鸨

（嗓音嘶哑地低声说）嘘！过来呀，我告诉你。里面有个黄花姑娘哩。嘘！

斯蒂芬

（略提高嗓音）凡是挨近水的人。

老鸨

（在他们背后恶狠狠地啐了一口）三一学院的医科学生。输卵管咋啦？尽管长了根鸡巴，可一个子儿也不称。

（伊迪·博德曼吸吮着鼻涕，跟伯莎·萨波尔蜷缩在一起。此刻拉过披肩掩住鼻孔。）

伊迪·博德曼

（骂骂咧咧地）接着，那家伙说：我瞧见你在弗思富尔广场跟你那个戴睡帽的浪荡汉——铁道涂油工一道鬼混啦。你瞧见了又怎么样？我说。你这是多管闲事，我说。你从来也没见我跟一个有老婆的山地人勾搭过！我说。瞧她那副德行！一个告密者！顽固得像头骡子！她自己才同时跟两个男人一道溜达呢：火车司机基尔布赖德和一等兵奥利芬特。

斯蒂芬

（得意扬扬地）个个都得到拯救[1]。

（他胡乱抡着梣木手杖，瓦斯灯的晕轮便抖动起来，那光洒遍世界。一只到处觅食的白色褐斑长毛垂耳狗吼叫着，跟在他后面。林奇踢了它一脚，把它吓跑了。）

林奇

还有呢?

斯蒂芬

（回头望了望）因此，将成为人类共同语言的，乃是手势，而并非音乐或气味。这种传达手段所明确显示的不是通常的意义，而是生命第一原理，结构性的节奏。

林奇

黄色哲学的言语宗教学。梅克伦堡街[2]的形而上学!

斯蒂芬

莎士比亚就受尽了悍妇的折磨，苏格拉底也怕老婆。就连那位绝顶聪明的斯塔基莱特人[3]都被一个荡妇套上嚼子和笼头，骑来骑去。

---

1 “个个都得到拯救”以及斯蒂芬在前面所引用的“我瞧见……路亚”“凡是挨近水的人”，原文均为拉丁文。

2 梅克伦堡街是都柏林红灯区的一条街，现易名为铁路街。

3 斯塔基莱特人指亚里士多德，荡妇指其妾赫皮莉斯。

林奇

哎!

斯蒂芬

不管怎样，谁需要打两次手势来比画面包和瓮呢？在莪默的诗里，这个动作就表示面包和酒瓮[1]。替我拿着手杖。

林奇

让你的黄手杖见鬼去吧。咱们到哪儿去呀？

斯蒂芬

好色的山猫[2]，咱们找无情的美女乔治娜·约翰逊[3]去，走向年少时曾赐予我欢乐的女神[4]。

（斯蒂芬把梣木手杖塞给林奇，缓缓摊开双手，头朝后仰。在距胸部一拃的地方手心向下，十指尖交叉，若即若离。左手举得略高。）

林奇

哪个是面包瓮？简直不中用。究竟是瓮还是海关，你来说明吧。喏，接住你的拐棍儿，走吧。

（他们走过去。汤米·卡弗里爬行到一根瓦斯灯杆跟前，紧紧抱住它，使劲爬上去。接着又从顶上前蹬后踹地哧溜下来。杰基·卡弗里也抱住灯杆要往上爬。一个壮工歪倚着灯杆。双胞胎摸着黑仓皇逃走。工人晃晃悠悠地用食指按住鼻翼的一边，从另

1　莪默·伽亚谟（1048—1122），波斯诗人。英国诗人爱德华·菲茨杰拉德（1809—1883）曾把他的“四行诗”（流传下来的真作不超过102行）译为英文出版（1859），其中第12段有“一瓮酒，一个面包”之句。

2　山猫的音译为林克斯，与林奇发音相近。

3　原文为法语。

4　原文为拉丁文。

一边鼻孔里擤出长长的一条鼻涕。壮工挑着忽明忽暗的号灯，从人丛中脚步蹒跚地踱去。

河雾宛若一条条的蛇一般徐徐蠕动过来。从阴沟、裂缝、污水坑和粪堆，向四面八方发散出污浊的臭气。南面，在朝海洋流去的河水那边，有红光跳跃着。壮工拨开人群，朝着电车轨道侧线趔趔趄趄地走去。远处，布卢姆出现在铁桥下的彼端，面庞涨得通红，气喘吁吁，正往侧兜里塞面包和巧克力。隔着吉伦理发店的窗户可以瞥见一帧综合照片[1]，映出纳尔逊的潇洒英姿。映在旁边那凹面镜里的是害着相思病、憔悴不堪、阴郁忧伤的布——卢——姆。严峻的格拉顿从正面逼视着他——身为布卢姆的布卢姆。剽悍的威灵顿瞪着双目，吓得他赶紧走过去，然而映在凸面镜里那小猪眼睛肥下巴胖脸蛋儿、快快活活的波尔迪，逗乐的笨蛋，笑嘻嘻的，却丝毫也没让他受惊。

布卢姆走到安东尼奥·拉白奥蒂的门口时停下脚步。在亮晃晃的弧光灯下淌着汗。他消失了一下，俄而又重新出现，匆匆赶路。）

布卢姆

鱼配土豆，哎，真够呛！

（他消失在正往下撂百叶窗的奥尔豪森猪肉店里。少顷，呼哧呼哧的布——卢——姆，气喘吁吁的波尔迪，又从百叶窗底下钻出来。两只手里各拎着一个包儿。一包是温吞吞的猪脚，另一包是冷羊蹄，上面撒着整粒的胡椒。他喘着气，直挺挺地站在那里。然后歪起身子，用一个包儿顶住肋骨，呻吟着。）

布卢姆

小肚子疼得慌。我何必这么跑呢？

1　综合照片，指由几张底片合印成的照片。下文中的格拉顿，指亨利·格拉顿的塑像（参看第338页注释3）。

（他小心翼翼地呼吸，慢慢腾腾地朝着点了灯的岔道走去。红灯又跳跃了。）

布卢姆

那是什么？是信号灯吗？是探照灯哩。

（他站在科马克那家店的拐角处，观望着。）

布卢姆

是北极光[1]，还是炼钢厂？啊，当然是消防队喽。不管怎样，是南边。好大一片火焰。说不定是他的房子哩。贝格尔灌木。我们家不要紧。（他愉快地哼唱。）伦敦着火啦，伦敦着火啦！着火啦；着火啦！（他瞥见壮工在塔尔博街另一头拨开人群穿行。）我会跟他失散的。跑！快点儿。不如从这儿穿过去。

（他一个箭步蹿过马路。顽童们喊叫。）

顽童们

当心点儿，大爷！

（两个骑车人，点燃的纸灯晃悠着，丁零零地响着铃，像游泳般地擦身而过。）

铃铛

丁零零，丁零零。

布卢姆

（脚上抽筋，直挺挺地站着）噢！

（他四下里望望，猛地朝前一蹿。穿过朦朦上升的雾，一辆龙头撒沙车谨慎地驶来。它眨巴着巨大的前灯，沉甸甸地朝他压将过

1　原文为拉丁文。

来。车顶的触轮嘶嘶地摩擦着电线。驾驶员当当地踩着脚钟。）

警钟

当当布啦吧喀布啦德吧咯布卢。

（制动器猛烈地嘎嘎响。布卢姆举起那只像警察般戴着白手套的手，双腿僵直地跌跌撞撞跳离路轨。长着狮子鼻的电车司机猛地栽到驾驶盘上。他一边滑也似的驶过去，一边从轮锁与销子上面叫喊。）

司机

嘿，你这屎裤子，打算耍帽子把戏[1]吗？

（布卢姆灵巧地跳到边石上，又停下脚步。他伸出一只拿着包包的手，从脸蛋儿上抹掉溅上去的泥点子。）

布卢姆

原来是禁止通行。好险哪，然而这下子疼痛倒是消了，又得重新练练桑道操了。俯卧撑。还得加入交通事故保险才行。天主保佑。（他摸了摸裤兜。）可怜的妈妈的护身符。鞋后跟动不动就被轨道卡住，鞋带又容易被车轮钩住。有一天在利奥纳德街的拐角那儿，警察局的囚车把我一只鞋刮走了。第三回就灵验了。用鞋耍把戏。司机真蛮横。我本该举报他。他们太紧张了，所以弄得神经过敏。今天早晨我瞧马车里那个女人时，跟我捣乱的，兴许就是这个家伙。同一类的美人儿。不管怎么说，他的动作够敏捷的哩。腿脚不灵便了。用打趣的口吻说真心话。在莱德小巷，抽筋抽得好厉害。我大概是食物中毒吧。幸运的征兆。怎么回事呢？那也许是私宰的牛。牲口身上打着烙印。（他闭一会儿眼睛。）头有点儿发晕。每月都闹一次，要么就是另外那档子事

1　这是爱尔兰人捉弄警察的把戏。把帽子扣在人行道边石的粪堆上，骗警察说，帽子底下有只鸟，叫警察看着，自己乘机溜掉。

的反应。脑袋瓜儿晕晕乎乎的。那种疲倦的感觉。我已经吃不消啦。噢！

（一个不祥的人影交叉着腿，倚着奥贝恩的墙。这是一张陌生的脸，仿佛注射了发黑的水银。那人影从一顶墨西哥阔边帽底下，用凶狠的目光盯着他。）

布卢姆

晚上好，怀特小姐。这是什么街呀[1]？

人影

（面无表情地举起胳膊作为信号）口令。马博特街[2]。

布卢姆

哈哈。谢谢。世界语。再见[3]。（他喃喃地说）是那个爱打架的家伙派来的盖尔语联盟的密探。

（他向前迈步。一个肩上扛着麻袋的拾破烂的拦住他的去路。他朝左边走，拾破烂的也朝左拐。）

布卢姆

劳驾。

（他朝右边跳去，拾破烂的也朝右跳。）

布卢姆

劳驾。

（他转了个弯，侧身而行，躲到一旁，悄悄地溜过去往前走。）

1 原文为西班牙语。
2 原文为爱尔兰语。
3 原文为法语。

布卢姆

一直靠右边、右边、右边走。旅行俱乐部在斯蒂普阿塞德竖起了路标，是谁带来这项公共福利的呢？是由于我迷了路，给《爱尔兰骑车人》的读者来信栏写了封信，题目是《在最黑暗的斯蒂普阿塞德》。靠、靠、靠右边走。半夜里捡着破烂和骨头。倒更像是买卖贼赃哩。杀人凶手首先会到这种地方来，以便洗涤尘世间的罪恶。

（杰基·卡弗里被汤米·卡弗里追逐着奔来，同布卢姆撞个满怀。）

布卢姆

噢！

（吓了一跳，大腿发软，停了下来。汤米和杰基就在那儿，当场失去踪影。布卢姆双手持包，轻拍着怀表袋，装笔记本的裤兜，装皮夹子的裤兜，那本《偷情的快乐》、土豆和香皂。）

布卢姆

可得当心扒手。小偷儿惯耍的花招：撞你一下，顺手就摸走你的包。

（一只能叼回猎物的狼狗，鼻子贴地嗅着，踱了过来。一个仰卧着的人影打了个喷嚏。出现了一个弯腰驼背、留着胡子的人。他身着锡安的长老所穿的那种长袍，头戴有着深红流苏的吸烟帽。玳瑁框眼镜一直耷拉到鼻翼上。鼻歪嘴斜的脸上是一道道黄色毒药的斑痕。）

鲁道尔夫

今天你是第二次浪费半克朗银币了。我不是跟你说过吗：决不可跟那帮异教徒醉鬼们混在一起。瞧，你就是攒不住钱。

布卢姆

（将猪脚和羊蹄藏在背后，垂头丧气地抚摩着温吞吞的和冰冷的脚肉和蹄肉。）是的，我明白，爹[1]。

鲁道尔夫

你在这儿干些什么名堂啊？你没有灵魂吗？（他伸出虚弱的秃鹫爪子，抚摩着布卢姆那沉默的脸。）你不是我儿子利奥波德吗？不是利奥波德的孙子吗？你不是我那亲爱的儿子利奥波德吗？就是那个离开父亲的家，也离开祖先亚伯拉罕和雅各的上帝的利奥波德吗？

布卢姆

（惶恐地）大概是的，父亲。莫森索尔。这就是他的下场。

鲁道尔夫

（严厉地）那天晚上，你把宝贵的金钱挥霍了一通，喝得烂醉如泥，被他们护送回家。那帮流浪汉究竟是你的一些什么人？

布卢姆

（身着年轻人穿的一套时髦的蓝色牛津服装，白色窄肩背心，头戴褐色登山帽。怀里是一块绅士用的纯银沃特伯里牌转柄表，佩着一条缀有图章的艾伯特双饰链。半边身子满是厚厚一层泥巴。）是越野赛跑的选手，父亲。我就那么一回。

鲁道尔夫

一回！从头到脚都是泥。手上还划破了个口子。会患破伤风的。他们会要你命的，充满生气的利奥波德。对那帮家伙你可得当心啊。

布卢姆

（懦弱地）他们问我敢不敢比比短跑。道路上净是泥，我跌了一跤。

1　原文为德语。

鲁道尔夫

（轻蔑地）不务正业的异教徒[1]。你那可怜的母亲要是看见了该怎么说！

布卢姆

妈妈！

艾琳·布卢姆

（她手里斜端着蜡台，出现在楼梯栏杆上端。头戴哑剧中贵妇人戴的那种下巴上系带子的头巾式软帽，身穿寡妇吐安基那种有衬架和腰垫的裙子；衬衫纽扣钉在背后，袖子是羊脚型的；戴着灰色露指长手套，配以有浮雕的玉石胸针。盘成辫子的头发用绉网罩起。她吃惊地尖声嚷叫。）噢，神圣的救世主，这孩子给糟践成什么样子啦！快给我嗅盐。（她撩起一道裙褶，在那铅灰色条纹衬裙的兜儿里摸索。从兜儿里掉出一只小药瓶、一枚"天主羔羊"、一只干瘪的土豆和一个赛璐珞玩偶。）圣母圣心啊，你到底在哪儿呢，在哪儿呢？

（布卢姆嗫嚅着，两眼垂下，开始把那两个包儿往鼓鼓囊囊的兜儿里塞，却又打消了这个念头，嘴里不知嘟囔些什么。）

声音

（尖锐地）波尔迪！

布卢姆

谁呀？（他急忙弯下腰去，笨拙地搪开什么人打过来的一拳。）有何贵干？

（他抬头看。眼前出现了一位亭亭玉立、身着土耳其装束的美女，旁边是几棵枣椰树的蜃景。丰腴的曲线将她那猩红色长裤

1　原文为依地语。

与短上衣撑得鼓鼓的，开衩儿处露出金色衬里。她系着一条宽幅黄色腰带，脸上蒙着白色——夜间变为紫罗兰色——面纱，只露出一双乌黑的大眼睛和黑亮的头发。）

布卢姆

摩莉！

玛莉恩

什么呀？亲爱的，打今儿起，你招呼我的时候，就叫我玛莉恩太太吧。（用挖苦口吻）可怜的小丈夫，叫你等了这么半天，脚都冰凉了吧？

布卢姆

（调换了一下双脚的位置）不，不，一点儿都不。

（他极其激动地呼吸着，大口大口地吞进空气。有多少话想问，有多少希望，为她的晚餐备下的猪脚，要告诉她的事，解释，欲望，简直着迷了。一枚硬币在她前额上闪烁着。她脚上戴着几枚宝石趾环。踝部戴着纤细的脚镣。她身旁是一只骆驼，缠着塔楼状头巾，伫候着。那上下跳动着的驼桥，垂下一道有着无数阶磴的绸梯。骆驼不大情愿地摆动着它那臀部，慢慢腾腾地凑过来。她猛揍了一下它的屁股，包金的手镯丁零零响着，愠怒地用摩尔话骂他：）

玛莉恩

女性的小天堂[1]！

（骆驼举起一只前脚，从树上摘下一枚大芒果，将它夹在偶蹄间，献给女主人。然后它眨巴着眼睛，扬起脖子，耷拉下脑袋，咕哝着，挣扎着跪下。布卢姆像做蛙跳游戏般地弯下腰去。）

1　“女性的小天堂！”是由混合语构成的咒语。参看第358页注释2。

布卢姆

我可以给你……我的意思是说：作为你的经纪人……玛莉恩太太……假若你……

玛莉恩

那么，你注意到什么变化了吗？（双手徐徐地抚摩饰着珠宝的三角胸衣，眼中逐渐显出友善的揶揄神色。）哦，波尔迪，波尔迪，你依然是个老古板！去见见世面，到广阔的天地中去开开眼界吧。

布卢姆

我正要折回去取那加了香橙花液的白蜡洗剂呢。每逢星期四，铺子总要提前打烊。可是，明天早晨我首先要办的就是这事儿。（他把身上的几个兜儿都拍了拍。）

浮游肾。哎！

（他指指南边，又指指东边。一块洁净、崭新的柠檬肥皂发散出光与芳香，冉冉升起。）

肥皂

布卢姆和我，是般配的一对。

他拭亮地球，我擦光天空。

（药剂师斯威尼那张满是雀斑的脸出现在太阳牌肥皂的圆盘上。）

斯威尼

您哪，三先令一便士。

布卢姆

好的。是为我老婆买的。玛莉恩太太。特制的。

玛莉恩

（柔声）波尔迪！

布卢姆

哦，太太？

玛莉恩

你的心跳得快些了吗[1]？

（她面泛轻蔑神色款款踱开，嘴里哼着《唐乔万尼》中的二重唱。她身材丰满得像只娇养着的胸脯鼓鼓的鸽子。）

布卢姆

关于“沃利奥[2]”，你有把握吗？我指的是发音……

（他尾随于后，四处嗅着的梗狗又跟踪着他。上了年纪的老鸨拽住他的袖子。她下巴上的那颗黑痣上长的毛闪闪发光。）

老鸨

一个处女十先令。黄花姑娘哩，从来没有人碰过。才十五岁。家里除了她那烂醉的爹，啥人也没有。

（她伸手指了指。布赖迪·凯利被雨淋得浸湿，站在她那黑洞洞的魔窟裂缝里。）

布赖迪

哈奇街。你心目中有好的吗？

（她尖叫一声。呼扇着蝙蝠般的披肩，撒腿就跑。一个粗壮

1　原文为意大利语，是《唐乔万尼》中泽莉娜的唱词。参看第91页注释1。

2　沃利奥是意大利语“要”的音译。参看第91页注释3。

的暴徒脚蹬长靴，跨着大步追赶着。他在台阶那儿磕绊了一下，站稳了，纵身一跳，消失在黑暗中。传来一阵微弱的尖笑声，越来越低微了。）

老鸨

（她那狼一般的眼睛贼亮贼亮的）那位老爷找乐子去啦。在妓院里可弄不到黄花闺女。十先令。可要是整宵泡在这儿，会给便衣警察撞上的。六十七号巡警可真是个狗养的。

（格蒂·麦克道维尔斜瞅着。一瘸一拐地走过来。她一面送秋波，一面从背后抽出血迹斑斑的布片，卖弄风情地拿给他看。）

格蒂

我把在世上的全部财产你和你[1]。（她喃喃地说）是你干的。我恨你。

布卢姆

我？什么时候？你做梦哪。我从来没见过你。

老鸨

你这骗子，放开老爷。还给老爷写什么满纸瞎话的信。满街拉客卖淫。像你这么个荡妇，就欠你妈没把你捆在床柱子上，用皮带抽你一顿。

格蒂

（对布卢姆）我那衬裤的秘密，你统统瞧见了。（她哽咽着，爱抚他的袖子。）你这个下流的有妇之夫！正因为你对我干了那档子事，我爱你。

（她跛着脚溜走了。布林太太身穿有着松垮垮的褶裥口袋的起绒粗呢男大氅，伫立在人行道上。她那双调皮的眼睛睁得老大，

---

1 这里，格蒂把天主教徒在婚礼上的祝文引错了。应作：“我把在世上的全部财产给予你。”

笑眯眯地龇着食草动物般的龅牙。）

布林太太

这位先生是……

布卢姆

（庄重地咳嗽着）太太，我荣幸地收到了您本月十六日的大函……

布林太太

布卢姆先生！你竟跑到这罪恶的魔窟来啦！这下狐狸尾巴可给我抓住啦！你这个流氓！

布卢姆

（着了慌）别那么大声喊我的名字。你究竟把我看成什么人啦？可别出卖我。隔墙有耳嘛。你好吗？好久不见啦。你看上去挺好。可不是嘛。这月气候真好。黑色能够折射光。从这儿抄近路就到家啦。这一带蛮有趣。拯救沦落的风尘女子。玛达琳济良所。我是秘书……

布林太太

（翘起一个指头）喏，别瞎扯啦！我知道有人不喜欢这样。哦，等我见了摩莉再说！（狡黠地）你最好马上如实招来，否则就会大难临头！

布卢姆

（回头看看）她时常念叨要来见识见识哩。逛逛这花街柳巷。喏，异国情调嘛。她说要是有钱，还想雇上几名穿号衣的黑皮肤仆役呢。就像黑兽奥瑟罗那样的。尤金·斯特拉顿。连利弗莫尔黑脸合唱团[1]的打拍员

1　全称是利弗莫尔弟兄世界驰名黑脸歌唱团，由一批化装成黑脸的白人演员演唱黑人歌曲，一八九四年曾在都柏林公演。

和巧辩演员都行。还有博赫弟兄。只要是黑的，连扫烟囱的都成。

（化装成黑脸的汤姆和萨姆·博赫跳了出来，身穿雪白帆布上衣，猩红短袜，浆洗得硬邦邦的萨姆勃高领，扣眼儿里插着大朵的鲜红紫菀花。肩上各挂着一把五弦琴。黑人特有的浅黑小手嘣嘣地拨弄着琴弦。一双白色卡菲尔那样的眼睛和一嘴龅牙闪闪发光。他们脚蹬粗陋的木靴，咯噔咯噔地跳着喧嚣、急促的双人舞。拨弦，歌唱，忽而背对背，忽而脚尖挨后跟，忽而又后跟挨脚尖。用黑人的厚嘴唇吱吱呱呱地鼓噪助威。）

汤姆与萨姆

有人和迪娜一道在家里，
有人待在家里，我知道的，
有人和迪娜一道在家里，
弹奏那把古老的五弦琴[1]。

（他们猛地摘掉黑人面具，露出那淳朴的娃娃脸。然后哧哧窃笑，哈哈大笑，咚咚、当当地奏着琴，跳着步态舞，扬长而去。）

布卢姆

（面泛着酸溜溜甜蜜蜜的微笑）要是你有兴致的话，咱俩何妨也厮混一阵？也许你肯让我拥抱上那么几分之一秒吧？

布林太太

（快活地尖叫着）哦，你这个傻瓜！也该去照照镜子！

布卢姆

咱们是老交情嘛。我的意思不过是要在两对不同的小夫妻间再来个杂

1　这四句歌词是就十九世纪流行的一首美国歌曲《我曾在铁路上工作》略做了改动。

婚，也就是交换老婆。你晓得，在我心窝儿里对你总有点儿意思。（忧郁地）情人节那天，是我把那张可爱的小羚羊图片送给你的。

布林太太

哎呀，天哪，瞧你这副丑样子！简直是滑稽。（她好奇地伸出一只手。）你背后藏着什么？告诉咱，好乖乖。

布卢姆

（用自己空着的那只手攥住她那只手的手腕子。）当年的乔西·鲍威尔是都柏林首屈一指的美人儿。时间过得好快啊！咱们回顾一下吧。你还记得一个圣诞夜，乔治娜·辛普森举行新屋落成宴那次，他们玩欧文·毕晓普游戏[1]：蒙起眼睛找饰针啦，表演测心术什么的。提问：这只鼻烟盒里装着什么？

布林太太

那天晚上你可是明星，表演半滑稽的朗诵，演得惟妙惟肖。你一向都是妇女们的红人儿。

布卢姆

（装扮成贵妇的随从。身着波纹绸镶边的无尾晚礼服，扣眼上戴着一枚共济会蓝色徽章，系着黑蝴蝶结领带，珍珠领扣，一只手里歪举着棱形的香槟酒杯。）女士们，先生们，为了爱尔兰，为了家园和丽人干杯。

布林太太

那一去不复返的日子令人怀念。那古老甜蜜的情歌[2]。

1　这是一种猜谜游戏，名称取自美国测心术者欧文·毕晓普（1847—1889）。他也表演魔术，在英伦三岛曾颇有名气。

2　摩莉演唱的一首歌曲的名字，参看第91页注释2。

布卢姆

（有意把嗓门放低）说实在的，我怀着强烈的好奇心想知道，某一位的某物眼下是不是有点儿热热的。

布林太太

（亲昵地）热得厉害！伦敦热热的，我简直浑身热热的！（同他的侧腹相蹭蹭）咱们在客厅里玩猜谜游戏，再从圣诞树上取下摔炮玩它一阵，然后就坐在楼梯口的长凳上，槲寄生枝[1]的阴影里。光是咱俩在一起。

布卢姆

（头戴缀有琥珀色半月的紫色拿破仑帽，慢慢地把手指放到她那柔软、湿润、丰腴的手心里。她顺从地听任他摆布。）那是一夜之中最阴森的时候。我小心翼翼地从这只手里慢慢儿挑出一根刺。（将一枚红玉戒指轻轻地套到她的手指上，并温存地说）手拉着手[2]。

布林太太

（身穿染成月白色的连衣裙式晚礼服，额上戴着一顶华丽灿烂的仙女冠，跳舞卡片落在月白色缎子拖鞋旁边。她温柔地弯起手掌。急促地喘着气。）我要，又[3]……你发烧哪！你都烫伤啦！左手最挨近心脏啦。

布卢姆

当你做了目前这个选择时，人家都说你们不啻是美女与野兽。对这一点，我永远也不能饶恕你。（他攥起一个拳头，按住前额。）想想看，这对我意味着什么。当年，你对我意味着一切。（沙哑地）女人哪，快

1　圣诞节期间，用槲寄生枝编成的装饰。

2　原文为意大利语，这是摩莉演唱的一首歌曲名，参看第91页注释1。

3　原文为意大利语。

要把我毁灭啦！

（丹尼斯·布林头戴白色大礼帽，前后胸挂着威兹德姆·希利的广告牌，趿拉着毡拖鞋，从他们身边磨蹭着踱过去。他那把不起眼的胡子扎煞着，忽而朝左边，忽而朝右边咕哝着。小个子阿尔夫·柏根身穿印有黑桃幺的外套，笑弯了腰。忽而朝左忽而朝右地跟踪着他。）

阿尔夫·柏根

（嘲弄地指着广告牌）万事休矣：完蛋。

布林太太

（对布卢姆）楼下在表演天翻地覆[1]。（给他递了个媚眼）你为什么不吻一吻那个部位，好医治创伤呢？你心里直痒痒嘛。

布卢姆

（震惊）你是摩莉最好的朋友啊！怎么能这样？

布林太太

（从嘴唇间伸出果肉般的舌头，想要给他个鸽吻）哼。你问得无聊，没法回答。你那里有什么小礼物送给我吗？

布卢姆

（生硬地）清真食品。当晚饭吃的快餐。家里没有李树商标罐头肉，那就是美中不足。我看了《丽亚》的演出，班德曼·帕默夫人。她演的莎士比亚，真是再精彩不过了。可惜我把节目单扔了。要是买猪脚，就数这个地方好。摸摸看。

（里奇·古尔丁用饰针在头上别了三顶女帽，腋下夹着考

1　天翻地覆是一种室内游戏，中签者须表演一些滑稽的或显然力不从心的绝技。

立斯—沃德律师事务所的公文包，上面用白灰涂着一副骷髅与交叉的大腿骨。公文包太重，使他的身子往一边坠。打开一看，满是半熟的干香肠、熏曹白鱼、芬顿黑线鳕和裹得严严实实的药丸。）

里奇

都柏林的东西，货真价实。

（秃头帕特，愁眉苦脸的聋子，站在人行道的边石上，折叠着餐巾，等着服侍客人。）

帕特

（斜端着一只盘子，滴滴答答地洒着肉汁）牛排和腰子。一瓶贮存啤酒。嘻嘻嘻。等着我来上吧。

里奇

老天爷，我从来也没吃过……

（他耷拉着脑袋一个劲儿地往前走。躲藏在左近的壮工用火热的角叉戳了他一下。）

里奇

（伸手按住背部，痛苦地喊叫）啊！布赖特氏病！肺脏！

布卢姆

（指着壮工）一个奸细。别惹人注意。我对愚蠢的人群厌恶透了，我可没有心情去找乐子，我处在严重的困境中。

布林太太

你这是照例用老一套的谎话来骗人。

布卢姆

关于我怎么会来到这儿，我想透露给你个小小的秘密。但是你可别告诉旁人。甚至连对摩莉也不能说。有个特殊的原因。

布林太太

（极度兴奋）哦，无论如何也不会说出去。

布卢姆

咱们去散散步好吗？

布林太太

好的。

（老鸨打了个手势，无人理睬。布卢姆和布林太太一道走起来。梗狗可怜巴巴地呜呜叫着，摇着尾巴跟在后面。）

老鸨

犹太人的脾脏！

布卢姆

（身穿燕麦色运动服，翻领上插着一小枝忍冬草，里面是时髦的浅黄色衬衫，系着印有圣安德鲁十字架的黑白方格花呢领带。白色鞋罩，臂上挎了件鹿毛色风衣，脚蹬赤褐色生皮翻毛皮鞋。将一架双筒望远镜像子弹带那样斜挎在肩上，头戴一顶灰色宽边低顶的毡帽。）你还记得吗，很久很久，多年以前，米莉——我们管她叫玛莉奥内特。刚断奶，我们大家曾一道去看过仙女房赛马会？

布林太太

（穿一身定做的款式新颖的萨克森蓝衣衫，头戴白丝绒帽，脸上蒙着蛛网状面纱。）在利奥波德镇。

布卢姆

对，是利奥波德镇。摩莉把赌注下在一匹名叫永勿说的马上，赢了七先令。然后坐那辆有五个座位的双轮破旧马车，沿着福克斯罗克回的家。当时你可风华正茂，戴着镶了一圈鼹鼠皮的白丝绒新帽。那是海斯太太劝你买的，因为价钱降到十九先令十一便士了。其实就是那么一点铜丝支着一些破破烂烂的旧丝绒。我敢跟你打赌，她准是故意的……

布林太太

当然喽，可不是嘛，猫婆子！别说下去啦！真会出馊主意！

布卢姆

比起另外那顶插上极乐鸟翅膀的可爱的宽顶无檐小圆帽来，它连四分之一也跟你般配不上。你戴上那一顶，简直太迷人啦，我十分神往。可惜宰那只鸟儿太损了，你这淘气残忍的人儿。那小鸟的心脏只有一个句号那么大呀。

布林太太

（捏他的胳膊，假笑）我确实又淘气又残忍来着！

布卢姆

（低声说悄悄话，语调越来越快）摩莉还从乔·加拉赫太太的午餐篮里拿了一块香辣牛肉三明治吃。老实说，尽管她有一批参谋或崇拜者，但我一向不喜欢她那派头。她……

布林太太

过于……

布卢姆

是呀。摩莉那时正在笑，因为当我们从一座农舍前面经过的时候，罗杰斯和马戈特·奥里利学起鸡叫来了。茶叶商人马库斯·特蒂乌斯·摩西带上他的女儿乘着轻便二轮马车赶到我们前面去了。她名叫舞女摩西。坐在她腿上的那只长卷毛狗神气活现地昂着头。你问我，可曾听说过、读到过、经历过或遇上过……

布林太太

（起劲地）对呀，对呀，对呀，对呀，对呀，对呀，对呀。

（她从他身边倏地消失。他朝地狱门[1]走去，后边跟了一条呜呜叫着的梗狗。一个妇女站在拱道上，弯下身子，叉开双腿，像头母牛那样在撒尿。已经撂下百叶窗的酒吧外面，聚着一群游手好闲的人，倾听着他们那个塌鼻梁的工头用急躁刺耳的沙声讲着妙趣横生的故事。其中一对缺臂者半开玩笑地扭打起来。残疾人之间进行着拙笨的较量，吼叫着，扑通一声倒下去。）

工头

（蹲着，瓮声瓮气地）当凯恩斯从比弗街的脚手架上走下来后，你们猜猜他往什么地方撒来着？竟然往放在刨花上的那桶黑啤酒里撒了一泡，可那是给德尔旺的泥水匠准备的呀！

游手好闲的人们

（从豁嘴唇里发出傻笑）哦，天哪！

（他们摇晃着那满是油漆斑点的帽子，这些无臂者身上沾满了作坊的胶料和石灰，在他周围跳跳蹦蹦。）

1　地狱门位于马博特街与蒂龙街的交叉点。因这里聚集着下等妓院，故名。

布卢姆

也是个巧合。他们还觉得挺可笑哩。其实，一点儿也不。光天化日之下，想试着走走。幸亏没有女人在场。

游手好闲的人们

天哪，真有意思。结晶硫酸钠。哦，天哪，往那些人的黑啤酒里撒了一泡。

（布卢姆走过去。下等窑姐儿，或只身或结伴，裹着披肩，头发蓬乱，从小巷子、门口和拐角处大声拉客。）

窑姐儿们

去远处吗怪哥哥？

中间那条腿好吗？

身上没带火柴吗？

来吧，我把你那根弄硬了。

（他拖着沉重的脚步穿过她们那片污水坑，走向灯光明亮的大街。鼓着风的窗帘那边，留声机扬起那老掉了牙的黄铜喇叭。阴影里，一家非法出售漏税酒的酒吧老板正跟壮工和两个英国兵在讨价还价。）

壮工

（打嗝）那家该死的小店儿在哪儿？

老板

珀登街。一瓶黑啤酒一先令。还有体面的娘儿们。

壮工

（拽住两个英国兵，跟他们一道脚步蹒跚地往前走。）来呀，你们这些英国兵！

士兵卡尔

（在他背后）这小子一点儿也不傻。

士兵康普顿

（大笑）嗬，可不是嘛！

士兵卡尔

（对壮工）贝洛港营盘的小卖部。找卡尔。光找卡尔就行。

壮工

（大声喊）我们是韦克斯福德的男子汉。

士兵康普顿

喂！你觉得军士长怎么样？

士兵卡尔

贝内特吗？他是我的伙伴。我喜欢亲爱的贝内特。

壮工

（大喊）

……磨人的锁链，
迎来祖国的解放[1]。

（他拖着他们，摇摇晃晃地往前走。布卢姆不知所措，停下脚步。梗狗耷拉着舌头，气喘吁吁地靠过来。）

1　这是《韦克斯福德的男子汉》（参看第184页注释3）中的两句。“磨人的锁链”前省略了“挣断”二字。

布卢姆

简直就像是在追野鹅。乌七八糟的妓院。天晓得他们到哪儿去了。醉汉跑起来要快上一倍。一场热闹的混战。先在韦斯特兰横街车站吵了一通，然后又拿着三等车票跳进头等车厢。一下子被拉得老远。火车头是装在列车后头的。有可能把我拉到马拉海德，要么就在侧线过夜，要么就是两趟列车相撞。都是喝第二遍喝醉的。一遍其实正好。我跟在他后面干什么？不论怎样，他是那帮人当中最像个样儿的。要不是听说了博福伊·普里福伊太太的事儿，我决不会去，那么也就遇不上他了。这都是命中注定的。他会丢失那笔钱的。这里是济贫所。沿街叫卖的小贩和放高利贷的倒是有好生意可做啦。你缺点儿啥？来得容易，去得也快。有一次，几乎给司机开的那辆当啷啷响的锃亮有轨电动讫里什那神像车轱辘压了。要不是我头脑镇定，早就把命送掉了。不过，并非每一次都能幸免。那天倘若我迟两分钟走过特鲁洛克的窗户，就会给枪杀的。亏得我没在那儿。然而，要是子弹仅仅穿透了我的上衣，我倒是能为了受惊而索取五百英镑的赔偿费哩。他是干什么的来着？基尔代尔街俱乐部的花花公子。替他看守猎场也够不容易的。

（他朝前望着那用粉笔在一面墙上胡乱画着的阴茎图案，下面题着：《梦遗》。）

奇怪！在金斯敦，摩莉也曾往结了一层霜的马车玻璃上画各式各样的图来着。画的是些什么呢？（衣着花哨、像玩偶般的女人懒洋洋地靠在灯光明亮的门口或漏斗状窗口，吸着鸟眼纹理烟卷。令人作呕的甜蜜的烟草气味慢慢形成椭圆形的环，向他飘来。）

烟环

快乐真甜蜜。偷情的快乐。

布卢姆

我的脊骨有点儿酸痛。往前走，还是折回去呢？还有这吃的呢？吃下去，浑身都会沾上猪的味道。我太荒谬了。白糟蹋钱。多付了一先令八便士。（梗狗摇着尾巴，流着鼻涕的冰凉鼻子往他手上蹭。）奇怪，它们怎么这么喜欢我。今天连那只猛犬都是这样。不妨先跟它说说话。它们就像女人一样，喜欢逢场作戏[1]。发出一股鸡貂的气味。各有所好。兴许这还是一条疯狗呢。大热天的。脚步也不稳。费多！好小子！加里欧文。（那只狼狗摊开四肢趴在他的背上，伸出长长的黑舌头。用乞讨的前爪做猥亵状，扭动着。）是环境的影响。给它点儿什么，把它打发走吧。只要没有人在场。（亲切地招呼着，像一个鬼鬼祟祟的偷猎者似的蹒蹒跚跚地踅回来。在那只塞特种猎狗的跟随下，走进满是尿骚气味的黑暗角落。他打开一个包儿，刚要轻轻地丢掉猪脚，却又停下手来，并摸摸羊蹄。）才三便士，可真不小。但是我只好用左手拿着它。更吃力一些。为什么呢？不大用，所以就抽缩了。哦，给掉拉倒。两先令六便士。

（他打开包，依依不舍地将猪脚羊蹄丢过去。那只皮滑腰短的大看家狗拙笨地撕咬着那摊肉，贪婪地嗥叫着，嘎吱嘎吱啃着骨头。两名披着防雨斗篷的巡警在旁警戒着，默默地走近。他们不约而同地念叨。）

巡警们

布卢姆。布卢姆的。为布卢姆。布卢姆。

（他们各伸出一只手，按在布卢姆肩上。）

巡警甲

当场抓获，不许随地小便。

布卢姆

（结巴着）我在替大家做好事哪。

---

1 “逢场作戏”和下文中的“各有所好”，原文均为法语。

（一群海鸥与海燕饥饿地从利菲河的稀泥里飞起，口中衔着班伯里馅饼。）

海鸥们

嗒噶啦嘣吧哩吓乒。

布卢姆

这是人类的朋友，是用慈爱之心来培养的。

（他指了指。鲍勃·多兰正从酒吧间的高凳上越过嘴里正贪馋地咀嚼着什么的长毛垂耳狗，栽了下来。）

鲍勃·多兰

陶瑟尔。把爪子伸过来。把爪子伸过来。

（那只斗犬竖起颈背，低沉地怒吼着。它用白齿叼着猪蹄，齿缝间滴滴答答淌着狂犬病那满是泡沫的涎水。鲍勃·多兰静悄悄地跌到地下室前的空地上。）

巡警乙

禁止虐待动物。

布卢姆

（热切地）功德无量！在哈罗德陆桥上，有个车把式正虐待一匹被挽具磨伤了皮肉的可怜的马，我就朝他嚷了一通。结果白废力气，倒招得他用法国话骂了我一顿。当然喽，那天下着霜，又是末班马车。所有关于马戏团生活的故事，全都是极其有伤风化的。

（马菲先生兴奋得脸色苍白，身穿驯狮人的服装，迈步向前。衬衫前胸钉有钻石饰扣，手执马戏团用的大纸圈，马车夫的弯鞭以及一把转轮手枪。他用手枪瞄准大吃大嚼的猎野猪犬。）

马菲先生

（面泛狞笑）女士们，先生们，这是我训练出来的灵缇。用食肉动物专利特许的尖钉鞍，把那匹北美西部平原的野马埃阿斯驯服的，也是我。用满是结子的皮条鞭打它肚子下边。不论多么暴躁的狮子，哪怕是利比亚的食人兽——一头猛狮，只要装个滑车，狠狠地一勒，也会乖乖儿地就范。用烧得通红的铁棍烙过之后，再在烫伤处涂上膏药，便把阿姆斯特丹的弗里茨，会思考的鬣狗造就出来了。（目光炯炯）我掌握印度咒文。靠的是我的两眼和胸前的钻石。（面泛带有魔力的微笑）现在我来介绍一下马戏团的明星鲁碧小姐。

巡警甲

说！姓名和地址。

布卢姆

我一时忘记了。啊，对啦！（他摘下那顶高级帽子，敬礼）布卢姆医生，利奥波德，牙科手术师。你们一定听说过封·布卢姆·帕夏吧。财产也不知有多少亿英镑。好家伙[1]！他拥有半个奥地利。还有埃及。他是我堂兄。

巡警甲

拿出证据来。

（一张名片从布卢姆那顶帽子的鞣皮圈里掉了下来。）

布卢姆

（头戴红色土耳其帽，身穿穆斯林法官长袍，腰系宽幅绿饰带，胸佩一枚伪造的法国勋级会荣誉军团勋章。他赶紧捡起名片，递上去。）请过目。敝人是陆海军青年军官俱乐部的会员。律师是约翰·亨利·门

1 “好家伙！”原文为德语。

顿。住在巴切勒步道二十七号。

巡警甲

（读）亨利·弗罗尔。无固定住址。犯有非法埋伏并骚扰罪。

巡警乙

要拿出你不在作案现场的证明。对你是一直提防着的。

布卢姆

（从胸兜里掏出一朵揉皱了的黄花）这就是关键性的那朵花。是一个我连姓名都不晓得的人给我的。（花言巧语地）你知道《卡斯蒂利亚的玫瑰》那个古老的笑话吧。布卢姆。把姓名改改呗。维拉格。（他熟头熟脑地说起贴心话来。）您啊，警官先生，我们是订了婚的。这档子事儿涉及一个女人。爱情纠纷嘛。（他轻轻地拍着巡警乙的肩膀。）真讨厌。我们这些海军里的英俊小伙子总是碰上这种事儿。都是这身军服惹出的麻烦。（他一本正经地转向巡警甲。）不过，当然喽，有时也会一败涂地。哪天晚上顺路过来坐坐，咱们喝上一杯陈年的老勃艮第酒吧。（快活地对巡警乙）我来介绍一下，警官先生。她劲头可足啦。不费吹灰之力就能搞到手。

（出现了一张被含汞的药弄得浅黑的脸，后面跟随一个蒙着面纱的身影。）

浅黑水银

都柏林堡正在搜索他呢。他是给军队开除的。

玛莎

（蒙着厚厚的面纱，脖间系着深红色圣巾，手执一份《爱尔兰时报》，以谴责口吻指着说。）亨利！利奥波德！莱昂内尔，迷失的你！替我恢复名誉。

巡警甲

（严峻地）到警察局来一趟吧。

布卢姆

（惊愕，戴上帽子，向后退一步。然后，抓挠胸口，将右臂伸成直角形，做共济会会员的手势和正当防卫的架势。）哪里的话，可敬的师傅，这是个轻佻的女人。她认错人啦。里昂邮件。莱苏尔柯和杜博斯[1]。您该还记得蔡尔兹杀兄案吧。我们是医生。控告我用小斧子把他砍死了，实在是冤枉啊。宁可让一个犯人逃脱法网，也不能错判九十九个无辜者有罪。

玛莎

（蒙着面纱啜泣）他毁弃了誓约。我的真名实姓是佩吉·格里芬。他给我写信说，他很不幸。你这没心肝的专门玩弄女人的家伙，我要告诉我哥哥，他可是贝克蒂夫橄榄球队的后卫哩。

布卢姆

（用手捂脸）她喝醉啦。这女人喝得酩酊大醉。（他含糊不清地咕哝着以法莲人的口令。）示布罗列[2]。

巡警乙

（泪汪汪地，对布卢姆）你应该感到十分害臊。

---

1 《里昂邮件》是英国作家查理·里德（1814—1884）根据一出法国戏改编成的。该剧写的是实际发生的一桩冤案：法国人莱苏尔柯被控杀害了邮递员并抢走邮件，被处死刑。四年后（1800），长相酷似莱苏尔柯的真凶杜博斯才落网。

2 基列人占领了约旦河上的几个渡口后，为了防止以法莲人逃跑，要求其逃兵以“示播列”为口令。以法莲人口音不纯，必说成“示布罗列”，遂被杀死。

布卢姆

陪审团的各位先生，请听我解释一下。真是搞得一塌糊涂啊！我被误解啦。我给当成了替罪羊。我是个体面的有妇之夫，一向品行端正，没有污点。我住在埃克尔斯街，我老婆是赫赫有名的指挥官的女儿，一个豪侠耿直之士，对，叫作布赖恩·特威迪陆军少将。是一位屡次在战役中立过功勋的英国军人，由于英勇地保卫了洛克滩，曾被授予少将头衔。

巡警甲

属于哪个团队？

布卢姆

（转向旁听席）各位，属于举世闻名的都柏林近卫连队，那是社会中坚啊。我好像瞧见你们当中就有几位他的老战友哩。都柏林近卫步兵连队与首都警察署一道保卫咱们的家园，也是忠于国王陛下的最骁勇精壮的小伙子们。

一个声音

叛徒！谁喊“支持布尔人”来着！谁侮辱了乔·张伯伦？

布卢姆

（一只手扶着巡警甲的肩膀）我老爹也曾当过治安推事。我跟你们一样，也是个忠诚的英国人。正如当时的电讯所报道的那样，为了国王与祖国，我也曾在公园里那位郭富将军麾下，在那场令人心神恍惚的战争中服过役[1]，转战于斯皮昂·科帕和布隆方丹，受了伤。战报里还

1　这里，布卢姆把两个同姓不同名的军人弄混了。在一九〇四年，凤凰公园中竖有休·郭富（1779—1869）的骑马塑像。鸦片战争期间（1839—1842），他曾率军入侵中国，一八四三年在印度任总司令。而这里的“那场令人心神恍惚的战争”指的却是南非战争（支持那场战争的人们曾演唱《心神恍惚的乞丐》一歌，为士兵募款。当时，休伯特·德拉波伊尔·郭富（又译为高夫，1870—1963），曾以长矛骑兵团成员的身份参加。

提到过我。凡是白人所能做的，我全做到了。（安详地，带着感情）吉姆·布卢德索。把船鼻子转向岸边[1]。

巡警甲

报你的职业或行当。

布卢姆

喏，我是耍笔杆子的，作家兼记者。说实在的，我们正在策划出版悬赏短篇小说集，这是我想出来的，是个空前的举动。我跟英国和爱尔兰报纸都有联系。假若你打电话……

（迈尔斯·克劳福德口衔鹅毛笔，跨着大步趔趔趄趄地出现。他那通红的鼻子在草帽的光环中闪闪生辉。他一只手甩着一串西班牙葱头，另一只手将电话机听筒贴着耳朵。）

迈尔斯·克劳福德

（他颈部那公鸡般的垂肉晃来晃去。）喂，七七八四。喂，这里是《自由人尿壶》和《擦臀周刊》。会使欧洲大吃一惊。你是哪儿？哦，《蓝袋》[2]吗？由谁执笔？布卢姆吗？

（面色苍白的菲利普·博福伊先生站在证人席上。他身穿整洁的常礼服，胸兜里露出尖尖的一角手绢，笔挺的淡紫色长裤和漆皮靴子。他拎着一只大公事包，上面标着“马查姆的妙举”字样。）

博福伊

（慢腾腾地）不，你不是那样的人。无论怎么看，我也决不认为你是那样的人。一个人只要生来就是个绅士，只要具有绅士那种最起码的素质，就决不会堕落到干下如此令人深恶痛绝的勾当。审判长阁下，

1　吉姆·布卢德索是美国人约翰·海（1838—1905）所作歌曲《“美牧野”的吉姆·布卢德索》中的主人公。他是“美牧野”号船的船长。

2　“蓝袋”是警察的外号。因英国警察穿的蓝色长裤一般是肥大而不合身的。

他就是那帮人当中的一个。是个剽窃者。戴着文人[1]面具的油滑而卑怯的家伙。显而易见，他以天生的卑鄙，抄袭了我的几部畅销书。都是些真正了不起的作品，完美的珠玉之作。毫无疑问，他剽窃了其中描绘恋爱的段落。审判长阁下，对以爱情和财富为主题的《博福伊作品集》，您想必是熟悉的，它在王国内也是家喻户晓的。

布卢姆

（羞愧畏缩，低声咕哝）我对那段关于大笑着的魔女手拉着手的描写有异议，如果我可以……

博福伊

（撇着嘴，目空一切地朝整个法庭狞笑着）你这可笑的笨驴，你呀！简直卑鄙得让人无法形容了！我认为你最好不这么过度地替自己开脱。我的出版代理人 J. B. 平克尔也在座。审判长阁下，我相信会照例付给我们证人出庭费吧？这个讨厌的报人几乎使我们囊空如洗了，这个里姆斯的贼寒鸦连大学都没上过。

布卢姆

（含糊不清地）人生的大学。堕落的艺术。

博福伊

（大声嚷）卑鄙下流的谎话，证明他在道德上的腐败堕落！（打开他的公事包）我这里铁证如山，掌握犯罪事实[2]。审判长阁下，这是我的杰作的样本，可是被这畜生弄上的印记给糟蹋啦。

1　原文为法语。

2　原文为拉丁文。

旁听席上的声音

摩西，摩西，犹太王，

用《日报》把屁股擦。

布卢姆

（勇敢地）太夸张了。

博福伊

你这下流痞子！就该把你丢到洗马池里去，你这无赖！（对法庭）喏，瞧瞧这家伙的私生活吧！他当面一套，背后一套。在外面他是天使，回到家里就成了恶魔。当着妇女的面，他的行为简直不堪入耳！真是当代最大的阴谋家！

布卢姆

（对法庭）可他是个单身汉呀，怎么会……

巡警甲

公诉人控告布卢姆。传妇女德里斯科尔出庭。

庭役

女佣玛丽·德里斯科尔！

（衣着邋遢的年轻女佣玛丽·德里斯科尔走来。臂上挎着一只桶，手持擦地用的刷子。）

巡警乙

又来了一个！你也属于那不幸的阶级吧？

玛丽·德里斯科尔

（愤慨地）我可不是个坏女人。我品行端正，在先前伺候的那一家待了四个月呢。工钱是每年六英镑，星期五放假。可是这个人调戏我，我就只好辞工不干啦。

巡警甲

你控告他什么？

玛丽·德里斯科尔

他调戏过我。但是我尽管穷，却懂得自重。

布卢姆

（**身穿波纹细呢家常短上衣，法兰绒长裤，没有后跟的拖鞋，胡子拉碴，头发稍乱。**）我待你蛮好。我送过你纪念品，远远超过你身份的漂亮的鲜棕色袜带。当女主人责备你偷了东西的时候，我轻率地偏袒了你。什么都不要过分，为人得公正。

玛丽·德里斯科尔

（**激昂地**）今晚当着天主的面发誓。我才不会伸手去拿这样的好处呢！

巡警甲

你控告他什么？发生什么事了吗？

玛丽·德里斯科尔

这个人在房屋后院抽冷子把我吓了一跳，审判长老爷。一天早晨，趁着女主人出门买东西的当儿，他要我摘下一根饰针给他，又搂住了我，害得我身上至今还有四块紫斑。他还两次把手捅进我的衣服里。

布卢姆

她回手打了我。

玛丽·德里斯科尔

（轻蔑地）我更尊重的是擦地的毛刷，正是这样。审判长老爷，我责备他了。他对我说，可别张扬出去。

（引起一阵哄堂大笑。）

乔治·弗特里尔

（法庭书记。嗓音洪亮地宣布）肃静！现在由被告作他编造的供词。

（布卢姆申辩自己无罪。他手持一朵盛开的睡莲花，开始一场冗长而难以理解的发言。人们将会听取辩护人下面这段对大陪审团所做的激动人心的陈说：被告落魄潦倒，尽管被打上害群之马的烙印，他却有决心改邪归正，全然温顺地缅怀过去，作为养得很驯顺的动物回归大自然。他曾经是个七个月就出生的早产儿，由多病并断了弦的老父精心抚养大的。他本人是可能几次误入歧途的父亲，可他渴望翻开新的一页。如今终于面对被绑上去受鞭笞的台柱，就巴不得周围弥漫着家族的温暖气息，在团聚中度过晚年。他已经被环境熏陶成了英国人。那个夏天的傍晚，当雨住了的时候，他站在环行线铁道公司机车驾驶室的踏板上，隔着都柏林市内和郊区那些恩爱之家的窗户，瞥见幸福的、地地道道牧歌式的乡间生活，墙上糊的是由多克雷尔店里买来的每打一先令九便士的墙纸。这里，在英国出生的天真烂漫的娃娃们，口齿不清地对圣婴做着祷告；年轻学子们拼死拼活地用着功；模范的淑女们弹着钢琴，或围着噼噼啪啪燃烧着的那截圣诞夜圆木，合家念诵玫瑰经。同时，姑娘们和小伙子们沿着绿荫幽径徜徉；随着他们的步调，传来了美国式簧风琴的旋律，音质听来像煞管风琴，用不列颠合金镶边，有四个挺好使的音栓和十二褶层风箱，售价低廉，最便宜的货色……）

（又爆发了一阵哄笑。他语无伦次地咕哝着。审判记录员们抱怨听不清楚。）

普通记录员和速记员

（依旧低头看着记录册）让他放松一点。

马休教授

（在记者席上咳嗽一声，大声嚷）统统咳出来，伙计，一点一点地。

（关于布卢姆和那只桶的盘讯。一只大桶。布卢姆本人。拉肚子。在比弗街。肠绞痛，对。疼得厉害。泥水匠的桶。）两腿发僵，拖着脚步走。忍受难以形容的痛苦。疼得要命。接近晌午的时候。要么是情欲，要么是勃艮第葡萄酒。对，一点儿菠菜。关键时刻。他不曾往桶里看。无人在场。一团糟。没有拉完。一份过期的《珍闻》。）

（起哄鼓噪，一片嘘声。布卢姆身穿沾满石灰水、破破烂烂的大礼服，歪戴着瘪下去一块的大礼帽，鼻子上横贴着一条橡皮膏，低声说着话。）

杰·杰·奥莫洛伊

（头戴高级律师的银色假发，身着呢绒长袍，用悲痛的抗议口吻。）本庭并非可以肆意发表猥亵轻率的演说，不惜伤害一个酒后犯罪者的场所。这里既不是斗熊场，也不是可以从事恶作剧的牛津。不能在法庭上表演滑稽戏。我的辩护委托人尚未成年，一个来自外国的可怜的移民。他开头是个偷渡客，如今正竭力靠规规矩矩地工作挣点钱。被诬告的那些不轨行为是幻觉引起偶发的遗传性神经错乱导致的。本案中被控所犯的亲昵举动，在我这位辩护委托人的出生地法老之国，是完全被容许的。我要说的是，据初次印象[1]，并没有肉欲的企图。既没发生暧昧关系，而德里斯科尔所指控的对她的调戏，也并没有重犯。我要特别提出隔代遗传的问题。我这位辩护委托人的家族中有着精神彻底崩溃与梦游症的病史。倘若允许被告陈述的话，他就可以诉说一桩

1 原文为拉丁文。

事——那是书里所曾叙述过的最奇妙的故事之一。审判长阁下，他在肉体方面是个废人，这是补鞋匠通常患的那种肺病造成的。据他所申诉的，他属于蒙古血统，对自己的行为不负任何责任。事实上，什么问题都不存在。

布卢姆

（赤脚，鸡胸，身着东印度水手的衫裤，歉疚般地将两脚的大趾头摆成内八字。睁开鼹鼠般的眯缝眼儿，茫然四顾，慢腾腾地用一只手抚摩前额。随后按水手的派头把腰带使劲一勒，以东方人的方式耸肩向法庭深打一躬，朝天翘起大拇指。）多、好、的、夜、晚。（天真地欢唱起来。）

可怜小娃子莉莉，
每晚猪脚送来哩，
两个先令付给你……
（众人怪叫，把他轰下台去。）

杰·杰·奥莫洛伊

（愤怒地对起哄者）这是一场匹马单枪的斗争。我对冥王哈得斯发誓，绝不能允许我的辩护委托人像这样被一帮野狗和大笑着的鬣狗所玩弄，而且还不准他发言。《摩西法典》已经取代了丛林法令。我绝不想损害司法的目的，然而这一点我必须反复强调指出：被告不是事先参与预谋的从犯，而起诉人被玩弄的事实也不存在。被告一直把该年轻女子当作自己的女儿来对待。（布卢姆握住杰·杰·奥莫洛伊的手，把它举到自己的唇边。）我要举出反证，彻底证明那只看不见的手又在玩弄惯用的伎俩了。要是还认为可疑，就尽管迫害布卢姆好了。我这位辩护委托人生性腼腆，决做不出那种被损害贞节者会抗议的非礼举动。当一个理应对姑娘的状况负责的懦夫，在她身上满足了自己的情欲，使她误入歧途之后，他是决不会去朝她扔石头的。他要做个循规蹈矩的人。他是我所认识的人们当中最高尚清白的一位。眼下他的境遇不佳，因为他那份移民垦殖公司的辽阔地产被抵押出去了，那是在遥远的小亚细亚。现在把幻灯片放给你们看。（对布卢姆）我建议你出手大方一些。

布卢姆

每英镑付一便士[1]。

（墙上映出基尼烈湖的影像：朦朦胧胧一片银色的薄雾中，牛群在吃草。长着一双鼹鼠眼的白化病患者摩西·德鲁加茨从旁听席上站起来。他身穿印度粗蓝斜纹布褂子，双手各持着香橼、橘子和一副猪腰子。）

德鲁加茨

（嘶哑地）柏林西十三区布莱布特留大街[2]。

（杰·杰·奥莫洛伊迈上低矮的台座，一本正经地攥住上衣翻领。他的脸变得长而苍白，胡子拉碴，两眼深陷，像约翰·弗·泰勒那样出现了结核症的肿疱，颊骨上一片潮红。他用手绢捂着嘴，审视着迸溅出来的一股玫瑰色血液。）

杰·杰·奥莫洛伊

（声音小得几乎听不见）请原谅。我浑身冷得厉害，新近才离开病床。扼要地说几句话。（他模仿那有着鸟一般的头、狐狸似的胡子和宛若大象的鼻子的西摩·布希的雄辩。）当天使的书被打开来的时候，萌生于沉思的胸中那颗净化了的灵魂和正在净化着的灵魂的化身，倘若还有存在下去的任何价值的话，我就要提出，请对这位刑事被告人所蒙受的嫌疑，给予神圣而有利的裁定。

（一张写了些字的纸条被递交给法庭。）

1　布卢姆提出，每欠债主一英镑，就赔偿他一便士。

2　原文为德语。

布卢姆

（身着礼服）我可以提出最好的证人，就是卡伦和科尔曼二位先生、威兹德姆·希利·J. P. 先生、我以前的上司乔·卡夫、前都柏林市长维尔·B. 狄龙先生。我和上流社会富于魅力的人士有交往……都柏林社交界的名媛们。（漫不经心地）今天下午我还在总督官邸的一个招待会上，跟老朋友天文台长罗伯特·鲍尔爵士和夫人聊天来着。我说：鲍勃爵士……

耶尔弗顿·巴里夫人

（身穿开领低低的乳白色舞衫，戴一副长及臂肘的象牙色手套，罩着用黑貂皮镶边、薄薄地絮了棉花、纳出花纹的砖色披肩式外衣，头发上插着一把嵌着宝石的梳子和白鹭羽饰。）警察，逮捕他吧。当我丈夫参加芒斯特的巡回审判，前往蒂珀雷里北区的时候，他用反手给我写了一封字体蹩脚的匿名信，署名詹姆斯·洛夫伯奇[1]。信里说，当我坐在皇家剧场包厢里观看《蚱蜢》的御前公演时[2]，他从楼座看见了我那举世无双的眼珠。他说，我使他的感情像烈火般高涨起来了。他向我做了非礼的表示，邀我下星期四在邓辛克标准时间下午四点半钟跟他幽会。他还表示要邮寄给我保罗·德·科克先生的一本小说，书名是《系了三条紧身褡的姑娘》。

贝林厄姆夫人

（头戴无边帽，身披仿海豹兔皮斗篷，领子一直围到鼻子上。她走下四轮轿式马车，从她那只袋鼠皮大手笼里掏出一副龟甲框带柄单眼镜。）他对我也曾这样说过。对，这准是那个行为不端的家伙。九三年二月间下雨夹雪的一天，冷得连污水管的铁格子和澡缸的浮球活栓都结了冰。在索恩利·斯托克爵士的住宅外面，他替我关上了马车门。

1　詹姆斯·洛夫伯奇，参看第348页注释1。

2　《蚱蜢》是法国人亨利·迈尔哈克（1831—1897）和卢多维克·哈勒维（1834—1908）所作三幕喜剧。这里的御前公演指在总督面前演出。

随后，他在信里附了一朵火绒草，说是为了向我表示敬慕，特地从山丘上采来的。我请一位植物学专家给鉴定一下。原来是他从模范农场的催熟箱里偷来的本地所产马铃薯花。

耶尔弗顿·巴里夫人

真不要脸！

（一群妓女与邋遢汉一拥而上。）

妓女与邋遢汉

（尖声喊叫）可别让贼跑啦！好哇，蓝胡子[1]！犹太佬摩[2]万岁！

巡警乙

（掏出手铐）放老实点！

贝林厄姆夫人

这家伙用种种笔迹给我写信，肉麻地恭维我是穿皮衣的维纳斯[3]，说他深切地同情我那冻僵了的马车夫帕尔默，同时又表示羡慕帕尔默的帽子护耳、蓬蓬松松的羊皮外衣以及他能待在我身边有多么幸运。也就是说，羡慕他身穿印有贝林厄姆家徽的号衣——黑色盾纹面上配以金线绣的雄鹿头。他肆无忌惮地夸奖我的脚尖，严严实实裹在丝袜子里的丰满的腿肚子，还热切地颂扬我那藏在昂贵花边里的另外一些宝贝，说这一切仿佛都历历在目。他怂恿我——还说他感到怂恿我乃是他一生的使命——尽早抓个机会玷污婚姻之床，犯淫乱之罪。

1　蓝胡子是欧洲传说中曾经接连杀害几个老婆的男人。

2　摩是摩西的简称。

3　《穿皮衣的维纳斯》是奥地利小说家利奥波德·冯·扎赫尔—马佐赫（1836—1895）所著小说。受虐狂者塞弗林称女主人公旺达为“穿皮衣的维纳斯”，并从受她虐待中获得满足。

默雯·塔尔博伊贵妇人

（身着骑马装，头戴圆顶硬礼帽，脚蹬长筒靴——上面装有状似公鸡脚上的距那样的踢马刺；朱红色背心，戴着火枪手用的小鹿皮长手套——手套筒是编织成的。她撩起长长的裙裾，不断地甩着猎鞭，抽打鞭子的滚边。）他对我也是这样。因为在凤凰公园的马球赛场上，他瞥见了我。那一次，全爱尔兰队和爱尔兰第二队举行对抗赛。当英尼斯基林的强手登内希上尉骑着他所宠爱的那匹短腿壮马森特，在最后一局中获胜的时候，我的眼睛发出了圣洁的光。这个平民唐璜[1]从一辆出租马车背后瞅见了我。他把一张淫秽的相片一就是天黑之后在巴黎的大马路上卖的那种——装在双层信封里寄给了我。对任何上流妇女来说，这都是不能容忍的。我至今还保留着哪。相片上是一位半裸的“女士”，纤弱美丽——他一本正经地告诉我，这是他的老婆，是实地拍的。她正在跟一个壮实的“徒步斗牛士”[2]——显然是个坏蛋——偷偷干着那种事。他怂恿我也这么做，放荡一下，去跟驻军的军官们干不规矩的事。他央求我用说不出口的方式弄脏他那封信，惩罚他——其实他就欠挨一顿严厉的惩罚——容许他驮着我，把他当马骑，并且狠狠地鞭打他。

贝林厄姆夫人

他对我也是这样。

耶尔弗顿·巴里太太

对我也是这样。

（几位都柏林的最上流的夫人都举起布卢姆写给她们的卑鄙龌龊的信给大家看。）

1　唐璜，参看第289页注释2。这里暗指好色之徒。
2　徒步斗牛士和前文中的女士，原文均为西班牙语。

默雯·塔尔博伊贵妇人

（突然发起怒来。她脚下的踢马刺叮当作响。）向天主发誓，我要教训教训他。我要使劲鞭打这条胆小卑劣的野狗。我要活剥他的皮。

布卢姆

（闭上眼睛，自知难以幸免，缩作一团）是当场吗？（窘促不安地蠕动着）又是一次！（战战兢兢地喘着气）我喜欢冒这样的危险。

默雯·塔尔博伊贵妇人

正是这样！我要给你点厉害尝尝。叫你像杰克·拉坦那样跳舞[1]。

贝林厄姆夫人

这个暴发户！使劲揍他的屁股。在那上面划得一道道的，就像星条旗那样。

耶尔弗顿·巴里夫人

丢人现眼！他没有什么可辩解的！一个有妇之夫！

布卢姆

这些人哪。我的意思是拍打拍打而已。热辣辣的一片红，可又不至于流血。文雅地用桦木条抽打几下，还能促进血液循环哩。

默雯·塔尔博伊贵妇人

（嘲笑）咦，真的吗，我的好人儿？那么，当着神圣的天主发誓，我会吓掉你的小命的。我说话算话，准让你挨到一顿最残酷的鞭打。你已经把沉睡在我天性中的那只母老虎激怒了。

1　这里是严加惩罚意。杰克·拉坦曾打赌说，他要从莫里斯敦一路跳舞跳到都柏林，一英浪（英国长度单位，八分之一英里）换一下舞步。莫里斯敦距都柏林有二十几英里。

贝林厄姆夫人

（咬牙切齿地摇晃着围巾和带柄单眼镜）亲爱的哈纳，让他尝尝滋味。给他块生姜[1]。用九尾鞭把这杂种狗抽打个半死。把他阉割了。把他劈成八块儿。

布卢姆

（浑身发抖，缩作一团，卑躬屈膝地双手合十）噢，好冷啊！噢，我一个劲儿地打哆嗦！那是因为您美得像天仙似的。忘掉吧，宽恕吧。这都是天命[2]啊。请饶恕我这一次。（他伸过另一边面颊。）

耶尔弗顿·巴里夫人

（严峻地）塔尔博伊夫人，绝不能饶恕他！应该痛打他一顿！

默雯·塔尔博伊贵妇人

（气势汹汹地解开长手套的纽扣）凭什么宽恕他。狗畜生，而且生下来就是这副德行！他居然敢向我求爱！我要在大街上把他打得黑一块蓝一块的。把踢马刺上的齿轮刺进他的肉里。人人都晓得他是个王八。（她凶猛地凌空甩着猎鞭。）马上扒下他的裤子！过来，你这家伙！快点儿！准备好了吗？

布卢姆

（浑身发抖，开始照她的话做）今天天气还挺暖和。

（鬈发的戴维·斯蒂芬斯跟一群赤足报童一道走过去。）

1　指马贩子把生姜塞在萎靡不振的马匹尾巴底下，使它显得精神抖擞。
2　天命，原文为土耳其语。

戴维·斯蒂芬斯

《圣心使者》和《电讯晚报》，附有圣帕特里克节日的增刊，上面刊登了都柏林所有那些王八们的地址。

（披着金色斗篷的教长——教堂蒙席奥汉龙举起大理石座钟给众人看。康罗伊神父和耶稣会的约翰·休斯神父低垂着头。）

时钟

（钟门启开。）

咕咕。

咕咕。

咕咕。

（传来床架上的黄铜环丁零当啷的响声。）

铜环

咭咯甲咯。咭嘎咭嘎。咭咯甲咯[1]。

（雾做成的镶板急剧地向后滚去，陪审员席上突然出现了一张张的脸：戴大礼帽的首席陪审员马丁·坎宁翰、杰克·鲍尔、西蒙·迪达勒斯、汤姆·克南、内德·兰伯特、约翰·亨利·门顿、迈尔斯·克劳福德、利内翰、帕迪·伦纳德、大鼻子弗林、麦科伊以及一无名氏的毫无特征的脸。）

无名氏

光着屁股骑裸马。按照年龄规定的负载重量。混蛋。他把她骗到了手。

陪审员们

（一起朝着声音转过头去）真的吗？

1　这是阿拉伯与地中海一带的俚语，“性交”的音译。

无名氏

（咆哮）还撅起屁股来。我敢打赌，以一百先令博五先令。

陪审员们

（一起低下头去表示同意）我们大多认为大概是这么回事。

巡警甲

这家伙是个嫌疑犯。另一个姑娘的辫子给铰掉了[1]。通缉杀人犯杰克[2]。悬奖一千英镑。

巡警乙

（畏惧，低语）还穿着黑衣服。是个一夫多妻主义者。无政府主义者。

庭役

（大声地）没有固定地址的利奥波德·布卢姆是个臭名昭著的使用炸药的盗匪，他还是伪造文书者、重婚犯、猥亵者，又是个王八。他有损都柏林市民的公益。如今在本巡回法庭陪审团面前，经庭长阁下……

（都柏林市记录法官、弗雷德里克·福基纳爵士阁下，身穿灰白石色袍子，蓄着石像般的胡须，从法官席上站起来。他双臂捧着雨伞状的权杖。前额上直挺挺地长出一双摩西那样的公羊角。）

记录法官

本法官将断然废止这种贩卖白奴的活动，以使都柏林免遭可憎的蠹虫之危害。真是令人发指！（他戴上黑帽子[3]。）行政司法副长官先生，把站在被告席的这个家伙押下去，关进蒙乔伊监狱里，听候国王陛下的

1　辫子给铰掉，指失去贞操。

2　杀人犯杰克是一个英国凶手的绰号。一八八八年他在伦敦杀害了多名妓女。

3　英国法官在宣布死刑时，照例戴上黑帽子。

圣旨。然后把他绞死，要做到万无一失。愿天主大发慈悲，保佑你的灵魂。把他带走。

（一顶黑色头盖帽扣到布卢姆头上。行政司法副长官高个儿约翰·范宁出现了，他吸着一支刺鼻的亨利·克莱。）

高个儿约翰·范宁

（脸色阴沉，用洪亮、圆润的嗓音说）谁来绞死加略人犹大？

（高级理发师霍·朗博尔德穿着血红色紧身皮背心，系着鞣皮工人的围裙，肩上扛着盘成一圈的绳子，爬上绞刑架。腰带上插着救生用具和一根满是钉子的大头棒。他使劲搓着那双因戴着金属制关节保护套而隆起的手。）

朗博尔德

（用令人发悚的亲昵语气对记录法官说）陛下，敝人是绞刑吏哈利，默西河的凶神。每绞死一名，酬金五畿尼。脖子不断不要钱。

（乔治教堂的钟缓慢地响着，铁在黑暗中轰鸣着。）

众钟

叮当！叮当！！

布卢姆

（绝望地）等一等。住手。这是一场骗局。发发善心。我瞧见了。清白无辜。姑娘给关在猴圈里。动物园。淫猥的黑猩猩。（上气不接下气地）骨盆。姑娘天真地羞红了脸，使我浑身瘫软。（激动不已）我离开了那地方。（转向群众中的一个人，哀求地）海因斯，我能跟你说句话吗？你认得我。那三先令，你就留下吧。假若你还想多要一点的话……

海因斯

（冷漠地）我和你素不相识。

巡警乙

（指着一个角落）炸弹在这儿哪。

巡警甲

一颗可怕的定时炸弹。

布卢姆

不，不。那是只猪脚。我参加葬礼去了。

巡警甲

（抄起警棍）你撒谎！

（猎兔狗抬起鼻子尖儿，露出帕狄·迪格纳穆那张患坏血症的灰脸。他已经吃得一干二净。他吐出一股像是吃了腐肉般的臭气。他长得个头和形状都跟人一样了。那身猎獾狗的黑褐色毛皮成为褐色尸衣。一双绿眼睛杀气腾腾地闪着光。半截耳朵、整个鼻子和双手的大拇指都被食尸鬼吃掉了。）

帕狄·迪格纳穆

（瓮声瓮气地）可不是嘛。是我的葬礼。菲纽肯大夫给开了死亡诊断书。我是因病自然死亡的。

（他把那张残缺不全的死灰般的脸转向月亮，忧伤地吠着。）

布卢姆

（昂然自得地）你们听见了吗？

帕狄·迪格纳穆

布卢姆，我是帕狄·迪格纳穆的鬼魂。听着，听着，啊，听着！

布卢姆

这是以扫的声音。

巡警乙

（画十字）这怎么可能呢？

巡警甲

一便士一本的《要理问答》里可没有。

帕狄·迪格纳穆

是转生。亡灵。

一个嗓音

哦，别转文啦！

帕狄·迪格纳穆

（诚挚地）我曾经是约·亨·门顿的雇员，他是律师，负责办理宣誓和宣誓书事务，住在巴切勒步道二十七号。如今我因心壁肥大而死了。时运不济啊。我那可怜的老婆可遭了殃。她怎样忍受着这一切呢？可别让她挨近那瓶雪利酒。（他四下里打量着。）给我一盏灯。我得满足一下动物的欲望。那脱脂奶不合我的口味。

（公墓管理员约翰·奥康内尔那魁梧的身姿出现了。他手持一串系了黑纱的钥匙。站在他身边的是教诲师科菲神父，肚子鼓得像只癞蛤蟆，歪脖儿，身穿白色法衣，头戴印花布夜帽，昏昏欲睡地拄着一根用罂粟编成的手杖。）

科菲神父

（打个呵欠，用阴郁的嗄声吟诵）呐咪内。雅各。尔饼干[1]。阿门。

约翰·奥康内尔

（用喇叭筒像吹雾中警报般大声喊叫）已故迪格纳穆·帕特里克.T。

帕狄·迪格纳穆

（尖起耳朵，畏畏缩缩地）陪音[2]。（挣扎着向前移动，将一只耳朵贴在地面上）是我主人的声音[3]！

约翰·奥康内尔

埋葬许可证死亡第八万五千号。第十七墓区。钥匙议院。第一〇一号地域。

（帕狄·迪格纳穆一边沉思默想，一边直挺挺地翘着尾巴尖儿，竖起耳朵，显然在使劲地倾听着。）

帕狄·迪格纳穆

祈求他的灵魂获得永安。

（他沿着地下堆煤场的抛煤口像虫子一般慢慢地向前蠕动，系着褐衣的带子从卵石上拖过去，喳喳作响。一只胖墩墩的老鼠爷爷趔趔趄趄地跟在后面。它长着一双蘑菇般的乌龟爪子和灰色甲壳。从地底下传来迪格纳穆那闷哑的呻吟声："迪格纳穆已死，并已入葬了。"汤姆·罗赤福特身穿深红色背心和马裤，头戴便帽，从他那有两根圆柱的机器里跳出来。）

1　呐咪内，参看第148页注释4。下面，神父吟诵的是"Dominus vobiscum"（主与尔偕焉），布卢姆却听成是"Jacobs. Vobiscuibs"。"Vos"（尔等）为拉丁文。"Biscuits"（饼干）为英语。

2　一般的乐音都是复音，一个复音中，除去基音（频率最低的纯音）外，所有其余的纯音均是陪音（也作泛音）。

3　胜利牌留声机的商标是蹲坐在留声机旁倾听音乐的一只狗，旁边写着："他主人的声音。"

汤姆·罗赤福特

（一手按着胸骨，深打一躬）那是吕便·杰。我得从他手里搞到一枚两先令银币。（他死死地盯着检修口。）轮到我啦。跟我去卡洛[1]。

（他就像是一条鲁莽的鲑鱼一般纵身跳到空中，被吸入抛煤口。圆柱上的两个圆盘晃了晃，宛如一双眼睛。显示出一对零字。一切都消失了。布卢姆拖着沉重的脚步蹚着污水继续向前走。众吻在尘雾的空隙间，吱吱响着。传来了钢琴声。他在一座点了灯的房舍前停下脚步，倾听着。众吻从它们藏匿的地方展翼飞出，在他周围翱翔，啁哳着，啾唧着，颤颤巍巍地唱着。）

众吻

（颤巍巍地唱着）利奥！（啁哳着）黏糊糊，舔啊舔，腻得得，吧唧唧，跟利奥！（啾唧着）咕咕咕！真好吃，吱吱吱！（颤巍巍地唱着）大呀大！转啊转！利奥波波德！（啁哳着）利奥利！（颤巍巍地唱着）噢，利奥！

（众吻飒飒响着，在他的衣服上拍翅，飞落在上面，成为锃亮得令人眼花缭乱的斑点，化为银光闪闪的圆形金属小饰片。）

布卢姆

准是男人弹的。悲哀的曲子。教堂音乐哩。兴许就在这儿。

（年轻妓女佐伊·希金斯身穿钉有三颗青铜纽扣的蔚蓝色宽松套衫，脖颈上系了一条长长的黑色天鹅绒细带。她点点头，轻盈飞快地跑下台阶，勾引他。）

佐伊

你在找什么人吗？他正在里面跟他的朋友在一道哪。

1　卡洛是爱尔兰伦斯特省一郡，其首府也名卡洛。《跟我去卡洛》是都柏林人帕特里克·麦考尔所作的一首歌曲，颂扬爱尔兰民族英雄费伊·麦克休·奥伯恩（1544—1597）。

布卢姆

这里是麦克太太家吗?

佐伊

不，她住八十一号。这里是科恩太太家。你走得越远，可能越倒霉。斯利珀斯莱珀老妈妈。（亲昵地）今儿晚上她自个儿在跟兽医搞着哪。他就是那个向她透露消息的人，告诉她哪些马会获胜，还接济她儿子在牛津读书。打烊也照样接客。可是今天她并不走运。（觉得蹊跷地）你该不是他爹吧?

布卢姆

我可不是!

佐伊

你们两个人都穿黑衣服哩。今儿晚上小耗子儿痒痒吗?

（他的皮肤敏锐地感觉出她的指尖儿挨近了。一只手沿着他的左边大腿滑动。）

佐伊

球球儿好吗?

布卢姆

在另一边。可怪啦，我的长在右边儿。想必分量更重一些。我的裁缝梅西雅斯说，每一百万人当中才有一个。

佐伊

（猛地大吃一惊）你患了硬下疳啦。

布卢姆

不会吧。

佐伊

我摸出来啦。

（她把手滑进他左边的裤兜，拽出一个又硬又黑、干瘪了的土豆。她紧闭着湿润的嘴唇，打量着土豆和布卢姆。）

布卢姆

是个护身符。传家宝。

佐伊

是给佐伊的吧？留作纪念？我对你多好哇，呃？

（她贪婪地把土豆塞进自己的衣兜，挽住他的臂，柔情缱绻地搂抱着他。他不自在地泛着微笑。东方音乐徐徐奏起，一曲接一曲。他凝视着她那双眼圈涂得黑黑的、像黄褐色水晶般的眼睛。他的微笑变得柔和了。）

佐伊

下次你就是熟客了。

布卢姆

（哀切地）我只要跟可爱的羚羊亲热那么一回，我就永远也不会……

（一群羚羊跳跳蹦蹦，在山上吃着草。附近有几个湖泊。沿着湖畔是一溜杉树丛的黑色阴影。升起一股芳香，树脂发出生发剂般的浓郁气味。东方，蔚蓝的苍穹燃烧着，青铜色的鹰群划破天空，展翅飞去。下面横卧着女都[1]，赤裸，白皙，纹丝不动，清凉，呈现着豪华气派。淡红色玫瑰丛中，喷泉淙淙响着。巨大的玫瑰咕哝着深红色葡萄的事。耻辱、肉欲与血液之酒，奇妙地私

1　威廉·布莱克曾在长诗《四天神》中说耶路撒冷“自天而降，既是一座城市，又是一个女人”。

语着，淌了出来。）

佐伊

（她那后宫女奴般的嘴唇上，令人腻味地涂满了猪油与玫瑰香水调成的软膏，配合着音乐，声调平板地低语。）

耶路撒冷的女子们哪，我虽然黝黑，却秀美[1]。

布卢姆

（神魂颠倒）从你的发音，我想你的家庭出身必然不错。

佐伊

我心里想些什么，你能知道吗？

（她用镶金小牙轻轻地咬他的耳朵，朝他喷着浓郁的烂蒜气息。那簇玫瑰花分裂开来，露出历代国王的金基和他们那朽骨。）

布卢姆

（犹豫了一下，笨拙地扎煞着手，机械地爱抚她的右乳房）你是个都柏林姑娘吗？

佐伊

（灵巧地握住一根散发，将它和挽起来的头发拢在一起）用不着担心。我是英国人。你有烟卷儿吗？

布卢姆

（继续爱抚着）我难得抽烟卷儿，亲爱的，偶尔倒吸根雪茄烟。哄孩子玩的。（好色地）嘴里与其叼那臭烟草卷成的圆筒，不如派上更好的用场。

---

1 “耶路……美”，原文为希伯来文，出自《雅歌》第1首第9节。

佐伊

接下去！用它发表一通政见演说吧。

布卢姆

（身穿工人的灯心线工装裤和黑色羊毛衫，系着一条飘扬的红领带，头戴阿帕切[1]式便帽。）人类是不可救药的。沃尔特·雷利爵士从新大陆带回了土豆和烟草。前者能够借吸收作用消灭恶疫，后者毒害耳朵、眼睛、心脏、记忆力、意志力、理解力，它毒害一切。也就是说，他带回了毒药，这比我忘记了名字的带回食品来的另一位要早一百年。自杀。谎言。一切我们都习以为常。喏，瞧瞧我们的公共生活吧！

（从远处的尖塔传来了午夜钟声。）

钟声

回来吧，利奥波德！都柏林的市长大人！

布卢姆

（身穿高级市政官的长袍，挂着链子）阿伦码头、英斯码头、圆堂、蒙乔伊和北船坞的选民们，我认为应该从牲畜市场铺设一条电车道，一直通到河边。这是未来的音乐。是敝人提出的施政方案。谁能获得好处[2]？然而我们这几位搭乘金融界幽灵船的冒险家范德狄肯们[3]……

一个选民

为我们未来的总督九呼万岁！

1　阿帕切是北美西北部印第安人。

2　原文为拉丁文。

3　范德狄肯是一艘名叫“漂泊的荷兰人”的幽灵船的船长。由于触犯了神明，该船注定永远在海上漂泊。“金融界”与“冒险家”则是把这位船长和美国航运与铁路巨头科尼利厄斯·范德比尔特（1794—1877）扯到一起。科·范德比尔特及其后代被叫作“冒险的金融家”。

（火炬游行队伍中的北极光跳跃着。）

持火炬者

万岁！

（几位大名鼎鼎的议员、本市大亨以及市民们与布卢姆握手，向他祝贺。曾经连任三届都柏林市长的蒂莫西·哈林顿，身穿市长的猩红色袍子，胸佩金链，系着白丝领带，仪表堂堂，与临时代理洛坎·舍洛克参议员攀谈着。二人频频点头，表示已谈妥。）

哈林顿前市长

（身穿猩红袍子，手执权杖，佩戴市长的金链，系着白丝大领带）

高级市政官利奥·布卢姆爵士的演说词将付梓，费用由地方纳税者支付。他出生的那所房子用纪念牌装饰起来。科克街尽头的那条原名考·帕勒的通道，今后将改名为布卢姆大街。

参议员洛坎·舍洛克

全场一致通过。

布卢姆

（充满激情地）这些飞行的荷兰人或撒谎的荷兰人，当他们斜倚在布置一新的船尾楼甲板上掷骰子时，他们在乎什么呢？机器是他们的口号，他们的非分之想，他们的万应妙丹。那是节省劳力的设备，是褫夺者，是妖精，是为了互相残杀而制造出来的怪物，是根据一群资本家的欲望，用我们所出售的劳动生产出来的可怕的妖怪。穷人在挨饿。他们却饲养着高贵的牡山鹿，沉溺在目光短浅的虚饰中，利用他们的财富和权势，对庄稼人也罢，鹧鸪也罢，胡乱射杀。然而他们的海盗统治已垮台，永远地，永远地，永……

（经久不息的掌声。五彩缤纷的饰柱、五月柱和节日的牌楼拔地而起。街上张挂起写有“十万个欢迎”和“以色列王多么美好”[1]字样的幡。所有的窗口都簇拥着看热闹的人，大多是妇女。沿途，都柏林近卫步兵连队、苏格兰边防近卫军、卡梅伦高原连队以及威尔士步兵连队的士兵们，以立正的姿势排列着，挡住群众。高中的男生们蹲在街灯柱、电线杆、窗口、檐口檐槽、烟囱顶管、栏杆和排水管上，又是吹口哨，又是欢呼。出现了云柱[2]。远处传来鼓笛队演奏《我们的一切誓约》的声音。先遣队举着帝国的鹰徽，旗帜随风飘扬，摇着东方的棕榈叶，用黄金与象牙装饰起来的教皇旗帜高高耸起，周围是一面面细长的三角形市旗。队伍的头排出现了，领先的是身穿棋盘花样袍子的市政典礼官约翰·霍华德·巴涅尔，阿斯隆地方选出来的议员兼阿尔斯特纹章院院长。跟在后面的是都柏林市市长阁下约瑟夫·哈钦森，科克市市长阁下，利默里克、戈尔韦、斯莱戈和沃特福德等市的市长阁下，二十八位爱尔兰贵族代表[3]，印度的达官贵人们，西班牙的大公们，佩戴着宝座饰布的印度大君，都柏林首都消防队，按照资财顺序排列的一群财界圣徒，唐郡兼康纳主教、全爱尔兰首席阿马大主教——红衣主教迈克尔·洛格阁下，全爱尔兰首席阿马大主教——神学博士威廉·亚历山大阁下，犹太教教长、长老派教会大会主席，浸礼会、再浸礼会、卫理公会以及弟兄会首脑，还有公谊会的名誉干事。走在他们后面的是各种行会、同业工会和民团，打着飘扬的旗帜行进。其中包括桶匠、小鸟商人、水磨匠、报纸推销员、公证人、按摩师、葡萄酒商、疝带制造者、扫烟囱的，提炼猪油的、织波纹塔夫绸和府绸的，钉马掌的铁匠，意大利批发商，教堂装饰师，制造靴拔子的，殡仪事业经营人、

---

1 “十万个欢迎”，原文为爱尔兰语。“以色……好”，原文为希伯来文。这里把巴兰的预言“以色列王的帐篷多么美好”一句中的“的帐篷”省略了。

2 云柱，参看第205页注释2。下文中的《我们的一切誓约》，原文为希伯来文。这是犹太教徒在赎罪日前夕所吟咏的祷文题目。

3 一八〇〇年英格兰议会与爱尔兰议会合并，二十八位爱尔兰人被选入上议院，任终身制议员。

绸缎商、宝石商、推销员、制造软木塞的、火灾损失估价员、开洗染行的，从事出口用装瓶业的，毛皮商、印名片的，纹章图章雕刻师、屯马场的工役、金银经纪人、板球与射箭用具商、制造粗筛子的，鸡蛋土豆经销人、经售男袜内衣和针织品商人、手套商、自来水工程承包人。尾随于后的是侍寝官、黑仗侍卫、勋章院副院长、仪仗队队长、主马官、侍从长、纹章局局长，以及手持御剑、圣斯蒂芬铁制王冠、圣爵与《圣经》的侍从武官长。四名司号步兵吹信号。卫兵们答以欢迎的号角。没戴帽子的布卢姆出现在凯旋门下。他披着镶了白貂皮边的绯红天鹅绒斗篷，手执圣爱德华的权杖、象征王权的宝珠、有着鸽状装饰的王节和慈悲剑[1]。他骑着一匹乳白色的马，它甩着猩红色的长尾巴，鞍辔装点得十分华丽，马笼头是用金子制成的。狂热的兴奋。显贵的妇女们从阳台上掷下玫瑰花瓣。空气里弥漫着一片馨香气息。男人们喝彩。布卢姆的侍童们拿着山楂枝与鹪鹩枝[2]，在围观的人丛中跑来跑去。）

布卢姆的侍童们

鹪鹩啊，鹪鹩啊，
众鸟之王当推你；
圣斯蒂芬的节日，
你被缠于荆豆枝。

一个铁匠

（喃喃地）真了不起！原来这就是布卢姆？看上去还不到三十一岁哪！

1　慈悲剑是英王加冕仪式上所持的无尖剑，以表示仁慈。

2　每年在纪念圣斯蒂芬殉教的日子（12月26日），爱尔兰孩子手执缠了丝带的荆豆枝（他们假定丝带里面藏着鹪鹩的尸体），挨家挨户唱着："给我们一便士来埋葬鹪鹩。"

石板铺装工

呃，那就是遐迩闻名的布卢姆，世界上最伟大的改革家。向他脱帽致敬！

（众人摘帽。妇女们热切地交头接耳。）

一位女富豪

（阔气地）这个人多么了不起啊！

一位贵妇

（高贵地）他见识该有多么广！

一位女权运动者

（富于男子气概地）而且干了那么多！

一个装铃匠

一张典雅的脸！他有着一位思想家的前额。

（艳阳天[1]。太阳从西北方向光芒四射[2]。）

唐郡兼康纳主教

毫无疑问，这是我国领土的无比沉着强悍、有权有势的统治者，他集皇帝、大总统、国王、议长于一身。愿天主保佑利奥波德一世！

众人

愿天主保佑利奥波德一世！

1　原文是双关语，直译是：布卢姆的天气。

2　"太阳……射"，这里的太阳为爱尔兰自治的象征。参看第82页注释1及有关正文。

布卢姆

（身穿加冕服，披着紫斗篷，威风凛凛地对唐郡兼康纳主教）谢谢你，多少有些名气的阁下。

阿马大主教威廉

（系着紫色宽领带，头戴宽边铲形帽）陛下对爱尔兰及其属地进行审判的时候，会尽力慈悲为怀来施行法律吗？

布卢姆

（将右手放在睾丸上，宣誓。）愿造物主引导我如此行事。我发誓将这样去做。

阿马大主教迈克尔

（将瓦罐里的发油倒在布卢姆头上）我向你们宣布一桩大喜讯：我们有了一位刽子手[1]。利奥波德，帕特里克，安德鲁，大卫，乔治。现在我为你涂油！

（布卢姆披上一件金线织成的斗篷，戴上一枚红玉戒指。他拾级而上，站在即位的石台上。贵族代表们也戴上他们那二十八顶王冠。基督教堂、圣帕特里克教堂、乔治教堂与快乐的马拉海德响起一片祝福的钟声。麦拉斯义卖会的焰火从四面八方升上天空，构成辉煌灿烂的象征阴茎的图案。贵族们一个挨一个地走到跟前，屈膝表示敬意。）

贵族们

愿做您的臣民，全心全意捍卫您在地上的尊严。

（布卢姆举起右手，上面闪烁着科—依—诺尔钻石[2]。他的坐

1　原文为拉丁文。这里把向罗马人民宣布新教皇加冕时的语句中的“教皇”，改为“刽子手”。

2　科—依—诺尔是波斯语“山之光”的音译，系现存宝石中最古老的一颗椭圆形钻石。

骑嘶鸣着。周围立即万籁俱寂。架起洲际及行星际的无线电发报机，以接收信息。）

布卢姆

朕的臣民们！朕特此任命忠实的战马幸运的纽带为世袭首相[1]，并且宣布，今天就与前妻断绝往来，迎娶夜之光辉塞勒涅[2]公主为妻。

（布卢姆那位身份悬殊的前任配偶旋即被警察局的囚车押走。塞勒涅公主穿着月白色衣裳，头戴银色月牙儿，从一辆由两个巨人抬着的轿子里走下来。一阵暴风雨般的喝彩声。）

约翰·霍华德·巴涅尔

（举起王旗）卓越的布卢姆！我那遐迩闻名的兄长的继承人！

布卢姆

（拥抱约翰·霍华德·巴涅尔）约翰，由于你在我们共同的祖先所许下的土地——绿色的爱琳上，给朕以与国王般配的隆重欢迎。朕衷心感谢你的厚意。

（他被授予体现着宪章的荣誉市民权，呈给他的都柏林市钥匙交叉放在深红色的软垫上。他让大家看他穿的是绿袜子。）

汤姆·克南

陛下啊，您是当之无愧的。

布卢姆

二十年前的今天，我们在莱迪史密斯[3]击败了宿敌。我们的榴弹炮和

1　原文为拉丁文，罗马皇帝卡利古拉（12—41）确曾把他的爱马封为执政官。

2　塞勒涅是希腊神话中的月亮女神。

3　莱迪史密斯是南非纳塔尔省西部城镇。

轻回旋炮接连击中敌军阵地，给以重创。前进一英里半[1]！敌军冲过来了！一切都失去啦。投降吗？绝不！无论如何也要把他们击退！看哪！冲锋啊！我们的轻骑兵队扫荡普列文高地，一路呐喊着：忠诚的士兵[2]！把萨拉逊的炮兵杀得一个也不留。

《自由人报》排字工人工会

说得好！说得好！

约翰·怀斯·诺兰

放跑了詹姆斯·斯蒂芬斯的就是他。

慈善学校学童

真棒！

一个老居民

您是国家的光荣，老爷，不折不扣是这样。

卖苹果的老妪

他正是爱尔兰所需要的人。

布卢姆

亲爱的臣民们，一个新时代即将来临。朕布卢姆，老实告诉你们，它甚至就在我们眼前。是的，朕以布卢姆的名义发誓，不久你们就将进入未来的新爱尔兰的金都新布卢姆撒冷。

（来自爱尔兰各郡的三十二名工人，佩戴着玫瑰花饰，在营造业者德尔旺的指挥下，建筑起崭新的布卢姆撒冷。那是一座水

---

1 “前……半！”一语出自丁尼生的《轻骑旅》(1854）一诗的首句。
2 “忠诚的”，原文为拉丁文。“士兵”，原文为希伯来文。

晶屋顶的广厦，状如巨大的猪肾，内有四万间屋子。在扩建的过程中，曾拆毁了数座建筑物和纪念碑。政府官厅暂时迁移到铁道库房里。大批房屋被夷为平地。居民搬到用红笔标出利·布字样的桶里和箱子里。几名贫民从梯子上跌下来。挤满了忠实围观者的都柏林城墙的一部分坍塌下来。）

围观者们

（奄奄一息）行将咽气者向您致敬[1]。（他们死去。）

（一个穿棕色胶布雨衣的人从活板门里跳出来，用伸长了的手指指着布卢姆。）

穿胶布雨衣的人

他的话，你们一句也别信。这个人叫作利奥波德·明托施，是个臭名昭著的纵火犯。其实，他姓希金斯。

布卢姆

开枪打死他！像狗一样的基督教徒！管他什么明托施呢！

（一声炮响，身穿胶布雨衣的人不见踪影了。布卢姆抡起权杖将一株株罂粟砍倒。有人报告说，众多劲敌、牲畜业者、下院议员、常务委员会委员当即死亡了。布卢姆的卫兵们散发濯足节的贫民抚恤金[2]、纪念章、面包和鱼、戒酒会员徽章、昂贵的亨利·克莱雪茄、煮汤用的免费牛骨、装在密封的信封里并捆着金线的橡胶预防用具、菠萝味硬糖果、黄油糖块、折叠成三角帽形的情书、成衣、一碗碗裹有奶油面糊的烤牛排、一瓶瓶杰耶斯溶液、购货券、四十天大赦、伪币、奶场饲养的猪做成的香肠、剧场免票、电车季票、匈牙利皇家特许彩票、一便士食堂的餐券、

1　原文为拉丁文。这是古罗马时代参加角斗者在比赛开始前时向皇帝致的辞。

2　为了纪念耶稣为门徒洗脚一事，每年在复活节前的星期四，英王向贫民施舍抚恤金。

十二卷世界最劣书的廉价版：《法国佬与德国佬》（政治学）、《怎样育婴》（幼儿学）、《七先令六便士的菜肴五十种》（烹饪学）、《耶稣是太阳神话吗？》（史学）、《止痛法》（医学）、《供幼儿阅读的宇宙概略》（宇宙学）、《福临笑家门》（乐天生活法）、《广告兜揽员便览》（报业学）、《助产妇情书》（情欲学）、《宇宙空间人名录》（星辰学）、《动人心弦的歌曲》（旋律学）、《省小钱发财法》（吝啬学）。全场争先恐后地一拥而上。妇女们往前挤，以便触摸布卢姆那件袍子的下摆。格温多林·杜比达特小姐推开人群，跳上他的马，在掌声雷动中吻他的双颊。用镁光灯为他们拍摄了照片。婴儿们与乳儿们被高高举起。）

妇女们

小爹[1]！小爹！

婴儿们与乳儿们

拍拍手等待，波尔迪回家来，
兜里的点心，只给利奥吃。
（布卢姆弯下身，轻轻地戳博德曼娃娃的肚皮。）

娃娃博德曼

（打嗝儿，凝乳从他嘴里往外冒）哈加加加。

布卢姆

（跟一个双目失明的小伙子握手。）你比我的兄弟还亲！（伸出双臂搂着一对老夫妻的肩膀。）亲爱的老朋友们！（他与衣衫褴褛的少男少女玩抢壁角游戏。）不在！猫儿！（他推着双胞胎所坐的那辆婴儿车。）嘀嗒乖乖俩，你们穿鞋吗？（他变起魔术，从嘴里拽出红、橙、黄、绿、

1　小爹是传统上农民对沙皇的称呼。

蓝、靛青以及紫罗兰色的丝帕。）罗伊格比夫。每秒三十二英尺。（他安慰一位寡妇。）独居使心灵更加年轻。（他以怪诞的滑稽动作跳起苏格兰高地舞。）跳呀，伙计们！（他吻一位瘫痪老兵的褥疮。）光荣负伤！（他把一位胖警察绊了一跤。）万事休矣：完蛋。万事休矣：完蛋。（他跟一个羞红了脸的女侍咬耳朵，和善地微笑着。）啊，淘气，淘气！（他啃着农民莫里斯·巴特里递给他的一个生芜菁。）不错！好极啦！（他拒绝接受记者约瑟夫·海因斯递过来的三先令。）我亲爱的伙计，这可不行！（他把上衣送给一个乞丐。）请你收下。（他参加上了年岁的男女瘫子的爬行比赛。）来呀，小伙子们！向前爬呀，姑娘们！

市民

（感动得说不出话来，用鲜绿色围巾擦拭眼泪。）愿好天主保佑他！

（山羊角制号角[1]响了，要人们保持肃静。升起了锡安旗[2]。）

布卢姆

（威风凛凛地脱下大氅，露出肥胖的身躯。打开一卷纸，庄严地朗读。）阿列夫、贝特、吉梅尔、达列特[3]，《哈加达》书[4]，门柱圣卷，合礼[5]，赎罪日[6]，再献圣殿节[7]，罗施·哈沙纳[8]，圣约之子会[9]，受

1 这是犹太教举行仪式时用的乐器，音译为“绍法”。

2 锡安旗象征犹太人的选民身份。

3 “阿列夫”至“达列特”是头四个希伯来字母的音译。

4 《哈加达》，参看第175页有关正文。

5 合礼，犹太教用语，一般指食物符合饮食禁忌要求。但也用于其他物件，如礼拜用的号角等。

6 赎罪日，参看第217页注释4。

7 再献圣殿节是犹太教节日（在公历12月），纪念公元前一六五年，把耶路撒冷第二圣殿重新献给上帝。

8 罗施·哈沙纳是犹太新年（在公历9、10月间）。

9 圣约之子会是历史最悠久而规模最大的犹太人服务性组织。在世界许多国家设有男、女和青年组织。

诫礼，无酵饼[1]，德系犹太人，梅殊加[2]，带流苏的围巾[3]。

（市政府副书记官吉米·亨利宣读一篇正式译文。）

吉米·亨利

债权法院现在开庭。最宽宏大量的陛下即将举行户外审判。免费提供医学和法律方面的咨询。解答模棱两可的词句以及其他问题。竭诚欢迎大家光临。乐园历元年于我们忠实的王都都柏林举行。

帕迪·伦纳德

我的地方税和国税怎么办？

布卢姆

朋友，就交纳吧。

帕迪·伦纳德

谢谢您。

大鼻子弗林

我能用火灾保险证书做抵押吗？

布卢姆

（冷漠地）各位先生，请注意，由于你们的侵权行为，应交保释金五英镑，限期六个月。

1　受诫礼是犹太教各派普遍实行的典礼。男子满十三岁经过此礼就必须谨守一切诫命。无酵饼原是为了纪念犹太人离开埃及的日子而吃的未发酵的饼。

2　梅殊加是依地语（二十世纪以前，德系犹太人广泛使用的语言），参看第 228 页注释 1。

3　这是犹太男子做早祷时所披的围巾。

杰·杰·奥莫洛伊

我说过他是个但尼尔[1]吗？不！他简直就是彼得·奥布赖恩。

大鼻子弗林

这五英镑，我打哪儿支取呢？

精明鬼伯克

膀胱有毛病怎么办？

布卢姆

稀硝盐酸，二十滴。

酊剂混和催吐剂，五滴。

蒲公英精液[2]，三十滴。

兑上蒸馏水，每日三次[3]。

克里斯·卡利南

毕宿五的周年视差是多少？

布卢姆

克里斯，很高兴能见到你。吉11。

乔·海因斯

你为什么不穿制服？

1　但尼尔是以色列人的著名法官。夏洛克和葛莱西安诺都曾把鲍西娅比作但尼尔，见《威尼斯商人》第4幕第1场。

2　此处的“蒲公英精液”与前文的“酊剂混和催吐剂”“稀硝盐酸”原文均为拉丁文。

3　原文为拉丁文。

布卢姆

当我那道德崇高的祖先身穿奥地利暴君的制服被关在潮湿的牢房里的时候，你的祖先哪儿去啦？

本·多拉德

三色堇？

布卢姆

装饰（美化）郊区的花园。

本·多拉德

双胞胎到来的时候呢？

布卢姆

父亲（老子、爹）开始思索[1]。

拉里·奥罗克

为我新开的这家酒吧发个八天的许可证[2]吧。利奥爵士，还记得我吧？那时你们住在七号来着，我正要给你太太送一打烈性黑啤酒哩。

布卢姆

（冷冰冰地）你的记性比我的好。可布卢姆太太是从来不接受礼物的。

克罗夫顿

这真像是过节。

1　西欧民间迷信，谓双胞胎乃两个父亲所生。
2　酒吧根据所领执照，每周供应六天或七天酒。

布卢姆

（庄严地）你说这是过节。我说这是领圣体。

亚历山大·凯斯

我们什么时候才能有自己的钥匙议院呢？

布卢姆

我主张整顿本市的风纪，推行简明浅显的《十诫》。让新的世界取代旧的。犹太教徒、伊斯兰教徒与异教徒都联合起来。每一个大自然之子都将领到三英亩土地和一头母牛。豪华的殡仪汽车。强制万民从事体力劳动。所有的公园统统昼夜向公众开放。电动洗盘机。一切肺病、精神病、战争与行乞必须立即绝迹。普遍大赦。每周举行一次准许戴假面具的狂欢会。一律发奖金。推行世界语以促进普天之下的博爱。再也不要酒吧间食客和以治水肿病为幌子来行骗的家伙们的那种爱国主义了。自由货币，豁免房地租，自由恋爱以及自由世俗国家中的一所自由世俗教会。

奥马登·伯克

一个自由鸡窝里的自由狐狸。

戴维·伯恩

（打哈欠）啊——哧！

布卢姆

混合人种和混合通婚。

利内翰

男女混浴怎样？

（布卢姆向身边的人们阐述了自己的社会改革计划。众人一致表示同意。基尔代尔街博物馆的管理员出现了。他拉着一辆排子车，上面摇摇晃晃地载着几具裸体女神雕像：美臀维纳斯、肉欲维纳斯、轮回维纳斯，还有九位也是裸体的新缪斯女神石膏像。她们司的是：商业、歌剧、恋爱、广告、工业、言论自由、多重投票权、烹调法、家庭卫生法、海边音乐会、无痛分娩法和通俗天文学。）

法利神父

他是个主教派教友，一个不可知论者，一个企图推翻我们神圣信仰的无教义者。

赖尔登老太太

（撕碎她的遗嘱）我对你失望啦！你这坏蛋！

葛罗甘老婆婆

（脱掉一只长靴子朝布卢姆丢去）你这畜生！可恶的家伙！

大鼻子弗林

给咱们唱个小曲儿吧，布卢姆。唱一支古老甜蜜的情歌。

布卢姆

（欢乐诙谐地逗弄着）

我发誓不离开她，永永远远，

原来她好残忍，把我欺骗，

我的吐啦噜，吐啦噜，吐啦噜。

“独脚”霍罗翰

好样的老布卢姆！不管谁也比不过他。

帕迪·伦纳德

爱尔兰戏子！

布卢姆

哪一出铁道歌剧像一条直布罗陀的电车线路？并排的铸铁。（笑声。）

利内翰

剽窃家！打倒布卢姆！

蒙面纱的女巫

（狂热地）我是布卢姆的信徒，并且以此为荣。不管怎样，我相信他。他是天底下最逗的人，我情愿为他献出自己的生命。

布卢姆

（朝围观者眨眼）我敢断定她准是个漂亮姑娘。

西奥多·普里福伊

（头戴钓鱼帽，身穿防水布茄克）他利用机械的设计来阻挠大自然神圣肇画的实现。

蒙面纱的女巫

（用短刀刺胸脯）我英雄的天神啊！（死去。）

（众多最富于魅力和狂热的妇女也纷纷自杀。有用匕首刺胸口的，有自溺的，服氢氰酸、附子或砒霜的，割动脉的，绝食的，纵身投到蒸汽碾路机轮下的，从纳尔逊纪念柱顶上跳进吉尼斯啤酒公司那巨大酒桶里的，还有把头伸到煤气灶底下气绝身死，用时髦的袜带自缢，或从各层楼窗口跳下的。）

亚历山大·约·道维

（语气激烈地）基督教徒们和反布卢姆主义者，这个名叫布卢姆的家伙是从地狱的底层来的，丢尽了基督教徒的脸。门德斯这只臭山羊[1]从小就是个恶魔似的浪子，露出早熟幼儿的淫荡症状，令人联想到低地各镇[2]。而且他竟跟一个放荡的老妪勾勾搭搭。这个厚颜无耻、假冒为善的恶棍，简直就是《启示录》里提到的那只白牛。他是绯红女[3]的崇拜者。他鼻孔里呼吸的净是阴谋诡计。火刑柱和烧滚了的油锅正是他的去处。凯列班！

群氓

用私刑拷打他！把他活活烧死！他跟巴涅尔一样坏。福克斯先生[4]！

（葛罗甘老婆婆把长靴朝布卢姆丢去。上多尔塞特街上方和下方的几家店的老板朝他丢一些廉价的或根本不值一文的物品：火腿骨头、炼乳罐头、卖不出去的卷心菜、陈面包、羊尾和肥猪肉碎片。）

布卢姆

（兴奋地）这简直是中了暑又在发疯了，又开起可怕的玩笑来了。对上苍发誓，我就像没有被太阳照射过的白雪一般皎洁。那是我哥哥亨利干的。我们两个人长得一模一样。他住在海豚仓巷二号。谣言这条毒蛇对我进行了恶意中伤。各位同胞，索然无味的故事犹如没有马的公共马车。我提请我的老友、性病专家玛拉基·穆利根博士对我从医学上做出鉴定。

1 门德斯山羊是埃及神话中的三种圣兽之一，象征生殖力。
2 低地各镇，指所多玛和蛾摩拉，参看第87页注释3。
3 新教徒骂罗马天主教会为绯红女。
4 福克斯是巴涅尔在私信中用过的一个假名字。

穆利根博士

（身着驾车穿的皮茄克，额上戴着一副绿色防尘眼镜）布卢姆博士是个变态的阴阳人。他是新近从优斯塔斯大夫为精神失常的男病人所设的私立精神病院里逃出来的。他有着遗传性癫痫病征象，这是纵欲所导致的。曾经发现他的祖先有着象皮病迹象。慢性下体裸露狂的征候十分明显。还潜伏着灵巧地使用双手的现象。由于手淫，他过早地谢了顶，结果形成了乖僻的梦想家气质。他是个改邪归正的放荡者，装有金牙。家庭矛盾使他暂时丧失了记忆。我相信他是个并没有犯多大罪，却受了很大冤屈的人。我曾对他做过全面检查，对肛门、腋窝、胸部和阴部的五千四百二十七根毛做了酸性试验。我敢断言，他是个处女膜未受损的童贞女[1]。

（布卢姆用高级礼帽遮住自己的生殖器。）

马登大夫

泌尿生殖器高度畸形也很显著。为了裨益后世，我建议把患部用酒精浸泡，保存在国立畸形博物馆里。

克罗瑟斯大夫

我检查了患者的尿。含有硬蛋白。唾液的分泌不充分，膝反射是间歇性的。

潘趣·科斯特洛大夫

犹太人气味[2]也挺显著。

1　原文为拉丁文。

2　犹太人气味，原文为拉丁文。下文中，迪克森所说的“阴性男人”一词出自犹太裔奥地利哲学家奥托·魏宁格（1880—1903）所著反犹太的《性和性格》(1903)。在此书中，他认为一切生物都是由不同比例的阳性元素和阴性元素结合而成，而犹太人则是阴性的、非道德性的。

迪克森大夫

（宣读健康诊断书）布卢姆先生是新型阴性男人的最佳典型。他的品行淳朴可爱。许多人认为他是个和蔼可亲的男子，和蔼可亲的人。整个说来，他挺古怪。从医学上看，他虽腼腆，但不低能。他曾经给改革派牧师保护协会的法庭委员写过一封措辞优美的信，堪称是一首诗，它把一切都解释得一清二楚。他简直是个绝对戒酒的人。我敢断言，他睡在稻草褥子上，吃的是最俭朴的食物——菜店里那冰凉的干豌豆。不论冬夏，穿的都是爱尔兰制造的马尾毛织的衬衫。每星期六鞭打自己一顿。我听说他曾经是格伦克里感化院里品行最坏的少年犯。据另一份报告，他还是个地地道道的遗腹子。我以人类的发声器官所发出过的最神圣的言辞，恳请对他宽大处理。他眼看就要生娃娃啦。

（全场骚动，一致表示同情。妇女们晕倒。一位美国富翁为布卢姆在街头募款。转眼之间就募到金币与银币、空白支票、钞票、宝石、债券、已到期的汇票、借据、结婚戒指、表链、小金盒、项链和手镯。）

布卢姆

噢，我多么想做妈妈呀。

桑顿太太

（身穿护士服）亲爱的，紧紧地搂住我。很快就结束了。紧紧地，亲爱的。

（布卢姆紧紧搂住她，并生下八个黄种和白种男娃。他们出现在铺了红地毯的楼梯上。装饰着珍贵花草的楼梯上。这八胞胎个个相貌英俊，有着贵重金属般的脸，身材匀称，衣着体面，举止端庄，能够流利地操五种现代语言，对各种艺术与科学饶有兴趣。每个人的名字都清晰地印在衬衫前襟上：金鼻、金指、金口、金手、银微笑、银本身、水银、全银[1]。他们当即被委以几国的重要公职，

1　金鼻，原文为意大利语；金口，原文为希腊语；金手，原文为法语；银本身，原文为德语；水银，原文为法语；全银，原文为希腊语。

诸如银行总裁、铁路运输经理、股份有限公司董事长、饭店联合组织的副主席。）

一个声音

布卢姆，你是救世主本·约瑟夫还是本·大卫？

布卢姆

（阴郁地）你说的是。

巴茨修士[1]

那么，就像查尔斯神父那样创造奇迹吧。

班塔姆·莱昂斯

你预言一下哪一匹马将在圣莱杰赛场上获胜。

（布卢姆在一张网上踱步。他用左耳遮住左眼，穿越几堵墙，爬上纳尔逊纪念柱，用眼睑钩住柱顶横梁，悬空吊在那里。他吃掉十二打牡蛎（连同外壳），治好了几名瘰疬患者，颦蹙起鼻子眼来模仿众多历史人物：贝肯斯菲尔德伯爵、拜伦勋爵、沃特·泰勒、埃及的摩西、摩西·迈蒙尼德、摩西·门德尔松、亨利·欧文、瑞普·凡·温克尔、科苏特、冉-雅克·卢梭、利奥波德·罗斯柴尔德男爵、鲁滨孙·克鲁索、夏洛克·福尔摩斯、巴斯德。他将两条腿同时朝不同的方向调换，吩咐潮水倒流，伸出小指，导致日食。）

罗马教皇的大使布利尼

（身穿教皇军的祖亚沃军服，披着钢制铠甲，包括胸甲、臂甲、护腿具、护胫具；蓄着亵渎神明的大胡子，头戴褐色纸制主

1　巴茨修士，参看第119页注释1。

教冠。）利奥波德的家谱如下[1]：摩西生挪亚，挪亚生尤尼克，尤尼克生奥哈罗汉，奥哈罗汉生古根海姆，古根海姆生阿根达斯，阿根达斯生内泰穆，内泰穆生勒·希尔施，勒·希尔施生耶书仑，耶书仑生麦凯，麦凯生奥斯特罗洛普斯基，奥斯特罗洛普斯基生斯梅尔多兹，斯梅尔多兹生韦斯，韦斯生施瓦茨，施瓦茨生阿德里安堡，阿德里安堡生阿兰胡埃斯，阿兰胡埃斯生卢维·劳森，卢维·劳森生以迦博多诺索，以迦博多诺索生奥唐奈·马格纳斯，奥唐奈·马格纳斯生克里斯特鲍默，克里斯特鲍默生本·迈默，本·迈默生达斯蒂·罗兹，达斯蒂·罗兹生本阿莫尔，本阿莫尔生琼斯－史密斯，琼斯－史密斯生萨沃楠奥维奇，萨沃楠奥维奇生贾斯珀斯通，贾斯珀斯通生万图尼耶姆，万图尼耶姆生松博特海伊[2]，松博特海伊生维拉格，维拉格生布卢姆，给他起名叫以马内利[3]。

一只死者的手[4]

（在墙上写着）布卢姆是个傻瓜。

克雷布

（土匪装束）你在基尔巴拉克后面的牛洞里干啥来着？

一个女娃

（摇着拨浪鼓）在巴利鲍桥下又干了些什么？

1 “利奥波德的家谱如下”，原文为拉丁文。

2 万图尼耶姆是法语“第二十一”的音译，也可以指纸牌中的二十一点。松博特海伊是匈牙利城镇，系布卢姆之父的出生地。

3 “给他起名叫”，原文为拉丁文。

4 在巴比伦王伯沙撒的宴会上，出现了一只人手，在王宫的墙上写下谁也不认得的字。但以理被请去，把字义解释给国王听。见《但以理书》。

冬青树

在魔鬼谷里呢?

布卢姆

(从前额一直涨红到臀部，左眼落下三滴泪)我那些往事，请不要去提啦。

被赶出去的爱尔兰房客们

(穿着紧身衣和短裤，手持顿尼溪集市上使用的那种橡树棒)用犀牛鞭抽他一顿!

(布卢姆长着一副驴耳朵[1]，交抱着胳膊，伸出两脚，坐在示众台上。他用口哨吹起《唐乔万尼》中的今晚同你[2]。阿尔坦的孤儿们手拉着手在他周围跳跳蹦蹦。狱门救济会[3]的姑娘们也手拉着手，朝相反的方向跳跳蹦蹦。)

阿尔坦的孤儿们

你是猪猡，你是脏狗!

娘儿们咋会爱上你!

狱门救济会的姑娘们

你若遇凯伊，

告诉他可以

喝茶时见你，

替我捎此语[4]。

---

1 在希腊神话中，以愚蠢知名的弥达斯王曾在比赛中判玛息阿获胜，输了的阿波罗就使他长出两只驴耳朵。

2 "今晚同你"，参看第257页注释2。

3 都柏林狱门救济会是个新教组织，旨在教育那些犯轻罪而刑满出狱的妇女和姑娘，并为她们在洗衣坊里找到就业机会。

4 这首诗的第一句(If you see Kay)含有"性交"(F. U. C. K)意，第三句(See you in tea)含有"女性阴部"(C. U. N. T)意。

霍恩布洛尔

（身罩祭披[1]，头戴猎帽，宣布说）他将为众人负罪，前往住在荒野里的恶魔阿撒泻勒[2]以及夜妖利利斯[3]那里。对，来自阿根达斯·内泰穆和属于含的土地麦西的人们，全都朝他扔石头，羞辱他。

（众人朝布卢姆做掷石状。许多真正的旅客的丧家之犬凑近他，羞辱他。马斯添斯基和西特伦穿着宽大长外套，耳后垂着长长的鬈发，走了过来。他们朝布卢姆摇着大胡子。）

马斯添斯基和西特伦

恶魔！伊斯特拉的莱姆兰[4]，伪救世主！阿布拉非亚[5]！叛教者！

（布卢姆的裁缝乔治·R. 梅西雅斯腋下夹个弯把熨斗出现，他出示一张账单。）

梅西雅斯

改一条裤子的工钱：十一先令。

布卢姆

（快快活活地搓着两只手）还是老样子。布卢姆一文不名！

（黑胡子叛徒吕便·杰·多德，坏心眼的牧羊人，将其子的溺尸扛在肩上，走近示众台跟前。）

吕便·杰·多德

（嗄声悄悄地说）事情败露了。奸细向警察告了密。一见到出租马车

1　原文为希伯来文，译音作“以弗得”。

2　阿撒泻勒是犹太教传说中的一个邪灵，象征污秽。犹太人古俗，赎罪日挑选一只公羊给阿撒泻勒，背负犹太人所犯的罪，为他们做替罪羊。

3　夜妖利利斯，参看第554页注释2。

4　阿谢尔·莱姆兰是一五〇二年出现在伊斯特拉（南斯拉夫的三角形半岛）的一个持异端邪说的犹太先知，自封为救世主本·约瑟夫。

5　亚伯拉罕·本·塞缪尔·阿布拉非亚（约1240—1291），西班牙的一个犹太人，自封为救世主。

立刻就给拦截住。

消防队

呜呜呜！

巴茨修士

（给布卢姆穿上一件黄袍，上面绣着色彩鲜明的火焰，并给他戴上一顶高尖帽。还在布卢姆的脖颈上挂起一口袋火药，把他交到市政当局手里，并且说：）赦免他的罪过。

（根据众人的要求，都柏林市消防队的迈尔斯中尉在布卢姆身上点了火。一片悲叹声。）

“市民”

谢天谢地！

布卢姆

（身穿标有I. H. S.[1]字样的无缝衣，直挺挺地站在火凤凰的火焰中）爱琳的女儿们啊！别为我哭泣。

（他向都柏林的新闻记者们出示自己身上烧灼的伤痕。爱琳的女子们身穿黑衣，手持巨大的祈祷书和点起的长蜡烛，跪下来祷告。）

爱琳的女儿们

布卢姆之腰子，为我等祈[2]。

浴槽之花，为我等祈。

门顿之导师，为我等祈。

1 I. H. S.，参看第116页注释2。

2 从这一行起，共十二行，均出自当天布卢姆所接触之事物。模仿天主教祷文的格式，上半句是神父念的，后半句是教徒的“回应”。

《自由人报》的广告兜揽员，为我等祈。

仁慈之共济会会员，为我等祈。

漂泊之肥皂，为我等祈。

《偷情的快乐》，为我等祈。

《无言之歌》，为我等祈。

市民之训斥者，为我等祈。

褶边之友，为我等祈。

最仁慈之产婆，为我等祈。

驱灾避邪之土豆，为我等祈。

（由文森特·奥布赖恩先生指挥的六百人的唱诗班，在约瑟夫·格林的风琴伴奏下，齐唱叠句《弥赛亚》中的哈利路亚叠句。布卢姆沉默下来，逐渐缩小，焦化了。）

佐伊

一直聊到脸上发黑吧。

布卢姆

（头戴一顶破旧帽子，帽带上插着一支陶制烟斗。脚蹬一双满是尘埃的生皮翻毛鞋，手执移民的红手绢包，拽着一口用稻草绳拴着的黑泥炭色的猪，眼中含笑。）现在放我走吧，大姐，因为凭着康尼马拉所有的山羊发誓，我刚刚挨的那顿毒打真够呛。（眼里噙着一滴泪）一切都是疯狂的。爱国主义也罢，哀悼死者也罢，音乐或民族的未来也罢。生存还是毁灭。人生之梦结束了。但求一个善终。他们可以活下去。（他哀痛地望着远方。）我完蛋啦。服上几片附子。拉下百叶窗。留一封信。然后躺下来安息。（他轻轻地呼吸。）不过如此而已。我曾经生活过。去了。再见。

佐伊

（把手指插到缠在脖颈上的缎带里，板起面孔）你说的是老实话吗？下次再说吧。（她冷笑）我猜你是从不同于往日的那边下的床，要么就是跟你相好的姑娘操之过急。噢，你转些什么念头，我都一清二楚！

布卢姆

（惨痛地）男女，做爱，算什么？塞子和瓶子罢了。

佐伊

（怫然作色）我就恨口是心非的无赖。你去嫖下等窑姐儿好啦。

布卢姆

（表示反悔）我知道自己着实叫人厌烦。你固然邪恶，可我没你还真不行。你是从哪儿来的？伦敦吗？

佐伊

（伶牙俐齿地）连猪都弹风琴的霍格斯·诺顿[1]。我是在约克郡出生的。（她握住他那只正在抚摩她乳房的手。）喂，汤米·小耗子儿[2]。别这样，来点更带劲儿的。你身上有够干一会儿的钱吗？十先令？

布卢姆

（微笑，慢慢点头）有更多的，霍丽，更多的。

佐伊

有更多的吗？（她用天鹅绒般柔嫩的手不在意地拍着他。）你要到音乐室里去瞧瞧我们那架新的自动钢琴吗？来吧，我会脱光的。

1　霍格斯·诺顿是英国中部莱斯特郡的一个村子。由于霍格（hog）和皮格（pig）均指猪，故该村的风琴手曾被称作皮格斯（Piggs）。

2　这是一首童谣的首句。第一段是："小汤米，小不点儿耗子，住着小房子；它在别人的水沟里啊，逮着了小鱼儿。"

布卢姆

（像一个焦虑不安的行商那样打量她那对削了皮的梨有多么匀称，感到无比困惑，迟迟疑疑地摸着后脑勺。）要是给某人知道了，她吃起醋来可厉害哩。一个绿眼的恶魔[1]。（一本正经地）不用说你也晓得会有多么棘手。

佐伊

（受宠若惊）眼不见心不烦。（她拍拍他。）来吧。

布卢姆

大笑着的魔女！推摇篮的手[2]。

佐伊

娃娃呀！

布卢姆

（裹着襁褓和斗篷，脑袋挺大，乌黑的头发恰似胎膜。一双大眼睛盯着她那晃来晃去的衬裙，用胖嘟嘟的指头数着上面的青铜纽扣。他伸出湿漉漉的舌头，口齿不清地说：）一、二、山[三]、山[三]、儿[二]、咦[一]。

纽扣们

爱我，不爱我，爱我[3]。

佐伊

沉默就表示同意喽。（扎煞着小小指头，抓住他的手，用食指尖戳戳

---

1 “一个……魔”一语出自《奥瑟罗》第3幕第3场中伊阿古挑拨奥瑟罗时所作的谗言。

2 “推摇篮的手”，参看第426页注释1及有关正文。

3 这里模仿儿童游戏时用语，一边数着花瓣，一边轮流说：“她爱我，她不爱我，她爱我。”数到最后一瓣时说：“真的。”

他的掌心，悄悄地给他暗示，把他诱向毁灭。）手热证明内脏冷。

（他在香气、乐声与诱惑中犹豫不决。她把他领向台阶，用她腋下的气味、描了眼线的双目的魅力以及套裙的窸窣声吸引着他，荷叶边的裙褶还遗留着所有那些曾经占有过她的雄兽如狮子般的臭气。）

雄兽们

（散发出发情、粪便和硫磺的气味，在饲养场里横冲直撞，低声吼叫，摇晃着服了麻醉药的脑袋。）真够味儿！

（佐伊和布卢姆来到门口，两个姐妹妓女坐在那里。她们画了眉，抬起眼睛好奇地打量着他。他连忙鞠了一躬，她们报以微笑。他笨手笨脚地绊了一跤。）

佐伊

（亏得她立即伸出一只手扶住了他。）哎呀！可别栽到楼上去。

布卢姆

正直的人可以摔七个跟头。（他在门口让路。）照规矩，请您先走。

佐伊

夫人先走，先生随后。

（她迈门槛。他迟疑着。她转过身，伸出双手，将他往里拽。他跳了进去。门厅里那个多叉鹿角状衣帽架上，挂着一顶男帽和一件雨衣。布卢姆摘下帽子，然而一眼瞥见那些，就皱起眉头，微笑着出起神来。楼梯平台处一扇门猛地打开。一个穿紫衫灰裤褐色袜子的男人迈着猴子般的步子走过。他扬着秃头和山羊胡，紧紧抱着一只装满了水的罐子，一副黑背带一直耷拉到脚后跟那儿。布卢姆赶紧扭过脸去，弯下身，端详起放在门厅里桌子上的那只剥制狐狸：它做着跑步的姿势，有着一双长毛垂耳狗那样的眼睛。随后，他抬起头嗅着，跟着佐伊走进音乐室。红紫色的薄纸罩子把枝形吊灯的光线遮暗了。一只蛾子正围在那里飞来飞去，东冲西撞地想逃出去。地板上铺着翡翠、天蓝、朱红三色扁菱形拼花图案的漆布，上面布满了形形色色的脚印：脚跟顶着脚跟，脚跟对着脚心，脚尖顶着脚尖，交叉起来的脚以及没有身子的幽灵拖着脚步在跳莫利斯舞的脚，都乱七八糟地扭在一起。四壁上糊着的墙纸图案是：紫杉木和明亮的林中小径。壁炉格子前展开一扇孔雀毛花样的屏风。反戴着便帽的林奇盘腿坐在用兽毛编织的炉毯上。他用一根细棍缓慢地打着拍子。基蒂·里凯茨，一个身着海军服、瘦骨嶙峋、面色苍白的妓女，把鹿皮手套翻过来，露出珊瑚镯子。她拿着麻花式样的手提包，高高地坐在桌边上，悠荡着一条腿，对着壁炉台上端那面镀金的镜子，顾影自怜。她上衣底下略微露出一点垂下来的胸衣饰穗。林奇嘲笑般地指了指坐在钢琴对面的一对男女。）

基蒂

（用手捂着嘴，咳嗽。）她有点傻头傻脑。（她晃着食指，打手势。）布噜布噜。（林奇用他那根细棍挑起她的裙子和白衬裙。她连忙又拽好。）放规矩点儿。（她打个嗝儿，然后赶快低下她那水手帽，她那用散沫花染料染红了的头发在帽檐底下闪着光。）噢，对不起！

佐伊

再弄亮点儿，查理。（她走到枝形吊灯跟前，将煤气开关拧到头。）

基蒂

（瞅着煤气灯的火苗）今天晚上出了什么毛病？

林奇

（声音低沉地）亡灵和妖怪上场。

佐伊

替佐伊捶捶背吧。

（林奇晃了一下手里的细棍：这是一根黄铜拨火棍。斯蒂芬站在自动钢琴旁边，琴上胡乱丢着他的帽子和梣木手杖。他用两个手指再一次重复空五度[1]的音程。弗洛莉·塔尔博特，一个虚弱，胖得像鹅一样的金发娼妇，身穿发霉的草莓色褴褛衣衫，摊开四肢躺在沙发的一角，一只前臂从长枕上耷拉下来，倾听着。困倦的眼皮患了严重的麦粒炎。）

基蒂

（又打了个嗝儿，同时用悬空的脚一踢）噢，对不起！

佐伊

（赶紧说）你的心上人在想你哪。把汗衫带子系好吧。

（基蒂·里凯茨低下头去。她那圆筒形皮毛围巾松开了，哧溜哧溜地顺着肩、背、臂、椅子，一直滑落到地上。林奇用他手里的细棍挑起那蜷曲的毛毛虫般的东西。她扭着脖子，做小鸟依人状。斯蒂芬掉过头去，朝那个反戴着便帽、盘腿而坐的身影瞥了一眼。）

斯蒂芬

事实上，究竟是本尼迪多·马尔切罗[2]所发现的，还是他创作的，那无关紧要。仪式是诗人的安息。那也许是献给得墨忒耳[3]的一首古老赞

1　空五度指省略了三和弦中的三音，因而辨别不出是大调还是小调。

2　本尼迪多·马尔切罗（1686—1739），意大利作曲家和作家。他的《诗意和谐的随想》（1724—1726）是为吉罗拉莫·吉乌斯蒂尼亚尼的诗篇前五十首用声乐和器乐混合谱写的。马尔切罗在序言中说，他是在犹太人聚居的地方发现这音乐的。

3　得墨忒耳是希腊神话中的谷物女神。

歌，要么就是为**诸天宣布上帝的荣耀**[1]谱的曲。它的音节或音阶可能迥乎不同，正如高于弗里吉亚调式与混合吕底亚[2]调式之间的差别很大似的。歌词也可能很不一样，犹如围绕着大卫——不，刻尔吉[3]，我在说些什么呀，我指的是刻瑞斯[4]——的祭坛，祭司们所发出的喧嚣声不同于大卫从马房里得来又讲给首席巴松管吹奏者[5]听的有关神之全能的那些话。**哎呀，说实在的**，这完全是风马牛不相及的两码事。**趁着年轻干荒唐勾当吧，青春一去不复返嘛**[6]。（**他住了口，指着林奇的便帽，始而微笑，继而大笑起来。**）你的智慧瘤子长在哪边？

便帽

（**忧郁消沉**）呸！正因为才所以。这是妇道人家的歪理。犹太裔希腊人是希腊裔犹太人。物极必反。死亡是生命的最高形式。算了吧！

斯蒂芬

我所有的错误、自负、过失，你都记得相当准确。对于你的不忠诚，我还要继续闭眼睛到什么时候呢？砺石[7]！

便帽

哎！

斯蒂芬

我还有句话跟你说。（**他皱起眉头。**）原因是基音和全音阶第五音被最

1　“诸天宣布上帝的荣耀”，原文为拉丁文，出自《诗篇》。只是把原文中的“主”，改成了“上帝”。

2　弗里吉亚是古安纳托利亚中西部一地区。弗里吉亚调式的特征是庄重严肃。吕底亚是古安纳托利亚西部一地区。吕底亚调式的特征是轻快活泼。

3　刻尔吉是《奥德修纪》第10卷中埃亚依岛上的女神。

4　刻瑞斯是古罗马宗教所信奉的女神，司掌粮食作物的生长。

5　《诗篇》第19篇开头处有“大卫的诗，交与伶长”之句。首席巴松管吹奏者即指伶长。

6　“趁着……返嘛”和前文中的“哎呀……的”，原文均为法语。

7　砺石，参看第312页注释2。

大限度的音程分割开来了，它……

便帽

它？说完呀。你说不完。

斯蒂芬

（竭力说下去）音程分割开来了，它就是最大限度的省略。两极相通。八度。它。

便帽

它？

（外面，留声机喧嚣地奏起《圣城》[1]。）

斯蒂芬

（唐突地）为了不从自我内部穿行，一直跋涉到世界尽头。天主，太阳，莎士比亚，推销员，走遍了现实，方成为自我本身。且慢。等一等。街上那家伙的喊叫真该死。预先就安排好不可避免地会成为这个样子。噍[2]！

林奇

（发出哀鸣般的嘲笑声，朝着布卢姆和佐伊·希金斯咧嘴一笑。）多么渊博的一番演说啊，呃？

佐伊

（刻薄地）你的脑袋空空如也，他知道的比你忘掉的还多哩。

（弗洛莉·塔尔博特又胖又蠢地望着斯蒂芬。）

1 《圣城》(1892) 是英国歌曲作者弗雷德里克·韦瑟利（1848—1929）作词、斯蒂芬·亚当斯配曲的一首赞美歌。

2 原文（Ecco）为拉丁文。中世纪进行学术辩论时的常用语，意指："已阐述明确。"

弗洛莉

人家说，世界末日今年夏天就到了。

基蒂

不会的。

佐伊

（哈哈大笑）伟大的天主好不公道啊！

弗洛莉

（不悦）喏，是报纸上登伪基督[1]的事时提到的。哦，我的脚好痒啊。

（破衣烂衫的赤足报童放着一只尾巴摆来摆去的风筝，啪嗒啪嗒地跑过去，大声嚷着。）

报童们

最新消息。摇木马比赛的结果出来啦。皇家运河里出现了一条海蛇。伪基督平安抵达。

（斯蒂芬掉过身去，瞥见了布卢姆。）

斯蒂芬

一拍子、多拍子和半拍子[2]。

（吕便·杰·伪基督，一个流浪的犹太人，张开紧握着的手，按着脊梁骨，脚步蹒跚地走来。他腰上系着一只香客的行囊，露出约定支付的期票和遭到拒付的票据。肩上高高地扛着长长的船篙，一头钩着他那湿透了缩作一团的独子的裤衩，是刚从利菲河里救上来的。暮色苍茫中，跟潘趣·科斯特洛长得一模一样的妖

1 伪基督，指亚历山大·道维，参看第216页注释6。
2 这句话可以意译为“只一回，经常如此，不大可能”。

怪翻着跟头滚了过来。他瘸腿，驼背，患有脑水肿，下巴突出，前额凹陷，长着阿里·斯洛珀[1]式的鼻子。）

众人

哦？

妖怪

（下颌咔嗒咔嗒响着，蹿来蹿去，转动着眼珠，尖声叫着，像只大袋鼠般地跳跳蹦蹦，摊开双臂，仿佛要一把抓住什么似的。随即猛地从叉开的两腿间伸出他那张缺嘴唇的脸。）出来啦！笑面人。原始人[2]！（他发出苦修教士那种哀号，打转转。）先生们，女士们，请下赌注[3]！（他蹲下来，变戏法。从他手里飞出轮盘赌用的小行星。）来，赌个输赢！（行星们相互碰撞，发出脆亮的噼噼啪啪声。）到此为止[4]。（行星们化为轻飘飘的气球，涨大并飞走。他跳进虚空，消失了。）

弗洛莉

（茫然失措，悄悄地连连画十字。）世界末日到了！

（从她身上散发出女性温吞吞的臭气。周围星云弥漫，一片朦胧。穿过飘浮在外面的雾，留声机的轰鸣压住了咳嗽声和嚓嚓的脚步声。）

留声机

耶路撒冷呀！

敞开城门唱吧：

1 阿里·斯洛珀是十九世纪末伦敦每逢星期六发行的同名彩色幽默周刊上的一个漫画人物，其特征是有着一个球茎状的大鼻子。

2 “出……人！”原文为法语。“笑面人”是维克托·雨果（1802—1885）的同名小说（1869）中的主人公。

3 “先……注！”原文为法语。这是轮盘赌的司盘人在转轮时说的话。

4 此处的“到此为止”和上文的“来，赌个输赢”，原文均为法语。

和散那[1]……

（焰火冲上天空，爆炸开。一颗白星从中坠下，宣告万物的终结和以利亚的再度来临。从天顶到天底，紧紧绷着一根肉眼看不见的、没有尽头的绳子。世界末日——身穿苏格兰高地游猎侍从的百褶格子呢短裙和格子花呢服、头戴熊皮鸟缨高顶帽的双头章鱼，以人的三条腿的姿势头朝下顺着此绳在黑暗中旋转着。）

世界末日

（用苏格兰口音）谁来跳划船舞，划船舞，划船舞？

（以利亚的嗓音像秧鸡般刺耳，在天际回荡，压住了一阵过堂风和哽噎般的咳嗽声。他身穿有着漏斗形袖子、宽宽松松的上等细麻布白色法衣，以执牧杖者的神气，汗涔涔地出现在悬挂着古老光荣之旗[2]的讲坛上。他砰砰地敲着栏杆。）

以利亚

请不要在这间小屋子里吵吵嚷嚷。杰克·克兰、克雷奥利·休、达夫·坎贝尔、阿贝·基尔施内尔，你们要闭着嘴咳嗽。喏，这条干线完全由我来操纵。伙计们，现在就登记吧。上帝的时间是十二点二十五分。告诉母亲你们将会在那儿[3]。赶紧去订，那才是捷足先登哪。就在这儿当场参加吧。买一张通往来世联轨点的直达票，一路上不停车。再说一句。你们是神呢，还是该死的傻瓜？基督一旦再度来到科尼艾兰[4]，咱们准备好了吗？弗洛莉·基督、斯蒂芬·基督、佐伊·基督、布卢姆·基督、基蒂·基督、林奇·基督，宇宙的力量应

1　和散那是希伯来文“赞美”的音译。

2　古老光荣之旗是美国国旗的俗称。

3　这里套用查尔斯·菲尔莫尔所作美国流行歌曲《告诉母亲我会在那儿》（1890），把“我”改为“你们”。

4　科尼艾兰是美国纽约市一娱乐区，濒临大西洋。

该由你们去感觉。我们害怕宇宙吗？不。要站在天使这边[1]。当一面棱镜。你们内心里有那么一种更崇高的自我。你们能够跟耶稣、跟乔答摩、跟英格索尔[2]平起平坐。你们统统处在这样的震颤中吗？我认为是这样。各位会众，你们一旦有所领悟，前往天堂的起劲愉快的兜风，就不赶趟儿了。你们明白我的意思吗？这确实是回春灵药。最强烈的玩意儿。完整的果酱馅儿饼。再也没有比这更乖巧、伶俐的货色了。它是无穷无尽，无比豪华的。它使人恢复健康，生气勃勃。我知道，我也是个使人振奋者。且别开玩笑，归根结底，就是亚·约·基督·道维以及调和的哲学。诸位明白了吗？好的。六十九街西七十七号。明白我的意思了吗？对啦。随时都可以给我挂太阳电话。烂醉如泥的酒徒们，省下那邮票吧。（**大嚷**）那么，现在唱赞美歌吧。大伙儿都一道热情地唱吧。再来一个！（**他唱起来。**）耶路……

唱片

（**压住他的声音**）和路撒拉米牛亥和……（**唱针摩擦唱片，吱吱嘎嘎响。**）

三名妓女

（**捂住耳朵，粗声喊着**）啊咯咯咯！

以利亚

（**挽起衬衫袖子，满脸乌黑，高举双臂，声嘶力竭地嚷着**）天上的大哥啊，总统先生，我刚才跟你说的话，你该听见了吧。我当然坚决相信你，总统先生。现在我确实认为，希金斯小姐和里凯茨小姐虔心信着教。说实在的，我从来也没见过像你这般吓得战战兢兢的女子，弗

1　这里套用迪斯累里于一八六四年驳斥达尔文的进化论时所说的话。全句为："问题是：人究竟是猴子还是天使？我站在天使这边。"

2　罗伯特·格林·英格索尔（1833—1899），美国政治家、演说家。曾对《圣经》严厉批判。

洛莉小姐，正如我刚才瞧见的那样。总统先生，你来帮我拯救咱们亲爱的姐妹们吧。（他朝听众眨巴眼睛。）咱们的总统先生对一切都了如指掌，可是他啥也不说。

基蒂－凯特

我一时控制不住自己，脆弱失足，在宪法山干下了那样的事。是主教为我行的坚振礼，[我还参加了褐色肩衣组织[1]。]我姨妈嫁给了蒙莫朗西家的人。我原是纯洁的，可一个管子工破坏了我的贞操。

佐伊－范妮

为了逗趣儿，我让他把那物儿像鞭子似的塞到我里面。

弗洛莉－德肋撒

都是由于喝了亨尼西的三星，再掺上葡萄酒的缘故。当维兰溜进我的被窝之后，我就失了身。

斯蒂芬

太初有道，以迨永远，及世之世。保佑八福。

（迪克森、马登、克罗瑟斯、科斯特洛、利内翰、班农、穆利根与林奇八福，身穿外科医学生的白大褂，排成四路纵队，喧嚣地快步走过去。）

八福

（语无伦次地）啤酒，牛肉，斗犬，牛贩子，生意，酒吧，鸡奸，主教。

利斯特

（身穿公谊会教徒的灰色短裤，头戴宽檐帽，慎重地）他是我们的朋友。

1　褐色肩衣组织，参看第85页注释2。

我用不着提名道姓。你去寻求光吧。

（他踩着科兰多舞步过去了。贝斯特身穿理发师那浆洗得发亮的罩衣，鬈发上缠着卷发纸。他领着约翰·埃格林顿走进来，后者穿的是印有蜥蜴形文字的黄色中国朝服，头戴宝塔式高帽。）

贝斯特

（笑吟吟地摘下帽子，露出剃过的头，脑顶翘起一条根部扎着橙黄蝴蝶结的辫子。）你们知道吗，我正在打扮他哪。美丽的事物[1]，你们知道吗？这是叶芝说的——不，是济慈说的。

约翰·埃格林顿

（取出一盏绿罩暗灯，把灯光朝屋角晃。用挑剔的口吻）美学和化妆品是为闺房而设的。我要寻求的则是真理。朴素人的朴素真理。坦德拉吉[2]人要的是事实，而且非得到不可。

（在投射到煤篓后面的探照灯那圆锥形光束里，马南南·麦克李尔将下颌托在膝盖上，沉思默想着。他长着圣者的眼睛，奥拉夫般的脸上胡子拉碴的。他慢腾腾地站起来。从他那活像是德鲁伊特的嘴里冒出凛冽的海风，鳝鱼与小鳗鱼在他头部周围翻腾着。他身上覆满海藻和贝壳。右手握着一只自行车打气筒。左手攥着一只巨大的蝲蛄的双爪。）

马南南·麦克李尔

（用波浪声）噢姆！嘿喀！哇噜！啊喀！噜哺！摩啊！嘛[3]！诸神的白

1 “美丽的事物”一词见于英国诗人约翰·济慈（1795—1821）的长诗《恩底弥翁》（1818）的首句。

2 坦德拉吉是爱尔兰阿马郡一镇，在都柏林以北。

3 拉塞尔在《幻影之烛》（伦敦，1918）一书的“天主的语言”和“古代直感”二章中，对以上各种音的意义分别做了解释。

色瑜珈僧。赫耳墨斯·特里斯美吉斯托斯的玄妙的《派曼德尔》[1]。（发出海风呼啸声）普纳尔甲纳穆·帕齐·潘·贾乌布[2]！我决不受人愚弄。有人说：当心左边，对萨克蒂的膜拜[3]。（发出预告暴风雨的海燕的叫声）萨克蒂、湿婆、黑暗神秘之父！（他用打气筒敲打左手捏着的蝲蛄。他那只合作社的表盘上，黄道十二宫图在灼灼发光。他以海洋汹涌澎湃的势头大声哭号。）噢姆！咆姆！毗噍姆！我是家园的光！我是梦幻般的奶油状黄油。

（一只瘦骨嶙峋的犹大的手压住了光。绿光越来越淡。变成红紫色。煤气灯在吱吱地哀鸣。）

煤气灯

噗啊！噗咿咿咿咿咿咿！

（佐伊跑到枝形吊灯跟前，弯起一条腿，把灯罩摆摆正。）

佐伊

谁给我支烟抽？

林奇

（轻轻地往桌上丢一支烟）拿去。

佐伊

（佯装作傲慢地把头一歪）怎么能这样递东西给一位女士呢？（她不慌不忙地把烟卷捻松探过身去，就着火苗把它点上，露出腋窝里那簇褐色毛毛。林奇大胆地用拨火棍撩起她那半边套裙。袜带上边裸露出

1　赫耳墨斯·特里斯美吉斯托斯是希腊人对埃及神透特的称呼，参看第283页注释4。《赫耳墨斯秘义书》据称系他所撰著，其中《派曼德尔》是根据神明派曼德尔在梦幻中向他揭示的秘义写成的。

2　普纳尔甲纳穆是通神学术语，意思是轮回转生。潘即超灵，贾乌布的意思是战胜。

3　萨克蒂是性力教（与毗瑟拏教和湿婆教同为印度教三大教派）崇奉的最高女神，系男神湿婆之配偶。女神在左边，男神在右边。

的肉，在天蓝色套裙的遮掩下，呈现出水中精灵的绿色。她安详地喷着烟雾。）你瞧见我屁股后头那颗美人痣了吗？

林奇

我没在看。

佐伊

（送着秋波）没看吗？光看还不过瘾哩。你要咂个柠檬吗？

（她装出一副羞答答的样子，斜眼望着布卢姆，朝他扭过身去，把被拨火棍钩住的套裙拽开。一片天蓝色液体重新流到她身上。布卢姆站在那儿，眼里露出贪馋的神色微笑着，摆弄两手的拇指。基蒂·里凯茨用唾沫舔湿中指，对着镜子抹平双眉。皇家文书利波蒂·维拉格沿着壁炉烟囱的槽敏捷地滑下来，踩着粗糙的粉红色高跷，趾高气扬地朝左边迈两步。他身上紧紧地裹着几件大氅，外面罩着棕色胶布雨衣。雨衣下面，手里拿着个羊皮纸书卷。左眼上戴着卡什尔·博伊尔·奥康内尔·菲茨莫里斯·蒂斯代尔·法雷尔那闪闪发光的单片眼镜。他头顶埃及双冠。两耳上伸出两支鹅毛笔。）

维拉格

（脚跟并拢，鞠躬）我叫作维拉格·利波蒂，松博特海伊人。（他若有所思地干咳了几声。）这里男女混杂，赤身露体，触目皆是，呃？我无意中瞥见了她的后身，说明她并没有穿你特别喜爱的那种贴身内衣。我希望你已瞅见了她大腿上注射的痕迹，呃？好吧。

布卢姆

爷爷。可是……

维拉格

另一方面，第二个姑娘，那涂了樱桃红唇膏，戴着白色头饰，头发上抹了不少咱们犹太族传统的侧柏灵液的，穿着散步衣。从她坐的姿势来看，想必是胸罩勒得紧紧的。也可以说是把脊梁骨掉到前面来了。如果我理解错了，请指出来。可我一向认为，那些轻佻女子隐隐约约地让你瞥见内衣。这种下体裸露狂患者的表现，正投你的所好。一句话，是半鹰半马的怪兽。我说得对吗？

布卢姆

她太瘦啦。

维拉格

（不无愉快地）正是这样！观察得很细。裙子上撑出两个兜儿，略做陀螺形，是为了让屁股显得格外丰满。想必是刚从专门敲诈的大甩卖摊子上买的。钱也是从哪个冤大头手里骗来的。那是用来糊弄人的俗不可耐的玩意儿。瞧她们怎样留意细小的斑点。今天能穿的，决不要拖到明天。视差！（神经质地扭动一下脑袋）你听见我的头咔嗒一声响了吗？多音节的绕嘴词！

布卢姆

（手托臂肘，食指杵着面颊）她好像挺悲哀的。

维拉格

（讥诮地，龇着鼬鼠般的黄板牙，用手指翻开左眼皮，扯着嘶哑的嗓音吼叫）骗子！当心这轻佻丫头和她假装出的悲伤。巷子里的百合。人人都有鲁亚尔杜斯·科隆博所发现的矢车菊。压翻她[1]。让她变得像只鸽子。水性杨花的女人。（口吻温和了一些）喏，请你注意第三位

1　矢车菊，隐喻阴核。阴核是意大利解剖学家鲁亚尔杜斯·科隆博（1516—1559）最早发现的。

吧。她的大部分身子都展现在眼前。仔细观察她脑壳上那簇用氧处理过的植物质吧。嗨哟，她撞着了[1]。长腿大屁股，伙伴中的丑小鸭。

布卢姆

（懊悔不迭）偏偏我没带枪出来。

维拉格

不论是什么号的——宽松的，中等的，紧的，都能提供。只要出钱，随便挑。哪一个都能使你快乐……

布卢姆

哪一个……？

维拉格

（卷着舌头）利姆！瞧，她可真丰满，浑身长了好厚的一层脂肪。从胸脯的分量看，她显然是个哺乳动物。你能看到她身子前面突出两个尺寸可观的大肉疙瘩，大得几乎垂进午饭的汤盆里。背后下身也有两个隆起的东西，看来直肠必是结实的。那两个鼓包摸着会给人以快感，唯一的美中不足是不够紧。注意保养就能使这个部位的肉厚实。要是关起来喂，肝脏就会长得像象那么大。把掺了胡芦巴和安息香的新鲜面包搓成小丸，浸泡在一剂绿茶里吞服，就能在短暂的一生中，自自然然长出一身肥膘，活像是个球形针插。这样该中你的意了吧，呃？使人馋涎欲滴的热腾腾的埃及肉锅。尽情享受吧。石松粉。（他的喉咙抽搐着。）恰好，他又干起来啦。

---

1 《嗨哟，她撞着了》是哈里·卡斯林和A. J. 米尔斯所作通俗歌曲的题目。

布卢姆

我讨厌麦粒肿。

维拉格

（**扬扬眉毛**）他们说，用金戒指碰一下就好了[1]。**利用女性的弱点来辩论**[2]。这是旧时罗马和古代希腊的狄普罗多库斯和伊赤泰欧扫罗斯担任执政官时所说的。此外，单靠夏娃的灵药就够了。非卖品。只供租借。胡格诺派。（**抽动一下喉咙**）好古怪的声音。（**像是为了振作起来般地咳嗽**）然而，这也许只不过是个瘊子。我想你还记得我曾经教过你的一个处方吧？小麦粉里掺上蜂蜜和肉豆蔻。

布卢姆

（**仔细琢磨**）小麦粉里掺上石松粉和希拉巴克斯。这可是个严峻的考验啊。今天是个格外劳累的日子，一连串的灾难。且慢，我的意思是，您说过，瘊子血能使瘊子传播开来。……

维拉格

（**鹰钩鼻子，眨巴着眼睛，严厉地**）别再摆弄你那大拇指了，好好想想吧。瞧，你已经忘记了。运用一下你的记忆术吧。**事业是神圣的。嗒啦。嗒啦**[3]。（**旁白**）他准会想起来的。

布卢姆

记得您提到过迷迭香和抑制寄生组织的意志力的事。那么，不，不，我想起来啦。让死者的手摸一下就能痊愈。记得吗？

1　民间迷信，用金戒指碰一下患部，就能医治目疾。

2　原文为拉丁文，系把“利用对方的论据的辩论”一语做了改动。

3　“事业……啦”，原文为意大利语，参看第241页注释1。

维拉格

（兴奋地）可不是嘛。可不是嘛。正是这样。记忆术。（使劲拍打他那个羊皮纸书卷）此书详尽地告诉你该怎样处置。查查索引吧。用附子来治错乱性恐怖，用盐酸来治忧郁症，用白头翁来炼制春药。下面维拉格还要谈谈截肢术。我们的老友腐蚀剂。对瘊子要采取饥饿疗法。等它干瘪成空壳之后，用马鬃齐根勒掉。然而把论点移到保加利亚人和巴斯克人身上。关于喜不喜欢女扮男装，你究竟拿定主意了没有[1]？（干涩地窃笑）你曾打算花上一整年的时间来研究宗教问题。一八八六年夏季，你曾试图绘制一幅与圆形面积相等的正方形[2]，赢得那一百万英镑。石榴！崇高和荒谬只有一步之差。比方说，睡衣睡裤。或者垫有三角形布料的针织扎口死裆短裤？要么就是那种复杂的混合物——连裤女衬衣？（他嘲弄般地学鸡叫。）咯、咯尔、咯！

（布卢姆迟迟疑疑地环顾三名妓女，然后又盯着蒙了罩子的红紫色灯光，听着那飞个不停的蛾声。）

布卢姆

那么现在就该做出结论了。睡衣是从来也不。所以是这个样儿。不过，明天将是新的一天。过去曾经是今日。因此，到了明天，现在也会成为过去的昨天。

维拉格

（像是提词般地低声私语）蜉蝣在不断地交媾中度过短暂的一生。雌性的体态虽逊于雄性，背后那外阴部却是精美绝伦的，它被其气味所引诱。美丽的鹦鹉！（他那鹦鹉的黄嘴用鼻音急促不清地说着）犹太历

1　保加利亚和巴斯克（住在西班牙与法国交界处一民族）的妇女，均在裙子里面着紧身长裤。

2　这是根本不可能的，所以“绘制与圆形面积相等的正方形”便成了“做异想天开的事”的代用语。

五五五〇年前后，喀尔巴阡山脉[1]有过一句谚语。一大调羹蜂蜜要比六桶最高级的麦芽醋更能吸引熊先生。熊直哼哼，蜜蜂嫌吵。且慢。这容别的时候再接着说吧。我们这些局外人很高兴。（他咳嗽一声，低下头，用掏挖的手势若有所思地搓着鼻子）你会发现这些夜虫总是跟踪着灯光。这是错觉。要记住，它们长着无法调节的复眼。关于这些棘手的论点，可参看我著的《性科学原理，或爱的情欲》第十七卷。利·布·博士说，这是本年度最为轰动的一部书。举例来说，有些人的动作是自发的。深入领会。那是适合于他的太阳。夜鸟，夜阳，夜镇。追我吧，查理！（他朝布卢姆的耳朵嚷。）嗡嗡！

布卢姆

那天不知是蜜蜂还是青蝇，撞着了墙上的影子，撞晕了。于是迷迷糊糊地冲进了我的衬衫，害得我好苦……

维拉格

（面无表情，以圆润、女声女气的腔调笑着）妙极了！他的裤裆里藏着斑蝥，或者阴茎上贴着芥末软膏。（晃动着颈上那火鸡般的垂肉，并像火鸡似的贪婪地咯咯叫着）火鸡！火鸡！咱们说到哪儿来着？芝麻，开门[2]！出来吧！（他麻利地打开那个羊皮纸书卷，读起来。他牢牢抓住书卷，萤火虫般的鼻子沿那文字倒着迅速地移动[3]。）且慢，好朋友，我给你带来了答案。咱们很快就能吃上红沙洲的牡蛎了。我是手艺最高的厨师。这种有滋味的双壳贝对身体有好处，让无所不吃的猪先生去挖掘佩里戈尔[4]的块菌，那对神经衰弱和悍妇炎患者有着奇

---

1 犹太历五五五〇年即公元一七八九年。喀尔巴阡山脉在欧洲中部，是阿尔卑斯山系向东延伸部分。下文中的熊先生，是童话《列那狐的故事》中的拟人动物。

2 “火鸡”，原文为苏格兰俚语。“芝麻，开门！”是阿里巴巴为了打开藏宝的洞门而念的咒语，参看第452页注释5。

3 阿拉伯文的行文习惯是自右往左，与一般西文刚好相反，故说“倒着”。

4 佩里戈尔位于法国西南部，是法国历史和文化胜地。居民利用猪、狗到楝树林下寻找块菌（一种美味的食用真菌）。

效。尽管发臭，却富于刺激性。（摇头晃脑，尖声讥笑着）滑稽啊。眼睛里塞进单片眼镜。（他打了个喷嚏。）阿门！

布卢姆

（心不在焉地）妇女患的双壳贝病更厉害。什么时候都是开着的芝麻。裂开的女性。所以她们害怕虫子啦，爬虫动物什么的。然而夏娃和蛇却不然。这并不是史实吧。依我看，显然是以此类推。蛇对女人的奶也贪得无厌。它们从包罗万象的森林里蜿蜒爬行好几英里前来，吱吱地把她的乳房吮干。就像在艾里芳图利亚里斯[1]的作品中所读到的那些雄火鸡般滑稽的罗马婆娘似的。

维拉格

（嘴上噘出深深的皱纹，两眼像石头般绝望地紧闭着，以异国情调用单音咏诵圣歌。）那些乳房胀鼓鼓的母牛，它们四远驰名……

布卢姆

我想要大声喊叫。请您原谅。哦？那么，（他重复一遍。）主动地去找到蜥蜴窝，以便供其贪婪地吸吮自己的乳房。蚂蚁吸蚜虫的奶水。（意味深长地）本能支配着世界。不论生前，还是死后。

维拉格

（歪着头，脊背与隆起如翼状的肩膀，弯作弓形，鼓起昏花的两眼凝视着蛾，用触角般的指头指指点点，喊叫。）谁是蛾，蛾？谁是亲爱的杰拉尔德？亲爱的杰，是你吗？哦，哎呀，他就是杰拉尔德。哦，我非常担心他会被严重地烧伤。有人肯摇摇高级餐巾来防止这场灾难吗？（学猫叫）猫咪猫咪猫咪猫咪！（他叹口气，朝后退，下颌低垂，朝两

1　这里，布卢姆把色情书籍的作者艾里芳蒂斯的名字记错了（艾里芳图利亚里斯为“象皮病”的译音）。据说艾里芳蒂斯是个女作家，其诗受到古罗马皇帝提比略（前42—37）的赏识。

旁斜睨着。）好的，好的。这家伙等下就会安静下来的。（望空猛地咬了一口。）

飞蛾

我是个小小东西，
永远翱翔在春季，
兜着圈子且嬉戏。
想当年，我曾登基，
到如今展开双翼，
天地间飞来飞去！
砰！

（他冲向红紫色灯罩，喧嗓地拍着翅膀。）漂亮、漂亮、漂亮、漂亮、漂亮、漂亮的衬裙。

（亨利·弗罗尔从左首上端的入口登场。他溜着脚步悄悄走了两步，来到左前方中央。他披着深色斗篷，头戴一顶垂着羽毛饰的墨西哥宽边帽。手执一把嵌了花纹的银弦大扬琴和一支有着长竹管的雅各烟斗，陶制的烟袋锅做女头状。他穿着深色天鹅绒紧身裤，浅口无带轻舞鞋有着银质饰扣。他的脸像是一位充满浪漫主义色彩的救世主，鬈发飘垂，胡子和口髭稀稀疏疏。一双细长的腿和麻雀脚活脱儿像是男高音歌手坎迪亚亲王马里奥。他理了理皱领的褶子，伸出好色的舌头舔湿了嘴唇。）

亨利

（一面拨弄吉他琴弦，一面以低沉动听的嗓音唱道）有一朵盛开的花[1]。

（蛮横的维拉格收拢起下巴，盯着灯。庄重的布卢姆端详着佐伊的脖颈。风流的亨利颈部的肉耷拉着，转向钢琴。）

1 “有一朵盛开的花”是同名歌曲中的首句，参看第517页注释1。

斯蒂芬

（自言自语）闭上眼睛弹琴吧，学爸爸的样儿。把我的肚子填满猪食。这已经够受的了。我要起身，回到我的[1]。想必这就是。斯蒂芬，你可陷入了窘境。得去看望老迪希，要么就给他打个电报。我们今天早晨的会见给我留下了深刻的印象。尽管我们的年龄。明天我将尽情地写出来。说起来，我真有点儿醉啦。（他又碰一下键盘。）这一次是小三和弦。是的。醉得还不厉害。

（阿尔米达诺，阿尔蒂弗尼一边精神抖擞地捋着口髭，一边伸出用乐谱卷成的指挥棒。）

阿尔蒂弗尼

好好考虑一下吧。你毁掉了一切[2]。

弗洛莉

给咱唱点什么吧。《古老甜蜜的情歌》。

斯蒂芬

没有嗓子。我是个最有才能的艺术家。林奇，我给你看过关于古琵琶的那封信了吗？

弗洛莉

（假笑）一只会唱可是不肯唱的鸟儿呗。

（在牛津大学做特别研究员的一对连体双胞胎：醉汉菲利普和清醒菲利普[3]拿着推草机出现在漏斗状斜面墙上的窗口。两个人

1　“回到我的”后面省略了“父亲那里去”。指的是浪子花尽钱财后，“恨不得拿喂猪的豆荚充饥”，于是决定“起身，回到父亲那里去”。下文中的斯蒂夫为斯蒂芬的昵称。

2　原文为意大利语。

3　据说马其顿有个叫菲利普的法官，酒后判错了一个案子，酒醒后予以纠正。因此，“从酒醉菲利普到清醒菲利普”就成了“对仓促间做出的判断再重新考虑”的代用语。

都戴着马修·阿诺德的假面具。）

清醒菲利普

接受一个傻子的忠告吧。有点不对头。用铅笔头数数看，像个乖乖的小傻瓜那样。你有三镑十二先令。两张纸币，一英镑的金币，两克朗。倘若年轻人有经验。城里的穆尼酒馆，海岸上的穆尼，莫伊拉那一家，拉切特那一家，霍尔街医院，伯克。呃？我在盯着你哪。

醉汉菲利普

（不耐烦地）啊，瞎说，你这家伙。下地狱去吧！我没欠过债。我要是能够弄明白八音度是怎么回事就好了。双重人格。是谁把他的名字告诉我的呢？（他的推草机开始嗡嗡地响起来。）啊哈，对啦。**我的生命，我爱你**[1]。我觉得先前到这儿来过。是什么时候来着？他不姓阿特金森，我有他的名片，不知放在哪儿啦。叫作麦克什么的。想起来了，叫昂马克。他跟我谈起过——且慢，是斯温伯恩吧，对吗？

弗洛莉

那么，歌儿呢？

斯蒂芬

心灵固然愿意，肉体却是软弱的。

弗洛莉

你是梅努斯毕业的吗？你跟我过去认识的一个人长得可像哩。

斯蒂芬

如今已经毕业啦。（自言自语）脑袋瓜儿挺灵。

1　原文为希腊文，是拜伦的抒情诗《与雅典女郎分袂前》（1810）中的引语及叠句。

醉汉菲利普与清醒菲利普

（**他们的推草机嗡嗡响着，草茎随之轻快地跳跃起来。**）脑袋瓜儿一向挺灵。已经毕业啦，已经毕业啦。顺便问一声，你可有那本书，那玩意儿，那根楼木手杖吗？对，就在那儿。脑袋瓜儿一向挺灵，如今已经毕业了。要保持下去。像我们这样。

佐伊

前天晚上有个教士到这儿来办点事。他把上衣纽扣扣得严严实实的。我对他说，你用不着那么躲躲闪闪的。我认得出你那脖领是天主教教士的。

维拉格

从他的角度来说，这完全是理所当然的。人的堕落。（**愤怒地瞪大眼睛，厉声地**）让教皇下地狱去！太阳底下没有新鲜事。我就是曾经揭露出僧侣与处女的性之秘密的那个维拉格。我为什么脱离了罗马教会。读读那本《神父、女人与忏悔阁子》[1]吧。彭罗斯。弗力勃铁·捷贝特。（**他扭动身子。**）女人带着甜蜜的羞涩解开灯心草编的腰带，将湿透了的阴部献给男子的阳物。少顷，男子赠予女人丛林之中的几片兽肉。女悦，以带羽之皮遮身。男人用大而硬的阳物热烈爱抚女人之阴部。（**他大喊。**）**我是被迫首肯的**[2]**。于是，轻浮的女人四处乱跑。强壮的男人抓住女人的手脖子。女人尖声呼叫，又咬又啐**[3]**。此刻，男人怒气冲天，揍女人那肥胖的臀部**[4]**。**（**他追逐自己的屁股。**）唏嘶！啵啵！（**他停下脚步，打喷嚏。**）哈哧！（**他咬住自己的屁股，晃悠着。**）噗噜噜！

1 “我为什么脱离了罗马教会”，借用查尔斯·帕斯卡尔·特勒斯弗尔·奇尼奇所著同名的书题，参看第258页注释2。《神父、女人与忏悔阁子》（1874）亦出自同一作者之手。书中指斥让妇女向男人袒露内心隐秘，乃是道德败坏之举，因而十年内连印了二十四版。

2 “我……的”，原文为拉丁文。

3 啐，原文为德语。

4 臀部，原文为梵语。

林奇

我希望你让那位好神父用苦行来赎罪。飞个主教[1]，就要罚他念九遍《荣耀颂》。

佐伊

（从鼻孔中喷出海象般的烟雾）他根本搞不了。你知道，仅仅兴奋一阵。干巴巴地摩擦一通罢了。

布卢姆

可怜的人哪！

佐伊

（满不在意地）他就能这样嘛。

布卢姆

怎样呢？

维拉格

（龇牙咧嘴，冒出恶魔般的黑光，歪扭着脸，朝前伸着骨瘦如柴的脖子。他仰起妖精般的鼻子眼，怒吼。）可恶的基督教徒们[2]！他有个父亲，四十个父亲。他从来也没存在过。猪神！他长着两只左脚[3]。他是犹大·伊阿其阿[4]，一个利比亚的宦官，教皇的私生子。（他身倚扭曲

1 “飞个主教”原是国际象棋中的术语。“主教”即“象”，形状为教士帽。作为隐语，此词又指性交时女子的体位在上。

2 “可恶……们！”，原文为依地语。

3 《凯尔斯书》（约于9世纪在爱尔兰米斯郡的凯尔斯镇印制的拉丁文福音书）中有一张图给圣母玛利亚画了两只右脚，小耶稣则有两只左脚，遂成为俚语。“有两只左脚”意指不适当。

4 伊阿其阿，即酒神。公元二世纪罗马帝国东部曾出现该隐派。他们崇拜加略人犹大，且著有《犹大福音》等经籍。《圣安东的诱惑》中曾提及该隐派的《犹大福音》。

了的前爪，僵硬地弯着臂，扁平的骷髅脖颈上端是一双神色痛苦的眼睛，朝沉默的世界叫喊。）婊子的儿子。《启示录》。

基蒂

玛丽·肖特尔被蓝帽[1]吉米·皮金传染上了梅毒，住进了花柳病医院。她还跟那家伙生了个娃娃，连奶都不会咽。因惊风在被窝里憋死了。我们大家捐钱，给办的葬事。

醉汉菲利普

（严肃地）谁使你落到这步田地的呢，菲利普？

清醒菲利普

（快活地）是由于神圣的鸽子，菲利普[2]。

（基蒂摘下帽子上的饰针，安详地把帽子撂下，拍了拍她那用散沫花染过的头发。从没见过一个娼妓肩上披散着这么一头秀美漂亮、光艳动人的鬈发呢。林奇把她的帽子戴在自己的头上。她把它扒拉下去。）

林奇

（笑）令人高兴的是，梅奇尼科夫[3]在类人猿身上接了种。

弗洛莉

（点头）运动机能失调了。

---

1 该都柏林近卫步兵连队的士兵戴蓝帽。

2 此处的"是由于……普"与前文的"谁使你……普？"原文为法语。

3 伊利·梅奇尼科夫（1845—1916），俄国动物学家、微生物学家。一九〇三年和E. 鲁一起用接种的办法成功地使类人猿感染上梅毒。因在动物体内发现噬细胞而与埃尔利希共获一九〇八年诺贝尔生理学及医学奖。

佐伊

（快活地）哦，我得翻翻字典。

林奇

三位聪明的处女。

维拉格

（因疟疾犯了打起冷颤，喷出大量的淡黄色鱼卵。他那皮包骨的患癞病的嘴唇上冒着泡。）她贩卖春药、白蜡、香橙花。一个名叫“豹”的罗马百人队长用自己的生殖器把她玷污了。（他手按在胯间，伸出闪烁着光的蝎子般的舌头。）救世主啊！他弄破了她的膜[1]。（他叽叽喳喳地发出狒狒的叫声，玩世不恭地抽搐着，扭动着屁股。）嘻咳！嘿咳！哈咳！嗬咳！呼咳！喀咳！咕咳！

（本·大象·多拉德走向前来。他生得红脸膛，肌肉僵硬，鼻孔里毛茸茸的，大胡子，白菜耳朵，胸脯多毛，头发蓬乱，奶头肥大。腰部和生殖器紧紧地箍在黑色的游泳裤里。）

本·多拉德

（肥胖的大手奏着骨制响板，愉快地用约德尔唱法发出低沉的桶音。）当狂恋使我神魂颠倒之际。

（两个处女——卡伦护士与奎格利护士猛地冲过竞技场的管理员和拦绳，张开双臂朝他扑来。）

处女们

（极度热情地）大本钟！本，我的心肝儿[2]！

---

1 “弄……膜”，参看第398页注释3。
2 “我的心肝儿”，原文为爱尔兰语。

一个声音

抓住那个穿不像样子的裤子的家伙。

本·多拉德

（拍着大腿哈哈大笑）马上把他抓住。

亨利

（怀里抱着一具砍下来的女头，边爱抚着边喃喃自语）你的心，我的爱。（拨弄着古琵琶弦）当我初见……

维拉格

（蜕皮，大量羽毛脱落下来）混蛋！（他打个哈欠，露出漆黑的喉咙，用羊皮书卷卷成的圆筒朝上一顶，闭上口腔。）说完这些，我就告辞了。再见。多多保重。狗屁[1]！

（亨利·弗罗尔用随身携带的梳子迅速地梳理口髭和胡子，并蘸着唾沫抹平头发。他用长剑掌舵，疾步向门口走去，背后挎着荒腔走调的竖琴。维拉格翘起尾巴，像踩高跷般笨拙地跳了两下，来到门边。他熟练地在墙上斜贴了一张黄脓液色的传单，用头顶着按紧。）

传单

吉·11。禁止招贴。严加保密。亨利·弗兰克斯大夫。

亨利

现在一切都失去啦。

（维拉格转瞬间取下螺丝，摘掉自己的头，夹在腋下。）

1 “狗屁！”原文为依地语。

维拉格的头

庸医！

（二人分别退场。）

斯蒂芬

（侧过头来对佐伊说）你大概会更喜欢创立了新教异端邪说的那个好斗的牧师[1]吧。但是要当心犬儒学派的安提西尼[2]和异教祖师爷阿里乌的最后下场。在厕所里所受的死的痛苦[3]。

林奇

对她来说，是同一个神。

斯蒂芬

（虔诚地）而且是支配万物的至高无上的主。

弗洛莉

（对斯蒂芬）你准是个酒肉神父。要么就是个修士。

林奇

可不是嘛。一位红衣主教的儿子。

斯蒂芬

犯了大罪。不守清规的修士们[4]。

（全爱尔兰首席红衣主教、西蒙·斯蒂芬·迪达勒斯大人在

---

1 “好斗的牧师”，指马丁·路德（1483—1546）。

2 “犬儒……西尼”，参看第212页注释4。

3 阿里乌，参看第56页注释9；“在厕……痛苦”，参看第56页注释8。

4 “不守清规的修士们”是十八世纪的一个爱尔兰律师、政客和知识分子的组织（又名“圣帕特里克修会”）。他们穿上修士袍子，仅仅是为了吃喝玩乐时更富于情趣。

门口出现。他身着红色法衣、短袜便鞋。担任助祭的小人猿——即七样大罪，也穿红衣，捧着他的衣裾，从下面窥伺。他头上歪戴着一顶压扁了的大礼帽。他张开手掌，把大拇指戳在腋窝里，脖子上挂着一串软木塞制成的念珠，末端是一把十字架形的螺丝锥，垂在胸前。他撤开大拇指，从高处以波浪状大摇大摆的姿势祈求神灵保佑，并趾高气扬、装模作样地宣告。）

红衣主教

康瑟维奥陷囹圄，
躺在地牢深又深，
手铐脚镣戴在身，
重量又何止三吨[1]。

（他右眼紧闭，鼓起左颊，朝众人望了片刻。然后抑制不住内心的快乐，就双手叉腰，浑身晃来晃去，嘻嘻哈哈地畅怀唱着。）

噢，可怜的小东西，
它、它的脚那么黄，
蹿动如蛇身宽胖，
可该死的野蛮人，
为了给白菜添油荤，
竟把内莉·弗莱厄蒂的爱鸭屠宰[2]。

（大群小虫白糊糊地簇拥在他的法衣上。他交抱着胳膊，抓挠着双肋，愁眉苦脸地叫唤。）

我正在受着被打入地狱的苦难。凭着这把廉价的提琴发誓，感谢耶稣，这帮可笑的小家伙还没有一起出动。不然的话，它们就会使我离开这

1　据乔伊斯本人的一份笔记（今收藏在美国康奈尔大学）所载，这是他经常听他父亲引用的一首诗。
2　这首诗是把爱尔兰民谣《内莉·弗莱厄蒂的鸭子》第2段略加修改而成。

该死的地球啦。

（他歪着头，用食指和中指敷敷衍衍地祝福众人，并给予复活节的亲吻。他边来回晃动着帽子，边拖着滑稽的双舞步溜走。转瞬间他的个子就缩到捧衣裾者那么小了。那些助祭的侏儒哧哧地笑着，窥伺着，用肘轻捅着，挤眉弄眼，或给予复活节之吻，跟在他后面走成之字形。从远处传来他那圆润嗓音，慈祥而充满阳刚之气，优美动听。）

把我的心带给你，
把我的心带给你，
馨香微风夜飘溢，
把我的心带给你[1]！

（魔门的把手转了一下。）

门把手

吱咿——！

佐伊

门里有魔鬼。

（一个男子的身影走下咯吱作响的楼梯。传来他从挂钩上取下雨衣和帽子的声音。布卢姆不由自主地冲向前，顺便把门半掩上，从兜里掏出巧克力，怯生生地朝佐伊递过去。）

佐伊

（起劲地嗅他的头发）唔！谢谢你母亲送给我的兔子。我喜欢什么东西，简直就着了迷。

1　这是《南方刮来的风》中的词句，巴特尔·达西曾教过布卢姆之妻摩莉演唱此歌。

布卢姆

（听见一个男人在门阶上同妓女们交谈的声音，便竖起两耳。）假若是他呢？干完了吗？要么是没搞？要么就是吃回头草？

佐伊

（撕开银纸）没有叉子以前就有指头了。（她掰下一截，啃起来，递给基蒂·里凯茨一截，又像只小猫咪似的转向林奇。）不讨厌法国菱形糖果吧？（他点点头。她吊他的胃口。）是现在要，还是等把它弄到手呢？（他扬起头，张开嘴。她把奖赏朝左边转，他的头跟着转过去。她又把它朝右边转过来。他盯着她。）接住！

（她抛起一截巧克力。他敏捷地叼住它，嘎吱一声咬下一块。）

基蒂

（咀嚼着）在义卖会上跟我在一道的那位工程师有好吃的巧克力。里面满是高级甜露酒。总督也带着夫人去啦。我们骑上托夫特的旋转木马，好开心哪。至今我还发晕呢。

布卢姆

（身穿斯文加利[1]式的皮大衣，交抱双肘，前额上垂着拿破仑式鬈发。他双眉紧皱，念着腹语术的驱邪咒文，用老鹰般锐利的目光凝视着门。然后僵直地迈出左脚，右臂顺着左肩滑下来，用咄咄逼人的指头在空中迅速地一划，做了老练的师傅[2]的暗号。）不管你是谁，我借着法术命令你：走，走，走！

（穿过外面的雾，传来一个男子边咳嗽边逐渐走远的脚步声。布卢姆的表情变得松弛了。他一只手插进背心，安详地摆好姿势。佐伊将巧克力朝他递过去。）

1　斯文加利是英国漫画家乔治·杜莫里埃所著小说《软毡帽》（1894）中的流氓头子，一个讨厌而富于音乐天才的奥裔犹太人。

2　参看第255页注释1。

布卢姆

（一本正经地）谢谢。

佐伊

叫你怎么做，你就怎么做吧。给！

（从楼梯上传来坚定的脚步橐橐声。）

布卢姆

（接巧克力）是春药吗？艾菊与薄荷。可这是我买的呀。香子兰是镇静剂呢，还是？能够增进记忆。光线混乱，连记忆都混乱了。红色对狼疮有效。颜色能够左右女人的性格，倘若她们有性格的话。这黑色使我难过。为了明天，吃喝玩乐吧[1]。（他吃起来。）淡紫色也对口味产生影响。可已经过了那么久啦，自从我。所以觉得那么新鲜。春。那个教士。准会来的。晚来总比不来强。我在安德鲁斯试试块菌吧。

（门开了。贝拉·科恩，一个大块头老鸨走了进来。她身穿半长不短的象牙色袍子，褶边上镶着流苏。像《卡门》中的明妮·豪克[2]那样扇起一把黑色角质柄扇子来凉快一下。左手上戴着结婚戒指和护圈。眼线描得浓浓的。她长着淡淡的口髭，那橄榄色的脸蛋厚厚实实，略有汗意。鼻子老大，鼻孔是橙色的。她戴着一副绿玉的大坠子。）

贝拉

唉呀！我浑身出着臭汗。

（她环顾一对对男女。然后，目光停在布卢姆身上，一个劲儿地端详着他。她手中那把大扇子不住地朝她那热腾腾的脸、脖子和富富态态的身躯上扇着。她那双鹰隼般的眼睛发出锐利的光。）

1 “吃喝玩乐吧”一语出自《路加福音》。

2 明妮·豪克（1852—1929），美国女高音歌剧演员。十九世纪七八十年代多次去欧洲（包括都柏林）巡回演出，尤以扮演吉卜赛女郎卡门著称。

扇子

（起先迅速地，接着又缓慢地挥动[1]。）喔，结过婚的。

布卢姆

是的。并不完全，阴错阳差的……

扇子

（先打开一半，然后一边合上一边说）太太当家。夫人统治。

布卢姆

（垂下两眼，怯懦地咧嘴笑着）可不是嘛。

扇子

（折叠起来，托着她左边的耳坠子）你忘记我了吗？

布卢姆

没。哦。

扇子

（合拢，斜顶着腰肢）你原先梦想过的她，就是我吗？那么，她和他是在你跟咱们相识之后吗？我现在是所有的女人，又是同一个女人吗？

（贝拉走过来，轻轻地用扇子拍打着。）

布卢姆

（畏缩）好厉害的人儿。她看到了我眼中那种睡意，那正是使女人们着迷的[2]。

---

1 原文是双关语，也含有“调情”意。

2 在《穿皮衣的维纳斯》中，女主人公旺达反复提到受虐狂者塞弗林眼中那种“睡意”或“睡眼惺忪的神色”。

扇子

（轻轻拍打着）咱们相遇了。你是我的。这是命运。

布卢姆

（被吓退）精力充沛的女人。我非常渴望受你的统治。我已精疲力竭，心灰意懒，不再年轻了。我像是手持一封尚未投递的信函，上面按规章贴着特别的邮资，站在人生这所邮政总局所设的迟投函件邮筒前。按照物体坠落的规律，门窗开成直角形便导致每秒钟三十二英尺的穿堂风。这会儿我感到左臀肌的坐骨神经痛。这是我们这个家族的遗传。可怜亲爱的爸爸，一个鳏夫，每逢犯病就能预知天气的变化。他相信动物能保暖。冬天他穿的背心是用斑猫皮做里子的。快死的时候，他想起大卫王和舒念的故事[1]，就跟阿索斯睡在一起。他去世后，这条狗也一直忠于他。狗的唾沫，你大概……（他退缩）啊！

里奇·古尔丁

（挟着沉重的文件包，从门口经过）弄假成真。在都柏林说得上是最实惠的。足可以招待一位王爷。肝和腰子。

扇子

（轻轻拍打）什么事都得有个结局。做我的心上人吧。现在。

布卢姆

（犹豫不决）现在就？那个避邪物我不该撒手。雨啦，暴露在海边岩石上的露水里啦。到了我这把年纪，竟还闹了那么个过失。所有的现象都是自然的原因造成的。

1　据《列王纪上》第1章，大卫王老迈后，大臣从舒念地方找到一个叫作雅比莎的少女，让她睡在他旁边，以暖其身。

扇子

（慢慢地朝下指着）你可以动手了。

布卢姆

（朝下望去，瞧见她把靴带松开了）咱们可是在众目睽睽之下。

扇子

（迅速地朝下指着）你非动手不可。

布卢姆

（既有意，又忸怩）我会打地道的黑花结。是在凯利特的店里当伙计，管发送邮购货物的时候学的。熟练着呢。每个结子都各有各的名堂。我来吧。算是尽一片心意。今天我已经跪过一回啦。啊！

（贝拉略提起衣裾，摆好架势，把蹬着半高筒靴的胖蹄子和穿丝袜的丰满的胶骨举到椅边。上了岁数的布卢姆腿脚僵硬，伏在她的蹄子上，用柔和的手指替她把靴带穿出穿进。）

布卢姆

（温柔地咕哝着）我年轻时候做的一个心爱的梦，就是在曼菲尔德当上一名替人试鞋的伙计。克莱德街的太太们那缎子衬里的考究的小山羊皮靴简直小得出奇，令人难以置信。我为那靴子扣上纽扣，把带子十字交叉地一直系到齐膝盖，那就别提有多么快活啦。我甚至曾每天去参观雷蒙德的蜡人，欣赏妇人脚上穿的那种巴黎式蛛网状长筒袜和大黄茎般光滑的脚趾尖。

蹄子

闻闻我这热腾腾的山羊皮气味吧。掂掂我这沉甸甸的分量。

布卢姆

（十字交叉地系着活扣儿）太紧了吧？

蹄子

你要是弄不好，可就汉迪·安迪[1]，我朝你的要害处踢上一脚。

布卢姆

可别像那个晚上在义卖会的舞会上似的，穿错了眼儿。倒霉。穿到她——就是您说的那一位——的鞋扣环里去了……当天晚上她遇到了……好啦！

（他系好了靴带。贝拉将脚撂到地板上。布卢姆抬起头来。她那胖脸，她的两眼从正面逼视着他。他的目光呆滞，暗淡下来，眼皮松弛，鼻翼鼓起。）

布卢姆

（嗫嚅着）先生们，听候各位的吩咐……

贝洛

（像怪物小王那样恶狠狠地瞪着他，然后用男中音说）不要脸的狗！

布卢姆

（神魂颠倒地）女皇！

贝洛

（他那胖嘟嘟的腮颊松垂下来。）通奸的臀部的崇拜者！

1　汉迪·安迪是塞缪尔·洛弗（参看第90页注释1）的同名长篇小说中的主人公。他经常出差错，所以这里就把布卢姆与他相比。

布卢姆

（可怜巴巴地）硕大无比！

贝洛

贪吃大粪的人！

布卢姆

（半屈膝）庄严崇高！

贝洛

弯下身去！（他用扇子拍打她的肩膀。）双脚向前屈！左脚向后退一步！你会倒下的。正在倒。手扶地，趴下！

布卢姆

（眼睛往上翻，表示仰慕，边闭眼边大叫）块菌！

（随着一声癫痫性的喊叫，她趴了下来，呼噜呼噜直喘，喷着鼻子，刨着脚跟前的地。然后双目紧闭，眼睑颤动，以无比娴熟的技巧把身子弯成弓形，装死躺下。）

贝洛

（头发剪得短短的，紫色的肉垂了下来。剃过的唇边是一圈浓密的口髭。打着登山家的绑腿，身穿有着银纽扣的绿色上衣和运动裙，头戴饰有公赤松鸡羽毛的登山帽。双手深深插进裤兜，将脚后跟放在她的脖颈上，嘎吱嘎吱地踩着。）脚凳！让你知道一下我的分量。奴才，你的暴君那灿烂的脚后跟骄傲地翘立着，闪闪发光。你在这王座前叩拜吧。

布卢姆

（慑服，颤声说）我发誓，永远不违背您的旨意。

贝洛

（朗笑）天哪！你还不知道会落到什么样的下场哪。我就是那个决定你这贱人的命运、要你就范的鞑靼人！老儿子，我敢打赌，要是不能把你收拾出个样子，就情愿请大家喝一通肯塔基鸡尾酒。你敢顶撞我一下试试。那你就穿上运动服浑身打着哆嗦等挨一顿脚后跟的惩罚吧。

（布卢姆钻到沙发底下，偷偷从缘饰的缝隙间窥伺。）

佐伊

（摊开裙裾，遮住布卢姆）她不在这儿。

布卢姆

（合上眼睛）她不在这儿。

弗洛莉

（用长衫藏起布卢姆）贝洛先生，她不是故意的。老爷，她会放乖的。

基蒂

不要对她太凶狠啦，贝洛先生。老爷，您准不会的。

贝洛

（用好话引逗着）来呀，好乖乖，我有话跟你说，亲爱的，我不过是训斥你两句罢了。咱们说点儿知心话吧，心肝儿。（布卢姆胆怯地探出头来。）这才是个好姑娘。（贝洛粗暴地一把揪住她的头发，把她硬往前边拽。）我只是为你好，才想在那个又软和又安全的地方来整治你一下。你那嫩屁股怎样啦？哦，宝贝儿，我只不过轻轻儿地爱抚一下。开始准备吧。

布卢姆

（快晕过去了）可别把我劈成两半……

贝洛

（狂暴地）笛子吹奏起来的当儿，我要让你像努比亚奴隶[1]似的，把套鼻圈、用老虎钳来夹、打脚掌、吊钩、鞭打的滋味，全都尝个够。这回可叫你赶上啦。我得让你至死也忘不了我。（他额上暴起青筋，脸上充血。）每天早晨我先进一顿包括马特森的煎肥火腿片和一瓶吉尼斯黑啤酒的讲究的早餐，接着就跨在你的背上，只当那是铺了绒垫的鞍子。（他打个嗝。）然后，我一边读《特许饮食业报》，一边吸着证券交易所的高级雪茄烟。我很可能会叫人在我的马房里把你宰掉，把你的肉用扦子串起来，涂上油，放在马口铁罐里，烤得像乳猪似的又松又脆；配上米饭、柠檬或蘸着醋栗酱，津津有味地吃它一片。够你受的吧。

（贝洛拧布卢姆的胳膊，把她摔个仰八脚儿。布卢姆尖声呼叫。）

布卢姆

别这么残忍，护士！别这么样！

贝洛

（拧着）再来一遍！

布卢姆

（尖叫）哦，简直是活地狱啊！我浑身疼得发狂！

1　努比亚是东北非古代地区名。十四世纪至二十世纪初，这里曾经是阿拉伯贩卖奴隶的中心。

贝洛

（大喊）好哇！凭着扭屁股跳跳蹦蹦的将军！这可是六个星期以来我听到的最好的消息。混蛋！别耽搁我的工夫。（他掴了她个耳光。）

布卢姆

（抽噎地诉说）你打我啦。我要去告你……

贝洛

按住这家伙，姑娘们，我要跨在这家伙身上。

佐伊

对。踩这家伙吧！我给你按住。

弗洛莉

我来按。别那么贪心。

基蒂

不，我来。把这家伙借给我。

（妓院厨娘基奥大妈在门口出现。满脸皱纹，胡子花白，系着满是油垢的围裙，脚穿男人的灰绿相间的短袜和生皮翻毛鞋，裸露着通红的胳膊，手里攥着一根巴满生面的擀面杖。）

基奥大妈

（凶狠地）我能帮上忙吗？

（众人抓住布卢姆，紧紧按住。）

贝洛

（咕哝一声，一屁股坐在布卢姆那仰着的脸上，一口口猛喷着雪茄烟，揉着胖胖的小腿。）我晓得基廷·克莱被选作里奇蒙精神病院副院长啦。顺便说一句，吉尼斯的特惠股份是十六镑四分之三。我真是个笨蛋，竟没把克雷格和加德纳同我谈起的那一股买下来。真是倒霉透顶，他们的。可是那匹该死的没有希望赢的“丢掉”，居然以二十博一获胜了。（他气冲冲地在布卢姆的耳朵上掐灭雪茄烟。）那只该死的混账烟灰缸哪儿去啦？

布卢姆

（受尽折磨，被屁股压得透不过气来。）唉！唉！禽兽！残酷的家伙！

贝洛

叫你每隔十分钟就央告一次。乞求吧。使出吃奶的劲儿来祈求吧。（他攥起拳头，然后把臭烘烘的雪茄烟夹在指间[1]，表示轻蔑地伸过来。）喂，吻一吻。两样都吻。（他迈开一条腿，跨坐在布卢姆身上，像骑士那样用双膝紧紧夹着布卢姆，厉声喊。）驾！骑上木马摇啊摇，摇到班伯里十字路口[2]。我要骑着这家伙到埃克里普斯的有奖赛马场上去。（他把身子弯向一边，粗暴地攥住坐骑的睾丸，喊着。）喘！向前冲呀。我要照正规方式训练你。（他像是跨坐在木马上似的，在鞍上蹦蹦跳跳。）小姐碎步款款行，马夫驾车快步走，老爷骑马直奔跑，奔跑，奔跑，奔跑。

弗洛莉

（指指贝洛）该让我骑了。你已经骑够啦。我比你先开的口。

佐伊

（拽拽弗洛莉）我。我。你还没够吗，吸血鬼！

1　这种污辱人的手势是将大拇指放在食指和中指之间，见《神曲·地狱篇》第25篇开头部分。

2　“骑……口”一语，出自一首童谣，通常是孩子骑在大人腿上或和大人一道骑木马时所唱。

布卢姆

（奄奄一息）不行啦。

贝洛

唔，我还没够呢。慢着。（他屏住气。）混账。喏。这只塞子快要崩掉了。（他拔掉屁股后头的塞子，然后，扭歪着脸，放个响屁。）接着！（重新塞好。）是啊，天哪，十六镑四分之三。

布卢姆

（浑身淌满汗水）不是男人。（嗅着。）是个女人哩。

贝洛

（站起来）别这么三心二意的。你所梦寐以求的，终于实现啦。从此，你不再是男人，却真正属于我了，并被套上了轭[1]。这会儿穿上你的惩戒服吧。你得脱掉你那男人衣服，明白吗，鲁碧·科恩？你要穿上这身闪光绸，头上和肩上都窸窣作响，雍容华贵。而且马上就换！

布卢姆

（畏缩起来）太太说是绸子！哦，窸窸窣窣、沙啦沙啦的！难道我得用指尖悄悄地摸吗？

贝洛

（指着他那帮妓女）看到她们现在的样子了吧，你也将跟她们一样。戴上假发，用火剪卷边，洒香水，擦香粉，腋窝剃得光光溜溜的。用卷尺贴身替你量尺寸。你将被狠狠地塞进胸部有着鲸骨架、活像老虎钳子的淡红灰色斜纹帆布紧身衣里，带子一直勒到尽头——装饰着钻

1　《穿皮衣的维纳斯》，参看第641页注释3。其中有旺达叫她的三个女黑奴给塞弗林套上了轭的情节。

石的骨盆那儿。你的身材比放任自流的时候要来得丰满，将把它束缚在网眼的紧身衣里，另外还有那二英两重的漂亮衬裙和流苏什么的，上面当然都标着我家的徽记。为艾丽斯做的漂亮亚麻布衬衣，和为她准备的上等香水。艾丽斯会伸手去摸摸吊袜带。玛莎和玛丽亚腿上穿得那么薄，起先会觉得有点儿凉。可你那光着的膝盖周围一旦用薄丝带镶起褶边，就会使你想到……

布卢姆

（一个娇媚的女仆，双颊厚厚地涂了脂粉，芥末色头发，长着一双男人的手和鼻子，眼睛斜睨着。）在霍利斯街的时候，我只半开玩笑地试穿过两次她的衣服。那阵子我们手头紧，为了省下洗衣店那笔开销，我都是亲自洗。我还翻改自己的衬衫。过的是最节省不过的日子。

贝洛

（嘲笑）是为了让妈妈高兴才做的吧，呃？然后把百叶窗拉严，身上只穿件化装舞衣，对着镜子，轻佻地卖弄你那脱了裙子的大腿和公山羊的乳房，做出各种委身的姿势，呃？哈哈，我不得不笑。米莉亚姆·丹德拉德太太在谢尔本饭店卖给你的那件黑色旧高级敞领衬衣和短裤，上次被她强奸的时候全都绽线了吧，呃？

布卢姆

米莉亚姆。黑色的。名声不好的女人。

贝洛

（大笑）伟大的基督，这简直太逗啦！你把后门的毛剃干净，盖上那玩意儿，晕倒在床上的时候，可真成了美人儿米莉亚姆啦。活像是即将被下面这些人强奸的丹德拉德太太。他们是：斯迈思-斯迈思陆军中尉、下院议员菲利普·奥古斯塔斯·布洛克维尔先生、健壮的男高音拉西·达列莫先生、开电梯的蓝眼睛伯特、因获得戈登·贝纳特奖杯而扬名的亨利·弗勒里、曾在三一学院的大学代表队做过滑艇第八号选手的黑白混血大富豪谢里登、她那只漂亮的纽芬兰狗庞托，以及马诺汉密尔顿公爵遗孀鲍勃斯。（*他又大笑一阵。*）哎呀，连暹罗猫都给招笑了。

布卢姆

（*她活动着双手和五官。*）当我念高中的时候，曾在《颠倒》这出戏里扮演过女角。那回，杰拉尔德使我真正变成一个胸衣爱好者。对，就是亲爱的杰拉尔德。他对姐妹的紧身褡着了迷，养成了这么个怪毛病。如今可爱的杰拉尔德擦粉红色的油彩，还把眼睑涂成金色的。这是对美的崇拜。

贝洛

（*不正经地嘻笑着*）美！当你撩起裙子巨浪式的荷叶边，以女人特有的细心坐到打磨得光光滑滑的宝座上的时候，连气儿都喘不过来了！

布卢姆

这是一门科学。把我们各自享受的形形色色的快乐比较一下。（*热切地*）说实在的，还是那个姿势好一些……因为过去我常常弄湿……

贝洛

（*严厉地*）不许顶嘴！角落里为你准备好锯末了。我不是严格地指示过你吗？站着干，老兄！我要教你像个骗子那样干！你敢在褓褓上留点污痕试试。哎嘿！凭着多兰的驴发誓，你会发现我是个纪律严明的人。你过去的罪恶会起来声讨你。很多。好几百桩。

过去的罪恶

（*声音混杂中*）他在黑教堂的阴影中，至少跟一个女人偷偷举行了婚礼。他一边对公共电话阁子的电话机做猥亵的举动，一边在精神上给居住在多利尔某号的邓恩小姐打电话，说些不堪入耳的话。他还公然用言语和行动来怂恿暗娼把粪便和其他污物丢到空房旁边龌龊的厕所里。在五个公共厕所里，他都用铅笔写道：愿为一切身体强壮之男子提供本人的妻子。难道他不曾每夜在发散异臭的硫酸工厂附近，从一对对热恋着的情侣身边走过，想碰碰运气，巴不得多少能看到点儿什么吗？难道这头肥公猪不曾躺在床上，用姜汁饼和邮政汇票来鼓励一个讨厌的妓女，让她提供用过好多遍令人作呕的草纸，并躺在床上馋涎欲滴地盯视它吗？

贝洛

（**大声吹口哨**）喂！在你这罪恶的生涯中，最使人恶心的淫荡行为是什么？统统说出来。吐个干净！这回可要老老实实地讲。

（**一张张沉默、冷酷的脸拥过来，有的斜眼瞅着，有的在逐渐消失，有的在嘲笑着。波尔迪·德·科克，靴子带儿一便士，卡西迪的老妪，盲青年，拉里·莱诺塞罗斯，姑娘，妇女，娼妓，另外还有……**）

布卢姆

不要问我！咱们共同的信仰。普莱曾茨街。我只转了一半念头……我凭着神圣的誓约保证……

贝洛

（**断然地**）回答！你这讨人嫌的下贱货！我非知道不可。给我讲点开心的事：不论是猥亵的，还是血淋淋、顶呱呱的鬼故事，要么就来上一行诗。快，快，快！在哪儿发生的？用什么方法？什么时候？跟多少人？我只给你三秒钟。一！二！三！……

布卢姆

（俯首帖耳，喉咙里发出咯咯声）我下、下、下作地嗅了讨、讨、讨厌的东西……

贝洛

（专横地）哦，给我滚出去，你这贱人！住口！问到你，再回答。

布卢姆

（鞠躬）老爷！太太！驯服男子的人！

（他举起双臂。没有卡子的手镯落地。）

贝洛

（刻薄地）白天，你把我们那一套套臭烘烘的内衣衬裤泡在水里捶打。我们这些夫人们不舒服的时候，也得你来伺候。你还得撩起衣服，屁股后头拴块搌布，替我们擦茅房。那该有多么称心啊！（他把一枚红玉戒指套在她的手指上。）这就好啦！戴上这戒指，你就属于我啦。说：谢谢您，太太。

布卢姆

谢谢您，太太。

贝洛

你得为我们叠被铺床，替我准备洗澡水，倒各间房里的尿罐，包括老厨娘基奥那只沙色的。对，你还得记住把七只尿罐都好好涮一遍，或当作香槟酒那样舔个干净。把我撒的尿趁热喝下去。你得麻麻利利、低三下四地伺候着，不然的话，我就训斥你不懂规矩。鲁碧[1]小姐，我要用头发刷子狠狠地揍你的光屁股。这样，你就会懂得怎样循规蹈矩

1 鲁碧，参看第92页注释1及有关正文。

了。晚上，你那双擦足了雪花膏、套上镯子的手，还得戴上一副有着四十三个纽扣、刚涂过滑石粉的手套，指尖上考究地洒了香水。为了能得到这些好处，从前的骑士不惜献出生命。（他咯咯笑着。）我手下那些小伙子看到你这副贵妇人的风度一定会神魂颠倒，尤其是那位上校，当他们在婚礼前夕来这儿爱抚我这个靴子后跟镀了金的新招牌姑娘的时候。首先，我得亲自试试你。我在赛马场上结识的查尔斯·艾伯塔·马什——我刚刚跟他睡过觉。还有一位文件筐与小包保管科的先生，正在物色一个百依百顺的女仆。挺起胸脯来。笑一笑。垂下肩去。肯出多少钱？（指着）现货就在这里。经过雇主的训练，能嘴里叼着水桶，搬呀运呀。（他挽起袖管，将前臂整个儿伸进布卢姆的阴户。）够深的吧！怎样，小伙子们？见了这，你们还能不挺起来吗？（他把胳膊伸到一个竞买者脸前。）喏，搞吧，挨着个儿地来！

一个竞买者

两先令银币。

（狄龙的伙计摇着手铃。）

伙计

当啷！

一个声音

多付了一先令八便士。

查尔斯·艾伯塔·马什

想必是个处女。气儿挺足。蛮干净。

贝洛

（抡起拍卖槌重重地敲了一下）两先令。低到了家的价钱，这简直跟白扔似的。有十四个举手的，摸一摸，检查一下她的部位。尽管用手摆弄。这长了茸毛的皮肤，这么柔软的筋，这么嫩的肉。要是我那把金锥子在手头就好了！而且奶水也挺足。一天能挤三加仑新鲜的奶。是多产的纯种，不出一个小时就能下崽。她老子的产奶纪录是四十周之内产两千加仑纯奶。喃，我的宝贝儿！央求一下！喃！（他把自己姓氏的首字C刺在布卢姆的臀部。）行啦！地地道道的科恩牌！两先令还给涨多少，先生们?

浅黑脸男子

（用假嗓子）一百英镑整。

众声

（放低嗓门）拍卖结果归哈里发了。哈伦·拉希德[1]。

贝洛

（兴高采烈地）好吧。让他们统统都来吧。窄小而毫无顾忌，只及膝盖的短裙，裙裾掀起，露出一抹白色宽松裤子，乃是强有力的武器。还有那透明的长袜，笔直的长长的棱线直伸到膝盖上端，再系上鲜绿色袜带，很投合城里玩厌了的人那种想别开生面的本能。要学会穿路易十五式后跟足有四英寸高的鞋[2]，走路时忸忸怩怩，装腔作势。还得会行希腊式的屈膝礼，挑逗地撅起屁股，大腿丰腴匀称，双膝端庄地并着。朝他们发挥出你的全部魅力吧。勾引他们去沉溺在蛾摩拉的恶习中[3]。

布卢姆

（把羞得通红的脸藏在腋窝里，口叼食指，傻笑。）哦，我现在好容易

1　哈伦·拉希德，参看第71页注释1。

2　在路易十五（1715—1774在位）统治法国的后期，妇女的裙裾缩短到露出脚脖子，并时兴穿高跟鞋。但四英寸还是夸张了。前文中的“玩厌了的”，原文为法语。

3　据传，所多玛和蛾摩拉二城，因居民犯鸡奸等罪被毁。

才明白你暗示的是什么了！

贝洛

像你这么个阳痿的家伙，除此而外还能做什么？（他弯下身去，边盯视边用扇子粗暴地戳布卢姆臀部那脂肪很厚的褶皱下面。）起来！起来！曼克斯猫！这是怎么啦？你那卷毛的茶壶哪儿去啦？要么就是什么人把它铰掉了吗，你这鸟儿？唱吧，鸟儿，唱呀。软耷拉的，就跟在马车后面撒尿的六岁娃娃那物儿一样。买只桶或卖掉水泵。（大声）你起得了男人的作用吗？

布卢姆

在埃克尔斯街……

贝洛

（讽刺地）我绝不想伤害你的感情，可有个肌肉发达的男人在那儿顶替了你。这叫作形势逆转，你这年轻的相公！他可是个粗壮有力的剽悍男子。咳，你这窝囊废，要是你也有那么个满是疙瘩、瘤子和瘊子的物儿就好啦。告诉你吧，他把浑身的劲头全使出来啦。脚对脚，膝对膝，肚子对肚子，乳房对胸脯！他可不是个阉人。屁股后头像荆豆丛似的扎煞着一簇红毛毛！小伙子，等上九个月吧！哎呀呀，它已经在她肚子里上下翻腾，蹬蹬踹踹，又咳嗽什么的！难道这还不使你气得火冒三丈吗？碰到痛处了吧？（他轻蔑地朝布卢姆啐口唾沫。）你这痰盂！

布卢姆

我深深受了凌辱，我……要去告警察。索赔一百英镑。竟然说得出口！我……

贝洛

有能耐你就去告吧，瘸鸭子。我们要的是瓢泼大雨，不是你那毛毛细雨。

布卢姆

会把我逼疯的！摩尔！我忘记了！饶恕我吧！摩尔……我们……还……

贝洛

（冷酷无情地）不行，利奥波德·布卢姆。自从你趴在睡谷里，在睡眠中度过长达二十年的夜晚，一切都按女人的意志改变了。回去瞧瞧吧。

（老睡谷隔着荒原呼唤。）

睡谷

瑞普·凡·温克尔！瑞普·凡·温克尔！

布卢姆

（脚上穿着破破烂烂的鹿皮靴，手里拿着一杆锈迹斑斑的鸟枪。他踮起脚尖，用手指摸索着。面容憔悴，骨瘦如柴而胡子拉碴的脸，对着菱形窗玻璃凝视，然后喊道）我看见她啦！是她！在马特·狄龙家第一次见到她的那个夜晚！可那件衣裳，绿色的！她的头发染成了金色的，而他……

贝洛

（愚弄地笑着）你这猫头鹰，那是你闺女哩，正跟穆林加尔的一名学生在一起。

（米莉·布卢姆，一头金发，身着绿衫，足蹬细长的凉鞋，听任蓝色头巾被海风吹拂得翻卷，甩开情人的双臂，惊奇地睁大眼睛叫着。）

米莉

天哪！这是爹爹啊。可是，哦，爹爹，你怎么苍老成这个样子啦！

贝洛

变啦，对吧？咱们的什锦柜，咱们那张从没在上边写过字的书桌，姨姥姥哈格蒂的扶手椅，是按古代大师的作品仿制的。一个男人和他的男友们在那儿养尊处优。王八窝。这也好嘛。你有过多少女人，呃，在黑咕隆咚的街上拖着脚步走，跟在她们后面，瓮声瓮气地咕哝着，使她们兴奋起来。怎样啊，你这男妓？跟踪那些捧着一包包食品杂货的规规矩矩的太太。向后转吧。我的公鹅啊，你和母鹅是半斤八两。

布卢姆

她们……我……

贝洛

（**尖酸刻薄地**）我们的鞋后跟将踩着你从雷恩拍卖行买的那条仿制的布鲁塞尔地毯。他们跟顽皮的莫尔胡闹一气，捉她裤子里的雄跳蚤，把你为艺术而艺术冒雨抱回家的那座小小雕像[1]一下子砸个粉碎。他们把你收藏在尽底下那只抽屉里的秘密全暴露出来。他们将把你那本天文学手册扯碎，搓成擦烟斗用的纸捻儿。他们还往你从汉普顿·利德姆那家店里花十先令买来的黄铜炉档里啐唾沫。

布卢姆

是十先令六便士。卑鄙无赖干下的勾当。放我走吧。我要回去。我要证明……

1　指希腊神话里的美少年纳希索斯的雕像，他因爱上自己映在水中之倩影而溺死并变为水仙。

一个声音

宣誓！

（布卢姆攥紧拳头，口叼长猎刀，匍匐前进。）

贝洛

是作为一名房客，还是一个男妾呢？太迟啦。你既然做了那张次好的床，其他人就得睡在上面。你的墓志铭已经写好了。老家伙，可不要忘记，你已经完蛋了，被逐出去啦。

布卢姆

正义啊！整个爱尔兰在跟一个人作对！难道谁都……

（他啃自己的大拇指。）

贝洛

要是你还有一点点自尊心或体面感的话，就死掉并下地狱去吧。我可以给你点珍藏的陈年老酒，你喝了就能跳跳蹦蹦地往返一趟地狱。签下一份遗嘱，将现钱统统留给我们！要是你一文不名，那么就偷也罢，抢也罢，横竖你这混蛋就非得把钱弄到手不可！我们把你葬在灌木丛中的茅坑里。那儿有我嫁过的继侄老卡克·科恩——一个该死的老痛风患者，诉讼代理人，颈部不断抽筋儿的鸡奸者。还有我另外十个或十一个丈夫，不管这帮鸡奸者叫什么名字，反正你都将跟他们死在一起，浑身龌龊，窒息在同一个粪坑里。（他爆发出含痰的朗笑声。）我们会把你沤成肥料的，弗罗尔先生！（他嘲弄地吹口哨。）拜拜，波尔迪！拜拜，爹爹！

布卢姆

（紧紧抱着自己的头）我的意志力！记忆！我犯了罪！我受了苦！

（他干哭起来。）

贝洛

（讥笑）哭娃娃！鳄鱼的眼泪！

（布卢姆丧魂落魄，紧紧地蒙起眼睛，脸伏在地上哽咽着，等待着当牺牲品。这时，传来丧钟声。行过割礼者披着黑围巾的身姿，着麻蒙灰，伫立在饮泣墙[1]旁。M. 舒勒莫维茨、约瑟夫·戈德华特、摩西·赫佐格、哈里斯·罗森堡、M. 莫依塞尔、J. 西特伦、明尼·沃赤曼、P. 马斯添斯基，以及领唱者利奥波德·阿布拉莫维茨导师[2]。他们摇着手臂，呼唤着圣灵，为哀悼叛教者布卢姆之死而恸哭。）

行过割礼者

（他们边以阴郁的喉音唱着，边往他身上撒死海之果，没有鲜花[3]。）以色列人哪，你们要留心听！上主是我们的上帝；唯有他是上主[4]。

众声

（叹息）那么，他走啦。啊，对。对，正是这样。布卢姆？从来没有听说过他。没有？是个古怪家伙。还有个寡妇。是吗？啊，对。

（从寡妇殉夫自焚的柴堆里，升起橡胶樟脑的火焰。香烟像棺衣一般遮住周围，逐渐消散。一位宁芙从栎木镜框里走了出来。她披散着头发，身上轻飘飘地穿着人工着色的茶褐色衣服，钻出她的洞穴，从枝叶交错的几棵紫杉下经过，站在布卢姆旁边。）

---

1 饮泣墙是耶路撒冷犹太会堂的残壁，为犹太人凭吊故国之处。

2 这里，作者把虚构的人物和真人真事杂糅在一起。一九〇四年，西伦巴德街三十八号确有个名叫J. 布卢姆的人。M. 舒勒莫维茨（死于1940）在该街五十七号的犹太图书馆当秘书。约瑟夫·戈德华特住在七十七号。摩西·赫佐格，参看第433页有关正文。哈里斯·罗森堡住在该街六十三号。J. 西特伦参看第86页注释4及有关正文。明尼·沃赤曼住在圣凯文步道二十号（位于西伦巴德街拐角处）。利奥波德·阿布拉莫维茨实有其人（死于1907），是个犹太教的拉比（教士）。

3 死海之果，指死海附近所多玛所产的苹果，其味道涩苦。按照犹太教习惯，葬礼和坟墓上禁止使用鲜花。

4 “以……上主”，原文为希伯来文，参看第175页注释4及有关正文。

紫杉们

（叶子叽叽喳喳）是姐姐。咱们的姐姐。嘘！

宁芙

（柔声）凡人！（亲切地）不，可不要哭！

布卢姆

（软绵绵地在枝叶下匍匐前进，浴着透过枝叶缝隙射进来的阳光，威严地）落到这么个境地。我早就觉出会是这样的。习惯势力。

宁芙

凡人！你在一堆歹徒当中找到了我。跳大腿舞的，沿街叫卖水果蔬菜的小贩，拳师，得人心的将军。穿肉色紧身衣、道德败坏的哑剧演员，在本世纪最叫座儿的歌舞节目《曙光女神和卡利尼》中跳希米舞的俏皮漂亮的舞女。我藏在散发着石油气味的粉红色廉价纸页当中。周围是俱乐部的男人们那些老掉牙的猥亵之谈，扰乱乳臭未干的小青年心情的话语，以及各种广告：透明装饰图片，按照几何图形制造的骰子，护胸，专利品，经疝气患者试用证明合格的疝带。有益于已婚者的须知。

布卢姆

（朝她的膝盖抬起海龟头）咱们曾经见过面。在另一个星球上。

宁芙

（悲戚地）橡胶制品。永远不会破的品种，专供贵族人士使用。男用胸衣。保治惊厥，无效退款。沃尔德曼教授神奇胸部扩大器使用者主动寄来的感谢信。据格斯·鲁布林太太来信说：我的胸围在三周内扩大了四英寸，并附照片。

布卢姆

你指的是《摄影点滴》吗?

宁芙

是啊。你带走了我，将我镶在装饰着金属箔的栎木镜框里，把我挂在你们夫妻的床上端。一个夏日傍晚，当没人看到时，你还吻了我身上的四个部位，并怀着爱慕心情用铅笔把我的眼睛、乳房和阴部都涂黑了。

布卢姆

(谦卑地吻她的长发)美丽的不朽的人儿啊，你有着何等古典的曲线。你是美的化身。我曾经仰慕你，赞颂你，几乎向你祷告。

宁芙

在漫漫黑夜，我听见了你的赞美。

布卢姆

(急促地)是啊，是啊。你指的是我……睡眠把每个人的最坏的一面暴露出来，也许孩子们是例外。我晓得我曾从床上滚了下去，或者毋宁说是被推下去了。据说浸过铁屑的葡萄酒能够治疗打鼾。另外，还有那个英国人的发明。尽管地址写错了，几天前我还是收到了关于医治打鼾的那份小册子。它说，能使人打一种不出声、不妨碍任何人的鼾。(叹息)一向都是这样的：脆弱啊，你的名字就是婚姻。

宁芙

(用手指堵住耳朵)还有话。我的字典里可没有那些话。

布卢姆

你听得懂那些话吗?

紫杉们

嘘！

宁芙

（用手捂住脸）在那间屋子里，我什么没见到呀？我不得不瞧些什么呀！

布卢姆

（抱歉地）我晓得。贴身穿的脏衬衣，还特意给翻了过来。床架上的环儿也松了，是老早以前由海上从直布罗陀运来的。

宁芙

（垂下头去）比那还糟糕，比那还糟糕！

布卢姆

（仔细审慎地想）是那个陈旧的尿盆吧？那不怪她的体重。她刚好是一百六十七磅。断奶后，增加了九磅。尿盆上有个碴儿，胶也脱落了。呃？那只有一个把儿的、布满回纹的蹩脚用具。

（传来瀑布晶莹地倾泻而下的声音。）

瀑布

噗啦呋咔[1]，噗啦呋咔。
噗啦呋咔，噗啦呋咔。

紫杉们

（枝条交叉）听啊。小点儿声。姐姐说得对。我们是在噗啦呋咔瀑布

1 噗啦呋咔为利菲河上游景色幽美的瀑布，位于都柏林西南二十英里，是根据凯尔特神话中的调皮小精灵呋咔而命名的。

旁边生长的。在令人倦怠的夏日，我们供大家遮荫。

约翰·怀思·诺兰

（身穿国民林务员制服，出现在后方。摘下那顶插了饰毛的帽子。）在令人倦怠的日子，遮阴吧，爱尔兰的树木！

紫杉们

（低语）是谁随同高中生的郊游到噗啦呋咔来啦？是谁丢下寻觅坚果的同学们，到我们树底下找阴凉儿来啦？

布卢姆

（鸡胸，瓶状肩膀，身穿不三不四的黑灰条纹相间、尺寸太小的童装，脚蹬白网球鞋，滚边的翻筒长袜，头上是一顶带着徽章的红色学生帽。）我当时才十几岁，是个正在发育的男孩儿。看什么都有趣儿。颠簸的车啦，妇人衣帽间和厕所混淆在一起的气味啦，密密匝匝地拥塞在古老的皇家剧场楼梯上的人群啦。因为他们喜欢你拥我挤，这是群体的本能，而且散发出淫荡气味的黑洞洞的剧场更使邪恶猖獗起来。我甚至喜欢看袜子的价目表。还有那股暑气。那个夏季，太阳上出现了黑点。学期结束。还有浸了葡萄酒的醉饼。多么宁静幸福的日子啊。

（宁静幸福的日子：高中男生穿着蓝白相间的足球运动衫和短裤。唐纳德·特恩布尔、亚伯拉罕·查特顿、欧文·戈德堡、杰克·梅雷迪思和珀西·阿普约翰站在林间空地上，朝着少年利奥波德·布卢姆喊叫。）

宁静幸福的日子

青花鱼！咱们再一道玩玩吧。好得很！（他们喝彩。）

布卢姆

（一个笨拙的小伙子，戴着暖和的手套，裹着妈妈的围巾，朝他丢来的松软的雪球像星星般地沾在身上。他挣扎着要站起来。）再一道！我觉得又回到十六岁啦！真有趣儿！咱们把蒙塔古街上所有的钟都敲响吧。（他有气无力地欢呼。）好得很，高中时代！

回声

傻瓜！

紫杉们

（飒飒作响）咱们的姐姐说得对。小声些。（整座树林子里，遍处都是喊喊喳喳的接吻声。树精从树干与枝叶间露出脸来窥伺，猛地绽开一朵朵的花。）是谁玷污了咱们这寂静的树荫儿？

宁芙

（羞答答地，从扎煞开的指缝间）那儿吗？在光天化日之下？

紫杉们

（朝下弯曲）是啊，姐姐。而且是在咱们这纯洁的草地上。

瀑布

噗啦呋咔，噗啦呋咔，
噗咔呋咔，噗咔呋咔。

宁芙

（扎煞着手指）哦，不要脸！

布卢姆

我曾经是个早熟的孩子。青春时期，法乌娜[1]。我向森林之神献了祭。

1　法乌娜是古罗马宗教所信奉的女神，保佑森林、农田和畜牧业丰产。

春季开的花儿。那是交尾的季节。毛细管引力是自然现象。我用可怜的爸爸那架小望远镜，从没拉严的窗帘缝儿偷看了亚麻色头发的洛蒂·克拉克在化晚妆。那个轻浮丫头吃起草来可野啦。在里亚托桥，她滚下山去，用她那旺盛的血气来勾引我。她爬上了弯弯曲曲的树，而我呢。连个圣徒也抑制不住自己。恶魔附在我身上啦。而且，谁也不曾看见呀。

（一头打着趔趄的无角白色小牛崽从叶丛间伸出头来。它嚅动着嘴，鼻孔湿漉漉的。）

刚生下的小牛崽

（大滴大滴的泪珠子从鼓起的眼睛里滚滚而下，吸溜着鼻涕。）我。我瞧。

布卢姆

仅仅是为了满足一阵欲望，我……（凄楚地）我追求姑娘，却没有一个理睬我。太丑啦。她们不肯跟我玩……

（在高高的霍斯山顶儿上，一只大奶、短尾母山羊缓步走在杜鹃花丛中，醋栗一路坠落着。）

母山羊

（鸣叫）咩、咩、咩、咩！呐喃呐呢！

布卢姆

（无帽，涨红着脸，浑身沾满蓟冠毛和荆豆刺）正式订了婚。境遇迁，情况变。（目不转睛地俯视水面）每秒三十二英尺，倒栽葱跌下去。印刷品的噩梦。发晕的以利亚。从断崖上坠落。政府印刷公司职员的悲惨下场。

（裹成木乃伊状的布卢姆木偶，穿过夏日静穆的银色空气，从狮子岬角的崖上旋转着滚进等待着他的紫水。）

木偶木乃伊

布布布布布卢卢卢卢卢布卢布卢布卢布罗布施布！

（远远地在海湾的水面上，爱琳王号从贝利灯塔与基什灯塔之间穿行。烟囱吐出羽毛状煤烟，扩散开来，朝岸边飘浮。）

市政委员南尼蒂

（独自站在甲板上。身着黑色羊驼呢衣服，面作黄褐色，手插进背心敞口，口若悬河地演说着。）当我的祖国在世界各国之间占有了一席之地，直到那时，只有到了那时，方为我写下墓志铭，我的话……

布卢姆

完了。噗噜呋！

宁芙

（高傲地）我们这些神明，正如你今天所瞧见的那样，身上没有那个部位，也没长着毛。我们像石头一样冰凉而纯洁。我们吃电光。（她把身子淫荡地弯成弓形，咬着食指。）你对我说话来着吧。声音是从背后传来的，你怎么竟能这样？

布卢姆

（沮丧地用脚踢着石楠丛）哎，我真是地地道道的一头猪猡。我甚至还灌了肠。从苦树采下的苦味液三分之一品脱，兑上一汤匙岩盐。插进肛门。用的是妇女之友牌汉密尔顿·朗的灌肠器。

宁芙

当着我的面。粉扑。（飞红了脸，屈膝）还不止这一桩呢！

布卢姆

（垂头丧气）对。我犯了罪[1]！我已经向不再这么叫的后背那个部位——一座活生生的祭坛致了敬。（突然以热切的口吻）为什么那双馥郁秀丽、珠光宝气的手，支配……的手[2]？

（一个个身影缓缓地勾勒出森林图案，像蛇一般缠到树干上，柔声呼唤着。）

基蒂的声音

（在矮树丛里）拿出个靠垫给咱瞧瞧。

弗洛莉的声音

喏。

（一只松鸡笨拙地从乱丛棵子中扑扇而过。）

林奇的声音

（在矮树丛里）哎唷！热得快开锅啦！

佐伊的声音

（在矮树丛里）从热地儿来的嘛。

维拉格的声音

（百鸟首领，披戴着饰以蓝竖纹羽毛的全副甲胄，手执标枪，踩着山毛榉果和橡子，大踏步穿过噼噼啪啪响的藤丛。）好热啊！好热！可得提防着坐牛[3]！

1　原文为拉丁文。

2　“支配……的手”，参看第426页注释1。

3　坐牛（约1831—1890）是美国达科他州特顿印第安人首领。

布卢姆

我受不了啦。她那热呼呼的身子留下的热烘烘的烙印。就连在女人坐过的地方坐坐都受不了，尤其在那叉开大腿仿佛要最后开恩的地方，甚至还留下把圆盘般的白棉缎衬裙高高撩起来的痕迹。充满了女人气息。我已经满得饱和啦。

瀑布

啡啦噗啦，噗啦呋咔，
噗啦呋咔，噗啦呋咔。

紫杉们

嘘！姐姐，说呀！

宁芙

（双目失明，身穿修女的白袍，包着两边张出翼状大折裥的头巾，望着远处，安详地）特兰奎拉女修道院。阿加塔修女。迦密山。诺克和卢尔德的显圣。没有了欲望。（她垂下头去叹气。）只剩下苍穹的灵气了。梦幻一般浓郁的海鸥，在沉滞的水上飞翔。

（布卢姆欠起身来。他的后裤兜儿上的纽扣崩掉了。）

纽扣

嘣！

（库姆的两个婊子身披围巾，淋着雨，边跳着舞过去，边用呆板的音调嚷着。）

哦，利奥波德丢了衬裤的饰针。
他不知道怎么办，
才能不让它脱落，
才能不让它脱落。

布卢姆

（冷漠地）你们把符咒给破了。这可是最后一根稻草[1]啊。倘若只有天上的灵气，该把你们这些圣职申请者和见习修女往哪儿摆呢？羞涩而心甘情愿，就像一头撒尿的驴。

紫杉们

（银纸叶子坠落，骨瘦如柴的胳膊老迈而摇来摆去。）虚幻无常！

宁芙

这简直是亵渎神明！竟敢试图破坏我的贞操！（她的衣服上出现一大片湿漉漉的污痕。）玷污我的清白！你不配摸一位纯洁女子的衣服。（她重新把衣服拢紧。）且慢。魔鬼，不许你再唱情歌。阿门。阿门。阿门。阿门。（她拔出短剑，披着从九名中选拔出来的骑士的锁子甲，朝布卢姆的腰部扎去。）你这个孽障！

布卢姆

（大吃一惊，攥住她的手。）喃！受保佑的！有九条命的猫！太太，要讲讲公道，用刀子割可使不得。是狐狸和酸葡萄吧，呃？你已经有了铁蒺藜，还缺什么？难道十字架还不够粗吗？（一把抓住她的头巾。）你究竟想要可敬的男修道院院长呢，还是瘸腿园丁布罗菲；要么就是没有出水口的送水人雕像，或是好母亲阿方萨斯，呃，列那？

宁芙

（大叫一声，丢下头巾，逃出他的手掌。她那用石膏塑成的壳子出现了裂纹，从裂缝里冒出一股臭气。）警……！

1　指成语“压垮骆驼背的是最后一根稻草”。意思是：“凡事稍微做过了头，就会前功尽弃。”

布卢姆

（从她背后喊）倒好像你自己并没有加倍地享乐似的。连动也不动一下就浑身糊满各种各样的黏液了。我试了一下。你的长处就是我们的弱点。你给我多少配种费呀？马上付多少现款？我读过关于你们在里维埃拉雇舞男的事。（正在逃跑的宁芙哭了一声。）呃？我像黑奴般地干了十六年的苦役。难道明天陪审员会给我五先令的赡养费吗，呃？去愚弄旁人吧，我可不上这个当。（嗅着。）动情。葱头。酸臭的气味。硫磺。脂肪。

（贝拉·科恩的身影站在他面前。）

贝拉

下次你就认得我啦。

布卢姆

（安详地打量着她）容颜衰退[1]。老婊子装扮成少妇的样子。牙齿长，头发密。晚上临睡吃生葱头，可以滋润容颜。通过锻炼，能消除双下巴颏。你那两眼就像你那只剥制狐狸的玻璃眼睛那么呆滞。它们跟你的胸腰臀尺寸也相当。就是这样。我可不是一架三翼螺旋桨。

贝拉

（轻蔑地）其实你已经不行啦。（她那母猪的阴部吼叫着。）吹牛皮！

布卢姆

（轻蔑地）先把你那没有指甲的中指擦干净吧。你那情人的冰凉精液正在从你的鸡冠上滴答着哪。抓把干草自己擦擦吧。

1　“容颜衰退”，原文为法语。

贝拉

我晓得你是个拉广告的！阳痿！

布卢姆

我瞧见你的情人啦：窑子老板！贩卖梅毒和后淋症的！

贝拉

（转向钢琴）你们之间是谁弹《扫罗》中的送葬曲来着？

佐伊

是我。当心你的鸡眼儿吧。（她一个箭步蹿到钢琴跟前，交抱着胳膊使劲碰琴键。）平板、机械、单调、生硬的旋律。（她回过头来瞟一眼。）呃？谁在向我的情人儿献殷勤？（她一个箭步蹿回到桌边。）你的就是我的，我的就是我自己的。

（吉蒂仓皇失措，用银纸遮住牙齿。布卢姆走近佐伊。）

布卢姆

（用柔和的声调）把那个土豆还给我好吗？

佐伊

没收啦。好东西，非常好的东西。

布卢姆

（深情地）那玩意儿什么价值也没有，但毕竟是我可怜的妈妈的遗物。

佐伊

给人东西又索讨，
天主问哪儿去了，
你就推说不知道，

天主送你下地狱。

布卢姆

这是有纪念意义的。我想拥有它。

斯蒂芬

拥有还是没有，这是一个值得考虑的问题。

佐伊

喏。（她撩起衬裙褶子，露出裸着的大腿，然后往下卷了卷长袜口，掏出土豆。）藏的人自然知道上哪儿去找。

贝拉

（皱眉）喂，这儿可不是有音乐伴奏、透过小孔看的那种下流表演。可别把那架钢琴砸烂啦。账由谁付呀？

（她走到自动钢琴旁边。斯蒂芬掏兜，捏着一张纸币的角儿，提拎出来递给她。）

斯蒂芬

（故作夸张的彬彬有礼）这个丝制钱包我是用酒吧间的猪耳朵做的[1]。太太，请原谅。要是您允许的话。（他含含糊糊地指林奇和布卢姆。）金奇和林奇，我们同赌共济。在我们开庭的这家窑子里[2]。

林奇

（从炉边招呼）迪达勒斯！替我祝福她吧。

1　这里，斯蒂芬是把"猪耳朵做不出丝钱包来"这一成语倒过来说的。

2　原文为法语，是把法国诗人弗朗索瓦·维庸（1431—1463？）的《胖马尔戈之歌》中的叠句略加改动。

斯蒂芬

（递给贝拉一枚硬币）喏，还是金的哩。她已经被祝福过啦。

贝拉

（瞧瞧钱，然后看看佐伊、弗洛莉和基蒂。）你们要三个姑娘吗？这里是十先令。

斯蒂芬

（欣喜地）十万个对不起。（他又掏兜，并摸出两枚克朗递给她。）请原谅，少给了[1]，我的眼神儿有点毛病。

（贝拉走到桌边去数钱，斯蒂芬用单音节词喃喃自语。佐伊朝桌子弯下身去。基蒂偎倚着佐伊的脖颈。林奇站起来，把便帽扶正，紧紧搂住基蒂的腰肢，把头凑到众人当中。）

弗洛莉

（使劲挣扎着站起来）噢！我的脚发麻。（她一瘸一拐地来到桌边。布卢姆挨了过去。）

贝拉、佐伊、基蒂、林奇、布卢姆

（叽里呱啦，拌嘴）那位先生……十先令……付了三份……稍等一等……这位先生的账另外算……谁在碰它？……噢！……掐我，可饶不了你……你是过夜呢，还是只泡一会儿？……谁干的？……你撒谎，对不起……这位先生已经像个上等人那样结清了账……喝酒……早就过十一点啦。

1　原文为意大利语。斯蒂芬已经给了面值一镑的纸币（二十先令），接着又递给贝拉一枚半英镑金币，共折合三十先令，所以贝拉问他是否要三个姑娘。斯蒂芬却误以为贝拉说他给少了，故又补了两克朗银币（合十先令）。

斯蒂芬

（在自动钢琴旁边，做表示厌恶的手势）不要酒啦！什么，十一点？一个谜语！

佐伊

（撩起裙裾，将那枚半克朗金币夹在长袜口里）这是躺在床上好不容易才挣到的哪。

林奇

（把基蒂从桌旁抱起）来呀！

基蒂

等一等。（她一把抓住两枚克朗。）

弗洛莉

还有我哪？

林奇

呼啦！

（他举起她，把她抱到沙发跟前，咕咚一声撂下去。）

狐狸叫，公鸡飞，
天堂钟声响，
整整十一点。
她可怜的灵魂，
该离开天堂啦。

布卢姆

（不动声色地把一枚半英镑金币放在贝拉与弗洛莉之间的桌子上。）就这样，请允许我。（他拿起那张一英镑纸币。）十乘三。咱们两不欠。

贝拉

（钦佩地）你可真狡猾，翘尾巴的老家伙。我都想吻吻你啦。

佐伊

（指着）他吗？深得像口吊桶井。

（林奇弯下身去吻着仰面躺在沙发上的基蒂。布卢姆拿着那张一英镑钞票，走到斯蒂芬跟前。）

布卢姆

这是你的。

斯蒂芬

这是怎么回事？心神恍惚的男子[1]或心神恍惚的乞丐[2]。（他又掏兜，摸出一把硬币。掉了一样东西。）掉啦。

布卢姆

（蹲下去，捡起一盒火柴，递给斯蒂芬。）这个。

斯蒂芬

晓星[3]。谢谢。

布卢姆

（温和地）你不如把那笔现款交给我来保管。凭什么多付呢？

斯蒂芬

（把硬币统统交给他。）先公正再慷慨。

1　“心神恍惚的男子”指哈姆莱特王子，参看第271页注释1及有关正文。
2　“心神恍惚的乞丐”，参看第271页注释3。
3　晓星是一八二七年发明的一种火柴的商标，后来成为火柴的泛称。

布卢姆

我要这么做，可这是个明智的办法吗？（他数着。）一，七，十一，再加上五。六。十一。你可能已经丢失的，我就不负责任了。

斯蒂芬

为什么说是敲了十一点呢？从语尾倒数第二音节上有重音。莱辛说："动作中的某一顷刻[1]。"口渴的狐狸。（他大笑。）埋葬它的奶奶。兴许她还是死在他手里的呢[2]。

布卢姆

统共是一英镑六先令十一便士。就算是一英镑七先令吧。

斯蒂芬

管它呢，没关系。

布卢姆

那倒也是，不过……

斯蒂芬

（来到桌旁）给我根香烟。（从沙发那儿往桌上丢了一支香烟。）于是，乔治娜·约翰逊死去了，并且结过婚。（一支香烟出现在桌上。斯蒂芬瞅着它。）奇怪。客厅里的魔术。结过婚。哼。（他划着一根火柴，沉浸在神秘的忧郁中，试图点燃香烟。）

林奇

（注视着他）要是把火柴挨近一点，就更容易点着了。

---

1 "动……刻"一语，出自莱辛的《拉奥孔》第16章。

2 这里，斯蒂芬从狐狸埋葬奶奶这个谜底联想到当天早晨穆利根对他说的"姑妈认为你母亲死在你手里"。

斯蒂芬

（把火柴凑到眼前）山猫般锐利的目光。得配副眼镜。昨天把眼镜打碎了。十六年前[1]。距离。一眼望去，都是平面。（他把火柴移开。熄灭了。）脑子在思索。是近还是远。无可避免的视觉认知形态。（他故作玄虚地皱皱眉头。）哼。斯芬克斯。双背禽兽在半夜里结了婚。

佐伊

娶她的是一个行商，把她带走啦。

弗洛莉

（点点头）伦敦的兰姆先生。

斯蒂芬

伦敦的羔羊，带走世人罪孽的[2]。

林奇

（在沙发上搂抱着基蒂，用深沉的嗓音吟诵。）赐我等平安[3]。

（香烟从斯蒂芬的手指间滑落下去。布卢姆拾起，投到炉格子后面。）

布卢姆

别抽烟啦。你得吃。我碰上的那条狗真可恶。（对佐伊）你们这儿什么都没有吗？

---

1 斯蒂芬打碎眼镜的往事，参看第276页注释2。

2 这里把“天主的羔羊，除掉世人罪孽的”一语做了改动。按：兰姆（Lambe）与羔羊（lamb）发音相同。

3 “赐……安”，原文是拉丁文。

佐伊

他饿了吗?

斯蒂芬

（笑吟吟地朝她伸出一只手，用《众神的黄昏》中“血誓”的曲调诵着。）

腹中难耐的饥饿，
刨根问底的老婆，
我们全都休想活[1]。

佐伊

（悲剧味十足）哈姆莱特，我是你父亲的手锥!（她抓住他的手。）蓝眼睛的美男子，我要替你看看手相。（她指着他的前额。）缺智慧，没皱纹。（她数着。）二，三，战神丘[2]，表明有勇气。（斯蒂芬摇摇头。）不骗你。

林奇

这是片状闪电的勇气。小伙子不会惊恐战栗。（对佐伊）是谁教会你看手相的?

佐伊

（转过身来）问问我压根儿就没有的睾丸吧。（对斯蒂芬）从你脸上就看得出来。眼神儿，像这样。（她低下头去，皱皱眉。）

林奇

（边笑边啪啪地打了两下基蒂的屁股。）像这样吧。戒尺。

（戒尺啪啪地大声响了两下。自动钢琴这口棺材的盖儿飞快

1　这三句台词，原文为德语。中间那句“刨根……婆”出自《尼伯龙根的指环》中的第2部《女武神》第1幕。

2　马尔斯（战神）丘是手相术语。手心上的七个隆起部位，分别叫作阿波罗丘、宙斯丘等。

地打开，多兰神父那又小又圆的秃头就像玩具匣里的木偶一般蹿了上来。）

多兰神父

哪个孩子想要挨顿打？打碎了他的眼镜？游手好闲、吊儿郎当的小懒虫！从你的眼神儿就看得出来。

（唐约翰·康米的头从自动钢琴这口棺材里伸了出来：温厚，慈祥，一副校长派头，用训诫口吻。）

唐约翰·康米

喏，多兰神父！喏，我保证斯蒂芬是个非常乖的小男孩儿[1]。

佐伊

（仔细看斯蒂芬的掌心）是只女人的手。

斯蒂芬

（咕哝）说下去。躺下。搂着我。爱抚。除了留在黑线鳕身上的他那罪恶的大拇指印，我永远也辨认不出他的笔迹[2]。

佐伊

你的生日是星期几？

斯蒂芬

星期四。今天。

---

1 关于斯蒂芬因打碎眼镜而挨多兰的打，并由康米解救的往事，参看第276页注释2。《神曲·地狱篇》第10章开头部分描写了但丁与从启了盖的石棺中露出头来的两个熟人交谈的情景。

2 据民间传说，黑线鳕胸鳍上的黑斑是彼得留下的大拇指印。

佐伊

星期四生的孩子前程远大。(她追踪着他的掌纹。)命运纹。结交有权有势的朋友。

弗洛莉

(指着)富于想象。

佐伊

月丘。你会遇上一个……(突然端详起他的双手来)对你不利的兆头，我就不告诉你啦。难道你想要知道吗?

布卢姆

(拽开她的手指，摊开自己的手掌)凶多吉少。这儿，替我瞧瞧。

贝拉

让我来瞧。(把布卢姆的手翻过来)不出我的所料：骨节突起，为了女人。

佐伊

(凝视布卢姆的手心)活像个铁丝格子。漂洋过海，为钱结婚。

布卢姆

不对。

佐伊

(快嘴快舌地)哦，我明白啦。小指短短的。怕老婆。不对吗?

(大母鸡黑丽泽在粉笔画的圈儿里孵着蛋。这时站了起来，扑扇着翅膀鸣叫。)

黑丽泽

嘎啦。喀噜呵。喀噜呵。喀噜呵。（它离开刚下的蛋，摇摇摆摆地走掉了。）

布卢姆

（指着自己的手）这疤瘌是个伤痕。二十二年前跌了个跤划破的。当时我十六岁。

佐伊

瞎子说：我明白啦，告诉咱点消息。

斯蒂芬

明白吗？朝着一个伟大的目标前进。我二十二岁。十六年前，我在二十二岁上跌了个跤。二十二年前，十六岁的他从摇马上跌了下去。（他畏缩。）我手上的什么地方伤着了。得去找牙医瞧瞧。钱呢？

（佐伊跟弗洛莉交头接耳。二人吃吃地笑。布卢姆把手抽回来，用铅笔在桌上反手随意写着字，形成舒缓的曲线。）

弗洛莉

怎么？

（家住多尼布鲁克—哈莫尼大街的詹姆斯·巴顿赶的第三百二十四号出租马车，由一匹扭着壮实的屁股小跑的母马拉着驰过。博伊兰和利内翰摊开手脚躺在两侧的座席上，晃来晃去。奥蒙德的擦鞋侍役蜷缩在后面的车轴上边。莉迪亚·杜丝和米娜·肯尼迪隔着半截儿窗帘悲哀地凝望着。）

擦鞋侍役

（颠簸着，伸出大拇指和像虫子般扭动的另外几个指头，嘲弄女人们。）嗬，嗬，你们长了角吗？

（金发女侍和褐发女侍窃窃私语。）

佐伊

（对弗洛莉）交头接耳。

（布莱泽斯·博伊兰倚着马车座席靠背。他歪戴硬壳平顶草帽，口衔红花。利内翰头戴游艇驾驶人的便帽，脚蹬白鞋，爱管闲事地从布莱泽斯·博伊兰的大衣肩上摘掉一根长发。）

利内翰

嗬！我看见的是什么呀？难道你从几个阴道上掸掉蜘蛛网来着吗？

博伊兰

（心满意足，微笑）我在薅火鸡毛哪[1]。

利内翰

够你干个整宿的。

博伊兰

（伸出形成钝角的四个粗手指，挤了挤眼。）让凯特狂热起来！倘若和样品不同，就照样退款。（他把小指伸过去。）闻一闻。

利内翰

（开心地嗅着）啊！像是浇了蛋黄酱的龙虾。啊！

佐伊和弗洛莉

（一道笑着）哈哈哈哈。

1　薅火鸡毛是俚语，指男女交媾。这里，博伊兰在向利内翰谈他与摩莉私通时的淫荡情景。

博伊兰

（矫健地跳下马车，用人人都听得见的大嗓门嚷着）嘿，布卢姆！布卢姆太太穿好衣服了吗？

布卢姆

（身着仆役穿的那种深紫红色长毛线上衣和短裤，浅黄色长袜，头戴撒了粉的假发。）好像还没有，老爷。还差几样东西……

博伊兰

（丢给他一枚六便士硬币）喂，去买杯兑苏打水的杜松子酒喝吧。（灵巧地把帽子挂在布卢姆头上长的多叉鹿角尖儿上。）给我引路。我跟你妻子之间有件小小的私事要办，你懂吗？

布卢姆

谢谢，老爷。是的，老爷。特威迪太太正在洗澡呢，老爷。

玛莉恩

他应该感到非常荣幸才是。（她噗噜噜地飞溅着澡水，走了出来。）拉乌尔亲爱的，来替我擦干了。我光着身子哪。除了一顶新帽子和随身携带的海绵，我可一丝不挂。

博伊兰

（眼睛快乐地一闪）再好不过啦！

贝拉

什么？怎么回事？

（佐伊跟她打耳喳。）

玛莉恩

让他看着，邪魔附体！男妓！他该鞭打自己一顿！我要写信给有势力的妓女巴托罗莫娜，一个长胡子的女人，叫她在他身上留下一英寸厚的鞭痕，并且要他给我带回一张签字盖章的字据。

贝拉

（嘲笑）呵呵呵呵。

博伊兰

（侧过身来对布卢姆）我去跟她干几回。这当儿，你可以把眼睛凑在钥匙孔上，自己跟自己干干。

布卢姆

谢谢您，老爷，我一定遵命，老爷。我可不可以带上两个伙伴来见识见识，并且拍张快照？（捧上一罐软膏）要凡士林吗，老爷？橙花油呢？……温水？

基蒂

（从沙发上）告诉咱，弗洛莉，告诉咱。什么……

（弗洛莉跟她打耳喳。悄悄地说着情话，啪嚓啪嚓地大声咂着嘴唇，吧唧吧唧，噼嚓噼嚓。）

米娜·肯尼迪

（两眼朝上翻着）噢，准是像天竺葵和可爱的桃子那样的气味！噢，他简直把她每个部位都膜拜到了，紧紧摽在一块儿！浑身都吻遍了！

莉迪亚·杜丝

（张着嘴）真好吃，真好吃。噢，他一边搞，一边抱着她满屋子转！骑着一匹摇木马。他们这样搞法，甚至在巴黎和纽约，你都听得见。

就像是嘴里塞满了草莓和奶油似的。

基蒂

（大笑）嘻嘻嘻。

博伊兰的嗓音

（既甜蜜又嘶哑，发自胸口窝）啊！天主布莱泽咯噜喀哺噜咔哧喀啦施特！

玛莉恩的嗓音

（既嘶哑又甜蜜，从嗓子眼儿里涌出来）喂施哇施特吻呐噗咿嘶呐噗呼喀！

布卢姆

（狂热地圆睁双目，抱着肘）露出来！藏起来！露出来！耕她！加把劲儿！射！

贝拉、佐伊、弗洛莉、基蒂

嗬嗬！哈哈！嘿嘿！

林奇

（指着）一面反映自然[1]的镜子。（他笑着。）哧哧哧哧！

（斯蒂芬和布卢姆朝镜中凝望。威廉·莎士比亚那张没有胡子的脸在那里出现。面部麻痹僵硬，头上顶着大厅里那个多叉驯鹿角形帽架的反影。）

1 “反映自然”一语，出自哈姆莱特王子的台词。见《哈姆莱特》第3幕第2场。

莎士比亚

（做庄严的腹语）高声大笑是心灵空虚的反映[1]。（对布卢姆）你以为人们瞧不见你的形影。瞧瞧吧。（他发出黑色阉鸡的笑声，啼鸣。）伊阿古古！我的老伙伴怎样勒死了他的星期四莫娜[2]。伊阿古古古！

布卢姆

（懦怯地朝三个婊子微笑）什么时候我才能听听这个笑话呢？

佐伊

在你两度结婚并做一次鳏夫之前。

布卢姆

对过失要宽容。就连伟大的拿破仑，当他死后赤身裸体地被人量尺寸的时候[3]……

（守了寡的迪格纳穆太太由于谈论死者而流了泪，并饮滕尼的黄褐色雪利酒，使她那狮子鼻和面颊泛红起来。她身着丧服，歪戴软帽，涂了口红，脸上抹着粉，匆匆赶路，活像一只母天鹅赶着成群的小天鹅。裙子底下露出她的亡夫家常穿的长裤和那双帮口翻过来的八英寸大号靴子。她手持苏格兰遗孀保险公司的保险单，打着一把大阳伞。她那窝小雏在伞下跟着她跑。帕齐用穿着单帮鞋的那只脚在前边跳跳窜窜，脖领松开来，手里提拎着一块猪排。弗雷迪啜泣着。苏茜那张嘴活像是哭着的鳕。艾丽斯吃力地抱着个娃娃。她啪啪地打着孩子们，催他们往前走，黑纱高

1　“高声……反映”一语出自英国作家奥利弗·哥尔德斯密斯（1730—1774）的田园诗《荒村》（1770）。

2　这里是把伊阿古的名字套在鸡叫声里。在《奥瑟罗》中，摩尔族贵胄奥瑟罗因受旗官伊阿古之挑拨，勒死了无辜的妻子狄丝蒂蒙娜，其名与星期四（瑟丝蒂）莫娜发音相近。

3　拿破仑死在英国殖民地圣赫勒拿岛后，三个法国医生坚持说是该岛的恶劣气候及英国当局的骚扰促使他“过早地死亡”的，五个英国医生则仔细量了遗体各部位的尺寸，故意在其“女性形体”（尤其是过分发达的胸部）上大做文章。

高地飘扬着。）

弗雷迪

啊，妈，别这么拽我呀！

苏茜

妈妈，牛肉茶都噗出来啦！

莎士比亚

（带着中风患者的愤怒）先把头一个丈夫杀了，然后嫁给第二个[1]。

（莎士比亚那张没有胡子的脸，变成马丁·坎宁翰的胡子拉碴的脸。阳伞仿佛喝得酩酊大醉，晃晃悠悠。孩子们都躲闪开来。坎宁翰太太头戴风流寡妇帽，身穿和服式晨衣，出现在伞下。她像日本人那样滴溜溜地旋转，鞠着躬，滑也似的侧身走过。）

坎宁翰太太

（唱）

他们称我作亚洲的珍宝[2]。

马丁·坎宁翰

（冷漠地凝视着她）好家伙！最恶毒、最令人讨厌的婆娘！

斯蒂芬

唯有义人之角，必被高抬[3]。皇后们跟优良公牛们一道睡觉。要记住：由于帕西菲的荒淫，我那肥胖的老祖父修建了第一间忏悔阁子。不要

---

1 “先……个”一语，参看第298页注释4。

2 “他……宝”一语，参看第139页注释1。

3 “唯……抬”一语，出自《诗篇》。上半句是：“恶人一切的角，我要砍断。”

忘记格莉塞尔·斯蒂文斯夫人[1]，也不要忘记兰伯特家的猪子猪孙。挪亚喝醉了酒。他的方舟敞着盖儿。

贝拉

可别在这儿来这一套。你认错门儿啦。

林奇

随他去吧。他是从巴黎回来的。

佐伊

（跑到斯蒂芬身边，挽住他的臂。）哦，说下去！说几句法国话给咱们听。

（斯蒂芬急忙戴上帽子，一个箭步蹿到壁炉跟前，耸肩伫立在那里。他摊开鱼鳍般的一双手，脸上勉强微笑着。）

林奇

（用拳头连擂沙发）噜哞噜哞噜哞，噜呜哞呜。

斯蒂芬

（像牵线木偶般地颤悠着身子，唠叨着）有千百家娱乐场所供你和可爱的仕女们消磨夜晚。她们把手套和其他东西，也许甚至连心都卖给你。在应有尽有的时髦而又非常新奇的啤酒厅里，许多穿得漂漂亮亮的公主般的高等妓女跳着康康舞[2]，给外国单身汉表演特别荒唐的巴黎式滑稽舞蹈。尽管英国话讲得蹩脚，然而风骚淫荡起来，她们可真是驾轻就熟。凡是对冶游格外挑剔的老爷们，可务必去观赏一下她们在流银色泪水的葬仪蜡烛映照下的天堂地狱表演[3]。那是每天晚上都举行

1　格莉塞尔·斯蒂文斯夫人，参看第574页注释4。

2　康康舞是十九世纪三十年代流行于巴黎舞厅的一种通俗舞蹈，其特征是高高踢腿，露出衬裙和大腿。

3　天堂地狱表演，指天主教的安魂弥撒，也叫黑弥撒。

的。普天之下再也没有比这更加阴森可怕、触目惊心的对宗教的嘲弄了。所有那些时髦潇洒的妇道人家，端庄淑静地走来，随即脱光衣服，尖声大叫起来，观看那个扮成吸血鬼的男人奸污衬衣凌乱[1]的非常年轻鲜嫩的尼姑。（大声咂舌）哎呀呀！瞧他那大鼻子！

林奇

吸血鬼万岁[2]！

妓女们

法国话说得好！

斯蒂芬

（仰面朝天地大笑，做怪相，为自己鼓掌喝彩）笑得大获成功。既有很像窑姐儿的天使，又有大恶棍式的神圣使徒。有些高级娼妇衣着极其可人，佩戴着一颗颗璀璨晶莹、闪闪发光的钻石。要么，你更喜欢老人们那种说得上是现代派快乐的猥亵吗？（他以怪诞的手势向周围指指点点，林奇和妓女们回应着。）把可以翻转的弹性橡皮女偶或非常肉感的等身大处女裸体像吻上五遍十遍。进来吧，先生们，瞧瞧镜子里的这些偶人扭着身子的各种姿势。要是想看更加过瘾的，还有肉铺小徒弟把温吞吞的牛肚或莎士比亚的剧作[3]煎蛋饼放在肚子上手淫的场面。

贝拉

（拍着肚子，深深地往沙发上一躺，放开嗓门大笑着。）煎蛋饼放在……嗬！嗬！嗬！嗬！……煎蛋饼放在……

1　原文为法语。

2　“瞧……子！”和“吸……岁！”原文均为法语。

3　本页正文字体变换处（除括号内），原文为均法语。

斯蒂芬

（吞吞吐吐地）我爱你，亲爱的先生。为了相互间达成真诚的谅解，我讲你们的英国话吧。哦，对，我的狼。得花多少钱。滑铁卢。抽水马桶。（他突然止住，伸出个小指。）

贝拉

（笑着）煎蛋饼……

妓女们

（笑着）再来一个！再来一个！

斯蒂芬

注意听着。我梦见一个西瓜。

佐伊

那就意味着到海外去，爱上一个外国女人。

林奇

为了讨个老婆，去周游世界。

弗洛莉

梦和现实正相反。

斯蒂芬

（摊开双臂）就在这儿。娼妓街。在蛇根木林荫路上，魔王让我看到了她——一个矮胖寡妇。红地毯铺在哪儿呢？

布卢姆

（挨近斯蒂芬）瞧……

斯蒂芬

不，我飞了。我的仇敌在我下面。以迨永远，及世之世。父亲[1]！自由！

布卢姆

喂，你呀……

斯蒂芬

他想要使我意气消沉吗！哦，他妈的[2]！（他那秃鹫爪子磨得尖尖的，喊叫着。）喂，呵，呵！

（西蒙·迪达勒斯的嗓音。虽昏昏欲睡，却及时呵呵地回应着。）

西蒙

好的。（他展开结实、沉重的秃鹰翅膀，雄赳赳地啼叫着，边兜圈子边从空中笨拙地飞下来。）呵，儿子！你将要赢吗？嘀！呸！净跟那些杂种厮混在一起。不许他们挨近你。抬起头来！让咱们的旗帜飘扬！图案是银白底上，一只展翅飞翔的赤鹰。周身披甲的阿尔斯特王！咳嘀！（他学猎兔犬发现猎物时的吠叫声。）哺儿哺儿！哺儿哺噜哺噜哺儿噜哺噜！嘿，儿子！

（墙纸上的叶子图案和底色排成队迅速地越过田野。一只肥壮的狐狸，从隐匿处被赶出来，刚刚埋葬完奶奶，翘起尾巴，两眼发出锐利的光，在树叶底下寻觅獾的洞穴。一群猎鹿犬跟随着。鼻子贴在地面上，嗅着猎物的气味，哺儿哺噜哺儿哺噜地发出嗜血的吠声。医院俱乐部的男女猎人跟它们一道活动，起劲地捕杀猎物。尾随于后的是来自六英里小岬、平屋和九英里石标的助猎者，拿着满是节疤的棍子、干草叉、鲑鱼钩和套索；还有手

1　原文为拉丁文。参看第312页注释1及有关正文。

2　原文为法语。

执牧鞭的羊倌，挎着长筒鼓的耍熊师，携带斗牛剑的斗牛士，摇晃着火把的老练的黑人。成群的赌徒、掷晃锚游戏的、玩杯艺的和玩牌时作弊的，大喊大叫。替盗贼把风者和头戴魔术师高帽、嗓子嘶哑的赌注经纪人，震耳欲聋地吵吵嚷嚷。）

群众

参赛马的程序单。赛马一览表！

冷门马是以十博一！

这里有赚头！生意有赚头！

以十博一，除了一匹！

旋转詹尼，撞撞你的运气！

以十博一，除了一匹！

卖猴子[1]！

我来个以十博一！

以十博一，除了一匹！

（一匹没有骑手的黑马，鬃毛在月光下汗水淋漓，眼珠子像星宿似的闪着光，宛若幽灵般冲过决胜终点。冷门马成群地弓背猛跳着，跟在后面。精瘦的马匹们，权仗、马克西姆二世、馨芳葡萄酒，威斯敏斯特公爵的跨越、挫败，波弗特公爵那匹获巴黎奖的锡兰。侏儒们披戴锈迹斑斑的铠甲，骑在马上，并在鞍上跳跃，跳跃。在淅淅沥沥的雨中，殿后的是骑着热门马北方的科克[呼吸急促的灰黄色驽马]的加勒特·迪希。他头戴蜂蜜色便帽，身穿绿茄克衫，橙色袖子。他一手紧攥缰绳，一手执曲棍球棒，摆好了姿势。驽马那一跛一跛的四肢上打着白色绑腿，一路险巇，缓步前进。）

1　卖猴子是赌博行话。“猴子”为五百英镑的俚语。这里，赌注经纪人说，他可以把赌注押到五百英镑。

橙带党分支成员们

（嘲笑着）老爷，下来推推吧。最后一圈儿啦！晚上您才能到家呢！

加勒特·迪希

（直挺挺地骑在马上，被指甲抓破了的脸上贴满邮票，抡着曲棍球棒，在枝形吊灯灿烂光辉的照耀下，一双蓝眼闪烁着，以练马的步调飞跑过去。）走正路[1]！

（一对桶整个儿翻在他和用后脚站起的驽马身上，漂浮着硬币般的胡萝卜、大麦、葱头、芜菁、土豆的羊肉汁倾泻而下。）

绿党[2]分支成员们

雨天儿，约翰爵士！雨天儿！阁下！

（士兵卡尔、士兵康普顿和西茜·卡弗里从窗下走过，荒腔走板地唱着。）

斯蒂芬

听哪！咱们的朋友，街上的喊叫。

佐伊

（举起一只手）站住！

士兵卡尔、士兵康普顿和西茜·卡弗里

可是我有种偏爱，
对约克郡……

1　原文为拉丁文。这是斯蒂芬任教的学校校长迪希当天上午对他说过的话。
2　绿党，指爱尔兰国民党。

佐伊

那指的是我。（她拍着手。）跳舞！跳舞！（她跑到自动钢琴跟前。）谁有两便士？

布卢姆

谁要……？

林奇

（递给她硬币）喏。

斯蒂芬

（不耐烦地撅着手指发出声音）快！快！我那占卜师的手杖呢？（跑到钢琴跟前，拿起他那梣木手杖，踏着拍子跳起庄严的祭神舞。）

佐伊

（转着自动钢琴的把手）来吧。

（她往投钱口里丢进两便士。金色、桃红色和紫罗兰色的光束射了出来。圆筒咕噜咕噜转动，迟迟疑疑地以低音调奏出华尔兹舞曲。古德温教授戴着挽成活结的假发，大礼服外面披着污迹斑斑、带护肩的斗篷。他年迈得惊人，身子已经弯成两半截，双手发颤，脚步蹒跚地踱到房间另一端。小得可怜的他端坐在钢琴凳上，像个少女似的娴雅地点点头，活结一颤一颤的，用无手的、棒槌般的双臂敲着琴键。）

佐伊

（用脚后跟打着拍子，滴溜溜地旋转身子。）跳舞吧。这儿有什么人要跳？谁跳舞？把桌子清一清。

（在变幻莫测的灯光下，自动钢琴以华尔兹舞曲的拍子演奏起《我的意中人是位约克郡姑娘》的序曲。斯蒂芬将他的梣木手杖丢到桌上，一把搂住佐伊的腰。弗洛莉和贝拉把桌子朝壁炉推了推。斯蒂芬以夸张的高雅风度搂着佐伊，在室内旋转着跳起华尔兹舞。她的袖子从动作优雅的臂上滑落下来，露出种痘留下的白肉花。布卢姆站在一旁。马金尼教师从帷幕间伸出一只脚来，大礼帽在脚趾尖上滴溜溜旋转。他熟练地一踢，那帽子便旋转着飞到他的头顶上了。他春风得意，滑也似的溜进了屋子。他身穿有着紫红色绸翻领的暗蓝灰色长礼服，系着奶油色护颈胸薄纱，背心的领口开得低低的，打成蝴蝶结的雪白宽饰领，淡紫色紧腿裤，脚蹬浅口无带的漆皮轻舞鞋，手上戴着鲜黄色手套。扣眼里插着一大朵大丽花。他朝相反的方向旋转着一根有云状花纹的手杖，随后又把它紧紧夹在腋下。他将一只手轻轻按着胸骨，深打一躬，把玩着花儿和纽扣。）

马金尼

运动的诗，健美体操的艺术。跟莱格特·伯恩夫人或利文斯顿毫无关系。还安排了化装舞会。举止端庄。凯蒂·兰内尔[1]舞步。那么，好好看着我！注意我的舞蹈本领。（他以蜜蜂般轻快的步伐向前迈出三个小碎步。）大家向前走！鞠躬！各就各位[2]！

（序曲终止。古德温教授出神地用臂打着拍子，逐渐缩小、干瘪下去，他那斗篷像活物一般垂落到钢琴凳周围。主旋律越发清晰了，是华尔兹舞曲的节奏。斯蒂芬和佐伊自由自在地旋转着。灯光忽而金色，忽而玫瑰色，忽而紫罗兰色，渐明渐暗地变幻着。）

自动钢琴

两个小伙子谈着他们的姑娘，姑娘，姑娘，

1　凯蒂·兰内尔（1831—1915）是奥地利芭蕾舞教师，舞蹈动作设计者，曾在伦敦的英国杂耍剧院任职

2　原文为法语。

他们留下的心上人[1]……

（早晨的时光们从角落里跑了出来。金发，足蹬细长的凉鞋，身穿女孩儿气的蓝衣，马蜂腰，清白的手。她们矫健地跳着舞，抡着跳绳。晌午的时光们穿的是呈琥珀色的金黄衣裳。她们笑着，手挽着手，高高地插在头上的梳子闪闪发光，举起双臂，用嘲讽的镜子捕捉阳光。）

马金尼

（轻轻拍着戴了手套发不出声音的手）摆好方阵！一对儿一对儿地前进！呼吸要平稳！身体保持平衡[2]！

（早晨的时光们与晌午的时光们各自就地跳起华尔兹舞，旋转着，相互挨近，身子扭来扭去，互行鞠躬礼。站在她们身后的舞伴把胳膊弯成弓形，支撑着，忽而又把手落到她们的肩上，抚摩一下，再抬起来。）

时光们

你可以摸我的……

献殷勤的男舞伴们

我可以摸你的……吗？

时光们

哦，可要轻点儿！

献殷勤的舞伴们

啊，轻轻儿地！

---

1 “两……人”是《我的意中人是位约克郡姑娘》的开头两句，参看第373页注释1。

2 原文是法语。

自动钢琴

我那羞答答的小妞儿的腰肢[1]……

（佐伊和斯蒂芬更舒缓地晃着身子，奔放地旋转着。黄昏的时光们出现在投到地上的长长的影子里，向前移动。拖拖拉拉，散散漫漫，眼神呆滞，脸颊上淡雅地涂着散沫花染料，呈现出一抹人为的红润。她们身穿灰色网纱衣服，在从陆地吹向海上的微风中，扑扇着黑不溜秋的蝙蝠袖。）

马金尼

四对儿前进！面对面！点头致意！交换手！互换方向[2]！

（夜晚的时光们一个挨一个地悄悄来到最后的那个地方。早晨、晌午和黄昏的时光们从她们面前退下去。她们戴着假面具，头发上插着匕首，套着铃铛串成的音色低沉的手镯。她们精疲力竭，隔着面纱行屈膝礼。）

手镯们

嗨嗬！嗨嗬！

佐伊

（滴溜溜地旋转着，手搭凉棚）哦！

马金尼

排在中间！女人手拉手做链条！呈篮子状！背对背[3]！

（她们疲倦地将身体屈向前，一足落地，一足后伸，两手前

---

1 “我……肢”出自《我的意中人是位约克郡姑娘》。这里，“腰肢”后面省略了“又细又小”字样。

2 原文为法语。“面对面”指男女面对面地分别站成一排。“调换手”指一排男人从站成一排的女人当中穿来穿去，反复调换着伸手给女舞伴。

3 原文为法语。这几句舞蹈动作指示的意思是：叫男人排在中间，女人在周围手拉手，状似用链条把男人圈在篮子里。

后平伸，在地板上组成图案。织毕又拆开，行屈膝礼，打着转转翩翩起舞，简直构成旋涡形。）

佐伊

我发晕啦！

（她挣脱开，瘫倒在一把椅子上。斯蒂芬一把抓住弗洛莉，跟她一道旋转起来。）

马金尼

揉面包！兜圈子！手搭桥！摇木马！螺旋形[1]！

（夜晚的时光们忽而扭在一起，忽而松开，相互拉着的手来回交替，将胳膊弯成弓形，用动作构成拼花图样。斯蒂芬和弗洛莉笨拙地旋转着。）

马金尼

跟女伴跳舞！调换舞伴！送小小的花束给女伴！互相道谢[2]！

自动钢琴

美极了，美极了，
吧啦嘣！

基蒂

（跳起来）哦，在迈勒斯义卖会的旋转木马上，就奏这个曲子来着！

（她朝斯蒂芬奔去。他唐突地撇下弗洛莉，又抓住基蒂。一只苍鸻的尖叫声像哨子般地刺耳。托夫特那笨重的旋转木马，呻吟抱怨咯咯响，朝右慢腾腾地旋转，在室内兜着圈子。）

---

1 原文为法语。"揉面包"指双手反复向前向下地活动，做揉面包的姿势。
2 原文为法语。

自动钢琴

我的妞儿是个约克郡姑娘。

佐伊

地地道道的约克郡姑娘[1]！

都来跳吧！

（她抓住弗洛莉，同她跳起华尔兹舞。）

斯蒂芬

独舞！

（他把基蒂旋转到林奇的怀抱中，从桌上抓起他那根梣木手杖，参加跳舞。大家滴溜溜地旋转着，翩翩跳起华尔兹舞：布卢姆与贝拉，基蒂与林奇，弗洛莉与佐伊，嚼着枣味胶糖的女人们。斯蒂芬头戴帽子，手执梣木杖，脚像青蛙似的叉开，对准半空，不高不低地踢着脚。他闭着嘴，半攥着的手放在大腿下。槌子叮当铿锵咚咚乱响，吹号角的嘀嘀地吹着。蓝、绿、黄色的闪光。托夫特那笨重的木马旋转着，骑手们晃来晃去地悬挂在镀金蛇上。腑脏跳方登戈舞，踢起泥土，用脚踩拍子，随即停了下来。）

自动钢琴

她虽是工厂姑娘。

却不穿花哨衣裳[2]。

（他们紧紧地搂抱着，在炫目、灿烂、摇曳的光芒中，迅速、愈益迅速，嗖嗖嗖，飞也似的走过，脚步声沉重而响亮。吧啦嘣！）

1　“地地……娘！”和前文中自动钢琴所奏的“美极了，美极了”以及“我的妞儿……娘”，均出自《我的意中人是位约克郡姑娘》。下文中的“独舞”，原文为法语。

2　“她……裳”是“可是我有种偏爱，对约克郡小玫瑰”前面的两句。

全体

再来一个！再来一个[1]！妙啊！再来一个！

西蒙

替你妈妈娘家的人想一想！

斯蒂芬

死亡的舞蹈。

（当啷，伙计的手铃又当啷一声。马、驽马、阉牛、猪仔，康米神父骑着基督驴，拄着拐的独脚瘸腿水兵在小艇上交抱着胳膊，拉纤，跛行，跺脚，跳的整个儿是号笛舞。吧啦嘣！骑着驽马、阉猪、系着铃铛的马、加大拉猪，科尼在棺材里。钢铁鲨鱼、石头独臂纳尔逊，两个狡猾的婆娘[2]身上满是李子汁，大声喊着从婴儿车里滚下来。天啊，他是无与伦比的。酒桶出贵族，蓝色的引线，洛夫神父晚祷，布莱泽斯乘轻便二轮马车，盲人，恰似鳕鱼那样蜷缩着身子骑自行车的人们，迪丽拿着雪酥糕，不穿花哨衣裳。最后，是一场之字形舞，动作迟缓，步子沉重，一上一下，酿酒桶嘎噔嘎噔的。合乎总督和王后[3]的口味，呱嗒呱嗒噼通扑通玫瑰花。吧拉嘣！）

（一对对舞伴退到一旁去。斯蒂芬跳得眩晕起来，屋子朝后旋转。他双目紧闭，脚步蹒跚。红栅栏朝着宇宙飞去。太阳周围的全部星辰绕着大圈子旋转。亮的蠓虫在墙上跳舞。他猛地停了下来。）

1　原文为法语。

2　“婆娘”，原文为德语。第7章“可爱而肮脏的都柏林”中所描述的两个老妪。

3　“王后”，原文为法语。这里指总督夫人。当总督夫妇的马车驰往迈勒斯义卖会会址时，位于他们必经之路的三一学院校园中一直在奏着《我的意中人是位约克郡姑娘》的曲调。

斯蒂芬

嗬！

（斯蒂芬的母亲憔悴不堪，僵直地穿过地板出现了。她身穿癞病患者的灰衣服，手执枯谢的橘花环，披着扯破的婚纱。面容枯槁，没有鼻子，坟里的霉菌使她浑身发绿。她披散着稀疏的长发，用眼圈发蓝的凹陷的眼窝凝视斯蒂芬，张开牙齿掉光了的嘴，说了句无音的话。童贞女和听忏悔的神父组成的唱诗班唱着无声之歌。）

唱诗班

饰以百合的光明的司铎群……

极乐圣童贞之群[1]……

（勃克·穆利根身穿深褐与浅黄色相间的小丑服，头戴装有旋涡形铃铛的丑角帽，站在那里目瞪口呆地凝视着她。他手里拿着掰开来涂了黄油、热气腾腾的甜烤饼。）

勃克·穆利根

她死得怪惨的。真可怜！穆利根遇见了那位不幸的母亲。（他把两眼朝上一翻。）墨丘利·玛拉基[2]！

母亲

（脸上泛着难以捉摸的微笑，显示出死亡带来的疯狂）我曾经是美丽的梅·古尔丁。我死啦。

斯蒂芬

（吓得发抖）狐猴，你是谁？不。这是什么妖魔耍的鬼把戏？

1　原文为拉丁文。

2　墨丘利·玛拉基，参看第26页注释4及有关正文。

勃克·穆利根

（摇着他帽子上那旋涡形铃铛）真是恶作剧！金赤这小狗杀了那母狗婆娘。她翘辫子啦。（融化了的黄油泪从他的两眼里滴到甜烤饼上。）我们的伟大而可爱的母亲！葡萄紫的大海[1]。

母亲

（挨近了些，轻轻地朝他呼出一股湿灰的气味）斯蒂芬，这是人人都得经受的。世上女人比男人多。你也一样。时候会到来的。

斯蒂芬

（惊愕、悔恨和恐惧使他喘不上气来。）母亲，他们说是我杀死你的。那家伙亵渎了对你的记忆。是癌症害死你的，不是我。这是命运。

母亲

（嘴的一边滴滴答答地淌下绿色胆汁。）你曾为我唱过那首歌。爱情那苦涩的奥秘[2]。

斯蒂芬

（热切地）妈妈，要是你现在知道的话，就告诉我那个字眼吧。那是大家都晓得的字眼。

母亲

那个晚上，当你和帕狄在多基跳上火车的时候，是谁救的你？当你在陌生人当中感到悲哀的时候，是谁可怜过你？祷告是万能的。念乌尔苏拉祈祷书里那段为受苦灵魂的经文，就可以获得四十天大赦。悔改吧，斯蒂芬。

1　原文为希腊文，参看第5页注释2。

2　“爱……秘”是《谁与弗格斯同去》一诗中的一句，参看第11页注释2及有关正文。

斯蒂芬

食尸鬼！鬣狗！

母亲

我在另一个世界为你祷告。每天晚上用完脑子以后，叫迪丽给你煮点大米粥。自打在肚子里怀上你，多少年来我一直爱着你。哦，我的儿子，我的头一胎。

佐伊

（用大扇子扇着自己）我都快融化啦！

弗洛莉

（指着斯蒂芬）瞧！他脸色苍白。

布卢姆

（走到窗边，把它开大一些）叫人发晕。

母亲

（两眼露出郁闷的神色）悔改吧！啊，地狱的火焰！

斯蒂芬

（气喘吁吁）经受永劫之火！啖尸肉者！刚砍下来的头和鲜血淋漓的骨头。

母亲

（她的脸越挨越近，发出湿灰气息。）当心哪！（她抬起那变黑了的、干瘪的右臂，扎煞着手指，慢慢伸向斯蒂芬的胸口。）当心天主的手[1]！

1　天主的手代表其权力意志，因为凡是看见天主的人都不能继续生存下去。

（一只长着一双恶毒的红眼睛的绿螃蟹，将它那龇牙咧嘴的钳子深深戳进斯蒂芬的心脏。）

斯蒂芬

（怒不可遏，几乎窒息，面容变得灰暗苍老。）狗屎！

布卢姆

（在窗边）怎么啦？

斯蒂芬

天哪，没什么[1]！理智的想象！对我来说：要么得到一切，要么一无所有。我不侍奉[2]。

弗洛莉

给他点儿冷水。等一等。（她连忙跑出去。）

母亲

（缓慢地使劲扭着双手）噢，耶稣圣心啊，怜悯他吧！啊，神圣的圣心啊！拯救他免下地狱。

斯蒂芬

不！不！不！你们在家有本事就挫我的锐气吧。我将叫你们一个个屈膝投降！

母亲

（临死时痛苦地挣扎着，发出痰声）主啊，为了我的缘故，可怜可怜

1　原文为法语。
2　原文为拉丁文。

斯蒂芬吧！当我在骷髅冈[1]上怀着爱、悲哀和凄楚咽气的时候，我的痛苦是难以形容的。

斯蒂芬

护身剑[2]！

（他用双手高高举起梣木杖，把枝形吊灯击碎。时光那最后一缕死灰色火焰往上一蹿，紧接着在一片黑暗中，是整个空间的毁灭，玻璃碎成碴儿，砖石建筑坍塌下来[3]。）

瓦斯灯

卟呋咯！

布卢姆

住手！

林奇

（冲上前去，抓住斯蒂芬的手。）喂！别这样！不要胡闹！

贝拉

警察！

（斯蒂芬丢掉梣木手杖，将头和胳膊僵直地往后一挺，跺着地板，从门口的娼妇们当中穿过，逃出屋子。）

贝拉

（叫嚷）追上他！

（两个妓女奔到大门口。林奇、基蒂和佐伊从屋里争先恐后地

1　骷髅冈即把耶稣钉在十字架上的地方。

2　原文为德语，意思是"必要的""不可缺少的"，系《众神的黄昏》中的魔剑名。

3　"整个……来"，参看第33页注释5及有关正文。

跑出去。他们激动地说着话。布卢姆也跟了出去，又返回来。）

妓女们

（簇拥在大门口，指着）在那儿哪。

佐伊

（指着）哦，准是出了什么事。

贝拉

灯钱归谁赔？（她一把抓住布卢姆的上衣后摆。）嘿，你跟他在一块儿来着，灯被打碎了。

布卢姆

（冲到门厅，又奔跑回来）什么灯呀，大娘？

一个妓女

他的上衣撕破了。

贝拉

（眼神冷酷，充满了愤怒与贪婪，指着）谁来赔这个？十先令。你是见证人。

布卢姆

（抓起斯蒂芬的梣木手杖）我？十先令？难道你还没从他那儿捞够吗？难道他没有……？

贝拉

（大声地）喂，别说大话啦。这里可不是窑子。这是十先令的店。

布卢姆

（他把头伸到灯下，拽了一下链子。刚一拽，在瓦斯灯光的映照下，一个破碎了的淡紫色罩子便映入眼帘。他举起梣木手杖。）只打碎了灯罩。他不过是……

贝拉

（退缩，尖叫）唉呀！可别！

布卢姆

（把手杖闪开）我只想让你看看他是怎样打那罩子的。造成的损害还到不了六便士呢。十先令！

弗洛莉

（端着一杯水进来）他哪儿去啦？

贝拉

你要我去喊警察吗？

布卢姆

哦，我知道，宅院里的斗犬。然而他可是三一学院的学生。那儿净是你们这个店的主顾。替你们出房租的先生们。（他做了个共济会会员的手势。）你明白我的意思吗？他是副院长的侄子哩。你不愿意闹出丑闻吧。

贝拉

（愤然）三一学院。赛艇以后闯到这儿来，胡闹一气，连一个便士也不掏。你在这儿是我的长官吗？他在哪儿？我要控告他！让他丢尽了脸！我说到做到！（大声嚷）佐伊！佐伊！

布卢姆

（穷追不舍）这要是你那个在牛津的亲儿子呢？（用警告的口吻）我知道。

贝拉

（几乎说不出话来）您是哪一位？微服私访！

佐伊

（在大门口）那儿有人打架哪。

布卢姆

什么？哪儿？（他往桌子上丢了一枚先令，然后说）这是灯罩钱。在哪儿？我需要吸点山里的空气。

（他匆匆穿过门厅走到外面。娼妓们在指着。弗洛莉跟在后面，从她歪拿着的玻璃酒杯一路洒下水来。所有聚在大门口台阶上的娼妓们都指着雾已消散了的右方，七嘴八舌地说着。从左手辚辚地驶来了一辆出租马车。它逐渐减慢了速度，停在房前。布卢姆在大门口瞅见科尼·凯莱赫正要跟两个闷声不响的淫棍一道走下马车。贝拉在门厅里催促着手下的娼妓们。她们给以黏黏涎涎、吧唧吧唧的飞吻。科尼·凯莱赫报以幽灵般轻薄的微笑。一言不发的淫棍们转身去付钱给马车夫。佐伊和基蒂还在朝右边指着。布卢姆飞快地从她们二人当中穿过去，把他那哈里发的头巾拉得低低的，整理一下，穗饰披肩，将脸扭向一边，匆忙冲下台阶。布卢姆俨然成了微服出访的哈伦·拉希德，从淫棍们背后穿过去，沿着栏杆，以豹子般的飞毛腿往前冲去，一路抛撒着在大茴香籽汁里浸泡过的一个个撕破了的信封，留下臭迹。每迈一步，梣木手杖便戳出一个印儿。三一学院的霍恩布洛尔头戴嗬嗬帽，身穿灰色长裤，手里抡着一根狗鞭，领着一群警犬，远远地跟在后面。它们嗅着那股气味，靠近一些，长吠一声，气喘吁吁，失掉了臭迹，四散奔跑，耷拉着舌头，又咬布卢姆的脚后跟，在他后面跳跳蹦蹦。他忽走忽跑，忽而按“之”字形前进，忽而又飞奔起来，两耳贴着后脑勺。砂砾、白菜帮子、饼干匣、鸡蛋、土豆、死鳕鱼、妇女所趿拉的拖鞋都雨点子般地朝他掷过来。重新嗅到气味的一群学领袖样儿的队伍取“之”字形，大喊大叫，吵吵闹闹地奔跑着追逐他，其中包括夜警丙六十五号和丙六十六号、约翰·亨利·门顿、威兹德姆·希利、维·B. 狄龙、参议员南尼蒂、亚历山大·凯斯、拉利·奥鲁尔克、乔·卡夫、奥多德太太、精明鬼伯克、无名氏、赖尔登太太、“市民”、加里欧文、某人、陌生面孔、似曾相识者、一面之缘者、伙伴、克里斯·卡利南、查尔斯·卡梅伦爵士、本杰明·多拉德、利内翰、巴特尔·达西、乔·海因斯、红穆雷、编辑布雷顿、蒂·迈·希利、菲茨吉本法官先生、约翰·霍华德·巴涅尔、可敬的鲑鱼罐头萨蒙、乔利教授、布林太太、丹尼斯·布林、西奥多·普里福伊、米娜·普里福伊、韦斯特兰横街邮政局女局长、C. P. 麦科伊、莱昂斯的朋友、独脚霍罗翰、街上的男人、街上的另一男人、足球靴子、狮子鼻汽车司机、新教徒阔太太、戴维·伯恩、艾伦·麦吉尼斯太太、乔·加拉赫太太、乔治·利德维尔、长了鸡眼的吉米·亨利、拉拉西校长、考利神父、曾在税务局任职的克罗夫顿、丹·道森、手持镊子的牙医布卢姆、鲍勃·多兰太太、肯内菲克太太、怀思·诺兰太太、约翰·怀思·诺兰、在驶往克朗斯基亚的电车里的那位将大屁股蹭过来的漂亮的有夫之妇、出售《偷情的快乐》的书摊老板、杜比达特小姐——而且她真的吃了、罗巴克的杰拉德·莫兰太太和斯坦尼斯劳斯·莫兰太太、德里米的事务员、韦瑟亚普、海斯上校、马斯添斯基、西特伦、彭罗斯、艾伦·菲加泽尔、摩西·赫佐格、迈克尔·E. 杰拉蒂、警官特洛伊、加尔布雷斯太太、埃克尔斯街拐角处的警官、带着听诊器的老医生布雷迪、海滨上的神秘人物、衔回猎物的狗、米莉亚姆·丹德拉德太太和她所有的情人。)

叫嚣声

（慌慌张张，气恼混乱）他就是布卢姆！拦住布卢姆！把布卢姆截住！截住强盗！喂！喂！在拐角那儿堵住他！

（布卢姆上气不接下气地来到比弗街的脚手架下，在喧嚣地吵着架的一簇人边上停下脚步。至于是谁在骂骂咧咧地吵着什么，围观者完全不摸头脑。）

斯蒂芬

（以优美的姿态，缓慢地深呼吸）你们是我的客人。不速之客。多亏了乔治五世和爱德华七世[1]。看来这要怪历史。记忆的母亲们所编的寓言。

士兵卡尔

（对西茜·卡弗里）这家伙是在侮辱你吗？

斯蒂芬

我用女性称呼跟她寒暄来着。也许是中性。不生格[2]。

众人的声音

没有，他没有。我看见他啦。那个姑娘。他去科恩太太那儿了。出了什么事？士兵和市民搅在一起。

西茜·卡弗里

我跟士兵们待在一块儿来着，后来他们方便去了，你知道，于是这个小伙子从我背后跑了过来。我对在我身上花钱的主顾是讲信用的，尽管我只是个一次一先令的婊子。

---

1 “多亏了”是反话。在一九〇四年，英王爱德华七世同时为爱尔兰国王。其子乔治（威尔士亲王）则将继承英国及爱尔兰王位。

2 不生格是双关语，既可理解为“石女”，又含有“非属格”的意思。

众人的声音

她对男人是讲信用的。

斯蒂芬

（瞧见了林奇和吉蒂的头）你们好，西绪福斯[1]。（他指着自己和旁人。）富于诗意。有新诗情趣。

西茜·卡弗里

是啊，谁跟他走。我跟一个当兵的朋友走！

士兵康普顿

这个下贱东西就欠挨个耳光。哈里，揍他一拳。

士兵卡尔

（对西茜）当我和他去撒尿的时候，这家伙侮辱你来着吗？

丁尼生勋爵

（一位绅士诗人，身着美国国旗图案的鲜艳夺目的运动上衣，下身是打板球穿的法兰绒裤子。秃头，胡子飘垂着。）他们用不着去问个究竟[2]。

士兵康普顿

揍他，哈里。

1　西绪福斯是希腊神话中的科林斯国王，被罚入地狱。他把巨石推上山顶，但巨石随即滚下来，永无终止。

2　“他们……究竟”一语，出自丁尼生的《轻骑旅》第2节，原诗是指这些骑兵唯有勇往直前去送死。

斯蒂芬

（对士兵康普顿）我叫不出你的名字啦，但你说得很对。斯威夫特博士说过，一个全副武装的能打倒十个穿衬衫的人。衬衫是举隅法。举一反三，举三反一。

西茜·卡弗里

（对群众）不，我曾跟士兵们待在一起

。

斯蒂芬

（和蔼地）为什么不能？勇敢的少年兵。依我看，比方说，每一位妇女……

士兵卡尔

（歪戴着军帽，朝斯蒂芬走来。）喂，老板，我要是朝你的下巴颌来上一拳，怎么样？

斯蒂芬

（仰望天空）怎么样？非常不舒服。自吹的高尚技艺。就我个人来说，我憎恶行动。（他挥挥手。）我的手有点儿疼。这毕竟是你们的争吵，不是我的[1]。（对西茜·卡弗里）这儿有什么纠纷。究竟是怎么回事呀？

多利·格雷[2]

（从她家的阳台上挥着手绢，做耶利哥女杰的记号。）喇合[3]。再见

1 原文为法语。这是意译，直译为："这些毕竟是你们的葱头。"

2 多利·格雷是以布尔战争为题材的通俗歌曲《再见吧，多利·格雷》（作者为威尔·D.科布与保罗·巴恩斯）中的女主人公。

3 以色列人的领袖。当约书亚派两个探子到迦南耶利哥去刺探该城虚实时，妓女喇合把他们藏了起来。城陷落后，喇合照事先约好的，把红绳子绑在窗口上，因而一家人得以幸免于难。

吧，厨师的儿子[1]。平平安安地回到多利那里吧。在梦中与你撇下的姑娘相会吧，她也会梦见你。

（士兵们将眩晕的眼睛转向她。）

布卢姆

（用臂肘拨开人群，使劲拽斯蒂芬的袖子。）马上就去吧。老师，车夫在等着哪。

斯蒂芬

（掉过身来）呃？（挣脱开）凭什么不让我跟他或是在这扁圆形橘子[2]上笔直地走着的任何人说话呢？（用指头指着）只要看到对方的眼睛，跟谁说话我都不怕。保持直直地站着的姿势。（他蹒跚地后退一步。）

布卢姆

（扶住他）你自己可要保持平衡。

斯蒂芬

（发出空洞的笑声）我的重心已经移动了。我忘记了窍门儿。咱们找个地方坐下来谈谈吧。生存竞争是人生的规律，然而人类的和平爱好者，尤其是沙皇和英国国王，却发明了仲裁术[3]。（他拍拍自己的前额。）但是在这里，我必须杀死教士和国王[4]。

患淋病的女仆

你们听见教授说的话了吗？他是学院里的教授哩。

---

1 “再……子”一语出自吉卜林的《心神恍惚的乞丐》。

2 扁圆形橘子，指地球。

3 一八九九年，俄国外交大臣米哈伊尔奉沙皇尼古拉二世（1868—1918）之命，邀请二十六国的代表在海牙召开国际会议，会后公布《海牙公约》——通过和平解决国际争端的公约，并成立常设仲裁法院。

4 威廉·布莱克（参看第33页注释3）常把教士与国王作为压迫者的象征，相提并论。

坎蒂[1]·凯特

听见了。我听见啦。

患淋病的女仆

他是用那么极为文雅的语言来表达自己。

坎蒂·凯特

对，可不是嘛。可同时既尖锐锋利，又恰到好处。

士兵卡尔

（甩开拦住他的人，迈步向前。）你在怎么说我的国王来着?

（爱德华七世在拱廊上出现。他身穿绣着圣心的白色运动衫，胸间佩戴着嘉德勋章、蓟花勋章、金羊毛勋章、丹麦的象勋章、斯金纳与普罗宾的骑兵章、林肯法学团体主管委员章、古老光荣的马萨诸塞炮兵连队队徽。他嘴里嚼着红色枣味胶糖，身穿被推选出来的堂皇完美崇高的共济会会员的衣服，右手拿着袜子，系着围裙，上面标明德国制造，左手提着用印刷体写着禁止小便[2]字样的泥水匠的桶。人们以雷鸣般的欢呼声来迎接他。）

爱德华七世

（缓慢、庄重，然而含糊不清地）和平，真正的和平。为了表明身份，朕手里特提着此桶。小伙子们，你们好。（他转向臣民们。）朕来此是为目睹一场光明正大、势均力敌的角斗的。朕衷心祝愿双方好运。你的老子诡计多端[3]。（他同士兵卡尔、士兵康普顿、斯蒂芬、布卢姆和林奇握手。）

（掌声雷动。爱德华七世谦和地举起手中的桶，以表谢意。）

1　坎蒂（Cunty）为音译，意译为“阴部的”。

2　原文为法语。

3　原文为阿拉伯语。

士兵卡尔

（对斯蒂芬）再说一遍。

斯蒂芬

（紧张不安，态度友好，竭力打起精神。）我明白你的见解，尽管眼下我自己没有国王。这是专利成药的时代。在这么个地方很难进行议论。然而要点是：你为你的国家而死。假定是如此。（他把自己的胳膊搭在士兵卡尔的袖子上。）我并不希望你会这样。不过我说：让我的国家为我而亡吧。到目前为止，已经是这样了。我并不曾希望祖国灭亡。灭亡。去他妈的吧。生命永垂不朽！

爱德华七世

（飘浮在成堆的被屠杀者尸体上面。他身穿滑稽的耶稣的衣裳，头上为耶稣的光晕所环绕。那张散发着磷光的脸上有一颗白色的枣味胶糖。）

我有个新颖办法，人人都称奇：

尘埃丢进盲者眼，立刻就复明。

斯蒂芬

国王们和独角兽们！（他朝后退了一步。）咱们找个地方去……那个姑娘说什么来着？……

士兵康普顿

喂，哈里，朝他的睾丸踢上一脚。给阴茎也来一下子。

布卢姆

（轻声地对士兵们）他自己都不晓得在说些什么。喝得有点过了头，在作怪呢。苦艾酒。绿妖精。我了解他。他是个有身份的人，一位诗人。不会有什么事的。

斯蒂芬

（点点头，笑逐颜开）有身份的人，爱国主义者，学者，又是审判骗子的法官。

士兵卡尔

我才管不着他是谁呢。

士兵康普顿

我们才管不着他是谁呢。

斯蒂芬

我好像把他们惹恼了，拿绿布给公牛看[1]。

（巴黎的凯文·伊根身穿有着西班牙式流苏的黑色衬衫，头戴晓党式的帽子，对斯蒂芬打了个手势。）

凯文·伊根

喂，早安！长着黄牙齿的母夜叉[2]。

（帕特里克·伊根从后面窥伺。他有着一张兔子般的脸，正在啃着榅桲叶。）

帕特里克

社会主义者[3]！

---

1 红是英格兰的国色，绿是爱尔兰的国色。那两个士兵是英国人，所以这里把“拿红布给公牛看就发火”的说法改了一下。

2 长着黄牙齿的母夜叉，指维多利亚女王。

3 此处的“社会主义者”和上文的“早安”，原文均为法语。

堂埃米尔·帕特里吉奥·弗兰兹·鲁佩尔托·蒲柏·亨尼西[1]

（**披戴着中世纪的锁子甲和有着两只野鹅飞翔图案的头盔。出于崇高的义愤，伸出一只戴着连环甲的手，指着士兵们。**）把这些犹太佬打趴在脚下，浑身都是肉汁的大肥猪，卑鄙的英国佬们[2]！

布卢姆

（**对斯蒂芬**）回家来吧。你会惹上麻烦的。

斯蒂芬

（**恍恍惚惚地**）我才不逃跑呢。是他对我的理智进行挑衅。

患淋病的女仆

一眼就看得出他是贵族出身。

悍妇

绿胜似红。这是沃尔夫·托恩说的[3]。

老鸨

红不比绿差。还更强呢。士兵万岁！爱德华国王万岁！

粗野的人

（**笑**）唉！向德威特[4]投降吧。

1 这一长串名字中的前四个令人联想到散布于奥地利、法、俄、西班牙等国的“野鹅”家族，参看第62页注释1。约翰·蒲柏·亨尼西（1834—1891）是保守的爱尔兰天主教政客。

2 “把……们！”原文是德、英、西班牙语混合而成的。

3 沃尔夫·托恩，参看第339页注释3。

4 德威特，参看第233页注释4。

市民

（围着鲜绿色大头巾，手执橡木棒，喊叫着。）

祈愿天主从上苍，
一只鸽子派世上，
牙齿锋利若剃刀，
割破英国狗咽喉，
多少爱尔兰领袖，
被他们送上绞架。

推平头的小伙子

（脖子上套着绞索，用双手按住淌出来的内脏。）

对世人我不仇恨，
爱祖国胜过国王。

恶魔理发师朗博尔德

（在两个戴黑面具的助手的伴随下，提着一只旅行包，边往前走，边将它打开。）女士们，先生们，这把大菜刀是皮尔西太太为了砍死莫格而买的。这把餐刀是沃伊辛用来肢解一位同胞的老婆的。他用床单将尸体裹起，藏在地窖里。那个不幸的女人的咽喉被从右耳割断到左耳。这是从巴伦小姐的尸体里提取的砒霜，塞登就因而被送上了绞架。

（他突然拽了一下绞索。助手们蹿跳到被害者脚下，边咕哝边把他往下拽，推平头的小伙子的舌头猛地耷拉下来。）

推平头的小伙子

忘、记、为、母、祈、冥、福[1]。

（他咽了气。由于被绞死者急剧的勃起，精液透过尸体迸溅到鹅卵石上。贝林厄姆夫人、耶尔弗顿·巴里夫人和默雯·塔尔

1　“忘……福”是《推平头的小伙子》中的一句歌词。

博伊贵夫人赶紧冲上前，用她们的手绢把精液蘸起。）

朗博尔德

我自己也快轮到了。（他解开绞索。）这是曾经绞死过可怕的反叛者的绳索。经向女王陛下请示，每次是十先令。（他把头扎进被绞死者那剖开的肚子里，等到伸出来时，上面已经粘满了盘绕在一起、热气腾腾的肠子。）我的痛苦的职务已经完成。上帝保佑国王！

爱德华七世

（缓慢、庄严地跳舞，咯嗒咯嗒地敲打着桶，心满意足地柔声歌唱。）

在加冕日，在加冕日，

啊，咱们快乐一番好吗？

喝威士忌、啤酒和葡萄酒！

士兵卡尔

喂。关于我的国王，你说什么来着？

斯蒂芬

（举起双手）哦，别老说车轱辘话啦！我什么也没说。为了他那野蛮帝国，他要我的钱，还要我的命，而他本来就是伺候“索取”这个主子的。钱，我是没有的。（他面无表情地在兜里掏来掏去。）给了什么人啦。

士兵卡尔

谁稀罕你那臭钱？

斯蒂芬

（想走开）有谁能够告诉我，在什么地方最能躲开这种无可避免的灾难呢？在巴黎也有这类事[1]。并不是我……然而，凭着圣帕特里克的名义……！

（几个妇女把头凑在一起。缺牙老奶奶戴着一顶塔糖状的帽子，坐在毒菌[2]上出现了，胸前插着一朵生枯萎病凋谢了的土豆花。）

斯蒂芬

哎嘿！我认识你，老奶奶！哈姆莱特，报复[3]！吃掉自己的猪崽子的老母猪[4]！

缺牙老奶奶

（来回晃悠）爱尔兰的情人，西班牙国王的女儿，我亲爱的[5]。对我家里的陌生人可不能讲礼貌！（她像狺女[6]那样不祥地恸哭着。）哎哟！哎哟！毛皮像绢丝般的牛[7]（她哀号着说。）你遇见了可怜的老爱尔兰，她怎样啦[8]？

斯蒂芬

我怎么来容忍你好呢？帽子的戏法[9]！三位一体的第三位在哪儿呢？我热爱的教士[10]吗？可敬的吃腐肉的乌鸦[11]。

1　原文为法语。

2　参看第18页注释1及有关正文：送牛奶的老妪“像一个坐在毒菌上的巫婆”。

3　在《哈姆莱特》第1幕第5场中，父亲的鬼魂对王子说：“哈姆莱特……你必须替他报复那逆伦惨恶的杀身仇恨。”

4　在《一个青年艺术家的画像》一书中，斯蒂芬对达文说：“爱尔兰是一个吃掉自己的猪崽子的母猪”。

5　“西班牙国王的女儿”，出自一首儿歌。“我亲爱的”，原文为爱尔兰语。

6　狺女是苏格兰凯尔特民间传说中的女妖。

7　“哎哟！”原文为爱尔兰语。“毛……牛”，参看第18页注释1。

8　“你……啦？”一语出自歌谣《穿绿衣》，参看第67页注释2，引用时做了一些改动。

9　“帽子的戏法”，参看第73页注释3及有关正文。克洛因的主教能从帽子里掏出圣堂的幔帐。

10　三位一体的第三位是圣灵，这里指教会。《我热爱的教士》，原文为爱尔兰语，是爱尔兰小说家约翰·巴尼姆（1798—1842）所作的一首歌的题目。写一个爱尔兰农民对爱国的神父的感情。

11　在福楼拜的《包法利夫人》第3卷第8章中，爱玛即将咽气时，村里以“哲学家”自称的赫麦，把前来为她送终的教士比作死尸气味招来的乌鸦。

西茜·卡弗里

（尖声尖气）拦住，别让他们打起来！

粗野的人

我们的士兵撤退啦。

士兵卡尔

（勒紧自己的皮带）哪个混账家伙敢说一句反对我那混蛋国王的话，我就拧断他的脖子！

布卢姆

（害起怕来）他什么也没说。一个字也没说。纯粹是一场误会。

士兵康普顿

干吧，哈里。照他眼睛上给一拳。他是个亲布尔派。

斯蒂芬

我说过吗？什么时候？

布卢姆

（对红衣兵们）我们为你们在南非打过仗。对，爱尔兰的射击队。这不就是史实吗？都柏林近卫步兵连队。我们的君主曾表彰过[1]。

壮工

（脚步蹒跚地走过去）哦，对啦！哦，天哪，对！哦，打吧，狠狠地打吧！哦！布！

1　红衣兵（或“红上衣”）指英国兵。在布尔战争中，都柏林近卫步兵连队的第一营和第二营曾在南非为英国战斗，于一九〇〇年的圣帕特里克节（3月17日）受到维多利亚女王的嘉奖。射击队指持有来复枪的步兵队。

（披甲戴铠的戟兵在枪尖上挑着一堆呈斜顶棚状的内脏，伸了过来。特威迪鼓手长留着可怕的土耳克那样的口髭，头顶插有鸟颈毛的熊皮帽，军服上佩戴着肩章和镀金的山形袖章，腰刀带上挂着佩囊，胸前是亮晃晃的勋章，准备进击。他打了个圣殿骑士团的朝圣武士的手势。）

特威迪鼓手长

（粗暴地咆哮）洛克滩！禁卫军，振奋起来，向他们进攻！快抢，速夺[1]！

士兵卡尔[2]

我要干掉他。

士兵康普顿

（让群众往后退。）这里讲究公平合理。把这坏蛋宰得血淋淋的，像在肉店里那样。

（多人组成的乐队奏起《加里欧文》和《上帝拯救我们的国王》）。

西茜·卡弗里

他们快要打起来了。为了我！

坎蒂·凯特

1 “快抢，速夺！”原文为希伯来文。据《以赛亚书》第8章，以赛亚奉上主之命把这四个字写在一块大板上，并用以为第二个儿子命名，以提醒以色列人，亚述王将率军掠夺他们。共济会用此语来要求会员们行动敏捷。

2 据海德一九八九年版，士兵卡尔的台词前面有“市民”的台词和舞台动作：[“市民”：“爱琳直到审判日！”（特威迪鼓手长和“市民”彼此炫耀着勋章、绶带、战利品和伤痕。他们怀着深仇大恨，相互致敬。）]“爱……日！”原文为爱尔兰语。这是爱尔兰人作战时的呐喊，又是一首爱尔兰歌曲的题目。

勇士与丽人[1]呗。

患淋病的女仆

我认为那位黑衣骑士的马上枪法是首屈一指的。

坎蒂·凯特

（脸上涨得通红）不，太太。我支持的是穿红色紧身上衣的那位快活的圣乔治[2]！

斯蒂芬

妓女走街串巷到处高呼，
为老爱尔兰织起裹尸布。

士兵卡尔

（边松开他的皮带边喊）哪个他妈的杂种敢说一句反对我那残暴的混蛋国王的话，我就拧断他的脖子！

布卢姆

（摇撼西茜·卡弗里的肩膀）说呀，你！你给吓成哑巴了吗？你是国民与国民、世代与世代之间的纽带呀。说吧，女人，神圣的生命之赐予者！

西茜·卡弗里

（惊慌，抓住士兵卡尔的袖子。）我不是跟你待在一起的吗？我不是你的姑娘吗？西茜是你的姑娘呀。（她喊叫。）警察！

---

1 "勇士与丽人"出自英国诗人约翰·德莱顿（1631—1700）的颂诗《亚历山大的宴会——又名音乐的力量》（1697）中的"唯有勇士能配丽人"之句。

2 圣乔治是英国的主保圣人。

斯蒂芬

（欣喜若狂地对西茜·卡弗里）

双手白净红嘴唇，

你的身子真娇嫩。

众声

警察！

远处，众声

都柏林着火啦！都柏林着火啦！着火啦，着火啦！

（硫磺火熊熊燃烧。浓云滚滚。重加特林机枪轰鸣着。魔窟。队伍疏散开来。马蹄飞奔。炮兵队。嘶哑的发号施令声。钟声铿锵。赌客吆喝。醉汉大喊大嚷。娼妓尖叫。雾笛嘟嘟。勇士大吼。临终发出的悲鸣。铁镐叮叮当当地敲着胸甲。盗贼剥走被害者的衣物。猛禽们或从海上飞来，或从沼泽地腾空而起，或从崖上巢窝俯冲猛扑，盘旋嘶鸣：成群的塘鹅、鸬鹚、秃鹫、苍鹰、山鹬、游隼、灰背隼、黑琴鸡、白尾鹰、鸥、信天翁、北极黑雁。午夜的日头暗了下来。大地震动。来自前景公墓和杰罗姆山公墓的都柏林死者们复活了。他们有的身着白绵羊皮外套，有的披着黑山羊皮斗篷，在很多人面前出现。一个裂缝无声地张开了大口。冠军汤姆·罗赤福特身着运动员背心和短裤，在全国跳栏障碍赛中领先，接着纵身跳进真空。参加竞赛的人们或跑或跳地跟在后面。他们狂热地从悬崖边沿往下跳，身子倒栽葱地跌下去。穿着花哨衣裳的工厂姑娘掷出一颗颗炽热的约克郡炸弹。社交界的显贵妇女们将裙子撩到头顶上，保护着自己。大笑着的魔女身穿红色短衬衣，骑着扫帚把腾空而去。公谊会教徒利斯特在水疱上贴了膏药。龙牙如雨注。从垄沟里跳出一批全副武装的英雄们[1]。他们友好地交换红十字骑士团的口令，用骑兵的军刀比武：沃尔夫·托恩对亨利·格拉顿，史密斯·奥布赖恩对丹尼尔·奥康内尔，迈克尔·达维特对伊萨克·巴特[2]，贾斯廷·麦卡锡对巴涅尔，阿瑟·格里菲思对约翰·雷德蒙，约翰·奥利里对利尔奥·约翰尼，爱德华·菲茨杰拉德勋爵对杰拉德·菲茨爱德华勋爵，峡谷的奥德诺霍对奥德诺霍的峡谷。大地中央的高处，矗立着圣女芭巴拉[3]的祭台。放福音书和放使徒书信的角上，各竖着一支黑蜡烛。从塔那高高的碉楼，两道光束倾泻到轻烟缭绕的祭台石面上。背理女神米娜·普里福伊太太套着脚镣，赤条条地躺在祭台石面上，鼓起的肚皮上放着圣爵。玛拉基·奥弗林神父穿着网织衬裙和把里子翻过来的祭披；他有一双反长着的左脚，正在举行露营弥撒。可敬的文学硕士休·C. 海恩斯·洛夫教士先生，身穿素净的黑袍，戴学士帽，脑袋和脖领都扭到后面去，打着一把撑开的雨伞，替神父遮着头。）

玛拉基·奥弗林神父

（我要走向魔鬼的祭台[4]。）

海恩斯·洛夫教士先生

走向年少时曾赐予我欢乐的魔鬼[5]。

玛拉基·奥弗林神父

（从圣爵里取出一杯鲜血淋漓的圣体，举扬之。）我的肉体[6]。

1　“龙牙……们”，典出自希腊神话。卡德摩斯把他杀死的一头龙的牙齿埋在地里，从垄沟中遂跳出一批凶悍的武士，互相残杀。最后剩下五个人，帮助他建立了底比斯的卫城。

2　迈克尔·达维特（1846—1906），爱尔兰土地同盟创始人。

3　圣女芭巴拉，炮兵的主保圣人。

4　原文为拉丁文。这里把弥撒经文中的“上主”改为“魔鬼”。参看第1章第二段。

5　这里把上句的回应中的“神”改成了“魔鬼”。

6　原文为拉丁文。神父献祭时重复耶稣的话。

海恩斯·洛夫教士先生

（将司铎的衬裙高高撩起，露出他那插着一根胡萝卜的毛茸茸的灰色光屁股。）我的肉体。

全体被咒诅者之声

王了做主天的能全——主的们我为因，亚路利哈[1]！

（阿多奈从空中呼唤。）

阿多奈

主——天！

全体受祝福者之声

哈利路亚，因为我们的主——全能的天主做了王！

（阿多奈从空中呼唤。）

阿多奈

天——主！

（橙带党和绿党的农民和市民嘈杂刺耳地唱着《踢教皇》和《每天为玛利亚唱赞歌》[2]。）

士兵卡尔

（以凶猛的口吻）我要干掉他，愿混蛋基督助我！我要扭断这混账杂种的残暴该死混蛋的气管！

缺牙老奶奶

（将一把匕首朝着斯蒂芬的手递过去。）除掉他，啊，豆豆。上午八点

1　“王了……哈！”这是把下文中的受祝福者之声倒过来说的。

2　橙带党是爱尔兰新教政治集团，绿党是天主教的党派。“教皇”是橙带党给足球起的俚语，以奚落天主教徒。《每天……歌》是天主教圣歌。

三十五分你就该升天堂了，爱尔兰将获得自由。（她祷告着。）哦，好天主，接纳他吧！

布卢姆

（跑向林奇）你不能把他弄走吗?

林奇

他喜欢辩证法这一人类共同语言。基蒂！（对布卢姆）你把他弄走吧。他不听我的话。

（他拽走基蒂。）

斯蒂芬

（指着）犹大出去。上吊自杀[1]。

布卢姆

（奔向斯蒂芬）趁着更坏的情况还没发生，马上就跟我走吧。这儿是你的手杖。

斯蒂芬

不要手杖。要理性。这是一次纯粹理性的筵席。

西茜·卡弗里

（拽着士兵卡尔）来呀，你喝醉啦。那家伙侮辱了我，可我原谅他，（对着卡尔的耳朵嚷）我原谅他对我的侮辱。

布卢姆

（隔着斯蒂芬的肩膀）唉，走吧。你瞧，他已经酩酊大醉啦。

1　原文为拉丁文。后文中的“理性的筵席”一语出自英国诗人蒲柏的《仿贺拉斯作》（1733）。

士兵卡尔

（挣脱开）我要侮辱他一顿。

（他冲向斯蒂芬，伸出拳头，朝他的脸揍了一拳。斯蒂芬打了个趔趄，垮下来，倒在地上，昏迷不醒。他仰面朝天直挺挺地躺着，帽子向墙下滚去。布卢姆追在后面，将它拾起。）

特威迪鼓手长

（大声地）把卡宾枪丢开！停火！敬礼！

猎狗

（狂怒地吠着）汪汪汪汪汪汪汪汪。

群众

把他扶起来！不许打已经倒下去的人！人工呼吸！谁干的？大兵揍的他。他是个教授哩。他伤着了吗？不许粗暴地对待他！他昏死过去啦！

一个丑婆子

红衣兵凭什么揍咱们的上等人呀，而且又是喝醉了的。让他们去跟布尔人打仗好啦！

老鸨

听听是谁在说话哪！大兵凭什么就不能带着他的妞儿溜达啊！这家伙卑鄙地给了一拳。

（她们相互揪住头发，用指甲抓，并且朝对方啐唾沫。）

猎狗

（吠着）汪汪汪。

布卢姆

（使劲把她们往后推，大声地）往后退，后面站！

士兵康普顿

（拽他的伙伴）喂。开溜吧，哈里，警察来啦！

（两个头戴雨帽、身材高大的巡警站到人群当中。）

巡警甲

这儿出了什么乱子？

士兵康普顿

我们跟这位小姐在一起来着。他侮辱了我们。还袭击了我的伙伴。（猎狗狂吠。）这只血腥的杂种狗是谁的？

西茜・卡弗里

（以期待口吻）他流血了吗？

一个男人

（原是屈着膝的，这时站了起来。）没有。只是晕过去啦。会缓过气儿来的。

布卢姆

（目光锐利地瞥了那人一眼）把他交给我吧。我能够很容易地就……

巡警乙

你是谁？你认识他吗？

士兵卡尔

（东倒西歪地凑到巡警跟前）是他侮辱了我的女朋友。

布卢姆

（愤怒地）他没招你没惹你，你就揍了他。是我亲眼看到的。警官，请把他的部队番号记下来。

巡警乙

我执行任务，用不着你来指手画脚。

士兵康普顿

（拽他的伙伴）喂，开溜吧，哈里。不然的话，贝内特军士长会罚你关禁闭。

士兵卡尔

（趔趔趄趄地被拽走）去他妈的老贝内特。他是个白屁股鸡奸者。狗屁不如的家伙！

巡警甲

（取出笔记本）他叫什么名字？

布卢姆

（隔着人群定睛望着）我看见那儿有辆马车。要是您肯为我搭把手，巡官……

巡警甲

姓名和地址。

（科尼·凯莱赫手执送殡的花圈，帽子周围缠着黑纱，出现在围观者当中。）

布卢姆

（快嘴快舌地）哦，来得正好！（打耳喳）西蒙·迪达勒斯的儿子。有点儿醉啦。让警察们叫这些起哄的往后退一退。

巡警乙

晚安，凯莱赫先生。

科尼·凯莱赫

（对巡警，睡眼惺忪地）不要紧的。我认识他。赛马赢了点儿钱。金杯奖。“丢掉”。（他笑了笑。）以二十博一。你明白我的话吗？

巡警甲

（转向人群）喂，你们大家张着嘴在瞧什么哪？快给我躲开。

（群众慢慢地沿着小巷散开，一路上还咕咕哝哝着。）

科尼·凯莱赫

交给我吧，巡官。不要紧的。（他笑着，摇摇头。）咱们自己当年也往往那样荒唐过，可不，也许还更厉害呢。怎么样？呃，怎么样？

巡警甲

（笑）那倒也是。

科尼·凯莱赫

（用臂肘轻轻捅捅巡警乙）这事儿就一笔勾销吧。（他摇头晃脑，快活地唱着。）我的吐啦噜，吐啦噜，吐啦噜，吐啦噜。怎么，呃，你明白我的话吗？

巡警乙

（和蔼地）啊，咱们确实是过来人。

科尼·凯莱赫

（眨巴眼儿）小伙子们就是那样的。我有一辆车在那儿。

巡警乙

好吧，凯莱赫先生。晚安。

科尼·凯莱赫

这件事我会处理的。

布卢姆

（轮流与两个巡警握手）非常感谢你们，先生们，谢谢你们。（像是在说悄悄话般地咕哝）你们也知道，我们并不愿意引起丑闻。他父亲是一位声望极高、很受尊重的市民。

巡警甲

噢，先生，我明白。

巡警乙

那蛮好，先生。

巡警甲

只有在有人受到伤害的情况下，我才得向局里汇报。

布卢姆

（赶紧点头）敢情。说得对。这只是你们的职责所在。

巡警乙

这是我们的职责。

科尼·凯莱赫

晚安，二位。

巡警们

（一道敬礼）晚安，先生们。

（他们迈着沉重的脚步慢慢离去。）

布卢姆

（喘口气）多亏了你来到现场，这是天意啊。你有辆车吗？……

科尼·凯莱赫

（边笑边隔着右肩用拇指指着停在脚手架旁的马车。）两个推销员在詹米特餐馆请我喝香槟酒来着。简直像王侯一样，真的。他们中间的一个在赛马上输了两英镑。于是借酒浇愁。接着就要去跟姑娘们寻欢作乐。所以我让他们搭贝汉的车到夜街来了。

布卢姆

我正沿着加德纳街回家去，刚好碰上……

科尼·凯莱赫

（笑）他们确实也曾要我去参加冶游。我说：不，可去不得。像你我这样的老马，可使不得。（他又笑了，用呆滞的眼睛斜睨着。）谢天谢地，我们家里的就足够了。怎么样，呃，你明白我的意思吧？哈！哈！哈！

布卢姆

（勉强笑了笑）嘻、嘻、嘻！对。说实在的，我是到那儿拜访一位老朋友去的。姓维拉格，你不认识他（可怜的家伙，整个上星期他都在生病）。我们一道干了一杯，我正往家走……

（马儿嘶鸣。）

马儿

嗬嗬嗬嗬嗬嗬！嗬嗬嗬嗬哞！

科尼·凯莱赫

把两个推销员留在科恩太太的店里后，正是我们的车夫贝汉把这档子事儿告诉了我。他就在那儿哪。我叫他把车停住，下来瞧个究竟。（他笑了笑。）这位车夫没喝醉酒，赶柩车是他的本行。要不要我送他回家去？他住在哪儿？是卡布拉的什么地方吧？

布卢姆

不，根据他无意中说出的，我相信是沙湾。

（斯蒂芬仰面躺在那儿，对着星星呼吸。科尼·凯莱赫慢腾腾地斜眼望着马。布卢姆心情忧郁，在一片朦胧中屈身。）

科尼·凯莱赫

（挠着后颈）沙湾！（他弯下身去，朝斯蒂芬嚷道）呃！（他又嚷）喂！反正他浑身都是刨花哩。查一查他们是不是偷走了他什么东西。

布卢姆

没有，没有，没有。他把钱交给了我。他的帽子和手杖也都在这儿哪。

科尼·凯莱赫

啊，那就好，他总会恢复神智的。喏，我要赶路了。（他笑着。）明儿早晨我还有个约会。是关于出殡的事儿。路上当心点儿！

马儿

（嘶鸣）嗬嗬嗬嗬嗬哞。

布卢姆

晚安。我再等一等，不一会儿就把这个人……

（科尼·凯莱赫回到敞篷二轮马车旁，坐了上去。马具叮当乱响。）

科尼·凯莱赫

（从马车上，站在那儿）晚安。

布卢姆

晚安。

（车夫甩甩缰绳，精神抖擞地扬起鞭子。车和马缓慢笨重地向后倒，拐了个弯。科尼·凯莱赫坐在边沿的座位上，摇晃着脑袋，嘲弄布卢姆的狼狈处境。车夫也参与了这场一言不发的哑剧的欢乐，从另一头的座位上点着头。布卢姆摇摇头，快活地做着无言的回答。科尼·凯莱赫用大拇指和手掌再一次向他保证：两个警察也别无他法，只得允许他继续睡下去。布卢姆慢腾腾地点了一下头，表示谢意，因为这正是斯蒂芬所需要的。马车发出吐啦噜的声响，辚辚地在吐啦噜巷子的尽头拐了弯。科尼·凯莱赫再度摆摆手，让他放心。布卢姆打手势告诉科尼·凯莱赫，他已经十分放心了。嘚嘚的马蹄声和叮叮当当挽具声，随着吐啦噜噜噜噜的音调，逐渐微弱了。布卢姆拿着斯蒂芬那顶挂满了刨花的帽子和梣木手杖，犹豫不决地站在那里。然后他朝斯蒂芬弯下身去，摇晃他的肩膀。）

布卢姆

呃！嗬！（没有回答。他再度弯下身去。）迪达勒斯先生！（没有回答。）得叫他的名字。梦游患者[1]。（他重新弯下身去，迟迟疑疑地把嘴

1 民间俗信，如果对梦游患者轻轻呼其教名或昵称，就能安然无恙地把他唤醒。

凑近平卧着的斯蒂芬的脸上。）斯蒂芬！（没有回答。他又叫了一遍。）斯蒂芬！

斯蒂芬

（皱皱眉）谁？黑豹。吸血鬼。（他叹了口气，伸开四肢，随即拖长母音，口齿不清地低语。）

而今谁……弗格斯驱车……

穿过……林织成的树荫[1]？……

（他边叹气边朝左边翻身，缩作一团。）

布卢姆

诗。有教养。可怜啊。（他又弯下身去，解开斯蒂芬的背心纽扣。）呼吸吧。（他用手和指头轻轻地把斯蒂芬衣服上的刨花掸掉。）一英镑七先令。好在没受伤。（他尖起耳朵去听。）什么？

斯蒂芬

（嘟喃）

……林……阴影，

……混沌的海洋……雪白的胸脯[2]。

（他摊开双臂，又叹息了一声，蜷起身子。布卢姆手持帽子和梣木手杖，站得直直的。一条狗在远处吠着。布卢姆忽紧忽松地握着梣木手杖。他弯下身去俯视斯蒂芬的脸和身姿。）

布卢姆

（与黑夜交谈）这张脸使我想起他那可怜的母亲。树林的阴影。深邃

1　这是《谁与弗格斯同去》（参看第11页注释2）一诗头两行的片段。全句为："而今谁与弗格斯一道，驱车穿过密林织成的树荫？"

2　这是《谁与弗格斯同去》一诗第10行和第11行的片段。全句为："他还管辖树林的阴影，混沌的海洋露出雪白的胸脯。"

的雪白胸脯。我仿佛听他说是弗格森。是个姑娘。不知是哪儿的一位姑娘。他可能遇上了最大的幸运。（他嘟哝着。）……我发誓。不论是任何工作，任何技艺，我都一概接受，永远守密，绝不泄露[1]。……（他低语。）……在海边的粗沙里……距岸边有一锚链长……那里，潮退……潮涨……

（他沉默下来，若有所思，警觉着。他用手指按着嘴唇，俨然是一位共济会师傅。一个人影背对着黑暗的墙壁徐徐出现。这是个十一岁的仙童，被仙女诱拐了去的。身穿伊顿学院的制服，脚蹬玻璃鞋[2]，头戴小小的青铜盔，手捧一本书。他不出声地自右至左地读着，笑吟吟地吻着书页。）

布卢姆

（惊异万分，不出声地呼唤）鲁迪！

鲁迪

（视而不见地凝望着布卢姆的眼睛，继续阅读，吻着，微笑着。他的脸挺秀气，是紫红色的。衣服上钉着钻石和红宝石纽扣。左手攥着一根系有紫色蝴蝶结的细长象牙手杖。一只小羊羔从他背心兜里探头偷看。）

1　“我发誓……不泄露”是共济会会员的誓词。

2　据凯尔特神话，仙女们把聪明漂亮的娃娃拐走，换上一个愚蠢丑陋的娃娃。玻璃鞋的典故出自童话《灰姑娘》。

PART THREE

第十六章

布卢姆先生首先把沾在斯蒂芬衣服上的刨花掸掉大半，把帽子和梣木手杖递给他，正像个好撒马利亚人[1]那样给以鼓舞，而这也正是斯蒂芬所迫切需要的。他（斯蒂芬）的精神虽还说不上是错乱，但不大稳定。当他表示想喝点儿什么的时候，布卢姆先生考虑到在这个时刻，连洗手用的瓦尔特里水泵都找不到，饮用的水就更说不上了。他猛然想出个应急办法，提出不如到离巴特桥左不过一箭之遥的那家通称“马车夫棚”的店铺去，兴许还能喝上杯牛奶苏打水或矿泉水呢。难就难在怎样走到那里。眼下他不知该怎么办才好，然而这又是个义不容辞、刻不容缓的问题。正当他在千方百计琢磨着办法的时候，斯蒂芬连连打着哈欠。他看得出，斯蒂芬的脸色有些苍白。他们两人（尤其是斯蒂芬）都已精疲力竭，在这种情况下，要是能找到什么代步的话，就再好不过了。他认为总会找得到的。他那块略沾肥皂味的手绢尽到掸刨花的责任后，就掉在地上了，他忘记把它拾起来，却用手去揩拭。准备就绪后，他们二人就一道沿着比弗街（或说得更确切些，比弗巷）一直走到蒙哥马利街角那座钉马掌的棚子和散发着强烈臭气的出租马车行那儿，向左转，又在丹·伯金那家店跟前拐弯，走进阿缅斯街。他原来蛮有把握，可不料哪里也看不到等待顾客的车夫的踪影。仅只在北星饭店门外停着一辆四轮马车，那也许是在里面狂欢者雇的。尽管向来不会吹哨，布卢姆先生还是高举双臂，在头上弯成拱形，使劲学着吹上两声口哨，朝那辆马车打招呼，可它丝毫没有移动的迹象。

1　好撒马利亚人慈悲为怀，曾周济遇到不幸的人。

处境真是狼狈啊。情况摆得很清楚，唯一的办法显然只好若无其事地步行。他们就这么做了。不久，他们来到牟累特食品店和信号所跟前，斜插过去，只得朝着阿缅斯街电车终点站走去。布卢姆先生裤子后面的一个纽扣，套用一句古谚，像所有的纽扣那样终于不中用啦。布卢姆先生尽管处在如此尴尬的境地，由于他透彻地理解事态的本质，就英勇地容忍了这种不便。他们二人都没有什么急事在身，适才雨神一阵造访，如今业已放晴，天朗气清。他们溜溜达达地从那既无乘客又无车夫、空荡荡地等候着的马车旁走过去。这时，恰好一辆都柏林联合电车公司的撒沙车开了回来。于是，**年长者**就和同伴谈起有关自己刚才真正奇迹般地捡了一条命的事。他们经过大北部火车站的正面入口，这是驶往贝尔法斯特的起点站。深更半夜的，一切交通自然均已断绝。他们走过停尸所的后门（即便不令人有些毛骨悚然，这反正也不是具有吸引力的所在，尤其在夜晚），终于来到码头酒店，接着就进了以C区警察局而驰名的货栈街。在从这里走到贝雷斯福德街那目前已熄了灯的高耸的货栈的路上，易卜生兜上斯蒂芬的心头。这所坐落在塔博特街右手第一个拐角处的石匠贝尔德的作坊不知怎的引起了他的联想。这时，充当斯蒂芬的**忠实的阿卡帖斯**[1]的另一位，怀着由衷的欣喜闻着近在咫尺的詹姆斯·鲁尔克都市面包房的气味，那是我们的日用粮的芬香，确实可口，在公众的日用商品中，它是头等重要、最不可缺少的。面包，生命的必需品，挣你的面包，哦，告诉我花式面包在何方？据说就在这家鲁尔克面包房里。

路上[2]，不但丝毫不曾失去理智、确实比平素还更加无比清醒的布卢姆先生，对他那位沉默寡言的——说得坦率些，酒尚未完全醒的同伴，就[3]夜街之危险告诫了一番。他说，与妓女或服饰漂亮、打扮成绅士的扒手偶尔打一次交道犹可，一旦习以为常，尤其要是嗜酒成癖，

1　此处“忠实的阿卡帖斯”和上文的“年长者”，原文均为拉丁文。阿卡帖斯是罗马史诗《埃涅阿斯纪》中埃涅阿斯的友伴。

2　原文为法语。

3　原文为拉丁文。

成了酒鬼，对斯蒂芬这个年龄的小伙子来说乃是一种致命的陷阱。除非你会点防身的柔术，不然的话，一不留神，已经仰面朝天摔倒下去的那个家伙也会卑鄙地踢上你一脚。亏得斯蒂芬幸运地失去知觉的当儿，科尼·凯莱赫来到了。这真是上天保佑。倘若不是他在最后这节骨眼儿上出现，**到头来**[1]斯蒂芬就会成为被抬往救护所的候补者，要么就成为蹲监狱的候补者；第二天落个在法庭上去见托拜厄斯[2]的下场。不，他是个律师，或许得去见老沃尔[3]，要么就是马奥尼[4]。这档子事传出去之后，你就非身败名裂不可。布卢姆先生为什么这么说呢，因为说实在的，他由衷地厌恶的那些警察，为了效忠皇上，简直就公然不择手段。布卢姆先生回想起克兰布拉西尔甲区的一两个案子，那帮家伙硬是捏造事实，颠倒黑白。需要他们的时候，他们从来也不在现场；可是城里像彭布罗克街那样太平无事的区域，到处都是法律的维护者。显然他们是被雇来保护上流阶级的。他还谈到用随时能射击的步枪和手枪把士兵武装起来，说一旦市民们不知怎样一来闹起纠纷，这不啻是煽动士兵向市民寻衅。他明智地指出，你这是在荒废光阴，糟践身子，损害人格。这还不算，又挥霍成性，听任**花柳界**那帮放荡女人大笔大笔地把你的英镑、先令和便士骗到手，然后逃之夭夭。说起来，最危险的一点是你跟什么样的伙伴一道喝得醉醺醺的。就拿这个非常令人困扰的酒精饮料来说吧，他本人总是按时津津有味地喝上一盅精选的陈葡萄酒，既滋补，又能造血，而且还是轻泻剂（尤其对优质勃艮第的灵效，他坚信不疑）。然而他从来也不超过自己规定的酒量，否则确实会惹出无穷的麻烦，就只好干脆听任旁人的善心来摆布了。他用严厉谴责的口吻说，除了一个人而外，斯蒂芬那些**酒友**[5]统统抛弃了他，无论如何，这是医科同学对他最大的背叛。

---

1 原文为拉丁文。
2 马修·托拜厄斯是当时首都警察署的公诉律师。
3 指托马斯·沃尔，当时他是都柏林市警察管区的违警罪法庭法官。
4 指丹尼尔·马奥尼，当时为律师兼中央首都警察法庭的法官。
5 此处的“酒友”和上文的“花柳界”，原文均为法语。

——而那家伙是个犹大，一直保持沉默的斯蒂芬说。

他们扯着诸如此类的话题，抄近路打海关后面走过，并从环行线的陆桥下穿行。这时，岗亭（或类似的所在）前燃着一盆焦炭，把正拖着颇为沉重的脚步走着的他们吸引住了。斯蒂芬没有什么特别的原因就自发地站住了，并瞧着那堆光秃秃的鹅卵石。借着火盆发出的微光，他隐约辨认出幽暗的岗亭里市政府守夜人那更黑的身影。他开始记起以前曾经发生过这样的事，或者听说发生过。他绞尽脑汁才忆起这位守夜人就是他父亲旧日的朋友冈穆利。为了避免打个照面，他紧靠铁道陆桥的柱子那边走。

——有人跟你打招呼哪，布卢姆先生说。

在陆桥的拱顶下悄悄地踱来踱去的一个中等身材的人影又招呼了一声：

——晚安！

斯蒂芬当然吃了一惊，昏头昏脑地停下脚步，还了礼。布卢姆先生生来对人体贴周到，又一向认为不应去多管旁人的闲事，所以移步走开了。他虽然丝毫也没感到害怕，却稍微有点儿放心不下，就警惕地停留在那里。尽管这在都柏林区是罕见的，然而还会有缺衣少食的亡命之徒埋伏在荒郊僻野处，把手枪顶在安分守己的路人头部加以威胁。他们可能像泰晤士河堤岸上那些饥饿的穷流浪汉似的到处荡来荡去，对你进行突然袭击，逼你交出钱来，否则就要你的命。把你抢个精光之后，还往你嘴里塞上东西，脖子用绳索勒起，把你丢在那儿，以便警告旁人，接着就逃之夭夭。

当那个打招呼的男子的身影挨近时，斯蒂芬本人虽宿酒未醒，却闻出科利的呼吸发散着馊臭的玉米威士忌酒气味。有些人称此人为约翰·科利勋爵，其家谱如下：他是新近去世的G地区科利警官的长子。那位警官娶了洛什的农场主的闺女，名叫凯瑟琳·布罗菲。他的祖父——新罗斯的帕特里克·迈克尔·科利，娶的是当地一位客栈老板的女儿，也叫凯瑟琳，娘家姓塔尔伯特。尽管并未得到证实，据传她出身于塔尔伯特·德·马拉海德勋爵家。毫无疑问，勋爵的府第确实是座精美的宅邸，很有看头，她的妈妈或伯母或什么亲戚曾有幸在府第的洗衣房里当过差。因此，现在和斯蒂芬打招呼的这位年纪还较轻却放荡不羁的人，就被某些好事之徒戏称作约翰·科利勋爵。

他把斯蒂芬拉到一旁，照例可怜巴巴地诉起苦来。他囊空如洗，无法投宿。朋友们统统遗弃了他。这还不算，他又和利内翰吵了一架。他对斯蒂芬把利内翰痛骂了一通：什么卑鄙该死的蠢货啦，以及其他一连串莫须有的恶言恶语。他失业了，并且央求斯蒂芬告诉他，在这茫茫大地上，到哪儿才能好歹混个事儿做做。不，在那家洗衣房干活的那位母亲的闺女，跟女继承人是干姐妹；要么就是她们两人的母亲跟这一支有些什么关系。这是同一个时期发生的两件事，除非整个情节从头到尾完全出于捏造。反正他简直疲倦极了。

——我并不想向你告帮，他继续说下去。但我庄严地发誓，天主晓得我身上一文不名啦。

——明后天你就能找到饭碗啦，斯蒂芬告诉他。去多基的一家男校当上一名代课教师。加勒特·迪希先生。试试看。你可以提我的名字。

——啊，天哪，科利回答说。我可绝不是当教师的材料，老兄。我从来也不是像你们这样的秀才，他半笑着补充一句。我在基督教兄弟会的初级班里留过两次级呢。

——我自己也没地方睡，斯蒂芬告诉他。

科利立即猜想，斯蒂芬是因为从大街上把一名烂婊子带进了公寓，才被轰出来的。马尔巴勒街上倒是有一家马洛尼太太经营的小客栈，可那不过是个六便士一宿的破地方，挤满了不三不四的人。然而麦科纳奇告诉他，在酒店街的黄铜头（听者依稀联想到了修士培根），只消花上一先令就能舒舒服服地住上一夜。他正饿着肚子，却只字未提。

尽管这类事情每隔一夜（或者几乎是如此）就能遇上一次，斯蒂芬还是为之怦然心动。他晓得科利方才那套新近胡乱编造的话照例是不大可信的，然而，正如拉丁诗人所说：我对不幸遭遇并非一无所知，故深知拯救处于厄运中者[1]。况且刚巧赶上月中的十六日，他领了薪水，不过这笔款项实际上已花掉不少。最令人啼笑皆非的是，科利一门心思认定斯蒂芬生活富裕，成天无所事事，到处施舍。其实呢。不管怎样，他把手伸进兜儿里，倒不是想在那儿找到什么吃的，而是打算借给科利一两先令，这样他就可以努把力，挣钱好歹糊上口。但是结果扑了个空！使他懊恼的是，他发觉自己的钱不翼而飞了，只找到几块饼干渣子。这时，他搜肠刮肚去回忆究竟是把钱丢失了呢，还是遗忘在哪儿了——因为这种可能也是有的。这一意外事件非但不容乐观，老实说，还真令人懊丧。他试图追想模模糊糊留在记忆中的饼干的事，但已精疲力竭，无从透彻地弄明白。确切地说，到底是谁给他的呢，又是在哪儿给的呢，要么，难道是他买的吗？不管怎样，在另一个兜儿里他倒是找到了——在一片黑暗中，他以为那是几枚便士，却搞错了。

——是几枚半克朗硬币哩，老兄，科利纠正他说。

果不其然。斯蒂芬借了一枚给他。

——谢谢喽，科利回答说。你是一位君子。迟早我会还给你的。跟你在一道的那个人是谁呀？我在卡姆登街的血马酒吧瞧见过他几回，跟贴广告的博伊兰在一起。你替我说个情，让他们雇用我好不好？我想当个广告人，但是办公室里的那个女孩子告诉我，今后三个星期内都已经排满了。老兄。天哪，你得预先登记，老兄，简直让人觉得是为了观赏卡尔·罗莎哩。哪怕能混上个清扫人行横道的活儿做做，我都满不在乎。

这样，两先令六便士既然到了手，他也就没那么沮丧了。于是他告诉斯蒂芬，在富拉姆船具店当账房的那个叫作巴格斯·科米斯基的——他说是斯蒂芬的一个熟人，这家伙和奥马拉以及名叫泰伊的小个儿结巴颏子，是内格尔酒吧单间儿里的常客。反正前天晚上他喝得

1　原文为拉丁文。这里，把维吉尔的史诗《埃涅阿斯纪》中女王狄多的话做了改动。原话是：“我并非未遭到过不幸，故……”

烂醉，撒酒疯来着。警察要带他走，他又抗拒。结果被抓了去，并罚款十先令。

这当儿，布卢姆先生躲在一旁，在离市政府守夜人的岗亭前面那盆炭火不远的一大堆鹅卵石左近踅来踅去。那位守夜人显然是个忠于职守的人，可此刻，既然整个都柏林都已入睡，看来也正自顾自地悄悄打起盹儿来了。他还不时地朝斯蒂芬那个无论如何也说不上是衣着整洁的谈话对手投以异样的目光，觉得他好像在什么地方见过那位贵族，但又说不清究竟是在哪儿见的。至于是什么时候，那就更一点都想不起来了。布卢姆先生是个头脑冷静的人，观察敏锐，轻易不落人后。从破旧的帽子和浑身上下的衣着邋遢，他看穿了那是个患慢性缺钱症的人。他大概就是揩斯蒂芬的油的家伙之一。说到揩油，此人对左邻右舍无不进行欺诈，越陷越深，可谓更深的深处[1]。说起来，街头的这种流浪汉万一站到法庭的被告席上，不管被判以能用或不能用罚款来代替的徒刑，都还算是**很难得的**[2]呢。反正在夜间，或者不如说是凌晨，像这样路上拦住人，脸皮也真够厚的了。手段确实让人难以容忍。

两个人分了手，斯蒂芬重新和布卢姆先生结伴。布卢姆先生那双饱经世事的眼睛立即看出，那个寄生虫凭着一番花言巧语已令斯蒂芬上了当。他——也就是说，斯蒂芬——笑着这么提到适才那番邂逅：

——那家伙可潦倒啦。他要我拜托你去向贴广告的博伊兰说说情，让博伊兰雇用他去当个广告人。

布卢姆先生脸上露出对此事漠不关心的神色，茫然地朝着那艘陈旧的挖泥船——它被取了艾布拉那[3]这一雅号，看来已无法修理了——的方向望了半秒钟光景，于是就闪烁其词地说：

——俗话说得好，每个人都有分内的造化。经你这么一提，我倒

1 “更深的深处”（a deeper depth）系把弥尔顿的《失乐园》（卷4第71节）中的“in the lowest deep a lower deep”之句做了改动。

2 原文为拉丁文。

3 艾布拉那是都柏林古称。

想起跟他挺面熟的。这个且不去谈它了，接着，他又问道。你究竟给了他多少钱呢？请原谅我这么刨根问底。

——半克朗，斯蒂芬回答说。我认为，要找个地方睡觉的话，他得需要这么多钱。

——需要！布卢姆先生听了这话，丝毫也不曾表示惊奇，他突然叫嚷道。我完全相信你的话，我敢担保他无论如何需要这钱。每个人都根据自己的需要或按照自己的行径而活着。然而，说句家常话，他笑吟吟地加了一句。你自己究竟打算睡在哪儿呢？走回到沙湾是根本不可能了。而且即使你这么做了，在韦斯特兰横街车站发生了那么一档子事之后，你也进不去啦。白白地弄得筋疲力尽。我一点儿也不想对你指手画脚，可你为什么要离开你父亲的家呢？

斯蒂芬的回答是：去寻求厄运。

——最近我刚巧见到了令尊大人，布卢姆先生回了他一句外交辞令。其实就在今天，或者说得更确切一些，是昨天。他目前住在哪儿？从谈话中我听出，他已经搬了家。

——我相信他住在都柏林的什么地方，斯蒂芬漫不经心地回答说。你为什么问这个？

——他是个有天分的人，关于老迪达勒斯先生，布卢姆先生这么说。不止在一个方面。他比谁都擅长**讲故事**[1]。他非常以你为骄傲，这也是理所当然的事。你也许可以回家去。他委婉地说。心里却仍回顾着在韦斯特兰终点站的不愉快场面：另外两个家伙——即穆利根和他那英国旅伴，就好像那座讨厌的车站属于他们似的，显然试图趁乱把斯蒂芬甩掉，并终于让他们的第三个伙伴上了当。

然而，他这建议并没有得到回应。这是由于斯蒂芬正忙于在心目中重温他最后一次与家人团聚的景象。披长发的迪丽坐在炉边等候着巴满煤烟的壶里那稀薄的特立尼达可可豆煮沸，好和代替牛奶的燕麦水一道喝。那是星期五，他们刚吃完一便士两条的鲱鱼，另外让玛

1　原文为法语。

吉、布棣和凯蒂每人都各吃了一个鸡蛋。那天正赶上四季大斋或是什么日子，根据教会在指定的日子守斋并节制的第三戒律，猫儿也正在轧液机底下吞食着一方块褐色纸上的那簇蛋壳和鱼头鱼骨。

——可不是嘛，布卢姆先生又重复了一遍。要是处在你的地位，我个人是不大信任你那位以向导、哲学家和朋友的身份提供笑料的穆利根大夫。他大概从来也没尝过揭不开锅的滋味，然而只要涉及自己的利益，他可精明到家啦。当然喽，你注意到的没有我多，然而，倘若有人告诉我，他出于某种动机，往你的饮料里投放一撮烟草或什么麻醉剂，我一点儿也不感到惊奇。

根据他过去所听说的一切，他晓得穆利根大夫是个全能的多面手，绝不仅仅局限在医学方面。他在本行中迅速地出人头地。倘使所传属实的话，在不久的将来他就会成为一位走红的医生，诊疗费滚滚而来。除了职业上的这一身份，他还在斯凯利或马拉海德用人工呼吸和所谓急救措施使一个差点儿溺毙的人起死回生。必须承认这是一种怎样称赞也不过分的无比勇敢的行为。他对穆利根所感到的厌恶倘若不是纯粹出于恶意或嫉妒，骨子里究竟又有什么理由，就实在难以捉摸了。

——归根结底，他干脆就是大家所说的偷你的思维的那号人，他试着设想道。

眼下斯蒂芬愁眉苦脸。他出于友谊，就对斯蒂芬投以关怀与好奇交加的谨慎目光。然而未能弄明问题，确实一点儿也没能弄明。从斯蒂芬所吐露的意气消沉的三言两语来看，这个青年到底是被狠狠地捉弄了一番呢，还是截然相反：尽管已经看穿事情的本质，出于只有他自己才最明白的理由，却多少加以默认。这是赤贫必然导致的后果，完全可以理解。尽管斯蒂芬作为教师有着很高的才分，为了使收支相抵，他也吃尽了苦头。

他瞧见有辆冰淇淋车停在男子公共小便池附近。车子周围估计是一群意大利人，相互之间有点龃龉，正在操着他们那生气勃勃的语言，口若悬河，格外激烈地展开着舌战。

——圣母玛利亚的婊子，该给俺钱的是他哩！你敢说个不字吗？他妈的！

——咱们把账清一清。再添半金镑……

——反正他不就是这么说的嘛！

——恶棍！他祖宗缺了德[1]！

布卢姆先生和斯蒂芬走进了马车夫棚，那是一座简陋的木结构房屋，以前他轻易不曾进去过。关于那里的老板，那位一度以剥山羊皮闻名的，也就是说，常胜军菲茨哈里斯，他事先悄悄地对斯蒂芬讲了几句。当然，老板本人并不承认确有其事，而且很可能完全是无稽之谈。几秒钟后，我们这两位梦游病患者就在一个不显眼的角落里安然坐了下来。先来的那些人正吃吃喝喝，海阔天空地闲扯着，显然都是些杂七杂八、胡乱凑在一起的流浪者、二流子以及其他不三不四的人[2]中的标本。这时，就用凝视来迎接他们。在那帮人眼里，他们像是极能引起好奇心的对象。

——现在喝杯咖啡吧，布卢姆先生试图打破沉寂，就委婉地这样倡议道，我觉得你应该吃点硬食，比方说，一个面包卷之类的东西。

因此，他的第一个行动就是以他独特的冷静[3]安详地点了这些吃食。二轮马车的车把式或搬运工人以及其他各类下等人都朝他们匆促地审视了一番，显然大失所望，就把视线移开了。可是，有个头发已花白了的红胡子酒鬼（也许是个水手）继续朝他们目不转睛地盯了好半晌，才把热切的视线移到地板上。

说实在的，布卢姆先生尽管对我要[4]的发音感到困惑，却多少懂得一些正在用来争辩的那种语言。于是，就行使言论自由的权利，针对仍在户外开展着的激烈舌战，对自己的被保护者大声说：

——美丽的语言。我是指用来唱歌的时候。你为什么不用这种语

1　以上四句对话的原文均为意大利语。
2　原文为拉丁文。
3　原文为法语。
4　原文为意大利语。下文中的“针对”和“被保护者”，原文为法语。

言来写诗呢？美丽的希[1]！音调多么优美响亮。美丽的女忍。我要。

斯蒂芬百无聊赖，竭力想打个哈欠，回答说：

——让母象去听吧。他们在讨价还价哪。

——是吗？布卢姆先生问道。他边暗自想着，本来是绝不需要这么多种语言的，边接下去说：让人觉得好听，也许仅仅是周围那南国魅力的关系。

他们正促膝谈心[2]时，马车夫棚老板将一杯热气腾腾、几乎漫出来的美其名为咖啡的高级混合饮料撂在桌上，还有一个小圆面包——毋宁说是远古时代的品种，或者看上去是这样。随后他又回到柜台那儿去了。布卢姆先生打定主意待会儿要仔细端详他一番，可又不能让他有所察觉……为此，他边以目示意，要斯蒂芬接着说下去，边悄悄地把那杯暂时可能叫作咖啡的玩意儿慢慢往斯蒂芬跟前推去。

——声音是富于欺骗性的，斯蒂芬沉吟了半晌，说。就拿姓名来说吧。西塞罗、帕德摩尔。拿破仑，古德巴迪先生。耶稣，多伊尔先生[3]。莎士比亚这个姓与墨菲同样平凡。姓名有什么意义？

——是啊，当然喽，布卢姆先生直率地表示赞同。可不是嘛。我家的姓也变了。他一边补充说，一边把那所谓的面包卷推过去。

红胡子水手一直用那双饱经世故、时刻警惕着的眼睛打量新来者，对斯蒂芬更是格外留意。这时就直截了当地向斯蒂芬问道：

——你究竟姓啥？

这一瞬间，布卢姆先生轻轻地碰了一下伙伴的长筒靴子，但是斯蒂芬显然不曾理睬来自意想不到的方向的温和的压力，回答说：

1　布卢姆讲的是蹩脚意大利语，他把Bella poesia（美丽的诗）误说成Bella poetria。意大利语中无poetria一词，这里姑且译为“希”。下文中，他原来要说的是“美丽的女人”（Bella donna），因未把二词断开，听上去就变成“颠茄”（Belladonna）的意思了。这里姑且译为“女忍”。

2　原文为法语。

3　这是文字游戏。Cicero这一拉丁名字源于cicera（鹰嘴豆），而英文中，pod的意思是“荚”，more意指“更多的”。拿破仑的姓Bonaparte，与法语“好角色”（Bonne part）谐音，这里改成英文词Good body（“好身体”，读作“古德巴迪”）。耶稣基督又名the Anointed（涂了油的）。Anointed与oiled同义，oiled又与Doyle（多伊尔）发音相近。

——迪达勒斯。

水手用那双昏昏欲睡、松弛下垂的眼睛迟钝地瞪着斯蒂芬。由于贪杯痛饮，尤其是兑水荷兰杜松子酒喝得过了头，水手的眼泡都肿了。

——你认得西蒙·迪达勒斯吗？过了半晌，他问道。

——我听说过，斯蒂芬说。

布卢姆先生发觉其他人明显地也在偷听，一时感到茫然。

——他是个爱尔兰人，那海员依然瞪着两眼，并且点点头，斩钉截铁地说。地地道道的爱尔兰人。

——爱尔兰得过了头，斯蒂芬搭腔道。

至于布卢姆先生，他对整个这番谈话简直不摸头脑。他正暗自琢磨这一问一答究竟有什么联系时，水手自发地转向待在棚子里的其他人们，说：

——我曾看见过他从肩膀上把摆在五十英码开外的瓶子上的两个鸡蛋射下来。左撇子，可他百发百中。

尽管他不时地有些结巴，因而话就略顿一下，手势也拙笨得很，然而他还是尽力解释得一清二楚。

——喏，瓶子就在那边，相距足足五十英码。瓶子上放着鸡蛋。把枪扛在肩上，扣扳机。瞄准。

他把身子侧过来，紧紧合上右眼，脸稍微歪扭着。然后以令人不愉快的表情瞪着夜晚的黑暗。

——砰！于是他这么嚷了一声。

听众全都等候着，期待另一声枪响，因为还有一只鸡蛋呢。

——砰！果然他又嚷了一声。

第二个鸡蛋显然也被击破了，他点点头，眨眨眼，凶狠狠地说：

水牛比尔杀人魔，
百发百中神枪手。

接着是一阵沉寂。布卢姆先生出于礼貌，觉得理应问问他，是不是打算参加像在比斯利举行的那种射击比赛呢？

——对不起，你说啥？水手说。

——是老早以前的事了吧？布卢姆先生刻不容缓地追问。

——喏，水手回答说。这种硬碰硬的语言交锋倒产生了一定程度上的缓和，约莫十年前吧。他跟着亨格勒皇家马戏团周游世界做巡回演出。俺在斯德哥尔摩见过他表演这一手。

——奇妙的巧合，布卢姆先生含蓄地跟斯蒂芬打耳喳说。

——俺姓墨菲，水手接下去说，叫作W. B. 墨菲，是卡利加勒人。你晓得它在哪儿吗？

——王后镇的港口，斯蒂芬回答说。

——说得对，水手说。卡姆登要塞和卡莱尔要塞。俺就是那儿出生的。俺的小娘儿们就在那儿。她等着俺哪。俺晓得哩。**为了英国，为了家园和丽人**。她不折不扣是俺自个儿的老婆。俺老是在海上转悠，已经有七年没见着她啦。

布卢姆先生能够毫不费力地设想他出现的场面：逃出海妖的掌心之后，回到路边的水手家园——一座窝棚里。那是酝酿着一场雨的夜晚，一轮月亮昏昏暗暗的。为了老婆，横跨过世界。有不少关于艾丽斯·卡·博尔特[1]这一特定题材的故事。伊诺克·阿登[2]和瑞普·凡·温格尔。这里可有人记得盲人奥利里[3]吗？顺便提一下，那是可怜的约翰·凯西[4]所写的深受欢迎却又令人心酸、音调铿锵的作品，结构完美的小小诗篇。做老婆的不论曾经多么忠实于外出者，一旦跟人跑了，就再也不会回来了。窗口的那张脸！想想看，好不容易才回

---

1 《艾丽斯·卡·博尔特》是托马斯·邓恩·英格利希和纳尔逊·克尼斯合编的一首英国通俗歌曲。水手卡·博尔特漂泊了二十年，返回家乡后发现他的意中人艾丽斯早已死去。

2 伊诺克·阿登是丁尼生的一首同名叙事诗（1864）中的主人公。他是个水手，漂泊在外多年后回乡，发现妻子安妮·李早已改嫁，遂心碎而死。

3 盲人奥利里是约翰·基根（1809—1849）所作同名歌谣中的一个风笛手。他曾在夜间去看望一个少年，即歌中的“我”。二十年后，在辞世的头天夜里，他去跟已成年的“我”告别，并哀痛欲绝地问了这句话。

4 这里，布卢姆把《盲人奥利里》的作者误记为爱尔兰爱国主义诗人约翰·基根·凯西（1846—1870）了。他因参加芬尼社，于一八六七年一度被捕入狱，受尽摧残，出狱后不久就去世。

到家，晓得了关于爱妻的可怕真相，感情触了礁，这时该是多么令人心碎啊！你再也没想到我会回来，然而我要住下来，重新打鼓另开张。守活寡的老婆还像从前那样坐在同一座炉边。她相信我已经死掉了，到海底深处坐摇篮[1]去了。傻瓜叔叔，要么就是王冠与锚酒馆老板汤姆金斯叔叔，身上只随随便便穿了件衬衫，大嚼着牛腿扒配葱头。没有椅子给爹坐。呸！刮风啦！她抱在腿上的是刚生下的娃娃，一个遗腹儿[2]。高啊高！兰迪，噢！我那乘风破浪的丹迪，哦[3]！这是躲不开的，只能屈从，苦笑着逆来顺受呗。我将永永远远热烈地爱着你，你那心碎了的丈夫，W. B. 墨菲。

那位水手几乎不像是个都柏林居民，他转过身来朝着一名马车夫央求说：

——你身上带没带着富余的烟草？

被招呼的车夫不巧没带着，可是老板却从挂在钉子上的一件考究的夹克衫里掏出一块骰子大小的板烟，就由顾客们把它传递到他手里。

——谢谢你，水手说。

他往嘴里塞进一口，边嚼边慢腾腾地稍微结巴着说下去：

——俺们是今天上午十一点钟进港的。就是那艘从布里奇沃特运砖来的三桅纵帆船罗斯韦思号。俺是为了到这儿来才搭上那条船的。今儿下午发了工钱，就被解雇了。你们瞧，这是俺的解雇证书。一级水手W. B. 墨菲。

为了证实这番话，他从内兜里掏出一份看上去不大干净的、折叠起来的证书，递给在他身旁的那位。

——你的见识一定很广喽，老板倚着柜台说。

——可不，水手回答说。回想起来，自打乘上船以来，俺也环绕地球航行过一些地方。俺到过红海。俺去过中国、北美和南美。俺见过好多冰山，还有小冰山哪。俺到过斯德哥尔摩、黑海和达达尼尔海

---

1 这是美国教育家艾玛·维拉德（1787—1870）所作同名歌曲（1832）中的一个叠句。
2 原文为拉丁文。这里指丈夫走后，留在家中的妻子以为他死了而同别人所生的婴儿。
3 “高啊高……哦！”是一首题名《奔驰的兰迪·丹迪，哦！》的航海歌中的叠句。

峡。俺在多尔顿手下干过活，他可是个天下无双的沉船能手啊。俺见过俄国。**葛斯波第·波米露依**[1]。俄国人就是这么祷告的。

——不消说，你准见过不少稀奇古怪的东西喽，一个马车夫插嘴道。

——当然喽，水手把他那嚼了一半的板烟挪了挪位置。俺也瞧见过古怪玩意儿，有趣儿的和可怕的。俺看见过鳄鱼啃锚钩，就像俺嚼这块烟草一样。

他从嘴里掏出那块嚼软了的板烟，把它塞到牙缝里，狠狠地咬了一口。

——嘎吱！就像这样。俺还在秘鲁瞧见过吃死尸和马肝的食人族。瞧这个。这就是他们。是俺的一个朋友寄给俺的。

他从好像充作一种仓库的内兜里胡乱摸索一番，掏出一张带图的明信片，从桌面上推过来。上面印有：**玻利维亚国贝尼，印第安人的茅棚**[2]。

大家都把注意力集中在出示给他们的图片上：一群未开化的妇女腰间缠着条纹布，蹲在柳条编成的原始窝棚前面，在成群的娃娃（足有二十来个）簇拥下，边眨巴眼睛，让娃娃叼着乳房，边皱起眉头，打着盹儿。

——她们成天嚼着古柯叶，饶舌的水手补充说。她们的胃囊就跟粉碎机一样。再也生不出娃娃后，就把乳房割掉。俺瞧见过这帮人一丝不挂地正生吃一匹死马的肝脏哪。

足有几分钟，他的明信片成为这些没开过眼界的先生们注意的中心。

——你们知道咋能把他们轰跑吗？他向大家问道。

没有一个吱声的。于是他眨巴了一下眼睛，说：

——镜子。那会叫他们吓破了胆。镜子。

1　葛斯波第·波米露依是俄语祷文“天主矜怜我等”的音译。
2　原文为西班牙语，贝尼是玻利维亚东北部省份。

布卢姆先生并未露出吃惊的神色。他只悄悄地把明信片翻过去，辨认那一部分已模糊不清的地址和邮戳。是这么写的：邮政明信片。A.布丁先生收，智利国圣地亚哥市贝赤游廊[1]。他特别留意到明信片上显然一句话也没写。

尽管他并不轻信适才所讲的那种可怕的故事（还有击落鸡蛋之举，不过，倒也有威廉·退尔的故事，以及《玛丽塔娜》[2]中所描述的拉扎利洛与堂塞萨尔·德·巴桑事件。在那次事件中，前者的子弹穿透了后者的帽子）。他看穿了水手的名字（假定他果真就是所自称的那个人，而不是在某地悄悄地使船调换方向，挂上别国国旗航行的话）与明信片上的收信人姓名有出入，再加上那个编造的发信地址，使他颇为怀疑我们这位朋友诚实[3]与否。然而看了这张明信片，他便不知怎的起了在心里酝酿了好久、迟早打算实现的一个计划：星期三或星期六乘船远航到伦敦。尽管他从未远游过，骨子里却是个冒险家；只是由于命运的捉弄，迄今没出过海——除非你把霍利黑德[4]之行也算作航海的话。那是他生平最远的一次旅行了。马丁·坎宁翰常说他要拜托伊根给布卢姆弄张免费船票，然而每一次总是好事多磨，泡了汤。即便立刻支付得出那笔必要的款子，让博伊德伤伤心[5]，只要囊中并不羞涩，其实数目也不太大，最多不过是两三畿尼；而他指望着要去的穆林加尔的往返旅费，估计要五先令六便士。由于空气爽朗新鲜，旅行有益于健康，从各方面来说都舒适之至。对肝脏有病的人就更是这样。沿途可以看到普利茅斯、法尔茅斯、南安普敦[6]等形形色色的地方。这次富于教育意义的游览的高潮是观赏大都会（我们时代的巴

1　原文为西班牙语，其中boudin（布丁）一词是法语，意思是“香肠”，becche（贝赤）是意大利语，意思是“鸟啄”。

2　在《玛丽塔娜》（参看第123页注释4）第2幕中，少年拉扎利洛预先把枪手的子弹拿掉，因而救了主人公堂塞萨尔一命。第3幕中，拉扎利洛被迫向堂塞萨尔开枪，子弹却又奇迹般地停留在塞萨尔的帽子里，没有炸开。

3　原文为拉丁文。

4　霍利黑德距都柏林有七十英里。

5　沃尔特·J. 博伊德（生于1833）曾于一八八五至一八九七年间任都柏林破产法庭的法官，“让博伊德伤伤心”遂指“在财务上冒险”。

6　普利茅斯、法尔茅斯和南安普敦是由都柏林驶往伦敦的邮轮所停靠的三个港埠。

比伦）的景物。毫无疑问，他会在这里再一次看到大加修缮的塔和教堂，富丽堂皇的公园街[1]。忽然间他还兴起另一个挺不坏的念头：何不筹组一次包括最著名的游乐胜地的夏季演奏旅行，前往各地漫游：马盖特的男女混浴场、第一流的矿泉和温泉疗养地，伊斯特本，斯卡伯勒，马盖特等；还有景色优美的伯恩茅斯，海峡群岛以及诸如此类小巧精致的地方。说不定还大有赚头呢。班子当然不是鬼头鬼脑临时东拼西凑的，更不会雇用C. P. 麦科伊太太那种类型的本地歌女——借我用用你的手提箱，我就寄张免费船票给你。才不是呢，而是最高级的，是爱尔兰首屈一指的名角会演，由特威迪—弗罗尔大型歌剧团团长的正式夫人担任主角，足以和埃尔斯特·格莱姆斯与穆迪—曼纳斯一比高低。这是十分简单的事，他对此举的成功充满自信。关键在于得有个能够在背后操持料理的家伙，能让当地的报纸给大吹大擂一番。这样，就既可盈利又能饱览风光了。然而，由谁来承担此职呢？嗯，难就难在这儿。

此外，虽然不到具体实施的程度，他脑子里还浮现出一个想法：为了与时代步调一致，应开拓新天地，开辟新航路。恰当的例子就是菲什加德—罗斯莱尔航路[2]。人们纷纷说，经交通省提出后，照例由于衙门冗繁的文牍主义，因循姑息，吊儿郎当，净是蠢才，至今仍在**反复审议中**[3]。为了满足一般庶民大众旅行的需要，这里确实给布朗—鲁宾逊公司等提供了一个积极开展事业的大好机会。

正当普通市民确实需要加强体质的时候，由于舍不得区区两三英镑，就不去看看自己所生活在其中的大千世界。这位老古板自从娶了老婆，就一直关在家里。真是令人遗憾，一望可知是很荒唐的事，这在相当程度上要归罪于我们这个自负的社会。不管怎么说，真是岂

1　为了迎接爱德华七世（1901）的即位，伦敦塔和威斯敏斯特教堂曾被整修一新。这两座建筑和坐落在贵族住宅区的公园街均对游客颇有吸引力。

2　菲什加德和罗斯莱尔分别位于爱尔兰东南端和威尔士西南部。自一九〇五年起，两港之间开始有班轮往返。

3　原文为法语。

有此理。他们每年要过上不止十一个月单调无聊的日子，在城市生活中受尽折磨后，夏季理应随心所欲地彻底换换环境。在这个季节里，自然女神打扮得格外花枝招展，一切有生之物无不复苏。在故乡的岛屿度假的人们也有同样的良机。这里有令人赏心悦目、有助于恢复青春的森林地带，都柏林市内外以及风光绮丽的近郊，不仅富于无上魅力，而且还能促进身体健康。有一条蒸汽火车铁轨一直铺设到噗啦呋咔瀑布。还有威克洛那越发远离尘嚣、对爱尔兰庭园这一称谓当之无愧的所在。只要不下雨，那一带是供年长的人们骑自行车的理想田园，再有就是多尼戈尔的荒野，倘若传闻属实，景色[1]也极为壮观。不过，由于最后提到的这一地区交通不便，尽管此行可获益匪浅，前往的游客毕竟有限，收入也微不足道。相形之下，霍斯山凭借绢骑士托马斯、格蕾斯·奥马利和乔治四世留下的遗迹，以及遍布于海拔数百英尺高处的杜鹃花，使它成为男女老少不分贫富，人人爱去的地方。由纳尔逊纪念柱乘车前往，只消三刻钟就可到达。尤其是在春季，小伙子们异想天开，故意地或偶然失足从崖顶上栽了下去，从而交纳了死亡的通行税。顺便提一下，通常他们总是踩空左脚。当然由于现代化的观光旅行尚处在幼年期，设备大有改善的余地。出于纯粹质朴的好奇心，他饶有兴趣地猜测着：究竟是交通造成路的呢，还是路造成交通的，抑或二者其实是相辅相成的呢？他把带图的明信片翻过来，朝斯蒂芬递过去。

——有一回俺瞧见过中国人，那个勇猛的讲述者说。他有一些看上去像是油灰的小药丸。他把药丸往水里一放，就绽开了，个个都不一样，一个变成船，另一个变成房子，还有一朵花儿。给你炖老鼠汤喝，他垂涎欲滴地补充了一句。中国人连这都会。

也许是看出了大家面泛着将信将疑的神色，这位环球旅行家执着地继续讲他的奇遇。

——俺还在的里雅斯特瞅见一个人被意大利佬杀死了。从背后捅

1　原文为法语。

了一刀。就像这样的一把刀子。

他边说边掏出一把跟他的性格十分般配、令人看了毛骨悚然的折叠式刀子，并且摆出刺杀的架势，抡了起来。

——在一家窑子里。是两个做走私生意的家伙你欺我诈惹起来的。那家伙就藏在门后边，从他背后凑了过去。像这样。准备见你的天主去吧！他说。哧啦一声捅进了他的背，只剩刀把露在外面。

他耷拉着眼皮困倦地环睨着大家。看来在座的人们即便还有意问点什么，也会被他顶回去了。这可是好钢啊，他又重复了一遍，一边端详着那把令人生畏的短刀[1]。

这一骇人听闻的结尾足以把胆子最大的人也吓坏了。随后，他啪的一声插刀入鞘，将这把利器收进他那恐怖室（也即是衣兜）里。

——那些家伙使起刀来可不含糊，某位显然完全不谙内情的人为了替大家解围，说道。因此，由于常胜军在公园里干的那档子凶杀案使用的是刀子，当局原以为是外国人下的手哩。

此话一听就是本着无知乃至福的精神讲的，布卢姆先生和斯蒂芬以各自的方式本能地相互交换了一下意味深长的眼色，然而是在虔诚而讳莫如深[2]的沉默中；他们随即把视线朝“剥山羊皮”——也就是店老板——的方向投去。他正在那儿从开水壶里往外倒滚沸的液体。他那张令人高深莫测的脸确实是件艺术品。它本身就完全是一门可供研究的课题，非笔墨所能形容。他仿佛丝毫也不了解正在发生着的事。真是滑稽！

随后沉默了好半晌。有个人不时地读上一会儿满是咖啡污迹的晚报，另一个瞧着那张印有土著窝棚[3]的明信片，还有一个在看水手的解雇证书。至于布卢姆先生本人，则正在沉思默想。他清清楚楚地记起刚才被提及的那档子事，犹如昨天才发生的那么真切。那是二十来年前的事啦，打个比喻来说，是土地纠纷像风暴般席卷文明世界的年

1　原文为意大利语。
2　此处的“讳莫如深”与前文的“结尾”，原文均为法语。
3　原文为西班牙语。

头；是八十年代初，说得准确些，八一年，那时他才十五岁。

——嘿，老板，水手打破了沉寂。把证件还给俺。

这个要求照办了，他用指尖把证件拢在一起。

——你看见过直布罗陀岩石吗？布卢姆先生问道。

水手边嚼烟草边颦蹙起鼻子眼，露出模棱两可的神色。

——啊，那儿你也到过啦，布卢姆先生说。那可是欧洲的顶端哩。他认为这个漂泊者是去过的，并希望他可能想起什么来。对方并未使他如愿以偿，只是往锯末里啐了口唾沫，死样活气地摇了摇头。

——那大概是哪一年的事儿呢？布卢姆先生插了句嘴。还能回想起是哪些船吗？

我们这位自封的[1]水手贪馋地大口大口嚼了一通烟草才作答。

——俺对海里的暗礁[2]腻烦透啦，他说。还有那大大小小的船只。整天价吃腌牛肉。

他面呈倦容，闭上了嘴。发问者看出，从这样一个狡猾的老家伙嘴里是打听不出什么来的，就开始呆呆地驰想着环绕地球的浩渺水域的事。放眼望一下地图就能明白，海洋竟占地球的四分之三。因此，他完全了解：统治海洋意味着什么。说到这里就足够了。不止一次——起码有十二次——他曾在多利蒙特的北布尔附近留意到一个被淘汰下来的老水手。此人显然无依无靠，惯常坐在堤岸边上，靠近并不一定会引起美好联想的大海，十分明显地和大海相互瞪着眼，梦想着生气勃勃的森林和鲜嫩的牧场，就像某人在某处歌唱过的那样。这使他纳闷老人为什么要这样。说不定老人曾试图亲自探索一下海洋的奥秘[3]，于是就从地球的一端折腾到另一端，从海面闯荡到海底——喏，说海底并不大确切——就这样撞着运气。实际上，其中绝对没有任何秘密。尽

1　原文为法语。

2　“岩石”(Rock)，直布罗陀的别称，rock一词又指暗礁。水手把布卢姆刚才所说的直布罗陀“岩石”理解为“暗礁”，说明他所夸耀的见识未必可靠。

3　美国诗人朗费罗的《海洋的奥秘》(1841）一诗中，有这样的三句：“你想探索海洋的奥秘吗？/只有敢于向其风险挑战者，/才能理解其奥秘！”

管如此，即使不**细微地**[1]进行调查，大海依然光辉灿烂地存在着这一雄辩的事实终归是无法否定的。一般总会有人大胆地违悖天意，继续航行。不过，这也仅仅表示人们通常是怎样挖空心思把此类重担转嫁给旁人。比方说，地狱这个观念也罢，彩票和保险也罢，都是同一性质的，因此，单凭这个理由，救生艇星期日[2]这一组织也是值得嘉许的。广大公众不论住在内地还是海边，一旦清楚地了解了，就应该感谢水上警察署长和沿岸警备队恪尽职责。因为不论什么季节，**爱尔兰期待每人今天各尽自己的职责**[3]等等。冬季有时天气恶劣，也非出发不可。他们得安排人去管缆绳，不要忘了那些爱尔兰灯船，基什的，还有旁的。随时都有可能翻船。有一次他带着女儿乘船绕过它航行。虽然还说不上是狂风暴雨的天气，倒也饱尝了恶浪翻滚的滋味。

——有个伙伴跟俺一道搭乘漂泊者号航海来着，这位本人就是个漂泊者的水手接下去说。他上了岸，找到了个伺候达官贵人的舒服差事。每个月能挣六英镑。俺身上穿的就是他的裤子，还给了俺一块油布和那把大折刀。干的是刮刮脸、刷刷衣服那样的活儿，俺也干得来。俺厌恶到处漂泊。眼下就拿俺儿子达尼来说吧。有一回他逃到海上去啦，他妈把他找回来，送他到科克的一家布庄去混口饭吃，不费力气就能挣上钱。

——他多大啦？一个听者问道。从侧面望去，这个人长得有点儿像市公所秘书长亨利·坎贝尔，给人以刚从办公室的操劳中逃出来的感觉。他当然没洗过澡，衣衫褴褛，酒糟鼻子一眼就看得出。

——唔，水手有些为难似的慢腾腾地说。俺儿子达尼吗？俺估摸着现在该有十八岁了吧？

于是，斯基贝林出身的这位父亲[4]用双手扯开他那件灰色的——要

1　原文为法语。

2　“救生艇星期日”是皇家全国救生艇协会爱尔兰分会的都柏林支部，靠私人捐款来从事救生活动。

3　这里把纳尔逊训话中的英国改成爱尔兰，参看第21页注释1。

4　爱尔兰有一首以一八四八年的大饥馑为背景的歌谣，题名《老斯基贝林》。老父亲告诉他的儿子，他是怎样因受英国人的迫害而背井离乡的。

么就是脏成发灰的衬衫，满胸脯乱挠一气，看得出上面是用中国黥墨刺的一片锚状花纹。

——布里奇沃特那张床上有虱子，他说。没错儿！明后天俺可得去洗个澡。俺最讨厌那帮黑小子啦。俺恨那些坏蛋。它们把你的血都吸干了，它们就是这么样。

他留意到大家都在瞧自己的胸脯，就爽快地把衬衫整个儿敞开来。这下子，在水手那古老的希望与安宁之象征上端，大家一眼就望到16[1]这一数字和一个小伙子微露嗔色的侧脸。

——这是文身，展示者向他们解释道。俺们由达尔顿船长领着出航，遇上风暴，是船停在黑海的敖德萨海面上的时候刺的。一个名叫安东尼奥的小子给俺刺的。这就是他自个儿：一个希腊人。

——搞这玩意儿很疼吧？有人问水手。

然而这位仁兄不知怎的正忙于捏起自家的皮肤。就那样用指头夹住或是……

——瞧瞧这儿，他边说边展示着安东尼奥。他正在咒骂着伙伴呢。这会儿他又那样了，他补充说。同一个人，明摆着只要用手指凭着一种特别的窍门儿把皮肤一拽，那张脸上就露出听了奇谈大笑着的神情啦。

其实，那个名叫安东尼奥的小伙子的苍白脸上倒真像是露出了不自然的微笑，这一奇怪现象博得了在场的每一个人充分的赞赏，其中包括剥山羊皮。这时，他正从柜台上探过身来。

——哎，哎，水手低头望着自己那富于男子气概的胸脯，叹了口气。他也走啦。后来被鲨鱼吃掉啦。哎，哎。

他撒开了皮肤，刺上去的侧脸就恢复了原先那副普通的表情。

——刺得蛮精巧嘛，一个码头搬运工人说。

——这数目字是干啥的？第二个流浪者问道。

——是活着给吃掉的吗？第三个向水手打听。

1　在欧洲俚语中，16这个数字意味着同性恋。

——哎，哎，后者又叹了口气，这一回稍微鼓起了点劲头，朝着那个询问数目字的人一瞬间露出一丝微笑。他可是个希腊人哪。

接着，关于他本人所诉说的安东尼奥之死，他以凄惨的幽默这么补充道：

他坏得像老安东尼奥，
撇下了我孤苦伶仃[1]！

一个戴着黑色草帽，面容憔悴，好像涂了层釉料一般的妓女从马车夫棚门口探进头来，斜眼望着。她显然是在替自己来巡风，目的不外乎是多捞几个进项。布卢姆先生简直不晓得往哪儿瞧才好。他惊慌失措，却又佯装出冷静。他马上移开视线，从桌上拿起一张出租马车车夫模样的人丢下的阿贝街报那张粉色的纸页[2]。他拾起报纸，端详着纸页的粉色。可又自问为什么是粉色的呢？他之所以这么做，是因为这时他认出站在门口的就是头天下午在奥蒙德码头上瞥见的同一张脸。换句话说，也就是小巷子里那个半白痴的女人。她认得跟你在一起的那位穿棕色衣衫的太太（布太太），并且问有没有衣服让她洗。而且，为什么又要提洗衣服的事儿呢？这一点好像有些含糊。

你那些要洗的衣服。然而，为人坦率的他不得不承认，住在霍利斯街的时候，他曾为老婆洗过穿脏了的贴身衣裤，女人们要是真爱一个男人的话，也会愿意并且动手替他洗那些同样用比尤利—德雷珀制造的不褪色墨水写上姓名首字（她的就是用这个牌子的墨水写的）的衣服。也就是说，爱我的话，就连我的脏衣服也爱吧。但是眼下他正感到焦虑不安。与其让这女人陪伴他，他更希望她离开。所以，当老板做了个粗鲁的手势打发她离开时，他由衷地松了口气。他隔着《电讯晚报》上端瞥了一眼她那张出现在门边的脸。她呆滞地龇牙咧嘴笑

1　“他……仃”，这两句歌词参看第139页注释4。
2　指《电讯晚报》的最后一版，是用粉色纸在中阿贝街八十三街的报社印的。

着，说明她有些心不在焉。她饶有兴趣地打量着围观船老大墨菲那特有的水手胸脯的人们，接着，她就消失了踪影。

——叫花子妓女，老板说。

——这可叫我吃惊，布卢姆先生悄悄地对斯蒂芬说。从医学上说，那样一个由花柳病医院里出来的浑身散发着病臭的烂婊子怎么能厚着脸皮去拉客，而任何一个头脑清醒的男人，只要稍微爱惜自己的健康，又怎么会……倒霉的女人！当然喽，我猜想，她之所以落到这步田地，归根结蒂必是某个男人造成的。然而，不管原因何在……

斯蒂芬并没留意方才那个女人，他耸耸肩，只说了这么一段话：

——在这个国家里，某些人卖出去的东西远比她所曾卖过的要多，而且还大有赚头。不用怕那些出售肉体、没有力量收买灵魂的人们。她可不擅长做生意。她贵买贱卖。

那个年长的人尽管并不是个老处女或假正经，却说道：这号女人（在这个问题上，他丝毫不曾囿于老处女式的洁癖）是无法避免的危害，可是有关当局既不发给她们执照，又不要求她们做体检，真是可耻极了，必须即刻加以纠正。说实在的，关于这一问题，自己作为一家之父[1]，从一开始就坚决主张这么做。他说，谁要是制定了这样一个方针，并彻底地诉之于舆论，就必然会使一切有关的人都受惠无穷。

——你作为一个好天主教徒，他把话题转到灵魂与肉体上来，说。是相信灵魂的。要么，你指的是不是才智和脑力等等，有别于任何外在事物，比方说，桌子或那只杯子？我本人是相信这一点的，因为有识之士已经诠释说，那是脑灰质沟回。不然的话，我们就决不会有例如爱克斯射线这种发明啦。你也这样认为吗？

被这么追问后，斯蒂芬在发表自己的意见之前就不得不让记忆力做一番超过常人的努力，试图聚精会神地回顾一番：

——他们根据最高的权威告诉我们说，灵魂是单一的实体，因而是不灭的。按照我的理解，倘非有可能被它的第一原因——也就是

1　此处的“一家之父”和前文的“即刻”，原文为均拉丁文。

神——毁灭掉，它原本是可以不朽的。但据我所听说的，神是十分可能把毁灭灵魂也加在他那一桩桩恶作剧当中去的；而灵魂的**自发的堕落**和**偶发的堕落**早已被文雅的礼节排斥在外了[1]。

尽管就世俗的布卢姆先生而言，这番带有神秘韵味的妙论是多少过于深奥了些，然而他对这种思路的要旨还是完全默认了。不过，他觉得有义务对单一这个词提出异议。于是，就立即答腔道：

——单一？我不认为这是个恰当的字眼。当然喽，我勉强承认，人们极偶然地会遇上一个单纯的灵魂。但是我迫切地想举的是这样一个例子：伦琴所发明的射线，或是像爱迪生那样发明望远镜；不，我相信比他还早，我指的那个人是伽利略。那样一种发明可了不起呀。比方说，同样的话也适用于像电这样范围很广的自然现象的法则。但是倘若你相信超自然的天主的存在，那就完全是另一码事啦。

——啊，这个嘛，斯蒂芬告诫说。已经由《圣经》里几段最广为人知的段落确凿地证明了。间接证据就且不去谈了。

然而由于两个人不论在教育程度还是其他各方面都像两极一样相距甚远，再加上年龄悬殊，双方的见解便在这一棘手的论点上发生了冲突。

——已经证明了吗？两个人中间经验较丰富的那位固执已见，反驳道。我就不大相信这一点。这是人家都有争论余地的问题；其中的宗派方面就不去牵涉了，请容许我跟你持**截然相反**[2]的看法。坦率地说句老实话，我相信，这些鸡零狗碎多半都是僧侣们所捏造出来的。最大的可能性就是把有关我们那位国民诗人的大问题重新提出来，诸如培根乃是《哈姆莱特》的作者，那些剧本归根结蒂是谁执笔的等疑问。当然喽，你对你的莎士比亚远比我熟悉多了，我也就无须告诉你什么啦。顺便问一句：这咖啡你喝得下去吗？我替你搅一下。再吃一

1　斯蒂芬所说的“最高的权威”指托马斯·阿奎那。这位神学家曾指出，事物的堕落不是自发的就是偶发的，而唯有对立面才谈得上堕落。灵魂是“单一的”，无对立面可言，因而是不可能堕落的。原文中，“自发的堕落”和“偶发的堕落”均为拉丁文。

2　原文为法语。

片甜面包。这就像是用咱们的船老大运来的砖伪装成的。不过，谁也拿不出他根本没有的东西。尝一点儿吧。

——不行，斯蒂芬好容易才挤出这么两个字来，当时他的心灵器官拒绝说更多的话。

俗谚说得好：吹毛求疵是不道德的。布卢姆先生寻思，还不如去搅和或试图搅和那凝在杯底儿的糖疙瘩呢。他抱着近似刻薄的态度琢磨着咖啡宫以及它所从事的戒酒（而且利润很大的）生意。其目的确实是合理合法的，无可争议，裨益良多。他们目前所在的这种马车夫棚也是本着戒酒这一方针经营的，并且在夜间特为流浪者们开业。这跟有资格的人士为下层庶民所举办的音乐会、戏剧晚会、有益的讲演（免费入场）是同一性质的。另一方面，他怀着痛楚清清楚楚地回忆起，当年咖啡宫对他的妻子玛莉恩·特威迪夫人的钢琴演奏所付的报酬是何等微薄，而有个时期她对咖啡宫的营业起过举足轻重的作用。他深深相信，咖啡宫的宗旨本来就是行善盈利两不误，何况它并没有什么值得一提的竞争对手。他记得曾读过一篇报道，说某处一家廉价饮食店的干豌豆是用有毒的硫酸铜SO_4[1]或是什么东西染过的。然而想不起时间和地点了。不管怎样，看来对一切食品都必须进行检查，卫生检查乃是当务之急。蒂比尔博士的“维牌可可”之所以成了抢手货，多半还是由于它附有医学分析表呢。

——现在喝一口吧，他把咖啡搅和完了，就试着说。

在好歹尝一尝的劝说下，斯蒂芬就攥着沉甸甸的大杯子的柄，从碰洒了一大摊的褐色液体当中举起了它，并呷了一口那难以下咽的饮料。

——不过，这仍不失为固体食品，对他有好影响的这个人劝告说。我是固体食品的信奉者。一点儿也不贪吃，独一无二的理由是：不论从事任何脑力还是体力的正常劳动，这都是**不可缺少的条件**[2]。你应该多吃些固体食品。你就会感觉自己换了个人。

1　硫酸铜的化学分子式为$CuSO_4$。

2　原文为拉丁文。

——流质食品我倒是能吃，斯蒂芬说。可是劳驾把那把刀子挪开吧。我一看刀尖就受不了。它使我想起罗马史。

布卢姆先生马上照他的指点做了，把那受指责的刀子拿开了。那是一把钝头、角质柄、普普通通的刀子，最不起眼的是刀尖，在一般人眼中，完全不会特别引起关于罗马时代或古代的联想。

——我们共同的朋友[1]的故事就跟他本人一样，布卢姆先生从刀子又顺便低声对他的心腹朋友说。你认为那些是真实的吗？他可以通宵达旦一连几个钟头地编造那些奇谈，谎话连篇。瞧他那个样儿！

尽管睡眠不足，海风又把那个人的眼睛吹肿了，然而生活中是充满了无数可怕的事件和巧合的。乍一听，他是信口开河，插科打诨，不大可能像福音书那样准确无误，但是那也有可能并非从头到尾都是瞎编的。

在这期间，布卢姆正审视着眼前这个人。自从盯上他后，布卢姆一直对他做着夏洛克·福尔摩斯式的侦察。此人虽然已经有点儿谢顶了，却保养有方，精力充沛；但是神情有些诡谲，令人想到会不会是个刑满出狱者。用不着费多大脑筋就能把这样一个看来怪诞不经的人物跟拆麻絮或踏车[2]联系起来。说不定杀死那个对手的就是他本人哩。假定他讲的就是他本人的案子，谈起来却仿佛是旁人的事一般。换句话说，他自己把那个人杀掉了，将四五个年头的大好时光消磨在讨厌的狱中。关于用上文中所描述过的那种戏剧性的方式赎了自己罪愆的安东尼奥这个人物（这与我们的国民诗人笔下的同名剧中人物[3]毫无关系），就不去提了。另一方面，他或许只不过是在那里瞎吹一通。如果是这样，倒还情有可原，因为任何一个老水手要是曾经跨越大洋航行过，一旦遇上地地道道的傻瓜，即都柏林居民，就像那些等着听外

---

1 “我们共同的朋友”系套用狄更斯最后一部小说（1865）的书名。下文中的“低声……朋友”，原文为意大利语。

2 拆麻絮和踏车是当时犯人在狱中从事的苦役。

3 国民诗人指莎士比亚。莎士比亚《威尼斯商人》《第十二夜》《暴风雨》等剧中均有名叫安东尼奥的人物。

国奇闻的马车夫，都会情不自禁地吹起牛来，说什么赫斯佩勒斯号[1]三桅纵帆船啦，等等。归根结蒂，一个人关于自己所说的瞎话，同旁人对他所编造的弥天大谎相比之下，恐怕就算不上什么了。

——你听着，我并非说那一切都纯粹是虚构的，他继续说。那样的场面虽然并不常见，偶尔还是会遇到的。巨人极为罕见，难得地碰上一次。还有侏儒女王玛塞拉。被叫作阿兹特克人的，我倒是在亨利街的蜡像馆里亲眼看见过几个。他们蜷着腿坐在那儿。你即便给他们钱，他们也伸不直腿，因为这儿的腱——你瞧，他为伙伴简单地比画了一下，或者你随便怎么叫吧，反正是在右膝关节后边——完全不灵啦。这都是被当作神来崇拜，长年那样蜷腿坐着造成的。这儿又是个单纯的灵魂的例子喽。

然而布卢姆先生又把话题扯回到朋友辛伯达[2]那可怕的历险上去。（辛伯达使他多少联想到路德维希——别名莱德维希。当迈克尔·冈恩经营欢乐剧场时，路德维希主演《漂泊的荷兰人》获得巨大成功，爱慕他的观众蜂拥而至，个个都只是为了听听他的声音。尽管不论是不是幽灵船，一旦搬上舞台，就跟火车一样，通常会变得有点儿单调了。）他承认那位水手所讲的本质上没有什么相互矛盾的地方。相反的，从背后捅一刀倒颇像是意大利佬的手法。不过，他仍然愿意坦率地承认，库姆街附近的小意大利那些卖各种炸土豆片的自不用说，还有卖冰淇淋的和卖炸鱼的，也都不喝酒，是些勤勤恳恳、省吃俭用的人们。不过，他们也许太喜欢趁着夜间随手乱逮属于旁人的有益无害的猫族了。还把他或者她**那不可或缺的**[3]大蒜抄了来，好在第二天人不知鬼不晓地饱餐一顿带汁的佳肴，并且还说：来得真便宜。

——就拿西班牙人来说吧，他接下去说。他们容易感情用事，像

1　美国诗人朗费罗根据一八三九年十二月的一次沉船事故所写长诗《“赫斯佩勒斯”号沉船记》（1840）中的一首歌谣。

2　辛伯达是《一千零一夜》中的人物。这个水手叙述了自己七次远航中的历险见闻。十九世纪八十年代，哑剧《水手辛伯达》曾在都柏林上演，颇为叫座。

3　原文为法语。

魔鬼一样急躁，动辄就用私刑，拔出下腹部所佩尖刀嗖地一下就清算你的一生。这都是那炎热的气候所造成的。说起来，我内人就是个西班牙人，那就是说，有一半西班牙血统。实际上，只要她愿意，她眼下就能够取得西班牙国籍，因为她出生于西班牙（就法律而言），即直布罗陀。她是西班牙型的。肤色浅黑，头发是通常那种黑色，眼珠子乌黑。我确实相信人的性格决定于气候。所以我才问，你是不是曾用意大利语写过诗。

——门外头那帮暴躁的家伙，斯蒂芬插嘴道。为了十先令发起火来了。**罗伯特偷了他的东西**[1]。

——可不是嘛，布卢姆先生表示同意。

——而且，斯蒂芬直勾勾地望着，对自己或不知在哪儿的某个听着的人说。我们还有但丁的急性子和与之形成等腰三角形的他所爱上的波蒂纳利[2]小姐，还有伦纳德[3]和托马索·马斯蒂诺[4]。

——这是血统的关系，布卢姆先生紧接着说。一切都受到太阳之血的洗涤。真是个巧合，就在咱们今天相遇——假若那说得上是相遇的话——之前，我刚好在基尔代尔街博物馆观看那儿的古代雕像来着。臀部啦，胸脯啦，都匀称极啦。在此地你简直碰不见那样的女人。兴许这儿那儿，偶尔有个例外。标致，对，你会发现她在某一点上好看，然而我指的是女人的整个体态。除此而外，她们大多对服装都没有什么审美力。不论谁怎么说，反正服装是能大大增加女人的天生丽质的。皱皱巴巴的长筒袜——这也许是我的弱点，反正我最厌恶的就是这个。

然而座中人的兴趣开始淡了下来，其他人就聊起海上的事故来，

1　原文为意大利语。

2　波蒂纳利是但丁所爱的女子贝亚德（1266—1290）娘家的姓。她是佛罗伦萨人，嫁给了银行家西蒙尼·德·巴第。

3　指伦纳德·达·芬奇，他也是佛罗伦萨人。后世认为他的名画《蒙娜丽莎》（约1503）曾受到但丁在《宴会》中关于眼睛和微笑之描述的启发。该诗文记述了少年时代的爱情。

4　“托马索·马斯蒂诺”是把“托马斯·马斯蒂夫”意大利化了。马斯蒂夫为mastiff（一种滑皮短腰大看家狗）的译音。这是对托马斯·阿奎那的戏称，源于其绰号斗犬阿奎那，参看第307页注释1。但丁的《神曲》，在神学和哲学两方面均深受阿奎那的影响。

诸如船在雾中失踪或撞到冰山上等等。当然喽，船老大也有其独特话题。他说，他曾多次绕过好望角，在中国海上还战胜过一种风——季节风。他说，在海上遇到所有那些危险时，他始终得到了一样东西的保护（他用的或许是类似的字眼）：一枚避灾徽章，使他幸存下来。

随后，话题又转到船只因触到当特暗礁遭难的事件[1]上去了。失事的是那艘倒霉的挪威三桅帆船——一时谁都记不起它的名字了。那个长得确实像亨利·坎贝尔的水手终于想起来了，船名帆尔默号，是在布特尔斯汤岸滩触的礁，成了当年全城人的话题——艾伯特·威廉·奎尔还以此为题替《爱尔兰时报》写了一首富于独创性的极出色的佳作。碎浪花冲刷着船身，成群的人们聚在海岸上，一片混乱，一个个吓得呆立在那里。又有人提起，闷热潮湿的一天，天鹅海港的"凯恩斯夫人"号轮船被同一航线上迎面驶来的"莫纳"号撞沉，谁也不曾给他们任何援助，全体船员丧生。"莫纳"号船长说，他担心自己这艘船的缓冲舱壁会垮掉。底层仓里好像并没进水[2]。

这时出了一件事。水手需要扬帆了，便离开了自己的座位。

——伙计，让俺从你的船头横过去，他对旁边那个正安详地悄悄打着盹儿的人说。

他拖着沉重的脚步，拙笨地慢慢走向门口，迈下马车棚外只有一节的台阶，朝左边拐去。当他刚站起来时，布卢姆先生曾注意到，他两边兜里各露出一瓶看来是水手们喝的那种朗姆酒，为的是暗地里灌进他那灼热的胃。布卢姆先生瞧见他这会儿正四下里打量，并从兜里掏出一只瓶子，拔开或是拧开塞子，将瓶口对准嘴唇，咕嘟咕嘟地痛饮了一通，津津有味。布卢姆简直克制不住自己了。他机警地怀疑，

1　当特暗礁位于都柏林湾以南的科克港口附近。"帆尔默"号（一艘芬兰船，而不是挪威船）是一八九五年十二月二十四日失事的。艾伯特·威廉·奎尔的悼诗《一八九五年圣诞节前夜之风暴》刊载于次年一月十六日的《爱尔兰时报》上。

2　"凯恩斯夫人"号是一艘英国三桅帆船，"莫纳"号则是德国三桅帆船，并不是轮船。这一沉船事故发生于浓雾弥漫的一九〇四年三月二十日。事后查明，根据航路的规定，应让路的是那艘英国船，所以"莫纳"号船长不负事故责任，但他应负道义上的责任，因为他不曾出动所有的救生艇去营救落水船员。

这个老手儿兴许是被女人这一对抗物所吸引而出去做了一番军事演习的。然而这时那个女人实际上早已消失得无影无踪了。他定睛一看，才勉强辨认出那个灌了一肚子朗姆酒、精神随之而振的水手，正毋宁说是出神地仰望着环行线的陆桥桥墩和纵梁。当然自从他最后一次踏访，这里已大大地改建，面目一新了。看不见形影的某人或某些人把男子小便池指给他看，那是卫生委员会为了卫生而到处盖起来的。但是，过了一阵短暂的寂静之后，显然是对小便池敬而远之的水手，竟就近方便起来。他那泡舱底污水撒了好一阵子，看来迸溅到地上的声音随即惊醒了拴在那排待雇马车中一辆车上的一匹马。

醒过来后，一只马蹄好歹找到新的立足点，挽具丁零当啷直响。岗亭里，跟前正燃着一盆焦炭的那位市政府守夜人被吵着了。他衰弱已极，眼看就要垮了。他不是别人，原来就是前面曾提到过的冈穆利。如今他实际上是靠教区的救济金过日子。过去认识他的帕特·托宾，十之八九是出于人道的动机，安排他在这儿当上个临时工。他在岗亭里翻来覆去，来回改变姿势，最后才把四肢安顿在睡神的怀抱之中。他现在的境遇无比恶劣，真是令人惊异。他本有着最体面的亲戚，生来习惯于优裕舒适的家庭环境，一度曾挣过一百英镑年薪。当然喽，这个双料傻瓜竟把钱挥霍殆尽。多次狂欢作乐，如今是穷途末路，一文不名了。不用说，他是个酒徒，假若——不过，这可是个大大的“假若”——他能设法戒掉这一特殊嗜好的话，他蛮可以在一项巨大事业上获得成功呢。这又是一个教训。

这当儿，在座的人们都高声为爱尔兰海运业的一蹶不振而表示痛惜。不论沿岸航线还是外国航线都一样，二者是一而二，二而一。帕尔格雷夫—墨菲的一艘船从亚历山德拉船坞的下水台被送了出去，而那是今年唯一新造的船。果不其然，港口比比皆是，遗憾的是入港的船却一艘也没有。

老板说，这是由于船接连失事的关系。他显然是个**知情人**[1]。

1　原文为法语。

他所要弄清楚的是：为什么那艘船竟撞在戈尔韦湾内唯一的岩礁上了呢？而一个姓沃辛顿还是什么的先生，不是刚刚提出戈尔韦港计划吗？他建议他们去问一下那艘船的船长——利弗航线的约翰·利弗船长[1]，为了那天的工作，英国政府究竟给了他多少贿赂。

——我说得对吗，船老大？他向那个悄悄地喝了一通，并另外干了点什么之后正走回来的水手问道。

那位大人物正把传入耳中那歌词的只言片语荒腔走调地低吼成水手起锚的调调。虽然整个旋律的音程都偏离了一两个音，可劲头却来得十足。布卢姆先生耳朵尖，此刻听见他好像正在把板烟（确实是板烟）吐出去。那么，当他喝酒啦解小手啦的时候，想必是把它攥在手心里的。灌下那流质火焰后，嘴里有点发酸。不管怎样，他总算成功地放水兼[2]注水了一通，然后又滚了进来，把酒宴的气氛带到夜会中，像个真正的船上厨师[3]的儿子那样吵吵闹闹地唱道：

饼干硬得赛黄铜，
牛肉咸得像罗得老婆的屁股。
哦，约翰尼·利弗！
约翰尼·利弗，哦！

为此感叹了一番之后，这位不容轻视的人物就登场了，回到自己的席位，与其说是坐，毋宁说是重重地沉落到为自己安排的座位上。

——剥山羊皮——假定就是那位老板——显然是别有用心。他以色厉内荏的申斥口吻，就爱尔兰的天然资源问题什么的，发泄了一通牢骚。他在一席冗长的论说中描述爱尔兰是天主的地球上无与伦比的富饶国家，远远超过英国，煤炭产量丰富，每年出口的猪肉价值

1　约翰·奥莱尔·利弗是英国曼彻斯特的一个制造商和企业家。人们正拟定戈尔韦港扩建计划时，利弗所拥有的一艘轮船于一八五八年撞在港内唯一的岩礁上。
2　“兼”，原文为意大利语。下文中的“夜会”，原文为法语。
3　“船上厨师”是对新水手的蔑称。下文中的罗得之妻变成盐柱的故事，参看第88页注释1。

六百万英镑，黄油和鸡蛋则共达一千万英镑。但是英国却向爱尔兰的穷苦人民横征暴敛，强迫他们付出惊人的巨款，并把市场上最好的肉掠夺一空。另外还说了不少诸如此类夸张的话。接着，他们的谈话就转到一般的话题上，大家一致同意这是事实。任何东西都能在爱尔兰的土壤里生长出来，他说，在纳文，埃弗拉德上校还栽培出烟草来了呢。难道在任何地方能找到比得上爱尔兰所产的熏猪肉吗？但是靠犯罪行为取得的不义之财不论多么庞大——他用渐强音[1]蛮有把握地说，并垄断了座中的谈话，强大的英国总有一天必然会遭到报应。破灭的日子终会到来，而且那将是有史以来最大的破灭。他断言德国人和日本佬也会俟机而动。布尔人造成了结局的开端。英国徒有其表，已经摇摇欲坠了，最后会崩溃在爱尔兰手里。爱尔兰将是它的阿戏留的脚踵。他又就希腊英雄阿戏留那易受伤害的部位为他们做了一番解释[2]。由于他隔着靴子指了指腱在哪儿，就完全吸引了听众的注意，从而大家也立即恍然大悟了。他奉劝每个爱尔兰人说：留在你出生的地方，为爱尔兰而工作，为爱尔兰而生活。巴涅尔说过：爱尔兰连她的一个儿子也舍不得撒手。

周围的沉默标志着他的终曲。那位冷漠的航海者听了这些悲惨的信息，泰然自若。

——可没那么容易呀，方才这番老生常谈显然多少惹恼了这位粗鲁朴直的汉子，他就回了这么一句。

老板被泼了一盆冷水，在崩溃等等问题上让了步，但依然坚持他的基本见解。

——陆军里最优秀的部队是哪几支？头发灰白的老兵愤愤地问道。跳得最高最远和跑得最快的呢？还有最优秀的海军上将和陆军上将呢？告诉俺呀。

1　原文为意大利语。

2　古希腊英雄阿戏留除了右脚踵外，周身刀枪不入，“阿戏留的脚踵”即“致命的弱点”的代用语。萧伯纳是第一个把爱尔兰比作英国的“阿戏留的脚踵”的，见他为剧本《英国佬的另一个岛》(1906）所写的序言。

——要选就选爱尔兰人呗，除了脸上的一些缺点，长得挺像坎贝尔的马车夫说。

——说得对，老水手证实道。笃信天主教的爱尔兰农民。那是咱们帝国的栋梁。你认识吉姆·马林斯[1]吗？

老板像对每一个人一样，随他去发表个人的意见，然而他又补充说，他对任何帝国都毫无好感，不管是我们的也罢，他的也罢。他并且还认为，没有一个为帝国服务的爱尔兰人不是吃白饭的。接着他们又恶语相加，火气越来越大。不消说，双方都争取听众站在自己这一边。但是只要他们两个人还没有互骂，以至大打出手，听者就都只是饶有兴味地观望这场舌战而已。

根据经年累月的内幕消息，布卢姆先生颇倾向于把上述见解看作是荒谬透顶的胡言乱语，嗤之以鼻；因为姑且不论他是否衷心企盼那样一种结局，对这一事实他总是了如指掌：除非海峡对岸的那些邻人远比他所设想的还要愚蠢，否则与其认为他们在显示实力，毋宁说是藏而不露。这种见解就跟一部分人所持的那种再过一亿年，爱尔兰岛的姊妹岛不列颠岛的煤层就将被挖掘一空这一堂吉诃德式的看法如出一辙。随着时间的推移，即便形势的发展果如所料，关于这个问题他个人至多也只能说：在这之前会接连发生无数偶然事件，对于引发这一结局将同样有着关联；尽管两国之间的分歧大得简直是南辕北辙，眼下总还是以竭力相互利用为宜。另外一个有趣的小问题（打个通俗的比方，犹如妓女和扫烟囱小伙子相好）就是爱尔兰兵替英国打仗的次数和与英国敌对的次数一样多，老实说，前者还更多一些。事到如今，又何苦来呢？这两个人，一方领有特准卖酒的执照，据传说是（或曾经是）有名的“常胜军”菲茨哈里斯；另一方显而易见是个冒牌货。双方的这场吵闹，尽管旁人丝毫并未察觉其中的花招，然而他作为一名旁观者，又身为人类心理的研究家，不由得强烈地感到，如

1　杰姆斯（吉姆）·马林斯（1846—1920），爱尔兰爱国志士，自学成才，于一八八一年当上医学博士，受到巴涅尔的推崇。

果这是预先安排好的话，那就与奸计没有什么两样了。至于这个承租人也罢，店老板也罢，多半压根儿就不是另外那个人[1]，他（布卢姆）理所当然地不禁感到，除非你是个地地道道的头号大笨蛋，否则就绝不要去理睬这号人。在私生活中定下一条金科玉律，绝不跟他们打任何交道，更不要牵涉到其阴谋诡计中去。因为总会有偶尔冒出个达尼曼[2]前来行骗的可能性，像丹尼斯或彼得·凯里[3]那样，在女王——不，现在是国王——的法庭上供出对同犯不利的证据。这种事单是想想就令人厌恶。此外，他从原则上就讨厌那种为非作歹、罪恶累累的生涯。犯罪倾向从来不曾以任何形状或形式在他内心里萌生过（尽管仍不改初衷），然而对这个基于政治信念，真正拿出勇气举刀——白晃晃的刀——的人，他的确还是怀着一腔敬慕之情，但是就他个人而言，他是决不愿意参与进去的，这跟他不愿意被卷进南国那种由于情爱而引起的族间仇杀案中去是一样的。要么拥有她，要么就为她而上绞架——这种时候，通常都是丈夫为了妻子跟那个幸运男子之间的关系（丈夫曾派人监视那两个人的行动），跟她争吵了几句。他所膜拜的人儿竟在婚后与人私通[4]，结果，他用刀子把她砍伤致死。这时他忽然想起绰号"剥山羊皮"[5]的菲茨，只不过曾经替伤害事件的真凶赶过一辆马车而已。倘若他所听到的话属实，菲茨并没有实际参加那场伏击。事实上，司法界一位权威就是这么替他辩护的，从而救了他一命。不管怎样，而今这已成了古老的故事，至于我们这位冒牌的"什么皮"，显然活得太长，早已不再为世人所垂青了。他本该寿终正寝，或者上高高的绞刑架呢。就像女演员一样，老说这是告别演出——绝对是最后一场——接着又笑眯眯地重新登台。这当然是天性喽，落落

1 "另外那个人"，指"常胜军"菲茨哈里斯。

2 达尼曼是爱尔兰俚语，指告密者，典出自杰拉德·格里芬（1803—1840）的通俗小说《同犯》（1829）中的仆役达尼·曼。他在男主人的默许下谋杀了女主人。

3 丹尼斯和彼得·凯里是亲兄弟，参看第116页注释4。

4 原文为法语。

5 参看第195页注释2。

大方得过了头，完全不懂得节制什么的，总是扑过去咬骨头影儿[1]。同样的，他极其机敏地猜到约翰尼·利弗在码头一带徘徊的时候，想必在“老爱尔兰”酒店的融洽气氛下唱起《回到爱琳来》等曲调，散了些财。至于另外一些人，不久之前他还曾听见其中的一个说起那句隐语来着，他告诉斯蒂芬，自己是怎样简捷而有效地让那个出口不逊的人闭上嘴巴。

——那家伙不知怎么一来被惹恼了，这位感情上虽受了严重伤害，但大体上性情还是那么平和的先生说。是我说走了嘴，他喊我作犹太佬，口气激烈，态度傲慢无礼。于是，我就丝毫也没有背离事实，率直地告诉他说，他的天主，我指的是基督，也是个犹太人。他一家子都是，就跟我一样，其实我并不是。这话可把他难住了。温和的回答平息怒气。人人都看到，这么一来堵得他哑口无言。我说得对吧？

关于自己口气温和地提出责难一事，他暗自怯生生地感到骄傲，把视线转到斯蒂芬身上，凝视了他好半晌。似乎表示：你的看法才错了呢。他的目光又包含着恳求，因为他觉得那也并不尽然。

——他们是族长们的子孙，斯蒂芬用模棱两可的腔调说。他们的两只或四只眼睛相互望着，按照身世说，基督也罢，叫布卢姆也罢，或是不论叫什么名字，跟他们同族[2]。

——当然喽，布卢姆先生开始把话挑明了。你得看问题的两面。关于善与恶，很难规定出严格而绝对的标准，各个方面的确有改良的余地。不过，人们说，每一个国家都有它该有的政府，包括咱们这个饱经忧患的国家。但是在各方面多拿出点善意来该有多好。相互炫耀各自的优越性固然很好，可是谈不谈相互平等呢？对于任何形式或方式的暴力或不宽容，我都一概憎恨。那样做什么目的也达不到，什么反抗也阻止不了。革命必须按照预定计划分几个阶段进行。说起来，只因为有些人住在旁处并且操另一种语言就憎恨他们，那真是荒谬透顶。

1　指《伊索寓言》中《狗和影子》的故事。一只叼着肉骨的狗看见映在水面上的自己的影子，便扑过去咬，结果反而把叼的肉骨掉到水里。

2　斯蒂芬这段话中排成楷体的部分，原文为拉丁文。

——值得纪念的血泊桥之战和七分钟战役，斯蒂芬支持他的看法。斯金纳巷子为一方，奥蒙德市场为另一方。

——是呀，布卢姆先生表示完全赞成。他毫无保留地同意此话，认为讲得千真万确，而世界上到处都充满了这样的事。

——你把已经到我嘴边的话全给说出去啦，他说。彼此举出互不相容的证据，一片胡言乱语。老实说，闹得你几乎不可能……

据他的愚见，所有那些会激起敌意的无聊的争吵都意味着代表斗志的乳突或某种内分泌腺在作怪。人们错误地以为这就是为名誉啦国旗之类的细枝末节——其实，闹的主要是隐在一切事物背后的金钱问题：也就是贪婪与妒忌，人们永远也不懂得及时见好就收。

——他们把一切都归罪于……他不禁说出声来。

他掉过身去，因为他们很可能……于是挨近了些，好不让其他人……万一他们……

——犹太人，他像是道着旁白般地小声对斯蒂芬说。被指控造成了毁灭。我有充分把握说，这完全不符合事实。历史——你听了这话，会不会吃惊呢？——彻底证明了当宗教法庭把犹太人从西班牙驱逐出境之后，那个国家就衰落了。而克伦威尔这个极其精明强干的恶棍，尽管在其他方面有不少过失，但当他让犹太人入境之后，英国就繁荣起来了[1]。这是怎么回事呢？因为他们讲求实际，而且这一点已经得到了检验。我不愿意放开来谈……因为你读过关于这个问题的权威之作，况且你是个正统派……撇开宗教不谈，仅就经济领域而言，神父总是招致贫困。再说到西班牙。你已经从那场战争[2]中看到了，并且跟充满活力的美国做了比较。至于土耳其人，那就是教义的问题啦。因为倘若不是相信死后能够直接升天堂的话，他们就更会惜命了，至少我是这么看。这是教区神父耍的花招，以便假借名义来筹款。反正

1　克伦威尔“有许多过失”，指屠杀爱尔兰妇孺等暴行，参看第487页注释4。但是在克伦威尔的鼓励下，一六五六年有几家犹太金融巨头到伦敦和牛津来定居，他们给被内战破坏了的英国经济带来了勃勃生机。

2　指一八九八年的美西战争。西班牙军队装备很差，士气不振，因而惨败。

我，他怀着充满戏剧性的激情说，就跟开头我告诉过你的那个鲁莽汉子一样，是个地地道道的爱尔兰人，而且我巴望看到每一个人，他下结论道，不分宗教信仰和阶级，都相应地[1]拥有可观的收入，能够过得舒舒服服——而且不能小里小气的，每年的进项总在三百英镑左右吧。这是个关键问题，而且不难办到，那样就可以促使人与人之间更友好地往来。不管对不对，反正这就是我对爱国的看法。咱们在母校上古典课的时候，不是一知半解地学过点儿吗？祖国所在地，日子过得好。意思是说，只要你工作，就能在那儿过上好日子。

斯蒂芬一边喝着那杯毫无味道的所谓咖啡，一边听着这番老生常谈，目光不曾特别盯视什么。自然他听得出各种词句在变换色调，就像早晨他在林森德瞧见的那些螃蟹一样，它们飞快地钻进同一片沙滩上那呈现出各种不同颜色的沙子里[2]。它们的窝就在沙子底下的什么地方，或者好像是那样。随后他抬头望见了说这话的那双眼睛，也许并没说，不过他听见了只要你工作这句话。

——把我免了吧，他好不容易才说出这么一句，指的是工作。

话音刚落，对方那双眼睛吃了一惊，因为正如他，即现在暂时拥有这双眼睛的人所说，或者不如说是他的嗓音所说：人人都应该工作，必须工作，大家一道。

——我指的当然是，对方赶紧明确指出，最广义的工作，其中包括文笔工作，那也不光是为了博得名声。如今为报刊写稿是最便当的渠道了。那也是工作呀，而且是重要的工作。归根结蒂，仅就我对你略有所了解的那一点点来说，既然你在教育上已经花了那么多钱，你就有权利提出报酬的数目，以得到补偿。你完全可以边研究你那哲学，边靠笔耕来糊口，就像农民一样。对吧？你们都属于爱尔兰，脑力也罢，体力也罢。两者都同样重要。

——按照你的想法，斯蒂芬半笑着说，由于我属于圣帕特里克郊

1　本页字体变换处，原文均为拉丁文。

2　本书第3章中曾写到斯蒂芬在沙丘海滩徜徉。从那里再往北走，林森德的沙滩上就有半透明的螃蟹。它们移动时，好像不断改变着色调。

区[1]，简称爱尔兰，所以我才重要吧？

——我认为还可以说得更深一些，布卢姆先生含蓄地说。

——但是我觉得，斯蒂芬打断他的话说，爱尔兰之所以重要，谅必是因为它属于我。

——什么属于？布卢姆先生以为自己或许误会了，就探过身去问，请原谅。很遗憾，后半句我没听清楚。它什么……你？

斯蒂芬明显地面带愠色，重复了一遍，把那一大杯说不上是咖啡还是什么玩意儿毫不客气地往旁边一推，又说了一句：

——反正咱们不能变换自己的祖国，那么就换个话题吧。

在这个妥帖的建议之下，布卢姆先生为了换换话题，就低下头去，然而大惑不解。因为他简直不晓得该怎样恰如其分地解释属于这个词，听上去毋宁说是有些模模糊糊。要是旁的什么谴责都会更清楚一些。不消说，由于刚才那阵狂饮，带有奇妙的辛辣味的酒气明显地上了脸，而清醒的时候他是从来也没这样过的。布卢姆先生把家庭生活看得无比重要，然而这个青年也许并没能从中完全得到满足，要么就是未能跟正经人交往的关系。身旁的青年使他感到些许不安。于是，就怀着几分惊愕悄悄地端详着这个青年，想起他刚从巴黎回来不久，尤其是那双眼睛，令人强烈地联想到他的父亲和妹妹。但这也没能解决什么问题。不管怎样，他想起几个颇有教养者的事例，纵然前程似锦，却过早地凋谢，刚萌芽就夭折了。除了他们本人，谁也怪不得。就以奥卡拉汉为例吧，他是个半疯狂的怪人，他家道虽不算殷实，却有不少体面的亲戚。他胡作非为过了头，在种种放荡行为中，还包括喝醉酒后骚扰周围的人，穿起一身用褐色纸张做成的衣服（确有其事）来招摇过市。当他疯狂地游荡够了之后，通常就以陷入困境收场[2]。然后只好在几个朋友的帮助下躲藏起来。下都柏林堡警察厅的约翰·马伦曾露骨地暗示要对他睁一只眼闭一只眼，以避免根据刑

1　原文为法语。
2　原文为法语。

法改正条例第二条[1]对他进行惩罚。被传讯者的名字照例是要提交给当局的，然而却不予公布，个中原因任何人只要稍微动动脑筋就明白了。简而言之，要是把几件事联系起来想的话，例如他断然未予理睬的6啦，16啦，安东尼奥又怎么啦，还有赛马骑师和唯美主义者以及刺青[2]。七十年代左右，甚至在上议院刺青都曾风行一时。因为当今在位的皇上早年还当太子的时候，十分之一的上层阶级以及其他达官显贵都一味地仿效君主。他回顾着那些声名狼藉者和头戴王冠者所犯下的一桩桩背离道德的罪过。就拿多年前发生的康沃尔事件[3]来说吧。尽管巧妙地掩饰起来，那简直是违反自然之举。恪守法律的善良的格伦迪太太[4]曾对此狠狠地加以怒斥，不过，个中缘由跟他们自己所想的不大相同。妇道人家除外，她们相互间关心的总是一些无聊琐事，不外乎穿戴等等。喜欢穿有特色的紧身衣裤的太太们自不用说，每一个服饰讲究的男人也都必须通过间接的暗示来突出两性之间的差别。为了越发真正地刺激双方间的不道德行为，她就为他解开纽扣，他则替她解衣宽带，连对一根饰针也都不忽略。而那些连背阴处的气温都高达华氏九十度的荒岛上未开化的种族，对这种事一丁点儿也不在乎。话又说回来了。另一方面，也有依靠自己的能力从社会底层硬是闯进上层的呢。那凭的是天生的禀赋。先生，靠的是头脑。

由于这一点和进一步的理由，他觉得等在此地来利用这意料之外的机会是有益的，也有义务这样做，尽管他不能确切地说出究竟是为什么。其实，他已经为此闹了几先令的亏空，还是听任自己陷了进去。不过，交上这样一位见多识广、不同凡响的朋友，所得到的报偿

1　刑法改正条例第二条禁止教唆或拉拢妇女与人勾搭成奸。

2　刺青在十九世纪的欧洲贵族社会很是时髦，下文中的“当今在位的皇上”指英国国王爱德华七世。除了他而外，俄国和西班牙的王室也有文身的。

3　十九世纪有过两起康沃尔事件。（1）康沃尔公爵（即当时尚未登基的威尔士亲王，后来的爱德华七世）的两个朋友与一八七〇年的一桩离婚案有牵连，公爵因而被要求出庭做证。（2）一八八三年，都柏林堡的两个官员康沃尔和弗伦奇被牵连到人数众多的同性恋案件中去。

4　格伦迪太太是托马斯·莫克斯顿（约1764—1838）所著喜剧《加速耕耘》（1798）中的一个未出场的人物。她的邻居成天生怕她指责自己的一举一动。所以“格伦迪太太”就成为人们日常谈话中衡量自己举止的僵硬尺度。

可谓绰绰有余了。他觉得，头脑不时地受到这样的刺激是对精神的一种最高级的滋补。再加上他们萍水相逢，一道谈论、跳舞、争吵，同这些行踪不定的老水手、夜间的流浪者们、令人眼花缭乱的一连串事件都凑在一起，构成了我们所生活的这个世界的雏形浮雕。尤其是近来对“十分之一的底层阶级[1]”，也就是煤矿工人、潜水员、清道夫等等的生活，正做着精密的调查。他寻思，如果利用这段大好时光[2]把这一切见闻都记录下来，是否也能交上菲利普·博福伊先生那样的好运呢？假定他能以每栏一畿尼的稿酬写点儿不落窠臼（正如他所企图的那样）的东西的话。题目就叫《我在马车夫棚里的……》——对，《体验》吧。

刚巧他肘边就摆着一份谎言连篇的《电讯晚报》粉色版体育特辑。他重新百思不得其解地琢磨着“属于他的国家”以及在这之前的字谜：那艘船是从布里奇沃特驶来的，而明信片可又是寄给A. 布丁的，要问船长究竟有多大年纪。他边动脑子边漫无目标地扫视着属于他那专业范围的一些栏目。“我等包罗万象之父，我等望尔，今日与我，当日报纸”。起初他有点吃惊，原来不过是有关一个名叫H. 德·拉博伊斯的打字机代理商或什么商人的报道。激战，东京。爱尔兰式的调情，付赔偿金二百英镑。戈登·贝纳特奖杯。移民诈骗案。大主教阁下威廉十来函[3]。丢掉在阿斯科特赛马会上获胜，令人联想到在一八九二年的德比马赛上，马歇尔上尉那匹实力不明的黑马雨果爵士怎样以绝对优势一举夺标。纽约的一场灾难。一千人丧命。口蹄疫。已故帕特里克·迪格纳穆先生的丧礼。

为了换个话题，他开始读关于永眠了的迪格纳穆的报道。他回想

1　英国基督教救世军的创始人威廉·布思（1829—1912）在其著作《最黑暗的英国及其出路》（1890）中认为英国人口的十分之一处于赤贫状态，并创造了“十分之一的底层阶级”一语以图唤起公众对这一问题的重视。

2　“利用……时光”一语套用英国牧师艾萨克·瓦茨（1674—1748）的赞美诗《力戒懒惰》。原词为：“利用每一刻大好时光。”

3　指都柏林大主教威廉·J. 沃尔什。按：六月十六日的《电讯晚报》并未刊登他的来函。十是教皇、大主教和主教附在本人签名后的符号，代表十字架。

起那着实是一桩凄凉的送葬。

——今晨（这当然是海因斯写的喽）已故帕特里克·迪格纳穆之遗体已由沙丘纽布里奇大街九号住所移至葛拉斯涅文安葬。死者生前在本市素孚众望，为人温厚，今患急病谢世，各界市民无不震惊，痛切哀悼。葬礼系由坐落于北斯特兰德街一六四号之H. J. 奥尼尔父子殡仪馆所办理（这肯定是海因斯在科尼·凯莱赫的授意下写的），死者之亲朋好友咸往参加，送葬者包括：帕特里克·迪格纳穆（嗣子）、伯纳德·科里根（内弟）、律师约翰·亨利·门顿、马丁·坎宁翰、约翰·鲍尔eatondph 1/8 ador dorador douradora[1]（准是为了凯斯那条广告的事儿把蒙克斯叫了去才排错的）、托马斯·卡南、西蒙·迪达勒斯、文学士[斯蒂芬·迪达勒斯]、爱德华·J. 兰伯特、科尼利厄斯·T. 凯莱赫、约瑟夫·麦克·海因斯、利·布姆、查·P. 麦科伊、穿胶布雨衣的人以及其他数人。

利·布姆（姑且照误排的拼法）以及整个一行排得一团糟的活字固然令人十分懊恼，同时查·P. 麦科伊和文学士斯蒂芬·迪达勒斯正因为缺席，格外引人注目，这是用不着说的了（穿胶布雨衣的人的事暂且不提）。此事可把利·布姆逗乐了，并指给那位文学士看，也没忘记告诉他，报纸上经常出现的那些荒唐可笑的错误。这时，那位伙伴正半神经质地试图憋回另一个哈欠。

——第一封《希伯来书》登出来了吗？下颌刚一能够活动，他就问道。经句：张开汝口，将汝脚伸进去[2]。

——可不是登出来了吗，布卢姆先生说。（不过，起初他以为青年指的是大主教，可接着又提到脚和口，这就与大主教不可能有任何关联了。）他总算使青年的心情安定下来，因而欣喜万分；迈耶斯·克劳福德终于处理这档子事的方式，又使他感到有点愕然。瞧！

1　这行外文是蒙克斯被南尼蒂叫去时排错了的活字。

2　这里，斯蒂芬把迪希校长托他转给报纸的信（见第2章末尾）比作保罗的《希伯来书》，并模仿其文件。口蹄疫在英文中为foot and mouth disease，斯蒂芬引用这句话时，把“脚”和“口”都套进去了。

当对方读着第二版时，布姆（姑且就用他这个排错了的新姓氏吧）为了解闷，时而隔三跳四地读上一段第三版所载阿斯科特赛马会上第三场比赛的消息。除了副奖一千金镑，对未阉割的小公马和小母马，还外加正币三千金镑整。第一名为F. 亚历山大先生所拥有的纯种马丢掉；它出自即刻的血统，五岁，九斯通四磅，斯莱尔产（骑手W. 莱恩）。第二名为霍华德·德·沃尔登所拥有的馨芳葡萄酒（骑手M. 坎农）。第三名为W. 巴斯先生所拥有的权杖。在馨芳葡萄酒身上所下赌注为以五博四，丢掉为以二十博一（最高数）。丢掉和馨芳葡萄酒并肩而驰，难以预料哪匹马会赢。随后这匹没有获胜希望的黑马竟冲向前去，遥遥领先；在二英里半的赛程中，击败了霍华德·德·沃尔登勋爵的栗色公马和W. 巴斯先生的赤褐毛小母马。优胜马的调马师是布雷恩。这么看来，利内翰对此次马赛的估计就纯属无稽之谈了，有把握地担保说是以一马身的距离赢的，多么聪明啊。除了一千英镑，还外加正币三千英镑整。参赛的还有J. 德·布雷蒙德的马克西穆姆二世（班塔姆·莱昂斯热衷于打听这匹法国马的情况，至今它还没赢过，可是随时都可能获胜）。可以通过各种途径取得成功。调情的赔偿金。然而莱昂斯这个愣头愣脑的家伙，过于急躁，忽然改变了主意，最后赔个精光。当然，赌博显然容易发生这样的事态。结果出来后，可怜的傻子没有多少理由来庆幸自己的选择。那原是孤注一掷。最终不过是瞎猜一气而已。

——所有的迹象都表明，到头来他们是会这样的，布卢姆先生说。

——谁呀？另一位说。顺便提一句，他的手受伤了。

一天早晨打开报纸一看，马车夫蛮有把握地说，上面会登着《巴涅尔回国》这么一篇报道。他们愿意拿什么跟他赌都成。一天晚上，有个都柏林步兵连队的士兵到这个棚子里来了，说他曾经在南非看到过巴涅尔。他的命就葬送在自尊心上了。出了第十五号委员室那档子事之后，他本该要么自杀，要么就去隐蔽一个时期，直到恢复正常，再也没有人能够指责他为止。等他一旦恢复了理智，他们个个就都会前来在他跟前下跪，央求他复职。他并没有死。只不过是潜伏在什么地方呢。他们运来的灵柩装满了石头。他改名换姓，成了布尔将军德威特。他跟教会的僧侣们斗[1]，那是失策了，等等。

不管怎样，布卢姆（还是用他的正式姓氏吧）对他们这些回忆感到相当吃惊，因为十之八九都是些用成桶的焦油泄愤的问题[2]，况且不止一桩，而是好几千起，又过了二十多年，早已经遗忘殆尽。至于石头的说法，那当然更是捕风捉影了。即便有这么回事，考虑到各方面的情况，他也绝不会认为回国是妥善之举。巴涅尔之死显然使他们悲愤不已。要么是因为正当他的各种政治计划臻于完成的节骨眼儿上，却因患急性肺炎而一命呜呼；要么就是因为像大家所风闻的，他浑身淋得精湿之后疏忽了，没有换靴子和衣服，因而患了感冒。他又没请专科医生诊治，却把自己关在屋里，终于不出两周就在世人的惋惜中死去了。要么也十分有可能是由于他们发现这么一来自己手中的工作就被剥夺了，因而灰心丧气。当然，就连他在这之前的活动也无人知晓，关于他的行踪，丝毫没有线索。即使在他开始使用福克斯啦、斯图尔特[3]等等化名之前，就已完全是**艾丽斯，你在哪里？**[4]式的了。因此，他的马车夫朋友所散布的那些话，也未尝不可能哩。毫无疑问，他天生是位领袖人才，回国的念头自自然然地会折磨着他。他仪表堂堂，身高六英尺，脱了鞋起码也还有五英尺十或十一英寸。而某人以及某某人等不但跟这样一位前任比起来有云泥之差，而在旁的方面又无可弥补，却飞扬跋扈。他们这位偶像的脚是泥土做的，实在是个痛切的教训。从此，原来在他周围的那七十二名忠实的支持者就互相诬蔑诽谤起来，所使用的手法与凶手没有两样。请你务必回来，萦绕心头的思乡之情在吸引着你，并让那些临时替角看看正角的演技吧。就

1　希利使联盟分裂之前，早在十一月间天主教主教们就抓住巴涅尔私生活中的丑闻，公开逼他辞去联盟的领导职务。参看第50页注释3。巴涅尔则坚持政教应分开，予以驳斥。

2　“成桶的焦油”是比喻性说法，指当初很多人对巴涅尔恨之入骨，即使不能点燃焦油烧死他本人（像中世纪对待异教徒那样），至少也巴不得焚烧他的模拟像以泄愤。

3　福克斯和斯图尔特都是巴涅尔在写给后来成为其妻子的凯瑟琳·奥谢（当时为奥谢上尉太太）的私信中所用过的化名。参看第672页注释4。

4　“艾……里？”一语出自韦灵顿·格恩西和约瑟夫·阿谢尔所作的通俗歌曲。艾丽斯是男主人公的情人，最后两句是：“哦！你在星光里，/艾丽斯，我知道你在那里。”

在他们砸毁《不可压制报》——也许是《爱尔兰联合报》[1]吧——的活字盘那个场合，布卢姆曾交了个好运：见到过巴涅尔一次。他衷心感谢自己有此荣幸。事实是，当巴涅尔的大礼帽被击落后，布卢姆把它捡起，递了过去。尽管上述小小灾难使巴涅尔功亏一篑，他依旧神色坦然；不过，内心无疑是激动的，还是说了声**谢谢你**——这是出于渗透到他骨子里的习性。至于回国嘛，要是你刚一回来他们没有马上嗾使梗狗跟踪你，你就算幸运了。接着，照例会发生一连串纠缠不清的事儿：诸如汤姆赞成你而迪克和哈里反对你之类。于是，首先就得对付目前的财产占有者，必须拿出自己的各种身份证件，就像蒂奇伯恩案中的被告那样。名字叫罗杰·查尔斯·蒂奇伯恩。据他所知，嗣子所乘的那艘沉船名叫"贝拉"号，后来也得到了证实；身上还有黥墨呢，贝柳勋爵，对吗[2]？这位原告很容易就能从同船的哪个伙伴口中东拼西凑地打听出些细节。一旦做到能自圆其说，不至于露出破绽，就自我介绍说**对不起，我名叫某某**，或是这类套话。更谨慎的做法是，布卢姆先生对身旁那个人说。他喜怒哀乐不形于色，事实上挺像他们所正议论着的那位显赫人物，首先得摸清事物的来龙去脉。

——都是那条母狗，那个英国婊子要了他的命，偷卖漏税酒的店老板说。是她把第一颗钉子钉进他的棺材的。

——不管怎样，反正是个漂亮的大块头，这位**自封的**[3]市公所秘书长亨利·坎贝尔说。而且丰满得很。俺在一家理发馆瞧见过她的照

1　巴涅尔失势后，《爱尔兰联合报》的执行主编马修·博德金于一八九〇年十二月改变了该报的方针，由支持巴涅尔改持反巴涅尔的立场。十日，巴涅尔撤了博德金的职。然而当天晚上趁巴涅尔前往参加群众集会的机会，反巴涅尔派又卷土重来。次日，巴涅尔率领支持者把那些人轰走，重新占领报馆。反对派因而又办起《不可压制报》（1890年12月—1891年1月），作为他们的喉舌。

2　这一著名案件中的原告是一名姓欧顿的澳大利亚人。一八五四年，杰姆斯·弗朗西斯·蒂奇伯恩爵士的嗣子罗杰·查尔斯因所乘的船"贝拉"号失事而下落不明。爵士于一八六二年去世，由次子继承男爵领地。一八七一年，欧顿上诉，说自己就是罗杰·查尔斯，并要求恢复其法定继承人地位。后经查尔斯的同窗贝柳勋爵出庭做证说，查尔斯身上有黥墨，其中姓名的三个首字还是他替查尔斯刺的，而欧顿身上却没有。欧顿败诉，并以犯伪证罪被判徒刑。

3　原文为法语。

片。她丈夫是个上尉，总归是个军官。

——可不是嘛，剥山羊皮凑趣地补充了一句。他是，而且还是个装腔作势的。

这样一个滑稽人物无端地冒到话题中来，**四下里**[1]引起一片哄笑声。至于布卢姆，他连一丝笑意也没有。他只是定睛望着门口，回忆着当时曾唤起不同寻常的好奇心的那桩历史事件。连双方交换的那些通篇是甜蜜空话的一封封情书也被公之于世，以致使事态更加恶化[2]。起初他们的确是纯精神的恋爱，后来出于生理本能，两人就发生了关系，逐渐达到高潮，成为街头巷尾的话题。最后就是那个致命打击的到来。对于为数不少的居心险恶、执意要使他垮台的人们来说，那可是个求之不得的消息。此事一直是个公开的秘密，然而并没有达到后来渲染成的那样耸人听闻的程度。既然他们两人的名字已经连结在一起，既然她已经公开承认他是她的心上人，还有什么必要从房顶上来向民众宣布呢？这里指的是他和她同床共寝过的事。当这件事在证人席上经过宣誓被公布出来时，座无虚席的法庭上是一片紧张气氛，所有在场的人都为之震动了。证人们宣誓后说，他们曾目睹他在某月某日身穿睡衣靠一把梯子从楼上一间屋子里爬了出来，他是用同一方式爬进去的。此事张扬出去之后，使几家周刊着实发了一笔横财。其实这案情很简单，不过是做丈夫的未能尽到责任。他们夫妻之间除却名义之外，别无任何共同点。这时，走来一个真正的男子汉，强壮得几乎成了其弱点。此人为妖妇的魅力所迷惑，就忘记了家庭的羁绊。通常的结局是：沐浴在所爱之人的微笑中。不消说，永远存在于夫妇生活中的那个问题就出现了。倘若插进了一个第三者，夫妻之间还能有真正的爱情吗？[难题[3]。]然而要是这个男子在一股痴情的推动下对她

1　原文为法语。

2　在一八九〇年十一月的离婚诉讼中，巴涅尔和奥谢夫人的几封情书曾被送到法庭上去充当证据。

3　[难题]一词系根据海德一九八九年版（第532页第10行）补译。莎士比亚书屋一九二二年版（第605页倒13行）和奥德赛一九三三年版（第647页倒7行）均无此词。

怀起满腔爱情，又与公众何干？与另外那个预备役陆军军官（即轻骑兵，说得确切些，第十八骑兵队的一员；是**再见吧，我豪侠的上尉**[1]那样一种极其平庸的类型）相形之下，他确实是位男子汉大丈夫中的杰出楷模，加以禀赋极高，更是相得益彰。毫无疑问，他（这里指的是已垮台的领袖，而不是另外那个人）有着独特的火暴性子，而她作为一个女人，当然一眼就看得出，并认为唯其如此，他才名扬天下。正当大功即将告成之际，全体司铎、牧师[2]，往昔那些坚定可靠的拥护者，以及他所爱护过的被剥夺了土地的佃户们——他曾在本国乡村以超过其任何乐观期望的劲头替这些佃户辩护，勇往直前为之效劳，而这些人却为了婚姻问题一举把他搞垮，犹如把炭火堆在他的头上，简直就像寓言中那头被踢上一脚的驴[3]。而今回顾一下往事，追想事情的整个经过，一切都恍如一场梦。至于回来，那更是你毕生最大的失策，因为那样你自然会感到事过境迁，形势起了变化。布卢姆先生回忆，自从他搬到北边去住，看来爱尔兰区岸滩这一带好像有些不同了。北也罢，南也罢，纯粹是那曾经引起激情的案子使形势大大逆转。那个女的也是西班牙人，或有一半西班牙血统；也是那种一不做二不休的人，一味听任南国的热情肆意奔放，一切脸面礼仪统统弃之不顾。这刚好证实了他正说着的话。

——刚好证实了我正说着的关于血统和太阳的话，他心里热乎乎地对斯蒂芬说。要是我没弄错的话，她也是个西班牙人哩。

——西班牙国王的女儿[4]，斯蒂芬回答说，又乱七八糟地补充了几句：什么西班牙葱头们，你们好，再见，第一片国土叫作空酒瓶，从

1 “再……上尉”，指奥谢上尉。此语出自《玛丽塔娜》第1幕末尾的歌词，参看第123页注释4，引用时把原词中的“勇敢的”改成了“豪侠的”。

2 巴涅尔的“丑闻”不仅激怒了天主教的神职人员，连英国牧师也要求对他进行制裁。

3 比喻性的说法，意即“使他痛苦难当”。下文中的“踢上一脚的驴”一典出自《伊索寓言·驴和狼》。狼试图用牙把驴蹄里的刺叼出来，反而被忘恩负义的驴踢了一脚。

4 “西……女儿”，出自一首儿歌。在本书第15章中，缺牙老奶奶也曾引用过此句。参看第796页注释5。

拉姆岬角到锡利有多少什么的[1]。

——她是吗？布卢姆叫了一声，并未感到震惊，只不过出其不意而已，我可从来没听说过这个传闻。不过有可能，尤其是她在那儿住过[2]嘛。这就是西班牙。

他小心翼翼地藏着那本《……的快乐》，从而联想起卡佩尔图书馆那本已过了期限的书。他掏出皮夹子，匆匆翻着里面装的各种东西；终于……

——顺便问一声，你认为，他细心地选出一幅褪色的照片，撂在桌子上，这是西班牙型的吗？

经对方这么明确地一说，斯蒂芬就低头端详起照片来。那是个高大丰腴的女人，风华正茂，充分散发出肉体的魅力。她身着夜礼服，炫耀般地将脖领儿开得低低的，尽量突出那对轮廓鲜明的乳房。饱满的嘴唇是张着的，露出几颗皎齿，显得蛮庄重地伫立在钢琴旁边。乐谱架上摆着挺好听的民歌《在古老的马德里》的乐谱，当时正流行的。她（那位夫人）那一双又黑又大的眼睛望着斯蒂芬，而他呢，面对着这么个值得赞美的尤物，快要笑逐颜开了。这幅供审美家欣赏的杰作是出自都柏林首屈一指的摄影艺术家、西莫兰街的拉斐特之手。

——这是我的妻子，布卢姆太太。首席女歌手[3]玛莉恩·特威迪夫人，布卢姆解释道。还是几年前照的呢。大约是一八九六年。这幅照片照得很像当年的她本人。

他挨着这位青年，一道审视这位如今已成为他的正式妻子的女人的照片，并且坦率地告诉他说：她是布赖恩·特威迪鼓手长的女儿，

1　这里，斯蒂芬从一首佚名歌谣《西班牙小姐们》中引用了几句，并做了改动。第1句原为"快乐的西班牙小姐们，你们好，再见"。第2句原为"我们靠岸的第一片国土叫作'空酒瓶'"。"空酒瓶"是直布罗陀的绰号，取其形状像酒瓶，故名。原文作Deadman，意即死人。这里取spirit的双关含义（既指"气"，又指"酒剂"）：死人没"气"，而空酒瓶里面没有"酒"。拉姆岬角和锡利均为爱尔兰南岸地名，二者相距三十五海里。

2　后来改嫁给巴涅尔的凯瑟琳并不是西班牙人，但她和前夫奥谢上尉曾在西班牙一道住过一个时期。

3　原文为意大利语。

很有教养，从小就对声乐有非凡的素质，刚刚芳龄二八[1]就登台同听众见面。至于容貌，照片上倒是把表情照得栩栩如生，只是身姿方面却委屈了她。平素她是极为引人注目的，但是这样一装扮，她的身段就没有充分显示出来。他说，那一次她要是拍幅全身照，就更上相了，丰满的曲线自不在话下。他除了本行之外，对艺术也沾点边，有时从发展方面看妇女的体态，因为头天下午，他在国立博物馆刚巧看到了作为完美艺术作品的希腊雕像。可以用大理石把原物如实地再现出来：肩膀，背，整个形体的匀称美。其余的一切呢，是啊，就像清教徒那么拘谨。大理石就是这样的。凭着至尊的圣约瑟发誓……然而那是任何照片也无法做到的，因为一句话，那根本不是艺术。

他在兴头儿上，颇想学学水手的好榜样，借口要……把照片稍微撂上几分钟，听任它发挥魅力，那么对方就可以独自陶醉于对美人儿的欣赏中了。尽管照相机丝毫未能充分再现她的舞台形象，然而说实在的，就它本身而言，也颇足以饱观赏者的眼福了。但是作为一个文化人，这会儿离座简直不符合礼节，今天晚上舒适暖和，然而就季节而论，又十分凉爽，因为一场暴雨之后，阳光……这当儿他感到一种需求，好像有个内在的声音，要他学着样儿出去走动走动，满足一下可能的欲望。尽管如此，他依然端坐在那里，瞅着那张丰满的曲线起了皱折、稍带点污迹的照片，然而它并未由于陈旧而变得逊色。为了不至于进一步增添对方在掂掇她那隆起的丰腴胸脯[2]的匀称美时可能感到的窘迫，他体贴入微地把视线移开了。事实上，那一点点污迹反而添加了魅力，就像稍微脏了一点的亚麻布就跟崭新的一样好，不，由于上面那层浆没有了，毋宁说是比新的还强得多。倘若他……的时候她出去了呢？我在找那盏灯，她告诉我说，这句歌词[3]浮现到他的脑际。但这个念头只是一闪而过，因为此刻他又回想起早晨那张凌乱的

1　语出自杰姆斯·桑顿所作通俗歌曲《当你芳龄二八时》（1898）。

2　“隆起的丰腴胸脯”一语出自《偷情的快乐》。“丰腴”，原文为法语。

3　“我……我说”一语出自托马斯·穆尔的《爱尔兰歌曲集·布雷夫尼大公奥鲁尔克之歌》。参看第232页注释3。

床铺等等，以及写着“遇见了他尖头胶皮管”[1]（原话）的那本关于鲁碧的书[2]。它恰好掉在卧室尿盆旁边了，对原书作者林德利·穆雷，可说是不恭之至[3]。

他待在这青年身边，的确感到高兴。受过教育，风度高雅[4]，而且还容易感情用事，是他们那群人当中的尖子。不过，你不会想到他有这方面的……不，你是会想到的。何况他还说照片蛮好看。不论谁怎么说，就是好看，尽管现在她明显地发福了。可那又有什么不好呢？关于那类事件，流传着大量莫须有的胡说八道，给当事人的一生带来污名。报纸上硬说某某高尔夫球职业选手或新近在舞台上红起来的明星有什么暧昧行为。对夫妻间司空见惯的纠纷，不是公正诚实地报道其真相，却照例添枝加叶、耸人听闻地渲染一番：他们怎样命中注定相遇的，又怎样相爱上的，从而使两人的名字在公众心目中被联系起来。连他们的信件都拿到法庭上去宣读，满纸都是通常那些感伤的、有失体面的语句，使他们没有开脱的余地。说明了他们在一家著名的海滨旅馆每周公开同居两三次，按正常趋势他们的关系越来越亲密了。随后就是非绝对的[5]离婚判决，代诉人试图提出反对的理由，但未能推翻原判，非绝对的遂成为绝对的。至于那两个行为不端者就彼此沉溺在爱恋中，漠然无视这一判决。最后此案被交到事务律师手里，他代理受到不利的判决的当事者按照程序递上一份诉状。当他（布）沐浴在挨近爱琳的无冕之王这一光荣中时，这一事件和那桩历史性骚动同时发生了。那位垮了台的领袖——众所周知，即便在被加上通奸的污名之后，他也依然坚守阵地，绝未退让；直到（领袖的）十名或十二名，也许更多的忠实支持者闯进《不可压制报》，不，是《爱尔兰

1　“遇……管”，参看第220页注释1。下文中的“原话”，原文为拉丁文。

2　指《马戏团的红演员鲁碧》，参看第92页注释1。

3　林德利·穆雷（1745—1826），英国文法家，著有《英语文法》（1795）等书，但《马戏团的红演员鲁碧》并非他所作。所以文中的“不恭之至”，语意双关：一是把学术著作的作者误说成是通俗小说作者了；二是又把那书掉在尿盆旁了。

4　原文为法语。

5　原文为拉丁文。

联合报》（顺便说一句，这决不能说是个恰切的名称）的印刷车间，用铁锤还是什么家伙把活字盘砸毁了。这完全是由于一向以诬蔑诽谤为能事的奥布赖恩[1]派的蹩脚记者摇着轻浮的笔杆编了那些下流谗言，对他们原先的民众领袖的私人品德任意进行诋毁中伤所造成的。尽管一眼就看得出他简直完全换了个人，可依然保持着凛然的气概。衣着虽然还像往日那样随随便便，他的眼神却显示出坚定的意志，使那些优柔寡断者感受很深。他们把他捧上宝座后，才发现他们的偶像那双脚是泥土做的，从而大为狼狈。反正她是头一个发觉这一点的。那是到处发生骚动，情绪格外激烈的时期，布卢姆被卷进聚集在那里的人群。有个家伙用肘部狠狠地戳了他的心窝一下，幸而不严重。他（巴涅尔）的帽子冷不防被碰掉了，看到这副情景并在混乱中拾起帽子以便还给他的正是布卢姆（而且飞快地递还给他了）。这是确凿的历史事实。巴涅尔气喘吁吁，光着头，当时他的心已飞到距帽子不知多少英里以外。敢情，这位先生生来就是注定要为祖国豁出命去干的。说实在的，首先就是为了荣誉而献身于事业的。他幼小时在妈妈腿上被灌输的周全礼节已渗透到他骨子里，这当儿突然显示出来。他转过身去，朝递给他帽子的那位十分**镇定**[2]地说了声：**谢谢你，先生**。当天早晨布卢姆也曾经提醒过律师界一位名流，他头上的帽子瘪了。巴涅尔的声调可跟那人大不一样。历史本身重复着，但反应并不尽同。那是在他们参加一位共同朋友的葬礼，完成了把他的遗体埋入墓穴这桩可怕的任务，并让他孤零零地留在荣光中[3]之后。

另一方面，他在内心深处更感到愤慨的是出租马车夫之流恬不知耻地开的玩笑。他们把整个事件当成笑料，肆无忌惮地放声大笑，装作对事情的来龙去脉了如指掌，其实他们心里糊里糊涂。这本来纯粹

1　威廉·奥布赖恩（1852—1928），爱尔兰新闻记者、政界人物，《爱尔兰联合报》主编。当该报执行主编马修·博德金在国内改持反巴涅尔的立场时，奥布赖恩正在美国为爱尔兰佃户募捐。他是纠集人们反对巴涅尔的带头人之一。

2　原文为法语。

3　"孤……中"一语出自英国诗人和牧师查理·沃尔夫（1791—1823）的《约翰·穆尔爵士在科鲁尼亚的葬礼》（1817）一诗。

是两个当事人的问题，除非那位合法的丈夫收到密探的一封匿名信，说是就在那两人相互亲昵地紧紧搂抱着的关键时刻，给他撞上了，从而就促使那位丈夫去留意他们那暧昧关系，导致家庭骚乱。犯了过错的妇人跪下来向当家的告饶，只要这位受了损害的丈夫肯对此事抱宽恕态度，既往不咎，她就答应今后与那人断绝关系，再也不接受他的访问。她热泪盈眶，然而兴许长着一张标致脸蛋儿的她，同时还偷偷吐舌头呢，因为很可能还有旁的好几位哩。他这个人是有怀疑癖的，他相信，并且毫不犹豫地断言：天下即便有贤妻，而夫妻间又处得十分融洽，也仍会有一个或几个男人，总是依次守候在她周围，缠住不放。而一旦她怠慢了自己的本分，对婚姻生活感到厌倦，就会心生邪念，骚动不安起来，于是她卖弄风情，招惹男人们，到头来就会移情于旁人。于是，年近四十而风韵犹存的有夫之妇与年纪比自己轻的男子之间就**艳闻**[1]频传了，毫无疑问，好几起有名的女子痴情事例都证实了这一点。

万分遗憾的是，那些头脑有幸生得灵敏的年轻人（坐在他身边的显然就是其中的一位），竟然把宝贵的光阴浪费在淫荡女人身上，说不定她还会赠给他一份足够他享用一辈子的梅毒哩。这位幸运的单身汉有朝一日遇上相般配的小姐，就会娶她做妻子。到那时为止，与女人交往倒也是个**不可或缺的条件**[2]。他丝毫不想为弗格森小姐（促使他凌晨来到爱尔兰区的，极可能就是这位特定的“北极星”哩）的事盘问斯蒂芬什么。尽管他十分怀疑斯蒂芬能够从诸如此类的事中得到由衷的满足：沉湎于少男少女式的谈情说爱啦，同只会嘻嘻嘻地傻笑、身上一文不名的小姐每周幽会上两三次啦，照老一套的程序相互恭维，外出散步，又是鲜花又是巧克力地走上亲密的情侣之路。考虑到他既没有栖身之所，又没有亲人，钱财都被一个比任何后妈都更歹毒的房东大娘诈骗了去；以他这个年龄而言，确实糟糕透了。他抽冷子脱口

1　原文为法语。
2　原文为拉丁文。

而出的那些奇谈怪论牵动着比他年长若干岁或几乎可以做他父亲的布卢姆的心。然而他的确应该吃点儿富于营养的东西：在牛奶这一母亲般的纯粹滋补品中掺上鸡蛋，做成蛋酒，要不就吃家常的白水煮鸡蛋也好嘛。

——你是几点钟吃的饭？他向那个身材细挑的青年问道。青年脸上虽没有皱纹，却满是倦容。

——昨天的什么时候，斯蒂芬说。

——昨天！布卢姆惊叫道，后来想起这已经是明天，星期五了。啊，你的意思是说，现在已经过了十二点！

——那就是前天吧，斯蒂芬纠正了自己的话。

这个消息简直使布卢姆感到惊愕，他陷入沉思。虽然他们并不是对样样事情意见都一致，两人不知怎的却有个共同点，好像两颗心行驶在同一条思考的轨道上。大约二十年前，就在小伙子这个年龄上，他也曾一头扎进过政治。当鹿弹福斯特[1]在台上的年月里，他对议员这一显赫职务抱着近似向往的态度。他还记起，自己也曾对那些同样的过激思想暗自怀有敬意（这本身就是巨大的满足的源泉）。比方说，佃户被迫退租的问题当时刚刚冒头，引起民众极大的关注。不用说，他本人连分文也不曾捐赠给这一运动，而且其纲领也并非完全没有漏洞。他不能把信念绝对地寄托在上面。他认为佃户拥有耕作权符合当代舆论的趋势，起初作为一种主义他全面地赞成；及至发现弄错了，就部分地纠正了自己的偏见。由于他竟然比到处游说耕者应有其田的迈克尔·达维特[2]的过激意见甚至还进了一步，从而遭到嘲笑。正因为如此，当这帮人聚在巴尼·基尔南酒馆露骨地讽刺他时，他才那么强烈地感到愤慨。尽管他经常遭到严重的误解，再重复一遍，他仍不失为最不喜欢吵架的人。然而他却一反平素的习惯（打个比喻来说），朝

1　英国政客威廉·爱德华·福斯特（1818—1886）在担任爱尔兰事务首席大臣期间（1880—1882），要求议会采取强制手段（包括向农民发射鹿弹）镇压爱尔兰的农业革命。自一八七一年起，终身任下议院议员。

2　迈克尔·达维特，参看第801页注释2。

着对方的肚子给了一拳。就政治而言，他对双方相互充满敌意的宣传与招摇所必然导致的伤害事件及其不可避免的结果——主要是给优秀青年带来不幸与苦恼——一句话，对适者灭亡的原则理解得再透彻不过了。

不管怎样，既然已快到凌晨一点了，权衡利弊，早该回家睡觉了。难题在于把他带回家去多少要冒点风险（某人有时会发脾气），可能闹得一团糟，就像他一时冒失，把一条狗（品种不详）带回翁塔利奥高台街去的那个晚上一样。他记得非常清楚，因为刚好在场。狗的一只前爪跛了（倒不是说二者情况相同或不同，尽管这位青年也有一只手受了伤）。另一方面，如果建议他到沙丘或沙湾去呢，那又太远，时间也太迟了。二者之间究竟该选哪个，他倒有点儿无所适从了。经过全盘考虑之后，得出的结论是：对他来说，就应该充分利用这个机会。斯蒂芬给他的最初印象是对他有点儿冷淡，不大吐露心迹，但是不知怎的，他越来越被对方所吸引了。举例来说，当你向这个青年提个什么打算时，他决不会欣然接受，而使布卢姆焦虑的是，即使自己有个建议，也不晓得该怎样把话题转到那上面，或怎样确切地措辞，诸如：倘若容许自己在据认为适当的时候为对方贴补点儿零用钱或在穿着方面帮对方一把的话，他会感到莫大的快乐。不管怎样，他打定主意这样了结此事：为了避免重蹈那只瘦狗的覆辙，当夜姑且让他喝上一杯埃普可可，临时打个地铺，再给他一两条围毯盖盖，把大氅折叠起来当枕头。起码让这个青年处在能够保障他的安全的人手里，就跟台架上的烤面包片那样暖烘烘的。他看不出这么做能有多大害处，只要确保决不会发生任何骚乱就行。该离开了，因为这位让老婆守活寡的快活的人儿好像被胶摽在这里了，他一点儿也不急于回到他那颇可怀念、眷恋的王后镇家中去。今后几天内，要是想知道这个形迹可疑的家伙的下落，老鸨搜罗几名年老色衰的佳人儿在下谢里夫街那边开起来的窑子倒是可以提供最可靠的线索。他忽而讲了一通发生在热带附近的六响左轮枪奇闻，打算把她们（人鱼们）吓得毛骨悚然，忽而又对她们那大块头的魅力加以苛刻的挑剔，其间还大杯大杯地畅饮私造的威士忌酒，兴致勃勃地胡乱开一阵心。到头来照例是自我吹嘘，说什么实际上我究竟是何许人也。正如代数先生**到处**[1]所写的那样，让XX等于我的真名实姓与地址吧。就在这当儿，布卢姆想起自己曾怎样随机应变、巧妙地回击那个天主的血和伤痕的家伙，指出他的天主是个犹太人，于是大家就暗笑起来。人们要是被狼咬了，还能忍受，然而一旦被羊咬了一口，那就真正会被激怒。和善的阿戏留的最大弱点也是怕被人指出：你的天主是个犹太人。因为世人好像通常相信，天主来自香农河畔卡利克或斯莱戈郡[2]的什么地方。

——我仔细考虑了一下，我们的主人公终于提议道，同时小心翼翼地把老婆的照片往兜里揣。这里太闷热了，你干脆到我家去，一道聊聊吧。我就住在附近。这玩意儿你可喝不得。[你喜欢喝可可吗[3]？]等一等，我来付账。

离开这里显然是上策，随后就顺利了。他一边谨慎地往兜里收起照片，一边向棚屋老板招手，老板却好像没有……

——对，这样做最好不过啦，他对斯蒂芬担保说；然而对斯蒂芬来说，黄铜头饭店也罢，他的家也罢，或任何旁的地方，都或多或少地……

各种乌托邦计划都从他的（布卢姆的）不停地转着念头的头脑中闪过。教育（真正的项目），文学，新闻，《珍闻》的悬赏小说，最新式的海报，到挤满剧场的英国海滨疗养地去做豪华的旅游，水疗、演出两不误，用意大利语表演二重唱等等，发音十分纯正地道。当然，无须乎向世人和老婆广泛宣传此事，说自己怎样交了点好运。需要的是早日动起手来。他已觉察出这个青年继承了乃父的嗓子，于是就把希望寄托在这一点上，认为一定能成功。所以只消把话茬儿引到那特

1　原文为拉丁文。

2　香农河畔卡利克是利特里姆郡一小镇，斯莱戈郡位于爱尔兰西岸，在都柏林人心目中，都属偏远地区。

3　[你喜欢喝可可吗？]系根据海德一九八九年版（第537页倒1行）所补译。莎士比亚书屋一九二二年版（第612页第12行）和奥德赛一九三三年版（第655页倒6行）均无此句。

定的方向去就成，反正也碍不着什么事，为的是……

马车夫看着手里的报纸，大声念了一段前任总督卡多根伯爵在伦敦某地主持马车夫协会晚餐会的消息。听了这条激动人心的报道之后是一片沉寂，随着是一两个哈欠。接着，坐在角落里的那个仿佛还剩有几分活力的怪老头读道：安东尼·麦克唐奈爵士[1]从尤斯顿车站出发，前往次官官邸，或诸如此类的消息。人们对这条饶有兴味的消息的反应是问一声为什么。

——老爷爷，让咱瞅一眼那份报，老水手略微显示出天生的急脾气，插嘴道。

——好的，被招呼的老人回答说。

水手从随身携带的眼镜盒里取出一副发绿色的眼镜，慢悠悠地架在鼻子和双耳上。

——你眼神儿不好吗？长得像市公所秘书长的那个人怀着满腔同情地问道。

——唔，蓄着一副花白胡子的航海人回答说。这家伙略识几个字，就好像是正隔着海绿色舱窗向外眺望似的。俺读啥的时候就戴眼镜儿。是红海里的沙子教俺养成的习惯。说起来，俺从前连在暗处都能看书。俺最爱读《一千零一夜》啦，《她红得像玫瑰》[2]也不赖。

于是，他用粗笨的手摊开报纸，用心读起天晓得什么玩意儿：发现了溺尸啦；柳木王的丰功伟绩啦；艾尔芒格为诺丁独得一百多分，在第二场比赛中无一出局啦[3]。这当儿，老板（丝毫不理会艾尔的事）正专心致志地试图把那双分不出新旧、显然穿着太紧的靴子弄松一点，并咒骂那个卖靴子的人。从那帮人的面部表情可以辨认得出，他们是醒着的，也就是说，要么是愁眉苦脸的，要么就讲上句无聊的话。

1　安东尼·麦克唐奈爵士（生于1844）是爱尔兰事务首席大臣次官。

2　《她红得像玫瑰》(1870）是英国作家罗达·布劳顿（1840—1920）所著通俗小说。

3　板球板是用柳木制成的，所以给击球冠军艾尔芒格起了“柳木王”这一雅号。一九〇四年六月十六日的《电讯晚报》上报道了在诺丁汉郡与肯特郡的板球对抗赛中，诺丁（诺丁汉队的简称）的击球员艾尔芒格怎样独占鳌头。

长话短说。布卢姆看明事态之后，生怕待得太长，招人讨厌，就头一个站了起来。他信守了自己要为这次聚会掏腰包的诺言，趁没人注意就机警地朝我们这位老板做了个几乎觉察不到的告别手势，示意马上就付钞，总计四便士（并且不引人注目地付了四枚铜币，那诚然是“最后的莫希干人[1]”了）。他事先瞧见了对面墙上的价目表上印得清清楚楚的数字，让人一看就读得出来：咖啡二便士，点心同上。正如韦瑟厄普过去常说的，货真价实，供应的东西有时竟值两倍的价钱哩。

——来吧，他建议结束这场**集会**。

他们看到计策奏效，时机成熟，就一道离开了那座马车夫歇脚的棚屋或下等酒馆，告别了聚在那里的、身着防水服的**名流**[2]人士。除非闹场地震，这帮人是决不会从这种**什么也不干是美妙的**[3]境界中脱身的。斯蒂芬承认他还是不舒服，精疲力竭，并在门口伫立了片刻。

——有一件事我一直不明白，他心血来潮，说了句意想不到的话。为什么在咖啡店里，晚上他们总是把桌子翻过来？我的意思是说，把椅子翻过来放在桌上。

永远难不倒的布卢姆对这句抽冷子提出的问题毫不迟疑地回答说：

——早晨好扫地呀。

这么说着，他出于体贴就矫健地蹿到伙伴的右侧，并且真心实意地为自己这一习惯表示歉意，因为照古典的说法，右边是他像阿戏留那样易受损伤的部位。尽管斯蒂芬的腿有些发软，眼下夜晚的空气确实令人觉得爽快。

——那（指空气）对你会有好处的，布卢姆说，一时指的也包含散步。只要散散步，你就会觉得换了个人似的。不远啦。靠在我身上吧。

于是，他用左臂挽着斯蒂芬的右臂，就这样领着他前行。

---

1 《最后的莫希干人》(1826）是美国小说家杰姆斯·费尼莫尔·库珀（1789—1851）所写的一部以印第安人部族的灭绝为题材的小说。这里是利用“最后的”一语来表示已囊空如洗。

2 此处的“名流”与上文的“集会”，原文均为法语。

3 原文为意大利语。

斯蒂芬含含糊糊地唔了一声，因为他感到一个陌生而软塌塌、颤巍巍的肉身挨近了他。

不管怎样，他们从摆有石头和火钵等的岗亭前面走过。那里，当年的冈穆利——如今落魄成市政府的临时工——正如谚语所说的，依然被搂抱在睡神怀里，睡得正香，沉浸在绿色田野与新牧场[1]的梦中。说到塞满石头的棺材，这个比拟是蛮不错的。因为他确实是被人用石头砸死的。闹分裂的时候，八十几名议员中竟有七十二个倒了戈[2]。主要是他曾经大捧特捧的农民阶级，大概就是被剥夺了佃耕权后，他替他们收回来的那些佃户哩。

这样，两人就挽着臂，穿过贝雷斯福德广场，一路上布卢姆闲聊起自己无比热爱可又纯粹是个外行的艺术形式——音乐。瓦格纳尽管自有其众所公认的雄伟气魄，然而对布卢姆来说，却有点太沉闷了，一开始就难以理解。但是他简直迷上了梅尔卡丹特的《胡格诺派教徒》、梅耶贝尔的《最后的七句话》[3]和莫扎特的《第十二弥撒曲》。他认为后者的《荣耀颂》[4]乃是第一流音乐中的登峰造极之作，真正能使其他一切音乐黯然失色。他非常喜爱天主教宗教音乐，那远远超过其竞争对手在这方面所能提供的穆迪与桑基圣诗或“嘱我活下去，我就做个新教徒[5]”。他对罗西尼的《站立的圣母》[6]的称赞也绝不落在任何人后面。这确实是一首充满了不朽的节奏的乐曲。有一次在上加德纳街耶稣会教堂举行的演奏会上，他的妻子玛莉恩·特威迪夫人就演唱过它并博得好评，真正引起了轰动。他可以把握十足地说，在

1 “绿色田野与新牧场”一语出自《利西达斯》(参看第36页注释1)，这里只是把原诗中的“森林”，改成为“田野”。

2 一八九〇年爱尔兰下议院的一百零三个议席中，支持巴涅尔者达八十六名。闹分裂时，其中七十二名议员参加表决，只有二十六个依然支持巴涅尔。次年又有数名动摇或变节。

3 《胡格诺派教徒》是梅耶贝尔所写（参看第241页注释1)，而《最后的七句话》系梅尔卡丹特所写。这里，布卢姆把二者张冠李戴了。

4 原文为拉丁文。

5 “嘱……徒”一语出自英国牧师、诗人罗伯特·赫里克（1591—1674）的《献给安霞，悉听吩咐》。这其实是一首抒情诗，而不是赞美诗，后面还有“嘱我去恋慕，我就献给你爱心”之句。

6 原文为拉丁文，参看第117页注释2。

她已享有的声誉上，更增添了光彩，使所有其他演唱者均黯然失色。为了聆听夹在演唱家或毋宁说**名手**[1]当中的她的演唱，听众甚至把教堂门口都挤满了。大家一致认为没人赛得过她。在平时唱诵圣乐的礼拜堂里，人们普遍发出再唱一遍的呼声，这就足以证明她受欢迎的程度了。总之，他爱听莫扎特的《唐乔万尼》那样的轻歌剧，而《玛尔塔》是这方面的珠玉之作。尽管他对门德尔松这样严格的古典派只具有点皮毛的知识，却也怀着**强烈的爱好**[2]。说到这里，斯蒂芬想必是知道那些大家所爱唱的歌曲的。他特地举了莱昂内尔在《玛尔塔》中演唱的插曲《爱情如今》为例。说也真巧，昨天他听到这支歌曲，说得更确切些，是无意中传到他耳中的，他觉得十分荣幸。尤其令他感到高兴的是演唱者正是斯蒂芬的父亲大人。音色圆润，技巧完美，对作品的诠释的确使其他一切人甘拜下风。对于这非常文雅的提问，斯蒂芬回答说他并没有，却开始赞美起莎士比亚的——至少也是那个时代及其先后时期的歌谣来了。又谈起住在费特小巷、离植物学家杰勒德不远的古琵琶演奏家道兰德；**我成年弹奏，道兰德**[3]。他怎样打算从阿诺德·多尔梅什那儿买一把古琵琶[4]，价钱是六十五畿尼。这个名字布卢姆听上去确实挺耳熟，只是记不大清楚了。还有在对位法的**先导**主题与**应答**主题上下过功夫的法纳比父子[5]。此外就是伯德（威廉）。斯蒂芬说，此人不论是在女王小教堂或任何其他地方，只要看到了维金纳琴就非弹上一通不可[6]。还有个姓汤姆金斯[7]的，作过诙谐的或庄重

1　原文为意大利语。

2　原文为法语。

3　约翰·道兰德（1563—1626）是英国作曲家、古琵琶演奏家。

4　阿诺德·多尔梅什（1858—1940），法国音乐家，毕生从事古代音乐的演奏和配器的考证工作。中年定居伦敦。

5　法纳比父子指英国古钢琴及牧歌作曲家贾尔斯·法纳比（1560—1640）和他的儿子理查（生于1590）。“先导”与“应答”原文为意大利语。

6　威廉·伯德（1543—1623），莎士比亚时代英国最杰出的作曲家。维金纳琴是一种最古老的拨弦乐器。

7　托马斯·汤姆金斯（1572—1656），英国作曲家、管风琴家。

的歌曲。再就是约翰·布尔[1]了。

他们边聊边穿过广场，走近车行道。只见链栏后面有一匹马拉着扫除器正沿着铺石路走来，一路扫拢着长长的一条泥泞。一片噪声，布卢姆简直闹不清关于六十五畿尼和约翰·布尔的引喻自己是否听真切了。他觉得有这么两个完全一样的姓名是个惊人的巧合，就问了声那指的是否是那位同名同姓的政界名人约翰牛[2]。

马在链栏那儿慢慢掉过头去拐弯。布卢姆照例是留神提防着的，看到马这样，就轻轻拽了拽斯蒂芬的袖子，用诙谐口吻说：

——今天夜里咱们有性命危险。可得小心蒸汽碾路机喔。

于是他们停下了脚步。布卢姆凝视着那匹马的脸，怎么也看不出它能值六十五畿尼。由于是在黑暗中突然出现在挨得很近的地方，它就好像是个由骨骼甚至肉组成的与马迥然不同的新奇的东西了。这显然是一匹后腿朝前迈，一路倒退着的四肢不协调的马，半边屁股略低，臀部是黑的，甩着尾巴，耷拉着头。这当儿，牲口的主人正坐在驭者座上，忙于想心事。这是一头多么善良懦弱的牲口啊，可惜他身上没带着糖块儿，然而他又明智地仔细想道，人生在世，总不能对所有可能突然发生的事都做好准备呀。它只不过是一匹大块头、笨拙而神经质的傻马罢了，活在世上无忧无虑。他又寻思，甚至于狗，比方说，巴尼·基尔南酒馆那头杂种的吧，要是个头也有这匹马这么大，碰上它可就够吓人的了。然而它长成那个样子可不能怪它呀。就拿骆驼（那是沙漠上的船）来说吧，在它的驼峰里可以把葡萄酿成酒。动物中十之八九可以关进栏里，或加以驯服。除了蜜蜂而外[3]，再也没有人类这么心灵手巧的了。对鲸要使用标枪上的夹叉，对短鼻鳄鱼只要挠挠腰部，它就会懂得开玩笑的滋味了。在雄鸡周围用粉笔画个圈

1　约翰·布尔（约1562—1628），英国作曲家、键盘乐演奏家。他曾在等音转换、转调及不对称节奏音型的试验中作出过贡献。

2　约翰·布尔与约翰牛，原文中均作John Bull。约翰牛原是约翰·阿巴思诺特（1667—1735）的寓言《约翰牛的历史》（1712）中的主人公，后来成了英国或英国人的绰号。

3　十九世纪末叶，西欧人士认为蜜蜂的群居组织的严密程度超过了人类。

儿[1]。老虎呢，我那老鹰一般锐利的目光。尽管斯蒂芬的话使布卢姆多少分了神，正当这艘马儿船在街上活跃的时候，他脑子里却满是关于野地走兽的正合时机的考虑。斯蒂芬依然继续谈着饶有趣味的往事。

——我刚才说什么来着？哦，对啦！我老婆，**他直截了当地**[2]说。她要是能够结识你，会非常高兴的。因为她对所有的音乐都是倾心的。

他从旁边亲切地望着斯蒂芬的侧脸：他长得活脱儿像他母亲，然而丝毫也没有通常那种必然会使女人着迷的小白脸儿恶少气，兴许他生来就不是那号人。

可是假若斯蒂芬继承了他父亲的天赋（布卢姆相信是这样），这就在布卢姆心中展开了新的前景：例如参加芬格尔夫人为了开发爱尔兰工业而于本周的星期一举办的那种音乐会[3]啦，出入于一般上流社会什么的。

此刻那个青年正在讲解着以《这里青春已到尽头》为主调的精彩的变奏曲。这出自简·皮特尔宗·斯韦林克[4]之手。他是一个出生于荡妇的产地阿姆斯特丹的荷兰人。他更喜欢约翰内斯·吉普[5]那首德国的古老民谣，它描绘晴朗的海，赛仑——那些杀男人的美丽凶手——的歌喉。布卢姆听了，有点儿吃惊：

赛仑蛊惑人心，
诗人如此吟诵[6]。

1　人们相信挠鳄鱼腰部以及在雄鸡周围用粉笔画个圈儿，均可以起到催眠作用。

2　原文为拉丁文。

3　芬格尔夫人所主办的这次音乐会，实际上是在一九〇四年五月十四日举行的，乔伊斯也参加了。这里，作者把日期移后了。"本周的星期一"为六月十三日。

4　简·皮特尔宗·斯韦林克（1562—1621），荷兰管风琴家、作曲家。他的世俗变奏曲是用欧洲几个国家的流行曲调改编而成，如《我年轻的生命已到尽头》。

5　约翰内斯·吉普（约1582—1650），德国作曲家及乐队指挥，编过一本赞美诗集以及几部通俗歌曲，风行于十七世纪。

6　"赛……诵"，原文为德语，出自吉普的《她们的话语含有狡黠的魔力》一诗，收于《掌叶铁线蕨花圃》第2卷（1614）。

他唱完开头一节，就**当场**[1]译了出来。布卢姆点点头说，他完全懂了，央求斯蒂芬尽管唱下去。他就照办了。

他那男高音的音色极其纯美，表现出罕见的才华。布卢姆刚听了第一个音调就加以赞赏。倘若他能得到像巴勒克拉夫那样一位公认的发声法权威的适当指导，再学会读乐谱，既然男中音已多得烂了市，他就不难随意为自己标价。那样一来，不久的将来，这位幸福的美声歌唱家就有机会**出入于**[2]经营大企业的财界巨头和有头衔者那坐落在最高级住宅区的时髦府邸。不论他拥有的文学士学位（那本身就是堂哉皇哉的广告），还是他那绅士派头，都足以为本来就美好的印象更加锦上添花，这样就会万无一失地取得不同凡响的成功。何况他既有头脑，又能够用来达到此目的并满足其他需求。倘若他再注意一下服装的考究，那就更能慢慢博得高雅人士的垂顾。对于社交界在服装剪裁等方面的讲究他是个乳臭未干的新手，简直不明白那样一些区区小节怎么会成为绊脚石。事实上，再过上几个月他就可以预见到斯蒂芬在欢度圣诞节期间，怎样有所选择地参加他们所举行的有关音乐艺术的**恳谈会**[3]了，从而在淑女们的鸽棚里掀起轻微的波澜，在寻求刺激的太太小姐们当中引起一番轰动。据他所知，这种事儿以前也记载过好几档子。从前，只要他有意，蛮可以不露马脚、不费吹灰之力地就能……当然喽，除了学费而外，同时还有决不可等闲视之的金钱报酬。他附带说明一下：其实并不一定图几个臭钱就作为一种职业积年累月地站在乐坛上。毋宁说，那是朝着必然的方向迈进的一步，不论是从金钱上还是精神上，都丝毫无损于尊严。当你手头急需钱的时候，有人递过一张支票来，也不无小补。况且尽管近来人们对于音乐的鉴赏力每况愈下，可是不落俗套的那种富于独创性的音乐还是很快地就会风靡一时。正值伊凡·圣奥斯特尔和希尔顿·圣贾斯特以及

1　原文为拉丁文。
2　原文为法语。
3　原文为意大利语。

所有这号人[1]把投合时好的男高音独唱偷偷塞给轻信的观众并照例掀起陈腐的流行之后，斯蒂芬的演唱无疑地会给都柏林的音乐界带来一股新风。是呀。毫无疑问，他是做得到的，他必然稳操胜券。这是博取名声、赢得全市尊敬的大好机会。他会成为台柱子，会有人同他签订演出合同，也会为国王街剧场那些捧他的听众举行一场大规模演奏会的。还得有个后台，也就是说，倘若——这个"倘若"可非同小可——有人愿意出力硬把他推上去，凭着这股势头来防止那种不可避免的因循委靡。凡是那些被老好人当作贵公子般娇纵坏了的红角儿，都容易陷进这样的状态。干这行当丝毫也不会损害另外的事。他可以我行我素，只要自己愿意，有的是余暇来自修文学。文学进修是个人的问题，完全不会妨碍或有损于歌手这一行当。说实在的，球就在他脚下，正因为如此，另外那个嗅觉异常敏锐、任何苗头都绝逃不过的家伙才缠住他不放。

就在这当儿，马……过了一会儿，他（即布卢姆）在适当时机，本着傻子迈进天使……之处[2]的原则，在完全不去追问斯蒂芬私事的情况下劝他跟某某即将开业的医生断绝往来。他留意到，此人倾向于瞧不起斯蒂芬。当斯蒂芬本人不在场时，甚至借着开玩笑来贬低他几句，或者随便怎么说吧，反正据布卢姆的拙见，就是在一个人的品格的某个侧面上投下讨厌的阴影——这里他要讲的绝不是什么双关的俏皮话。

那匹马走到绷得紧紧的缰绳尽端（姑且这么说），停了下来，高高地甩起高傲而毛茸茸的尾巴。为了在即将被刷净打磨光的路面添加上自己的一份，就拉了三泡冒热气的粪便。它从肥大的屁股里慢吞吞、一团团地、分三次拉下屎来。车把式坐在他那装有长柄大镰刀的车里，善心而有耐性地等待着他（或她）拉完。

---

1 十九世纪九十年代，阿瑟·劳斯利歌剧团曾在都柏林公演数次，由伊凡·圣奥斯特尔和希尔顿·圣贾斯特主演。"所有这号人"，原文为拉丁文。

2 这里套用亚历山大·蒲柏的《批评论》（1711）第625行的"傻子闯进天使怕踏访之处"之句并做了改动。

幸而发生了这一事故[1]，布卢姆和斯蒂芬才肩并肩地从那被直柱隔开来的链栏的空隙爬过去，迈过一溜儿泥泞，朝着下加德纳街横跨过去。斯蒂芬虽然没有放开嗓门，却用更加激越的声调唱完了那首歌谣：

所有的船只搭成了一座桥[2]。

不管是好话、坏话还是不好不坏的话，反正车把式一言也未发。他坐在低靠背的车上，只是目送这两个都穿着黑衣服的身影——一胖一瘦——朝着铁道桥走去，由马尔神父给成婚[3]。他们走一程又停下脚步，随后又走起来，继续交头接耳地谈着（车把式当然被排除在外）。内容包括男人的理智之敌赛仑，还夹杂着同一类型的一系列其他话题，篡夺者啦，类似的历史事件什么的。这当儿坐在清扫车——或者可以称之为卧车[4]——里的那个人无论如何也是听不见的，因为他们离得太远了。他只是在挨近下加德纳街尽头处坐在自己的座位上，目送着他们那辆低靠背的车[5]。

1 原文为法语。
2 原文为德语。
3 "由……婚"，见《低靠背的车》第4节。这里用此诗句来形容布卢姆和斯蒂芬的亲密状。
4 英语中，sweeper car（清扫车）与sleeper car（卧车）发音相近。
5 "目……车"是《低靠背的车》第1节末行。

第十七章

归途，布卢姆和斯蒂芬肩并肩走的是哪条路线？

他们都是用正常的步行速度从贝雷斯福德广场出发，按照下、中加德纳街的顺序走到蒙乔伊广场西端。随后放慢步伐一道向左拐，漫不经心地来到加德纳广场尽头，这里是通向北边坦普尔街的交叉口。随后朝右拐，时而停下脚步，缓慢地沿着坦普尔街往北走去，一直来到哈德威克街。他们迈着悠闲的步子先后挨近了圣乔治教堂前的圆形广场，然后径直穿过去。说起来，任何一个圆，其弦都比弧要短。

一路上，二巨头究竟讨论了些什么？

音乐，文学，爱尔兰，都柏林，巴黎，友情，女人，卖淫，营养，煤气灯、弧光灯以及白炽灯的光线对附近那些避日性树木的成长所产生的影响，市政府临时所设不加盖的垃圾箱，罗马天主教堂，圣职者的独身生活，爱尔兰国民，耶稣会的教育，职业，学医，刚度过的这一天，安息日[1]前一天的不祥气氛，斯蒂芬晕倒一事。

布卢姆可曾就他们两人各自对经验之反应的相同与不同之处发现类似的共同点？

两个人都对艺术印象敏感，对音乐印象比对造型艺术或绘画艺术更要敏感。两人都对大陆的生活方式比对岛国的有所偏爱，又都情愿住在大西洋这边，并不愿住到大西洋彼岸去。早年的家庭教育与血统里带来的对异教的执拗反抗，使得两人态度顽强，对宗教、国家、社

1 按犹太教教规，星期五傍晚至星期六傍晚为安息日。

会、伦理等许许多多正统教义都抱有怀疑。两个人都认为异性吸引力具有相互刺激与抑制的作用。

他们两人的见解在什么上头有些分歧呢？

斯蒂芬毫不隐瞒他对布卢姆关于营养和市民自救行为的重要性持有异议；布卢姆则对斯蒂芬关于人类精神通过文学得到永恒的肯定这一见解，暗自表示不以为然。布卢姆倒是不动声色地同意了斯蒂芬所指出的爱尔兰国民放弃对德鲁伊特[1]的信仰而皈依基督教的时期在年份上的错误。应把李尔利王统治下，教皇切莱斯廷一世派遣帕特里克（奥德修斯之子波提图斯之子卡尔波努斯之子）前来的公元四三二年，更正为科麦克·麦克阿尔特（殁于二六六年）统治下的二六〇年或约莫那个时期，而科麦克是因被食物卡住而噎死于斯莱提，并埋葬在罗斯纳利的。布卢姆暗自同意斯蒂芬的论点。布卢姆认为斯蒂芬之所以晕倒乃是因为他胃囊里空空如也，以及掺水量与酒精度数各不相同的化合物在作怪。这是始而精神紧张，继而又在松弛的气氛下迅疾地旋转这一剧烈的运动所造成的。斯蒂芬却把它归因于起初还没有女人的巴掌那么大的晨云再次出现（他们两人曾从不同的地点——沙丘与都柏林，目击到那片云彩）。

他们两个人可曾在某一点上持同样否定的见解？

在煤气灯或电灯的光线对附近那些避日性树木的成长所产生的影响这一点上。

过去夜间闲荡时，布卢姆可曾议论过同样一些问题？

一八八四年，夜间他与欧文·戈德堡和塞西尔·特恩布尔一道沿着这几条大马路边走边谈：从朗伍德大街走到伦纳德街角，又从伦纳德街角走到辛格街，然后从辛格街走到布卢姆菲尔德大街。一八八五

1　德鲁伊特，参看第13页注释3。

年的一个傍晚，他又与珀西·阿普约翰一道倚着厄珀克罗斯区克鲁姆林的直布罗陀庄与布卢姆菲尔德公馆之间的墙，交谈过几次。一八八六年，他与偶然结识者以及可能成为主顾的人在门口的台阶上、前客厅里和郊区铁路线的三等车厢里谈过。一八八八年，他经常与布赖恩·特威迪鼓手长和他的女儿玛莉恩·特威迪小姐，有时同父女一道，有时单独同其中的一个交谈，地点就在圆镇的马修·狄龙家的娱乐室里。一八九二年与朱利叶斯·马斯添斯基谈过一次，一八九三年又谈过一次，都是在西伦巴德街的（布卢姆）自己家的客厅里。

在到达他们的目的地之前，关于一八八四、一八八五、一八八六、一八八八、一八九二、一八九三、一九〇四这一不规则的连续，布卢姆有过些什么样的反思？

他反思道，个人的成长与经验积累的范围越是不断在扩大，伴随而来的就必然是各个人相互间交流范围缩小这一退步现象。

例如在哪些方面？

从不存在到存在。他出现在很多人面前，作为一个存在，被接受下来。就存在与存在的关系而言，他就像任何存在对任何存在那样对待任何存在。他即将从存在而消失到不存在中去，从而被所有的人看作是不存在的。

他们抵达目的地之后，布卢姆采取了什么行动？

在等差奇数的第四位，也就是埃克尔斯街七号门口的台阶那儿，他把手机械地伸进长裤后兜里去掏他那把弹簧锁钥匙。

在那儿吗？

钥匙是在他仅仅一天之前穿过的那条长裤的同一位置的兜里。

他为什么倍加气恼？

因为他忘记了，而且又想起曾两次提醒过自己：可不要忘记。

那么这两个（分别）故意地或粗心大意地未带钥匙的人，面临着什么样的选择呢？

进去还是不进去。敲门还是不敲门。

布卢姆是怎么决定的？

一条计策。他把两只脚迈上矮墙，跨过地下室前那块空地的栏杆，将帽子紧紧扣在头上，攥住栅栏下部的两个格子，将他那具五英尺九英寸半的身躯徐徐地落下来，一直落到距地面不足两英尺十英寸的地方。然后撒开攥着栅栏的手，让身子在空中自由摇荡。为了减缓坠落时的冲击，他还把身子蜷缩起来。

他坠落了吗？

他是凭着常衡制十一斯通零六磅的体重坠落的。他所使用的是弗雷德里克街北区十九号的药剂师弗朗西斯·弗罗德曼的店铺内那台供定期测量体重的有刻度的自动磅秤。日期是耶稣升天的最后节日，即闰年基督教公元一九〇四年（犹太历公元五六六四年，伊斯兰历公元一三二二年）五月十二日。金号码五，闰余十三，太阳活动周九，主日字母CB，罗马十五年历二，儒略周期六六一七年，MCMIV[1]。

他没有受震伤就站起来了吗？

他重新获得了稳定均衡，尽管因猛烈撞击而受震荡，却没有负外伤就站了起来。他使劲扳院门搭扣的那个活动金属片，凭着加在这一支轴上的初级杠杆的作用，把搭扣摘开，穿过紧挨着厨房地下的碗碟洗涤槽，绕道走进厨房。他擦着了一根安全火柴，转动煤气开关，放

1　“金号码五，闰余十三，太阳活动周九，主日字母CB，罗马十五年历二，儒略周期六六一七年，MCMIV”均为基督教计算复活节日期所用数据。

出可燃性的煤气。他调节那燃旺了的火焰，捻小成发白的文火为止。最后，点上一支便于携带的蜡烛。

这当儿，斯蒂芬瞧见了哪些忽隐忽现的影像？

他倚着地下室前那块空地的栅栏，隔着厨房里的透明窗玻璃，瞧见一个男人在调节十四烛光的煤气火焰，一个男人点燃一烛光的蜡烛，一个男人轮流脱着一双靴子，一个男人拿着蜡烛正在从厨房里走出来。

那个男人先前可曾在别处出现过？

过了四分钟，隔着厅门上端那半透明的扇形气窗，他那忽隐忽现的烛光映入眼帘。厅门徐徐地随着铰链转动着。那个男人手持蜡烛，没戴帽子，重新出现在空荡荡的门道里。

斯蒂芬听他用手势来指挥了吗？

是的，他静悄悄地走了进去，帮助把门关严，挂上链子，静悄悄地跟在那个男子背后，脚上趿拉着用布边做的拖鞋，手持点燃的蜡烛，打左边那扇从缝儿里露出灯光来的门前经过，小心翼翼地走下不止五个阶磴的螺旋梯，来到布卢姆家的厨房。

布卢姆做了些什么？

他猛地朝火苗吹去，把蜡烛熄灭。将两把匙形木椅拖到炉边，一把是给斯蒂芬准备的，椅背朝着面临院子的窗户，一把是自己坐的。他单膝着地，往炉格子里放了些沾着树脂的枝条和五颜六色的纸张，以及从坐落于多利埃街十四号的弗罗尔与麦唐纳公司的堆置场以每吨二十一先令的代价买来的优质阿布拉莫木炭。他把这些都十字交叉地堆成不规则的多角形，划了一根安全火柴，在纸张的三个角落点上火。这样，燃料里的碳和氢这两种元素就与空气中的氧气自由化合，散发出潜在的能量。

斯蒂芬的头脑里浮现出什么样类似的幻影呢?

他联想到旁的时候在旁的地方跪着单膝或双膝曾经替他生火的其他那些人：迈克尔修士，在坐落于基尔代尔郡塞林斯的耶稣会克朗戈伍斯森林公学校医院的病房里。他父亲西蒙·迪达勒斯，在菲茨吉本街门牌十五号那间没有家具等设备的屋子里，而那是他在都柏林的头一个住所。他的教母凯特·莫坎小姐——住在厄谢尔岛她那奄奄一息的姐姐朱莉娅·莫尔坎小姐家里。他的舅妈萨拉——里奇（理查德）·古尔丁的妻子，在他们那坐落于克兰布拉西尔街门牌六十二号寓所的厨房里。他的母亲玛丽——西蒙·迪达勒斯的妻子，那是在北里奇蒙街门牌十二号的厨房里，时间是一八九八年圣方济各·沙勿略节日的早晨。副教导主任巴特神父，在“斯蒂芬草地”北区门牌十六号的大学物理实验室里。他的妹妹迪丽（迪丽娅），在他父亲那坐落于卡布拉的家里。

斯蒂芬把视线从壁炉往上移到对面墙上一码高的地方。他望到了什么?

那是一排五个家用螺形弹簧按铃，下面在烟囱凹进去的间壁两侧的两个钩子之间，弯弯地横系着一根绳子，上面挂着四块对折的小方手绢：一块挨着一块，互不重叠，呈长方形。另外还有一双灰色长筒女袜，袜帮是用莱尔棉线织的，脚脖子以下是通常的样式。两端各用一个木制夹子夹起，第三个夹子夹在胯间重叠的部分。

布卢姆在铁灶上瞧见了什么?

右边（较小）的锅架上摆着个带柄的蓝色搪瓷小平底锅，左边（较大）的壶架上是黑色的铁壶。

布卢姆在铁灶上做些什么?

他把平底锅挪到左边的壶架上，站起来，又将铁壶送到洗涤槽那儿去。这样，扭开自来水龙头就可以放水灌壶了。

水流出来了吗?

流了。从威克洛郡的容积二十四亿加仑的朗德伍德水库，流经达格尔河、拉思唐、唐斯峡谷和卡洛希尔，流进坐落于斯蒂尔奥根那二十六英亩的水库，中间的距离是二十二法定英里。这条有着过滤装置的第一期施工的单管及复管地下引水渠，根据合同直线每码的铺设费为五英镑。再由一批水堰进行调节，以二百五十英尺的坡度在上利森街的尤斯塔斯桥流到本市界内。但是由于夏季久旱，再加上每天供水一千二百五十万加仑，水位已降到低于排水口。都市监察官兼水道局技官、土木工程师斯潘塞·哈蒂奉水道局的指示（鉴于有可能会像一八九三年那样被迫利用大运河和皇家运河那不宜饮用的水），除了饮用外，下令一律禁止使用市里供应的自来水。尤其是南都柏林济贫院，尽管限定用六英寸的计量器，每个贫民每日配给十五加仑水，然而在市政府法律顾问、辩护律师伊格内修斯·赖斯的监督下，经查表证实，每夜要浪费两万加仑水，从而使院外的社会各阶层（也就是自费并有支付能力的纳税者们）蒙受损害。

回到铁灶后，这位爱水、放水、运水的布卢姆，赞美了水的哪些属性?

它的普遍性，它的民主的平等性，以及保持着它自身求平的本质。用墨卡托投影法[1]在地图上所标示出的浩渺的海洋；太平洋中巽他海沟那超过八千英寻[2]的不可测的深度；永不消停、后浪推前浪地冲刷着海岸线每一部位的波涛以及水面上的微粒子；水的单位粒子的独立性；海洋变幻莫测；根据液体静力学，风平浪静时它纹丝不动；根据液体动力学，小潮大潮时它便涨了起来。暴风雨后一片沉寂；北极圈与南极圈冰冠地带的不毛性以及对气候及贸易的影响；跟地球上的陆

1　墨卡托投影法是佛兰德的地图学家杰拉杜斯·墨卡托（1512—1594）所发明的地图投影法。从地心向环绕地球并与赤道相切的一个圆筒上投影，距赤道越远，纬线间的距离就越大。

2　巽他海沟位于苏门答腊岛附近的海面底下，其实际深度为三千一百五十八英寻。至一九六九年为止，已查明的世界上最深的海底洼地为太平洋的马里亚纳海沟（6,033英寻）。

地相比占三对一优势；它在亚赤道带南回归线以南的整个区域延伸无数平方海里的绝对权威；其在原始海盆里数千万年以来所保持的稳定性；它那橙红色海床；它那把包括数百万吨贵金属在内的可溶解物质加以溶解，并使之保持在溶解状态的性能；它对半岛和有下陷趋势的岬角所产生的缓慢的侵蚀作用；其冲积层；其重量、容积与浓度；它在咸水湖、高山湖里的静谧；其色调因热带、温带和寒带而变为或浓或淡；与陆上的湖泊、溪流及支流汇合后注入海洋的河川，还有横跨大洋的潮流所构成的运输网。沿着赤道下面的水路自北向南的湾流；海震、水龙卷、自流井、喷泉、湍流、漩涡、河水暴涨、倾盆大雨、海啸、流域、分水岭、间歇泉、大瀑布、漩流、海漩、洪水、泛滥、暴雨等滥施淫威；环绕陆地的上层土壤那漫长的曲线；源泉的奥秘可用探矿杖来占卜或用湿度测定器来揭示；阿什汤大门的墙壁上的洞、空气的饱和与露水的蒸发能够证明那潜在的湿度；水的成分单纯，是氢二、氧一的化合物；水的疗效；水的死海里的浮力；它在小溪、涧谷、水坝的缝隙、船舷的裂口所显示的顽强的浸透性；它那清除污垢、解渴、灭火、滋养植物的性能；作为模范和典型，它的可靠性；它变化多端：雾、霭、云、雨、霙、雪、雹；并在坚固的消防龙头上发挥出压力；而且千姿百态：湖泊、湖岔、内海、海湾、海岬、环礁湖、环状珊瑚岛、多岛海、海峡、峡江、明奇、潮汐港湾、港湾；冰河、冰山、浮动冰原显示出它是何等坚硬；在运转水车、水轮机、发电机、发电厂、漂白作坊、鞣皮厂、打麻厂时，它又是那样驯顺；它在运河、可航行的河川、浮船坞和干船坞所起的作用；潮汐的动力化或利用水路的落差使它得以发挥潜力；海底那些成群的动物和植物（无听觉，怕光）虽然并非名副其实地栖息在地球上，论数目却占地球上生物的一大半；水无所不在，占人体的百分之九十；在沼泽地、闹瘟疫的湿地、馊了的花露水以及月亏期那淤积污浊的水塘子，水所散发的恶臭充满了毒气。

他把灌了半下子水的壶放在燃旺了的煤火上之后，为什么又折回到还在哗哗流着水的自来水龙头那儿去呢?

为了把那块已用掉一部分、还沾着包装纸、散发着柠檬气味的巴灵顿牌肥皂（价值四便士，是十三个钟头以前赊购的）涂在脏手上，在新鲜冰凉、永恒不变而又不断变化的水里洗净，用那条套在旋转式木棍子上的红边长麻布揩拭脸和双手。

斯蒂芬是以什么理由来拒绝接受布卢姆的提议的?

他说自己患有恐水病，不论是局部浸入也罢，还是全身泡进去也罢，讨厌与冷水接触。（他是头年十月间最后一次洗澡的）不喜欢玻璃和水晶这样的水状物质，对思维与语言的流动性也疑惑重重。

布卢姆原想对斯蒂芬做一些有关卫生和预防方面的劝告，并且想告诉他，在进行海水浴或河水浴之前，应该先把头部弄湿，还往面庞、颈背、胸部与上腹部猛然浇水，俾使筋肉收缩，因为人体对低温最敏感的部位乃是后颈、胃部和脚心。然而他为什么又放弃了这个念头呢?

因为水的特性与天才那乖僻的独创性是互不相容的。

另外他还同样抑制住了什么带有说教意味的劝告呢?

营养食谱：关于熏猪肉、腌鳕鱼和黄油中所含有的蛋白质与热量的百分比。黄油缺乏前者，熏猪肉富于后者。

在东道主眼中，客人最显著的长处是什么?

自信，有着自我放任和自我恢复这两种同等的而又相反的能力。

由于火的作用，水容器里发生了何等伴随而至的现象?

沸腾现象。自厨房至烟囱的孔道，不断地向上通风，灼热的火被它扇得从成束的易燃柴禾延烧到多面体烟煤堆上。这种煤炭含有原始森林的落叶堆积后凝缩而成的矿物状化石；森林之发育生长靠的是热

（辐射性）源——太阳，而热又是由那普遍存在、传光并透热的能媒[1]传导的。燃烧所引起的运动形式之一——热（对流传热），不断地、加速度地从热源体传导给容器中的液体，由那凹凸不平、未经打磨的黑色铸铁面把热向周围发散出去；一部分反射回来，一部分被吸收，另一部分被传导，使水的温度从常温逐渐升到沸点。这种温度的上升可作为消费结果标志如下：将一磅水从华氏五十度加热到二百十二度，需耗七十二热量单位。

温度上升完毕是怎样显示出来的？

从壶盖下面同时向两侧喷出两股镰刀形状的水蒸气。

布卢姆能用这样煮沸的水办些什么个人的事？

剃自己的胡子。

夜里剃胡子有什么好处？

胡子柔软一些。如果剃完胡子后，故意把刷子浸泡在浓肥皂液里，下次用的时候，刷子就会柔软一些了。万一于意外的时刻在远处同相识的女人邂逅，皮肤还是光滑的好。一边剃胡子，一边还安详地回顾当天的事情。能够睡得更清爽一些，一觉醒来，感到更洁净利落。因为一到早晨就有种种噪声，心里又悬念不安，牛奶罐咣当咣当响，邮递员连敲了两遍门。读了份报纸，一边重读一边涂肥皂液，在同一个地方又涂上肥皂液；把一些微不足道的事想成了不起。于是受一次冲击，挨一个打击，就加快了剃刀的速度，割了个口子，这时就铰下一块不大不小的橡皮膏，润湿后贴上去。只好这么样。

为什么缺乏光线不像噪声的存在那么使他烦恼？

1　能媒，音译为以太。这是十九世纪物理学理论中被认为在电磁波的传播过程中起媒介作用的物质。爱因斯坦在一九〇五年正式提出狭义相对论后，以太假说便被舍弃。

因为他这双既结实又肥胖、既是男性的又是女性的、既被动又主动的手，有着准确的触感。

它（他的手）具有什么特性，然而又伴随着什么抵消作用？

它具有动外科手术的特性，然而即便在目的足以证明手段是正当的情况下，他也决不愿意让人流血，而更喜欢顺应自然法则的日光疗法、心理生理疗法以及整骨外科手术。

布卢姆打开厨房碗柜：下、中、上层都露出些什么？

下层竖立着五个早餐用的盘子，平放着六个早餐用的垫盘，盘子上各扣着一只早餐用的杯子，还有一只并非扣放着的搪须杯和德比制造的有着王冠图案的垫盘，四只金边白色蛋杯，一个敞着口的岩羚羊皮包，里面露出些硬币，大多是铜币。还有一个小玻璃瓶，里面装着加了芳香剂的糖果（紫罗兰色的）。中层放着一只盛了胡椒粉的有缺口的蛋杯，饭桌上还摆着那种鼓状食盐瓶，用油纸包着的四颗粘成一团的黑色橄榄，一听李树商标肉罐头的空罐儿，垫着纤丝的椭圆形柳条筐里是一只泽西梨，喝剩下的半瓶威廉·吉尔比公司酿造的药用白葡萄酒（裹在瓶子上的粉珊瑚色薄绉纸已剥掉了一半），一包埃普斯公司制造的速溶可可；一只绉锡纸袋里装着安妮·林奇公司出品的五英两特级茶叶，每磅二先令；一只圆筒形罐子，盛着优质结晶角砂糖；两颗葱头，较大的那颗西班牙种的是完整的，较小的那颗爱尔兰种的已经切成两瓣儿，面积扩大了，气味也更冲鼻了；一罐爱尔兰模范奶场的奶酪，一只褐色陶罐，盛着四分之一品脱零四分之一兑了水并变酸了的牛奶（由于炎热，它已化为水、酸性乳浆与半固体凝乳，再加上布卢姆先生和弗莱明大妈作为早餐消费掉的部分，就足够一英品脱了，相当于原先送来的总量）；两朵丁香花蕾，一枚半便士硬币和盛有一片新鲜排骨肉的一个小碟子。上层是大小和产地各不相同的一排果酱罐。

搁在碗柜檐板上的什么东西引起了他的注意？

两张撕成了四块多角形碎片的深红色赛马券，号码是：887，886。

由于想起了什么，他一时皱起眉来？

他想起了金质奖杯平地障碍赛的结果曾怎样通过一连串巧合预示了出来。事实真是比虚构还要奇妙：他是在巴特桥的马车夫棚里，在《电讯晚报》的粉色最终版上读到这场赛马正式的确切结果的。

他是在哪里客观地或主观地接受关于胜败结果的预告的？

在坐落于小不列颠街八、九、十号的伯纳德·基尔南那特准卖酒的店家里；在公爵街十四号戴维·伯恩那特准卖酒的店家里；在下奥康内尔街格雷厄姆·莱蒙那家店铺外面，当时一个阴沉沉的人曾把一张传单塞到他手里（后来被他丢掉了），而那是给锡安教会的重建者以利亚做的广告；在林肯广场上，药剂师们开的F. W. 斯威尼公司（股份有限）外面，他正要把当天的《自由人报》与《国民报》丢掉（后来还是被他丢掉了）时，弗雷德里克·M.（班塔姆）莱昂斯迫不及待地连声向他把报讨了去，读罢，又还给了他；接着他就朝着坐落在兰斯特尔街十一号的土耳其蒸汽浴那东方式建筑踱去。在灵感的照耀下，他容光焕发，双臂搂着胜负的秘密，那是用预言镌刻下来的。

什么样的缓解的考虑减轻了他心神的不安？

事件发生后，它所带来的结局各有不同，正如放电后传来的音响那样难以解释。即使原来做的是获胜的解释，由于对万一输了时的损失总额不能正确地加以估价，究竟对现实的损害可能有多大，心中是没有谱儿的。

他的心境如何？

他没有冒险，无所期待，不曾失望，心满意足。

什么使他心满意足？

他没有蒙受实质上的损失。使旁人获得了实质上的利益。外邦人的光[1]。

布卢姆是怎样为那个外邦人准备夜宵儿的？

他往两个茶杯里各舀了满满二平调羹——统共四调羹埃普斯牌速溶可可，根据商标上所印用法说明，给它充分的时间去溶化，再把指定的添味料按照规定的分量和方法兑进去，让它散开来。

东道主对客人额外表示了什么特别殷勤的款待？

他没有使用其独生女米莉森特（米莉）送给他的有着王冠图案仿造德比的搪须杯，而这是他作为东道主理应享受的权利。他用的是跟客人一样的茶碗，还给客人放了大量平素留给玛莉恩（摩莉）早餐时吃的浓奶油，自己却只适度地放了一点。

客人可曾意识到招待得这样亲切，并表示了感谢？

他的东道主用打趣的口吻提醒他注意一下自己尽的这番心意，他一本正经地领了情。这当儿他们正半庄半谐、一声不响地喝着埃普斯公司大量生产的保健滋补的可可。

东道主是不是还有苗头想要在其他方面尽点心意，却抑制住了，留待日后由另一个人或者由自己来完成今天开始的行动？

他的客人身上那件上衣右侧有个一英寸半的裂口，得给缝上。只要弄清那四条女用手绢中的哪一条拿得出手，就把它送给客人。

谁喝得快一些？

布卢姆。他比客人早喝了十秒钟，从不断地传热的调羹柄下端的凹面啜可可的速度是：对方每啜一口，他啜三口；对方每啜两口，他

1　这里指布卢姆。“外邦人”（gentile）指犹太人眼中的异教徒（尤其是基督教徒）。

啜六口；对方每啜三口，他就啜九口。

他这种反复的行为引起了什么思考活动?

他根据观察误以为默默无言的伙伴正在打腹稿。他想道，使自己得到乐趣的与其说是娱乐性的文学，毋宁说是教诲性的文学。为了解答想象中或现实生活中的疑难问题，他本人就曾不止一次地向威廉·莎士比亚的作品请教过。

他从中得到解答了吗?

尽管借助于一部词汇辞典，他曾仔细反复阅读过某些经典篇章，然而总也未能在每一点上都获得妥切的解答，所以他从原著中只得到了不充分的信念。

一八七七年，满十一岁可能成为诗人的布卢姆，为参加《三叶苜蓿》周刊征文比赛（奖金分别为十先令、五先令、二先令半）而作的第一首诗的最后一节是怎么写的?

心怀奢望盼一睹，
小诗排印成铅字，
倘蒙不弃予采录，
但愿赐之以篇幅，
末端乞将敝名署，
我名叫利·布卢姆。

他曾否发现有四种要素在使自己和这位不速之客之间产生隔阂?

姓名，年龄，种族，信仰。

少年时代，他根据自己的姓名编过哪些字谜?

利奥波德·布卢姆 Leopold Bloom

艾尔波德勃姆尔 Ellpodbomool
莫尔德皮卢布 Molldopeloob
勃罗皮杜姆 Bollopedoom
下议院议员老奥列勃 Old Ollebo，M. P.

一八八八年二月十四日，他（动态诗人）用自己的教名首字写成怎样一首藏头诗，寄给了玛莉恩（摩莉）·特威迪？

诗人频用韵文写，
神妙赞歌圣音乐，
九九八十一重叠，
胜似诗酒情切切，
卿属我世界属我。

那首题名《要是布赖恩·勃鲁如今回来看到了老都柏林》的主题歌（并由R. G. 约翰逊配乐）本来是坐落于南国王街四十六、四十七、四十八、四十九号的欢乐剧场的承租人迈克尔·冈恩约他编写的。该歌原来预定插在照例于圣诞节期间公演的大型哑剧《水手辛伯达》第六场《钻石谷》（一八九三年第二版；作者：格林利夫·惠蒂尔[1]；舞台装置：乔治·A. 杰克逊和塞西尔·希克斯；服装：惠兰太太与惠兰小姐；导演：R. 谢尔顿；一八九二年十二月二十六日在迈克尔·冈恩夫人亲自监督下演出，芭蕾舞女演员为杰西·诺亚，丑角为托马斯·奥托）中，是由女主角内莉·布弗里斯特演唱的。是什么阻止他去完成它的呢？

首先，有关皇室与当地的两档子事，歌中究竟写哪一桩，令人难以做出抉择。要么是提前描写维多利亚女王（一八二〇年出生，

1　哑剧《水手辛伯达》的作者为格林利夫·威瑟斯，并不是这里所说的美国诗人约翰·格林利夫·惠蒂尔（1807—1892）。

一八三七年即位）的六十周年大庆；要么是将新修建的市营鱼市开张典礼的日期移后。第二，深恐皇族约克公爵和公爵夫人（实有其人）以及布赖恩·勃鲁国王陛下（虚构的人物）分别前来访问一事，会招致来自左右两方面的反对。第三，新竣工的伯格码头区的大歌剧厅和霍金斯街的皇家剧场，存在着职业的礼仪与职业的竞争之间的矛盾。第四，由于内莉·布弗里斯特的那种非理性、非政治、不时兴的容貌会引起观众的同情；内莉·布弗里斯特身穿非理性、非政治、不时兴的白色衬衣，当她（内莉·布弗里斯特）表演时一旦将衬衣袒露出来，会撩拨观众的情欲，令人担心会使观众神魂颠倒。第五，不论是挑选适当的乐曲还是从《笑话共赏集》（共一千页，每个笑话都令人捧腹）里选一些滑稽的隐喻都是困难的。第六，这首主题歌不论谐不谐音，都与新任市长大人丹尼尔·塔仑、新任行政司法长官托马斯·派尔以及新任副检察长邓巴·普伦凯特·巴顿的姓名有联系。

他们的年龄之间有什么关系？

十六年前的一八八八年，当布卢姆在眼下的斯蒂芬这个年龄时，斯蒂芬是六岁。十六年后的一九二〇年，当斯蒂芬到了布卢姆那个年龄时，布卢姆已经交五十四岁了。到一九三六年布卢姆年届七十、斯蒂芬交五十四岁时，他们两人的年龄比率就由原来的十六比零变成十七点五比十三点五。将来随着彼此年龄的任意增长，比率会越来越大，差距则越来越小。因为倘若一八八三年存在的那个比率有可能一成不变地延续下去，那么一九〇四年，当斯蒂芬二十二岁时，布卢姆就应该是三百七十四岁了；而到了一九二〇年，当斯蒂芬三十八岁（也就是布卢姆现在这个年龄）时，布卢姆就应该是六百四十六岁了；而一九五二年，当斯蒂芬活到大洪水之后的最高年龄七十岁时，布卢姆就已交一千一百九十岁，生年为七一四年；比大洪水之前的最长寿者，也就是活到九百六十九岁的玛土撒拉[1]还要多二百二十一岁。

1　玛土撒拉为挪亚的祖父。

倘若斯蒂芬继续活下去，在公元三〇七二年达到这个岁数，布卢姆就已经是八万三千三百岁了，而他的生年按说是纪元前八一三九六年。

什么事会使这些计算归于无效呢?

双方或其中一方停止生存；制定出一种新纪元或历法，或世界的灭亡所导致的不可避免而又难以预料的人类之灭绝。

他们以前遇见过几次，从而能够证明彼此是老相识?

两次。第一次是一八八七年，在圆镇基玛吉路，通称梅迪纳别墅的马特·狄龙家的丁香园里；同席的还有斯蒂芬的母亲。当时斯蒂芬才五岁，不喜欢伸出手去跟人打招呼。第二次是一八九二年一月，一个下雨的星期日，在布雷斯林饭店的咖啡室里。同室的有斯蒂芬的父亲和叔祖父，当时斯蒂芬又长了五岁。

由那个做儿子的提出来、做父亲的后来也表示赞同的那次赴家宴的邀请，布卢姆接受了吗?

他十分领情，非常感谢，由衷地领情感谢，并且深抱遗憾地加以谢绝。

他们围绕这些回忆而谈着的话中，可曾透露出双方之间还有第三个联系?

一八八八年九月一日至一八九一年十二月二十九日，一位手头有点积蓄的寡妇赖尔登太太（丹特）曾住在斯蒂芬的父母家里。一八九二、九三和九四年间，她曾住在普鲁西亚街五十四号的市徽饭店，是伊丽莎白·奥多德开的。一八九三年至一八九四年间，布卢姆也在同一家饭店住过一个时期，那阵子她经常为布卢姆做耳报神。当时布卢姆在史密斯菲尔德五号的约瑟夫·卡夫手下当雇员，在附近的北环路都柏林牲畜市场担任贩卖监督。

在体力方面，他可曾对她有过什么善举？

有时在温暖的夏日傍晚，布卢姆把这位多少拥有一些资产足以自立的病孀扶到康复期患者坐的轮椅上，慢慢地将她推到北环路拐角处加文·洛先生的牲畜交易场所对面。她在那儿逗留上半晌，隔着他那架单镜头双筒望远镜眺望那些难以辨认的市民们：他们搭乘电车、气胎打得鼓鼓的自行车、出租马车、双驾马车、自家用或租来的四轮马车、单马拉的双轮马车、轻便小马车和大型四轮游览马车，在市区与凤凰公园之间穿梭着。

他何以对这样的看护工作如此安之若素？

因为他在青壮年时，经常坐在屋里，隔着那嵌有浮凸饰的五彩圆玻璃窗子，观察外界大街上千变万化的景物：步行者、四足动物、脚踏车、车辆，或急匆匆或慢悠悠或不紧不慢地经过，沿着垂直的圆球面的边缘滴溜溜、滴溜溜、滴溜溜地旋转。

对于八年前去世的她，他们两人各自有着什么样截然不同的记忆？

年长的那位记得她那比齐克牌戏和筹码，她那只斯凯梗狗，她所冒充的富有，她对事物怎样缺乏反应，她所患的初期卡他性耳聋。年轻的那位则记得她那盏供在无染原罪圣母玛利亚雕像前的菜油灯，她用来象征查理·斯图尔特·巴涅尔和迈克尔·达维特的绿色刷子和绛紫色刷子，她的薄绉纸[1]。

通过对年轻的朋友所透露的这些回忆，他更巴不得能恢复青春了，然而他还有没有办法来实现呢？

室内健身操。尤金·桑道所著《体力与健身术》中规定了如何操练。以前，他时断时续地练过，后来干脆放弃了。这种健身操是特地

1　《一个青年艺术家的画像》第1章开头部分写到丹特用衣柜里的两把刷子来象征巴涅尔和达维特。另外，每当斯蒂芬替丹特跑腿，多了一张包装用的薄绉纸，她就奖给他一块糖。

为坐着工作的商人所编排的，必须照着镜子聚精会神地操练，活动一下身上各个部位的筋肉，依次一张一弛地做令人心旷神怡的运动，以便恢复能给人带来莫大愉悦的青春活力。

青少年时代他可曾显示过特殊的机敏?

尽管在举重比赛方面他的体力不够，对于空中旋转，勇气又不足，然而念高中时，多亏腹部肌肉异常发达，他有本领在双杠上两臂垂直，双腿向前抬起，与身子成直角，长时间稳定地保持平衡。

两人之中有哪个直率地提到种族不同的问题吗?

谁都没有提。

布卢姆对斯蒂芬关于布卢姆的看法到底怎么想法？而且，布卢姆对斯蒂芬究竟怎样看待布卢姆关于斯蒂芬的看法又有何想法？如果把这些想法用最简单的相互形式扼要地表达出来，究竟是怎样的?

他[布卢姆]认为，他[斯蒂芬]在想他[布卢姆]是个犹太人；同时他[布卢姆]知道，他[斯蒂芬]晓得他[布卢姆]明白他[斯蒂芬]并不是个犹太人[1]。

冲破了沉默的樊篱后，他们弄清彼此的父母是什么人了吗?

布卢姆是经过松博特海伊、维也纳、布达佩斯、米兰、伦敦而来到都柏林的鲁道尔夫·维拉格（后改名为鲁道尔夫·布卢姆）和艾琳·希金斯之间所生的唯一的男子继承人，而艾琳是朱利叶斯·希金斯（原姓卡罗利）和范妮·希金斯（旧姓赫加蒂）之次女。斯蒂芬是自科克来到都柏林的西蒙·迪达勒斯与玛丽之间所生的孩子当中尚健在的共同的男子继承人中最年长的，而玛丽则是理查与克里斯蒂娜·古尔丁（原姓格里尔）之女。

---

1 这里，[]内的七个名字均系译者所加。

布卢姆和斯蒂芬都领洗了吗？在哪儿？洗礼是由谁给施行的？是由神职人员还是在俗人员？

布卢姆（领过三次洗）：在库姆的耶稣教圣尼古拉斯·威思奥特教堂，由可敬的文学士吉尔默·约翰斯顿独自为他施洗；在索兹村的水泵下，由詹姆斯·奥康纳·菲利普·吉利根和詹姆斯·菲茨杰拉德共同为他施洗；在拉思加尔的三位主保圣人教堂由那位可敬的天主教神父查理·马洛尼独自为他施洗。斯蒂芬（领过一次洗）：在拉思加尔的三位主保圣人教堂由那位可敬的天主教神父查理·马洛尼独自为他施洗。

他们两人可曾发现彼此有相似的学历？

倘若斯蒂芬与布卢姆换个位置，斯图姆就会顺序从幼儿学校起念完高中。倘若布卢姆与斯蒂芬换个位置，布利芬[1]就会顺序读完中等教育的预备科、初级、中级、高级课程，通过王家大学的入学考试，依次读完文科一、二年级，继而修完文学士课程。

为什么布卢姆抑制住自己，不曾说他进过人生这所大学？

因为他拿不准自己是否已对斯蒂芬说过此话，或者斯蒂芬是否曾对他这么说过。

他们两人分别代表哪两种气质？

科学气质。艺术气质。

布卢姆所提出的哪些例证足以证明，他的个性与其说是倾向于理论科学，毋宁说是倾向于应用科学？

当吃饱后，为了助消化而仰卧着时，他曾思考过几项发明的可能性。这是由于认识到如今虽已司空见惯、当初却曾是巨大革新的那些

1 此处的“布利芬（Blephen）”与前文的“斯图姆（Stoom）”是分别把斯蒂芬（Stephen）与布卢姆（Bloom）二名拆开来重新组成的名字。

发明的重要性，从而受到刺激：比方说，航空降落伞、反射望远镜、螺丝锥、别针、瓶装矿泉水、运河那有着绞车与泄水道的闸门装置、抽水机。

他这些发明主要是用来推动幼儿园改良计划的吗？

是的。就是要把纸枪、橡胶浮囊、掷骰子游戏和弹弓排斥出去；其中包括展示白羊宫乃至双鱼宫这十二宫星座的天体万花筒、小型机械装置的太阳系仪、算术用菱形果子冻、相当于动物饼干的几何图形饼干、游戏用地球仪皮球、身穿历史服装的玩偶。

另外还有哪些因素在激发着他去开动脑筋？

伊弗雷姆·马克斯和查尔斯·奥·詹姆斯在金融上取得的成功。前者是在南乔治街四十二号举办一便士展销会；后者在亨利街三十号开了一爿六便士半店铺并举办世界小商品市场和蜡制品展览会，门票：成人两便士，儿童一便士。还有近代广告术方面迄未开拓的无限可能性。如果压缩成三字母单一观念的记号，那就是：竖着，能够最大限度地看到（察觉）；横着，能够最大限度地读到（辨认），还有着不知不觉地吸引人的注意力，产生兴趣，使之信服并采取行动的催眠般的功效。

好的例子呢？

吉·11。吉诺批发店　11/－　裤子。

钥匙议院。亚历山大·杰·凯斯。

不好的例子呢？

瞧瞧这支长蜡烛。你要是猜中了它什么时候能燃尽，就免费赠送一双本店特制真皮靴子，保证足有一烛光的光泽。地址：巴克利与库克，塔尔博特街十八号。

杆菌牌（杀虫剂）。

最佳牌（鞋油）。

你要牌（与螺丝锥、指甲锉和烟斗通条合并在一起的双刃折叠小刀）。

最糟糕的呢？

倘若你家里没有：李树牌的肉罐头，

那就是美中不足，

有它才算幸福窝。

都柏林商人码头二十三号乔治·普勒姆垂制造，每听装四英两。这则广告是市政委员、下院议员约瑟夫·帕·南尼蒂（哈德威克街十九号圆形建筑小区）给插到讣告和忌日通告栏下面的。商标是李树。注册的商标是李树肉罐头。谨防冒牌货：皮特莫特、特拉姆普利、莫特帕特、普拉姆特鲁。

他举出哪个例证来诱使斯蒂芬去推断，独创性尽管能产生各自的报酬，但未必总能导致成功呢？

他本人曾想出个主意：让牲口拉一辆有照明装置的陈列车，由两个衣着时髦的姑娘坐在里面正埋头写着什么。然而这个建议没被采纳。

在此建议的启迪下，当时斯蒂芬在脑中构成了怎样一幅情景？

山径里的一座孤零零的客栈。秋日。暮色苍茫。壁炉里燃着火。一个小伙子坐在昏暗的角落里。一个年轻的女人走了进来。心绪怔忡不安。孤单单的。她坐下。她踱到窗口。她站起来。她坐下。暮色苍茫。她思索。她坐在孤零零的客栈里在纸上写着。她沉吟。她写。她叹气。车轮和马蹄声。她赶忙走出去。他从昏暗角落里踱过来。他攥住那张孤零零的纸。他迎着火光举起信。暮色苍茫。他读信。孤单单的。

哦？

用斜体、直体和左斜体字写着：王后饭店，王后饭店，王后饭店。王后饭……

这一启迪使布卢姆重新想起了什么情景?

克莱尔郡恩尼斯的王后饭店。一八八六年六月二十七日傍晚，鲁道尔夫·布卢姆（鲁道尔夫·维拉格）因服用过量的乌头（附子），在此故去，时间不详。他服的是按附子搽剂二、氯仿搽剂一（系他于一八八六年六月二十七日上午十点二十分在恩尼斯教会街十七号弗朗西斯·登内希药房所购），按比例亲自配制的神经痛搽剂。尽管并非由于此举，然而在此举之前，一八八六年六月二十七日下午三点十五分，他曾从恩尼斯的通衢大道四号詹姆斯·卡伦普通服装店购买了一顶崭新而时髦的特级硬壳平顶草帽（尽管并非由于此举，然而在此举之前，他于前文中所述的时刻与地点，购买了前边提到的毒剂）。

他把这种同名异物归因于从别人那里获知，或属巧合，要么是出自直觉?

巧合。

他可曾绘声绘色地口头描述给客人听?

他宁愿注视对方的脸，倾听对方的话，这下子一个潜在的故事就生动地讲出来了，从而使他心头的忐忑不安也可得到缓解。

他可曾从叙述者向他讲的第二个情景（不论是《登比斯迦山眺望巴勒斯坦》还是《李子寓言》）中，仅仅发现了第二个“巧合”？

与第一个情景以及虽未讲出来却寓在其中的其他一些情景相联系，再加上学生时代关于种种问题和道德格言所写的散文（诸如《我热爱的英雄》[1]或《怠惰乃时间之窃贼》），他认为文章本身，又结合

1 据艾尔曼的《詹姆斯·乔伊斯》，乔伊斯十一岁上在贝尔维迪尔公学读三年级时，喜读查尔斯·兰姆改编的《奥德修斯的故事》。有一次在作文课上老师出了《我所热爱的英雄》一题。他选择了尤利西斯。

着人与人之间的差别，总是包含着在经济、社会、个人以及性方面获得成功之可能性。不论是作为模范的教育题材（百分之百地有益）特别选拔出来收入全集或选集，供预科及初级班的学生使用；要么就仿效菲利普·博福伊、迪克博士[1]或是赫布仑的《蓝色研究》[2]的先例，把稿子投给销路和稿酬都有保证的杂志，排印出来；要么就迎着四天后到来的夏至（日出为凌晨三点三十三分，日没为下午八点二十九分），即六月二十一日（星期二，圣阿洛伊苏斯·贡萨加），利用那以后徐徐来到、逐渐漫长起来的夜晚，使用口头语言诉诸富于同情心的听众，他们对高明的叙述技巧默加赞赏，对杰出的成就满怀信心地事先祝贺，并在理智方面给予激励。

什么样的家庭问题，即使不会超过其他问题，起码也不相上下地频频使他操心？

该怎么应付咱们的老婆。

他所设想的独特的解决方案是什么样的？

室内游戏（多米诺骨牌，希腊跳棋，挑圆片，抽杆游戏，杯球，纳普，抢五墩牌，比齐克，二十五墩，“抢光我的邻居”，跳棋，国际象棋或十五子棋戏）；为警察署资助的服装协会做刺绣、缝补或编织等活计；音乐二重奏：曼陀林和吉他，钢琴和长笛，吉他和钢琴；法律文件的抄写或代填信封上的地址；每隔一周去看一次杂耍演出；从事一些商业活动：一位老板娘在凉爽的牛奶房或暖和的香烟店里愉快地使唤着，愉快地被服从着；在由国家监督、并加以医药管理的男妓院里，暗自从淫欲刺激中得到的满足；与住在附近的一些被公认为品行端正的女友们进行社交活动，需要有不频繁的定期预防性间隔以及频繁的定期预防性监督；为了讲授合适的交往礼仪而专门举办一套夜间

1　迪克博士是一个都柏林作家的笔名，他于二十世纪初叶曾为哑剧写主题歌。

2　赫布仑是都柏林律师约瑟夫·K. 奥康纳（生于1878）的笔名。在《蓝色研究》（都柏林，1903）一书中，他从违警罪法庭的角度来探讨都柏林贫民窟生活内幕。

讲座。

他的妻子在智力发展方面的缺陷，有哪些事例促使他倾向于采取前边提到的（第九项）解决方案？

当她没事可干的时候，她不止一次地在一张纸上胡乱写满了符号和象形文字，并说那是希腊字、爱尔兰字和希伯来字。隔一阵子她就总是问上一遍：加拿大一座叫魁北克的城市那个大写的头一个字母是什么？她几乎不理解国内复杂的政治情势，国际上的势力均衡。在加算账单时，她往往要借助于手指头。写完一篇书简体短文后，她就把书写用具丢在蜡画颜料里，任其暴露在硫酸亚铁、绿矾和五倍子中去腐蚀。对那些没有听惯的多音节外来语，她总是根据语音或模拟类推，或将二者折中，牵强附会：例如把“轮回”说成是“遇见了他尖头胶皮管”，把“别名”一词说成是“《圣经》里提到的一个撒谎的人[1]”。

要靠什么来弥补那由于理智失去平衡而在这些方面以及对人物、地点与事物所缺乏的判断呢？

一切天平的一切垂直杠杆，均凭借其结构来证实表面上的平衡中的谬误。她对一个人的精确的判断，要靠实验来证明是正确的，从而取得平衡。

为了补救这种相对的无知状态，他做过哪些尝试？

种种尝试：将特定的一本书放在醒目的地方，把特定的一页翻开来；委婉地做些说明，并假定她头脑里对此有着潜在的知识；当着她的面公然挖苦不在场的某人如何由于无知而失态。

他这样直接教育的尝试，取得了什么效果？

1　这里是说，摩莉把源于拉丁文的外来语alias（别名）误为发音相近的Ananias（阿拿尼亚）。阿拿尼亚未按当时对信徒的规定将变卖个人田产的钱全部交公，却私自留下一部分，因而受彼得的诅咒而死。从此，阿拿尼亚便成为说谎者的代名词。

她没有全听懂，只听懂了其中一部分。兴致勃勃地留神，惊奇地理解，细心地复诵，吃力地记下来，很容易地就忘掉，没有把握地重新记起，重复时错误百出。

哪种方法证明更有效果？

涉及个人利害关系的间接指点暗示。

有什么例子？

下雨时她讨厌打伞，而他喜欢打着雨伞的女人；她讨厌下雨时戴新帽子，而他喜欢女人戴新帽子；下雨时他买了顶新帽子，她戴着新帽子，手持雨伞。

接受了客人那个寓言里所包含的类比之后，他举出哪些被囚虏过的大人物作为范例？

三位纯粹真理的探求者：埃及的摩西、著有《迷途指津》的摩西·迈蒙尼德[1]以及摩西·门德尔松。他们都那么显赫，从摩西（埃及的）到摩西（门德尔松），从来没有像摩西（迈蒙尼德）那样的人物。

斯蒂芬说声“对不起”，提出了第四个纯粹真理的探求者的名字：亚里士多德。布卢姆答以“请原谅，也许我错了”，接着说了些什么？

这位探求者是个犹太法学博士（姓名不详）的弟子。

另外还提到了哪些足以凭信、享有盛名的法律界的儿子们——被遴选而又受排斥的种族的子孙？

费利克斯·巴托尔迪·门德尔松（作曲家），巴鲁克·斯宾诺莎（哲学家），门多萨（拳击家），费迪南德·拉萨尔（社会改革家、决

1　摩西·迈蒙尼德，参看第40页注释2。

斗者）[1]。

客人对主人以及主人对客人，曾将古希伯来文和古爱尔兰文哪些诗句的片断，抑扬顿挫地并附以原词的译文，加以引用了？

斯蒂芬引用的是：suil, suil, suil arun, suil go siocair agus suil go cuin[2]（走，走，走你的路，平安地走，谨慎地走）。

布卢姆引用的是：kifeloch, harimon rakatejch m'baad l'za-matejch[3]（你的鬓角遮在头发里，如同一片石榴）。

为了把口腔发声的比较加以具体化，他们对两种语言的音符怎样做了象形的比较？

在用低俗文学体裁写的一本题名《偷情的快乐》的书（是布卢姆掏出来的，他摆得很巧妙，使封面和桌面接触）那底封前倒数第二张空白衬页上，斯蒂芬用一管铅笔（斯蒂芬提供的）以简略体与装饰体写下相当于g、e、d、m的爱尔兰语字母[4]。布卢姆则写下希伯来字母ghimel、aleph、daleth和qoph（这是用来代替所缺的mem的）。他还说明，这些字母作为序数及基数的算数值，各自代表三、一、四及一百。

两个人对这两种业已衰亡或复兴起来的语言所具有的知识，究竟是理论方面的还是实际方面的？

理论方面的，只局限于词形变化以及句法结构方面的一些语法规则，实际上并不包括语汇知识。

1　丹尼尔·门多萨（1764—1836），英国拳击运动员，为第一个获得拳击冠军（1792—1795）的犹太人。费迪南德·拉萨尔（1825—1864），德国工人运动中机会主义派别的首领，父母系犹太人，因恋爱纠纷，与人决斗而死。

2　原文为古爱尔兰文，一首爱尔兰歌谣中的头两行合唱句。

3　原文为古希伯来文。

4　斯蒂芬写下的四个相当于英语字母g、e、d、m的爱尔兰语字母，分别包含gh、e、dh、mh的语音。在爱尔兰语字母表上，g是第七个、e是第五个、d是第四个、m是第十一个字母。

这两种语言之间以及使用这两种语言的两个民族之间，存在过哪些接触点？

两种语言都有喉音、区分的气音、增音以及附属性的字母。两种都是古老的语言，大洪水后二四二年，费尼乌斯·法赛在西纳尔平原所创办的学院就开了这两种语言的课程。他是以色列民族的祖先挪亚的后裔；又是爱尔兰民族的祖先埃贝尔与赫里蒙的始祖。用这两种语言写成的考古学的、系谱学的、圣徒传记学的、注释学的、布道术的、地名研究的、历史的以及宗教方面的著作，其中包括犹太法学博士和神仆团团员的著述：托拉、《塔木德》（《密西拿》和革马拉）[1]、马所拉本、《五经》[2]、《牛皮书》、《巴利莫特书》[3]、《霍斯饰本》、《凯尔斯书》[4]，记述这两个民族的离散，受迫害，幸存，复兴。他们在犹太人区（圣玛利亚修道院）和弥撒馆（亚当与夏娃客栈）孤零零地举行犹太教或基督教仪式。根据惩戒法及犹太人服装令，两个民族均被禁止穿民族服装。复兴锡安的大卫王国以及爱尔兰的政治自治或主权转移的可能性。

布卢姆对这种错综复杂、种族上不可分割的终极状态抱着期待，唱了哪一节颂歌呢？

犹太魂坚定激荡，

1　托拉是犹太教名词，泛指上帝启示给以色列人乃至全人类的指示和教诲，包括全部犹太律法、习俗及礼仪。

2　马所拉本是犹太教《圣经》传统的希伯来文本，由塔木德学院的学者（来自巴比伦和巴勒斯坦两地）历经数百年（6至10世纪）方辑录编纂完毕，附有标音符号以保证读音正确。

3　《牛皮书》是爱尔兰文学中现存最古老的手稿，因写在牛皮上，故名。编者为克朗麦克诺伊斯隐修院的修士麦尔姆利·麦凯莱赫（卒于1106），利用真实资料和传说（主要是八、九世纪的）编成。《巴利莫特书》，参看第485页注释1。

4　《霍斯饰本》是在霍斯以北的岛屿（爱尔兰之眼）发现的饰本福音书拉丁文手稿，约于八至九世纪写成，其价值仅次于《凯尔斯书》。《凯尔斯书》是一部华美的爱尔兰—萨克森风格饰本福音书，约于七世纪后期在爱尔兰艾欧纳隐修院开始绘制，八世纪早期在凯尔斯隐修院完成。

由衷呐喊音铿锵[1]。

唱完第一个对句后，歌声何以中断？

那是由于在记忆方法上有缺陷的结果。

歌手是如何弥补这一缺陷的呢？

他对原文大致做了一番冗长的口译。

他们两人彼此的见解，在哪一研究范畴内融为一体？

从埃及碑铭的象形文字到希腊、罗马字母，足以追踪出逐渐变得单纯的迹象；还有楔形碑文（闪米特语[2]）和斜线号五肋骨形欧甘文字[3]（凯尔特语），具有近代速记术与电报符号之先驱的性质。

客人照主人的要求去做了吗？

他用爱尔兰文字和罗马文字补上了签名，从而加倍地从命了。

斯蒂芬在听觉上的反应如何？

从那深沉苍老、充满阳刚之气而又生疏的旋律中，他听到了过去的累积。

布卢姆在视觉上的反应如何？

从那机警年轻、充满阳刚之气而又熟悉的身姿，他看到了未来的命运。

---

1 “犹……锵”，这是希伯来语诗人纳夫塔利·赫茨（1856—1909）所作的诗《希望》（1878）的头两句。十九世纪九十年代由塞缪尔·科恩配乐，一九三三年以来成为犹太复国运动的正式颂歌，一九四八年至今成为以色列的非正式国歌。

2 闪米特语是通行于北非及近东的闪米特—含米特语系五个语族之一。希伯来语属于其西北语支。

3 欧甘文字是一种字母文字，是约于公元四世纪刻在石碑上的爱尔兰语。形式最简单的欧甘文字由四组笔画或刻痕组成。每组五个字母，共二十个字母。另外还有五个符号，系附加字母。

斯蒂芬和布卢姆的隐蔽的本体那大致同时的、出于本人意志的大致感觉是怎样的?

斯蒂芬是从视觉方面：有着传统的神人合一的基督那种身姿。就像大马士革的约翰、罗马的伦图卢斯和隐修士伊皮凡尼乌斯所描述的那样，患了白癜风般的皮肤，一英尺半高的个儿，葡萄紫的头发。

布卢姆是从听觉方面：令人销魂的浩劫那传统的声调。

过去，布卢姆有过哪些将来可能从事的职业？能举出哪些典范?

教会方面，罗马天主教会、英国圣公会或不从国教派。典范为：耶稣会会长、十分可敬的约翰·康米神父、可敬的三一学院院长T. 萨蒙神学博士、亚历山大·约·道维博士。英国或爱尔兰律师业典范为：英国王室法律顾问西摩·布希，英国王室法律顾问鲁弗斯·伊塞克斯。剧坛，现代剧或莎士比亚戏剧。典范为：高雅的喜剧演员查理·温德姆，演莎士比亚戏剧的奥斯蒙·蒂尔利（卒于1901年）。

主人可曾鼓励客人低声吟诵一段类似主题的奇妙传说?

再三地鼓励了。因为他们待在隐蔽的地方，谁都听不见他们说话的声音。并且煮好的饮料，除了水加糖加奶油加可可这种人工混合的准固体残存沉淀物之外，均已喝光。

朗诵一下他所唱的故事诗第一部（大调的）：

哈里·休斯和学伴，
到外面去把球玩，
小哈里扔头一球，
飞越犹太家围墙，
小哈里扔第二球，
窗玻璃砸个精光。

Little Harry Hughes and his school fellows all Went

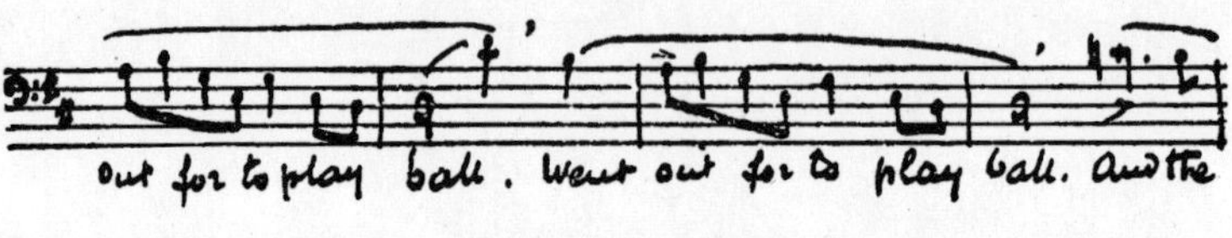

out for to play ball. Went out for to play ball. And the

very first ball little Harry Hughes played He drove it o'er the

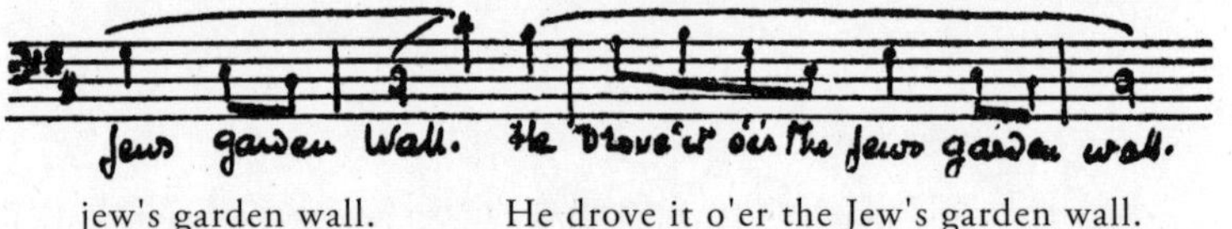

jew's garden wall. He drove it o'er the Jew's garden wall.

And the very second ball little Harry Hughes played He

broke the jew's windows all. He broke the Jew's windows all.

鲁道尔夫的儿子听了第一部，感觉怎样？

他的感觉是单纯的。他这个犹太人面泛微笑高兴地倾听着，并望着厨房里那没有砸碎的窗玻璃。

把故事诗第二部（小调的）朗诵一遍：

犹太闺女出来了，
浑身穿着绿衣裳，
小俊哥儿你回来，
再把球扔上一趟。

我不能也不愿去，
除非学伴都在场，
要是老师知道了，
我会遭殃在球上。

雪白的手牵着他，
把他引到大厅里，
最后步入一间房，
无人听见他叫嚷。

她从兜里掏出刀，
把他小脑袋割掉，
他再不能把球踢，
因已躺到尸堆里[1]。

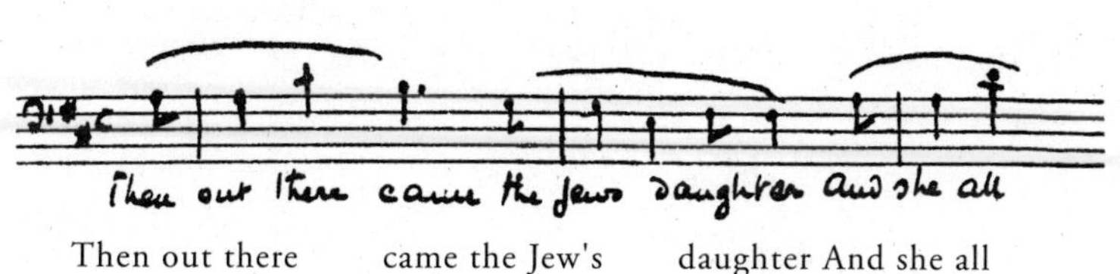

Then out there came the Jew's daughter And she all

1 “哈里·休斯和学伴”至“因已躺到尸堆里”，这五节诗歌均套用海伦·蔡尔德·萨金特和乔治·莱曼·基特里奇合编的《儿童歌谣》（剑桥，1904）中所收《休斯爵士，或犹太人的女儿》。这个歌谣源于一个名叫休斯的少年被犹太人杀害并供作牺牲的传说。

dressed in green. Come back come back you pretty little

boy And play your ball again And play your ball again.

米莉森特的父亲听了第二部，有怎样的反响？

他的感情是复杂的。他板着面孔，惊异地听见并看见一个犹太人的闺女，浑身穿着绿衣裳。

将斯蒂芬的评论概述一下。

大家当中的一个，大家当中最渺小的一个，命中注定成为牺牲者。第一次是出于疏忽，第二次是故意地，他向命运挑战。当他孤零零的时候，宿命来临，向并不情愿的他进行挑战。作为希望与青春的化身，抓住他使他无法抵抗。命运把他领到一座奇异的住所，一间隐秘的背教者之居室，把顺从的他毫不留情地当作祭品宰杀。

主人（命中注定的牺牲者）为什么闷闷不乐？

他希望关于一个行为的故事，并非他本人之所为，不应由他讲出来。

为什么主人（并不情愿，也并不抵抗）一动也不动？

这是按照保存精力的法则。

主人（隐秘的背教者）为什么一声不响？

他在衡量着赞成和反对杀人祭神的可能的证据：神职人员的煽动

以及民众的迷信；随着谣言的传播，致使真实性逐渐减少。对财富的嫉妒、复仇的影响、隔代遗传造成的不法行为的突发性再犯。有量情余地的狂信、催眠术的暗示和梦游病症状。

这些精神上或肉体上的毛病（倘若有的话）中，哪样是他无法完全能够免除的？

催眠术的暗示：有一次，他睡醒之后认不出自己的卧室了。不止一次，乍一睡醒，好半晌的工夫他既不能挪动身子也发不出声音。梦游者的恍惚状态：有一次在睡眠中，他起身低头弯腰去爬向没有热气的壁炉。爬到之后，他蜷缩着身子，在没有炉火取暖的情况下，穿着睡衣倒在那里睡了。

后一种或同类的症候，可曾出现在他的哪个家族身上？

曾经发生过两次，在霍利斯街和翁塔利奥高台街。当他的女儿米莉森特（米莉）六岁和八岁时，曾在睡眠中吓得喊叫起来。两个穿睡衣的身影问她怎么啦？她却茫然地答以沉默表情。

关于她的幼年，另外他还记得些什么？

一八八九年六月十五日。一个刚刚呱呱落地的脾气暴躁的女婴，哭哭啼啼，既导致又舒散充血性征候。这娃娃的外号叫“帕德尼·软鞋”，她咣当咣当地摇着攒钱罐，并数着父亲那三颗备用的便士硬币形纽扣：一呀，二呀，三。她把穿水手装的男小团木偶丢掉了。尽管爹妈的头发都是深色的，她却继承了先辈的金发血统。古老的往昔，曾被诱奸，海瑙上尉先生，奥地利陆军；近因则是个幻觉，英国海军中的马尔维中尉。

存在着哪些地域性的特色？

反之，鼻子和前额的构造却继承了尽管中断过然而逐渐隔着更大的乃至最大的间歇遗传下来的直系血统。

关于她的青春期，他记得一些什么？

她把自己的铁环和跳绳藏到隐蔽的地方。在公爵草坪上，当一个英国旅游者央求她准许为她摄影留念时，她拒绝了（未说明反对的理由）。有一次她和埃尔莎·波特一道在南环路步行时，被一个面目狰狞的家伙跟踪上了。于是走到斯塔默街半途，她就蓦地折了回去（也没说明为什么要改变方向）。在过十五岁生日的前夕，她从韦斯特米思郡穆林加尔市写来一封信，简单地提了一下当地的一个学生（未说明他是哪一系和哪年级的）。

成为第二次分手之预兆的第一次分手，使他感到苦恼了吗？

比他所想象的要少，比他所希望的要多。

这一瞬间，他目击到了什么样的第二次出走，尽管有差异，却又有类似之处？

他的猫暂时出走了。

何以会类似，又何以会有差异？

类似点是，二者都是由某种隐秘的目的所驱使：寻觅一名新男子（穆林加尔市的学生）或药草（拔地麻）。差异在于，回到住户或住处来的可能性有所不同。

在其他方面，二者之间的差异有类似之处吗？

在被动性、节俭、传统的本能和唐突方面。

例如？

比方说，她依偎着他，托起金发，让他为她扎上缎带（与弓起脖子的猫比较一下）。而且，她连招呼也没打一声就朝着“斯蒂芬草地”那浩渺的湖面上啐了一口，唾沫浮在一棵棵树的倒影之间，画下一圈圈同心圆的波纹，持久而凝然不动，以一条入睡般平卧着的鱼为记号

（与守候老鼠的猫相比）。而且，为了把一次著名战役的日期、双方作战部队的番号、战局以及战果都铭记心头，她拽自己的一条辫子来着（与舔耳朵的猫相比）。再者，傻米莉还梦见她和一匹马进行了一番无言的对谈，内容已记不得了。那匹马名叫约瑟夫，她捧给他（它）满满一大杯柠檬汽水，它（他）好像喝下去了（与在炉边做梦的猫相比）。因此，在被动性、节俭、因循的本能、唐突等方面，他们之间的差异是类似的。

他曾怎样利用人们为了图个吉祥而送给他们的祝贺新婚的礼物：（1）一只猫头鹰和（2）一座钟，供她玩赏，并使她蒙受教益？

他把它们作为实物教材，用以说明：（1）卵生动物的本性与习性，空中飞行的可能性，一种异常的视觉器官，世俗界用防腐药物保存尸体的方式。（2）体现于摆锤、齿轮与整时器上的钟摆的原理；不动的针盘上那可移动的正转的长短指针在各个位置作为人或社会规范所包含的意义；长针和短针每小时在同一倾斜度相遇的那一瞬间，**也就是说**，按照算术级数，每小时超过五又十一分之五分的那一瞬间，每小时重复一次的精确性[1]。

她是用什么方式回报他的呢？

她都记在心里了：当他过二十七岁生日的时候，她送给他一只早餐用的搪须杯，上面有着王冠图案，是仿照德比的瓷器。她照料着。四季结账日[2]或这先后，倘若他并非为了她而去购买什么东西，她就对他的需要表示关心，并能预料到他的希望。她钦佩他。当他为了她而对自然现象做了说明时，她立即表示一种期望：不经过逐渐掌握就获

1　原文为拉丁文。固定的针盘上的长短指针，每十二个小时彼此相合十一次。十二点整，长短针第十一次相合。六十分除十一等于五又十一分之五分（60÷11＝5*5/11）。

2　在英国和爱尔兰，四季结账日为报喜节（3月25日）、施洗约翰日（6月24日）、米迦勒节（9月29日）、圣诞节（12月25日）。人们习惯于在代表一年的四分之一的这一天发薪或结清债务。

得他那科学知识的一鳞半爪，二分之一，四分之一，千分之一。

梦游病患者米莉之父——昼游病患者布卢姆，向夜游病患者斯蒂芬提出了什么建议？

建议他在厨房楼上，紧挨着男主人与女主人的卧室那临时隔开的斗室里安歇，度过介于星期四（通称）、星期五（实名）之间的这几个小时。

这样的临时措施的期间如果拖长了，能够产生或估计能产生哪些好处呢？

对客人来说，能有个安定的住处和僻静的用功场所。对男主人来说，有助于才智的年轻化，替身能给他带来满足。对女主人来说，能摆脱胡思乱想，学到正确的意大利发音。

何以一位客人与女主人之间可能有的几度机缘，并不排除一个同学和一个犹太人的女儿最终有可能永久地和睦结合，而且也不会被这种结合所排除？

因为通往女儿的路要经过母亲，而通往母亲的路要经过女儿。

对男主人的哪一句有一搭没一搭的多音节的询问，客人做了单音节的否定的答复？

他认不认识已故埃米莉·辛尼柯太太？一九〇三年十月十四日，她因车祸死于悉尼广场车站。

主人把刚要开口提到的什么有关事由终于又咽了回去？

对于一九〇三年六月二十六日他未能出席玛丽·迪达勒斯（原姓古尔丁）的葬礼的事由做了一番解释。因为那天正好碰上鲁道尔夫·布卢姆（原姓维拉格）忌日的前夕。

提供暂时栖身之所的建议被接受了吗？

未加解释，十分感激，友好地当即谢绝了。

主客之间在金钱方面打了些什么交道?

前者还给后者一笔钱（一英镑七先令整），未付利息。那是后者借给前者的。

彼此之间相互提出了些什么建议，接受了，又加以修改，被拒绝了，换个说法复述一遍，重新被接受，被认可，再次确认?

根据预先安排，开始讲习意大利语课程。地点在受教者的住所。开始声乐讲习课程，地点在女教师的住所。开始一系列静止的、半静止的、逍遥的、理性的对话，在对谈者双方家中（倘若对谈者双方住在同一处）；位于下阿贝街六号的"船记"饭店兼酒馆（经营者为W和E.康纳里），基尔代尔街十一号的爱尔兰国立图书馆，霍利斯街二十九、三十与三十一号的国立妇产医院，一座公共花园，礼拜堂附近，两条或更多的街道交叉点，连接双方住宅的直线的中点（倘若交谈者各住一处）。

使布卢姆感到这些相互排斥的建议难以实现的理由是什么?

过去的事是已经不可挽回的了。有一回艾伯特·亨格勒马戏团在都柏林市拉特兰广场的圆形建筑里演出，一名富于机智的小丑身穿色彩斑驳的服装，为了寻找乃父，竟走出马戏场，钻进观众席中，来到孤零零地坐着的布卢姆跟前，在大庭广众之下，向兴奋不已的观众公开宣称：他（布卢姆）是他（小丑）的爸爸。未来是不可预测的。一八九八年夏天，有一次他（布卢姆）在一枚佛罗林银币（值二先令）周围的饰纹上刻下三条道道，付给大运河查利蒙特林荫路一号的J与T. 戴维父子食品店，以便试验一下该货币经过市民钱财交易的流通过程，直接或间接地回到自己手中的可能性。

那个小丑是布卢姆的儿子吗?

不是。

那枚银币又回到布卢姆手里来了吗？

再也没有回来。

接连遭到的挫折何以越发使他闷闷不乐？

因为在人类生活关键性的转折时刻，他渴望改善种种社会情况，而那是不平等、贪欲和国与国之间抗争的产物。

那么他是否相信，消除了这些条件后，人的生活就能无限地接近完美无缺呢？

截然不同于人为的法则，这里依然存在着按照自然的法则作为对维持整个人类的生存不可分割的部分加之于人的生物学之基本条件。为了获得有营养的食品，就不得不进行破坏性的杀戮。孤立的个人生存中终极机能那充满了苦恼的性质。生与死的痛苦。类人猿和（尤其是）人类女性那单调的月经，自初潮期一直延续到闭经期。海洋上、矿山和工厂里那些不可避免的事故；某些非常痛苦的疾病以及伴随而来的外科手术；生来的疯癫，先天性犯罪癖；导致人口大批死亡的传染病；在人类心灵深处种下恐怖种子的灾难性特大洪水；震中位于人口密集地区的大地震；历经剧烈变形，自幼年经过成熟期进入衰退期的生命成长的事实。

他为什么打消了推断猜想的念头？

因为摆在不同凡响的智者面前的课题就是排除不大适宜接受的现象，而代之以更适宜接受的现象。

对他这样气馁，斯蒂芬表示共鸣了吗？

他强调了自己作为有意识、有理性的动物，从已知的世界演绎地向未知的世界前进的意义，以及作为有意识、有理性的反应者，介于不可避免地建立在不安定的虚空之上的大宇宙与小宇宙之间的意义。

布卢姆理解他强调的是什么吗？

不是照字面上，而是从实质上理解的。

对理解不足这一点，他是用什么来安慰自己的？

作为一个没有钥匙却有能力的市民，他通过不安定的虚空，从未知的世界精力充沛地朝着已知的世界前进。

他们是以怎样的先后顺序离开为奴之家，来到无人居住的旷野的，并举行了什么样的仪式呢？

把点燃的蜡烛插在烛台上
　　持者为
　　布卢姆
把助祭帽挑在梣木手杖上
　　持者为
　　斯蒂芬

念诵的是《诗篇》哪一纪念性篇章？是用哪段默祷[1]做起句的？

第一百一十三篇，旅途：以色列人一离开埃及，雅各的子孙一离开异族的土地……

他们各自在出口做了些什么？

布卢姆把烛台放在地板上。斯蒂芬把帽子戴在头上。

对什么动物来说，出口就是入口？

1　原文为拉丁文。

猫。

当主人领先，客人随后，两个黑魆魆的身姿默默地穿过房后昏暗的甬道，步入半明半暗的庭园中时，他们面对的是什么样的景物？

天树上坠满了湿漉漉的夜蓝色的累累星果。

布卢姆一边对伙伴指点着形形色色的星座，一边向他表达了哪些冥想？

关于宇宙日益扩大进化的冥想：新月期的月亮，即使在近地点也看不见。从地表向地轴挖掘纵深五千英尺的圆筒状垂直轴，一个观察者待在轴底儿上，就连白昼也辨认得出那漫无止境、网络状、亮光闪闪、非凝结性的银河。天狼（大犬座阿尔法）距地球十光年（五十七万亿英里）；体积大于地球九百倍；大角；岁差运动；有着"猎户"腰带、六倍于太阳的"伐二"以及星云的猎户座，星云中能容纳我们的一百个太阳系；死去的和新生的星宿，例如一九〇一年的那颗"新星"；我们的太阳系正朝着武仙座冲去；所谓恒星的视差或视差移动，也就是说，实际上恒星是在不断地从无限遥远的太古朝无限遥远的未来移动着。相形之下，人的寿命充其量才七十年，不过是无限短暂的一段插曲而已。

另外还有关于反过来逐渐缩小退化的冥想吗？

在地球的层理留下记录的太古以来的地质时代。隐藏在大地的洞穴里和能移动的石头底下、蜂巢和土墩子中那无数微小的昆虫类的有机生物：微生物、病菌、细菌、杆菌、精子；凭着分子的亲和之凝聚力而粘在一根针尖上那几万几亿几兆个多不胜数、肉眼看不到的微小颗粒；人类的血浆是一个宇宙，群集着白血球和红血球，每个血球又各自形成一个空虚的宇宙空间，群集着其他球体；各个球体连续性地也是由可分割的构成体形成的宇宙，各个构成体又可以分割成为几个能够进一步分割的构成体。就这样，分子与分母实际上在并未分割的情况下就不断地减少了。如果这个过程延续到一定时候，就永远在任何地方也不会达到零。

他为什么不精心计算出更准确的结果？

因为几年前在一八八六年，当他埋头于探讨面积等于一个圆的正方形的问题时，他发现了一个数值的存在：倘若精确地计算到某种程度，就能达到比方说九九乘九乘这样庞大的量值和位数。所得数字要用细字密密匝匝地印刷成三十三卷，每卷一千页。为了统统印刷完毕，就需要购入无数刀、无数令印度纸，整数值的位数便是一、十、百、千、万、十万、百万、千万、亿、十亿，一切级数的一切数字作为星云的核心，以简明的形式所包含的累乘的可能性推到了极限地、能动地开展的一切乘方的一切幂级数。

他可曾发现分为几个种族的人类在其他行星及其卫星上居住的可能性，以及由一位救世主从社会上、伦理上拯救人类的可能性；那样一来问题会不会就更容易得到解决？

他认为那是另一范畴的难题。人体组织通常能够抗得住十九吨的气压，可是一旦在地球的大气层里上升到相当的高度，越是接近对流层与平流层的境界线，鼻孔出血、呼吸困难以及眩晕，随着算术级数的增加就越发严重起来。他晓得这一点，寻求解答时就设想出这样一个难以证明是不可能的行之有效的假定：倘若换个更富于适应性，解剖学上的构造也有所不同的种族，说不定就能在火星、水星、金星、木星、土星、海王星或天王星那充足而相同的条件下生存下来。然而那个远地点的人类种族，尽管在构造方面与地球上的人类有着一定限度的不同之处，整个来说彼此却有着相似的种种形态。他们恐怕也和地球上的人类一样，会不肯舍弃那一成不变、无法分割的属性，也就是对空虚、对空虚的空虚、一切都是空虚的执着。

至于拯救的可能性呢？

小前提已经被大前提所证明了。

接着他又依次对各个星座的哪些形形色色的特征进行了考虑呢？

显示出不同程度之生命力的缤纷色彩（白、浅黄、深红、朱红、银朱）；诸星之亮度；一直包括到七等星、以等级标志的诸星之大小；诸星的位置；御夫座；沃尔辛厄姆路；大卫的战车；土星光环；螺旋星云凝固后形成有卫星的恒星群；两重太阳相互依存的旋转运动；伽利略、西蒙·马里乌斯[1]、皮亚齐[2]、勒威耶、赫歇耳、加勒[3]等人各自独立地同时所做的发现；波得和开普勒所尝试的距离的立方与回转次数的平方的体系化[4]；多毛的众彗星那几殆无限的被压缩性，以及自近日点至远日点那广漠的远心的重返大气层的椭圆轨道；陨石的恒星之起源；年纪较轻的天体观测者诞生的那个时期火星上所出现的“暗波”现象；每年在圣劳伦斯节（殉教者，八月十日）前后降落的陨石雨；每月都发生的所谓“新月抱旧月”现象[5]；关于天体对人体的影响的假定；威廉·莎士比亚出生的时期，在斜倚却永不没落的仙后座那三角形上端，一颗不分昼夜散发着极亮光彩的星辰（一等星）出现了[6]（这是两个无光、死灭了的太阳因相撞并汞合为白热体而形成的灿烂的新太阳）；大约在利奥波德·布卢姆出生时，出现在七星花冠星座里

1　意大利天文学家伽利略（1564—1642）和巴伐利亚天文学家西蒙·马里乌斯（1573—1624）都宣称在一六一〇年前后发现了木星的四颗最大的卫星木卫一、木卫二、木卫三和木卫四。他们是分别独立地发现它们的。

2　吉乌塞佩·皮亚齐（1746—1826），意大利天文学家，曾发现第一颗小行星（1801），并把它取名谷神星，又编成一本载有七千六百四十六颗恒星位置的大星表（1814）。

3　厄本-琼-约瑟夫·勒威耶（1811—1877）是法国天文学家。他注意到天王星轨道的不规则性，并把这种现象解释为有一颗未知行星存在。德国天文学家约翰·戈特弗里德·加勒（1812—1910）受他的委托，在距他计算出的位置不足一度处发现了海王星。威廉·赫歇耳爵士（1738—1822）是英国天文学家，于一七八一年发现了天王星。他还记录了八百四十八颗双星并测出它们的角距离和相对亮度。

4　约翰·埃勒特·波得（1747—1826），德国天文学家。因发现太阳与行星平均距离的经验公式而闻名。约翰内斯·开普勒（1571—1630），德国天文学家。他在《宇宙和谐论》（1619）中指出，行星公转周期的平方等于轨道半长轴的立方，后世称之为开普勒第三定律。

5　由于月球、地球和太阳三者相对位置的改变，从地球上看来，月球便有盈亏的变化。月相更替的周期平均等于二十九天半，即一个朔望月。当月球恰好在地球和太阳之间的时候，月球以黑暗半球对着我们，这时的月相叫“新月”。西欧民间迷信，如果偶然看见了新月时期的黑暗半球，便是不祥的预兆。歌谣《圣帕特里克·斯宾斯》有云：“我瞧见了新月，/把旧月抱在怀里，/亲爱的主人啊，/我怕咱们会倒霉。”

6　指第谷新星，参看第310页注释6。

而后又消失了的一颗同一起源、亮度却稍逊的星宿（二等星）[1]；还有约于斯蒂芬·迪达勒斯出生时，出现在仙女座中之后又消失，小鲁道尔夫·布卢姆出生与夭折数年后出现于御夫座后又消失，以及另外一些人出生或去世前前后后出现在许许多多其他星座中而又消失了的、（假定是）同一起源的（实际存在或假定存在的）星斗。日食及月食自隐蔽至复现的各种伴随现象：诸如风势减弱，影子推移，有翼者沉默下来，夜行或暮行动物的出现，冥界的光持续不减，地上的江河溪流之幽暗，人类之苍白。

对情况进行了估量并考虑过产生错误的可能性之后，他（布卢姆）得出过什么样的合乎逻辑的结论呢？

那既不是天树、天洞，也不是天兽、天人。那是个乌托邦，那里不存在从已知到达未知的既知之路。那是无限的。假定各个天体有可能并存，那么也能把它看作是有限的。天体的数目是一个还是一个以上都无所谓，体积相同或不同也无所谓。那是一团能活动的幻觉形态，是在空间里已固定下来的东西，借着空气又重新活动起来。它是过去，未来的观察者们作为现在实际存在之前，它或许已不再作为现在而存在了。

关于这一光景的美的价值，他更加深信不疑了吗？

毫无疑问。因为有这样一些先例：诗人们往往在狂热的恋慕导致的谵妄状态下，要么就是在失恋的屈辱中，向热情而持好感的诸星座或围着地球转的冷漠的卫星呼吁。

那么他曾否把占星术对地上灾害的影响这一理论当作信条接受下来了呢？

1　七星花冠星座指北斗七星（即大熊座）。布卢姆出生的那一年（1866）五月，这个星座曾出现了一颗新星，命名为T. 勃利亚里斯花冠，亮度为二等，后来消失。

据他看来，对这一点提出论证和反证的可能性是一样大的。月面图中所使用的梦沼、雨海、湿海、丰富海等学术用语既可以归之于直观的产物，也可以归之于谬误的类推。

他认为月亮和妇女之间有什么特殊的近似之处？

她历史悠久：地球上连绵不断的世世代代存在之前她就存在，并将继续存在下去。她在夜间的优势。她作为卫星的依存性。她反射光的性能；起落盈亏，运行有常，恒久不变。她的容貌注定永不改变。她对不明确的讯问，都给以暧昧的答复。她能够支配潮汐涨落。她具有使人迷恋，心碎，赋予美，逼人发疯，煽动并助长人们为非作歹的种种本事。她的表情那么安详而秘不可测。她孑然一身，居高临下，毫不留情，光彩夺目，令人望而生畏，不敢挨近。她预示着暴风雨或天朗气清。她焕发出的光芒，她那一举一动与存在都给人以刺激。她的喷火口，她那枯竭的海，她的沉默，都在发出警告。看得见时，她是何等光辉灿烂，看不见时，她又是何等富于魅力。

哪一样看得见的明亮标志映入了布卢姆的眼帘，他又提醒斯蒂芬去注视了呢？

在他（布卢姆）家的二楼（后身），点起了一盏煤油灯，一个倾斜的人影投到卷式百叶帘上；那是在安吉尔街十六号开业的百叶窗、帘杆、卷式帘制造商弗兰克·奥哈拉供应的。

关于由看得见的明亮标志（一盏灯）所映照出来的那位看不见的富于魅力的人儿，也就是说，他的妻子玛莉恩（摩莉）·布卢姆之谜，他是怎样阐明的呢？

直接间接口头暗示或明确地表达。用那抑制着的挚爱和赞美之情。加以描绘。结结巴巴地。凭着暗示。

接着，两个人都沉默下去了吗？

沉默下去了。他们相互用自己肉身的镜子照着伙伴的脸。彼此在镜中照见的是对方的，而不是自己的脸。

他们一直毫无动静吗？

经斯蒂芬提议，并在布卢姆的鼓动下，先由斯蒂芬带头，布卢姆紧接着，双双在幽暗中各撒了一泡尿。他们肩并肩，彼此用手圈着自己的排尿器官，以便挡住对方的视线。随后由布卢姆带头，斯蒂芬紧接着，双双抬头仰望起那明亮的和半明亮的投影。

相似吗？

他们两人那起初有先有后，继而同时撒出去的尿的轨道并不相似。布卢姆的较长，滋得没那么冲，形状有点像那分叉的倒数第二个字母，却又有所不同。敢情，他念高中最后一年（一八八〇）的时候，曾有本事对抗全校二百一十名学生拧成的那股力量，尿撒得比谁都高。斯蒂芬的尿滋得更冲，哗哗响得更欢势。由于头天最后几个钟头他喝了利尿物，膀胱持续地受到压迫。

对方那个看不见却听得见的附属器官，使两个人各自联想到了什么不同的问题？

布卢姆：过敏性、勃起、变硬挺直、松弛、大小、卫生、阴毛等等问题。斯蒂芬：受割礼的耶稣作为圣职者是否毫无缺陷的问题（一月一日乃是圣日，应该望弥撒，不得从事不必要的世俗劳动）[1]。还有如何对待保存在卡尔卡塔的神圣罗马天主教使徒教会的肉体结婚戒指——神圣的包皮问题。应仅仅向它致以对圣母的最高崇敬呢，抑或该把它作为毛发、脚指甲那样从神体上割下来的赘生物，对它致以第

1　照一般犹太男婴的规矩，耶稣是生后八天行割礼的，刚好是一月一日。割礼意味着社会对个人的正式承认。斯蒂芬在这里是怀疑耶稣既然有神性，那就没有必要行割礼。据堂吉福德等合编的《〈尤利西斯〉注释》，保罗在《罗马书》中关于亚伯拉罕所说的话，可以解释这个疑问。“他[亚伯拉罕]后来受了割礼；这是一种表征，证明他在受割礼前已经因信[仰上帝]而成为义人了”。这段话可用来说明，耶稣受割礼也只是一种“表征”。

四级最高膜拜[1]？

他们两人同时观测到了什么样的天象？

一颗星星从天顶上天琴座“织女一”越过后发星座的星群，明显地以高速度朝着黄道十二宫的狮子宫直冲过去。

向心的滞留者是怎样为离心的出发者提供出口的？

他将生锈粗涩的男性型钥匙轴捅进反复无常的女性型锁孔里，把劲头使在钥匙环上，自右至左地转动钥匙的齿凹，将锁簧送回到锁环里，痉挛般地把那扇铰链都掉了的旧门朝里面拽过来，露出可以任意出进的门口。

临分手时，他们是怎样彼此道别的？

他们直直地站在同一道门槛的两侧，告别时两只胳膊的曲线在某一点上随便相碰，形成小于二直角之和这样一个角度。

伴随着他们那相接触的手的结合，他们（各自）那离心的和向心的手的分离，传来了什么响声？

圣乔治教堂那组钟鸣报起深夜的时辰，响彻着谐和的音调。

他们各自都听到了钟声，分别有什么样的回音？

斯蒂芬听见的是：

饰以百合的光明的司铎群来伴尔，
极乐圣童贞之群高唱赞歌来迎尔[2]。

1　耶稣的包皮现存于罗马郊外卡尔卡塔的圣科尔内留斯与西普里安教堂。斯蒂芬联想到的这个问题的意思是：究竟该把这包皮当作“人”的遗物还是“神”的圣物？

2　原文为拉丁文，参看第13页注释1。

布卢姆听见的是：

叮当！叮当！

叮当！叮当[1]！

那一天随着钟声的呼唤跟布卢姆结伴从南边的沙丘前往北边的葛拉斯涅文的一行人，而今都在何处？

马丁·坎宁翰（在床上），杰克·鲍尔（在床上），西蒙·迪达勒斯（在床上），内德·兰伯特（在床上），汤姆·克南（在床上），乔·海因斯（在床上），约翰·亨利·门顿（在床上），伯纳德·科里根（在床上），帕齐·迪格纳穆（在床上），帕狄·迪格纳穆（在墓中）。

只剩下布卢姆一个人之后，他听到了什么？

沿着上天所生的大地退去的脚步声发出来的双重回荡，以及犹太人所奏的竖琴在余音缭绕的小径上引起的双重反响。

只剩下布卢姆一个人了，他有什么感觉？

星际空间的寒冷，冰点以下几千度或华氏、摄氏或列氏的绝对零度，即将迎来黎明的最早兆头。

音调谐和的钟声、手的感触、脚步声和孤独寒冷使他联想起了什么？

在各种情况下，在不同的地方如今已经故去的伙伴们：珀西·阿普约翰（阵亡，在莫德尔河）、菲利普·吉利根（肺结核，殁于杰维斯街医院），马修·F. 凯恩（不慎淹死在都柏林港湾），菲利普·莫依塞尔（脓血症，死在海蒂斯勃利街），迈克尔·哈特（肺结核，殁于仁慈圣母医院），帕特里克·迪格纳穆（脑溢血，殁于沙丘）。

1　头天早晨离开家前，布卢姆曾听见乔治教堂的钟声。见第4章末尾。

是何种现象的何种前景促使他留在原地？

最后三颗星的消失，曙光四射，一轮新的盘状太阳喷薄欲出。

以前他可曾目击过这样的现象？

一八八七年，有一次在基玛吉的卢克·多伊尔家玩猜哑剧字谜，时间拖得很长。这之后，他坐在一堵墙上，注视着东方——米兹拉赤[1]，耐心地等待黎明景象的出现。

他想起最初的种种现象了吗？

空气越发充满了勃勃生机：远处，公鸡在报晓，各座教堂的敲钟声，鸟类的音乐，早起的行人那孤零零的脚步声，看不见的光体所射出的看得见的光，复活了的太阳那低低地崭露在地平线上的、依稀可辨的最初一抹金辉。

他在那儿滞留下去了吗？

在强烈灵感的触发下，他折了回去，再一次跨过园子，返回门道，重新关上门。一声短叹，他再度拿起烛台，又一次登上楼梯，重新朝那挨着一楼门厅的屋子踱过去，走回原来的地方。

是什么乍然拦住了他正往里走的脚步呢？

他的天灵盖右颞叶碰着了坚硬的木材犄角，在微乎其微却能有所察觉的几分之一秒后，产生了疼痛感。这是一刹那之前传达因而觉察到的结果。

描述一下在室内陈设方面所做的变更。

一把深紫红色长毛绒面沙发从门对面被搬到炉边那面卷得紧紧的

1　“米兹拉赤”是希伯来语“东方”的译音。位于耶路撒冷西边的犹太人祷告时照例要面向东方。

英国国旗近旁（这是他曾多次打算要做的变动）。那张嵌有蓝白棋盘格子花纹的马略尔卡瓷面桌子，被安放在深紫红色长毛绒面沙发腾出后的空处。胡桃木餐具柜（是它那凸出来的犄角一时挡住了他往里走着的脚步）从门旁的位置被挪到更便当却更危险、正对着门的位置去了。两把椅子从壁炉左右两侧被搬到嵌有蓝白棋盘格子花纹的马略尔卡瓷面桌子原先所占的位置去。

描述一下那两把椅子。

一把低矮，是填了稻草的安乐椅。结实的扶手伸向前，靠背朝后边倾斜着。方才把它往后推的时候，长方形地毯那不整齐的边儿给掀了起来。罩着宽大面子的座位，中间的颜色褪得厉害，越靠近边沿，越没怎么变色。与它相对的另一把细细溜溜、撇着两双八字脚的藤椅是由有光泽的曲线构成的。椅架从顶部到座位，又从座位到底部，整个儿都涂着暗褐色清漆，座位则用白色灯心草鲜明地盘成圆形。

这两把椅子有着什么意义？

表示着类似、姿势、象征、间接证据和永久不变的证言等等意义。

原先放餐具柜的地方，如今摆着什么？

一架立式钢琴（凯德拜牌），键盘露在外面。上顶盖关得严严实实，摆着一双淡黄色妇女用长手套，一只鲜绿色烟灰缸里是四根燃尽了的火柴，一根吸过一截的香烟，还有两截变了色的烟蒂。谱架上斜搭着一本《古老甜蜜的情歌》（G. 克利夫顿·宾厄姆作词，詹·莱·莫洛伊配曲，安托瓦内特·斯特林夫人演唱）G大调歌曲伴奏谱，在摊开来的最后一页上可以看到演奏的终指示：**随意地，响亮地**，持续音，**活泼地**，要延长的持续音，**渐慢**[1]，终止。

1　此处的“渐慢”与前文的“随意地，响亮地”“活泼地”原文均为意大利语。

布卢姆是抱着何等激情依次打量这些物件的？

他心情紧张地举着烛台，感到疼痛伸手摸了摸肿胀起来的右颞叶撞伤处。他全神贯注地凝视着那庞大笨重被动的和那细溜活泼主动的，又殷勤地弯下身去，把掀起来的地毯边儿舒展成原样。他兴致勃勃地记起玛拉基·穆利根博士的色彩计划，其中包括深浅有致的绿色。他又心怀喜悦之情重复着当时相互间的话语和动作，并通过内部种种感官，领悟着逐渐褪色所导致的温吞快感的舒散。

他的下一个行动是什么？

他从马略尔卡瓷面桌子上的一个敞着的盒子里取出个一英寸高、又小又黑的松果，将其圆底儿放在小小的锡盘上。然后把他的烛台摆在壁炉台右角上，从背心里掏出一张卷起来的简介（附有插图），题名“阿根达斯·内泰穆”。打开来，大致浏览了一下，又将它卷成细长的圆筒，在烛火上引燃了。于是，圆筒的火苗伸到松果尖端，直到后者发出红色火光；并将纸筒搁在烛台托子上，让剩下的那部分燃烧殆尽。

这一行动之后，又发生了什么？

从小小火山那烧掉了尖儿的圆锥形火口，一股令人联想到东方香烟的垂直的蛇状熏烟袅袅上升。

除了烛台，壁炉台上还摆了些什么类似的物件？

还有竖纹的康尼马拉大理石做的座钟。这是马修·狄龙送的结婚礼物，它停在一八九六年三月二十一日上午四点四十六分上。透明的钟形罩子里是冰状结晶矮树盆景，那是卢克和卡罗琳·多伊尔送的结婚礼物。一只制成标本的猫头鹰，是市政委员约翰·胡珀送的结婚礼物。

这三样东西和布卢姆是怎样相互望着的？

在镶金边的穿衣镜里，矮树那未装饰的背望着制成标本的猫头鹰那直直的脊背。在镜子前面，市政委员约翰·胡珀送的结婚礼物以清澈忧郁、聪慧明亮、一动不动、体恤同情的视线盯着布卢姆，布卢姆则以模糊安详、意味深长、一动不动、富于恻隐之心的视线，瞅着卢克和卡罗琳·多伊尔所赠结婚礼物。

映在镜中的什么混合的不对称的影像这时引起了他的注意？

一个（就自己而言）落落寡合，（对别人）反复无常的人的影像。

为什么落落寡合（就自己而言）？

他一个兄弟姐妹都没有，
但他爹仍是爷爷的儿子。

为什么反复无常（对别人）？

自襁褓时期到壮年，他与母系的骨肉至亲相像。自壮年到衰老期，他会越来越与父系的骨肉至亲相像。

镜子传达给他的最终视觉印象是什么？

由于光学反射，可以看到映在镜中的对面那两个书架上颠倒放着若干册书。它们不是按照字母顺序排列着的，而是胡乱放的。标题闪闪发光。

为这些书编个目录。

《汤姆的都柏林邮政局人名录》，一八八六年版。

丹尼斯·弗洛伦斯·麦卡锡：《诗集》（第五页夹着古铜色槲叶状书签）。

莎士比亚：《作品集》（深红色摩洛哥山羊皮，烫金封面）。

《实用计算便览》（褐色布面精装）。

《查理二世宫廷秘史》（红色布面精装，本色压印装帧）。

《儿童便览》（蓝色布面精装）[1]。

《我们的少年时代》，下议院议员威廉·奥布赖恩著（绿布面精装，有点褪了色，第217页夹了个信封以代替书签）。

《斯宾诺莎哲学钞》（酱紫色皮面精装）。

《天空的故事》，罗伯特·鲍尔爵士著（蓝色布面精装）。

埃利斯：《三游马达加斯加》（褐色布面精装，书名磨损，无法辨认）。

《斯塔克·芒罗书信集》，阿·柯南道尔著。这是卡佩尔街一〇六号的都柏林市立公共图书馆藏书，一九〇四年五月二十一日（圣灵降临节前夕）借出，还书期限为一九〇四年六月四日，故已过期十三天（黑色布面精装，贴有白色的编码标签）。

《中国纪行》，"旅人"著（用褐色纸包了书皮，书名是用红墨水写的）。

《〈塔木德〉的哲学》（小册子合订本）。

洛克哈特著《拿破仑传》（缺封面，加有脚注，贬低首领取得的胜利，夸大其败绩）。

《借方和贷方》[2]，古斯塔夫·弗赖塔格著（黑色纸面精装，哥特字体，第二十四页夹了个香烟赠券，以代替书签）。

霍齐尔著《俄土战争史》（褐色布面精装，两卷集，封底贴有直布罗陀市总督步道要塞图书馆的标签）。

《劳伦斯·布卢姆菲尔德在爱尔兰》，威廉·阿林厄姆著（第二版，绿色布面精装，烫金三叶图案。此书原先的所有者在扉页正面所署姓名已被涂掉）。

《天文学指南》（褐色封面已脱落，附有五幅另纸印的插图，正文用老五号黑体字，作者脚注用六点活字，旁注用八点活字，标题用

1　据海德一九八九年版（第582页第9行），《儿童便览》和《我们的少年时代》之间还有一行："《基拉尼的美人们》（有护封）。"莎士比亚书屋版（第661页）、奥德赛一九三三年版（第710页）和兰登书屋一九九〇年版（第708页），均无此行。

2　原文为德语。

十二点活字）。

《基督秘史》（黑色纸面精装）。

《沿着太阳的轨道前进》（淡黄色布面精装，缺内封，每一页上端都印有标题）。

《体力与健身术》（伦敦，1897），尤金·桑道著（红色布面精装）。

《简明几何学初步》，原著系由伊格内·帕迪斯用法语所写，伦敦神学博士约翰·哈利斯译为英语，由R. 纳普洛克印制，一七一一年出版于毕晓普斯·海德。内收有致译者之畏友查理·考克斯先生（萨瑟克自治市所推选出来的下院议员）的书信体献辞。衬页上用刚健有力的钢笔字写明：此系迈克尔·加拉赫之藏书，日期为一八二二年五月十日，倘若遗失或下落不明，凡发现该书者，恳请将它退还给举世无双之美丽土地威克洛郡恩尼斯科西达费里门的木工迈克尔·加拉赫为荷。

当他把上下颠倒的书重新调整过来的时候，心里有些什么感想？

需要秩序。一切东西都应各有个位置，并且应该各就各位。女性对文学的鉴赏力之不足。苹果塞在玻璃酒杯里，或雨伞斜搭在马桶里，均不协调。把任何秘密文件放在书籍后面、下面或夹在书页间，都是不安全的。

体积最大的是哪本书？

霍齐尔的《俄土战争史》。

在这部著作第二部的其他事项中，还包括些什么内容？

一次关键性战役的名字（他已忘记），一位念念不忘该战役的关键性军官，即布赖恩·库珀·特威迪鼓手长（他铭记心头）。

由于第一和第二个什么缘故，他并不曾查阅这部著作？

第一，为了锻炼记忆术。第二，因为犯了一阵健忘症之后，当他对着中央的桌子而坐，正要去查阅那部著作时，凭着记忆术他回想起了那次战斗的名称：普列文。

他端坐着时，何物给他带来了慰藉？

竖立在桌子中央的一座雕像那率真，裸体，姿势，安详，青春，优雅，性，劝告。这座纳希索斯像[1]是从巴切勒步道九号的P. A. 雷恩拍卖行买来的。

他端坐着时，何物令他心头焦躁？

硬领（十七英寸型）和背心（有五颗纽扣）紧得使他感到压力。这两样东西对成年男子的服装来说是多余的，而对人体的膨胀所引起的容积变更却又缺乏弹性。

心头的焦躁是怎样平息下来的？

他从脖间摘下硬领、黑领带和折叠式饰纽，放在桌子左角。然后又反过来自下而上地依次解开背心、长裤、衬衫和内衣纽扣。他那双手的轨迹从参差不齐、卷缩起皱的黑色体毛的中心线——也就是自骨盆底到下腹部肚脐眼周围那一簇簇体毛，又沿着节结的中心线进而延伸到第六胸脊椎的交叉点，从这里又向两侧丛生，构成直角形，在左右等距离的两个点，即环绕乳头顶端形成的三角形收敛图形的中心线——穿行。长裤的背带上钉着成双的六颗纽扣（其中缺了一颗），他依次解开那六颗（其中少了一颗）纽扣。

接着，他又不由自主地做了什么？

他用两个手指捏起两星期零三天前（一九〇四年五月二十三日）横膈膜下左侧腹那因挨蜜蜂蜇而留下的伤痕周围的肉。尽管并不觉得痒，他却用左手这儿那儿地胡乱挠了挠全部洗净、只裸露出一部分的皮肤的点和面。他把左手伸进背心的左下兜，掏出一枚银币（一先令），又放了回去。（大概是）参加悉尼广场的埃米莉·辛尼柯太太的葬礼（一九〇三年十月十七日）时放进去的。

1　纳希索斯雕像，参看第733页注释1。

制定一九〇四年六月十六日的收支表。

支出	磅	先令	便士	收入	磅	先令	便士
猪腰子（一副）	0	0	3	现金	0	4	9
《自由人报》（一份）	0	0	1	《自由人报》广告手续费	1	7	6
入浴及小费（一份）	0	1	6				
电车票	0	0	1				
为帕特里克·迪格纳穆出奠仪（一份）	0	5	0	借款（斯蒂芬·迪达勒斯）	1	7	0
斑伯里点心（两块）	0	0	1				
午饭	0	0	7				
续租书费（一本）	0	1	0				
一小包信纸信封（一份）	0	0	2				
正餐和小费（一份）	0	2	0				
邮汇和邮票（一份）	0	2	8				
电车票	0	0	1				
猪脚（一只）	0	0	4				
羊蹄（一只）	0	0	3				
弗莱糕点铺的普通巧克力（一片）	0	1	0				
苏打方面包（一个）	0	0	4				
咖啡和圆面包（一份）	0	0	4				
偿还借款（斯蒂芬·迪达勒斯）	1	7	0				
结算余额	0	17	5				
	2	19	3		2	19	3

脱衣的行为继续下去了吗？

他感到脚心一个劲儿地隐隐作痛，就把脚伸到一旁，端详着脚由于一趟趟地朝不同的方向走来走去，受到挤压而磨出的皱皮、硬块和疖子。随后他弯下身去，解起打成结子的靴带：先掰搭钩，松开靴带，再一次一只只地脱下靴子。右边那只短袜湿了一部分，大脚趾指甲又把前面捅破并伸了出去，这下子便跟靴子分开了。他抬起右脚，摘下紫色的松紧袜带后，扒下右面那只袜子，将赤着的右脚放在椅屉儿上，用手指去撕扯长得挺长的大拇脚指甲，并轻轻地把它拽掉，还举到鼻孔那儿，嗅嗅自己肉体的气味，然后就心满意足地丢掉从指甲上扯下来的这一碎片。

为什么感到心满意足？

因为他嗅到的这股气味，跟他当年作为布卢姆公子在埃利斯太太的幼儿学校做学生的时候所嗅到的另外一些趾甲碎片的气味相似。那是他每晚跪在那儿，一边做短短的晚祷并沉浸在野心勃勃的冥想中，一边耐心地撕扯并拽下来的。

同时连续地产生的所有那些野心，如今合并成为怎样一种终极的野心呢？

他并不想根据长子继承制、男子平分继承制或末子继承制，把那幢有着门房和马车道的男爵宅邸及其周围那一大片辽阔的英亩、路得和平方杆法定土地面积单位，（估价为四十二英镑）的泥炭质牧场地，或者那座被描述为“**都会中的田园**[1]”或“**健康庄**[2]”的有阳台的房子或一侧与邻屋相接的别墅，继承下来并永久占有。他只巴望根据私人合同购买一所继承人身份不受限制的不动产：要坐北朝南的一座草屋顶、有凉台的双层住宅，房顶上装起风向标以及与地面相接的避雷针，门廊上要爬满寄生植物（常春藤或五叶地锦），橄榄绿色的正门最

1　原文为拉丁文。罗马著名铭辞作家马提雅尔（约38/41—约104）因友人的馈赠而有了自己的一座小庄园。他说他是个穷人，无钱拥有“都会中的田园”，只好不时地躲到城外那座小庄园去图个清静。

2　原文为意大利文。黑岩是都柏林东南郊的行政区。这里有座房子当时挂了一块写着“健康庄”字样的牌子。

后一道工序漆得漂漂亮亮，赛得过马车。门上有着精巧的黄铜装饰。房屋正面是灰泥墁的，屋檐和山墙涂着金色网眼花纹。尽可能让房子耸立在坡度不大的高台上，从那圈着石柱栏杆的阳台上，隔着现在空着、将来也不得占用的牧场地，可以眺望四周的一片好景致。单是自己的庭园，就有五六英亩之谱。它与最近的公路的距离适度，夜晚从修剪得整整齐齐的鹅耳枥树篱上端和缝隙间，可以瞥见室内的灯光，从首都边界的任何地点丈量，与这所房子相距至少也有法定一英里。不出十五分钟就可以到电车或火车铁道沿线。（例如往南去登德鲁姆或往北去萨顿，就像是南北两极。经过验证，据说这两处气候都适合肺结核患者。）凭着继承人身份不受限制的不动产转让证拥有房屋和地基，租借期限为九百九十九年。宅邸里包括一间有着凸窗（两扇尖头窗）的客厅（装有寒暑表），一间起居室，四间卧室，两间仆役室。砌了瓷砖的厨房里还安装了多用途的铁灶和洗涤台，休息厅里备有放亚麻布床单衬衫用的壁橱，分成几层的氨熏橡木书柜，放着《大英百科全书》和《新世纪辞典》，横陈着一把把中世纪或东洋的古老刀剑；还有通知开饭的锣，雪花石膏做的灯，悬垂着的饰钵，附有电话号码簿的胶木自动电话听筒；手织的阿克斯明斯特地毯是奶油色质地，周围镶着棋盘图案。有着兽爪形柱脚的牌桌。壁炉装着大型黄铜格栅，炉台上摆着精密的镀金计时表，准确无误地发出人教堂那样的钟声，附有湿度计的晴雨表，蒙着鲜红色长毛绒面子、装着上等弹簧、中心部位富于弹性的舒适的长靠椅和放在角落里的备用椅，日本式三扇屏风，痰盂（俱乐部里摆的那种，用深紫红色皮革制成，只要用亚麻籽油和醋一擦，不费吹灰之力就能发出光泽，焕然一新）。室中央悬挂一盏金字塔式枝形吊灯，射出灿烂的光辉。一截弯木上栖着一只驯顺得能停在手指上的鹦鹉（它吐字文雅），墙上糊着每打价为十先令的压花壁纸，印着胭脂红色垂花横纹图案，顶端是带状装饰；一连三段栎木楼梯，接连两次拐成直角，都用清漆涂出清晰的木纹，梯级、登板、起柱、栏杆和扶手，一律用护板来加固并涂上含樟脑的蜡；浴室里有冷热水管，盆汤、淋浴，设备俱全。位于平台上的厕所里，长方形窗子上嵌着一块毛玻璃，带盖的坐式抽水马桶，壁灯，黄铜拉链和把手，两侧各放着凭肘几和脚凳，门内侧还挂有艺术气息浓厚的油画式石版画。另外还有一间普通的厕所；厨师、打杂的女仆和兼做些细活的女佣的下房里也分别装有保健卫生设备（仆役的工钱每两年递增两英镑，并根据一般忠诚勤劳保险，每年年底发奖金一英镑，对工龄满三十年者，按照六十五岁退职的规定，发退职金）；餐具室、配膳室、食品库、冷藏库、主楼外的厨房及贮藏室等、堆煤柴用的地窖子里还有个葡萄酒窖（不起泡、亮光闪闪的葡萄酒），这是为宴请贵宾吃正餐（身穿夜礼服）时预备的。对整座楼房都供应一氧化碳瓦斯。

在这片地基上还可能增添些什么具有吸引力的设备？

可以增添一个网球兼手球场，一片灌木丛，用植物学上最佳办法设置一座热带椰子科植物的玻璃凉亭，有喷泉装置的假山石，按照人道的原则设计的蜂窝。在矩形的草坪上布置一座座椭圆形花坛，将深红和淡黄两色的郁金香、蓝色的天蒜、报春花、西樱草、美洲石竹、香豌豆花和欧铃兰都栽培成别致的卵形（球根购自詹姆斯·W. 马凯伊爵士的股份有限公司，他是个种子与球根批发兼零售商、苗木培养工、化学肥料代理商，住在上萨克维尔街二十三号）。果树园、蔬菜园和葡萄园各一座。为了防备非法入侵者，围墙上插满碎玻璃片。一间挂了锁的杂物棚，放置形形色色登记入册的用具。

例如？

捕鳗笼、捕虾器、钓鱼竿、手斧、杆秤、磨石、碎土器、翻谷机、暖足袋、折叠式梯子、十齿耙、洗衣用木靴、干草撒散机、旋转耙、钩镰、颜料钵、刷子、灰耙，等等。

设备还能进一步做何改善？

一座养兔场和养鸡场，一座鸽棚，植物的温室，一对吊床（太太用的和先生用的），金链花树或丁香花树遮阴并掩蔽下的日晷，装在左边大门柱上的日本门铃奏着异国情调的悦耳丁零声，巨大的雨水桶，侧面有着排出孔和接草箱的刈草机，附有胶皮管的草坪洒水器。

希望使用什么样的交通工具？

进城的时候，就从最合适的中间站或终点站搭乘频频往返的火车或电车。下乡的时候，就骑老式脚踏车，挂有柳条编的车斗的无链飞轮跑车，要么就是牲口拉的车，柳条车身的二轮轻便驴车或是脚步矫健飞快的短腿壮马（骟过的灰斑栗毛马，身高十四掌尺[1]）所拉的时髦的四轮轻便马车。

这栋可望建造的或已建成的住房如何命名呢？

布卢姆庄。圣利奥波德[2]府。弗罗尔公馆。

住在埃克尔斯街七号的布卢姆能够预见到弗罗尔公馆里的布卢姆如何情景吗？

他身穿宽松纯毛衣服，头戴值八先令六便士的哈里斯花呢帽。在园子里脚上穿着实用长筒胶靴（里面衬了一层松紧布用以加固），手提喷水壶，培植着一排冷杉苗木。浇水，剪枝，用桩撑起，播种牧草种子。日暮时分，在新割牧草的一片清香弥漫中，在不过分劳累下，推着那堆满了杂草的低矮的独轮车，改良着土壤，不断丰富着知识，获得长寿。

同时还有可能从事哪几项智力方面的追求？

摄影方面的抓拍技术，比较宗教学，有关色欲及迷信方面五花八门的习俗的民俗学，观察天空中的星座，沉思默想。

从事哪些轻松的娱乐？

1　掌尺是马的高度的丈量单位，一掌尺为十厘米。

2　圣利奥波德（1073—1125）是奥地利人，神圣罗马帝国皇帝亨利五世（1106—1125在位）的内弟。亨利五世死后，他曾有机会继承皇位，却谢绝了，并毕生从事慈善事业。

户外：园艺和农活，在碎石铺成的平坦的人行道上骑车，攀登不太高的小山，在僻静的淡水里游泳，要么就划着安全的单人平底小船或带锚的柳条艇在没有堰坝和激流的水域里自由自在地泛舟消夏。边观赏荒凉的景物和与之相映照的农家那令人心旷神怡的泥炭火冒出来的袅袅炊烟，边在傍晚漫步，或骑马巡行（以上为越冬期）。室内：在一片温煦的安宁中，探讨种种迄今尚未解决的历史方面或犯罪学方面的问题；讲解外国未经删节的色情名著；做家庭木工，工具箱里装着铁锤、锥子、铁钉、螺钉、图钉、螺丝锥、镊子、刨子和改锥。

他能成为一位拥有农作物和牲畜的乡绅吗?

并非不可能。有上一两头挤不出奶的母牛，一垛高地牧草和必要的农具，例如直流式搅乳桶和芜菁搅碎机等等。

在郡内的名门和乡绅当中，他拥有什么样的公民职能和社会地位?

按照越往上权力越大的等级制度顺序，他曾经是园丁、庄稼人、耕作者、牲畜繁殖家；仕途的高峰是地方长官或治安推事。他拥有家徽和盾形纹章以及与之相称的拉丁文家训（**时刻准备着**），他的名字正式记载于宫廷人名录中（布卢姆，利奥波德·保，下院议员，枢密顾问官，圣帕特里克勋级爵士[1]，**名誉**法学博士。登德鲁姆村布卢姆庄），在报纸上的宫廷及社交界栏中也被提及（例如："利奥波德·布卢姆先生偕夫人自国王镇动身前往英国"云云）。

拥有这样的地位，他打算采取什么样的行动方针呢?

方针要介乎过分的宽大与过于苛刻之间。在这个有着不自然的等级制度、社会上的不平等不断地或增或减、变动不已、参差不齐的社会里，要实行公平、一视同仁、无可争辩的正义，也就是说，一方面尽可能广泛地采取宽大政策；另一方面又为王国政府锱铢必较地横

1　指获得爱尔兰的最高勋章圣帕特里克勋章的爵士。下文中的"名誉"，原文为拉丁文。

征暴敛，包括没收动产及不动产。在对本国的最高宪法所规定的国家最高权力的一片忠诚和与生俱来的正义感的驱使之下，他所追求的目标就是严格地维护社会秩序，扫除各种弊端，然而并非齐头并进（每一项改革或紧缩措施都是初步的解决，经过融化吸收，导致最后的解决）。对一切串通起来进行抗辩者，一切条例和规章的违反者，一切试图恢复已废止并失效的文维尔权[1]者（如非法越界并盗伐柴禾），国际间一切迫害的高声煽动者，国际间一切仇恨的鼓吹者，一切对家庭欢聚的卑鄙的破坏者，一切对夫妻关系死不悔改的亵渎者，要严格执行一切法律（习惯法、成文法、商法）条文。

证明一下他自幼就酷爱正直。

一八八〇年在高中就读时，他曾向少年珀西·阿普约翰吐露自己对爱尔兰（新教）教会的教义所持的怀疑。一八六五年，他父亲鲁道尔夫·维拉格（后改名鲁道尔夫·布卢姆）在"向犹太人传布基督教协会"的劝告下，放弃了对犹太教的信仰，脱离了该教派，改信新教。一八八八年为了能够结成婚，他又放弃了新教，皈依罗马天主教。一八八二年，他和丹尼尔·马格雷恩与弗朗西斯·韦德之间结下了青春时期的友谊（由于前者过早地移居外国而告终）。晚间散步时，他曾向那两人表示拥护开拓殖民地（例如加拿大）的政治理论，并赞成查尔斯·达尔文在《人类的由来》和《物种起源》中所阐述的进化论。一八八五年，他公开表示支持詹姆斯·芬坦·拉勒、约翰·费希尔·默里、约翰·米哈伊、詹·弗·泽·奥布赖恩以及其他人所倡导的集体的国民经济计划，迈克尔·达维特的农业方针，查理·斯图尔特·巴涅尔（科克市选出的下院议员）那符合宪法程序的煽动，威廉·尤尔特·格莱斯顿（北不列颠米德洛锡安所选出的下院议员）的和平、紧缩与改革的方案。为了拥护其政治信念，他爬上诺桑勃兰德

1　达特穆尔是苏格兰德文郡西部山区，撒克逊时代为王室林地。文维尔权是英国法律上对达特穆尔森林居民所规定的一种特殊的土地使用权。

公路旁的一棵树，待在杈丫间一个安全所在，观看了由两万名持火把者组成的游行队伍。游行者分作一百二十个同业公会，其中两千个持火把者护送着里彭侯爵[1]与约翰·莫利[2]（于一八八八年二月二日）进入首都。

他打算为这座庄园支付多少钱，用什么方式？

根据勤劳外籍人员同化归化友好国家补助建筑协会（一八七四年成立）的章程，每年按最高额分期付款六十英镑，条件是不得超过能够从金边证券获得的可靠年收入的六分之一。此款相当于一千二百英镑（分二十年付款的房屋估价）本钱的五分单利。房屋到手后，同时付总价的三分之一，余额——也就是八百英镑外加二分五厘利息——每年分四季按同额偿付，二十年内全部还清。年额连本带利，相当于六十四英镑的房租钱。不动产权利书上还附加着条款：如上述款项逾期不交，则强制售出、执行抵押权或相互赔偿等。房地契由一至二、三个债权者保存，如无滞交情况，该座宅院届期即成为租房者的绝对所有财产。

为了获得立即购买的财力，有什么迅速然而不安全的办法？

在阿斯科特举办的全国障碍赛马（平地或越野赛）一英里或数英里英浪的比赛中，下午三点零八分（格林尼治标准时间），一匹“黑马”以五十博一获胜。这一比赛结果由私设的无线电信机用一点一画相间的摩尔斯电码发报，下午两点五十九分（邓辛克标准时间）在都柏林收到电文，根据这一情报可从事赌博。意外地发现一样非常值钱的东西：宝石，贵重的带胶邮票或盖了戳的邮票（七先令，淡紫色，无齿孔，汉堡，一八六六；四便士，玫瑰色，蓝底上有齿孔，英国，

1　乔治·弗里德利克·塞缪尔·鲁宾逊·里彭侯爵（1827—1909），英国政治家。于一八七四年改信天主教。他支持格莱斯顿的爱尔兰政策（包括爱尔兰自治方案），因而在爱尔兰颇孚众望。

2　约翰·莫利（1838—1923），英国政治家、作家，积极致力于促进爱尔兰自治法案实现。

一八五五；一法郎，黄褐色，官方印制，刻有骑缝孔的，斜着盖有加价印记，卢森堡，一八七八）。古代王朝的戒指，稀世遗宝，在不同寻常的地方或以不同寻常的方式出现：从天而降（飞鹰丢下的），借着一场火（在焚毁成焦炭的大厦灰烬当中），大海里（在漂流物、失事船只的丢弃物、系上浮标投下水的货物以及无主物当中），在地面上（在食用禽的肫里）。接受一位西班牙囚犯所赠的遗产：那是一百年前从远方带来的财宝或硬币或金银块，以年五分的复利存入有偿付能力的银行后，总额连本带利已达英币五百万镑整。与一个粗心的订约者签订一份商业合同：作为三十二件商品的运送费，第一件只收四分之一便士，自第二件起，以二的几何级数递增（四分之一便士，二分之一便士，一便士，二便士，四便士，八便士，一先令四便士，二先令八便士，一直递增到第三十二件）。根据概率法则的研究而运用周密的赌博技术，足以使蒙特卡洛的赌场主破产。解决世上自古以来留下的难题：作与圆等积的正方形，并赢得政府颁发的一百万英镑奖金[1]。

通过工业渠道能发大财吗？

靠橘园和瓜地的栽培以及重新造林来开发多少狄纳穆[2]荒芜的沙质土地，参看柏林西十五区布莱布特留的移民垦殖公司的说明书。有效地利用废纸、水老鼠的毛皮、人粪中所包含的各种化学成分。值得注意的是第一样东西产量极大，第二样数量庞大，第三样无穷无尽，因为有着一般体力与食欲的正常人即使刨掉液体副产物，每个人每年排泄的总量也仍达八十磅（动物性及植物性食品相混杂），乘以四百三十八万六千零三十五即可（根据一九〇一年所做的普查表统计的爱尔兰人口总数）。

有没有规模更大的计划？

1　“与圆等积的正方形”，参看第699页注释2及有关正文。
2　“狄纳穆”，参看第86页注释3。

有个建造水力发电厂的计划：利用都柏林沙洲的涨潮、噗啦呋咔或鲍尔斯考特瀑布的水位差、主要河流的流域来开发白煤（水力发电），经济生产五十万水马力的电力。拟好后，将提交港湾委员会，以便获得批准。筑一道堤坝，把多利山的北公牛那半岛状三角洲圈起，用来修高尔夫球场和步枪打靶场，前面那片地上铺一条柏油散步路，两侧是赌博场、货摊、射击练习室、旅馆、公寓、阅览室和男女混合浴池。清晨计划使用狗车和山羊车送牛奶。为了发展都柏林市内和左近的爱尔兰旅游交通，计划建造一批内河汽轮，行驶于岛桥与林森德之间。大型游览汽车，窄轨地方铁道以及沿岸游览汽船（每人每日十先令，包括一位能操三国语言的导游）。为了恢复爱尔兰各条水路的旅客及货运，订立疏浚海底海藻计划。另计划铺一条电车道把牲畜市场（北环路和普鲁士街）和码头（下谢里夫街和东堤坝）连接起来。这条电车道和（作为大南部与大西部铁道线的延长）将从利菲联轨点的牲畜牧地铺设到北堤坝四十三至四十五号大西部中区铁路终点站与连接线是平行的。附近有大中央铁路、英国中部铁路、都柏林市班轮公司、兰开夏—约克郡铁道公司、都柏林—格拉斯哥班轮公司、格拉斯哥—都柏林—伦敦德里班轮公司（莱尔德航线）、英国—爱尔兰班轮公司、都柏林—莫克姆轮船、伦敦—西北铁道公司等的终点站或都柏林分店；都柏林港码头管理处卸货棚，帕尔格雷夫—墨菲公司的船主们和来自地中海、西班牙、葡萄牙、法国、比利时和荷兰的轮船公司那些代理人的临时堆栈，还有利物浦海上保险协会的临时堆栈。运输牲畜所需全部车辆[1]以及额外里程由都柏林市联合电车（股份有限）公司经营管理，费用由畜牧业者负担。

假定一个什么样的条件从句，这几种计划的缩约词，就会成为自然而必然的结论句？

1 “还有利物浦……栈”和“所需全部车辆”是根据莎士比亚书屋一九二二年版（第671页倒3至2行）和海德一九八九年版（第591页第14—15行）翻译的，奥德赛一九三三年版（第722页）缺此句。

靠那几位在成功的生涯中积累了六个位数的巨富的著名金融家（布卢姆·帕夏、罗斯柴尔德、古根海姆、希尔施、蒙特斐奥雷、摩根、洛克菲勒[1]）的赞助。捐款者在世的话，就凭着赠予契约或转让证书，无疾而终后则凭着遗嘱来馈赠。可以保证拿到与所需款项同额的钱，抓住机会，善用资本则事必有所成。

什么样的偶然事件能使他不必去指靠这样的财富呢？

独自发现一座取之不尽用之不竭的金矿脉。

他何以要去构思一项实现起来如此之困难的计划呢？

他所持的原则之一是：如果在就寝前经常反复思考类似的事，或自动地对自己谈谈关于自己的问题，抑或安详地回忆一下过去，这样就能减轻疲劳，睡得香，并使精力倍增。

论据何在？

作为一个物理学家，他得以知道一个人七十年的整个生涯，至少有七分之二，也就是二十年，是在睡眠中度过的。作为一个哲学家，他晓得不论何人，在大限临头的时候，自己的欲望只实现了极其微小的一部分。作为一个生理学家，他相信，主要在睡眠状态中活跃着的各种邪恶的念头是能够人为地平息下去的。

他害怕什么？

因位于大脑沟回中的不能按同一标准衡量的绝对理智——理性之光产生错乱，在睡眠中犯下杀人或自杀的行为。

他惯常最后冥想的是什么？

独一无二、无与伦比的广告，会使行人惊异地停下脚步。一张新

1　括号中的七人均为欧美富豪，其中四人为犹太人。

颖的招贴，排除了一切不必要的附加物，简约到最单纯最富于效果的词句，一目了然，适合于现代生活的速度。

开锁之后，头一个抽屉里装着什么？

维尔·福斯特的习字帖一册，系米莉（米莉森特）的所有物，其中几页上画着题为“爹爹”的图形。画面上是一颗球状大脑袋，竖着五根头发，侧脸上有一双眼睛。胴体则朝着正面，有三颗大纽扣，长着一只三角形的脚。两张褪色的照片：英国的亚历山德拉王后和莫德·布兰斯科姆，女演员和职业性美人。一张圣诞节贺片，上面是一棵寄生植物[1]的图，米斯巴的传说[2]，日期为一八九二年的圣诞节，寄贺片者为M. 科默福德先生暨夫人。短诗是：“**愿圣诞节带给你，快乐、平安与喜庆。**”一小截快融化了的红色火漆，是从戴姆街八十九、九十和九十一号希利先生股份有限公司的门市部买的。从同一商店的同一门市部买来的十二打J牌镀金粗钢笔尖，盒子里装着用剩下的部分。旧沙钟一架，随着边旋转边往下漏的沙子而转动。利奥波德·布卢姆写于一八八六年的一份火漆封印的预言（从未拆封），是关于威廉·尤尔特·格莱斯顿于一八八六年提出的自治法案（从未获得通过）通过后的前景的。在圣凯文举行的慈善义卖会入场券，第二〇〇四号，价格六便士，为中彩者备有一百个奖品。幼儿写的一封信，写明了日期，星期一（首字小写），内容如下：“爹爹”（首字大写），逗点，“你好吗”（首字大写），问号。“我”（大写）“很好”。句点。另起段。署名：“米莉”（首字是花体大写），未加句点。贝制饰针一枚，上有浮雕。本属于爱琳·布卢姆（原姓希金斯），已故。三封打字信，收信人为：亨利·弗罗尔，韦斯特兰横街邮政局转交；发信人

1　寄生植物指槲寄生，其小枝常用作圣诞节的装饰。

2　“米斯巴”是希伯来语“从这地方监视”的译音。雅各和他舅父拉班在路上分手时和解并立约。拉班指着雅各叫人堆起的石头说：“我们彼此分离以后，愿上主在你我中间监视。”因此这地方又叫米斯巴。“米斯巴的传说”一语，联系到下面有关“欢乐、平安”的诗句，表示圣诞节期间的祥瑞气氛。

为：玛莎·克利弗德，海豚仓巷邮政局收转。三信的发信人住址姓名被改写为字母交互逆缀式、附有句号、分作四行的密码（元音字母略之）如下：N. IGS. /WI. UU. OX/W. OKS. MH/Y. IM.[1] 英国周刊《现代社会》的一张剪报：《论女学校中的体罚》。一截粉红色缎带，这是一八九九年系在一颗复活节彩蛋上的。从伦敦市内西区查林十字路邮政局三十二号信箱邮购来的两只有些松软的橡胶保险套，附有备用袋。一沓有着奶油色直纹的信封，配以带淡格子线的水印信笺，原是一打，已少了三份。几枚成套的奥—匈硬币。两张匈牙利皇家特许彩票。一架低倍数的放大镜。两张色情照片卡。上面印有：（甲）裸体小姐（背面，上位）与裸体斗牛士[2]（正面，下位）之间的口唇性交图。（乙）男修士（衣裤齐全，两眼俯视）对修女（半裸体，正视）进行鸡奸图。从伦敦市内西区查林十字路邮政局三十二号信箱邮购来的。一张剪报：将旧黄皮靴整旧如新的诀窍。一张一便士的带胶邮票，淡紫色，维多利亚女王时代的。利奥波德·布卢姆的体格检查表一张。他曾连日使用桑道—惠特利式拉力健身器（成人用十五先令，运动员用二十先令）达两个月之久。这是使用之前、使用期间以及使用之后记录下来的。分别为：胸围二十八英寸和二十九英寸半，上臂围九英寸和十英寸，下臂围八英寸半和九英寸，大腿十英寸和十二英寸，腿肚子十一英寸和十二英寸。"神奇露"的功效说明书一张。是关于世界首屈一指的直肠病特效药"神奇露"的，该药由坐落在伦敦东部中央区南广场考文垂馆内的神奇露社直接办理邮购。收信人的姓名[3]是"利·布卢姆太太"，同封的短笺上，抬头写的是："亲爱的夫人"。

1　这里的"字母交互逆缀式"，原文作boustrophedon，原是古代的一种右行左行交互书写法，这里则指为了让人看不懂，故意把"A"至"Z"的顺序倒过来，把各个字母换成按"Z"至"A"的顺序排列的相应的字母。这个密码破译出来就是"M RTH/DR FF LC/D LPH NS/B RN"。原应作"MARTHA CLIFFORD DOLPHINS BARN"。为了双重保险，CLIFFORD这个姓是倒过来拼的。

2　此处的"斗牛士"与前文的"小姐"原文均为西班牙语。

3　"收信人的姓名"和下文中的"亲爱的夫人"后面，海德一九八九年版（第593页第16行、17行）有"错误地"字样，莎士比亚书屋一九二二年版（第674页，第8行、9行）和奥德赛一九三三版（第724页倒1行、倒2行）均无此词。

照原文引用一下功效说明书上所宣传的“神奇露”的效验。

放屁有困难的时候，本品能在您的睡眠中起到镇定、治疗作用。在自然机能的促进方面发挥绝大威力，使您借着放出沆瀣之气立即解除痛苦，确保局部的清洁与排泄机能畅通无阻。花费仅七先令六便士，您即可换了个人，并能饱享人生幸福。太太们尤宜使用“神奇露”，其爽快的效果，犹如在闷热的盛夏饮用清凉的泉水。请推荐给您的男女贵友，它将会成为终身的伴侣。把长而圆的那头插进去。“神奇露”。

有证明灵验的感谢信吗？

多得很。来自神职人员、英国海军军官、知名作家、实业家、医院的护士、贵夫人、五个孩子的母亲及心神恍惚的乞丐。

心神恍惚的乞丐那封归纳性的感谢信，结尾是怎么写的？

在南非战役中政府不曾发给我军官兵“神奇露”，是何等恨事！倘若发了，原可减轻莫大痛苦！

布卢姆在这批收集品中又添了些什么物品？

玛莎·克利弗德（查明玛·克是谁）寄给亨利·弗罗尔（亨·弗即指利·布）的第四封打字信。

伴随着这一动作，有何愉快的回忆？

他回忆着，姑且不去说所提到的这封信本身，他那充满魅力的容貌、风采和谈吐，在过去的一天内曾赢得一位有夫之妇（约瑟芬·布林太太，原名乔西·鲍威尔）、一位护士——卡伦小姐（教名不详）和一个少女——格楚德（格蒂，姓氏不明）的青睐。

什么样的可能性浮现到他的头脑里了？

最近的将来在一位体面的高等妓女（富于肉体美、对金钱较淡薄、有着种种教养、原是出身名门的淑女）的内室里共进一顿丰盛的饭菜，然后发挥男性魅力的可能性。

第二个抽屉里装着什么？

文件：利奥波德·保拉·布卢姆的出生证。苏格兰遗孀基金人寿保险公司的养老保险单一纸，受保险人米莉森特（米莉）·布卢姆年满二十五岁时生效；根据受益证书，年届六十或死亡，付四百三十英镑；年届六十五或死亡，付四百六十二英镑十先令；更年长时死亡，则付五百英镑。也可根据选择，接受二百九十九英镑十先令的受益证书（款额付讫）以及一百三十三英镑十先令的现金。厄尔斯特银行学院草地分行的储蓄存折一本，记载着一九〇三年十二月三十一日截止的下半期结算存款余额，即账户的现金余额为十八英镑十四先令六便士，个人动产全额。持有加拿大政府所发行年利率四分（记名）的九百英镑国库债券（豁免印花税）的证书。天主教墓地（葛拉斯涅文）委员会的购买茔地的收据。刊登在地方报纸上的启事的剪报，系有关变更姓氏的单方盖章生效的证书。

引用一下这份启事。

我，鲁道尔夫·维拉格，现住都柏林克兰布拉西尔街五十二号，原籍匈牙利王国松博特海伊市。兹刊登改姓启事，今后在任何场合、任何时候，均使用鲁道尔夫·布卢姆这一姓名。

第二个抽屉里还有些什么与鲁道尔夫·布卢姆（原姓维拉格）有关的东西？

鲁道尔夫·维拉格与他父亲利奥波德·维拉格的一帧模糊的合影，是一八五二年于匈牙利塞斯白堡在斯蒂芬·维拉格（分别为他们的第一代嫡堂兄弟和第二代隔房堂兄弟[1]）的银板照相室里拍摄的。一

1　这里把人物的辈分搞乱了。如果斯蒂芬·维拉格与鲁道尔夫·维拉格同辈（first cousin，第一代嫡堂兄弟），鲁道尔夫之子利奥波德·布卢姆和斯蒂芬·维拉格之子才是第二代隔房堂兄弟（second cousin）。而利奥波德·维拉格是鲁道尔夫之父，所以是斯蒂芬·维拉格的堂叔。

部古老的《哈加达》，逾越节的礼拜祭文中感谢经那一页夹着一副玳瑁架老花眼镜。一张照片明信片，画面上是鲁道尔夫·布卢姆所开的恩尼斯镇皇后饭店。一个信封，收信人是：我亲爱的儿子利奥波德启。

拜读了这五个完整的单词，唤起他对哪些片言只语的回忆？

自从我收到……明天就是一个星期了……利奥波德，那是徒劳无益的……跟你亲爱的母亲……再也忍受不下去了……到她那里去……对我来说，一切都完啦……利奥波德，要爱护阿索斯……我亲爱的儿子……永远……关于我……心…… 天主…… 你的[1]……

关于身患进行性忧郁症的一个人的主体，这些客体在布卢姆心里唤起了什么样的回忆？

一个老鳏夫，头发蓬乱，戴着睡帽，躺在床上唉声叹气；一只病狗，阿索斯；作为发作性神经痛的镇痛剂，逐渐加量服用的附子；一位七十岁上服毒自杀者的遗容。

布卢姆何以经受了一番悔恨之情？

因为他出于幼稚的焦躁，曾轻蔑地对待某些教义和教规。

例如？

跟原来笃信同一宗教、又属于同一国度的那些极端抽象而又无比具体、重商主义的人们举行周会后，禁止在会餐的席间同时食用兽肉和奶；为男婴行割礼；犹太经典的超自然特性；应当避讳的四个神圣的字母[2]；安息日的神圣。

如今他怎样看待这些教义和教规呢？

---

1 “心”“天主”和“你的”，原文均为德语。

2 犹太教所崇拜之神叫雅赫维（YAHWEH），去掉两个元音（A，E），便剩下四个希伯来辅音字母YHWH。这是神亲自启示给摩西的。神的名字日益神圣化，教徒不敢直呼，会堂礼文乃代之以“我主”。

虽并不比当年他觉得的更为合理，却也不比他心目中的其他教义和教规更为不合理。

他对鲁道尔夫·布卢姆（已故）的最早的回忆是什么？

鲁道尔夫·布卢姆（已故）在对其子利奥波德·布卢姆（时年六岁）回顾着自己过去怎样为了依次在都柏林、伦敦、佛罗伦萨、米兰、维也纳、布达佩斯、松博特海伊之间搬迁并定居所做的种种安排；还做了些踌躇满志的陈述（他的祖父拜见过奥地利女皇、匈牙利女王玛丽亚·特蕾莎）并插进一些生意经（只要懂得爱惜便士，英镑自会源源而来）。利奥波德·布卢姆（时年六岁）一边听着这些故事，一边不断地参看欧洲（政治）地图，并建议在上述各个中心城市设立营业所。

岁月是否同样的、却又以不同的方式抹去了讲者与听者对这些迁移的记忆？讲者是因岁数增长以及服用麻醉剂的结果。听者则因岁数增长以及设想着身临其境的感受用以自娱的结果。

随着讲者的健忘症，产生了什么样的特殊反应？

他有时不摘帽子就吃起饭来。他有时翘起盘子贪婪地吮着醋栗果酱的汁液。他有时随手用撕开的信封或身边其他纸片来揩拭沾在嘴唇上的食物痕迹。

更频频出现的两种衰老的迹象是什么？

凭着一双近视眼用手指数硬币。因吃得过饱而打嗝。

什么东西对这些回忆多少给予了慰藉？

养老保险单，银行存折，股票的临时单据。

把布卢姆凭借这些证券所避免受到的厄运相乘，并除去一切正数值，将他换算成可忽略的量、负量、无理性的量和虚量。

依次下降到奴隶阶级的最底层。贫困方面：做沿街叫卖的人造宝石小贩，讨倒账、荒账的，济贫税、地方税代理收税员。行乞方面：欺诈成性的破产者，对每一英镑的欠款只有一先令四便士的微乎其微的偿还能力者，广告人，撒传单的，夜间的流浪汉，巴结求宠的谄媚者，缺胳膊短腿的水手，双目失明的青年，为法警跑腿的老朽，宴会乞丐，舔盘子的，专扫人兴的，马屁精，撑着一把捡来的、净是窟窿的伞，坐在公园的长凳上，成为公众笑料的怪人。潦倒方面：位于基尔曼哈姆的养老院（皇家医院）的住院患者。住在辛普森医院的病人：因患痛风症及失明永远丧失生活能力的落魄而有身份者。悲惨的最下层：老迈、无能、丧失了公民权、靠救济金维持生活[1]、奄奄一息、精神错乱的贫民。

伴随而来的是怎样的屈辱？

原先和蔼可亲的女人们，如今既不同情又冷淡；壮健的男人抱以轻蔑态度；接受面包碎屑，偶然结识的熟人们佯装素昧平生；来历不明、没有挂牌子的野狗狂叫着；顽童们把价值很小或毫无价值，毫无价值或根本谈不到价值的烂白菜当作飞弹来进攻。

怎样才能杜绝这样的境遇？

借着死亡（状况的变化）；借着别离（地点的变化）。

哪一种更可取？

后者，因为最省力气。

何种考虑使离别未必不合乎心意？

经常的同居生活正妨碍着对个人缺点的相互宽容。日益助长的自作主

1　“丧失……生活”，在一九〇四年，都柏林那些靠《济贫法》接受救济者一概没有选举权。只有纳税者才有选举权。

张地购买东西的习惯。借短期的旅居来消解一下永久之束缚的必要性。

出于哪些考虑，离别不会令人觉得不合情理？

这对男女结合后，增加并繁殖，从而生养了后代，并已长大成人。双方如果不分离，势必为了增加并繁殖而重新结合，这是荒谬的，借着重新结合来形成原先结合的那一对配偶，那是不可能的。

出于何种考虑使离别合乎心意？

爱尔兰和外国一些地区那引人入胜的特色，如见之于通常那种彩色地图或使用缩尺数字和蓑状线的特殊的陆军军用地图测绘图表。

在爱尔兰呢？

莫霍尔的断崖，康尼马拉那多风的荒野，淹没了一座化石城市的拉夫·尼格湖，巨人堤道，卡姆登要塞和卡莱尔要塞，蒂珀雷里的黄金峡谷，阿伦群岛，王家米斯郡，布里奇特那棵基尔代尔的榆树，贝尔法斯特的皇后岛造船厂，鲑鱼飞跃和基拉尼的湖区。

海外呢？

锡兰（有着香料园，向伦敦市内东区明欣巷二号的帕尔布卢克—鲁宾逊公司的代理店、都柏林市戴姆街五号的托马斯·克南供应红茶），圣城耶路撒冷（有着我默清真寺和大马士革门——众心所向往的目的地），直布罗陀海峡（玛莉恩·特威迪的无与伦比的出生地），帕台农神庙（供奉着希腊神明的裸体塑像），华尔街金融市场（支配着世界金融），西班牙拉利内阿的托罗斯广场（卡梅隆的约翰·奥哈拉在这里打死过一头公牛），尼亚加拉瀑布（没有人曾安然无恙地跨过它），爱斯基摩人（食肥皂者）的土地，被禁之地西藏（从来没有一个旅人回来过），那不勒斯海湾（去看它就等于去送命），死海。

在什么的引导下，跟随着什么标志？

海上，朝着北方，夜间以北极星为标志。将大熊星座的贝塔—阿尔法这一直线延长至星座外的奥墨伽，北极星便位于阿尔法—奥墨伽这道外部区分线与大熊星座内的阿尔法—德尔塔这一直线所形成的直角三角形斜边的交点上[1]。陆地上，朝着南方，以双球体的月亮为标志：一个正徜徉着的丰腴、邋遢女人那没有完全遮住的裙子后面，从裂缝里露出太阴月那不完整、起着变化的月相。白天，用云柱指示方向。

用什么样的广告把离去者失踪一事公之于世？

寻人启事，奖赏五英镑。姓名利奥波德（波尔迪）·布卢姆、年约四十的绅士，从埃克尔斯街七号的自己家中失踪、被拐骗或走失。身高五英尺九英寸半，体态丰满，橄榄色皮肤，后来有可能蓄起胡子。最后一次被人看到时，身穿黑服。凡提供有助于发现他的线索者，酬金照付不误。

作为存在者和不存在者，他会有个什么样的普遍使用的双名？

人人通用或无人知晓。普通人或是无人[2]。

给他献了哪些贡品？

普通人的朋友们，素昧平生的人们所给予的荣誉和礼物。永生的宁芙，一个美女，无人的新娘子。

在任何地方，任何情况下，这位离去者也永远不会重新出现了吗？

1　连接北斗七星中的“贝塔”（中名天璇）和“阿尔法”（中名天枢）两星的线，延长约五倍处，可寻到北极星。原文中并未说明“奥墨伽”何所指。北斗七星中也并没有叫作“奥墨伽”的。鉴于“奥墨伽”是希腊字母表中最后一个字母，译文中把它解释为“贝塔—阿尔法”延长线的“终点”，即北极星所在地。

2　“普通人”是中世纪寓言剧《普通人》（约1485）的主人公。他在众多虚伪的朋友陪同下走向坟墓。半路上，“知识”“强壮”等一个个全离开了他，最后只剩下“善行”。“无人”是奥德修斯用来欺骗波吕菲谟的假名字。前来营救这个独目巨人的伙伴们，听他说“无人”用阴谋杀害他，便都舍他而去（见《奥德修纪》卷9）。

他会迫使自己朝着他的彗星轨道之极限永远流浪，越过诸恒星、一颗颗变光的星和只有用望远镜才能看到的诸行星以及那些天文学上的漂泊者和迷路者从众多民族当中穿过，经历各种事件，从一个国家走到另一个国家，奔向空间尽头的边界。不知在什么地方，他依稀听见了召唤他回去的声音。于是，就有点儿不大情愿地、在恒星的强制下服从了。这样，他从北冕星座那儿消失了踪影，不知怎么一来，他再生了，并重新出现在仙后星座的“德尔塔”上空。在无限世纪的漫游之后，成为一个从异邦返回的复仇者，秉公惩戒歹徒者，怀着阴暗心情的十字军战士，苏醒了的沉睡者，其拥有的财富超过罗斯柴尔德或白银国王[1]（假定如此）。

是什么使这样的返回成为不合情理？

在可逆转的空间内，时间方面的出发与返回以及在不可逆转的时间内，空间方面的出发与返回，二者之间有着不能令人满意的误差。

由于什么力量起作用而产生了惰性，使离别并不合乎心意？

时间迟晏，使人犹豫拖延；夜间太黑，遮住视线；大街上不安定，充满危险；休息的需要，阻碍了行动；睡着人的床就近在咫尺，用不着去寻觅；对那被（衬衣被单）的冰凉缓解了的（人的）温暖的期待，排除了某种欲望，又挑起另一种欲望；纳希索斯的雕像，没有回音的音响[2]，渴求的欲望。

跟没人睡着的床比起来，有人睡着的床显然有哪些优点？

消除了夜晚的孤寂，人（成熟的女性）的温暖胜过非人（汤壶）

1 《白银国王》是英国戏剧家亨利·阿瑟·琼斯（1851—1929）所写维多利亚时期的“社会剧”。一八八二年在伦敦首演，使他一举成名。主人公丹佛被一个地主陷害，最后得到昭雪。这里只是借用剧名，以表示富有。

2 希腊神话里的纳希索斯（参看第733页注释1）拒绝接受任何女子的爱情，包括山林女神艾可（“回音”的音译）。她失恋而死，只剩下“回音”。

的热气以及早晨的接触给予的刺激；把长裤叠齐，竖着夹在弹簧床垫（带条纹的）和羊毛垫子（黄褐色方格花纹）之间，就能节省熨烫之劳了。

布卢姆起身之前便预感到了积劳，而他在起身之前又怎样默默地概括了过去那一连串的原因呢？

准备早餐（燔祭[1]），肠内装满以及预先想到的排便（至圣所[2]），洗澡（约翰的仪式[3]），葬礼（撒姆耳的仪式[4]），亚历山大·凯斯的广告（**火与真理**[5]），不丰盛的午餐（麦基洗德[6]），访问博物馆和国立图书馆（神圣的地方[7]），沿着贝德福德路、商贾拱廊[8]，韦林顿码头搜购书籍（**喜哉法典**[9]），奥蒙德饭店里的音乐（**歌中之歌**[10]）。在伯纳德·卡南的酒吧里与横蛮无理的穴居人吵嘴（燔祭）。包括一段空白时间：乘马车到办丧事的家去以及一次诀别（旷野）[11]。女人的裸露癖所引起的性冲动（俄南[12]）。米娜·普里福伊那时间拖得很长的分娩（奉

1　本段中把布卢姆在过去十八个小时内的活动与犹太教的仪式、经文联系起来。这里把布卢姆油煎腰子比作古代犹太教仪式中的“燔祭”（火烧兽肉）。

2　“至圣所”是古代耶路撒冷圣殿中最神圣的地方，在圣殿内西端。只有祭司长方可入内。

3　犹太教的清晨礼拜包括沐浴。

4　《撒母耳记》中有关于撒母耳葬礼的记载：“撒母耳已经死了，以色列人为他举哀，把他葬在他的故乡拉玛。”

5　“火”与“真理”，原文为希伯来文，也可译为“光”与“完善”。这是犹太教大祭司所穿的法衣上的两个标志，象征着教义与信仰。

6　关于麦基洗德有如下记载：“至高者上帝的祭司撒冷王麦基洗德带着饼和酒出来迎接亚伯兰罕……”

7　“神圣的地方”，指犹太教圣殿内部“至圣所”所在地，这里安放着象征以色列人与上帝的特殊关系的约柜。

8　“商贾拱廊”，参看第336页注释1及有关正文。

9　原文为希伯来文。

10　原文为希伯来文。

11　“诀别”指以色列人离开埃及，“旷野”指以色列人在这之后世世代代所过的漂泊生活。

12　英语onanism（交媾中断，手淫）一词，典出于俄南（Onan）的故事。他是犹大的二儿子。他哥哥死后，犹大对他说：“你去跟你大嫂同床，对她尽你做小叔的义务，好替你哥哥传后。”但是俄南知道生下来的孩子不属于他，所以每次跟他大嫂同床，都故意把精遗在地上，避免替哥哥生孩子。

献祭物的礼拜式[1])。造访下蒂龙街八十三号贝拉·科恩太太开的妓院，随后在比弗街争吵起来，又有一场偶然发生的混战（**大决战**[2]）。夜间漫步到巴特桥的马车夫棚，又走了回来（赎罪）。

由于怕总也下不了决心，为了让事情有个结局而刚要站起来走去的时候，布卢姆对自己出的什么隐谜不由自主地恍然大悟？

纹理歪斜的桌子那毫无感觉的木材会突然发出短促而尖锐、只能听到而看不到、高亢而寂寥的喀嚓声的来由。

布卢姆站起来，抱着五颜六色、各种各样、为数众多的衣服正要走的时候，对自告奋勇去破的什么隐谜自发地有所领悟，然而却又未能理解？

那个穿胶布雨衣的人是谁？

此刻，熄灭了人工的照明并实现了自然的黑暗，布卢姆怎样默默地忽然悟出那个三十年来偶尔漫不经心地思索过的不言而喻的隐谜呢？

烛火熄灭时摩西在哪里？

布卢姆一边走着[3]，一边默默地一桩桩历数在完整的一天当中未能完成的哪些事情？

一时的失败：没能拿到续订广告的契约，没能从托马斯·克南

---

1 “奉献祭物”典出《民数记》：“每一个以色列人给上主的特别奉献都要归给替他们奉献的祭司。每一个祭司要把带到他面前的祭物留下。”现在用来指基督教徒自愿地或作为义务向教会捐钱捐物。

2 “大决战”是意译，音译为“哈米吉多顿”，是希伯来文中对战事频仍的巴勒斯坦古镇美吉多的称呼。按照犹太教传统，这是将来为了弥赛亚（救世主）的到来而进行最后一场大决战的地方。基督教认为这是世界末日善恶决一胜负的战场。

3 据海德一九八九年版（第600页第9至10行），“一边走着”后面有“抱着他刚刚脱下来的一簇男性衣物”之句。莎士比亚书屋一九二二年版（第681页倒9行）和奥德赛一九三三年版（第733页第16行）均无此句。

食品店（伦敦市东中区明欣巷二号帕尔布卢克—鲁宾逊公司驻都柏林市戴姆街五号的代理店）里买些茶叶，没能搞清楚希腊女神后身有无直肠口，没能弄到一张班德曼·帕默夫人在欢乐剧场（国王南街四十六、四十七、四十八、四十九号）公演《丽亚》的门票（赠送或购买）。

布卢姆停下脚步，默默地追忆起一位故人怎样的印象？

她父亲——已故布赖恩·库珀·特威迪鼓手长的面影，他属于驻直布罗陀的都柏林近卫步兵连队，住在海豚仓的雷霍博特路。

有可能假定这一面影的什么样的印象反复地忽隐忽现？

从大北铁路阿缅街终点站，不停地以标准加速度正沿着那如果延长、会在无限彼方相遇的平行线逐渐离去。沿着那重新出现在无限彼方的平行线，不断地以标准减速度，正朝着大北铁路阿缅街终点站折回来。

女子贴身穿的哪些各种各样的衣物映入了他的眼帘？

一双崭新、没有气味、半丝质的黑色女长筒袜，一副紫罗兰色新袜带，一条印度细软薄棉布做的大号女衬裤，剪裁宽松，散发着苦树脂、素馨香水和穆拉蒂牌土耳其香烟的气味，还别着一根锃亮的钢质长别针，折叠成曲线状。一件镶着薄花边的短袖麻纱衬衣，一条蓝纹绸百褶衬裙。这些衣物都胡乱放在一只长方形箱盖上：四边用板条钉牢，四角是双层的，贴着五颜六色的标签，正面用白字写有首字B.C.T（布赖恩·库珀·特威迪）。

看见了哪些贴身衣物之外的东西？

断了一条腿的五斗柜，整个儿用剪裁成四角形的苹果花纹印花装饰布蒙起来，上面摆着一顶黑色女用草帽。一批布满回纹的陶器，是从穆尔街二十一、二十二、二十三号的亨利·普赖斯那儿买来的，他是制造篮子、花哨的小工艺品、瓷器、五金制品的厂商。这些陶器包括脸盆、肥皂钵和刷子缸（一道放在洗脸架上），带柄的大水罐和尿盆（分别撂在地板上）。

布卢姆如何行动？

他把几件衣服放在椅子上，脱掉剩下的几样。从床头的长枕下面抽出折叠好的白色长睡衣，将头和双臂套入睡衣的适当部位，把一只枕头从床头移到床脚，床单也相应地整理了一番。然后就上了床。

怎么个上法？

谨慎地，就像每一次进入一座房子（他自己的或并非他自己的）的时候那样，小心翼翼地，因为床垫子那蛇状螺旋弹簧已经陈旧了，黄铜环和蝰蛇状拱形挡头也松松垮垮的，一用力过头就颤悠；顾虑周到地，就好像进入肉欲或毒蛇的巢穴或隐身之处似的；轻轻地，省得惊动她；虔诚地，因为那是妊娠与分娩之床，合卺与失贞之床，睡眠与死亡之床。

他的四肢逐渐伸开的时候，碰到了什么？

簇新而干净的床单，新添的好几种气味。一个人体的存在：女性的，她的；一个人体留下的痕迹，男性的，不是他的。一些面包碎屑，薄薄的几片回过锅的罐头肉，他给撣掉了。

倘若他微笑了，他为什么会微笑呢？

他仔细一想，每一个进入者都认为自己是头一个进去的，其实，他总是一连串先行者的后继者，即便他是一连串后继者的第一个。每个人都自以为是头一个，最后一个，唯一的和独一无二的，其实在那源于无限，又无限地重复下去的一连串当中，他既不是头一个，也不是最后一个，既不是唯一的，也不是独一无二的。

先行者都有哪一些？

假定马尔维是那一连串当中的头一个，接着是彭罗斯、巴特尔·达西、古德温教授、马斯添斯基、约翰·亨利·门顿、伯纳德·科里根神父、皇家都柏林协会马匹展示会上的那位农场主、马戈特·奥里利、马修·狄龙、瓦伦丁·布莱克·狄龙（都柏林市市长）、克里斯托弗·卡里南、利内翰、某意大利轮擦提琴手、欢乐剧场里的那位素昧平生的绅士、本杰明·多拉德、西蒙·迪达勒斯、安德鲁（精明鬼）·伯克、约瑟夫·卡夫、威兹德姆·希利、市政委员约翰·胡珀、弗朗西斯·布雷迪大夫、阿古斯山的塞巴斯蒂安神父、邮政总局的某擦鞋匠、休·E.（布莱泽斯）·博伊兰以及其他等等，直到无限。

关于这一连串中的最后一名，新近占有此床者，他有何想法？

他想到那个人精力旺盛（莽汉），身材匀称（贴广告的），生财有道（骗子），印象强烈（牛皮大王）。

除了精力旺盛、身材匀称、生财有道之外，那个人何以还给观察者强烈印象呢？

因为他曾愈益频繁地目击到，上述那一连串先行者曾沉浸于同一淫荡之情，将越来越旺的欲火延烧过去，先伴随着不安，继而有了默契，春心大动，最后带来了疲劳，交替显示出相互理解与惊恐的征兆。

随后他的思绪被哪些互不相容的感情所左右？

羡慕，妒忌，克制，沉着。

何以羡慕？

那肉体的、精神的男性器官特别适合于在精力充沛地交媾时自上而下、精力充沛地进行活塞在气缸中的那种往复运动。而为了使那肉体的、精神的（被动而并不迟钝的）女性器官所具备的持久而不剧烈的情欲充分得到满足，这是不可或缺的。

何以妒忌？

因为丰满的肉体摆脱了束缚，就会发挥出快活的特性，交替地起着吸引或被吸引的作用。因为起作用者和被起作用者之间的吸引力无时无刻不在发生着变化，而这又与持续不断的环状扩张和放射再突入的增减形成反比例。由于对吸引力增减的有节制的冥想，也能够调节快感的消长。

何以克制？

鉴于那是：（甲）一九〇三年九月在伊登码头五号的兼营服饰用品业的裁缝乔治·梅西雅斯的店里结识以来的熟人；（乙）当事人献了殷勤，接受下来了，并报以同样的殷勤，对方也亲自接受了；（丙）年纪较轻，容易野心勃勃或宽宏大量，同行间的利他行为或出于爱恋的利己之举。（丁）不同种族之间的吸引，同一种族之间的相互抑制，超种族的特权；（戊）即将到外省去举行一次巡回音乐会。挑费平摊，纯收益平分。

何以镇定？

因为这跟相异又相似的自然生物，按照雄性、雌性或两性的天赋本性，并顺应天赋本性，主动地或被动地贯彻执行自然界任何及所有那些自然行为一样的自然。这一灾难还不像行星与隐蔽的恒星相撞时所发生的毁灭性剧变那样大。比起盗窃，拦路抢劫，虐待儿童与动物，诈骗金钱，制造伪币，侵吞挪用公款，背叛公众的信任，装病旷工，故意伤害致残，腐蚀未成年人，恶毒诽谤，敲诈，藐视法庭，纵火，叛逆，罪上加罪，侵害公海，非法侵入，夜盗，越狱，鸡奸，临阵脱逃，做伪证，偷猎，放高利贷，间谍行为，冒充，殴打，故意杀人与谋杀，罪责并没那么严重。它并不比使人体组织和随之而来的情况（食物、饮料、后天的习惯、嗜好上了瘾、重病）保持平衡，为了适应各种生活条件的变化而改变的其他一切过程更为不正常。这不仅是不可避免的，甚至是无法补救的。

何以节制多于妒忌，羡慕少于沉着？

从暴行（婚姻）到暴行（通奸），除了暴行（交媾），什么也没发生；然而婚姻受到凌辱的那位凭着婚姻施暴行者并没有遭到那个施通奸这一暴行者凭着通奸进行凌辱者的暴行。

如果可能的话，怎样复仇？

暗杀是绝对不可行的，因为以恶报恶是得不出善的。持武器来决斗，要不得。离婚嘛，现在时机未到。用机械装置（自动床），或个人的证言（隐伏的目击者）予以暴露，那还不到时候。靠法律的力量控诉，要求赔偿损害，也就是说，自称被袭击甚至受到伤害（自伤），从而做伪证，这都并非不可能。倘若可能，断然予以默许，并准备与之抗争（物质上，对手是兴隆的广告代理商；精神上，对手是成功的私通代理商），轻视，疏远，屈辱乃至分居（一方面保护仳离者，同时又从双方手下保护那个仳离仲裁者）。

他这个对茫茫空虚性有意识地做出反应者，是借着哪些思考才对自己证明这些情感是正当的呢？

处女膜先天的脆弱性，物体本身预先假定的不可触性。为了达到目的而自我延长的那份紧张以及完成之后的自我缩短与松弛，这二者之间既不调和也不均衡。女性之虚弱及男性之强韧乃基于谬误的臆测。道德的准则是可变的。自然的语法转换：在不引起意思变动的情况下，由主动语态不定过去式命题（从语法上分析：男性主语，单音节拟声及物动词，女性直接宾语）转位到相关的被动语态不定过去式命题[1]（从语

1．堂吉福德等合编的《〈尤利西斯〉注释》（604页）认为，布卢姆心目中的“命题”是：“他肏了她”（He fuked her）。

法上分析：女性主语，助动词与准单音节拟声过去分词，男性主动补语）。借着生殖，不断地生产播种者们。借着酿造来连续地生产精液。胜利也罢，抗议也罢，复仇也罢，都是徒劳的。对贞操的颂扬煞是无聊。无知觉的物质毫无生气。星辰之情感淡漠。

还原为最简单形式的这些互不相容的感情和思考，收敛成怎样一种最后的满足呢？

地球的东西两半球所有已勘探或未勘探过的那些适于居住的陆地及岛屿（午夜的太阳之国[1]、幸福岛[2]、希腊的各个岛屿[3]、被应许的土地[4]）上，到处都是脂肪质女性臀部后半球；散发出奶与蜜以及分泌性血液与精液的温暖香气，令人联想到古老血统的丰满曲线，既不喜怒无常，也不故意闹别扭，显示出沉默而永远不变的成熟的动物性。这一切所激起的满足感。

满足之前有何显著特征？

即将勃起，渴望的注目，逐渐地挺立，试探性的露出，无言的静观。

然后呢？

他吻着她臀部那一对丰满熟软、淡黄馨香的瓜，与丰腴的瓜那两个半球，以及那烂熟淡黄的垄沟，接了个微妙、富于挑逗性而散发着瓜香的长长的吻。

满足之后有何显著迹象？

---

1 “午夜的太阳之国”，指北极圈和南极圈。在北极圈上，每年有一天多太阳不落（约为6月21日），或太阳不出（约为12月21日）。在南极圈上，情况刚好相反。

2 幸福岛是古希腊后期神话中的岛，在西方的海里，系受众神保佑的人们死后的去处。相当于爱尔兰神话中的长生不老国，参看第286页注释6。

3 “希腊的各个岛屿”一语出自拜伦的长诗《唐璜》（1821）第3章。

4 “被应许的土地”，指迦南，参看第588页有关正文。

无言的沉思，暂时的隐蔽，逐渐地自贬，焦心的嫌恶，即将勃起。

这一沉默的动作之后呢？

在嗜眠中呼吁，恍恍惚惚地认出，初期的兴奋，教义问答式的详细讯问。

回答讯问时，讲者做了哪些修饰？

消极方面，他故意不提玛莎·克利弗德与亨利·弗罗尔之间秘密通信事；在位于小不列颠街八、九、十号，特准卖酒的伯纳德·基尔南股份有限公司内部和附近当众吵嘴的事，以及由于格楚德（格蒂，姓氏不详）裸露下体，进行色情的挑逗所引起的反应。积极方面，他谈到班德曼·帕默夫人在位于南国王街四十六、四十七、四十八、四十九号的欢乐剧场扮演丽亚这一角色事；接到将在下阿贝街三十五、三十六和三十七号的怀恩（墨菲）饭店举行的晚餐会请帖；由一位匿名的时下名流所作的一本题名《偷情的快乐》、具有淫秽色情倾向的书；宴会后表演体操，因某个动作失误而造成暂时的脑震荡，受伤者（现已痊愈）为教师兼作家斯蒂芬·迪达勒斯，他乃无固定职业的西蒙·迪达勒斯仍健在的长子；当着一位目击者，即该教师兼作家的面，他（讲者）以机敏果断和体操的弹性表演了空中特技。

讲述没有另外用修饰加工改动吗？

绝对没有。

哪一件事或哪一个人在他谈话中最是突出？

教师兼作家斯蒂芬·迪达勒斯。

在时断时续、愈益简短的讲述中，听者与讲者察觉了他们两人在行使或抑制结婚的权利方面，受到了哪些限制？

就听者而言，在生育上受到了限制。因为结婚仪式是她过了十八岁生日（一八七〇年九月八日）一个月之后，即十月八日举行的，当天同寝；其实同年九月十日两人已提前发生完全的肉体关系，包括往女性天然器官内射精；一八八九年六月十五日生下一女。最后一次同房是一八九三年十一月二十七日，那是第二胎（唯一的子嗣）于一八九三年十二月二十九日出生的五周前，而此婴生后十一天即夭折。以后的十年五个月十八天期间，一直未发生完全的肉体关系，再也未往女性天然的器官内射精。就讲者而言，身心两方面的活动力均受到了限制。因为自从一九〇三年九月十五日讲者与听者之间所生女儿初次来了月经，标志着青春期的到来，夫妻之间即未再有精神上的完全的交往。从此，两个成熟的女子（听者与女儿）之间，在本人并不理解的情况下，先天地自然地建立了相互理解。其结果，九个月零一天的时间里，在讲者与听者之间的完全的肉体行动自由受到了限制。

受到怎样的限制？

当男方计划或将短期离家时，女方便反复盘问前往何处、所去场所、所需时间和外出目的等等。

在听者与讲者看不见的思维上方，有什么看得见的东西正在移动？

带罩子的灯投到顶棚上的反影，重重叠叠的光和影构成一个个浓淡不等的同心圆。

听者与讲者朝哪个方向躺着？

听者朝东南偏东方，讲者朝西北偏西方；地点为北纬五十三度，西经六度；在地球上与赤道形成四十五度角。

处在何等静止或活动状态？

就两人本身及相互的关系而言，是处于静止状态。由于永远不变的空间不断起着变化的轨道上那地球固有的不断的运动，一个人朝前方，一个人朝后方，双方都处于被送往西方的运动状态。

姿势如何？

听者：半朝左横卧着，左手托头，右腿伸直，架在蜷起来的左腿上，那姿势活像是该亚一忒耳斯[1]，饱满而慵懒，大腹便便，孕育着种子。讲者：朝左横卧着，双腿蜷曲，右手的食指与拇指按着鼻梁，恰似珀西·阿普约翰所抓拍的一张快照上那个疲倦的娃娃人——子宫内的娃娃人的姿势。

子宫内？疲倦吗？

他正在休息。他曾经旅行过。

跟谁？

水手辛伯达、裁缝廷伯达、狱卒金伯达、捕鲸者珲伯达、制钉工人宁伯达、失败者芬伯达、掏船肚水者宾伯达、桶匠频伯达、邮寄者明伯达、欢呼者欣伯达、咒骂者林伯达、菜食主义者丁伯达、畏惧者温伯达、赛马赌徒凌伯达、水手兴伯达。

什么时候？

到黑暗的床上去的时候，有一颗水手辛伯达那神鹰[2]的方圆形海雀蛋。那是亮昼男暗伯达所有那些神鹰的海雀们的夜晚之床。

到哪里？

●[3]

1　该亚是希腊神话中的土地女神（最初可能是希腊人崇拜宙斯以前就奉祀的一位母亲女神，被描绘成幼儿的养育者）。忒耳斯是古罗马宗教所信奉的土地女神，也称地母。

2　神鹰是出现在《一千零一夜·辛伯达航海旅行的故事》"第二次航海旅行"中的一只大怪鸟。它常常"攫取大象，喂养雏鸟"。

3　译者手头上的七种版本中，只有海德一九八四年版以"到哪里？"结束此章。其他诸本均在下面加了个黑点占一行。丸谷才一等合译的《尤利西斯》第三卷（第452页）介绍了西方诸家的解释：(1) 黑点象征黑暗，是对"到哪里？"的回答。(2) ●为句点，表示布卢姆结束了这一天，退却到时间的子宫里。(3) ●不仅表示黑暗，也象征摩莉的肛门。

第十八章

* 嗯[1] 因为他从来也没那么做过 让把带两个鸡蛋的早餐送到他床头去吃 自打在市徽饭店就没这么过 那阵子他常在床上装病 嗓音病病囔囔 摆出一副亲王派头 好赢得那个干瘪老太婆赖尔登的欢心 他自以为老太婆会听他摆布呢 可她一个铜板也没给咱留下 全都献给了弥撒 为她自己和她的灵魂 简直是天底下头一号抠门鬼 连为自己喝的那杯掺了木精的酒都怕掏四便士 净对我讲她害的这个病那个病 没完没了地絮叨她那套政治啦 地震啦 世界末日啦 咱们找点儿乐子不好吗 唉要是全世界的女人都像她那样可够呛 把游泳衣和袒胸夜礼服都给骂苦了 当然喽 谁也不会要她去穿这样的衣服 想必正因为没有一个男人会对她多看上一眼 她信教才信得那么虔诚 但愿我永远不会变得像她那样 奇怪的是她倒没要求我们把脸蒙起来 话又说回来啦 她的确是个受过良好教育的女人 她就是唠唠叨叨地三句话不离赖尔登先生 我觉得他摆脱了她才叫高兴哩 还有她那只狗 总嗅我的毛皮衣服 老是往我的衬裙里面钻 尤其是身上来了的时候 不过我还是喜欢他对那样的老太婆有礼貌 不论对端盘子的还是对叫花子 他都是这样 向来也不摆空架子 但也不会老是这个样儿 要是他真有什么严重的毛病 住院要好得多 那儿什么都那么干净 可我想我得催上他一个月他才肯答应 嗯 可医院里

1 本章原文除不用标点之外，同一页上的“他”往往各有所指；且以“Yes”始，以“Yes”终。此词是女主人公的口头禅，全章出现了不下九十次。大多译作“嗯”，然而按照中文语气习惯，并未强求一致。她还用了四十四次because（因为）。文前的*号是根据奥德赛一九三三年版和海德一九四七年版、一九八九年版以及二〇〇一年版加的。莎士比亚书屋一九二二年版和兰登书屋一九九〇年版无此符号。

又会出现个护士 他会赖着不肯出院 一直到被他们赶了出来 兴许那护士还是个修女呢 就像他身上带着的那张下流相片上的 不过那女的跟我一样才不是什么修女呢 嗯 因为男人们一生病就软弱起来 净说些没出息的话 要是没有个女人照料就好不了 要是他流了鼻血 那可就不得了啦 那回在糖锥山参加合唱团的野餐会 他在离南环路不远的地方扭伤了脚 他脸上那神情活像是快要呜呼哀哉似的 那天我穿的是那件衣服 斯塔克小姐给他送来了花儿 是她在筐底儿上所能找到的最蹩脚的蔫花儿 她死乞白赖非要钻进男人的卧室不可 用她那老姑娘嗓门儿说话 仿佛他都快为她的缘故死啦 那么一来就再也看不到你的脸啦 他躺在床上 胡子长长了一些 更像个男子汉啦 爹也曾是这样的 我就讨厌给缠绷带啦喂药唔的 当他用剃胡刀去割鸡眼大趾出血的时候 我直害怕他会害上败血症 假若害病的是我 倒想瞧瞧能得到什么样的照料 不过当然喽 妇道人家总是隐瞒自己的病情 省得给人添所有那些麻烦 她们就是这样的 嗯 他到什么地方去过 从他的食欲来看 这我是有把握的 不管怎样总不会是在搞恋爱 不然的话净想娘儿们就吃不下东西啦 要不就是半夜里在街上拉客的窑姐儿 要是他真到那儿去过 那么说什么去了饭店就左不过是他存心蒙骗编出的一套谎话喽 海因斯把我留住啦 我碰见谁来着 啊 嗯 我碰见了门顿 你记得吗 另外还有谁来着 让我想想看 我想起他那张大娃娃脸了 他刚结婚没多久就在普尔万景画会[1]上跟个小妞儿调起情来啦 我就把背掉了过去 他偷偷儿地溜掉啦 看上去怪害臊的 这又碍着什么事儿啦 可有一回竟然冒冒失失地向我讨起好来了 亏他干得出 自以为了不起 大嘴巴肿眼泡儿是我见过的天底下头号笨蛋 大家还喊他作律师呢 我可不愿意在床上那么长篇大论的 不然的话那就是他在什么地方结交的 要不就是偷偷搞到手的小婊子 要是她们跟我一样了解他的话 嗯 前天我去

1 万景画是由若干小画组成各种不同的画面。十九世纪九十年代，普尔万景画会每年都到都柏林来举行一次巡回展出。

前屋取火柴　并且把报纸上迪格纳穆的讣告拿给他看的时候　他正唰唰唰地写着什么信哪　他用吸墨纸把它盖住　假装在想什么生意上的事　那很可能就是写给某人的　那个女的必定认为他是个冤大头　因为所有的男人到了他这把年纪多少就会变成这样　尤其他现在已经快四十岁啦　所以女的就甜言蜜语尽量骗他的钱　再也没有比老傻瓜更傻的啦　接着又为了遮掩　就像往常那样吻我屁股　他究竟跟谁干着这名堂或是老早就相好了　我一点儿也不在乎　尽管我还是想弄清楚

只要他们俩别总是在我鼻子底下　就像我们在翁塔利奥高台街的时候雇的那个浪娘儿们玛丽似的　为了教他上劲儿　就垫了个假屁股　从他身上闻到了那些搽了脂粉的娘儿们的气味　真恶心　有一两回我倒是真起了疑心　把他叫过来的时候发现他外衣上巴着根长头发　可没见那个的影子　我到厨房去一瞧　他正在那儿假装喝水哪　对他们来说只有一个女人是不够的　当然喽全都怪他　把底下人都惯坏啦　你看多奇怪　还提出过可不可以让她在圣诞节的时候跟咱们同桌吃饭哪　哦那可不行　在我家绝不能这样　偷我的土豆　还有二先令六便士一打的牡蛎　去看望她的姑妈　哦　简直是公然抢劫啦　我敢说他跟那个娘儿们有点儿不干不净　这种事儿我总能弄个水落石出　他说拿不出证据来　我抓到了她的证据　哦对　她姑妈特爱吃牡蛎　我把我对她的看法告诉了他　他竟然拐弯抹角想打发我出去　好跟她单独在一起　我才不会降低身份去暗中监视他们哩　星期五她出去的时候我在她房里看到一副袜带　这就太不像话啦　做得过分了点儿　当我限她一星期后卷铺盖　她把脸都气肿了　我看索性不要女仆的好　我自个儿收拾屋子更麻利哩　就是做饭倒垃圾可够讨厌的　反正我告诉了他　要是不辞退她我就离开这个家　只要一想到他曾经跟那么个肮脏无耻满嘴瞎话的邋遢女人在一块儿来着　我就连碰也不肯碰他啦　她当着我的面抵赖　到处唱着歌儿　连在厕所里都唱　因为她晓得自己撞上了好运气　嗯　因为他绝不可能那么久都不搞　他就得到什么地方去搞上一通　最后一回是什么时候从后面跟我搞来着　那天晚上沿着托尔卡河走去的时候博伊兰使劲攥了一下我的手　另一只手悄悄地

伸到我手里　我只用大拇指按了按他的手背　回攥了一下　唱着五月的新月喜洋洋　宝贝　因为他对他和我的关系有看法　他才不是那么个傻瓜呢　他说什么在外面吃饭啦　到欢乐剧场去啦　反正我不让他得到满足　不管怎样　与其什么时候都老是戴同一顶旧帽子　他确实使我换了换口味　除非我花钱雇个漂亮小伙子来搞　我自己搞不了嘛　男孩子会喜欢我的　跟他单独在一起的时候　我会叫他神魂颠倒　我让他看看我的袜带　那副崭新的　把他弄得满脸通红　拿眼睛盯着他　勾引他　我晓得脸蛋儿上长出又细又软的短须的那些男孩儿们怎样想　他们净整个钟头地把那物儿拽出来自己解闷儿啦　然后就一问一答　你会跟那个送煤的干这档子那档子和另外一档子事吗　对啦　跟一位主教呢　对啦　我会干的　我告诉他当我在犹太教堂的院子里正编织毛衣的时候　一位教长要么是个主教就坐在我身边　那人对都柏林不熟悉　净问啥纪念碑啦　那是啥地方啦　一提起那些雕像我就腻味透啦　一鼓励他　他就更不像话啦　竟问起我　眼下你心上有谁呀　你想着谁哪　是谁呀　把他的名字告诉我吧　是谁呀　告诉我　是谁呀　德国皇上吗　嗯　那么你就把我当作那位皇上好啦　思念他吧　你能感觉得到他吗　哦　居然想让我当婊子　他永远也做不到　如今他都到这把年纪了　应该收摊儿啦　他给任何女人带来的都只能是毁灭　一点儿也得不到满足　还得装出一副喜欢的样子　直到他丢了精　我也只好自己了结　弄得连嘴唇都苍白了　不管怎样如今一了百了　世人成天谈论这种事儿　其实只有头一回才算个数　以后就成了家常便饭啦　连想都不去想它　为什么非得先嫁给一个男人才许跟他接吻呢　有时候你爱得发狂　觉得非那么着不可　浑身发酥　简直不由自主啦　我巴不得迟早有那么一天旁边有个男人搂住我亲嘴　什么也比不上个长长的热吻　麻酥酥的　一直热到你的魂儿里　我讨厌做忏悔　那阵子我常到科里根神父那儿去忏悔　他摸了摸我　神父　那么他对你造成什么损害了吗　在哪儿　我像个傻子似的说　在运河堤岸上　但是我的孩子　在你身上哪一带　是腿后边高处吗　对吗　嗯　挺高的　就是你用来坐的那个部位　嗯　哦老天爷　难道他就不

能干脆说声屁股　不就结了吗　这跟那有什么关系　那么你有没有我忘记他是怎么说的了　没有　神父　而且我总是想到真正的父亲他想知道什么呢　因为当我向天主忏悔完了之后　他有着一双肥肥胖胖挺好看的手　手心总是发湿　摸摸这只手我倒也不在意　他也未尝不是这样　我望着套在他那公牛脖子上的白圈圈[1]就琢磨　我倒想知道他认没认出待在忏悔阁子里的我　我看得见他的脸　当然喽我的脸他是瞧不见的　他也绝没有朝这边望　连点儿苗头都没有　尽管这样可当他父亲死的时候他两眼都红了　当然喽　他们对女人已经死了心当一个男人哭鼻子的时候该是挺可怕的事　他们就更不必说啦　我倒是巴不得让这些穿法衣的人当中的一个抱一阵　他身上散发着教皇那样的馨香　而且你要是个有夫之妇　跟教士在一起就更没有危险啦他对自己再小心不过啦　然后再献上点儿什么给教皇大人来赎罪　我倒想知道他对我满不满足　他临走的时候在门厅里熟头熟脑地朝我屁股拍了一巴掌　我讨厌他这下子　不过我只是笑了笑　我可不是一匹马或一头驴啊　我不是吧　我猜想当时他正怀念他的祖先来着　我倒想知道这会子他是不是在醒着　正想念着我　或正在做梦　他梦里有我吗　那花儿是谁送给他的呢　他说是买的　他身上有股酒味儿　不是威士忌　也不是黑啤酒　也许是贴传单时候用的那种甜丝丝糨糊气味的酒哩　我倒想啜上一口　看上去像是挺有滋味的名贵的绿黄色酒　是专门给那些戴歌剧帽在后台口出出进进的公子哥儿们喝的　有一回那个带着一只松鼠的美国人跟爹谈邮票生意　我用手指头蘸着尝了尝　最后干的那回　他使劲挣扎着才没有睡着　我们刚喝完葡萄酒吃罢肉罐头　那肉咸咸的挺有滋味　嗯　因为我觉得又快活又疲倦刚一躺到床上就沉沉地睡熟啦　直到打雷才把我吵醒　天主饶恕我们吧　我以为会遭到天罚哩　就画了个十字　念了一遍圣母经　那雷就跟直布罗陀的一样可怕　仿佛世界末日到来了似的　然后他们又来告

1　“白圈圈”，指神父的白色硬领。据堂吉福德等合编的《〈尤利西斯〉注释》（第611页），有着公牛脖子（指粗短的脖颈）通常被视为性欲旺盛的标志。

诉你天主并不存在　可像那样哗哗地奔流　你能怎么办呢　一点儿办法也没有　只好悔罪呗　那天傍晚我在白修士街教堂为五月点了支蜡烛　它带来了好运　不过他要是听说了　他准会嘲笑的　因为他向来不进教堂去望弥撒或参加早课晚课　他说　你的灵魂　你没有灵魂　里面只有脑灰质　因为他不晓得拥有灵魂是怎么回事　对啦　我点上灯　因为他那红兽般的巨大阳物足足丢了三四回　我担心那上头的血管　或随便怎么叫吧　会胀破的　尽管他的鼻子倒并不怎么大　我曾化好半天功夫去梳妆打扮喷洒香水　然后把百叶窗撂下　并脱得赤条条的　那阳物像根铁棍　要不就是粗铁撬　直直地那么竖着　他想必是吃了牡蛎　一定吃了好几打　他那大嗓门就像唱歌一样　不　我一辈子也没觉出任何人有那么大的阳物　使你感到填得满满的　事后他准吃掉了一整只羊　干吗在咱们身子中间开那么个大洞　像匹种马似的猛冲进来　因为这就是他们在你身上所要的一切　他的眼神儿是那么不顾一切　那么凶狠　我只好眯起眼睛　他那阳物可从来没这么雄壮过　于是我让他把那阳物拽出来　在我肚子上抽　想到它那么大　这样就好多了　以防止没彻底地冲洗干净　最后一次我让他丢在我里面了　这是在女人身上做的一个多么好的发明　好让男人尽情地快活一场　可要是什么人哪怕让他尝到一点点个中滋味　他们就会明白我为了生米莉受过多大罪啦　谁都不会相信　还有她刚长牙那阵子　还有米娜普里福伊的丈夫　摇摆着那副络腮胡子　每年往她身子里填进一个娃娃或一对双胞胎　跟钟表一样的准　她身上总是发出一股娃娃气味　他们给一个娃娃起名叫布杰斯什么的　那模样儿活脱儿像黑人　头发乱蓬蓬的　耶稣小家伙　娃娃黑黝黝[1]　上回我到那儿去　只见足足有一小队娃娃们　都在争先恐后　大喊大叫　你连自己的耳朵都听不见啦　想来都很健康　男人们非把女人弄得像大象那么浑身胀鼓鼓的才心满意足　可也难说　我要是冒一次险怀上个不是他的娃娃会怎么样呢　不过假若他结了婚　我相信准能养下个漂亮结实的娃娃

1　“耶……黝”是都柏林流行的一种说法。

可也难说　波尔迪的劲头来得更足呢　嗯　那样一来该多么有趣啊　我猜想他是因为碰见了乔西鲍威尔　还有那档子葬礼　又记起我跟博伊兰的事儿　所以就兴奋起来了　喏　随便他怎么去想吧　只要他称心就好　我知道当我出现的时候他们两个已经有点儿勾勾搭搭啦　乔治娜辛普森举行新屋落成宴的那个晚上　他跟她跳舞　还一块儿坐在外面　他千方百计让我相信那是由于不忍心看到她被冷落　坐在一边当墙花　我们为了政治问题大吵一通　是他开的头　可不是我　他说咱们的天主是个木匠　最后他把我弄哭了　女人对什么事都那么敏感

自从被他驳倒以来　我直生自己的气　不过我晓得他心里疼我　他说主是头一个社会主义者[1]　他叫我烦得很　不论我怎么惹他　他也不发脾气　横竖他懂得很多杂七杂八的事儿　尤其关于人体和内部的构造　我常常想读读那本家庭医学[2]书　查一查咱们身体内部到底是怎么回事　屋子里挤满了人的时候　我总听得出他的声音　然后就观察他

我假装由于他的缘故跟她生分了　因为他这个人一向有点儿好嫉妒

当他问我到哪儿去的时候我就说要去看弗洛伊　他还送给我一本拜伦勋爵的诗集和三双手套呢　这档子事就算了结啦　我知道怎样就能轻而易举地让他去恢复旧好　这是随时都办得到的　我甚至猜他跟她已经言归于好　并且到什么地方去跟她见面啦　要是他不肯吃蒜我就晓得了　我的办法多着哩　让他整理一下我衬衫的领子啦　临出门的时候蒙上面纱戴好手套摸摸他啦　再吻他一下啦　就会把这些男人们个个弄得滴溜转　再正经的也是一样　那么就让他到她那儿去好啦　她当然高兴极了　假装爱他都爱疯啦　我才不在乎呢　我干脆就走到她跟前　问她爱不爱他　我直勾勾地瞪着她　她才欺骗不了我呢　他倒是可能以为自己爱上了她　就像当初对我那么用他那又肉感又黏乎乎儿含糊不清的腔调向她求爱哩　不过我费了好大劲儿才把他这句话掏出来　可我喜欢他这一点　因为这表示他有抑制力　不是那种只要

1　这是十九世纪末叶英国自称为社会主义者们的老生常谈。后文“他叫我……”“惹他……”“他也不发脾气”“横竖他……”中的“他”，均指布卢姆。

2　《家庭医学》于一八七九年出版于伦敦，在一八九五年已印了四版。

对方一开口就能搞到手的人　那天晚上我在厨房擀土豆饼的时候　他趁机想向我求爱　说我有点儿话想跟你说　我给他浇了冷水　我正发着脾气　手上和胳膊上沾满了面糊　反正头天晚上我谈做梦就把心事泄露得太多了　所以我不愿意让他知道那些听了对他没好处的事　只要他在场乔西就非拥抱我不可　紧紧地趴在我身上　心里只当那是他喽　当我说我尽量把浑身上下都洗到了　她就问　难道你连那儿都洗到了吗　只要有他在场　女人们总是一个劲儿把话茬儿往那上头引好跟他套近乎　扯到这类话题　他就装出一副满不关心的样子　狡黠地微微眨巴一只眼　她们完全清楚他是个什么样的人　简直把他惯坏啦　我一点儿也不觉得奇怪　因为他当年长得挺帅　直想模仿拜伦勋爵的派头[1]　我说我喜欢他这副样子　不过作为一个男人来说　他太俊了些　我们订婚之前他倒是还有那么一点儿　那天我一阵阵地大笑　后来她显得不大高兴啦　反正我咯咯咯地笑个不停　发夹一个接一个地往下掉　弄得披头散发的　你总是那么开心　她说　嗯　因为这叫她眼红　因为她晓得这意味着什么　因为我经常告诉她不少我们之间的事儿　不是全部　只是刚刚够让她流口水　这可不是我的过错　我们结婚后她不大上门来了　我倒是想知道她如今过得怎么样啦　自从跟那位半疯不傻的丈夫过日子以来　她就开始扭歪着脸　一副精疲力竭的样子　上回我瞧见她的时候她准是刚跟他吵了一架　因为我一眼就看出　她一个劲儿地往丈夫这个话题上面扯　议论自己的丈夫　讲他的坏话　她告诉我什么来着　对啦　说她丈夫一旦着了魔　有时候穿着沾满了泥的靴子就上床　想想看吧　得跟那样一个家伙睡在一张床上　随时都可能被他杀害的啊　这叫什么男人呀　喏　就算是发了疯　也不见得个个都变得像他那样　波尔迪不论干些什么名堂　反正下雨也好　晴天也好　从外面回来总在垫子上擦擦靴底再进屋　他总把自己的靴子擦得锃亮　而且路上遇见人老是脱脱帽　可他呢　居然

1　拜伦生前，同时代的人们就喜欢模仿他的举止（包括淡淡的忧郁情调），这种风气一直延续到十九世纪末叶。下文中的“眼红”，原文为英语化了的爱尔兰语。

趿拉着拖鞋就去走街串巷 一心想凭着一张万事休矣完蛋的明信片弄到一万英镑 哦亲爱的梅[1] 像这样的事让你腻烦得简直不想活啦 笨得竟然连自己的靴子都不会脱 喔唷 像这种人你有什么办法呀 我宁可死掉二十回也不肯另嫁给这样一个男人 当然喽 他也永远找不到第二个像我这样肯迁就他的女人啦 要想了解我 就来跟我睡觉吧 嗯 在内心深处他也晓得这一点 就拿那个毒死丈夫的梅布里克太太[2]来说吧 为的是什么呢 真奇怪 是不是另外有了情夫呢 嗯 后来败露啦 居然干出这等事 难道她不是个地地道道的坏蛋吗 当然喽 有些男人就是讨厌透顶 简直能把你逼疯 满嘴都是天底下最恶毒的字眼儿 要是我们坏到这个地步 当初他们干吗还非要我们嫁给他们不可呢 嗯 那是因为他们没有我们就过不了日子 她把粘蝇纸上的砒霜刮下来放进他的茶里了 不就是这样的吗 我纳闷他们为什么给起了这么个名字 我要是问他 他就会说是从希腊文来的 听他这么解释 我一点儿也不开窍 她准是把另外那小子爱得发了疯 才去冒这被绞死的危险 哦 她还满不在乎哩 这要是她的天性的话她又能怎么着呢 而且他们也不至于像禽兽一般 忍心去把一个女人绞死 他们是决不会的

他们个个都那么不一样 博伊兰总在谈论我这双脚的形状 人家还没把他介绍给我之前他就马上注意到了 当时我正跟波尔迪一道在都柏林面包公司 我摇晃着两条腿 边笑边想听他说话 我们各要了两杯茶 一份面包和一客黄油 当我站起来的时候 我瞧见他正跟他那两位当了老姑娘的姐妹坐在一起朝我望着 我问女侍厕所在哪儿 都快憋不住了 我还在乎什么 都怪他要我买的那条严实的黑色紧身裤 花半个钟头才脱得下来 把身上弄得浸湿 每隔一星期就得换一套崭新的时装 待了那么半天 我竟把我那双小山羊皮手套丢在后面

1 《哦，亲爱的梅》(1859)是爱尔兰的一首流行歌曲。八岁的小姑娘梅曾答应嫁给一个男孩子（歌中的“我”）。但当“我”多年后抱着成婚的目的回来时，梅早已同别人订了婚。

2 “梅布里克太太”，指弗萝伦丝·伊丽莎白·钱德勒·梅布里克（1862—1941）。她因有外遇，于一八八九年用砒霜毒死丈夫（比她大二十三岁的一个利物浦棉花掮客），被判死刑，后减刑为无期徒刑，并于一九〇四年一月二十五日获释。

座子上啦　再也没找回来　说不定被什么女贼拿走啦　他要我在爱尔兰时报上登个广告　说是在戴姆街都柏林面包公司女厕所里丢的　拾到者送交玛莉恩布卢姆太太　从旋转门往外走的时候　我瞅见他正拿两眼盯着我的脚哪　我回头一望　他还在望着我　两天之后我去那儿喝茶　原指望　可他没在　我的脚怎么会叫他兴奋起来的呢　因为当我们在另一间屋子的时候我正跷着二郎腿来着　起初他指的是我那双鞋走起路来太箍脚　我的手好看得很哪　我要是戴上一只镶了漂亮的蓝晶的戒指该有多好哇　那是我过生日那个月的宝石[1]　我非让他给我买一只不可　再饶上一只金镯子　我并不怎么喜欢我这双脚　不过古德温那个搞得一团糟的演奏会结束的那个晚上　我让他把玩过我的脚　天那么冷　又刮着风　唷　我们家里有甘蔗酒　加上糖和香料　烫热了再喝　那是在西伦巴德街　他要我脱下长袜躺在壁炉前的地毯上的时候　炉火还没灭　另外一回是让我穿着那双沾满了泥巴的长靴子　只要见到马粪就踩　当然喽　他不像世上一般人那么正常　他是怎么说的来着　说是即便十分当中让给凯蒂兰内尔[2]九分　我都能赢　我问他这话是什么意思　我记不起他是怎么说的了　因为叫卖最终版的报童刚好走了过去　卢肯牛奶店那个鬈发男人是那么讲礼数　我想以前仿佛在什么地方跟他见过面　我正尝黄油的时候注意上他了　所以就成心磨磨蹭蹭地拖延着时间　还有他常常拿来取笑打趣的巴特尔达西　我唱完古诺的圣母颂后　他在通往唱诗班席位的台阶上吻起我来了　咱们还等什么呀　啊唷我的心肝儿　吻我脑门并分手[3]　还有我那褐色部位　别瞧他嗓门儿小　可热劲儿挺大　一向对我唱的低音喜欢得发狂　要是他说的是真话　我就爱他唱歌时的口型　然后他说　在

1　按：摩莉生于九月，那个月的宝石是贵橄榄石（象征“防止愚行”）。三月的宝石才是蓝晶（又名海蓝宝石，象征“希望”）。

2　凯蒂·兰内尔，参看第771页注释1。

3　“咱们……分手”出自G. J. 怀特—梅尔维尔和F. 保罗·托斯蒂所作歌曲《再见》。下文中的“我的褐色部位”，原文作“my brown part”，是摩莉根据这支歌曲中的一句“kiss me ... on the brows and part”（吻我脑门并分手）引申出来的。“brown”（褐色）与“brows”（脑门）发音相似。“部位”与“分手”在原文中均作“part”。

这样的地方干这种事儿有多么可怕啊　我可不觉得有什么可怕的　迟早有一天我会告诉他的　不是现在　让他吓一跳　唉　而且我还把他领到那儿去　让他看看我们干事的那个地方　喏　就在那儿　你高兴也罢不高兴也罢　他以为没有他不知道的事　我们订婚之前他对我母亲毫无所知　不然的话他是不会那么容易地把我搞到手的　不管怎样

他比我要糟上十倍　曾央求我从衬裤上剪下一小片来给他　那个傍晚我们沿着凯尼尔沃思广场走去的时候　他吻了吻我戴的手套上的饰孔　我只好把手套脱下来　他问了我一些问题　可不可以打听一下你那间卧室的形状呢　于是我假装忘记了手套的事　好让他保存下来

心里念着我　这当儿我瞅见他把手套偷偷放进兜儿里啦　当然喽　他对衬裤简直着了迷　这一点一眼就看得出　两眼总是直勾勾地盯着那些骑自行车的厚脸皮丫头们　她们的裙子被风一刮　连肚脐眼儿都露出来啦　甚至米莉和我跟他一道参加郊游会那回　有个穿奶油色平纹细布的娘儿们就逆着阳光站在那儿　连她贴身的内衣他都看个一清二楚　有一回他瞧见了我　就冒着雨从背后追了上来　不过　早在他见到我之前　我就瞅见他站在哈罗德十字路口角儿上啦　穿着崭新的雨衣　为了使脸色显得更鲜活　围了一条茶褐色围巾　戴着顶褐色帽子

像平素间那样看上去滑头滑脑的　那个地方跟他毫不相干　他究竟在那儿干什么呢　男人可以随意到哪儿去　爱向穿裙子的索取什么就索取什么　你还不能过问　可他们就是想知道你究竟到哪儿去啦　你要到哪儿去　我能觉察出他一路躲躲闪闪地总跟在我后面　一双眼睛死死盯着我的脖子　他一直避开我们家　他觉得越来越不便于上门啦

于是我就侧过身去　停下脚步　然后他就缠着我　要我说声好吧　到头来我边望着他边慢慢腾腾地摘下手套　他说像这么个雨天我那网眼袖子搪不了寒　好歹找个借口来伸手挨近我的身子呗　好半天他始终在念叨衬裤衬裤的　直到我答应把玩偶穿着的那条衬裤扒下来送给他

让他揣在背心的兜儿里随身带着　噢　**至圣者玛利亚**[1]　他浑身上下

1　原文为西班牙语。

给雨淋得湿透啦　活像个大傻瓜　他长了一口非常漂亮的牙齿　我看着肚子都饿了　他央求我撩起身上那条有着日光线形褶子的橙色衬裙　他说左近一个人也没有　要是我不这么做　他就在水洼子里下跪　他是那么死乞白赖　身上那件崭新的雨衣也会给糟蹋啦　你简直不晓得单独跟你在一起的时候他们会怎样地异想天开　要是有人路过　他们会为了那个变得很粗野　所以我就稍微撩了撩裙子　隔着他的长裤摸了摸　就像我常用戴戒指的手对加德纳所做的那样　免得他在这么大庭广众之下干出什么更荒唐的事儿来　我倒是很想知道他究竟行没行过割礼　他浑身直筛糠　他们不论做什么事都过于急躁　图个痛痛快快乐上一通　害得爹眼巴巴地等着我回去吃饭　他教我说　我把钱包落在肉铺里啦　只好回去取一趟　好个扯谎大家　接着他又写来那封信　上面全是那种话　跟他在一起的时候　瞧他那个德行　他怎么还有脸去见任何一个女人呢　事后弄得多尴尬啊　我们碰见的时候　他问我　生我的气了吗　我当然耷拉着眼皮　他看出了我并没生他的气　他还有几分头脑　不像另外那个傻瓜亨尼多伊尔　玩哑剧字谜游戏的时候　不是弄坏什么就是扯破什么　我就讨厌不走运的男人　他问我懂不懂得那是什么意思　为了体面起见　我当然只好说不懂得嘞　我说我就不懂得你说的是什么意思　这不是蛮自然的吗　当然喽　这个字常写在直布罗陀的墙壁上　旁边还附着女人那个部位的图像　我在任何地方也没看到过这个字　不过　太小的娃娃可不适宜看　于是他就每天早晨都写封信来　有时候一天写两封　我喜欢他做爱的方式　他懂得怎样叫女人着迷　那当儿他给我送来了八大朵罂粟花　因为我的生日是八号　于是我写了封信　那天晚上他在海豚仓吻了我的胸口　身上那股劲儿没法儿形容　简直像登天啦　但是他从来也不像加德纳那么会拥抱　我希望他星期一会上门来　像他说过的那样　还是在同一时刻　四点钟　我就恨那些不管什么时候都找上门来的　你还以为是蔬菜店的呢　开门一看原来是旁的什么人　而你呢　已经把全身的衣服都脱掉了　要么就是又肮脏又邋遢的厨房那扇门被风刮得敞开啦　满脸皱纹的老古德温为了演奏会的事儿到伦巴德街来找我的那

一天　我刚吃完饭　为了炖那破菜弄得我满脸通红　乱糟糟的　我只好说　别朝我看　教授　我这副样子真见不得人啊　嗯　这位老先生可是个地地道道的正派人　他的一举一动再可敬不过啦　又没有人替你说声不在家　你只好隔着百叶窗偷偷往外边瞧　就像对今儿那个送官的似的　他先派人送来葡萄酒和桃子　起初我还只当是为了改期呢　我开始打起呵欠来啦　以为他在耍弄我呢　心里好焦躁　这当儿我听见他哒哒哒哒的敲门声　他准是来晚了一会儿　因为三点一刻光景我曾瞧见迪达勒斯家的两个姑娘放学回去　我一向弄不清钟点　连他给我的那块表好像也从来没准过　我想找人去修一修　当我一边用口哨吹着有位我心爱的漂亮姑娘[1]　一边丢一便士给那唱着为了英国为了家园和丽人的瘸腿水手的时候　我甚至既没换件干净衬衣　也没化妆　什么都还没做呢　而且下礼拜的这一天就该到贝尔法斯特去啦　他也一样　得去恩尼斯　二十七日是他爹的忌辰嘛　要是他那样的话可就不会愉快了　假定我们旅馆的房间是紧挨着的　又在新床上干了点什么傻事　我可不能叫他住手　别缠着我　因为他就在隔壁房间里　那里也许住着个新教牧师　边咳嗽　边敲墙　第二天他决不会相信我们什么也没干　丈夫好对付　你可哄骗不了情人　事后告诉他　我们什么也没干　他当然没相信我　没有　他不如随便到任何地方去　再说　他总会惹出什么事儿来的　上次我们到马里伯勒去参加马洛音乐会　他为自己和我叫了两份滚烫的汤　这当儿铃响了　他就沿着月台走去　边走边一勺一勺地喝着汤　一路上四下里洒着　脸皮也够厚的了吧　伙计尖声喊叫着追在他后面　天哪　可让我们丢尽了丑　还有火车头开动前的那场混乱　但是他一定等喝完了才肯付账　坐在三等车厢里的两位先生还说他做得很对呢　倒也是　当他脑子里一旦有了什么念头　有时候就梗得要命　他居然用小刀子撬开了车厢门　真是做了件好事　不然的话火车就会把我们一直带到科克郡去啦　我猜想那是出于对他的报复　噢　我多么喜欢坐有着可爱的柔软靠垫的火车

1　《有位我心爱的漂亮姑娘》是歌剧《基拉尼的百合》第1幕中的一首插曲。

或马车去做短途游览　我倒是想知道他肯不肯为我买一张头等车厢的票　他大概还想在火车上搞呢　所以就给列车员一大笔小费　哎呀　我相信照例会有一些无聊的男人　用无比愚蠢的眼神　张着嘴呆呆地看我们俩呢　我们去霍斯岛那回碰上的那位普通工人可真大不一样　他让我们俩单独留在车厢里　我想了解一下关于他的一些情况　钻过一两个隧道　然后你朝窗外望就更有趣儿啦　接着是回程　要是我永远不回来了　他们会怎么说呢　说是跟他私奔啦　那样我在舞台上就会大出风头啦　我最后一次是在哪儿的音乐会登台演唱来着　那是一年多以前的事啦　是什么时候呢　在克拉伦敦街的圣女德肋撒会堂　如今晚儿在那里唱歌的净是些小黄毛丫头们　眼下是凯思琳卡尼和她那号人在演唱　由于我爹在军队里待过　我曾演唱过心神恍惚的乞丐　还佩戴着一枚纪念罗伯茨[1]勋爵的胸针哩　当时我显然是个爱尔兰人　波尔迪的爱尔兰味却还不足　那回的经纪人是他吧　他到处说他正在把光啊仁慈地引导[2]配成曲子　这样就使得我能够在站立的圣母[3]中演唱　其实是我怂恿他的　这一回我可不再让他那么做啦　可后来耶稣会士们发觉他是个共济会员　引导我前进[4]的曲子是从什么古老歌剧里抄袭来的　在钢琴上使劲奏着　嗯　他近来又跟几名新芬党　一道走动或者随便他们怎么称呼自己吧　谈着他平时说惯了的废话荒唐话　他说　他介绍给我的那个没系领带的小个子非常聪明　姓格里菲思　很有前途　哦　这我可看不出来　我也只能说到这儿　不过他想必是那样一个人　他晓得已经闹起抵制运动　我讨厌去提战后的政治　比勒陀利亚[5]和莱迪史密斯和布隆方丹　第二东兰开斯特团第八营的斯坦利·G. 加德纳陆军中尉就是在那儿害了一场伤寒而死的　他穿上那身土黄色军服可帅啦　个子比我稍微高一点儿　刚好合适　我相信他

1　罗伯茨勋爵，参看第584页注释2。

2　《光啊，仁慈地引导》，参看第92页注释2。

3　《站立的圣母》，参看第117页注释2及有关正文。

4　“引导我前进”是《光啊，仁慈地引导》中的一句。

5　比勒陀利亚目前为南非共和国行政首都。在布尔战争中，布尔人的军队于一九〇〇年五月主动撤离了该城，英军长驱直入，予以占领。

一定挺勇敢　那晚上我们俩在运河船闸那儿接吻告别　他叫我作我的爱尔兰美人儿　他兴奋得脸色发白　他快要出发了　我们也许给人从路上瞧见啦　他连站都站不利索　我浑身从来也没那么热过　他们蛮可以一开头就讲和嘛　要么就让老保尔大叔和另外一个老克留格尔[1]去拼个死活　省得把战争这么拖上好几年　让那些漂亮小伙子害热病死在那儿　哪怕是正正经经挨子弹死掉呢　事情还不至于这么糟糕　我爱看兵团的阅兵式　头一回是在拉罗什[2]看西班牙骑兵　然后从阿尔赫西拉斯[3]隔着海湾眺望　景色太可爱啦　直布罗陀的万家灯火就像萤火虫似的　还有在十五英亩地上举行的模拟战[4]　穿着格子呢百褶短裙的黑警戒兵团　步伐一致地从威尔士亲王所统率的第十轻骑兵或枪骑兵跟前分列前进　噢　轻骑兵可真有气派　还有在图盖拉打过胜仗的都柏林兵　他爹就是把一群马卖给骑兵发的财　我既然给了他那么多他蛮可以在贝尔法斯特给我买一份精致的礼物　那座城里有可爱的亚麻布衬衫被单　还有考究的和服什么的　我得去买早先有过的那种樟脑丸　跟衣物一道放在抽屉里　跟他一起在一座新到的城市里到处逛商店　买这些东西多么让人兴奋哟　还不如把这戒指撂在家里呢　非得在指关节那儿转来转去才摘得下来　那帮人要么就把我们的事儿登在报上　满城宣扬　要么就去报告警察　可他们会认为我们是一对夫妻　噢　就让他们统统闷死好啦　我才一点儿都不在乎呢　反正他称钱　又不是那种就要结婚的男人　所以还不如有人帮他花花呢　我要是能弄清楚他喜不喜欢我就好啦　当我搽粉时仔细照了照那面带把儿的小镜子　就发现脸色有点儿苍白　其实　镜子一向是不可靠的　倒也难怪　他那副坐骨老大　从头到尾跨到我身上　他又那么笨重　胸脯上长满了毛　再饶上天儿又这么热　我老得躺在下面　还不如让他

1　保尔·克留格尔（1825—1904）是南非荷裔布尔人，军人和政治家，曾为建立布尔人国家——德兰士瓦而战斗。这里，摩莉把他的姓名拆开，当成两个人了。

2　拉罗什的正式名称是圣罗什，系距直布罗陀七英里的一座有军队驻守的城镇。

3　阿尔赫西拉斯是西班牙加的斯省海港，隔着直布罗陀海与直布罗陀遥遥相望。

4　十五英亩地是都柏林凤凰公园一区。当年在这里经常举行摩莉所回忆的那种军事演习。

从后面搞倒好一些哩　正像马斯添斯基太太告诉我的　她丈夫就要她摆那种姿势　活像是两条狗似的　她还得把舌头能伸多长就伸多长　这当儿他还安详柔和地丁零零弹着他那把七弦琴　这些男人指不定会干出什么名堂来哪　你永远也追不上他们　他穿的那套蓝色衣裳可是上等料子做的哩　领带的样式也挺时新　短袜跟上还用天蓝色丝线绣着花纹　他准阔得很哪　从他衣裳的剪裁和他那块沉甸甸的手表我就看得出来　但是当他出去买回那份最终版报纸后　有几分钟光景变得像个地地道道的恶魔啦　他撕碎了赛马券　怒火冲天地咒骂着　因为他输掉了二十金镑　他说是那匹跑赢了的黑马让他丢的这笔钱　半数是为我下的赌注　都怪利内翰为他出了这么个点子　他诅咒说　这个寄生虫该下十八层地狱　那回参加格伦克里的午餐会之后　我们乘马车摇摇晃晃地翻过羽床山沿着那漫长的路回去的时候　他对我放肆来着　市长大人也曾用那双色眯眯的眼睛打量我　我最初是在饭后吃甜食的时候留意到那个大异教徒维尔·狄龙的　我正在用牙齿嘎吧嘎吧地嗑着核桃壳　我巴不得能用手指把每一口鸡肉都撕下来　香喷喷烤得焦黄焦黄的　要多嫩有多嫩　不过我并不想把盘子里的东西统统吃光　那些叉子和切鱼刀都是纯银的　还有检验印记哩　我巴不得有那么几把　其实我蛮可以假装摆弄着玩　很容易就能往我的皮手笼里塞进一副　哪怕在饭馆往喉咙里咽下那么一点点东西　你也得指望让他们清账　抠抠搜搜地喝上一杯茶　我们也要当成是莫大的荣幸　受了待见就得表示感谢　不管怎样　世界就是这么分成的　假若老是这么下去的话　头一桩　我得要两件上等衬衣　可我不晓得他喜欢什么样的衬裤　他情愿我不穿衬裤　他不是说过吗　嗯　直布罗陀的姑娘们有一半根本就不穿衬裤　照天主当初造她们的那样赤条条的　那个唱曼诺拉的安达卢西亚姑娘并没怎么隐瞒她没穿的事　嗯　还有我那另一双人造丝长袜　刚穿一天就抽了一大片丝　今儿早晨我蛮可以退给卢尔斯　跟他们吵上一通　要求给调换一双　可我还是打消了这个念头　免得心里更烦　说不定还会半路上撞上他　那就都泡了汤　我还想要一件柔软合身的胸衣　仕女上的广告标的价钱倒蛮便宜　还说

胯裆那儿垫了层三角形松紧布　他替我把原有的这件补了一下　但还是不成　广告上是怎么说来着　只要花上十一先令六便士就能减肥　消除臀部那难看的赘肉　显出曲线美　我的肚子太大了点儿　得戒掉晚饭那杯烈性黑啤酒　可也许已经喝上瘾了呢　奥罗克那家店最后送来的那瓶都跑了气　像白水一样　他的钱赚得可容易啦　大家管他叫作拉里　过圣诞节的时候他给送来个脏巴稀稀的旧包包　装着一块没有糖霜的点心和一瓶泔水　他原想当作红葡萄酒来硬塞给人家　可谁都不肯喝　但愿上天让他省下唾沫吧　不然的话我怕他会渴死呢　也许我该做做深呼吸运动　我倒是想知道那种减肥药是不是多少有点儿灵验　我也许会喝过头　如今晚儿瘦削型的并不大时新了　我有好几副袜带呢　可只有今天绷的那副才是他用一号收到的那张支票给我买的　哦不　还有我昨天用光的化妆水　涂上去让我的皮肤那么鲜活　我一遍遍地告诉他　到同一家店去再配一份　可别忘啦　说了多少遍

天晓得他究竟办了没有　反正一看瓶子就知道啦　要是没办　我看就只好用自己的尿来洗了　我这尿像是牛肉茶或鸡汤　掺上点儿苦熟脂和紫罗兰花汁　我觉得皮肤开始显得粗糙或有点儿苍老了　我烫了手指以后脱了层皮　下面的皮肤要细嫩多啦　可惜并不都是那样　还有那四块廉价手绢儿　统共才值六先令　要是不讲究点儿仪表　这个世道你可确实混不出个名堂来　钱都一股脑儿花在吃的和房租上啦　我要是抓到了钱　就大把大把地花它个痛快　我总想将一把茶叶往壶里一丢拉倒　可他每回总要称一下分量　还磨成末儿　我要是买双旧的牛皮鞋回来　他就问　你喜欢这双新鞋吗　嗯　多少钱买的呀　我简直就没有衣裳可穿　那套棕色的衣服　还有裙子和短上衣　另外就是送到洗衣坊去的那一身　一共才三身　随便对哪个女人来说　这算得了什么呢　把这顶旧帽子的边檐剪下来补那一顶　男人们连理都不理睬你　女人们只当你没有丈夫　总想把你踩在脚底下　物价又天天飞涨　再过四年我就三十五啦　不　我是　我究竟多大岁数了呢　到九月我就三十三啦呃　真的吗　噢　喏　瞧瞧那位加尔布雷斯太太　她比我老多啦　上星期我出门时瞧见她了　她的美貌在开始衰退　她

当年可真美 把齐腰的浓密头发往后面一甩 就像住在格兰瑟姆街的吉蒂奥谢那样 我每天早晨头一桩事就是朝她那边望 看着她梳头 她好像很赞赏自己那厚厚的头发 可惜直到我们搬走的头一天我才结识她 还有那位名叫泽西百合的兰特里夫人[1] 威尔士亲王爱上了她 依我看他跟路上的随便哪个男人都是一样的 他只不过有个国王称号罢咧 这些男人全是一个模子里刻出来的 我只想试试黑人是什么样 她的美貌能维持到多少岁呢 四十五吧 关于她那个爱吃醋的老丈夫有件逗趣儿的故事 到底是怎么来着 他总是随身带着一把撬牡蛎刀 不 说是他教她围起一种锡做的玩意儿 带着撬牡蛎刀的是威尔士亲王 嗯 这种事儿不可能是真的 就像是他给我带回来的那些书一样 弗朗索瓦某某先生的作品 据说还是一位神父呢 写的是一个女人脱了肠 所以娃娃就从她耳朵里生下来啦[2] 说什么她的a—e[3] 这个词儿随便由哪个神父来写都够雅的了 真好像任何傻子都弄不懂那个字的含义似的 我就恨他那种老恶棍的脸 对什么都装糊涂 谁都看得出这不是真实的 还有他替我借回两遍的鲁碧和美丽的暴君们[4] 记得当我读到第五十页的时候 有一段写她用绳子捆住他并悬挂在钩子上 而且拿鞭子抽打 对女人来说这样的故事一点儿看头都没有 统统是瞎编的 还说什么舞会后他把香槟酒盛在她那双便鞋里来饮 就像是我在英奇柯尔瞧见的那位马槽里的婴儿耶稣 圣母玛利亚把他抱在怀里 当然哪个女人也生不出那么大的娃娃 起初我还以为是

1 莉莉·兰特里（1852—1929），英国女演员，因生在海峡群岛的泽西岛，教名又叫莉莉（Lily，百合），故以“泽西百合”闻名于世。一九一七年做告别演出。她有许多身份高贵的爱慕者，其中包括后来成为爱德华七世的威尔士亲王。她于一八八一年离开头一个丈夫兰特里，一八九九年嫁给休·杰拉德·德·巴斯爵士。

2 “弗朗索瓦某某的作品”，指法国作家弗朗索瓦·拉伯雷（约1493—1553）的代表作《巨人传》。他初习法律，并任神职，后学医。《巨人传》第二部分《庞大固埃之父、巨人卡冈都亚十分骇人听闻的传记》（1534）中的英雄人物卡冈都亚身躯高大，食量过人，是从他母亲的左耳出生的。

3 由于“arse”（屁股）一词不雅，习惯上经常写成“a—e”来代替。所谓“脱肠”即指字母“s”形的直肠脱落。这里包含一个字谜：从“arse”中抽掉“s”，就成了“are”，把第三个字母“e”移到前面，就成了“ear”（耳朵）一词。

4 《美丽的暴君们》，参看第348页有关正文。

从她的侧腹生出来的　不然她怎么能蹲到尿盆上去解手呢　当然喽她是个阔女人　感到荣幸　因为对方是皇太子殿下嘛　我出生的那一年他到直布罗陀来啦　我敢担保他在那儿也找到了百合花　他还在那儿栽树来着　当年他栽的还不止那一棵　要是他来得早一些　也许还把我也给栽了呢　那么我就不会像现在这样待在这儿啦　他应该退出那个自由人报　他只能捞上可怜巴巴的几个先令　应该到办事处什么的当差去　在那儿领一份固定的工钱　要么就到银行去　他们就会让他坐上宝座　成天数钞票　当然喽　他宁愿在家里悠悠荡荡地混日子　他要是待在你身旁　会弄得你简直动弹不得　他还问着　你今儿个都演出些什么节目呀　我甚至巴不得他能像我爹那样叼上只烟斗　发散出男子汉的气味　要么就到处荡来荡去　假装是在拉广告　他要不是干了那么一件事　本来是蛮可以还在卡夫先生手下工作的　后来他又派我去想法说情　我原是能够让他被提升做那儿的管理人的　他赏脸接见了我一两次　起初他口气强硬得让人没法接近　说什么布卢姆太太　千真万确　可我身上那件过了时的蹩脚衣服弄得我难堪透了下摆上的铅锤丝脱落了　整个儿走了样儿　不过近来又流行起这种式样来了　我纯粹是为了让他高兴才买这件衣裳的　从做工就看得出它不行　可惜我没按照原先说过的那样到托德和勃恩斯去　却改变了主意　去利斯啦　这身衣裳就跟那家店一个样　廉价出售一大批粗制滥造的处理品　我就恨那些阔铺子　真叫人讨厌　不论什么衣服穿在我身上都分外显眼　不过他认为关于女人的服装和烹调他知道得很多对什么事都婆婆妈妈的　我要是听他摆布　就得把架子上的作料一股脑儿都扫进去　不论我戴哪一顶帽子　只要问他这我戴着合适吗　行啊　就戴这顶吧　挺好　那就像生日蛋糕似的　在我头上竖了起来足有好几英里高　他却说我戴着蛮合适　要么就像一顶罩盘布一般耷拉到我背后　他也说好　我把他带到格拉夫顿街那家店去算是倒了霉　他对女店员直赔小心　说什么我恐怕太麻烦您啦　她露着假笑　要多傲慢有多傲慢　那不正是她该当干的吗　但是我狠狠地瞪了她一眼　嗯　弄得他挺狼狈　倒也难怪　可第二回他就不一样了　他又成了

平素那个像汤一样梗得要命的波尔迪 可是当他起身为我打开门的时候 我看得出他死命地盯着我的胸脯 不管怎样 他把我送出去 礼数总是周到的 实在抱歉 布卢姆太太 请相信我 接着就含糊其辞了 当他头一次遭到侮辱 我被错认作是他的老婆的时候 我只是微微一笑 我晓得 待在门口那当儿 我的奶头是露出来的 他正在说着 我非常抱歉 我相信你也是的

嗯 由于他嘬了好半晌 都给嘬得硬邦些了 他弄得我口里干渴 他管它们叫作小咂咂儿 我忍不住笑了起来 嗯 反正这边儿这只硬邦啦 只要稍微有点儿什么奶头就硬啦 我要让他老是这么嘬下去 我要把搅出沫儿来的鸡蛋掺到马沙拉里来喝 为了他的缘故 把奶头养得肥肥实实的 那些血管唔的是干吗的呢 两个造得一模一样 多奇妙啊 倘若生了一对双胞胎的话 它们会被认为是美的象征 就那样摆在那儿 像是陈列馆里的雕像似的 雕像中的一座还假装用她的一只手遮住它 它们真那么美吗 当然喽 要是跟男人那副样子比起来的话 他的两只袋装得满满的[1] 他那另一个物儿又耷拉出来 要么就像帽架上的钩子那么朝你戳过来 也难怪他们要用一片白菜叶子遮住它哩 那个讨厌的金马伦高原士兵躲在肉市背后 要么就是另外那个红头发坏蛋 藏在树后边 那儿曾经立着一座鱼儿的雕像[2] 当我打那儿经过的时候 他就假装在撒尿 掀开娃娃布 把那物儿竖起来给我看 这帮女王近卫军真够呛 亏得后来萨里军替换了他们[3] 他们总想掏出那物儿显摆给你看 几乎每一回我试着从哈考特街车站附近的公共男厕所外面经过 总看见这个或那个家伙正试图引起我的注意 就好像那物儿是世界七大奇迹中的一件似的 哦 那些烂地儿的臭

1 “两只袋”指阴囊。这里系套用儿歌《吧，吧，黑羊，你有羊毛吗？》中的一句，并把原词中的“三”，改成了“两”。前四句如下：“吧，吧，黑羊，/你有羊毛吗？/是的，先生，是的，先生，/三只袋装得满满的。”

2 指一度竖立在直布罗陀的阿拉梅达园的一座雕像。它原是特拉法尔加海战中被缴获的西班牙无敌舰队中的“圣胡安”号的船头雕饰，形状是一个人像在用标枪叉鱼，因毁损，已于一八八四年拆除。

3 据《直布罗陀词典与旅行指南》，自一八七九年六月起，女王第七十九近卫军金马伦高原部队驻守直布罗陀，一八八二年八月改由第一东萨里支队换防。

气就甭提啦　有一天晚上参加科默福德夫妇的宴会　跟波尔迪一道回家的路上　可口的橘子和柠檬汽水使得我想撒尿了　就进了一间厕所　天气冷得刺骨　我简直憋不住啦　那是什么时候来着　是九三年当时运河已经结了冰　嗯　金马伦高原士兵已调走了几个月　可惜他们当中的个把人没能待在那儿瞧着我蹲在男厕所的**小便池**[1]上　从前我试着画过一幅那物儿的图　像是根香肠唔的　我又给撕碎了　我倒想知道　他们走来走去的　难道不怕在那个部位被踢上一脚或咚地挨一下打吗　女人当然意味着美　谁都知道这一点　当我们住在霍利斯街的时候　他被希利那家店解雇啦　我靠卖衣服　并且在咖啡宫胡乱弹奏过活　他说我蛮可以替什么阔佬当裸体模特儿　我要是把头发披散下来　就会像那个出水的宁芙吗　只不过她更年轻一些罢了　要么我就有点儿像是他收藏的那张西班牙相片上的烂婊子　我曾问过他　难道宁芙就老是那么着四处走动吗　我还问他　碰上了里面有着胶皮管的什么玩意儿那个词儿　他却搬出那个关于化身的绕口令　他永远也不会把一件事解释得简单一些　好让人家明白　接着他又去把锅底儿都给烧坏啦　而这又全都是为了煎他那份腰子　这边儿的倒还没什么　他总想咬住那边儿的奶头　还留着牙印儿哪　我忍不住喊起来了　他们多可怕呀　老是想伤害你　生米莉那回我的奶水真足　够喂两个娃娃的啦　那到底是怎么回事呢　他说什么我要是去给人家当奶妈　每星期能挣上一英镑哩　一到早晨简直就胀得鼓鼓的　溢出来啦　寄住在二十八号的西特伦家那个看上去挺文弱的学生彭罗斯　隔着窗户差点儿瞅见我正在那儿洗呢　不过我赶紧抓条毛巾蒙住了脸　这就是他用的功喽　让她断奶的时候　它们可让我受够了罪　直到他请布雷迪大夫给我开一服颠茄药才算了结　我只好叫他替我嘬一嘬　他说它们硬得很　可是比母牛的还甜还浓哪　后来他想要我把奶水挤到茶里去　他可真能胡来　我敢说应该有人把他写到新闻专栏里去　我要是能记住种种事情的一半儿的话就能写成一本书　就叫它作波尔迪公子作

1　原文为西班牙语。

品集吧　嗯　这边儿的皮肤变得光滑多啦　他足足嘬了它们一个多钟头　没错儿　我看钟来着　我就像是有了个大娃娃似的　他们什么都往嘴里塞　这些男人总要从女人身上得到一切快乐　直到现在我还在感受着他那嘴巴的嘬劲儿　哦　天哪　我可得把身子摊开来　我巴不得他在这儿　要么就是旁的什么人　好叫我那么一遍又一遍地丢啊丢的　我觉得身子里面全是火　或者要是我能梦见当时他是怎么第二遍使我丢的就好了　他从后面用手指挠着我　我把两条腿盘在他身上一连丢了有五分钟　事后我禁不住紧紧搂住他　噢　天哪　我恨不得大声喊出各种话来　肏吧　拉屎啦　或随便说点儿什么　可就是别露出一副丑相　耗尽了精力　脸上布满皱纹　谁晓得他心里是怎么想的呢　你可得琢磨男人的心情　谢天谢地　我　男人们并不都像他这样　有的人喜欢女人在搞的时候斯斯文文的　我注意到了他们的差别　他搞的时候一声不吭　我抬起眼睛那样看着他　颠鸾倒凤　头发有点儿乱啦　我从嘴唇里吐出舌头朝这个野蛮畜生伸了过去　星期四　星期五　一天　星期六　两天　星期日　三天　哦　老天爷　我哪里等得到星期一呢

　　呋噜嘶咿咿咿咿咿咿咿咿呋喽嗯嗯嗯嗯　火车在什么地方拉鼻儿哪　那些火车头劲儿可真足　就像是大个儿的巨人　浑身上下翻滚着水　向四面八方迸溅　仿佛是古老甜蜜依依的情歌哦哦哦的结尾　那些可怜的男人不得不整宵整宵地离开老婆和家人　待在烟熏火燎的火车头里　今儿个天闷得透不过气儿来　幸而我把那些过期的自由人报和摄影点滴烧掉了一半儿　他越来越马虎得厉害　到处撂着这类东西　剩下的我都给丢到茅房里去了　明天我就叫他替我裁出来　不然的话　把它们留到明年　也不过卖个几便士罢咧　也省得他问去年一月份的报纸在哪儿　所有那些旧大衣搁在那儿净添热　我也给捆起来弄到门厅外面去啦　那场雨下得真好　感到爽快　是我美美地睡了一觉后下起来的　我觉得这儿越来越像直布罗陀啦　好家伙　那地方多热呀　紧接着　地中海那猛烈的东风一刮　黑压压的像夜晚一般　闪闪发光的岩石耸立在中间　跟他们认为了不起的三岩山比起来　仿佛是

个又高又大的巨人　东一处西一处是红色的岗亭　还有白杨树丛　统统都炎热得冒烟儿　再就是一顶顶蚊帐　和一座座水槽里那雨水蒸发的气味　由于成天望着太阳　被晒得发晕　爹的朋友斯坦厄普夫人送给我的那件巴黎的便宜商场的漂亮衣裳整个捎色儿啦　多糟糕哇　她在上面还写着我最亲爱的狗小姐　她人真好　她叫什么名字来着　上面写着　只发张明信片告诉你一声　我寄了份小小的礼物　刚洗了个痛快的热水澡　感到仿佛成了一只非常干净的狗　中东佬也享受了一通　她管他叫中东佬　我们非回趟直布不可　好去听你唱等待和在古老的马德里　他给我买的练习曲集子叫作康科恩[1]　还给我买了一条新披肩　那名词儿我叫不上来　倒是挺可心的　只不过稍微一怎么着就撕破了　可我觉得还是蛮漂亮的　你是不是老想着咱们一道吃过的美味茶点呢　我很喜欢那香甜的葡萄干烤饼和山莓薄脆　喏　我最心爱的狗小姐务必及早给我写封亲切的回信　她忘记写上对你父亲和格罗夫上尉的问候啦　怀着深深的情意　衷心爱你的赫斯特×××××[2]　她一点儿也不像是个已结了婚的　简直就像个姑娘　他的岁数比她大多了　这位中东佬可疼我啦　在拉利内亚看斗牛的那回　他用脚踩着铁丝好让我迈过去　那回斗牛士戈麦斯得了一对牛耳朵[3]　我们得穿这些衣服　到底是谁发明的呀　还指望你能走上吉利尼山呢　就拿那回郊游来说吧　我给胸衣箍得紧紧的　在一群人当中　简直既不能跑也不能跳到一边去　所以当另外那头凶猛的老公牛开始向系着腰带而且帽子上又镶着两道装饰的斗牛士扑去的时候　我就觉得害怕啦　那些野兽般的男人们喊着　**斗牛士万岁**[4]　穿着漂亮的白色小披风的女人们嗓门儿也一样大　那些可怜的马儿就被撕裂开　内脏都露出来啦　我一辈子也没听说过这样的事儿　对啦　当我模仿铃巷那边狗叫的时候　他总是伤心地对着我　可那条狗病了　他们后来怎样了呢　估摸着

1　指意大利声乐教师朱塞普·康科恩（1801—1861）所编的《三十首每日声乐练习曲》。
2　×××××的记号代表接吻。
3　斗牛时，裁判将一对牛耳授予成绩杰出者。
4　原文为西班牙语。

早就死啦 双双都死啦 这一切就好像罩在一层雾里 叫你感到那么苍老 那甜饼是我烤的 当然我自个儿统统吃掉啦 还有个叫作赫斯特的姑娘 我们常常比头发 我的比她的浓密 当我梳头的时候 她教我怎样将它拢到后面去 怎样一只手用一根线打个结子 我们就像堂姐妹一样 那时候我十几岁来着 刮大风的那个晚上我睡到她的床上 她用胳膊搂着我 到了早晨 我们抢起枕头来了 多有趣儿呀 当我跟着爹和格罗夫上尉到阿拉梅达散步场去听乐队演奏的时候 一有机会他就死盯着我 我最初望着教堂 接着又瞧着那一扇扇窗户 我往下一瞅 我们俩的目光碰上啦 我觉得就像一根根的针串遍全身 两眼发花 我记得事后一照镜子简直都认不出自己来啦[1] 太阳把我的皮肤晒得光艳艳的 兴奋得像一朵玫瑰似的 我整宵连眼也没闭 都是由于她的缘故 这并不好 然而我原是能够半截儿就打住的 她给我一本月亮宝石[2]要我读 那是我所读到的第一本威尔基科林斯的书 我还读了亨利伍德夫人的伊斯特林恩[3]和阿什利迪阿特的阴影 另一个女人写的亨利邓巴 后来我把这本书借给他了 里边还夹了张马尔维的照片 好让他明白我并不是没有 她还送给了我利顿勋爵的尤金阿拉姆[4] 亨格福德夫人的美丽的摩莉[5] 我不喜欢有摩莉的那些书 就拿他替我借来的那本来说吧 写的是从佛兰德来的一个女人 是个

---

1 据海德一九八九年版，此句下面有五句关于斯坦厄普的话，诸本都没有。现补译如下：[尽管他有点儿谢顶，在一个少女眼里还是蛮有吸引力的，显得挺聪明，虽受了挫折，却还是快快活活的，活像是阿什利迪阿特的阴影中的托马斯]。托马斯是英国女作家亨利·伍德夫人（1814—1887）所著长篇小说《阿什利迪阿特的阴影》中的主人公。他受到的挫折包括未婚妻之死、弟弟为人不诚实、导致破产等。

2 《月亮宝石》(1868）是英国小说家威尔基·科林斯（1824—1889）的疑案故事，被视为侦探小说的滥觞。

3 《伊斯特·林恩》(1861）是亨利·伍德夫人的成名作。曾经译成多种文字并改编成剧本。下文中的“另一个女人”指英国女小说家玛丽·伊丽莎白（1837—1915）。《亨利·邓巴》(1864）是她所著七十多部长篇小说中的一部，揭示一个冒充已故百万富翁的骗子的真实身份。

4 英国小说家爱德华·布尔沃-利顿（1803—1873）是个男爵。他的长篇小说《尤金·阿拉姆》(3卷，1832）写的是犯罪分子和下层社会。

5 《美丽的摩莉》(1878）是爱尔兰女作家玛格丽特·沃尔夫·亨格福德（约1855—1897）用“公爵夫人”这一笔名写成的长篇小说，标题取自一首爱尔兰歌谣：“哦，美丽的摩莉！/为什么撇下恋慕着的我？/我孤寂地在这儿等待你。”

婊子 她总是能偷到什么就偷什么 衣裳啦 成码的料子啦 哦 这条毛毯压在我身上太重啦 这下子就好啦 我连件像样儿的睡衣都不趁 他睡在旁边的时候都卷成了团儿 而且他还老耍着玩儿 这下子可好啦 那阵子天儿一热我就来回翻身 坐在椅子上汗水就把内衣湿透啦 粘在屁股蛋儿上 站起来身上又肥实又硬邦 再往沙发靠垫上一坐 撩起衣服一瞧 晚上足有好几吨臭虫 挂上蚊帐我连一行书都读不成 天啊 这是多久的事呢 一晃儿好像过了好几百年啦 他们当然再也没有回来 再说她也没把地址写对 兴许她对自己那位中东佬留了点心眼儿 人们总是走掉 我们可不 我还记得那天海上起着浪 一只只小船那高高的船头摆上摆下 还有船上散发出的那股子气味 放假上岸的军官们一身制服 我都晕船啦 他什么也没说 他一本正经 我穿的是有一排纽扣的长筒靴子 我的裙子给风刮得掀了起来 她吻了我六七遍 我哭了没有呢 嗯 我准是哭啦 要么就是差点儿哭了出来 当我说再见的时候 我的嘴唇直发颤 她披着为了航海才定做的一件特别讲究的蓝色披肩 有一边儿做得挺新奇的 漂亮极啦 他们走掉了以后 无聊得像鬼一样 我几乎琢磨着要逃走啦
寂寞得发疯 不论待在哪儿 怎么也安定不下心来 爹啦 姑妈啦
婚姻啦 等候[1]着 总是等候着 把他引引引到我哦哦哦这里 等候着

没法加啊啊啊快他那飞速的步伐 该死的大炮开火啦[2] 在铺子上空轰隆隆地响 尤其是在女王的寿辰 要是你不把窗户打开 就会震得什么都朝四面八方往下掉 不管尤利西斯格兰特将军[3]是谁 总归被认为是个大人物 当他下船登岸的时候 打从闹大洪水之前就在那儿担

1 《等候》是摩莉演唱过的歌曲名（参看第407页注释1）。下文中将其最后两句稍做了改动，原句为："把他引到我这里，/加快他那飞速的步伐。"

2 直布罗陀要塞每天鸣炮，通知士兵归营，因为城门关上后次晨日出时才开。尤其是每逢女王诞辰，从要塞顶上边的大炮至海岸沿线的炮台，均响成一片。

3 尤利西斯·格兰特（1822—1885）将军为第十八任美国总统（1869—1877）。任期将满时，他曾周游世界，并于一八七八年十一月十七日访问直布罗陀，受到鸣礼炮二十一响的隆重接待。

任领事的老斯普拉格[1]穿上了大礼服 可怜的人哪 其实他正为儿子服丧呢 早晨就照例吹起床号 鼓声隆隆 于是那些可怜倒霉的士兵们拿着饭盒走来走去 这地方散发出一股气味 比那些穿着带兜帽的长外套前来参加利未人[2]集会的长胡子老犹太人散发的还要难闻 一遍遍的军号命令炮兵擦炮准备战斗 鸣炮 归营 携带着钥匙的卫兵开正步走来 城门上锁 还有那风笛 只有格罗夫上尉和爹在聊着洛克滩和普列文 加尼特吴士礼爵士[3]和喀土穆的戈登 每回他们出门我都替他们点上烟斗 那个老酒鬼总是把他那掺了水的烈酒摆在窗台上 休想看到他剩下一滴酒 他抠着鼻孔 苦思冥想着旁的一些下流故事 到什么角落去讲 可我在场的时候他从来也没大意过 总找个蹩脚的借口把我从屋子里打发出去 还一个劲儿地恭维着 当然都是仗着布什密尔威士忌[4]的酒兴 可要是再来了一个女人 他也会照样说上一遍 我猜他已经把命送在马不停蹄地喝酒上头啦 过了多少年啦 真是度日如年啊 没有人给我写封信 除了我给自己塞了几张纸片寄出去的那几封 我腻烦透啦 有时候恨不得仗着我的指甲打上一场架 我竖起耳朵听那个独眼老阿拉伯人边奏着公驴般的乐器 边唏啊唏啊啊唏啊地唱着 向你那公驴般的杂乱无章的玩意儿致以我的全部敬意 糟糕透啦 如今我垂着双手 隔着窗户往外望 就在对面那座房子里有没有个英俊男人呢 护士们追着的霍利斯街的医科学生 我站在窗口戴上手套和帽子 表示我这就要出门啦 对方却一点儿也不懂得我的用意 他们多么迟钝啊 永远也不明白你说的话 你甚至想把要

---

1 据《直布罗陀词典与旅行指南》，霍雷肖·琼斯·斯普拉格早在一八七三年（该词典创刊之年）以前即就任美国驻直布罗陀领事，直到一九〇二年去世。因时间很长，所以这里说“打从大洪水以前”（指挪亚大洪水）。这位领事之子约翰·路易斯·斯普拉格自一八七七年起在乃父身边任副领事，直到一八八六年去世。所以格兰特于一八七八年访直布罗陀时，其实他还健在。

2 利未族是以色列十二部族之一，犹太祭司多出自该族。《旧约》中的《利未记》记载着宗教仪式的规则。利未人遂成了协助祭司管理宗教事宜的虔诚的犹太人的泛称。

3 加尼特·吴士礼爵士（1833—1913）是出生于都柏林的英国陆军元帅。一八七九年在南非指挥对祖鲁人的作战。占领祖鲁兰后，又向德兰士瓦推进，在那里镇压布尔人的起义。一八八五年被封为子爵。

4 布什密尔是爱尔兰东北部布什河畔一小镇，因在石瓮中酿制威士忌而出名。

说的话印在一张大海报上让他们瞧 我竟然用左手跟他握了两次手[1] 我在韦斯特兰横街小教堂外面稍稍皱起眉头的时候他都没理会我 我倒纳闷他们那了不起的智慧是打哪儿来的 他们的脑灰质 全都在他们的尾巴里哪 你要是问我市徽饭店里的那些乡下骗子手们的智力 他们简直糟透啦 还抵不过他们宰了卖肉的公牛和母牛呢 还有送煤的铃铛声 那个吵吵闹闹的坏蛋 总想用一张从他的帽子里掏出来的旁人的账单来骗我 瞧他那双爪子 还有那吆喝着修理锅壶罐儿的 又有人来问今儿个有没有给穷人的破瓶子 没有客人上门 也没有邮件 除了寄给他的支票 和致亲爱的夫人的神奇露的广告 就只有今天早晨他那封信 和米莉的明信片 是啊 她给他 写了封信 我最近收到的一封信是谁寄来的呢 哦 是德汶太太写来的 喏 她一阵心血来潮 相隔这么多年从加拿大写信来 向我讨西红柿红胡椒[2]这道菜谱 弗洛伊狄龙 从打写信告诉我她嫁给了一位很阔的建筑师以来 就再没音信啦 要是我听到的都可信的话 他们还有座八间屋子的别墅 她父亲是个非常善良的人 当时他已经快七十岁啦 总是那么好脾气 说什么 喏您呀特威迪小姐 要么就是吉莱斯皮小姐 这儿有架钢琴哩 他还有全套纯银的咖啡用具 装在红木餐具柜里 可却死在那么遥远的地方 我讨厌那种总是向人诉苦的人 每个人都有自己的苦恼 可怜的南希布莱克上个月去世啦 害的是急性肺炎 喏 我跟她并不怎么熟 与其说她是我的朋友 倒不如说是弗洛伊的 真麻烦 还得写回信 他说的总不对头 又没个句号 就像是在讲演似的 不幸仙逝 深表哀悼啦 我老写错字 把侄子写成桎子什么的 但愿他下回给我写一封长一点儿的信 假若他真正爱我的话 哦 谢谢老天爷 我找到了这样一个人 他把我非常需要的东西给了我 让我鼓起劲头 在这个地方你已经没有老早以前有过的那样的机会啦 我希望有谁给我来封情书 他那封写得可并不怎么样 而且我还跟他说

1 西欧人认为伸出左手与对方连握两次手是敌意的表示，摩莉却想用这种不同寻常的办法引起对方的注意，以便勾搭上对方。

2 “西红柿红胡椒”是马德里的一道菜肴，原文为西班牙语。

爱怎么写就怎么写　此颂台安　休博伊兰敬启　在古老的马德里那一套　傻女人们相信　爱正在叹气　我即将死去　不过　要是他这么写了　我猜想其中总有几分真实　管它真假　反正会叫你一整天都有个奔头　生活中时时刻刻老是有点儿什么可想望的　四下里一望仿佛是个新世界　我可以躺在床上写回信　好让他想象着我　回信短短的只写上几个字儿　不像阿蒂狄龙常常给都柏林法院的一个家伙写的那种长信　上面加了×××的记号　那是从淑女尺牍大全上抄下来的最后他还是把她一脚踹开啦　当时我就跟她说过　信里只写上几句简单的话就成啦　随他琢磨去　其实就是提醒她　做事不要太轻率　对男方的求婚　要以同样的坦率答应下来　这样就可以得到世上最大的幸福　天哪　没有旁的办法　对他们来说什么都蛮好　可女人呢　刚一上了岁数就会被他们丢到灰坑底儿上去啦。

第一封是马尔维给我的　那天早晨我还躺在床上哪　鲁维奥大娘把它和咖啡一道送来啦　她呆呆地站在那儿　我想用发夹来拆信　并用手指着它们　可怎么也想不起赫尔奇拉这个字儿啦　好个倔巴巴的老家伙　那发夹不是正瞪着她的脸吗　戴着她那副假发　真是个丑八怪　还怪臭美呢　都快要八十或者一百岁啦　满脸皱纹　尽管虔诚可什么都得听她说了算　有件事她怎么也想不通　尽管有那么多国境警备兵[1]　可占全世界军舰半数的大西洋舰队竟然还开了来　英国国旗飘扬着　因为四个喝醉了酒的英国水手就把整个儿岩石从他们手里夺了去　又因为除非有结婚仪式　我陪着围起披肩的她跑到圣母玛利亚教堂[2]去望弥撒的次数不够勤　她就不高兴　她净讲圣人和穿银色衣服的黑发圣母玛利亚所显示的那些奇迹　还说在复活节的星期日早晨

1　“国境警备兵”，原文为西班牙语。指西班牙驻守直布罗陀边境的警备兵。这里暗指“岩石”（直布罗陀的别称）于一七〇四年被英国占领的经过。但据《〈尤利西斯〉注释》，《直布罗陀辞典与旅行指南》只记载着一次英国的大西洋舰队（包括八艘军舰）开进直布罗陀海湾的史实。那是在一九一二年二月，目的是警告德国，尽管发生过巴尔干战争，地中海仍为英国的湖泊。

2　圣母玛利亚教堂坐落于直布罗陀的通衢大道上。

太阳跳跃过三回[1] 当神父随着铃声给快要咽气的人送梵蒂冈一路走过去的时候 她为圣体画了个十字 他署名一个仰慕者 我高兴得几乎跳了起来 我从卡尔里尔的橱窗里看见他在紧紧跟随着我 我就有心跟他吊上 他走过去的时候轻轻地挨了我一下 可是我再也没有想到他会写信来跟我定约会 我把这封信在衬裙的乳褡里塞了一整天 当爹出去操练的时候 见幽暗的地方和旮旯儿就躲起来读着 一心想从笔迹和邮票上的语言[2]中发现点儿什么 记得一直在唱着 我戴一朵白玫瑰好呢[3] 我甚至想把那座老掉牙的笨钟拨快一点儿 他是头一个亲我的男人 在摩尔墙脚下[4] 我的情人儿 年少的时候 我还从来也没想过亲嘴儿是怎么回事呢 直到他把舌头伸到我嘴里 他的嘴是那么甜那么年轻 我把膝盖朝他凑上去几回 好学会怎么亲嘴儿 我对他说什么来着 我告诉他 为了好玩儿 我已经跟一个西班牙贵族的儿子订婚啦 名叫堂米格尔德拉弗罗拉[5] 而且他还信以为真啦 还说不出三年我就要跟那个人结婚 开玩笑往往会说出不少真话来 有一朵盛开的花 关于我自己我倒是对他说了几句老实话 好让他去想象 他并不喜欢那些西班牙姑娘 大概她们当中有一位甩了他 我让他兴奋起来 他把他带给我的花儿在我的胸前统统给压碎啦 他不会数比塞塔和佩拉葛达 还是我教会他的呢 他说他出生于卡波奎因 在黑水边儿上 可是日子过得太快啦 他走的前一天 五月 对啦 是五月 西班牙的娃娃皇上[6]诞生的月份 一到春天我就总是那样儿 我巴

1 据爱尔兰民间流传的迷信，当太阳在复活节早晨升起的时候，看到人类获得拯救的希望即将实现，不禁高兴得跳跃三次。

2 邮票贴在什么地方曾有过各种讲究：如果倒贴在信封左上角，则表示对收信者的爱慕；如果倒贴在右上角，则表示希望收信者不要再复信。然而自从有了统一规定，邮票的语言就已失去作用

3 “我戴一朵白玫瑰好呢，还是红玫瑰？”是H. S. 克拉克和E. B. 法默合写的同名歌曲的头两句。在第三段中，歌中的“我”（一个少女）认识到，假若“他”真爱她，她就完全用不着为他装饰自己了。

4 直布罗陀岩石顶端有个台地，摩尔墙位于台地中心的北边，从台地的东端筑到西端。

5 “德·拉·弗罗拉”是西班牙语“de la Flora”的译音，意思是“属于花的”。

6 “娃娃皇上”，指西班牙国王阿方索十三世（1886—1941），他父亲阿方索死于一八八五年，因而转年五月十七日他刚一出生，便即位。

不得每年都有一个新的人儿　高高地爬到奥哈拉塔附近的岩炮底下　我告诉他那给雷劈啦　还有关于他们给送到克拉珀姆去的老叟猴[1]的所有那些故事　猴子们没有尾巴　相互驮在背上飞快地跑来跑去给人家看　鲁维奥大娘说　有一只直布罗陀土生土长的老母猴儿　从英塞斯农场把小鸡儿抓走　你一靠近　它就朝你扔石头　他正朝我望着　为了尽量鼓励他　但又做得不至于太露骨　我穿的是那件敞着前胸的白罩衫　它们变得丰满起来　我说我累啦　我们就在冷杉坳[2]上边躺下来了　那是个荒凉的地方　我想那准是天底下最高的岩石　有坑道和隐蔽炮台　还有那些可怕的岩礁和圣迈克尔岩洞[3]　倒挂着冰柱　或者随他们怎么去叫吧　还架着梯子[4]　我的长筒靴溅满了泥点子　那些猴子死的时候准就是沿着这条路穿过海底去非洲的　远处海面上的船就像薄薄的木片儿　开过去的是马耳他船　对啦　海洋和天空　你简直可以永远躺在那儿　爱干什么干什么　他隔着衣服温存地抚摩着　他们就爱这么做　冲的就是那圆鼓鼓的劲儿　我从上面偎依着他　为了把我那顶白稻秸帽儿弄旧一点儿　把它戴在头上　我的左半边脸最好看　由于这是他的最后一天　我的罩衫是敞着的　他穿的是一种透明的衬衫　我瞧得见他粉嘟噜儿的皮肤　他求我让他的那个稍微碰我的一下　可我没答应　起初他挺恼火　我害怕呀　谁知道会不会传染上肺病　要么让我怀上孕[5]　给我留下个娃娃呢　那个老女佣伊内丝告诉我　哪怕只掉进那么一滴去也够呛　后来我用一只香蕉试了试　但是我又担心它会折在我身子里面　找不到啦　嗯　因为有一回他们从一个

1　叟猴也叫柏柏里猴或无尾猴，是欧洲唯一的野生猴。群栖于阿尔及利亚、摩洛哥以及直布罗陀。《直布罗陀词典与旅行指南》并未提到把叟猴送到克拉珀姆（伦敦郊区一地名，一度因定期举办集市著称）一事，然而一八八二年确曾把一只离群跑到阿拉梅达园来的公猴运到伦敦的摄政王公园去。到一八八九年为止，直布罗陀只剩下不足二十只叟猴。

2　据《〈尤利西斯〉注释》（第622页），几种关于直布罗陀的旅游指南均未记载“冷杉坳”（firtree cove）这一地名，只有读音近似的“Fig-Tree Cave”（无花果树洞）。在直布罗陀东面，海拔七百九十英尺。

3　圣迈克尔岩洞是直布罗陀最大的溶洞，其入口在直布罗陀南面，海拔一千英尺。该洞于一八九一年被永久封闭。

4　圣迈克尔岩洞内部有几座较低的洞窟，可扶着梯子爬下去。

5　原文为西班牙语。

女人身子里取出一块什么　已经在那儿待了好几年　上头巴满了石灰盐 他们全都发了疯似的想钻进自己原先出来的那个地方　你总以为决不至于进得那么深　他们也不知怎么一来就已经跟你干完了　只等下一回吧　嗯　因为有那么一种美妙的感觉　始终是那么温存　我们是怎么完事儿的来着　嗯　哦　嗯　我把他那个拽到我的手绢儿里　假装作不那么兴奋的样儿　可我还是把两条腿叉开啦　我不许他摸我的衬裙里面　因为我那条裙子是侧面开衩儿的　我可把他折磨得没了魂儿　先挑动他　我就爱挑逗饭店里的那条狗　噜嘶特啊喔唴喔啊喔唴　他闭着眼睛　一只鸟儿在我们下面飞着　他羞答答的　可我就是喜欢那天早晨他那副样子　当我像那么样伏在他身上　解开他的纽扣儿　掏出他那个并且把皮往后拽了拽的时候　我弄得他稍微涨红了脸　那物儿像是长着眼睛　男人们下半身统统都是纽扣儿　他管我叫摩莉我的乖[1]　他叫什么名字来着　杰克　乔　是哈里马尔维吧　嗯　我估计他是个中尉　白白净净的　他的嗓音总像是在发笑似的　于是我就把那物儿整个儿抚摩了一遍　那物儿就是一切的一切　他还留着口髭哩　说他会回来的　天哪　对我来说简直就像是昨天的事儿哩　还说　即便我已经结了婚　他也还会跟我干那个的　我曾答应他说　好吧　一定的　现在我会让他飞快地肏我一通　也许他已经死掉了　要么阵亡啦　要么就当上了一名上尉或者海军上将　快二十年啦　我要是说声冷杉坳　他马上就会　要是他从背后走过来　用手蒙住我的眼睛让我猜　我会觉察得出那就是他　他还年轻着哪　四十来岁　也许娶了个黑水河边上的姑娘　并且完全变样儿啦　男人们都是那个德行　男人们连女人的一半儿个性都没有　她一点儿也不会晓得我跟她那位亲爱的丈夫都干过些什么　那时候他连做梦也没想到过她呢　而且又是在光天化日之下　说是当着全世界的面儿也未尝不可以　足够让他们写成一篇文章登在新闻报上的了　事后我有点撒野啦　我把贝纳迪

1　《摩莉，我的乖》（1871）是美国作曲家维尔·莎·海斯（1837—1907）所作的通俗歌曲，头两句是："你能不能告诉我，摩莉我的乖，/除了我之外，你谁都不爱？"

兄弟那个装过饼干的旧纸袋吹得鼓鼓的 把它拍裂啦 天哪 砰的一声好响啊 山鹬和鸽子全都尖叫起来 我们沿着原路走回去 翻过中间那座山 绕过从前的卫兵房和犹太人坟地 还假装念着希伯来文的墓志铭 我想用他的手枪开上一枪 他说他没带在身上 他简直琢磨不透我 不论我替他扶正多少遍 他总歪戴着那顶有遮檐的便帽HMS卡吕蒲索[1] 摇晃着我的帽子 那位老主教从祭坛上长篇大论地讲着道 妇女应尽的更高职责啦 如今姑娘们骑起自行车来 还戴上尖儿帽 穿什么时新的布卢姆尔套装啦 天主啊 请赐给他理智并且赐给我更多的金钱吧 我猜想那是跟着他起的名儿[2] 我再也没想到布卢姆会成为我的姓 我曾一遍遍地把它写成印刷字体 看看要是印成名片是什么样子 或是向肉铺订货的时候练练笔 摩布卢姆敬具 我跟他结婚后 乔西常说 你好像一朵正在盛开的花儿 哦 总比布林或偷东西的布里格斯强 要么就是那些带着屁股这个词儿的讨厌的姓 拉姆斯巴托姆[3]太太或其他一种巴托姆 我也不会迷恋上马尔维这个姓 或者假若我跟他离了婚 那我就会当上博伊兰太太啦 不论我妈是个什么人 既然她自己有露妮塔拉蕾多这么个可爱的名字 老天爷也总该给我取个好一点的名字嘛 我们拐来拐去 绕过杰赛后身沿着威利斯路跑向欧罗巴岬 像米莉身上那样的一对小东西在我的罩衫下面晃啊跳啊的 如今当她跑上楼梯的时候 我就爱低头看着它们 我朝着胡椒树和白杨树往上一蹿 拽下一片片叶子朝他扔过去 他到印度去啦 说是要给我来信 告诉我航海的事 这些男人要在地球上来回转 趁着他们还能做到 起码也应搂抱一两下女人 一出发不定在什么地方就淹死或给炸飞啦 那个星期天早晨我跟如今死了的鲁维奥斯上尉爬到风车山那块平地上去啦 他那架小型望远镜就像是哨

---

1 英国军舰及该舰成员帽上均有“H. M. S.”字样。其全文为：“His [Her] Majesty's Ship”。意即“国王[女王]陛下之舰船”。“H. M. S. 卡吕蒲索”是英国皇家海军预备舰队的一艘三级巡洋舰。

2 布卢姆尔套装是由美国女人伊丽莎白·米勒设计，并经纽约的阿米莉亚·布卢姆尔（Bloomer）改进后于一八五一年推出的一种由短裙和灯笼裤组成的女装，十九世纪七十年代起在英国流行。因布卢姆尔与布卢姆发音相近，摩莉认为是以他命名的。

3 拉姆斯巴托姆（Ramsbottom）一姓的后半截bottom亦作“臀部”解，所以摩莉有此联想。

兵携带的那种　他要从船上弄一两架来　我穿的是巴黎便宜商场的那件衣裳　戴着那串珊瑚项链儿　海峡一闪闪地发亮　我隔着它一直能望到摩洛哥　并且几乎能眺望到白色的丹吉尔湾和蒙着雪的阿特拉斯山　海峡就像条河一样　那么清澈　哈里　摩莉我的乖　打那以后我总想念着在海上的他　望弥撒举扬圣体的时候　我的衬裙开始滑溜下来了　我把那块手绢儿在我的枕头底下保存了好几个星期　为的是闻他身上那股气味　在直布罗陀买不到像样儿的香水儿　只有一种便宜的**西班牙皮肤**[1]　很快就走了味儿啦　反倒会留下一股臭气　我想给他一件念物　为了图个吉利　他给了我一只做工粗俗的克拉达戒指[2]　加德纳到南非去的时候　我把那戒指送给了他　那儿的布尔人用战争和热病要了他的命　可他们还是照样打败了　它就像是蛋白石或珍珠似的带来了厄运　那准是十八凯[3]　的纯金　因为重得很哪　我可以看到他那刮得光滑的脸　呋噜嘶咿咿咿咿咿呋唧　那列火车又发出了哭腔

可怀恋的往昔哟　岁月　一去不复唔　返[4]　我闭上眼睛　呼吸　嘴唇朝前凑　亲嘴儿　一副悲伤的神情　睁开眼睛　微弱地　当雾降落人世前[5]　我就讨厌雾降这个地方　传来了甜蜜的情歌哦哦哦哦哦　我下回再站在脚灯前的时候　要放开嗓子唱这一段　凯思琳卡尼和她那帮尖嗓门儿的这位小姐那位小姐另一位小姐　一群麻雀屁叽叽喳喳地傻笑着　扯着一点儿都不懂的政治　显得她们多么有趣儿　爱尔兰土产的美人儿　我是军人的闺女　你们的爹又是啥人呢　靴匠和酒馆老板　请原谅　你乘的原来是四轮马车呀　我还只当是独轮手推车呢　那些娘儿们要是哪天有机会像我那样在演奏会晚上挎着军官的胳膊在

1　原文为法语，香水牌子。

2　克拉达是爱尔兰西岸港市戈尔韦的一个区。自一七八四年左右起，克拉达戒指就成了戈尔韦郡的传统结婚戒指，是金制的，镌刻着双手托住的一颗心，据说是凯尔特族世代相传的图案。

3　原文作carrot（胡萝卜），系carat（克拉）之误。一克拉等于二百毫克。此词指纯金在合金中所占的比例数（以纯金为二十四开），我国叫作“开”。这里译为“凯”，以表示摩莉念了别字。“十八”系据海德一九八九年版译出。

4　“可怀恋的往昔岁月，一去不复返”，这是摩莉即将演唱的《古老甜蜜的情歌》一歌的头两句。

5　这里，摩莉把《古老甜蜜的情歌》第二句歌词做了些改动，原句为：“当雾降落人世时。”

阿拉梅达散步　腿一软就会跌在地上送了命　我的两眼发光　还有我那胸脯　她们缺乏那股热乎劲儿　天主可怜她们那傻脑筋吧　我十五岁的时候对男人和人生所懂得的比她们所有这些人五十岁时才知道的还要多　她们不晓得该咋唱那样一首歌　加德纳说　随便哪个男人只要看见了我的嘴和牙齿　还有我那种笑容　就非联想到那个不可　起初我直担心他会不喜欢我的发音　他是那么地道的英国味儿　这是爹留给我的一切　尽管还有那些邮票　反正我的眼睛和身材赶妈妈　他老是说　他们是多么神气　有些人就是下流　他一点也不是那样　他确实迷上了我的嘴唇　让她们先去找个像样儿的丈夫吧　再养个像我女儿那样的闺女　然后再瞧瞧她们能不能教博伊兰那样一个对任何女人都能够挑挑拣拣的时髦阔少上起劲儿来　紧紧搂抱　丢它个四五回

要么就拿嗓子来说吧　要不是嫁给了他　我本来蛮可以当上首席女歌手的　传来了古老甜　低沉的声音　收拢下巴　可别收得太紧　免得出现双下巴　我太太的闺房[1]太长啦　观众不会要求你重唱　关于黎明时分围着壕沟的庄园和有着拱顶的房间　嗯　我要唱南方刮来的风

他是在通往合唱队席位的台阶上干了那档子事后唱的　我要把那件黑罩衫上的花边儿换一下　好让奶头更显眼些　我还要　嗯　我得把那个大扇子修理好了　让那帮人眼红得要命　只要一想到他　我那个眼儿就总是发痒　我憋不住啦　觉得里面有股气儿　还是放掉的好　不要吵醒他　省得他再来那一套　我已经把肚子后背和侧腹都洗干净啦

可别让他把我弄得浑身是口水　哪怕我们有个洗澡间也好哇　或是我自己能单独有个房间　不管怎样　我希望他自个儿能睡一张床　那样就不至于把他那双冰冷的脚丫子压在我身上啦　天主啊　哪怕给我们一块能够放屁的地方呢　要么稍微放松动点儿　对啦　像这样憋着

稍微侧着身子　*微弱地*　悄悄地　嘶喂咿咿咿咿咿　这是远处的火

1　《我太太的闺房》是F. E. 韦瑟利和霍普·坦普尔所作歌曲。下文中的“关于……房间”，系把《我太太的闺房》一歌的头三句做了改动。原词是：“黎明时分，穿过围着壕沟的庄园，/我心爱的人儿和我前往，/踱过空荡荡的房间……”

车　**极弱地**[1]　咿咿咿咿咿　再来一支歌儿　这下子可松快啦　不论你待在哪里　放屁尽随你的意[2]　难道是干完了之后我就着一杯茶吃下去的猪排在作怪吗　由于天气热不怎么新鲜了吧　我倒是一点也没闻出什么来　我敢说猪肉铺那个长得古里古怪的家伙　是个大骗子　我希望那盏灯没冒烟儿　那会叫我的鼻子堵满煤烟子　可也总比他整宵点着煤气灯强　在直布罗陀的时候我躺在床上总是睡不消停　就是得爬起来瞧个分明　关于这一点　我怎么会敏感得这么厉害呢　不过一到冬天　我就喜爱上它啦　觉得有个伴儿　哦　老天爷　那年冬天可冷得邪乎　那时候我才十来岁　是吗　嗯　我有个大娃娃　一会儿把那些稀奇古怪的衣服都给它穿上　一会儿又一件件地扒下来　冰冷的风从山上飕飕地刮过来　什么内华达来着　希拉内华达[3]　我穿着一小件短汗衫　站在炉火跟前　是爬起来取暖的　我就爱穿着汗衫满屋子跳舞　后来又飞快地跑回床上　夏天的时候对面那所房子里那个家伙准是把灯熄啦　经常一直守在那儿　我呢　赤条条地跳来跳去　我常常喜欢站在脸盆架跟前　脱光了衣服轻轻地拍一拍　要么就抹点儿雪花膏　不过使用便器的时候我也总会把灯灭了　我们俩曾这么躺来着

这一夜我就甭打算睡啦　不管怎样　我希望他可别跟那帮医科学生打得火热　他们会教他走上邪路　让他以为自己又年轻起来啦　早晨四点钟才回家　准是四点　要不是更晚的话　不过　他总算还懂得规矩　没把我吵醒　亏得他们能找到那么多话题　絮絮叨叨居然聊上一宵　乱花钱　喝得越来越醉　难道他们就不能喝白水吗　然后他就对咱点起菜来啦　要吃鸡蛋喝茶　还要芬顿黑线鳕和烤得热热的面包抹黄油　我想他会像一国之王似的在床上欠起身来　倒提着调羹对着鸡蛋使劲儿地抡上抡下　这一套到底是从哪儿学来的呢　我就爱听他早晨

1　此处的“极弱地”和前文的“微弱地”，原文均为意大利语。

2　“不论你待在哪里，放屁尽随你的意”是一首打油诗的头一句，最后一句是：“因为憋住我的屁，就会要了我的命。”

3　希拉·内华达是西班牙语“Sierra Nevada”的音译。意思是“雪岭”，指西班牙东部与地中海沿岸平行的内华达山。自东至西绵亘六十英里，位于直布罗陀东北方，相距一百三十英里。

端着托盘　那一个个杯子咯嗒咯嗒响成一片　跌跌撞撞地爬上楼梯　还有他逗猫的声音　猫儿是为了图自个儿舒坦才往你身上蹭啊蹭的　不晓得它身上长没长跳蚤　猫儿简直跟女人一样坏　老是舔啊舔的都给弄湿啦　可我讨厌它们那爪子　我倒想知道它们是不是能瞧见咱们瞧不见的东西呢　它总是在楼梯顶儿上一坐就是好长时间　瞪大了眼睛听着　而我还在等着它呢　一向总是这样的　可它又是能干的强盗　偷了我买的那条漂亮新鲜的比目鱼　我想明天买点儿鱼　要么今天就去买　是星期五吧　对啦　就这么着吧　添上点儿牛奶冻　加上乌梅果酱　像老早以前那样　那种李子苹果混合的两磅重的果酱罐头可不行　就是伦敦和纽卡斯尔的威廉斯—伍兹那家店买的　能保存一倍时间　只因为有骨头　我就讨厌那些鳝鱼　鳕鱼　嗯　我要去买一段新鲜鳕鱼　我总是买够三个人吃的　净忘记　反正我对巴克利肉店那一成不变的肉已经感到腻味啦　牛肋肉和腿肉　牛排和羊脖子和小牛内脏　只要一听这名儿就够啦　要不要组织一次郊游呢　假定我们大家每人摊五先令　或者叫他出钱　还为他请上另外什么女人　请谁呢　弗莱明大妈吧　我们坐马车到荆豆谷或草莓园去　先得叫他把所有的马蹄铁都检查一遍　就像他检查信件一样　不　可别请博伊兰到那儿去啦　嗯　带上些夹着冷小牛肉和火腿的什锦三明治　那儿的河堤脚下特地盖起了一座座小房子　但是他说那简直热得像火焰一样　反正银行假日[1]可出不得门　我就讨厌杂耍演员那样打扮的俗气娘儿们赶在这一天成群地拥来　圣灵降临节的第二天也是个倒霉的日子　难怪蜜蜂要蜇他哪　还是到海边儿去的好　可是我这辈子再也不跟他一块儿坐船啦　上回跟着他去了一趟布莱　他对船老大说　他会划船　要是有人问他能不能参加获得金质奖杯的越野赛马　他也会说　能呀　然后海上起了风浪　那个老掉了牙的家伙就七扭八歪起来　分量整个儿偏到我这边儿来啦　忽而要我把身子往右边儿靠　忽而又要我朝左边

1　除了英国规定的银行假日，根据一九〇三年爱尔兰颁发的银行假日法，三月十七日的圣帕特里克节也是银行假日，如遇星期日，推迟一天。

儿靠　潮水从船底儿上哗啦哗啦往里灌　他划着的桨也从链子上脱落下来啦　亏得我们还没统统淹死　他当然会游泳喽　我可不会　他穿了条法兰绒长裤　说是啥危险也没有　要我放镇静点儿　我恨不得当着所有人的面儿　把那条裤子从他身上扒下来　撕个稀巴烂　给他一顿常说的鞭刑　打得他浑身又黑又蓝　这对他好处可大着哪　可惜我不认识那个鼻子挺长的家伙　还带了个美人儿　从市徽饭店来的伯克照例待在码头上　四下里偷看着　他总是跑到用不着他去的地方　想瞧瞧有没有打架的　要是给啐上一口　那脸蛋儿也许会变得好看一些哩　我们俩已经没有爱情啦　早就消失啦　这总算是个安慰　他给我带回来的是本什么书呢　偷情的快乐　是位时髦绅士写的　还有一个德科克先生　我猜想他总是带着他的管子挨着个儿找女人　大家才给他取了这么个外号　我甚至没能换一下我那双崭新的白鞋　完全给咸水泡坏啦　我戴的那顶插着羽毛的帽子整个儿被风吹得翘了起来　在我头上摆来摆去　多么让人厌烦冒火啊　一闻海水的气味我就兴奋起来啦　当然喽　卡塔兰湾[1]的沙丁鱼啦　大头鱼啦　在岩石后面那一带　它们可好看哩　在渔夫的篓子里统统发着银光　他们说老鲁依吉眼看就一百岁啦　是从热那亚来的　还有那个戴着耳环的高个子老头儿　我可不喜欢那种你非爬上去才够得着的男人　我猜想那号人老早就死光啦　而且烂掉啦　再说我决不愿意晚上一个人待在这个兵营般的地方　我看也只好凑合呗　我们刚搬来的时候　一片混乱　我甚至忘记带点儿盐来[2]　他打算在二楼的客厅开所音乐学校　还挂起一块黄铜招牌　他还提议经营起一家布卢姆私人旅馆　那样一来就会像他爹在恩尼斯那样　把自己毁掉拉倒　就跟他对爹说的所有那些他要做的事情一样　对我也是这么说的　可我已经把他看穿啦　他还对我说过我们能够去度蜜月的一切可爱的地方　月光下在威尼斯划着贡多拉　他

1　这里，摩莉又回想起她在直布罗陀时的往事。卡塔兰湾是直布罗陀东面峭壁下的小湾，那里有个渔村，亦名卡塔兰。村民大多是意大利港口城市热那亚渔民的后裔。

2　据古罗马神话，如果搬进新住宅之前供上一点盐，就能得到珀那忒斯（住宅保佑神）的庇佑。

还有一张科莫湖的剪报 又是什么曼陀林啦 灯笼啦 哦 我说 可好啦 不论我喜欢什么 他都马上着手去办 要多快有多快 你要做我的丈夫吗 你肯替我拎罐儿吗[1] 就凭他所编造的种种计划 也该奖给他一枚镶着油灰边的皮制微功勋章 把咱成天价撇在这儿 你万万想不到站在门口乞讨面包皮并且啰里啰嗦诉说身世的老叫花子 兴许就是个流浪汉 他伸过一只脚来让我关不上门 就像劳埃德新闻周刊上登过照片的那个老惯犯似的 他坐了二十年的牢 刚一放出来就又图财谋害了一位老太人 替他那可怜的老婆妈妈或家里旁的女人想想吧 冲他那个长相你见了就得一溜烟儿跑开好几英里 不把所有的门窗都牢牢地上了闩我是不能安心睡下的 可这下子就更糟啦 简直像是关在监狱或疯人院里似的 应该把那些家伙一股脑儿给枪毙掉 要么就用九尾鞭来抽打 这么一个大块头畜生居然去向一位可怜的老太太动手 把她残杀在床上 要是我的话 就把他那物儿割下来 非这么做不可 他这个人顶不了多大事儿 不过总比没有强 那天晚上我肯定听见厨房里进了一帮贼 他只穿着件衬衫就下楼去啦 手里拿着蜡烛和拨火棍儿 就像是去逮老鼠似的 魂儿都吓掉啦 脸色刷白 做出的声音要多大有多大 那帮贼倒是得了济哩 天晓得 家里其实没多少可偷的 不过 尤其是因为如今米莉也走啦 那滋味儿不好受 由于他爷爷的那点因缘 他竟心血来潮 打发闺女到那儿去学照相啦 可没把她送到斯克利斯学院去念书 她不像我 她在国立学校的时候 可门门都考头一名哩 不过 由于我和博伊兰的缘故 他不得不做那样一档子事儿 正因为如此 他才这么做的 对于他怎样设计和策划一切 我心里是一清二楚的 近来只要她在家 除非先把门上了闩 我简直连动也不能动 她从来也不先敲一下门就闯进来 弄得我总是提心吊胆 得先用椅子把门顶住 才能戴上手套洗下身 这样会使神

1 爱尔兰凯里郡时兴一种儿童游戏，孩子们相互一问一答："你要做我的仆人吗？""好的。""你肯替我拎罐儿吗？""肯呀。""你敢跟妖精打仗吗？""敢打。"随后，孩子们便往对方的脸上吹气，直到一方退让为止。"仆人"的原文为"man"，也作"男人""丈夫"解。这里根据摩莉的思维，译为"丈夫"。

经受刺激的　要么就让她成天像个木头小姐似的　干脆把她装在玻璃匣子里　我们俩一道看着她好啦　她离开家以前　由于笨手笨脚　大大咧咧　竟把那座中看不中用的小雕像的手给弄断啦　我花上两先令才让那个意大利小男孩给修理好的　如今一点也看不出接缝儿来啦　要是给他知道了呢　她甚至不肯替你把煮土豆的水倒掉　当然喽　她也是对的　省得把手弄粗啦　我留意近来他在饭桌上老是跟她讲这讲那　讲解着报纸上的事情　她呢　就假装听懂啦　当然挺狡猾啦　这可是从他那边的血统来的　还帮助她穿上大衣　可她要是觉得哪儿不舒服就会告诉我　而不告诉他　他不能说我装模作样　他能吗　我的确太老实啦　我估摸着他以为我已经没戏啦　再也不会有人理睬啦　喔　我才不会呢　不　决不会那样　喔　等着瞧吧　喔　等着瞧吧　如今晚儿她也和汤姆德万的两个儿子调起情来啦　都是跟我学的　还跟来喊她的默里家的野丫头们一道吹口哨　米莉　请你出来吧　她红得很哪　大家都尽量地向她打听这打听那　天都黑啦　还在纳尔逊街骑着哈里德万斯的自行车兜圈子　他把她送到现在这个地方去也有好处　她刚巧变得约束不住了　老想去溜冰场　跟大伙儿一起从鼻孔里喷出纸烟圈儿　当我替她在上衣下摆上钉纽扣儿　把线咬断的时候　从她衣服上闻出气味来啦　她什么也瞒不住我　真的　只怪我不该在她还穿在身上的时候就替她缝　这会造成离别的[1]　而且前一回做的李子布丁竟裂成两瓣儿啦[2]　不管人家怎么说　瞧　这不就应验了吗　从我的趣味来说　她未免太爱饶舌啦　她对我说　你这件衬衫的脖领儿开得太低啦　这就好比是锅对壶说你的底儿太黑啦　我还得告诉她　可不要当着一个个行人的面儿　把你的两条腿那么显眼地在窗台上跷着　人家全都在瞧着她　就像瞧我一样　当然喽　我指的是我在她这个年龄的时候　想当年　不论穿什么旧衣烂衫都显眼　在皇家剧院看

1　据爱尔兰民间的迷信，如果在对方穿在身上的衣服上缝缝补补，就意味着即将离别。

2　据爱尔兰传统，举行庆祝活动时通常把一枚戒指（或其他象征性物品）藏在点心里，作为一种吉兆。比方说，如果一个未婚男子在自己分到的那片点心里找到了戒指，就标志着他将喜结良缘。然而如果点心从模子里取出时裂成了两瓣儿，就意味着离别。

唯一的路那回　她傲慢地摆出一副谁也不许碰我的架势　说什么把你的脚闪开　我就讨厌人家碰我　她怕得要死　唯恐我会把她那条百褶裙给压坏啦　在剧院里黑咕隆咚的　趁着拥挤可没少碰碰撞撞的　那帮家伙总是想方设法扭到你跟前儿来　上回我们在欢乐剧场后座站着看比尔博姆特里公演软毡帽的时候就有那么一个该下地狱的家伙　不管是为软毡帽也罢　或者为她的屁股也罢　反正我再也不到那儿去给人挤来挤去啦　每隔两分钟那家伙就戳我那个部位一下　然后朝一旁望去　我认为他有点儿半吊子　后来我又见过他　正在想法儿靠近待在斯威策的橱窗外面那两位衣着时髦的太太呢　好耍他那套花招儿　从他那副长相和旁的一切　我马上就认出他来　他可不记得我啦　在布罗德斯通临动身的时候　她甚至不愿意我跟她亲一下嘴儿　喔　我希望她会找到个对她献殷勤的人　就像我当年那样　她得了流行性腮腺炎　那些腺都肿胀起来　病倒了的当儿总是问这问那　当然她还不能有什么深的感触　我约莫二十二岁以前从来也没正正经经搞过　老是弄错了地方　只不过是女孩儿家通常那种瞎胡闹　吃吃地傻笑罢咧　一个叫科尼康诺利的　曾经在黑纸上用白墨水给我写了一封信　还涂上火漆封了印　不过落幕的时候她鼓了掌　因为他看上去那么英俊　接着　马丁哈维就每天三顿饭都到我们家来吃啦　后来我暗地里想要是一个男人什么也不图　就那么为了她而送掉自个儿的命　那必定就是真正的爱情啦　这样的男人恐怕剩不下几个啦　不过这是难以相信的　除非这种事儿确实发生在我身上　大多数男人生来一丁点儿爱情也没有　如今晚儿到哪儿去找像你们两个这样心心相印的　样样都想到一块儿去啦　这种人通常就是脑袋瓜儿有点儿笨　他爹准就有点儿怪　所以她死了以后　他跟着也服毒自杀啦　但是好可怜的老人家啊　我估计他没着落啦　她一直喜欢我的东西　十五岁的时候就想用我的旧布条把头发扎起来　还要搽我的粉哪　只不过会弄粗她的皮肤　她这辈子还有的是时间去打扮呢　她知道自己长得俊　嘴唇儿那么红　可惜不会老是这样　我当年不也是那样的吗　可是把这丫头带到集市上去也是白搭　当我叫她去买半斯通土豆的时候　她回答我的口

气活像个渔婆儿　那天我们在小马驾车赛上碰见了乔加拉赫太太　她跟律师弗赖尔利一道坐在她那辆双轮轻便马车里　居然假装没瞧见我们　因为我们不够气派的呗　后来我狠狠地给了她两个大耳刮子　一巴掌是因为你回嘴　另一巴掌是因为你没规矩　当然是她这样顶撞惹我生的气　可我本来就在气头上　因为茶里不知怎么会进了一根野草　要么就是由于吃下去的奶酪不对头　夜里没睡好觉　而且我对她说过多少遍　别把刀子交叉着放[1]　因为正像她自己说的　谁都不能指挥她　喔　假若他不管教她　就得由我来管啦　那是她最后一回哭鼻子　当年我自个儿也是那样　没人敢叫我做这做那　没有老早就雇个女人　却让我们两个当牛做马　这当然是他的过错喽　什么时候我才能再有个像样儿的女仆呢　当然喽　那么一来他就会动手动脚的啦　我得让她知道一下　不过　这下子兴许她会报复哩　她们真够讨厌的　那个弗莱明老大娘你就得跟在她后面转悠　往她手里放这放那　她净打喷嚏　要么就往尿盆里放屁　喔　她老啦　当然管不住自己喽　幸亏我从厨桌后面找到了那块丢失了的旧抹布　又脏又臭　我就知道有点什么玩意儿　打开窗户　放一放气味　他把朋友们带回来款待　就拿那天晚上来说吧　居然领着条狗走回家来啦　你看多奇怪　没准儿还是条疯狗哪　尤其是西蒙迪达勒斯的儿子　他爹什么事都挑剔得很　看板球比赛的时候　他举着望远镜　戴着大礼帽　短袜上可破了个大窟窿　真叫人恶心　他儿子在期中考试时门门功课都得了奖　想想看　他竟然从栏杆上爬了过来　要是给我们的熟人瞧见了可怎么好　他那条送葬时才穿的讲究的长裤会不会给刮破个大口子呢　就好像生下来就有的窟窿还不够似的　居然把他领进又脏又旧的厨房里　他的脑袋瓜儿难道有毛病了吗　可惜这不是洗衣裳的日子　我那条旧衬裤也许还搭在绳子上给大伙儿看哪　可他呢　一点儿也不在乎　那个笨婆子还给烫煳了一块　说不定他会以为是别的什么东西呢　她甚至也

1　据爱尔兰康诺特省利特里姆郡一些老妇的迷信，把刀子或刀匙交叉成十字形很不吉利。遇到这种情况，老妇就把刀匙重新摆好，并赶紧在自己胸前画个十字。

没按照我吩咐她的那样把油渍去掉　如今她也就这么下去了　因为她那个中了风的丈夫越来越糟啦　他们总是在闹着什么毛病　不是生病就是开刀　不然的话他就酗酒　动手揍她　我又得到处去寻摸个什么人啦　每天我一起床就总有点新鲜事儿　天哪　天哪　喏　我料想等我抻了腿儿　躺在坟地里　才能安安神儿　我想起来一下　也许尿出来啦　等一等　哦　老天爷　等一等　对啦　我身上来了那玩意儿啦

　对啦　这不让你受罪吗　敢情都是由于他在我里头戳来戳去　连根儿都给耕到啦　如今我可怎么办呢　星期五　星期六　星期日　那会把人给折磨得魂儿都出壳儿啦　除非他喜欢这手　有的男人就喜欢

咱们女人家总是不那么顺当　每隔三四个星期就得来一回月经　一拖就是五天　那天晚上我身上就来了　真是讨厌透啦　迈克尔冈恩前前后后就请我们在欢乐剧场的包厢里看过一回肯德尔夫人和她丈夫[1]　他在德里米的时候曾经为人寿保险的事儿替他出过点儿力　我只得用带子扎住　可那位衣着时髦的绅士从上面直用望远镜盯着我　而他呢坐在我另一边　大谈什么斯宾诺莎[2]啦　还有他那我猜想几百万年前就死掉了的灵魂啦　我简直就像是陷进了沼泽里似的　可我还是尽量露着笑容　仿佛挺感兴趣一般向前探着身子　总得一直坐到听完最后的收场白呀　斯卡里的那个妻子我可是不会轻易忘掉的　顶层楼座的那个白痴把它看成是一出关于通奸的淫戏啦　就朝着那个女人嘘了起来　喊她作淫妇　散戏之后　我猜想他准会到旁边那条巷子去找个女人　沿着所有那些偏僻的小路追来追去　让她做出补偿　但愿被他逮住的是跟当时的我同样状况的女人　那他就活该啦　我敢打赌　连那猫儿都比我们强　难道女人身子里的血太多啦还是咋的　哦　憋不住啦　它就像海水似的从我身子里冒了出来　不管怎样　尽管他的那么大　却

1　肯德尔夫人（1849—1935）和她丈夫亨特（1843—1917）都是英国演员和导演。两人的原名分别为玛嘉丽特·罗伯逊·格里姆斯顿与威廉·亨特·格里姆斯顿。他们的剧团训练了许多演员，后来都成名，使演员有了社会地位。

2　斯宾诺莎，参看第421页注释1及有关正文。下文“还有他”中的“他”，指斯宾诺莎。他的哲学最突出的特点是否定超自然的上帝存在，但又把“实体”（即自然界）也叫作“上帝”，从而给唯物主义披上泛神论的外衣。

没使我怀上孕　我不愿意把那些干净褥单糟蹋了　这都是我穿上件干净的亚麻衬衫招来的　该死　该死　他们总是想看到床上的血印儿　好知道你是个处女　他们个个对这一点老是放心不下　他们都是些大傻瓜　哪怕你是个寡妇或者离过四十次婚　只要胡乱涂上点儿红墨水不就行啦　要么就是黑莓汁子　不　那又太紫糊糊的啦　老天爷　请救我一把　摆脱这种事儿吧　呸　偷情的快乐　究竟是谁替女人想到这么一档子事儿的呢　并且把它穿插到缝衣做饭养育孩子当中去　这张该死的旧床丁零当啷乱响　真是的　我猜他们从公园的那一头都能听见我们啦　后来我想出了个主意　把鸭绒被铺在地板上　我屁股底下垫个枕头　白天干是不是更有趣儿呢　我倒觉得挺自在的　我想把这些毛毛儿全铰掉　刺挠得慌　兴许看上去会像个年轻姑娘哩　下回他把我的衣服撩起来　会不会觉得上了大当呢　只要能看到他那张脸蛋儿　让我干什么都可以　尿盆儿哪儿去啦　慢慢儿的　自从那个旧便器坏掉以后　我总是生怕把这个压碎　我觉得坐在他腿上也许太重啦　所以故意让他坐在圈儿椅上　这当儿我先在另一间屋里脱下罩衫和裙子　还不到点子上他就忙乎开啦　他从来也没好好儿摸过我　我预先吃了吻香糖　但愿我的气儿是甜丝丝的　慢慢儿的　天哪　记得当年我几乎能够像男人那么直直地哗哗地撒出来　哦　老天爷　多响啊　我希望上面起泡儿　那样一来就能从什么人手里弄到一大笔钱[1]　可别忘了早晨我还得往尿里撒上点儿香料　我敢打赌　他从来也没见过这么漂亮的一双大腿　瞧　它们有多白啊　顶光滑的就是当中间儿这一小块地方　多嫩哇　就像一只桃子似的　慢慢儿的　我倒想当个男人　跨在一个漂亮女孩儿身上　哦　你做出的声音多大啊　就像是泽西百合　慢慢儿的　慢慢儿的　哦　水是怎样从拉合尔冲下来的[2]

1　据爱尔兰迷信，如果倒咖啡和茶（以及尿）时，上面起了一层泡儿，就预示着能发一笔财。

2　这里，摩莉把英国诗人、散文家罗勃特·骚塞（1774—1843）的《洛多尔大瀑布》（1823）一诗的首句做了改动。原句作："水是怎样从洛多尔冲下来的？"洛多尔是英国坎伯兰的大瀑布。在一九〇四年，拉合尔为英属印度旁遮普的首府。现为巴基斯坦第二大城市（仅次于卡拉奇）。

难道我身子里头有什么毛病了吗　要么就是长了什么东西　所以每星期都排泄出那样的玩意儿　上回我身上是什么时候来的呢　圣灵降临节的第二天　对啦　才过了三个来星期　我得去瞧瞧大夫　也不过是像我跟他结婚以前那一次罢咧　当时我有白带　弗洛伊教我去找彭布罗克路的那个干巴巴木头木脑的老妇科大夫科林斯给瞧瞧　他管那个叫你的阴道　我猜想他就是靠这套手法　从斯蒂芬草地一带的阔主儿身上弄到一面面框上镀了金字的镜子和一块块地毯的　她们只要有一星半点儿的小毛病就跑来找他　她的阴道啦　她的小腿象皮病啦　她们有的是钱喽　所以她们什么都好　即便世界上只剩下了他这么一个男人　我也不会嫁给他　再说　那些女人的娃娃们老是有点儿不舒服　经常对着那些臭婊子闻来闻去　居然还问起我那白带有没有讨厌的气味　他究竟想让我干什么呀　唯一想要的也许是金钱呗　哪里有提这种问题的　要是我怀着全部敬意　把那玩意儿统统抹遍了他那张满是皱纹的老脸孔上　我猜想他就准会明白啦　他还问我　你那个容易通吗　通什么呀　听他那口气　我还以为他指的是直布罗陀岩石呢　这倒也是个非常巧妙的发明　说起来　我就喜欢事后把下身尽量挤进到马桶的坑里　接着拉一下链子　冲洗一番　又舒坦又凉爽　简直都发麻啦　可我总觉得身子里面还留着点儿什么　米莉小的时候　我常检查她排泄出来的　好知道她有没有虫子　不管怎么着　照样得付钱给他　大夫　多少钱啊　请交一畿尼　他居然问起我　遗漏出来的多不多　这些老家伙是打哪儿弄到这些词儿的呢　边说什么它们遗漏出来　边斜愣着那双近视眼　朝我使眼色　我不大信任他　决不让他给我施麻醉剂　或者天晓得还有什么旁的玩意儿　可我还是喜欢他坐下来写那东西时候的样儿　绷着脸皱起眉头　鼻子显得挺聪明的　好像在说　你这混蛋　你这瞎话流星的轻佻娘儿们　哦　随你爱怎么说就怎么说吧　没关系　只要别说是白痴就成　他也够聪明的　看出了这一点　当然喽　他绞尽脑汁才给我写了一封封狂热痴情的信　我的宝贝儿　什么都离不开你那光辉的玉体　还在一切这个字下面画了线　都永远是美好的　给人快乐的　这些都是他从手头一本无聊的书里抄

下来的　我自个儿有时候一天要搞四五回　可我说我没搞　真的吗　啊　嗯　我说　这一点儿不假　这么一来他就不吭声啦　我晓得底下会怎么样　这不过是娘胎里带来的弱点罢咧　我们头回见面的那个晚上　也不知道怎样一来　他就教我兴奋起来啦　当时我住在里霍勃斯高台街　我们站着　直勾勾地相互盯着看了十来分钟　就好像在哪儿见过似的　我猜想那是由于我随母亲　有着犹太人的容貌　他脸上露着有点儿懒散的微笑　常常东拉西扯地哄我开心　多伊尔一家人全都说他会竞选下议院议员　噢　我可是个地地道道的傻瓜　居然把他关于自治运动和土地同盟[1]吹的那些牛皮都当真啦　他还把胡格诺派教徒里那首又长又乱的歌儿给我送了来　说是用法国话唱就更古雅　哦　德拉图赖讷的美丽国土[2]　这支歌儿我连一回也没唱过　他又大讲起宗教和迫害来啦　乱七八糟的　什么事儿他总也不教你自自然然地享受一番　然后他就像是对你开个大恩似的　在布赖顿广场逮住头一个机会就赶紧跑进我的卧室来了　假装手上沾了墨水　要用我经常使的含着阿尔比安[3]奶和硫磺的肥皂　可那肥皂还裹着包装的蜡纸呢　哦　那天我直笑他　简直笑破了肚皮　我还是别整宿坐在这玩意儿上头啦　他们应该按照普通的尺寸来造尿盆儿　女人家也就能够舒舒服服地坐在上面啦　他竟然跪下去解手　我估摸着天底下再也找不到第二个男人有他这种习惯的啦　瞧他在床脚那个睡法儿　连个硬枕头都没有　怎么能睡呢　亏得他倒不踢踢踹踹的　不然的话　我满嘴牙都会被他踢掉啦　一只手捂着鼻子呼吸　活脱儿像那位印度神　一个下雨的星期天　他领我到基尔代尔街博物馆去让我看过　浑身裹了件长坎肩儿

1　自治运动指“爱尔兰自治运动”，参看第50页注释3。土地同盟，参看第50页注释3。

2　“哦，德·拉·图赖讷的美丽国土”，原文为法语。图赖讷为法国中部历史悠久的文化大区。这是歌剧《胡格诺派教徒》第2幕中玛嘉丽特·德·瓦卢瓦王后的咏叹调。她继而把和平的田园风光与因宗教纷争而使国土到处血流遍地做了对比。

3　阿尔比安是大不列颠岛古称，意即“白岛”。据说从多佛海峡上望去，大不列颠南部海岸的白垩质峭壁一片白糊糊的，故名。在牛奶前冠以“阿尔比安”一词，是强调它如何“白”。

侧着躺在手上[1] 十个脚趾扎煞开来 他说 那个宗教比犹太教和咱们天主教加在一块儿还大呢 整个儿亚洲都在模仿他 正像他总在模仿每一个人 我猜想他也一向都睡在床脚那一头 还把他那双大方脚丫子伸到他老婆嘴里去 这腥臭的劳什子 不管怎样 那些布片儿哪儿去啦 啊 对啦 我知道啦 但愿那只旧衣橱可别吱吱嘎嘎地响 啊 我就知道它会响的 他睡得好香啊 准是在什么地方寻欢作乐来着 不过她给他的倒也完全值得他出这笔钱 他当然得在她身上花钱喽 噢 这劳什子真讨厌 我巴不得下辈子我们女人能过得自在一点儿 别再这么把自己捆绑起来 老天爷 可怜可怜我们吧 这一宿这样就能对付啦 这张老掉了牙丁零当啷响的笨床 总是教我想起老科恩 我猜他躺在这床上可没少挠自个儿 他呢 却还以为爹是从我还是个小妞儿的时候就曾经崇拜过的那个内皮尔勋爵手里买下的呢 因为我就是这么告诉他的 慢慢儿地 轻轻儿地 哦 我爱我这张床 天哪 如今都十六年啦 我们这份日子过得还是跟以前一样紧巴巴的

我们统共搬过多少回家呀 隆巴德高台街跟翁塔利奥高台街跟伦巴德街跟霍利斯街 每回他都吊儿郎当地吹着口哨 不是胡格诺教徒这个曲子就是青蛙进行曲 还装模作样儿地帮那些脚夫去搬运我们那四样简陋的家具呢 后来又住进了市徽饭店 连看门的戴利都说是越来越差啦 总有人待在楼梯平台那儿的可爱的地方祷告 把他们的臭气全留下来啦 一闻就知道在你之前进去的是谁 每回刚刚顺当了 就又会出点儿什么事 要么就是他惹出什么麻烦来 汤姆也罢 希利也罢 卡夫先生也罢 德里米也罢 要么就是为了那些旧彩票的事儿差点儿蹲监狱 本来还指望全家人都靠它来得济哪 不然的话 他也会因为态度狂妄 很快就把自由人报这个饭碗给砸啦 就像旁的那几个差事一样 都是由于罪人芬或是共济会的缘故 那么就瞧瞧他指给咱看的那个下雨天淋得浸湿独自在科迪巷转悠的小个儿到底会给他多大安

1 在第5章中，布卢姆也曾想起博物馆里的这尊卧佛，用手摁着鼻子呼吸是印度教的礼仪。如来佛是对婆罗门的神权统治及其梵天创世说教不满才创始佛教的，故不会采用印度教礼仪。此处，摩莉把印度神和如来佛混为一谈了。她还把如来佛披的袈裟说成是长坎肩。

慰吧　他说那个人非常能干　浑身是纯粹的爱尔兰劲儿　　从我看到的他身上那条长裤的纯粹劲儿来判断　他的确是这样的　慢　乔治教堂的钟声响啦　慢　两点过三刻啦[1]　深更半夜的　他真是挑了个好时候回的家　凑到人家跟前儿来啦　而且是跨过栏杆跳到空地上的　要是给什么人撞见了呢　明天我就得狠狠地把他这个小毛病改一改　头一桩　查查他的衬衫　要么就翻看那个法国信[2]是不是还在他的皮夹子里

依我看他还只当我蒙在鼓里呢　这些男人就喜欢捣鬼　他们就是有二十个兜儿　也装不下他们那些瞎话　即便是真话他们也不会相信　那么又何必去说呢　然后就蜷起身子往床上一倒　活像是有一回他给我捎来的贵族[3]那本杰作里的娃娃　直好像我们在现实生活里见到的例子还不够似的　管他叫老贵族还是叫什么名字呢　何苦拿那些长着两个脑袋的缺腿儿娃娃的破相片来恶心你　这就是他们成天梦想着干的罪恶勾当　他们那空洞洞的脑袋瓜儿里　什么旁的也没有装　他们当中有一半人就欠吃慢性毒药啦　还得给他预备茶和两面都涂了黄油的烤面包片　要新下的蛋　我想我这个人已经不算数啦　在霍利斯街的时候　有一个晚上我不许他舔我　男人啊男人　在这一点上总是个暴君

他光着身子在地板上睡了半宿　就像是亲属死了以后犹太人所做的那样[4]　一口早饭也不肯吃　一句话都不说　我觉得他就是想让我对他亲热亲热　我坚持够了以后就让他随意去干　他只想着自个儿乐和搞得完全不对头　他的舌头可不够圆滚　要么就是我也闹不清是怎么回事　他忘记了那个　可我呢　一点儿都不　假若他本人不在乎　我就教他再搞上一遍　然后把他锁在煤窖里　让他跟蟑螂一块儿睡觉去

我倒是想知道哪个女人迷上了我甩掉的这个男人　难道就是乔西吗

1　这里，海德一九八九年版（第635页第27行）作："[一点]两点过三刻啦。"其他四种版本均无"一点"字样。圣乔治教堂的钟，每一刻钟报一次时。早晨布卢姆也曾根据钟声来判断时间。见第4章末尾。

2　法国信，参看第531页注释1。

3　这里，摩莉把Aristotle（亚里士多德）误为发音相近的aristocrat（贵族）了。

4　按犹太教的传统，凡是直系亲属去世者，家人自埋葬之日起，居丧七天，脱下新衣和皮鞋，不得从事常业。

他可是个天生的谎屁流儿 不 他永远不会有胆量去勾搭一个有夫之妇 所以他才让我跟博伊兰 至于她叫作她的丹尼斯的那个垂头丧气的可怜虫 他算个什么丈夫呢 嗯 他在跟什么小婊子打得火热 上回我跟他带上米莉去看学院里的运动会 那个脑袋上扣了顶娃娃帽的霍恩布洛尔放我们从后门进去的 他竟然向走来走去执行裙子任务[1]的那两个女人飞起眼儿来 起初我试着朝他眨巴眼 但是白搭 当然喽 他的钱都这么花掉啦 这全是帕狄迪格纳穆先生的葬礼造成的 嗯 博伊兰带来的报纸上说 葬礼还挺隆重 大家都很有派头 倒是该让他们瞧瞧真正的军官的葬礼 那才叫了不起呢 枪托子朝上的枪啦 蒙起来的吊鼓啦 死者宠爱的马披着黑纱走在后面 利布姆和汤姆克南 有一回那个酒桶般的小酒鬼不知在什么地方喝醉啦 一头栽到男厕所里 咬掉了自己的舌头 还有马丁坎宁翰和迪达勒斯爷儿俩 再就是范妮麦科伊的丈夫 她那脑袋白得像棵白菜 皮包骨 斗鸡眼儿 还想唱我那些歌儿呢 那她可得重新投胎才成 她穿了件开领儿挺低的旧绿衣裳 反正再也没有旁的法儿来吸引男人了 她那嗓门儿活像下雨天儿啪嚓啪嚓蹚水的声音 我现在把什么都看透啦 他们所说的什么友谊只不过是你杀我我杀你 然后一埋拉倒 可每个人家里还都有老婆和眷属哪 尤其是杰克鲍尔 把那个酒馆女招待包下来啦 当然喽 他老婆老是生着病 不是快要病倒啦 就是刚缓过来 他倒是个蛮英俊的男人哩 尽管鬓角儿已经有点儿灰白了 他们这帮人可真够呛 喔 只要我能做得到 他们就休想再把我丈夫抓在手里 背地里还拿他取笑 我全都知道 喔 这是因为他干那些愚蠢勾当的时候 还有足够的理智 不肯把自己挣下的每个便士都挥霍到他们肚子里去 他总还要照顾老婆和家眷嘛 简直是一帮废物点心 可怜的帕狄迪格纳穆也是这样 我有点儿替他感到难过 除非他上了保险 要不他那老婆和五个娃娃可咋办哪 活脱儿是个逗乐儿的小陀螺 总是摽在哪家酒吧的旮旯儿里 要么老婆要么就是儿子等在那里 比尔

1 执行裙子任务是部队里的俚语，指那些在公共场所走来走去以便引人注意的女子的行径。

贝利　请你回家去好不好[1]　寡妇的丧服也不能使她好看多少　可你要是长得漂亮　穿上丧服就格外显眼　啥人没去呢　他吗　对啦　他参加了格伦克里的午餐会　还有那下贱的桶音本多拉德　为了当场演唱　头天晚上他到霍利斯街来借燕尾服　好歹把身子塞进衣裤　他那张宽大的娃娃脸上满是笑容　活像是挨足了揍的小孩儿屁股　他看上去活像一对呆睾丸[2]　一点儿也不差　在舞台上想必丢尽了脸　想想看　花上五先令　坐在包厢里　难道就是为了瞧他吗　西蒙迪达勒斯也是一样　他在台上总是醉醺醺的　先从第二段歌词唱起来　旧日恋情是新恋是他的一个拿手节目　他唱起山楂枝上的女郎来　那嗓音多么圆润啊　而且他还总爱调情　当我跟他在弗雷迪迈耶斯家里一块儿唱歌剧玛丽塔娜的时候　他的歌声又优美又豪放　菲比　最亲爱的　再见　宝贝儿　他总是这么唱　宝贝儿　不像巴特尔达西那样把它唱成宝婊儿　当然喽　他生就一副好嗓子　一点儿也不做作　听了就像是冲个热腾腾的淋浴似的　教你整个儿沉浸在里面　哦　玛丽塔娜　荒林的花儿[3]　我们唱得很出色　对我的音域来说　就是变一下调　也还是高了点儿　那时候他已经跟梅古尔丁结婚啦　可那时他说的做的　都会把好事儿给破坏啦　如今他成了老光棍儿啦　他儿子到底是个什么样儿的人呢　他说　他是个作家　都快要当上大学里的意大利语教授啦　还要教我呢　他把我的相片拿给他看　究竟安的是什么心呢　那一张照得不好　我应该穿件满是褶裥的衣裳就好啦　那就永远不会显得过时了　不过　在那张相片上我显得还是挺年轻　他是不是连相片带我这个人都送给他了呢　那也没关系　反正我见过他跟着他爹妈

1　《比尔·贝利，请你回家去好不好》(1902)是休吉·卡农所作的一首通俗歌曲。合唱部分两次出现这句歌词。

2　“呆睾丸”是骂人的话。但这里，从行文看，又隐喻本·多拉德因穿了一条紧巴巴的裤子，站在舞台上，箍在裤中的睾丸明显地鼓了起来。据海德一九八九年版（第636页倒6行)，下文有“难道就是为了瞧他[穿着那条裤子匆匆走下台]吗”之句。原文中，“trousers”一词，误排成“trowlers”。[]内的词句，其他三种版本都没有。

3　“哦，玛丽塔娜，荒林的花儿”是《玛丽塔娜》一剧第3幕里的二重唱中的一句。男主角堂西泽误以为他的新娘子玛丽塔娜（女主角）曾做过国王的情妇，后来才弄清尽管国王诱惑过她，但她不曾失身，巧妙地保全了自己。

坐马车到王桥车站去　当时我还穿着丧服　那是十一年前的事嘞　嗯　他要是活下来　就该十一岁啦　可是替这样一个对我们来说根本不算数的娃娃服丧　又有什么用呢　当然喽　是他非要服丧不可　我猜想　就连那只猫要是死了　他也会的　如今他该已经长成个男子汉了吧　当年他可是个天真烂漫的男孩儿　一个惹人爱的小宝宝　穿的是方特勒罗伊小爵爷的套服[1]　一头鬈发　活像是位舞台上的王子　我在马特狄龙家看到他　的时候　他也喜欢我来着　我记得他们都喜欢我的　等一等　天哪　嗯　等一等　嗯　沉住气　今天早晨我洗纸牌占卜婚姻的时候　出现了个发色不深不浅的年轻陌生人　是从前见过的　我还只当指的是他呢　可他并不是个年轻小伙子　也不是个不熟悉的人　而且我的脸是掉过去的　第七张牌是什么来着　随后是象征一次陆地旅行的黑桃10　后来还有已经寄出来的一封信和一件丑闻　三张王后和方块8表示会出人头地　嗯　等一等　全都应验啦　两张红8代表新衣裳　瞧啊　我不是还梦见过什么吗　嗯　梦里出现了关于诗的什么　我希望他可别留着油乎乎的长头发　一直耷拉到眼睛里　要么就像红印第安人那样倒竖着　他们为什么要弄成那副样子到处转悠呢　只不过是让人对他们自个儿和他们的诗嘲笑罢咧　我还是个小妞儿的时候可喜欢诗啦　起初我还以为他是拜伦勋爵那样的诗人呢　其实他连一丁点儿诗人的素质也没有　我认为他可完全不一样　我不知道他是不是太年轻啦　他大约是　等一等　八八年　我是八八年结的婚　米莉昨天十五啦　八九年　那么他到底多大呢　在狄龙家那回才五六岁吧　那是约莫八八年的事　我猜想他已经二十要么二十出头啦　他要是二十三四岁的话　对他来说　我还不算太老　我但愿他不是那种自以为了不起的大学生　不会的　不然的话　他也不会跟他一道坐在那间破旧的厨房里喝埃普斯可可啦　还聊着天儿　他当然假装统

1　美国女剧作家弗朗西斯·伊丽莎·伯内特（1849—1924）所著儿童读物《方特勒罗伊小爵爷》（1886）写一个在美国生长的小男孩成为其祖父（一位英国伯爵）的继承人的故事。因作品和根据它改编的剧本都很成功，小爵爷的套服（白绸宽领短上衣和短裤，配以镶有褶边的衬衫和蝴蝶结领带）也在社会上流行开来。

统都听懂啦 大概他还告诉他 自个儿是三一学院毕业的呢 作为教授他可太年轻啦 我希望他不是古德温那样的教授 论约翰詹姆森 他倒是个有权威的教授哩 他们全都在诗里写什么女人啦 喏 我认为他找不到多少像我这样的女人 那里有爱的微叹 吉他的轻弹 空气里弥漫着诗 蓝色的海洋和月亮闪闪发光 多么美丽 乘夜船从塔里法回来 欧罗巴岬角的灯台 那个人弹奏的吉他的旋律扣人心弦 我会不会还有机会回到那儿去呢 一张张从来没见过的脸 窗格后藏着一双明媚的流盼 我要把这唱给他听 哪怕他有一星半点儿诗人的气质 也该能明白那就是我的眼睛 两只眼犹如爱星 乌黑又灿烂 年轻的爱心 词儿有多么美好哇 跟一个聪明人谈你自己 而不是老听他讲比利普雷斯科特的广告和凯斯的广告 还有恶魔汤姆的广告 要是他们的生意出了什么毛病 咱们就得跟着受罪 我相信他准是个非常了不起的人 我就是想遇见这么个人 天哪 而不是旁的那些人渣子 而且他又那么年轻 从岩石旁边我可以瞧见下面马盖特海滨浴场[1]的那些英俊小伙子 一个个赤条条地站在太阳底下 就像是神仙还是什么的 接着嗖地一下就跳到海里去了 为什么所有的男人不能都长成这样儿呢 那样的话 一个女人还能多少得到点儿安慰 就像他买的那座可爱的小雕像 我可以成天望着他 长长的鬈发 还有他那肩膀 为了让你注意去听而举起的指头 那才是为你的真正的美和诗哪 我常常感到恨不得把他浑身上下都吻遍了 包括他那招人爱的小鸡鸡儿 多么淳朴 要是没人看着 我恨不得把它含在嘴里 它多么干净白皙呀 就像是祈求你嘬它似的 他仰起那张稚气的脸蛋儿望着你 我会这么做的 不出半分钟就完啦 哪怕我咽下了一丁点儿什么 那也没啥 只不过像是麦片粥或露水罢咧 不会有害处的 何况他还那么干净 比那帮猪一样的男人可强多啦 我猜想他们大部分人一年到头也决不会想到要把那物儿洗上一洗 所以女人才会长出口髭来

1 马盖特是介于西班牙本土与直布罗陀之间的沙质地峡东侧的一片岸滩。在指定的时间内，只供男子做海水浴。这里设有音乐台。夏天的傍晚便成为公共娱乐场所。

在我这个岁数　要是能够交上一个年轻俊俏的诗人　那才神气哪　早晨我头一桩儿就出纸牌　好看看那张愿望牌[1]究竟会不会出来　要么我就给王后配对儿　看看他到底出不出来　凡是能找得到的　我都要读一读　学一学　还要背会一点儿　可也得等先晓得了他喜欢谁再说　这么一来　他就不至于嫌我愚蠢啦　假若他认为天下的女人都是一样的话　我倒得教他明白未必是这样的　我要把他弄得神魂颠倒　直到他在我底下差不多昏迷过去　然后他就写起我来啦　情人啦　情妇啦　而且是公开地　当他出名以后　所有的报纸上都登出我们两人的照片　哦　可那时候我拿他咋办呢

不行　他这个人简直无可救药　他天生就不懂礼貌　不文雅　啥都不会　因为我不肯称他作休　就从背后像那样拍我的屁股　是个连诗和白菜都分不清楚的蠢才　都怪你不教他们放规矩点儿才对你这样的　脸皮真厚　甚至都没问一声可不可以　当着我的面儿就在那把椅子上将鞋和裤子扒下来啦　上半身儿光剩件衬衫愣头愣脑地站在那儿　还指望着人家像神父啦　屠夫啦　要么就是尤利乌斯恺撒时代的老伪善者那么仰慕哪　当然喽　他这只不过是一种开开玩笑消磨光阴的办法　倒也情有可原　说实在的　饶这么着　还不如跟一头狮子一块儿睡觉呢　我敢说一头老狮子倒还能说出点儿更像样儿的话来哪　哦喔　我想它们是因为罩在这条短衬裙里面才越发显得丰满动人　他简直忍不住啦　有时候它们把我自个儿也弄得兴奋起来啦　这些男人倒好　从女人身上得到的快乐可老鼻子啦　对男人来说　那永远是那么圆那么白　我但愿能变换变换　让我自个儿当上个男人　用他们那物儿来试一试　当它胀得鼓鼓的朝你戳过来的时候　你一摸　是那么硬邦　同时又那么软和　我从髓骨巷拐角那儿经过的当儿　听见那些二流子在说什么　我的约翰舅舅有个长长的物儿　我的舅妈玛丽有个带毛的物儿　因为天都黑了　而且他们知道有个姑娘正打那儿经过　可

1　“愿望牌”指“红心9”，是用纸牌占卜时最吉利的一张牌。如果这张牌出来了，倒不一定能满足占卜者目前这个愿望，却标志着他（她）将会实现更远大、宏伟的计划。

我并没有脸红 为啥要脸红呢 何必呢 这不过是天性嘛 他把他那长长的物儿戳进我的玛丽舅妈那带毛的啥 其实是给扫帚装上个长把儿 到哪儿去都是男人吃香 他们可以随便挑自家喜欢的有夫之妇啦 浪荡寡妇啦 黄花女儿啦 反正各有各的风味儿 就像爱尔兰街背阴地儿的一座座房子里 可不是老用链儿把女人拴起来 他们可休想把我拴起来 不 妈的 我才不怕呢 我要是干开了头 也就不管傻瓜丈夫吃不吃醋啦 就是露了馅儿啦 又何必吵架呢 难道就不能继续做朋友了吗 她丈夫发现了他们一道干了点儿啥 喏 不用说 就算他发现了 他又咋能收回覆水呢 不论他做啥 反正他也已经剃度啦 再就是像对美丽的暴君里的那个妻子似的 男人走到另一个疯狂的极端 当然喽 男人嘛 连一丁点儿也不会替做丈夫的或者做老婆的考虑一下 他要的就是娘儿们 并且把她搞到手 我倒是想知道 要不是为了这个 干吗要让我们有七情六欲呢 我简直按捺不住啦 我还年轻哪 又咋耐得住呢 跟他这么个冷冰冰的人一道过日子 我居然没有未老先衰 变成个干瘪老妖婆倒真是个奇迹哩 他从来也没抱过我 除非是睡着了以后有时候从不对头的那一端搂过来 我猜想他根本不知道我是谁 难道竟有亲女人屁股的男人吗 我恨不得跟他吵一架哩 打那以后 哪儿不自然他就亲哪儿 在那些部位 我们连一丁点儿也动不了情 我们个个都有两团儿同样的肥油 我随便跟哪个男人搞以前 呸 这帮脏畜生 光是想一想就够啦 小姐 我亲亲您的脚[1] 这话倒还有几分意思 他亲没亲我们门厅的门呢 亲啦 好个疯子 除了我以外 谁都不理解他那些疯疯癫癫的念头 当然喽 一个女人巴不得每天都能给抱个二十来遍 这样才能显得年轻 不论对方是谁都行 只要自个儿爱上了那个人 或者被啥人爱上了就成 要是你想望的那个主儿不在 老天爷 我就想挑个黑咕隆咚的晚上

1　“小姐，我亲亲您的脚”是西班牙男人对妇女献殷勤时最大的恭维。下文“他亲没亲我们门厅的门呢”“他那些……”中的“他”，均指布卢姆。据《〈尤利西斯〉注释》（第631页），布卢姆亲（或摸）门厅的门，是在履行犹太教中尊崇门柱圣卷的礼仪，参看第541页注释4及有关正文。

到谁都不认识我的码头上去转悠　随便找个刚上岸急煎煎的水手　他才一点儿也不管我是啥人呢　反正随便找个地方　闪进一扇门去干上一通就成　要么就找个有着一张野性面孔的拉斯法纳姆的吉卜赛人　他们在布卢姆菲尔德洗衣坊附近扎帐篷　变着法儿偷我们的东西　我冲着模范洗衣坊这个招牌　就送去了几样我的衣物　可回回退给我的是旧玩意儿　一样一只长袜子唔的　那个眼睛挺水灵却长着一副流氓相的家伙　把那嫩枝剥得光光的　黑咕隆咚地朝着我猛扑过来　一声不响地跨在我身上　把我往墙上顶　要么就是个杀人犯　随便啥人　也不管他们自个儿是干啥的　哪怕是头戴大礼帽的体面绅士　要么就是住在附近的那位英国王室法律顾问　有一回我瞧见他从哈德威克巷走了出来　那是他请我们吃鱼宴的晚上　他说是因为在拳击赛中赢了　可他当然是为了我才请的客喽　我是凭着他那鞋罩和走路那个劲儿认出他来的　过了一分钟　我刚一回头　就瞧见一个女人也跟在后面从那条巷子里溜出来啦　是哪个臭婊子啊　他干完那档子事儿以后　就回家到他老婆那儿去啦　不过　我猜想那些水手有一半都害病不中用啦　哦　你这大块头　求求您啦　往那边儿挪一挪吧　听听他这个　风把我的叹息飘送给你　喏　大方案家堂波尔多德拉弗罗拉　他蛮可以睡着觉叹气哩　要是他知道今儿个早晨他是咋样出现在纸牌上的话　他就真有得可叹气的啦　夹在两张7当中不知道咋办才好的一个深头发男人　还被关进了监狱　天晓得他干了啥　我也不摸头脑　而我呢　还得下厨房　踢拉塌拉转悠　给他这位老爷准备早饭　这当儿他可像具木乃伊似的弯着身子睡在那儿　我真会这么做吗　难道你瞧见过我跑腿不成　我倒是想看看我自个儿跑跑颠颠的那副样子　只要关怀他们一下　他们就会把你当成垃圾　我才不管别人说三道四呢　要是由女人来统治天下　那该有多好哇　你不会看到女人你杀我我杀你　大批地屠杀人　你啥时候瞧见过女人像他们那么喝得烂醉　到处滚来滚去　赌钱输个精光　要么就连老本都赔在赛马上　嗯　因为一个女人家不论做啥　她都懂得到时候就该收场　真的　要不是多亏了女人　世界上就压根儿不会有男人　他们不知道做一个女人　做一位妈

妈 意味着啥 要不是有个妈妈拉扯着他们 他们都咋活呀 这会子都在哪儿呢 我就从来没得到过这方面的济 估计正因为是这样 如今他才跑野啦 离开书本和学习 晚上到外面荡来荡去 大概是因为一家人净吵吵闹闹的 所以他不住在家里啦 喏 这可真是个不幸的事儿 他们有这么个好儿子 还不知足 我呢 没有儿子 难道是他就没有生儿子的精力吗 那可不是我的过错 当我在光秃秃的当街瞧见了两条狗 公的从后面跟母的干上的时候 我们也到了一块儿 那档子事儿教我伤透了心 我估摸埋葬他的时候不该给他穿上我边哭边编织成的那件小羊毛线衣 应该把那件衣服给随便哪个穷娃娃穿 可是我心里很清楚 我再也不会生养啦 那又是我们家头一回死人 可不是嘛 打那以后 我们跟过去就完全不一样啦 哦 不要再想下去啦 我可不能想着想着就垂头丧气起来 我一直觉得他带回家来的是个古怪的人 我纳闷他为啥不肯留下来过夜呢 也省得这么满城流浪 万一碰上啥人 盗贼啦 扒手唔的 他那位可怜的妈妈要是在世的话 决不会喜欢这种事儿的 兴许还把他这辈子毁掉呐 不过 这可是个可爱的时辰哩 那么安静 我一向就喜欢舞会散了以后回家来 夜晚那空气啊 男人有着可以交谈的朋友 我们可一个都没有 他想要的是他自个儿得不到手的 要么就是随时可以捅上你一刀的女人 我就恨女人的这些方面 也难怪男人会那么对待我们喽 我们是一帮可怕的婊子 我猜想 正是我们的种种麻烦才使我们变得这么泼辣 我可不是那种人 他蛮可以舒舒坦坦地睡在另一间屋子的沙发上 他还那么年轻嘛 刚刚二十来岁 我猜他对我就像个少年人那样害羞 待在隔壁屋 他听得见我往尿盆里撒的声音 真的 这又有啥关系呢 迪达勒斯 我觉得这倒有点儿像直布罗陀的那些姓 德拉帕斯啦 德拉格拉西亚唔的 那儿的人们有着怪里怪气的姓 给过我一串念珠的圣玛利亚的比拉普拉纳神父 住在七道湾街的罗萨利斯伊奥赖利[1]

1 “七道湾街”，原文为西班牙语。罗萨利斯·伊·奥赖利是西班牙名字，据《直布罗陀词典与旅行指南》一八九〇年版，“七道湾街”上住着一个叫作詹姆斯·奥赖利的。

还有住在总督街的皮希姆勃和奥皮索太太　哦　这叫啥姓呀　我要是有她这么个姓　就干脆跳河去算啦　哎呀　再就是所有那些斜坡　天堂斜街啦　疯人院斜街啦　罗杰斯斜街啦　还有克鲁切兹斜街和鬼峡梯阶　喏　即便我是个冒失鬼也不该怎么怪我　我知道自个儿是有点儿粗心大意　我敢向老天爷起誓　跟当时比起来　我并不觉得自个儿长大了多少　我倒纳闷自个儿还会不会叽里咕噜说点儿西班牙话呢　你好吗　很好　谢谢你　你呢　瞧　我还没有像我所想的那样忘干净哪　文法可就不行啦　名词是任何人或地方或东西的名字　可惜呀　我从来也没试着去读一读那个坏脾气的鲁维奥太太借给我的那本巴莱拉的小说　书上的问号统统都是颠倒过来的[1]　有两样嘛　我晓得到头来我们总会走掉的　我可以教他西班牙话　他呢　教我意大利话　那么一来他就能明白我还不是那么饭桶　他没留下来过夜　太可惜啦　我敢说可怜的小伙子一定累得要死　非常需要好好儿地睡上一觉　我蛮可以替他把早餐送到床上去吃　还得添上点儿烤面包片儿　只要别把刀子叉上去就行　因为那样就会倒霉的[2]　要么就是假若那个女人挨家挨户送来了水田芹跟旁的啥香甜可口的吃的　厨房里还有几颗橄榄哪　他可能爱吃　阿夫林斯店头的那些　当年我可瞧着就饱啦　我可以充当**女仆**　屋子还蛮像样子　因为我给重新布置了一下　你瞧　我一直有点儿觉得非要介绍介绍自个儿不可　对方对我啥都不了解　说起来可真逗　我成了他的老婆　要么就假装是他老婆　我们正在西班牙呐　他半睡半醒的　一丁点儿也不晓得他这是在哪儿呢　两个煎鸡蛋　**您哪**[3]　老天爷　我有时候净转些稀奇古怪的念头　要是他在我们家住下来　那可就太有意思啦　为啥不能呢　楼上有间空屋子　后边的房间里摆着米莉的床　他蛮可以在那儿的桌子上读书写字　他就总是在那张桌子上涂涂写写　要是早晨他打算像我这样在床上看书的话

1　按：西班牙语的问话，两头都加问号。摩莉的意思是说，前面那些问号全是颠倒过来的（¿……?）。

2　爱尔兰民间相信，用刀子来代替叉子或调羹，就会招致不幸。

3　此处的“您哪”和前文的“女仆?，原文均为西班牙语。

反正他也得做一份儿早餐　那么他干脆做个双份儿不就结啦　只要他一天租着像这样一座一团糟的房子　我是决不会替他从街上拉几个房客进来的　我就想跟一个有学问的聪明人谈上老半天　我得去买一双漂亮的红拖鞋啦　就像是戴毡帽儿的土耳其人通常卖的那种　要么就买淡黄色的也行　还得要一件我非有不可的可爱的半透明晨袍　要么就是桃红色的短睡衣　就像老早以前我在沃波尔瞧见过的那件　才八先令半　要么十八先令半　再给他一回机会吧　明儿个我一早儿就起来　我已经腻烦科恩这张旧床啦　不管咋样　我也许到市场上去看看那些青菜　白菜啦　西红柿啦　胡萝卜啦　各种各样上好的水果都运来啦　又好看又新鲜　谁晓得我头一个碰见的会是谁呢　他们一早就出来寻摸那个　妈咪狄龙常常说　他们就是这样的　晚上也出来　所以她就去望弥撒　现在我很想吃一个放进嘴里就化了的那种汁子很多的大梨　害喜的时候我就老想要吃那样的梨　然后我就用急火煎好他的鸡蛋　并且在他的搪须杯里斟上茶　我想她准是为了让他的嘴巴长大一些才送给他的　他也会喜欢我那好吃的奶油　我知道自个儿该咋做啦　我要快快活活地走来走去　可又不能做过了头　偶然唱上一句半句儿的　我替马塞托感到悲哀[1]　然后我就开始换衣服　好出门去

来吧　我的力气已渐衰　我要换上我那套最好的衬衣汗裤　让他看个够　那么一来他那物儿就竖起来啦　要是他想知道的话　我就告诉他　他老婆给人肏啦　对啦　被狠狠地肏了一通　都快肏到我脖子这儿啦　可不是他　接连丢了五六回　这条干净床单上还留着他那劲头的印儿哪　我干脆不想用烙铁把那印儿熨掉　这就该让他知足啦　你要是不相信我的话就摸摸我的肚子看　除非我能让他那物儿竖起来　搁到我里头去　我就打算把每一个细节都说给他听一听　教他当着我的面儿干一通　假若我是个淫妇　正像顶层楼座的那个家伙所说的那样　他这是活该　一切都怪他自个儿嘛　哦　假若这就是我们女人在

1　“我替马塞托感到悲哀”和下文中的“来吧，我的力气已渐衰”都是《唐乔万尼》（参看第91页注释1）中泽莉娜的唱词。这位农村姑娘受唐乔万尼的引诱后，竭力呼唤她的未婚夫马塞托（一个农村小伙子）的名字。

汨谷所干下的全部坏事儿　那又算得了啥呢　老天爷知道这算不了啥　难道不是人人都　只不过他们偷偷摸摸地干罢咧　我看恐怕就是为了这个才有女人的　不然的话　上主就不会把我们造得对男人那么有吸引力啦　要是他想亲我的屁股　我就拉开我的汗裤裆　肥滚滚地戳到他面前　不缺零件儿　他蛮可以把舌头往我的窟窿里伸进七英里长去　因为他就贴着我的褐色部位哪　然后我就对他说　我要一英镑要么就是三十先令　告诉他我打算买身内衣裤　要是他给了我　喏　他倒也不赖　我并不想学旁的女人那样把他敲诈光啦　我常常有机会给自个儿开上一张有信用的支票　签上他的名字　弄上两三英镑　有好几回他都忘记上锁啦　而且他也不花嘛　我要让他从背后搞　只要别把我那些好内裤都弄脏了就行　噢　我想　那总是难免的　我要装出一副满不在乎的样儿　问上他一两个问题　从他的回答我就知道啦　他那股劲儿一上来是瞒不住我的　他的心情有啥变化　我都一清二楚　我要把屁股绷得紧紧的　说几句浪话　闻闻我屁股啦　舔舔我的屎啦　要么就是闪过脑子的头一个疯疯癫癫的念头　然后我就暗示那档子事儿　对啦　啊　别急　宝宝　这会儿该轮到我啦　搞的时候我会是十分快活　亲亲热热的　哦　可我忘记了这血淋淋的祸害啦　你不知道究竟是该笑还是该哭　好啦　简直是李子和苹果的大杂拌儿　不　我得系上那条旧的　这就好多啦　更服帖一些　他永远也闹不清究竟是不是他弄的　喏　不论是多么旧的玩意儿　对你来说也就蛮好啦　然后我就像平时那样把他遗漏的从我身上抹掉　接着我就出门啦　让他望着天花板嘀咕　这会儿她到哪儿去了呢　教他急着要我　几点过一刻啦　可真不是个时候　我猜想在中国　人们这会儿准正在起来梳辫子哪　好开始当天的生活　喏　修女们快要敲晨祷钟啦　没有人会进去吵醒她们　除非有个把修士去做夜课啦　要么就是隔壁人家的闹钟　就像鸡叫似的咔嗒咔嗒地响　都快把自个儿的脑子震出来啦　看看能不能打个盹儿　一二三四五　他们设计的这些算是啥花儿啊　就像星星一样　隆巴德街的墙纸可好看多啦　他给我的那条围裙上的花样儿就有点儿像　不过我只用过两回　最好把这灯弄低一些　再试

着睡一下　好能早点儿起床　我要到兰贝斯去　它就在芬勒特旁边　叫他们送些花儿来　好把屋子点缀点缀　万一明天　我的意思是说今天　他把他带回家来呢　不　不　星期五可是个不吉利的日子　头一桩　我先得把这屋子拾掇拾掇　我寻思灰尘准是在我睡觉的当儿　不知咋的就长出来啦　然后我们可以来点儿音乐　抽抽香烟　我可以替他伴奏　我得先用牛奶把钢琴的键擦擦　我穿啥好呢　要不要戴一朵白玫瑰　要么就来点儿利普顿仙女蛋糕　我就爱闻阔气的大店铺的香味儿　每磅七便士半　不然就是另外那种樱桃馅挂着粉色糖霜的　两磅十一便士　桌子当中间儿还得摆上一盆花草　在哪儿才能买到便宜的呢　喔　前不久我在哪儿瞧见过　我真爱花儿呀　恨不得让这房子整个儿都漂在玫瑰花海上　天上的造物主啊　啥也比不上大自然　蛮荒的山啦　大海啦　滚滚的波浪啦　再就是美丽的田野　一片片庄稼地里长着燕麦啦　小麦啦　各种各样的东西　一群群肥实的牛走来走去　看着心里好舒坦呀　河流湖泊鲜花　啥样形状香味颜色的都有　连沟儿里都绽出了报春花和紫罗兰　这就是大自然　至于那些人说啥天主不存在啦　甭瞧他们一肚子学问　还不配我用两个指头打个榧子哪　他们为啥不自个儿跑去创造点儿啥名堂出来呢　我常常问他这句话　无神论者也罢　不论他们管自个儿叫啥名堂也罢　总得先把自个儿身上的污点洗净呀　等到他们快死啦　又该号啕大哭着去找神父啦　为啥呢　为啥呢　因为他们做了亏心事　生怕下地狱　啊　嗯　我把他们琢磨透啦　谁是开天辟地第一个人呢　又是谁在啥都不存在以前　创造了万物呢　是谁呢　哎　这他们也不晓得　我也不晓得　这不就结了吗　他们倒不如试着去挡住太阳　让它明儿个别升上来呢　他说过　太阳是为你照耀的　那天我们正躺在霍斯岬角的杜鹃花丛里　他穿的是一身灰色花呢衣裤　戴着那顶草帽　就在那天　我使得他向我求婚　嗯　起先我把自个儿嘴里的香籽糕往他嘴里递送了一丁点儿　那是个闰年　跟今年一样　嗯　十六年过去啦　我的天哪　那么长长的一个吻　我差点儿都没气儿啦　嗯　他说我是山里的一朵花儿　对啦　我们都是花儿　女人的身子　嗯　这是他这辈子所说的一句真话

还有那句今天太阳是为你照耀的　嗯　这么一来我才喜欢上了他因为我看出他懂得要么就是感觉到了女人是啥　而且我晓得　我啥时候都能够随便摆布他　我就尽量教他快活　就一步步地引着他　直到他要我答应他　可我呢　起先不肯答应　只是放眼望着大海和天空[1]我在想着那么多他所不知道的事儿　马尔维啦　斯坦厄普先生啦　赫斯特啦　爹爹啦　老格罗夫斯上尉啦　水手们在玩众鸟飞[2]啦　我说弯腰啦　要么就是他们在码头上所说的洗碟子　还有总督府前的哨兵　白盔上镶着一道边儿　可怜的家伙　都快给晒得熟透啦　西班牙姑娘们披着披肩　头上插着高高的梳子　正笑着　再就是早晨的拍卖　希腊人啦　犹太人啦　阿拉伯人啦　鬼知道还有旁的啥人　反正都是从欧洲所有最边远的地方来的　再加上公爵街和家禽市场　统统都在拉比沙伦外面嘎嘎乱叫　一头头可怜的驴净打瞌睡　差点儿滑跤　阴暗的台阶上　睡着一个个裹着大氅的模模糊糊的身影　还有运公牛的车子那好大的轱辘　还有几千年的古堡　对啦　还有那些漂亮的摩尔人全都像国王那样穿着一身白　缠着头巾　请你到他们那小小店铺里去坐一坐　还有龙达　**客栈**[3]那一扇扇古老的窗户　窗格后藏着一双明媚的流盼　好让她的情人亲那铁丝格子[4]　还有夜里半掩着门的酒店啦　响板啦　那天晚上我们在阿尔赫西拉斯误了那班轮渡　打更的拎着灯转悠　平安无事啊　哎唷　深处那可怕的急流　哦　大海　有时候大海是深红色的　就像火似的　还有那壮丽的落日　再就是阿拉梅达园里的无花果树　对啦　还有那一条条奇妙的小街　一座座桃红天蓝淡黄的房子　还有玫瑰园啦茉莉花啦天竺葵啦仙人掌啦　在直布罗陀做

1　关于放眼望大海和天空，《〈尤利西斯〉注释》（第633页）指出，《神曲·天堂》第二十七篇中，贝亚德（我的贵妇人）发现但丁的视线开始从上空移到远处，便要他把眼光向下。于是他看到了海上“尤利西斯所采取的疯狂路线”（在《地狱》第二十六篇中，尤利西斯的鬼魂曾向但丁详细叙述过）。尤利西斯之航程越出直布罗陀海峡而入大西洋。

2　“众鸟飞”是水手们喜爱的一种游戏。扮作鸟的人们必须按照“首领”的指示学任何一种鸟的动作。如果“首领”忽然要求“猫儿飞”“母羊飞”，就得按兵不动。违反者受罚。

3　原文为西班牙语。

4　在西班牙城镇，底层的房屋通常在窗外加一道铁丝格子，因此“亲铁丝格子”就成了求婚的表示。

姑娘的时候我可是那儿的一朵山花儿　嗯　当时我在头发上插了朵玫瑰　像安达卢西亚姑娘们常做的那样　要么我就还是戴朵红玫瑰吧好吧　在摩尔墙脚下　他曾咋样地亲我呀　于是我想　喏　他也不比旁的啥人差呀　于是我递个眼色教他再向我求一回　于是他问我愿意吗　嗯　说声嗯　我的山花　于是我先伸出胳膊搂住他　嗯　并且把他往下拽　让他紧贴着我　这样他就能感触到我那对香气袭人的乳房啦　嗯　他那颗心啊　如醉如狂　于是我说　嗯　我愿意　嗯。

的里雅斯特——苏黎世——巴黎，1914—1921

（全书完）

1)

Stately, plump Buck Mulligan came from the stairhead, bearing a bowl of lather on which a mirror and a razor lay crossed. A yellow dressinggown, ungirdled, was sustained gently behind him by the mild morning air. He held the bowl aloft and intoned:

— Introibo ad altare Dei

Halted, he peered down the dark winding stairs and called out coarsely:

— Come up, Kinch! Come up, you fearful jesuit!

Solemnly he came forward and mounted the round gunrest. He faced about and blessed gravely thrice the tower, the surrounding land and the awaking mountains. Then catching sight of Stephen Dedalus, he bent towards him and made rapid crosses in the air, gurgling in his throat and shaking his head. Stephen Dedalus, displeased and sleepy, leaned his arms on the top of the staircase and looked coldly at the shaking gurgling face that blessed him, equine in its length, and at the light untonsured hair, grained and hued like pale oak.

Buck Mulligan peeped an instant under the mirror and then covered the bowl smartly.

— Back to barracks! he said sternly.

He added in a preacher's tone:

— For this, O dearly beloved, is the genuine christine: body and soul and blood and ouns. Slow music, please. Shut your eyes, gents. One moment. A little trouble about those white corpuscles. Silence, all.

《尤利西斯》手稿

作　者　**詹姆斯·乔伊斯 James Joyce**

1882.2.2—1941.1.13

爱尔兰作家、诗人。

现代主义文学代言人，20世纪最有影响力和最重要的作家之一。

代表作有短篇小说集《都柏林人》（1914），长篇小说《一个青年艺术家的画像》（1916）、《尤利西斯》（1922）、《芬尼根的守灵夜》（1939）等。

译　者　　**萧乾**

1919—2008

原名肖秉乾、萧炳乾。中国现代记者、文学家、翻译家。代表译作有《尤利西斯》《好兵帅克》《易卜生戏剧集》等。其中，《尤利西斯》获第二届外国文学图书一等奖。

文洁若

翻译家，主要译作有《高野圣僧——泉镜花小说选》《芥川龙之介小说选》《天人五衰》《东京人》等。晚年与丈夫萧乾合译《尤利西斯》，是为一件文坛盛事。

导读作者　　**戴从容**

复旦大学中文系比较文学与世界文学教授，乔伊斯研究专家。

出版《乔伊斯小说的形式实验》《自由之书：〈芬尼根的守灵夜〉解读》等专著。代表译作有《芬尼根的守灵夜（第一卷）》《蓝色吉他》等。

尤利西斯：全 2 册

作者 _ [爱尔兰] 詹姆斯 · 乔伊斯　译者 _ 萧乾 文洁若

产品经理 _ 房静　装帧设计 _ 何月婷　产品总监 _ 阴牧云　内文制作 _ 王楠莹

插图绘制 _Tsuki　技术编辑 _ 顾逸飞　责任印制 _ 刘淼　出品人 _ 吴畏

营销团队 _ 毛婷 阮班欢 孙烨

果麦

www.guomai.cc

以 微 小 的 力 量 推 动 文 明

图书在版编目（CIP）数据

尤利西斯：全2册/（爱尔兰）詹姆斯·乔伊斯著；萧乾，文洁若译. -- 南昌：江西人民出版社，2020.8（2023.4重印）
ISBN 978-7-210-12258-6

Ⅰ.①尤… Ⅱ.①詹… ②萧… ③文… Ⅲ.①长篇小说－爱尔兰－现代 Ⅳ.①I562.45

中国版本图书馆CIP数据核字（2020）第088100号

尤利西斯：全2册
[爱尔兰] 詹姆斯·乔伊斯 / 著
萧乾　文洁若 / 译
责任编辑 / 王华　冯雪松
出版发行 / 江西人民出版社
印刷 / 北京盛通印刷股份有限公司
版次 / 2020年10月第1版
2023年4月第2次印刷
开本 / 880毫米×1230毫米　1/32　印张33
字数 / 916千字　印数：7,001—10,000
书号 / ISBN 978-7-210-12258-6
定价 / 168.00元